Aufstand der Dämonen

Herstellung und Verlag: BoD - Books on Demand, Norderstedt
ISBN 978-3-7448-7145-7

Das keltische Kreuz

Buch

Wie geht es weiter mit Jennie und ihrem ungeborenen Kind. Wie wird es ihnen in Irland ergehen, können sie auf der grünen Insel frei, zufrieden und ungestört leben?

Können sie den Bund der ungewöhnlichen Ehe eingehen und zusammen ihr Leben glücklich verbringen?

- Wird Jennie ihr geliebtes Kind, das eine ungewöhnliche Erwartung vom Druidenvolk hat, gesund gebären? Wird es wirklich ein ungewöhnliches und starkes Kind werden?

- Wird dieser ungewöhnliche zusammengewürfelte magische Zirkel, den vielen Angriffen von den 7 mächtigsten Dämonen und deren unheimlichen Armeen überleben? Können die Kelten Ihre alten magischen Kräfte nützen und den teuflischen Dämonen, wie den schwarzen Tod besiegen?

Ich wünsche viele angenehme magische Stunden mit diesem Buch.

Peter Fischer

Aufstand der Dämonen

Die Geburt einer Hexe und der weiße Engel

Lektorat bei Rosa Mayer

Band 2

5

Inhalt

6

7

8

9

Gute Bücher sind wie eine gute Ehe,

je länger man zusammen ist,

umso intensiver ist die Bindung.

Peter Fischer

Kapitel 1
Jennie am See und der schwarze Tod

Jennie sitzt wie immer am See, sieht zu den Fischern hinaus, Sie geht in sich und will einen Kontakt zu ihrem ungeborenen Kind suchen, Sie will einiges wissen. Der Schwangerschaftsbauch ist ansehnlich gewachsen, ihre rechte Hand ist auf dem Bauch in der Hoffnung, dass Sie etwas spürt. Sie hat schon eine sehr große innere Bindung zu ihrem Kind, dass bereits eine sehr große Macht hat. Dieses Baby hat einiges bewiesen, obwohl es noch nicht das Licht der Welt erblickt hat. Ihrer eigenen Mutter das Leben gerettet und auch das von Jennies Tante Sophie. Die junge Hexe ist ganz in sich gekehrt und will von ihrem Kind wissen, wie wird wohl ihre gemeinsame Zukunft aussehen?

Sie nimmt es hin, dass sie von Niklas oder Hedda gerufen wird und Sie nach Irland gezaubert werden. Sie hasst die Ungewissheit. Wie wird es da sein? Was erwartet sie da? Mit welchen Menschen muss Sie dort leben? Was ist das für ein Dorf? Das Kind meldet sich und Sie hört intensiv in Ihrem Inneren: „Mutter, lass alles auf dich zukommen, das sind unsere Freunde, sie gehören zu unserem magischen Zirkel. Du solltest inzwischen wissen, dass wir oft einen Ortswechsel unternehmen müssen. Es bleibt uns nichts Anderes übrig, wir bringen ansonsten zu viele Freunde in Lebensgefahr." So unterhalten sich das ungeborene Kind und die Mutter weiterhin. Sie will von ihrem Kind wissen, welche Überraschung noch kommt. Das Kind blockt ab und meint: „Auch dieses soll Sie auf sich zukommen lassen. Es ist keine schlimme Überraschung, es ist für Sie bestimmt und sehr schön!" Die junge zukünftige Mutter ist sehr Neugierig, Sie will es sofort erfahren. Ihr Ungeborenes antwortet nicht mehr.

Hedda kommt leise von hinten herangeschlichen und bleibt ein paar Meter von ihr entfernt stehen, Sie ist die zukünftige Frau von Niklas, der Anführer des Zirkels, ein großer weißer Magier und Druide. Sie will nicht stören und hören, was sie alles zu ihrem Kind sagt. Es ist für Hedda mehr als interessant, was die Druidenfrau zu hören bekommt. Jennie spürt, dass sich jemand genähert hat. Sie springt erschrocken auf, dreht sich um und sieht in Heddas Gesicht. Ganz verwundert ist Jennie, als sie hinter sich die Druidenfrau stehen sieht und fragt lächelnd: „Was macht sie hier?" Sie gibt zu, dass sie sehr gerne zugehört hat, was Sie von ihrem Kind wissen wollte. Hedda nimmt Jennie fürsorglich in den Arm und Sie schauen zusammen auf den See hinaus zu den Fischerbooten. Die Männer in den Booten winken ihnen wie immer zu. Die Druidin sagt ganz ruhig zu der jungen zukünftigen Mutter: „Du wirst sehen, es wird alles gut gehen." Aber, irgendwie beruhigt es Jennie nicht richtig. Hat die junge Hexe etwa eine Vorahnung, was alles auf sie zukommt?

Das Kind meldet sich noch einmal und sagt aufgeregt zu seiner Mutter, es stimmt etwas nicht, Sie soll auf der Hut sein. Jennie, die attraktive rothaarige Hexe sieht sich auf einmal sehr gehetzt um und sagt zu Hedda, ich spüre schwarze Magie. Eine unheimliche kalte Atmosphäre liegt in der Luft, die Natur hält den Atem an, nichts ist mehr zu hören, nicht einmal ein Vogelgezwitscher. Hedda überlegt nicht lange, konzentriert sich, nimmt sofort mit Niklas Kontakt auf und sagt es Ihm. Jennie verspürt auf einmal einen eiskalten Luftzug und einen heftigen stechenden Kopfschmerz. Sie fängt an zu schwanken, Sie kann sich kaum mehr auf den Füssen halten. Ein sehr böses eiskaltes Lachen ist in ihren Gedanken. Sie kennt das böse Lachen nicht, diese Stimme kennt sie nicht, sie weiß nicht wer es ist? Sie hat eine schlimme Ahnung. Sie fragt ihr Kind: „Wer ist das?" Das Kind kommt nicht zum Antworten. Das Lachen hat aufgehört und die Stimme in ihrem Kopf sagt: „Du kennst mich bestimmt." Jennie fragt ganz kleinlaut: „Der schwarze Tod." Die höllenstimme Stimme meint darauf: „Dass Sie ein kluges Mädchen ist und bald ein totes Mädchen sein wird." Jennie läuft trotz der Kälte, kalter Schweiß über ihre Wangen, sie wehrt sich gegen den übermächtigen Feind, den gefährlichsten und mächtigsten Dämon. Mit schmerzverzerrten Gesicht stammelt sie nur: „Du bekommst mich nicht." Black Shadow, der schwarze Tod lacht wieder und faucht mit seiner dunklen Höllenstimme Jennie an: „Ich habe deine Mutter getötet und ich töte dich und dein kleines winziges Früchtchen. Der Druck in ihren Adern wird stärker, der Kopf scheint von den furchtbaren Schmerzen zu platzen, sie hält es kaum noch aus. Das ganze Blut schießt in ihren Kopf, die Adern blähen sich sichtbar auf. Das Baby schafft es noch, obwohl die schwarze Magie seine Mutter in Besitzt hat. Es schreit seine Mutter an, Sie soll den Zauberstab ziehen und über ihren Kopf halten. Aber Jennie hat sehr große Schmerzen, dass Sie kaum ihre Hand bewegen kann. Ihre Hände zittern und Ihr Körper ist vom Schweiß gebadet. Mit größter Mühe schafft Sie es unter ihren Rock zu greifen und den Zauberstab zu ziehen. Ihr Baby fleht seine Mutter an, den Zauberstab über ihren Kopf zu halten, Sie muss sämtliche Kräfte sammeln, wenn sie Beide weiterleben wollen. Schweiß und Tränen laufen der jungen Hexe über Ihr Gesicht, Sie stöhnt vor Schmerzen. Blut fließt inzwischen, in dünnen Bächen aus der Nase und Ohren. Der Dämon gibt sich allergrößte Mühe Sie zu plagen, er will verhindern, das Sie es schafft, den Zauberstab zum Einsatz zu bringen.

Niklas und sein Vater, kommen herbeigeeilt und Mirko kommt auf seinen vier Pfoten dazu. Sie müssen alle mit ansehen, wie Jennie vor Schmerzen taumelt, sie wissen welches Höllenbiest sich in Ihr befindet. Wie immer, ist es der Alte, der erst kurz überlegt und vor sich hinmurmelt und glaubt, das muss klappen. Er murmelt einen sehr alten keltischen Spruch herunter und siehe da, Jennie kann auf einmal ihren Arm bewegen. Sie schafft es mit größter Mühe, den Zauberstab über ihren Kopf zu halten. Sofort war die Macht vom schwarzen Tod wieder da. Jennie hört jetzt in ihrem Kopf: „Dieser kleine Wurm hat bei mir nichts zu melden." Jetzt antwortet das mächtige Baby: „Ich habe immer was zu sagen und im gleichen Moment fängt die Spitze des Zauberstabes zu glühen an. Es bildet sich um Sie eine helle Lichtkuppel und ihre Kopfschmerzen verschwinden ganz langsam. Der schwarze Tod war fürs erste besiegt. Jennie sieht jetzt sehr erleichtert aus. Jetzt war der schwarze Tod für alle zu hören: „Wenn ihr glaubt, ihr habt mich für immer los, dann habt ihr euch gewaltig getäuscht, jetzt geht es richtig los, das war nur ein Vorgeschmack." Alle sehen sich jetzt entsetzt an, haben sie es in der Zukunft weiterhin mit dem schwarzen Tod zu tun? Man sieht große Angst in sämtlichen Gesichtern. Niklas Vater sagt als Erster: „Um Gottes willen, das darf doch nicht wahr sein, alle könnten es sein, nur nicht dieses mächtige Monster." Niklas sagt zu seiner Frau: „Wir verschwinden sofort, wir dürfen keine Zeit verlieren." Das Anführer Paar bekommt jetzt panische Angst und sie sprechen aus einem Mund: „Hoffentlich, kommt der schwarze Tod nicht zurück." Sie können sich beruhigen, der Herr der Finsternis meldet sich nicht mehr.

Hedda und Niklas treiben jetzt weiter, sie wollen schnell nach Irland. Nur noch weg von hier. Niklas fragt sich jetzt laut: „Hoffentlich hat es der schwarze Tod nicht mitbekommen, dass wir nach Irland wollen. Dann hätten wir alles umsonst gemacht." Das zukünftige Pärchen fängt heftig zu Diskutieren an. Hedda glaubt nicht, dass die Dämonen wissen, dass wir einen Ortswechsel vornehmen. Niklas hofft, seine Hedda behält recht. Sie meint: „Im schlimmsten Falle, werden wir es bald wissen. Die Beiden wollen, dass sich alle auf den Dorfplatz treffen. Sie verabschiedeten sich von den Dorfbewohnern und stellen sich auf. Jennie und Mirko, Musti mit Roland, Waldtraud und Sepp, Van Hinten mit Kunigunde, Märta und Schorsch, Sophie und ihr Freund. Niklas, Hedda mit Jennie ziehen ihre Zauberstäbe, sie beugen sich wie immer über die Anderen, bis sich die Zauberstäbe berühren. Dann fangen sie zusammen an den Spruch aufzusagen. Tu wiftes willau beis buccan geallan mang mio. In diesem Augenblick ist die Gruppe verschwunden. Die zurück gebliebenen Freunde verlassen den Dorfplatz und hoffen, dass es der Gruppe in Irland gut gehen wird und Sie bald wieder zurückkommen, mit einem gesunden mächtigen Kind. Hat das kleine Dorf im Norden Schwedens wirklich Ruhe vor den schwarzen Mächten?

Kapitel 2
Das Irische Dorf

Wie sie ihre Augen vorsichtig öffnen, stehen Sie sehr eng zusammen und können schemenhaft unzählige Gestalten um sich herum erkennen. Das Bild wird schnell klar und sie sehen, dass sich eine sehr große Anzahl von Menschen versammelt hat. Wie sich die Neuankömmlinge umsehen und sich einige von der Gruppe lösen, hören sie auf einmal einen Jubelschrei, der aus vielen hundert Kehlen kommt. Mit so einem riesigen freudigen Empfang haben sie nie gerechnet.

Ein alter Mann mit langem weißem Haar geht mit großen Schritten auf die Neuankömmlinge zu und begrüßt sie herzlich, mit offenen Armen. Er stellt sich vor: „Dass er der älteste im Dorf ist und der Boss." Er stellt sich mit Namen Kieran vor, langsam gesellt sich eine alte Frau dazu, die er als seine Frau Aisling vorstellt. So wie der alte irische Druide aussieht, könnte man annehmen, dass er ein Bruder von Niklas sein könnte, die Beiden entfernen sich ein paar Schritte von der Gruppe, um sich freudig und angeregt zu unterhalten. Aislings Blicke sind auf die junge rothaarige Hexe gerichtet. Ihr Weg führt als erstes zu Jennie und begrüßt Sie sehr herzlich. Die Druidenfrau, die in irischer Folklore gekleidet ist, sagt zur Begrüßung: „Darf ich dich endlich kennen lernen, schöne mächtige Hexe mit dem ungeborenen Kind, vor der die ganze Dämonenwelt große Ehrfurcht hat. Wir haben hier sehnsüchtig auf euren Besuch gewartet. Es ist uns eine große Ehre, auf euch aufzupassen und besonders das Kind zu beschützen." Sie dreht sich zu der Menschenmenge um und stellt Jennie und ihr Kind vor, ein endloser Jubel entfacht sich, dann will Aisling den mächtigen Werwolf kennen lernen. Jennie stellt Mirko als ihren zukünftigen Mann vor. Sie muss jetzt ein wenig schmunzeln und sagt: „Wir werden bald das erste große Fest, eine Hochzeit in unserem Dorf feiern und ich kann nicht glauben, dass so ein hübscher Mann ein gefährlicher Werwolf ist." Jennie meint: „Sie wollen auf jeden Fall noch vor der Geburt heiraten." Die alte Druidenfrau antwortet: „Das ist sehr vernünftig, hoffentlich halten sich solange Tarantula und Samhain ruhig." Darauf berichtet die junge Hexe das letzte Ereignis mit dem schwarzen Tod. Aislings Gesicht das gerade noch lächelte, verwandelt sich in großes Entsetzten. Mit diesen Dämonen haben sie nicht gerechnet und sagt: „Das muss ich sofort mit meinem Mann und Niklas besprechen." Ganz nervös geht sie zu ihren anderen Gästen und begrüßt sie herzlich, ihre Blicke suchen ihren Mann und Niklas.

Aisling bringt sie anschließend zu ihren Häusern, die so ähnlich eingerichtet sind, wie die im hohen Norden in Schweden. Die irische Druidenfrau lächelt und betont dabei: „Es gibt für Sie ein großes Willkommensfest, damit ihr heute Abend einige unserer Leute kennen lernen könnt. Jennie sieht sich in ihrem Haus genau um und fragt Mirko: „Wo ist der verdammte Fernseher." Mirko lacht und meint: „Es ist keine einzige Steckdose im Haus." Jennie greift ihren Zauberstab heraus und gestaltet ihr Haus wie sie es haben möchte und schimpft: „Immer muss man alles selber machen." Wie der Fernseher an seinem Platz steht und ein Programm läuft, geht ein Lachen durch ihr Gesicht, dass nur von einer Hexe stammen kann. Mirko sieht seine zukünftige Braut verwundert an. Sie antwortet frech darauf: „Lege dich nie mit einer Hexe an, du erlebst das blaue Wunder." Er meint: „Das habe ich bei deinem ehemaligen Chef gesehen."

Sie machen sich etwas frisch und wollen durch das Dorf schlendern, um alles genau anzuschauen. Jennies Haus ist wie vorgesehen inmitten des Dorfes und deren Freunde wohnen um sie herum. Sie will eigentlich erst erfahren, wo sie sich überhaupt befinden. Sie wusste bis jetzt, dass es winterlich aussieht, überall liegt noch Schnee. Sie hat die warme Jacke von Hedda an. Dieses Pärchen treffen sie jetzt unterwegs. Jennie spricht die Beiden an und fragt neugierig: „Wo befinden wir uns eigentlich in Irland." Niklas ist es, der Antwort darauf gibt: „Wir sind hier im Norden Irlands, im alten keltischen Bereich. Das nennt sich County Atrim, nicht weit von Giant´s Causeway, in einem kleinen Dorf, ist aber sehr schön." Sie sieht ihren Druiden dabei neugierig an. Ihr Zukünftiger lacht und sagt zu Jennie: „Ich habe den Eindruck, jetzt weist du so viel wie vorher." Sie schmunzelt und gibt ihm recht, nur wie in Schweden, ganz oben im Norden. Jennie sieht Hedda an und fragt Sie: „Das kannst du mir doch genauer erklären?" Hedda sagt kurz: „Kein Problem." Sie laufen Hand in Hand durch das kleine Dorf und sehen die typischen irischen Häuser an. Mirko meint: „Es ist ganz nett hier, es ist mal etwas Anderes, da sehen wir etwas von der Welt." Zur gleichen Zeit spürt Jennie einen kleinen Fußtritt in ihrem Bauch, sofort geht Jennie in sich und fragt ihr Kind: „Ist alles in Ordnung." Das Kind meldet sich ruhig: „Mutter hier ist wirklich alles in Ordnung, ich wollte mich nur ein wenig drehen."

Unterdessen setzt sich Aisling mit ihrem Mann, Niklas und Hedda in Verbindung, sie treffen sich in ihrer Behausung. Der schwarze Tod beschäftigt Aisling sehr. Aber Niklas und Hedda glauben nicht, dass der Dämon sich wieder meldet, er wird bestimmt erst die Arbeit seine beiden Dämoninnen machen lassen. Dann könnte es vielleicht sein, wenn sie nicht fähig sind uns zu töten, dass er sich meldet. Sie sind sich einig, dass sie vor diesem Dämon erst einmal keine Angst haben müssen. Kieran lächelt und spricht Hedda und Niklas an: „Wir lassen uns das

Willkommens Fest von keinen Dämonen vermiesen. Wir gehen jetzt hin und Feiern bis die Sonne aufgeht.

Sie machen sich zusammen auf den Weg zum Festsaal, der wie bei ihnen, für das ganze Dorf zu nutzen ist. Hedda und Niklas staunen nicht schlecht, wie sie in den Saal hineinblicken, viele Leute waren noch beschäftigt Essen herzurichten und Tische zu decken. Es sieht so aus, dass es ein großes Fest wird. Inzwischen versammeln sich einige Leute, die natürlich auch mithelfen. Jennie und Mirko sind inzwischen gekommen und die anderen folgen Ihnen. Aisling sieht wie die Druidin Hedda staunt und sagt: „Wie ich einmal bei euch eingeladen war, wurde nicht weniger aufgetischt. Hedda staunt, was sie alles zu sehen bekommt, vor allem das reichliche Angebot an Essen und Trinken. Hedda lächelt und fügt hinzu: „Was sagt uns das, wir haben alle das Feiern nicht verlernt und feiern die Feste wie sie kommen." Aisling flüstert ihrer Freundin: „Wir haben doch bald noch ein großes Fest." Hedda überlegt und fragt: „Was für eins." Sie schmunzelt: „Die Beiden, eine Hochzeit" und zeigt zum jungen zukünftigen Paar hinüber. Hedda muss jetzt lachen und sagt: „Da haben wir noch viele Feste vor uns." Die Irin fragt: „Wieso?" Hedda sagt ganz geheimnisvoll zu ihrer Freundin: „Du glaubst es nicht, Niklas hat um meine Hand angehalten. Auch Waldtraud und Sepp wollen heiraten." Aisling entkommt ein lautes jubelndes „Nein, das kann ich nicht glauben" über ihre Lippen und Sie hüpft vor Freude auf ihren Stuhl. Sie sagt voller Freude: „Du wirst doch diese Hochzeit bei uns feiern. Da muss ich unbedingt dabei sein, das lasse ich mir nicht entgehen." Hedda wusste sofort, es dauert nicht lange und das ganze Dorf weis über ihre Hochzeit Bescheid, natürlich auch über Waldtraud und Sepp. Aisling fügt hinzu: „Erst müssen wir Jennie und Mirkos Hochzeit hinter uns bringen. Das finde ich alles super."

Daraufhin steht Sie auf, geht zur Bühne und begrüßt alle Anwesenden. Sie stellt die Neuankömmlinge vor. Besonders bei Jennie jubeln alle. Die irische Druidenfrau lässt es sich nicht nehmen zu verkünden, dass sie noch drei Hochzeiten feiern werden. Niklas schaut jetzt etwas grimmig zu der irischen Druidin. Die sich ein schelmisches Lachen nicht verkneifen kann. Seine zukünftige Frau sagt darauf: „Mein alter Freund, jetzt wissen es alle und dann bist du bald mit mir verheiratet, freust du dich gar nicht?" Jetzt kommt ihm doch ein kleines Lächeln über die Lippen. Aisling kommt wieder zurück und stellt sich vor die Beiden hin, nimmt ein frisches Bier, gefüllt in ein Horn, hebt es hoch, dass es alle sehen können und schreit hinaus: „Auf die Neuankömmlinge. Auf Jennie und Mirko mit ihren Kind und auf ihre Hochzeit, nein, auf die drei Hochzeiten." Alle heben ihre Hörner und prosten ihnen zu und jubeln. Wie Aisling hinausschreit: „Dass Niklas und Hedda heiraten wollen", war momentan toten Stille. Alle sehen sich an und murmeln durcheinander. Die Druidin lacht und schreit noch mal: „Wirklich, er macht es" und sieht dabei nochmal in die Runde. Sie merkt, alle schauen immer noch ungläubig. Mit aller Kraft, was ihre Stimme hergibt, schreit Sie noch mal: „Ihr glaubt mir nicht, ich kann es verstehen, aber der alte Dickschädel macht es wirklich." Endlich jubeln alle und prosten Niklas zu. Aisling schreit noch hinaus: „Und jetzt wird gefeiert, gegessen und getrunken bis der Hahn am Morgen kräht." Sie haben sich schnell mit ein paar Iren angefreundet, einige Leute kennen sie schon. Mit denen sie zusammen gegen die Dämonen gekämpft haben, es war ein großes Hallo! Schnell hat sich eine große Runde gebildet und das Eis ist gebrochen, auch Jennie fühlt sich jetzt viel wohler. Es wird bis in die Morgenstunden zusammen gegessen und getrunken. Es haben viele ein Problem, in ihr Haus zu kommen, oder überhaupt zu finden.

Aisling und Kieran haben mit ihnen Morgen, beziehungsweise noch heute, nach dem Aufstehen, was manchen Schwierigkeiten bereitet, einen Spaziergang zu machen und ihnen alles persönlich zeigen und erklären. Ihnen noch weitere wichtige Personen vorzustellen. Aber als Jennie und Mirko ihre Augen öffnen, war es schon fast Mittag und haben noch einige Schwierigkeiten beim Aufstehen, um auf die Beine zu kommen. Kopfschmerzen hat nur Ihr zukünftiger Mann, Sie darf keinen Alkohol trinken. Keiner von Beiden will jetzt viel reden. Sie sehen aus dem Fenster und merken, dass nicht viele Leute zu sehen sind. Mirko meint: „Dass sie am besten zum Gesellschaftsraum gehen und nachsehen, wer heute unterwegs ist."

Sie machen sich frisch, so gut wie es ihr Zustand zulässt und laufen zusammen zum Gesellschaftsraum. Sie staunen, es waren schon einige Leute beim Aufräumen und bieten für alle ein Katerfrühstück an. Mirko meint: „Wir können doch auch helfen." Aisling auch hier die Chefin, meint streng: „Erst Essen, dann Arbeiten." Waldtraud und Sepp warten mit einem starken Kaffee am Tisch, die anderen kommen nach und nach dazu. Nach dem Frühstück wollen alle helfen, aber die Druidenchefin lehnt ab und meint: „Nächstes Mal, erst zeige ich Euch das ganze Dorf und alles was wichtig ist. Den Gesellschaftsraum oder Festsaal habt ihr ja schon kennen gelernt." Aisling geht mit ihnen durch das Dorf, es ist nicht viel anders als in Schweden, sie sind genauso ein Naturvolk, sie machen alles selber. Nur, dass jetzt Winter ist. Sepp fragt Kieran: „Macht ihr auch Bier selber" und zog zwei Flaschen seines selbst gebrauten aus einer Tasche und bot Kieran an, es zu probieren. Kieran sieht sich das Bier erst mal genau an, nimmt einen Schluck und meint: „Sehr gut gebraut, wenn ich mich nicht irre, kommst du aus München, dort weiß man wie Bier gebraut wird. Wir könnten einen gut gebrauchen, der einen anderen Geschmack in unser Bier bringt." Waldtraud bekommt es mit, stemmt ihre Arme in die Hüfte, schüttelt den Kopf und sagt lächelnd: „Du hast es geschafft, Kieran mit deinem Bier zu überzeugen, deine lieblings Beschäftigung, Bier brauen."

Niklas hört Beschäftigung und spricht sofort Mirko und Musti an: „Ihr könnt Euch denken, was für uns wichtig ist, ihr lauf sofort regelmäßig Runden um das ganze Dorf." Mirko antwortet: „Das war uns klar, dass es wichtig ist, wir hätten es selbst vorgeschlagen. Wir werden uns aufmachen und unsere erste Runde laufen." Jennie lästert dabei: „Für Mirko und Musti habe ich eine super Idee, ich mache euch für die Nacht mit Signalfarbe ein pinkes Strähnchen ins Fell, damit ihr Euch leichter erkennt." Musti sieht

Jennie verwundert an und sagt entsetzt: „Das sieht doch Schwul aus." Jetzt müssen Mirko und Roland laut lachen.

Kurz danach meldet sich Kunigunde: „Wie sieht es mit Dämonen belauschen aus?" Niklas sieht Kieran an und fragt ihn: „Ich denke, das sollten wir bald tun, die wollen eine Wahl für einen neuen Dämon machen, für die 7 Mächtigsten?" Kieran sagt: „Das machen wir auf jeden Fall, da haben wir ein paar Spezialistinnen, die Frauen können sich zusammentun." Sie laufen zusammen weiter und sie sehen, dass sie Kühe, Rinder, Schweine und sogar etwas Wild halten, auch ein Gestüt mit kräftigen Pferden. Sie kommen zu einem großen Fischteich und an einem kleinen Fluss vorbei. Nach weiteren guten 10 Minuten laufen, kommen sie an die Küste, mit tiefen Felsenklippen. Es ist ein fantastischer Anblick, sie sehen auf das weite Meer hinaus, es ist ein wildes Meer, riesige Wellen peitschen gegen die Felsen, so das ein kräftiges Donnern zu hören ist. Ein sehr raues Land. Sehr lange genießen sie diese herrliche Aussicht. Die junge Hexe steht am Rand der Klippen, das rote Haar weht im Wind. Ihre Gedanken sind weit weg und dabei flüstert Sie: „Hier werde ich mich gerne mit meinem Kind zurückziehen und kann mich ungestört unterhalten." Hedda vernimmt es und sagt: „Das wirst du aber nicht alleine machen, das ist zu gefährlich." Auf dem Rückweg nimmt Aisling Jennie in den Arm und sagt: „Wir werden gut auf dich und das Baby aufpassen, wir werden heute Abend in die magische Kugel sehen und dann eure Hochzeit vorbereiten." Sophie, Jennies Tante und zugleich Stiefmutter kommt dazu und war begeistert: „Dass ich das noch erleben darf." Der werdenden Mutter merkt man öfters an, dass es Ihr zu viel wird. Sie weiß, die Hochzeit muss schnell gemacht werden, die Dämoninnen können bald wieder zuschlagen und das macht allen große Sorgen. Sie marschieren wieder zurück und Mirko und Musti machen sich auf ihre Erkundungsrunde ums Dorf. Sie rennen auf vier Pfoten aus dem Dorf, einige sehen erst erschreckt auf die Beiden, als sie zwei riesige Werwölfe erblicken, die aus ihrem Dorf laufen und dann verschwinden. Die junge Hexe ist unterdessen alleine in ihrem Haus, sieht alles durch und war in Gedanken bei ihrem Kind, liebevoll streichelt Sie ihren Bauch.

Auf einmal merkt Jennie, dass etwas nicht stimmt, ein heftiger Stich in ihrem Kopf und sie weiß, das kann bestimmt nur der schwarze Tod sein. Sie hört das böse Lachen und der schwarze Tod sagt nur: „Du hast mich sofort erkannt, Jennie, ich will dich nur daran erinnern, dass wir bald bei dir sein werden und dich töten." Dann ist der Spuk vorbei. Wie Mirko zur Tür hereinkommt merkt er, dass seine Jennie ganz verstört auf ihrem Bett sitzt. Er fragt: „Hat sich der schwarze Tod wieder bei dir gemeldet." Jennie sagt ganz verängstigt: „Sie werden bald kommen und uns töten." Ihr Freund geht in sich und meldet Niklas, was passiert ist. Hedda und Aisling beeilen sich und sind schnell bei Ihr um Sie zu beruhigen und fragen: „Hat er gesagt, wir kommen bald?" Das bestätigt Jennie. Darauf meint Hedda: „Dann werden bestimmt nur die zwei Dämoninnen erscheinen. Heute Abend sehen wir in die magische Kugel, vielleicht wissen wir dann mehr."

Kapitel 3
Die magische Kugel

Am Abend treffen sich alle wichtigen Leute von Kieran und Niklas. Die magische Kugel steht zugedeckt auf einem kleinen Tisch. Unter den Frauen wird heftig diskutiert, wer die Sitzung halten soll. So lernen Sie Niamh kennen, Sie ist die zweite Chefin im Dorf und hält immer die Sitzungen, aber Sie will keinen Streit unter ihnen. Waldtraud und Kunigunde sind sich einig, dass bei ihnen Sophie die Spezialistin ist. Sie hat die besten und sichersten Seancen gemacht. Da kommt Niamh auf

Sophie zu, stellt sich Ihr vor und macht den Vorschlag: „Machen wir es doch zusammen." Sophie ist begeistert und antwortet: „Man kann immer voneinander lernen" und fragt: „Was machst du für einen Schutzschirm?" Die beiden Orakel entfernen sich etwas von den anderen Frauen und unterhalten sich angeregt. Niklas und Kieran kommen zusammen und fragen die Damen, ob sie sich einig geworden sind, wie die Sitzung abläuft. Hedda antwortet: „Das machen die Zwei gerade miteinander aus. Kurz darauf kommen die Beiden zurück und erklären: „Dass Sie die Kugel aktivieren und sie wollen, dass sich die beiden Anführer neben ihnen stellen sollen, falls Gefahr droht." Dann bittet Kieran um Ruhe und hält eine kurze Rede. Beide Orakel sind bereit, aber sie sind Nervös und haben Angst.

Daraufhin aktiviert Niamh die Kugel, Sophie lässt der Gastgeberin den Vortritt. Sie aktiviert den Schutzschirm. Kieran geht daraufhin zur Kugel und zaubert wie der Alte einen großen Bildschirm darüber, dass alle gut sehen können. Niamh fragt Sophie: „In welches teuflisches Reich wollen wir erst hineinsehen." Diese meint: „Dass Tarantula die aktivste von den beiden Dämoninnen ist. Ihr Reich haben wir noch nie gesehen." Niamh sagt scherzhaft: „Also, ab zur Spinnen Dämonin, schauen wir da rein, wir haben das Reich der Spinnen noch nie gesehen." Sie sprach ihre magische Kugel an: „Karnivat pasivat Silumat borum Tarantula." Die beiden Frauen sehen, dass sich etwas in der Kugel verändert. Es wird noch mal Dunkel, ein kurzer Blitz durchzog die Kugel und wird langsam wieder heller. Alle im Raum sehen gespannt auf den Bildschirm. Ganz still ist es im Raum, nichts ist mehr zu hören, die Anspannung ist zu spüren, was bekommen Sie zu sehen und zu hören? Langsam kann man schemenhafte Bilder erkennen. Können Sie die beiden Dämoninnen hier belauschen?

Langsam erkennen Sie ein großes bizarres Bild, alle im Raum erschrecken, was sie zu sehen bekommen. Eine kahle unnatürliche Landschaft, so ähnlich wie bei Samhain und ihren Raben, in der steppenartigen Landschaft sind viele kahle Bäume. Im Hintergrund ist eine große dunkle Burg, diese wirkt sehr unheimlich. Sie steht wie ein dunkles Monster in der Landschaft, mit vier hohen Türmen. Dazwischen, was dieses Bild noch viel böser aussehen lässt, sind riesige Spinnennetze. Die einen Menschen leicht festhalten können, aber das wirklich Unheimliche ist, tausende von großen grünen Taranteln krabbeln überall umher. Der Boden in der Steppe ist mit ebenso vielen Löchern übersät, es ist ein kommen und gehen. Im schlimmsten Alptraum könnte man nicht, so ein unnatürliches und grauenvolles Bild sehen.

Auf einmal erschrickt Niklas und schaut erschrocken auf den Bildschirm, was er jetzt zu sehen bekommt beunruhig Ihn. Es nähern sich auf einmal Riesenspinnen, diese sind größer als ein Mensch, die Stacheln sind so groß wie Speere. Kieran sagt zu Niklas: „Das sind riesige, mörderische Kampfmaschinen." Alle im Raum sind geschockt. Sie können nicht vorstellen, gegen diese Biester zu kämpfen. Aber, was sie nicht sehen, ist ihre Herrin. Wo sind die beiden hässlichen Dämoninnen? Alle suchen nach den Beiden. Auf einmal zucken alle vor Schreck zusammen, direkt vor ihnen ist ein großer kahler Baum, mit vielen großen Spinnennetzen. Plötzlich sehen Sie einen großen schwarzen Vogel fliegen und hören ein bekanntes krächzen, ein Rabe landet auf diesem Baum und diesen kennen Sie bereits! Der Kopf des Raben dreht sich in ihre Richtung, er sieht Sie an. Sein listiges Auge blinzelt. Sophie flüstert entsetzt: „Dieses verdammte Biest hat uns entdeckt." Niklas sagt mahnend: „Jetzt müssen wir aufpassen. Wir werden die Spinnenkönigin jetzt zu sehen bekommen." Der Rabe fängt wild zu flattern und fürchterlich zu schreien an. War das ein Zeichen?

Dann wird es auf einmal Ruhig in dem Reich, nichts rührt sich mehr, alle Spinnen verstecken sich. Eine unheimliche Spannung entsteht. Im Hintergrund erkennen alle, da kommen zwei Gestalten ganz langsam heran geschwebt. Sie erkennen Tarantula und Samhain. Die Raben Dämonin bleibt etwas zurück und bleibt stehen. Tarantula will Überlegenheit zeigen und kommt diesmal langsam, aber direkt zu ihnen.

Bleibt in der Luft stehen und sagt zu ihnen: „Ihr dummen Kelten, könnt es wirklich nicht lassen. Ihr wollt wieder eine Menge Tote und Verletzte riskieren." Ihr sieht man an, dass sie sehr zornig ist, sie fuchtelt wild mit ihren knochigen Händen in die Luft. Samhain schreit Ihr zu: „Vernichte diese Keltenbrut." Niklas und Kieran sehen ganz gespannt auf den Bildschirm, um schnell reagieren zu können. Was hat die Dämonin vor?

Die Spinnenkönigin lacht, winkt und wie aus dem Nichts kommt eine riesige Spinne herangehüpft. Kieran hebt sofort den Zauberstab und schreit: „Namag selektus" die Kugel schließt sich schnell, ein Donnern geht durch diese Kugel, kleine Blitze schießen aus Ihr. Sie dreht sich um die eigene Achse. Wird sie zerplatzen, hat er es nicht mehr rechtzeitig geschafft, sie zu schließen? Entsetzt sehen die beiden Orakel auf das, was vor ihnen passiert. Ein Schrei des Schreckens geht durch den Raum, würde ihr Schutzschirm halten? Ein schriller Ton kommt aus dem Innern der Kugel, diese wölbt sich auf der vorderen Seite und ein riesiger Stachel kommt, wie ein Speer aus dieser Kugel geschossen und trifft Niamh in die Brust. Knochen brechen und Blut spritzt durch den Raum. Ein riesiger Dorn mit großen Widerhaken bohrt sich tief in ihren Körper. Nur ein kurzes surren war zu hören, als der Stachel aus der Kugel geschossen kam. Ein furchtbarer Schrei voller Schmerzen geht durch den Raum, es ist der Todesschrei von Niamh. Dann war ein röcheln zu hören. Mehrere Schreie voller Entsetzen kommen hinzu, von Kieran und den anderen Druiden. Alle schreien wild durcheinander, Chaos herrscht im Gesellschaftsraum.

Niklas schreit: „carum septus." Aber er wirkt zu spät, die Spinne und die Kugel zerplatzen in tausend Fetzen, überall kleben die grünen Spinnenteile im Raum. Grüner stinkender Dampf steigt von diesen auf. Es riecht nach Schwefel, der Gestank der Hölle. Niamh hängt nur noch bewegungslos in ihrem Stuhl, ein großes tief blutendes Loch ist an ihrer Brust zu sehen. Ihre Arme hängen kraftlos herunter und ihre Augen sind starr und leer. Kieran stürzt zu dem Orakel, er will helfen, sie zum Arzt bringen und er kann nicht fassen, was passiert ist. Lange Zeit stehen alle wie versteinert da. Totenstille, nichts ist zu hören. Blankes Entsetzen herrscht im Raum.

Das Ärztepaar ist als erstes bei Ihr, sofort versuchen sie zu helfen. Aisling und Hedda kommen dazu. Dann hören sie Tarantulas furchtbare Stimme durch die magische Kugel. Die eiskalte Stimme dringt bis in den letzten Knochen. Jetzt habt ihr das bekommen, was ihr verdient habt, das werdet ihr Euch für immer merken. Man hört die Schadenfreude und Überheblichkeit in ihrem Lachen. Sophie sitzt wie gelähmt in ihrem Stuhl, zu groß ist der Schreck in ihren Gliedern. Sie könnte an Niamhs Stelle tot sein. Jennie und Mirko stehen auch erstarrt da. Kaum sind sie hier und schon gibt es eine Tote. Alle stehen unter großen Schock, von dem sie sich alle erst erholen müssen. Kieran brüllt auf einmal in den Raum: „Das wird uns Tarantula tausend Mal büßen, das lässt sich kein irischer Kelte bieten, diese eklige Brut!!"

Jennie geht in sich und fragt Ihr Kind: „Kannst du Ihr nicht helfen." Das Kind antwortet: „Wenn ich auf der Welt wäre und etwas größer, dann vielleicht, hier ist das magische Gift so stark, dass ich keinen Weg sehe. Habe es schon bei deiner Tante, nur mit Eurer Hilfe geschafft." Das Ärztepaar versucht alles Mögliche um Niamh zu retten, Niklas und Kieran laufen Nervös im Raum umher, sie suchen nach einer schnellen Lösung. Aisling kniet neben den Ärzten bei Niamh, Ihr laufen Tränen aus den Augen, Sie fleht um Hilfe. Die Ärzte bitten dann die Druidenfrau aufzustehen und schütteln den Kopf, das heißt, Sie ist nicht mehr zu retten. Sie ist Tod!! Sie haben wieder ein Opfer zu beklagen. Kieran ist es der Niamh die Augen schließt, es schüttelt Ihn vor Schmerz, Tränen laufen in Bächen über sein Gesicht, er hat eine gute Freundin für immer verloren. Der Schatten des Todes ist über dem irischen Dorf. Hedda und Kunigunde nehmen die irische Freundin fest in den Arm und versuchen Sie zu trösten. Niklas tut dasselbe mit seinem irischen Freund. Kieran sagt mit weinerlichen Stimme zu Niklas: „Das lasse ich Tarantula noch spüren, wir schicken Sie in die Hölle, zu Diabolus. Versprich mir das Niklas" Er antwortet: „Das verspreche ich gerne, wenn es soweit ist, werden alle meine Leute hier sein und mitkämpfen." Aber der Druide hat Angst, er hat gemerkt und gesehen, dass Tarantula eine sehr mächtige Armee geschaffen hat. Ist sie überhaupt zu besiegen? Tarantula macht Ihm große Sorgen.

Helfer tragen den leblosen Körper aus dem Raum, ein paar weitere Leute folgen. Aisling sagt mit weinerlichen Stimme zu Hedda: „Niamh hat keine Angehörigen die sie hinterlässt außer uns, ihre besten Freunde. Wir werden Sie sehr vermissen" und Ihr laufen wieder Tränen über die Wangen. Noch war großes Entsetzen im Raum, niemand kann fassen, was gerade geschehen ist. Jennie läuft zu ihrer Stiefmutter und will auch Sie trösten. Sophie sieht Jennie mit verweinten Augen an und sagt: „Es hätte nicht viel gefehlt und ich wäre an ihrer Stelle gestorben." Die junge Hexe antwortet: „Ich weiß, du bist es nicht, wir müssen nach vorne schauen, sonst haben wir den Kampf gegen die Dämonen verloren." Sie steht auf und sagte zu ihrer Tochter: „Du hast recht, aber es ist so schwer, nach so einer bitteren Niederlage, was machen wir jetzt?" Jennie energisch: „Weiter kämpfen!" Kieran sagt: „Wir beerdigen Sie und machen anschließend eine Versammlung, damit wir gegen die Brut gut vorbereitet sind." Niklas meint dazu: „Ja, wir müssen bestens vorbereitet sein, wir überlegen jeden Schritt ganz genau, besser zweimal, ich lasse mir bestimmt etwas einfallen. Ich weiß, was wir tun, werde etwas mit Hedda und Jennie besprechen."

Am nächsten Morgen ruft Niklas seine Gruppe in den Gesellschaftsraum, um zu beraten. Sie kommen alle und waren Gespannt, was Niklas Neues weis. Sie setzen sich an einen großen Tisch und Niklas erhob als erster das Wort. Er spricht sehr ruhig, jedoch mit großer Sorge ist in seiner Stimme: „Ihr wisst, wir müssen davon ausgehen, dass wir öfter einen Ortswechsel vornehmen. Ich schlage vor, wir bleiben zur Beerdigung von Niamh, feiern daraufhin die Hochzeit von Jennie und Mirko, machen einen kurzen Stopp auf dem Brocken, anschließend zur Hochzeitsreise, von mir aus in die Türkei. Damit haben wir vielleicht etwas Zeit gewonnen." Alle sehen sich verwundert an und können nicht glauben, was sie gehört haben, auch Jennie, denn Sie ist davon ausgegangen, dass sie hier einige Zeit bleiben. Sie fällt Ihm ins Wort: „Warum so schnell wieder weg." Niklas antwortet: „Ich gehe davon aus, nach dem Vorfall, dass die Dämonen genau wissen, wo wir uns aufhalten." Sepp sagt: „Schade, ich hätte hier Bierbrauen können, aber ich glaube, dass Niklas recht hat." Kunigunde fragt: „Können wir den Biestern eine Falle stellen, so ähnlich wie letztes Mal." Mirko meldet sich zu Wort: „Diesmal werden sie vorsichtiger sein, das halte ich noch zu früh, ich bin auch dafür, erst mal fliehen um die Dämonenwelt zu verunsichern." Waldtraud lacht und sagt: „Niklas, ihr Beiden könnt auf dem Brocken heiraten und dein ganzes Dorf dazu einladen, Kieran und Aisling auch. Das wäre etwas. Hedda lacht und lässt ihren Freund erst gar nicht zu Wort kommen, ruft in die Gruppe: „Das ist eine super Idee" und alle sind begeistert. Da kann ihr Druide nichts mehr entgegensetzen. Alle lachen Ihn jetzt ein wenig aus, er muss jetzt auf dem Brocken heiraten. Für Waldtraud und Sepp werden sie noch eine Lösung finden, da waren sich alle einig. Sepp sagt: „Von mir aus sofort, aber das können wir nicht machen." Jennie sagt daraufhin: „Wir können doch eine Doppelhochzeit feiern." Waldtraud lehnt aber ab und meint: „Das ist Euer Tag und soll es bleiben, wir werden sobald es geht, nachholen." Jetzt waren sich alle einig, dass alles so gemacht wird, sie müssen es nur Aisling und Kieran schonend beibringen.

Das irische Druidenpaar weiß, dass sie im Gesellschaftsraum sind, sie kommen dann dazu und wollen nur verkünden, dass die Beerdigung Übermorgen am Vormittag ist. Ein paar Tage darauf werden sie die Hochzeit von Jennie und Mirko feiern. Hedda erzählt, was sie gerade besprochen haben. Aisling ist etwas Traurig, weil sie ihr Dorf so schnell wieder verlassen wollen. Aber sie muss zugeben, die Gründe sind schon Gewichtig und eine kluge Entscheidung. Was der Druidenfrau gut gefällt, dass sie zur Hochzeit von Hedda und Niklas eingeladen sind. Sie sagt:

„Das lassen wir uns auf keinen Fall entgehen." Kieran sagt zu Niklas: „Dass er nach der Beerdigung eine große Versammlung abhalten will, weil er glaubt, dass die beiden Dämoninnen keine Ruhe geben werden." Niklas stimmt auf jeden Fall zu. Sie lösen fürs Erste diese Versammlung auf und rufen noch in die Gruppe: „Wir Kelten lassen uns von der Brut nicht besiegen."

Jennie sagt zu Hedda: „Ob sie einen Spaziergang zu den Klippen machen will." Hedda ist gleich dabei und sie laufen zusammen los. Sie genießen die schöne Aussicht und die junge Hexe kann es nicht lassen, ihrem Kind alles zu berichten. Das Kind meldet sich und meint dazu: „Eine sehr kluge Entscheidung, aber die Dämonen werden bestimmt nicht mehr lange auf sich warten lassen."

Die paar Tage bis zur Beerdigung vergehen schnell. Das ganze Dorf hat am Vortag einige Vorbereitungen getroffen. Niklas sagt zu Jennie: „Gott sein Dank, muss ich heute keine Rede halten." Fast das ganze Dorf war da, um Abschied zunehmen. Sehr viele Leute warten schon vor der Kirche. Kieran hielt die Messe und die Rede für Niamh. Nach der Messe bringen sie die liebste Freundin in Tüchern gehüllt zum Friedhof. Hier hält das Oberhaupt des Dorfes eine kurze Rede. Dann beginnt das irische Druidenpaar, die ersten Steine auf das Grab zu legen, denn Niamh hat selber keine Angehörigen. Dann legen alle einen weiteren Stein auf ihr Grab und verabschiedeten sich von der lieben Freundin.

Nach der Beerdigung kommt das Ärztepaar auf Jennie zu und fragt Sie: „Sie würden eine Untersuchung vorschlagen und sich auf einem Besuch von Ihnen freuen." Sie stellen sich vor, mit Ciara und Niall, die wirken sehr nett und meinen: „Sie tun bestimmt nichts, was dem Kind schaden kann. Jennie ruft Hedda zu sich und fragt: „Willst du mich zum Frauenarzt begleiten." Was Hedda sich nicht nehmen lässt. Die Beiden sind wirklich nett zu Ihr. Bei dem Kind ist alles in Ordnung, sie finden es nur ungewöhnlich groß. Die Beiden brauchen kein Ultraschallgerät, nur ihre Hände. Sie müssen bei ihnen einen Kaffee trinken, wie bei Olivia und Mikka. Danach meint Hedda, müssen wir zu Aisling: „Da fangen wir mit den ersten Vorbereitungen für eure Hochzeit an, es sind nur noch ein paar Tage bis zum Fest und an diesem muss alles in Ordnung gehen.

Kapitel 4
Jennies und Mirkos magische Hochzeit

Aisling wartet ungeduldig auf die zukünftige Braut und meint: „Wir werden schauen, was für ein Kleid dir steht." Die junge Braut will unbedingt in Weiß heiraten. Hedda und die anderen Frauen kommen dazu, sie wollen es sich nicht nehmen lassen, bei der Anprobe des Hochzeitskleides dabei zu sein. Die Hexen und Druiden Frauen haben eine Unmenge von Kleidern besorgt. Jennie sagt: „Da bin ich den ganzen Tag mit Anprobieren beschäftigt." Sophie fügt hinzu: „Du willst die schönste an deinem Tag sein, also musst du leiden, los probiere mal das Erste an." Die Frauen haben sehr viel Spaß bei der Anprobe und lassen sich viel Zeit und finden das Passende. Es ist ein langes Kleid mit vielen Rüschen, Tüll und Verzierungen. Etwas weit geschnitten, damit man ihren großen Schwangerschaftsbauch nicht erkennen kann. Unten war es mit einem Reif weit gehalten und dazu hat es eine sehr lange Schleppe. Ihre Freundinnen finden zur ihrer Freude, eine schöne weiße Spange mit Glitzersteinen, für ihr langes rotes Haar. Waldtraud und Sophie umarmen und bewundern Sie, Jennie ist wirklich eine sehr schöne Hexenkönigin. Sie sieht großartig aus. Die Frauen meinen nach der Anprobe: „Wir werden zusammen ein Glas Sekt trinken." Sie sagen zu Jennie: „Dir schadet ein kleines Glas bestimmt nicht." Danach kann sich Jennie gelassen hinsetzten und den anderen Frauen zusehen, denn sie wollen auch ein besonderes Kleid haben und gut darin aussehen. So wird es ein langer Anstrengender, aber kein langweiliger Tag. In Gedanken ist Jennie bei Mirko, für was er sich wohl entscheiden wird, bestimmt für keinen Anzug?

Nachdem die beiden Werwölfe wie immer ihre Runde um das Dorf gemacht haben, kommt Kieran, Niklas und Sepp auf den jungen Bräutigam zu und haben entschieden: „Er müsse auch mal einen Anzug oder eine schöne Kombination anprobieren." Mirko ist nicht begeistert, aber er weiß, da muss er durch. Alle Männer kommen im Gesellschaftsraum zusammen. Hier hängen auf einem langen Ständer einige Anzüge und Kombinationen. Niklas und Kieran haben ganze Arbeit geleistet. Mirko fängt etwas widerwillig an, die erste Kombination anzuprobieren. Er will nicht in einem steifen schwarzen Anzug heiraten. Stattlich sieht der große junge Mann mit den blonden Haaren in der festlichen Kleidung aus. Alle sind gespannt, für was er sich entscheiden wird. Er fragt sich, für welches Kleid sich wohl seine Jennie entscheiden wird. Viele Anzüge und Kombinationen probiert Mirko an, nichts gefällt ihm. Niklas sagt schon: „Der ist schlimmer als eine Frau, Jennie hat bestimmt schneller ein Kleid gefunden." So entscheidet sich der Bräutigam für einen dunklen fast schwarzen Anzug, der Tailliert geschnitten ist. Mirko kann durch seine sportliche Figur so etwas gut tragen. Nach dem das geschafft ist, meint Sepp, jetzt machen wir eine Pause und trinken ein Bier. Niklas und Kieran sind über den Vorschlag begeistert. Dann kann sich Mirko setzen und gelassen denn Anderen zusehen, wie sie etwas aussuchen. Mirko meint zu Musti: „Dass du wirklich etwas Schönes aussuchst, du musst neben mir schon sehr gut aussehen." Sein Freund meint: „Er hat immer einen besseren Geschmack." Mirko fragt Niklas: „Wen Jennie neben sich haben wird." Der Druide meint: „Mit absoluter Sicherheit Waldtraud."

Am nächsten Tag helfen alle zusammen, um die große und außergewöhnliche Hochzeit vorzubereiten. Es wird emsig zusammengearbeitet, sie kochen und bereiten viele gemixte Getränke vor. Dann schmücken sie die Tische im Gesellschaftsraum, es ist viel zu tun. Niklas versucht sich wieder, was Ihm nicht gefällt, an einer langen, schönen und passenden Rede. „Diese hält er sehr gerne." meint er. Kieran übt mit den Brautleuten die Zeremonie. Als sie fertig sind, meinen alle, dass alles perfekt vorbereitet ist. Sie setzen sich im Gesellschaftsraum zusammen, trinken noch ein wenig und sind guter Dinge. Was sie nicht wissen, sie werden heimlich beobachtet. Die beiden Dämoninnen beobachten alles genau über ihren Bildschirm, sie wissen genau, wo sich Jennie und Mirko mit ihrem ungeborenen Kind aufhalten.

Am nächsten Tag in der Früh, Jennie und Mirko sind gerade aufgestanden und machen sich frisch, ist ein riesiger Radau vor ihrem Haus. Sie gehen in ihrer Schlafkleidung vor die Türe, um zu sehen, was hier vor sich geht. Sie staunen, als eine große Menschenmenge vor ihrer Tür mit einer Musikkapelle steht. Sie haben typische irische Musikinstrumente, aber auch alte Keltische. Die sofort, als sich die Türe öffnet, anfangen zu spielen. Diese Überraschung ist den Iren wirklich gelungen. Jennie und Mirko freuen sich riesig. Kieran tritt hervor und sagt: „Jetzt werden Sie mit der Kapelle zu einem gemeinsamen Frühstück begleitet. Danach werden die Damen, das Brautpaar zum Anziehen und Frisieren begleiten." Jennie kann es nicht fassen, wie ihr Hochzeitstag anfängt. Sie hat den Eindruck, das wird sehr schön, aber auch Anstrengend!

Als die Braut ihr Kleid angezogen hat und von ihren Damen gestylt wird, geht Sie vor die Tür. Ein Raunen geht durch die Menschenmenge, die vor ihrer Tür warten. Sie ist wunderschön, sie ist die wahre Hexenkönigin. Mirko folgt Ihr, auch er wird bewundert. Die Musikkapelle fängt an zu spielen und begleiten das Brautpaar zum Gesellschaftsraum. Hier wird das Brautpaar Standesamtlich getraut, Kieran ist nicht nur der Chef, er ist auch ein ganz normaler Bürgermeister. Jennie besteht darauf, dass von Ihrer Hochzeit schöne Fotos und Filme gemacht werden. Kieran macht es wirklich schön und feierlich, alle klatschen als Jennie und Mirko

unterschreiben und sich küssen. Danach gehen sie zusammen mit der
Kapelle wieder zurück, in ihren Gesellschaftsraum, um gemeinsam zu
Essen. Davon wird reichlich aufgetischt. Es fehlt an nichts. Das Brautpaar
sitzt in der Mitte der Tafel. Neben Jennie sitzt Sophie die Stiefmutter mit
ihrem Freund. Neben Mirko sitzt Musti und Waldtraud mit Sepp.

Nach dem Essen geht es mit der Musikkapelle zu einer kleinen Kapelle,
hier wird das Brautpaar von Niklas erwartet, um die keltisch kirchliche
Trauung zu vollziehen. Niklas gibt sich allergrößte Mühe, er macht es als
Druide wunderschön. Er hält seine Rede, wie sich die Beiden kennen
gelernt haben und was sie für Aufregungen mit ihren Feinden
durchmachen mussten. Dass sie bald ein wundervolles Geschenk
bekommen, ein starkes mächtiges Kind, da klatschen und jubeln alle.
Jennie und Mirko machen mit Niklas, ein wundervolles Bild, vor dem
sehr alten keltischen Altar. Als das Brautpaar dann endlich die Ringe
tauschen und sich küssen, ist ein tobender Applaus zu hören. Sie sind
begeistert und jubeln dem Brautpaar zu. Jennie und Mirko fühlen sich im
siebten Himmel und sehen sehr Glücklich aus.

Niklas lacht und spricht die Beiden ernst an und sagt: „Wir sind noch
nicht fertig." Das Brautpaar sieht den Druiden etwas fragend an. Er winkt
Aisling zu sich heran und flüstert ihr etwas ins Ohr. Sie lächelt und läuft
weg. Sie braucht nur ein paar Minuten und kommt mit drei großen
Kelchen zurück. Sie überreicht jedem einen. Das frisch vermählte Paar
sieht skeptisch in den Kelch und fragt: „Was ist in dem Kelch?" Er meint:
„Ein magischer altkeltischer Trank, den müsst ihr jetzt trinken, das bringt
euch Glück und noch mindestens 5 Kinder." Niklas schmunzelt. Darauf
nippt Mirko ein wenig an dem Getränk und lacht: „Das ist ein guter
Rotwein!" Der Druide hebt den Kelch und ruft in die altkeltische Kapelle
hinein: „Und jetzt stoßen wir an, auf Eure Ehe, in Gottes Namen, das ist
wirklich ein hervorragender Rotwein." Alle jubeln, als sie zusammen
Hand in Hand die Kapelle verlassen. Niklas ist mehr als froh, dass er alles
hinter sich hat, Erleichterung steht in seinem Gesicht und jetzt kann er

endlich befreit Lachen. Die Musik kann wieder anfangen zu spielen. Sie begleiten das Brautpaar in einem langen Zug von Menschen durch das ganze Dorf, zum schön geschmückten Festsaal. Hier gibt es Kaffee und Kuchen.

Danach ist eine kleine Pause für das Brautpaar, sie können sich kurz zurückziehen, um sich frisch zu machen. Die Werwölfe laufen unterdessen eine Kontrollrunde um das Dorf. Waldtraud, Hedda und Sophie, bleiben unterdessen bei der Braut. Plötzlich fühlt Sie, dass etwas nicht stimmt, das Kind meldet sich: „Mutter, da ist schwarze Magie." Dann hört Jennie ein böses Lachen in ihrem Kopf, diese Stimme kennt sie, diese kann nur von Tarantula sein, sofort legt diese los: „Auch, wenn du jetzt verheiratet bist, werden wir dich, dein Kind und deine keltische Bagage töten. Du meinst, dass du dich in Irland verstecken kannst und sicher bist, dann hast du dich geirrt, mein dummes Kind." Dann war der ganze Spuk wieder vorbei. Sophie und Waldtraud sehen Jennie entsetzt an und ihre Mutter fragt: „Wer ist es diesmal." Jennie sagt kleinlaut und blass: „Es war Tarantula" Waldtraud nimmt mit Niklas und Kieran Kontakt auf, die sofort herbeieilen. Der Druide sagt: „Warten wir kurz ab, was Mirko und Musti nach der Kontrollrunde berichten werden. Kieran spricht: „Wir haben eigentlich noch Glück, dass die Beiden so überheblich sind und ihren Angriff anmelden." Niklas antwortet: „Wir können nicht mehr lange hierbleiben auf keinen Fall."

Mirko und Musti die großen mächtig gebauten Werwölfe verlassen leise, auf vier Pfoten das Dorf, keiner beachtet inzwischen die Beiden. Im Gegenteil, die Bewohner fühlen sich beschützt, zwei so mächtige Kampfmaschinen hier zu haben. Schnell sind sie aus dem Dorf verschwunden und bald hören sie Niklas Stimme in ihrem Schädel: „Dass die Beiden heute mehr als gewissenhaft aufpassen sollen, Tarantula hat sich bei Jennie gemeldet und Ihr Angst gemacht." Die beiden Freunde sehen sich an, als sie das hören. Mirko sagt zu Musti: „Warum meldet sich die alte schrullige Dämonin nicht bei mir, ich würde Ihr etwas erzählen, möchte mal in ihren alten faltigen Arsch beißen und zerfetzen." Musti antwortet darauf: „Dann kannst du gleich Gammelfleisch fressen und ich zertrete gerne Spinnen bis sie Brei sind." Mirko kontert: „Du hast recht, die mögen wahrscheinlich nicht einmal die Würmer." Sie laufen ein Stück weiter und Mirko bleibt auf einmal stehen und sagt: „Hörst du etwas, es kommt mir auf einmal alles so anders vor." Der Türke ist auch stehen geblieben und antwortet: „Du hast recht, man hört gar nichts, die Dämoninnen beobachten uns, wir müssen es sofort unseren beiden Druiden melden." Dann machen Sie kehrt, um schnell ins Dorf zukommen, zu seiner Braut Jennie. Hier werden sie erwartet von Niklas und Kieran. Schnell sind die Werwölfe im Dorf, denn sie müssen berichten. Niklas sagt gehetzt: „Wir können nicht mehr lange bleiben, es ist zu gefährlich."

Aisling kam zur Türe herein und sagt: „Das Festessen und die Feier sind hergerichtet", sieht dabei in besorgte Gesichter und fragt: „Was ist passiert?" Ihr Mann berichtet ihr, Sie überlegt kurz, läuft direkt zu Hedda und Sophie und eine gute halbe Stunde gehen sie hinaus. Sie haben etwas zu besprechen. Kieran, Sepp und Niklas sehen sich fragend an. Als Sie hereinkommen, übernimmt Aisling das Wort: „Wir haben ein paar Ideen,

1.
   Wir feiern ganz normal weiter,
2.
   Während dessen verschwindet Ihr einfach. Entweder nach Schweden oder auf den Brocken.
3.
   Dort wird die Doppelhochzeit gefeiert. Waldtraud und Hedda sind sehr gut befreundet. Wir kommen dann nach, ihr meldet Euch an, damit die Vorbereitungen möglichst schnell vorangehen."

Alle anderen im Raum sehen sich fragend an. Dann spricht Sepp seit langem das erste Mal: „Sehr gut überlegt, das ist super, nur was machen wir mit unseren Sachen." Aisling übernimmt wieder das Wort: „Dann fangen wir an, sie dort hinzubringen wo ihr wollt. Der Münchner meint dazu: „Ich denke, sie werden uns am wenigsten auf dem Brocken vermuten." Niklas widerspricht nicht, im Gegenteil, er findet alles gut. Kieran sagt dazu: „Wir werden zusammenhelfen, alles schnell auf den Brocken zu zaubern." Waldtraud meldet sich: „Ich habe schon Bescheid gegeben, sie fangen an, mit den Vorbereitungen." Jennie zückt ihren Zauberstab und zeigt auf ihre Sachen und sagt: „Mirko und ich haben schon gepackt." Waldtraud meint gehetzt: „Sagen wir allen anderen Bescheid." Der Druide lacht: „Habe ich schon gemacht, wir packen genauso wie Jennie. Hedda ist aus der Tür hinaus und tut das gleiche." Die Braut schnauft tief durch und sagt: „Dann müssen wir wohl oder übel wieder weiterwandern, als wären wir Zigeuner. Ich möchte dabei sein, wenn die erste Ladung hinüber gezaubert wird. Anschließend gehe ich zu den Gästen." Der Druide nickt und sagt: „Ist gut" Niklas, Hedda und Jennie schaffen eine große Menge ihres Eigentums auf den Brocken."

Dann gehen Sie zum Essen. Die beiden Druiden sind sich einig, Brautverziehen ist nur genehmigt mit bestimmten Personen und in bestimmte Häuser, sonst wird es zu gefährlich. Nach dem Essen verschwindet Jennie kurz, um weitere wichtige Gegenstände auf den Brocken zu bringen, wie ihre Kessel, alte Zauberbücher, usw. Bei der Nächsten macht Sepp und Waldtraud mit. Sie meinen: „Wir bleiben, um alles mit Vorzubereiten", was ihr Druide für gut findet. Aisling, Kieran, Kunigunde, Märta, Hedda, Niklas wechseln sich ab, um die vielen Sachen auf den Brocken zu schaffen. Die Kelten beweisen, dass Sie gut organisieren können.

Das Fest geht unterdessen weiter, die Irische Musikkapelle spielt sehr viel, Jennie und Mirko tanzen ausgelassen, es wird viel getrunken und gefeiert. Das Brautpaar ist trotzdem im siebten Himmel, halten sich jedoch mit Trinken zurück. Sie haben nicht damit gerechnet, dass sie ihre Hochzeitsnacht auf dem Brocken verbringen müssen. Die Werwölfe machen zwischendurch eine Kontrollrunde, damit nichts auffällt. Sie merken, dass etwas nicht stimmt. Eine Unheimliche schwarze Magie, ist im Wald. Mirko flüstert zu Musti: „Die schwarze Magie ist so massiv anwesend, dass ich es auf jedem Wolfshaar fühlen kann."

Kurz nach Mitternacht gibt es noch ein kaltes Büffet. Dann müssen Jennie und Mirko den Abschlusswalzer tanzen. Alle stellen sich um das Brautpaar und klatschen dabei. Dann küsst sich das junge Paar, zur Begeisterung der Zuschauer. Allen wünschen ihnen Glück und hoffen, dass ihr Weg bald wieder nach Irland führt. Der Druide ruft alle zusammen und Niklas, Hedda und Jennie zücken ihren Zauberstab. Jennie zaubert über ihre vielen irischen Freunde schöne silberne Sternchen, das soll allen Glück bringen und wirft den Brautstrauß in die Menge. Dann stellen sie sich zusammen, die Drei beugen sich, bis sich ihre Zauberstäbe berühren und sind dann verschwunden. Traurig gehen die irischen Freunde auseinander und gehen ihren Aufgaben nach.

Waldtraud und Sepp erwarten Sie auf dem Dorfplatz und meinen: „Das meiste haben sie vorbereitet, es kann morgen losgehen" und strahlen über die Gesichter. Sie nehmen das Brautpaar ganz lieb in ihre Arme. Jennie strahlt und sagt dabei: „Morgen seid ihr dran, könnt es ruhig zugeben, dass ihr ein wenig Nervös seid und dies kaum erwarten könnt." Waldtraud gibt zu: „Dass sie ein wenig Nervös ist. Dazu haben wir kaum Zeit für die Vorbereitung gehabt, wie ihr, bei uns muss alles sehr schnell gehen. Aber unsere Mädels haben super gearbeitet." Niklas sagt: „Aber jetzt schnell ins Bett, damit wir Morgen fit sind."

Die Braut will noch nicht ins Bett gehen, denn sie meint: „Es ist ihre Hochzeitsnacht," aber Jennie weiß, was Mirko unter ihrer Hochzeitsnacht versteht. Jennie hat für diese besondere Nacht eine andere Vorstellung. Sie hat ihr weißes Hochzeitskleid bereits ausgezogen. Sie steht vor ihrem Spiegel, hat noch ihre halterlosen weißen Strümpfe an und dazu ein rotes Strumpfband. Ein kleines schwarzes Höschen, man könnte sagen, so gut wie nichts und ein raffiniertes Spitzenhemdchen. Mirkos Blick wandert zu

seiner jungen hübschen Braut und er überlegt, was will heute meine
Jennie? Er merkt, dass heute seine Frau etwas Zuneigung will.

Er steht auf, stellt sich hinter Sie und streichelt ihren großen Bauch. Nach
einer Zeit dreht sie sich um und sagt zu ihrem Schatz: „Er soll heute ganz
lieb zu Ihr sein," küsst Ihn ganz zärtlich, aber verlangend. Er antwortet
ganz zärtlich: „Das will ich doch auch", und streichelt sie weiter zärtlich.
Jennie zieht dabei ihr weißes Spitzenhemdchen aus. Ihr Mann küsst ihre
festen Brüste, sein Mund geht langsam über ihren Bauch hinunter. Mirko
zieht sich aus, sodass man seinen muskulösen Körper sehen kann. Seine
Frau streichelt über seine harten Muskeln, Ihr verlangen wächst von
Minute zu Minute. Sie entledigt sich, von ihrem kleinen schwarzen Ding.
Sie stehen sich ganz eng mit ihren nackten Körpern gegenüber. Sie
streicheln sich immer weiter und nehmen ihre Umwelt nicht mehr war, sie
waren eins. Jennie berührt jetzt Mirko an seinem edelsten Teil, dass seine
volle Stärke zeigt, Sie lächelt ganz besonders. Er weiß, dass es so weit ist,
seine Frau ist schneller und führt Ihn dahin, wo sie Ihn haben will. Die
Braut hat ihren Mann total verführt und sie sind eng miteinander
verbunden. Er denkt, hoffentlich bricht mein Werwolf nicht durch,
wenigstens heute Nacht. Mirko nimmt Sie hoch, ohne dass sie
auseinanderkommen und trägt Sie zum Bett. Er kommt nicht mehr zum
Nachdenken, es ist eine ganz besondere Nacht, ihre einzigartige
Hochzeitsnacht. Welche auch für Jennie unvergessen bleibt, für Ihr ein
ganzes Leben. Ein langes Heulen von einem Werwolf ist über dem
Brocken zu hören.

Auch Hedda und Niklas reden lange über ihren bevorstehenden
Hochzeitstag. Waldtraud und Sepp ergeht es nicht besser. Der nächste Tag
soll ihnen großes Glück bringen und lange in Erinnerung bleiben. Haben
die bösen Dämoninnen mitbekommen, dass der magische Zirkel
umgezogen ist?

Kapitel 5
Die Doppelhochzeit am Brocken

In der Früh werden die Brautpaare von einem großen Tumult auf dem Dorfplatz geweckt, die Hochzeitskapelle spielt. Alle Bewohner laufen zum Dorfplatz. Die beiden Pärchen die heute vermählt werden, staunen als sie das sehen.

Allerdings, Niklas hat eine schlimme Nachricht: „Tarantula und Samhain haben mitten in der Nacht das irische Dorf angegriffen, es gibt sehr viele Verletzte und mehrere Tote. Sie wurden unvorbereitet aus dem Schlaf gerissen, sie hatten keine Chance. Da von uns keiner anwesend war, sind sie nach einiger Zeit zornig verschwunden und meinten, dass sie bald wiederkommen und das ganze Dorf komplett vernichten werden. Wie aus dem nichts standen sie im Dorf, dann schwebten beiden Dämonien über den Dorfplatz. Sofort krabbelten die Spinnen aus unzähligen Löchern im Boden, überall waren die ekligen Biester. Sie konnten sogar das Metall der Rüstungen verbrennen und verätzen, nichts konnte sie aufgehalten. Auch die Raben kamen in Scharen angeflogen, aus der Luft und von unten wurden sie angegriffen. So etwas hatten sie noch nicht erlebt, es war die absolute Apokalypse. Die riesigen Spinnen folgten und brachten den Tod. Die großen Vögel darf man auch nicht vergessen, wie Geier schwebten sie über dem Dorf, mit ihren Messerscharfen krallen, stürzten sie sich auf ihre Opfer." Niklas fügt hinzu: „Die beiden Dämonien suchten nur Jennie und Mirko, wütend sind die Beiden umhergeflogen und wollten die Beiden töten. Dann hat Tarantula auf einmal hinausgeschrien: „Wo haben sich Jennie und Mirko versteckt." Einer von den Iren schrie Tarantula an: „Dass sie hier lange suchen können, sie werden die Beiden hier nicht finden, sie müssten früher aufstehen und Klüger sein. Vor lauter Zorn töten sie ihn und verschwanden von einer Sekunde auf die Andere."

Alle stehen unter Schock. Daraufhin fragt Hedda: „Kommen Aisling und Kieran wenigstens?" Niklas sagt: „Das lässt sich Aisling nicht nehmen, sie muss noch einiges machen, es kommen auch ein paar Leute von den Iren." Niklas meint: „Ich habe mein Dorf schon vorgewarnt, es werden gleich einige erscheinen. Wir müssen immer bereit sein, unter den Umständen können wir hier nicht lange bleiben." Sepp mischt sich jetzt ins Wort und fragt: „Jetzt kann doch endlich die Musik spielen." Niklas antwortet: „Ja, die Musik kann spielen, wir Kelten haben eine harte Zeit, der magische Zirkel wird immer zusammenhalten, da bin ich mir absolut sicher!"

Das frische vermählte Paar bekommt mit, was vorgefallen ist, alle Beide sind noch sehr verschlafen. Waldtraud und Hedda sehen die Beiden an und müssen lachen, sie fragen scherzhaft: „Habt ihr eine gute Nacht gehabt?" Jennie antwortet noch verschlafen: „Du meinst eine sehr kurze, aber jetzt seid ihr dran." Die junge Hexe fragt noch: „Können wir nicht etwas unternehmen, damit die Spinnen erst gar nicht aus dem Boden krabbeln können? Der Druide antwortet: „Das ist eine gute Frage, die ich auf Anhieb nicht beantworten kann, ich werde heute darüber mit Vani und Roland reden." Nachdenklich marschieren alle mit der Musik zum Gesellschaftsraum, um zu Frühstücken. Ihr zukünftiger Mann entschuldigt sich bei Hedda und will sich zu Vani und Roland setzen. Sie meint resolut: „Da geh ich mit." Waldtraud und Sepp gehen auch mit. Sie wissen alle, warum er sich zu ihnen setzen will. Hedda sagt zu ihrem zukünftigen Mann: „Das verstehe ich, dass dich diese Idee keine Ruhe lässt, mir auch nicht." Niklas erzählt den Beiden, was Jennie geäußert hat, Vani lacht und antwortet darauf: „Da müssten wir den Boden von einem ganzen Dorf mit Weihwasser tränken oder unentwegt besprühen, das wird nicht einfach, aber ich bin mir sicher, dass wir das lösen können. Zumindest in einem Bereich im Dorf." Roland fügt hinzu: „Das ist doch etwas, wir halten uns selber nur in diesem Bereich auf." Vani lacht: „In diesem Bereich wo wir uns Aufhalten, Tränken wir den Boden und besprühen alles und stellen noch zusätzlich viele Weihwasserkessel auf." Der Druide war zufrieden und sagt: „Wir haben die Lösung, das erzählen wir noch heute Kieran und meinen Leuten. „Super!!! jetzt wird endlich geheiratet." Alle müssen jetzt Lachen. Dann gehen Sie sich umziehen, um für den großen Moment schön zu sein. Waldtraud die ein langes rotes Haar hat, stand Jennie in nichts nach, sie ist eine sehr hübsche Hexenbraut.

Alle auswärtigen Gäste sind inzwischen hier, die recht zahlreich gekommen sind. Einige Frauen und Männer helfen den Vieren etwas Passendes zu finden. Sie frisieren den Frauen ihre Haare, es muss heute etwas schneller gehen. Dann kommt der Zeitpunkt, da Sie mit der Musik zum Gesellschaftsraum gehen werden. Das irische Druidenpaar wartet sehnsüchtig auf die beiden Brautpaare. Niklas sagt, bevor er vor dem Pult zum Stehen kommt: „Auf diesen Moment hast du immer gewartet, dass du mich endlich verheiraten kannst, das freut dich, du alter Schuft." Kieran kann sich das Lachen nicht verkneifen und sagt: „Es wird für dich endlich Zeit, diese liebe Frau hast du zu lange warten lassen, du alter Sack." Alle im Raum müssen über die Beiden lachen. Kieran und Aisling freuen sich riesig, die Beiden standesamtlich zu vermählen. Als dann der Moment kommt, als Niklas und Hedda ihre Unterschrift geben und sich küssen, tobt der ganze Raum. Das gleiche läuft bei Waldtraud und Sepp ab. Danach gehen Sie zum Essen in den Gesellschaftsraum, dann geht es zur Kapelle, hier findet die Trauung statt. Hier klatschen alle vor Freude, als die beiden Pärchen die Ringe tauschen und sich küssen. Anschließend läuft der Abend so ähnlich ab, wie bei Jennie und Mirko. Die beiden Werwölfe müssen immer wieder ihre Runden um das Dorf drehen. Niklas will unbedingt, dass alles sicher ist und auf alles gefasst sein. Jedoch die Beiden merken nichts Ungewöhnliches. Der Druidenbräutigam meint: „Ich weiß nicht, ob wir lange bleiben können. Die beiden Dämoninnen suchen uns bestimmt, sie wollen Jennie und Mirko mit aller Macht vernichten. Wir dürfen jetzt keinen Fehler machen." Hedda sagt: „Bis morgen früh können wir bleiben, dann hauen wir ab, in die Türkei ans Meer, wo es keinen Schnee gibt." Alle anderen geben Hedda recht, nur Vani, Kieran, Aisling und Roland waren etwas skeptisch. Schorsch und der Alte hielten sich heraus. Niklas wäre es aber wohler gewesen, wenn sie wie bei Jennie und Mirko, in der Nacht geflohen wären. Aber Hedda muss er recht geben, sie wissen nicht wo hin, sie haben keine Bleibe. Der Druide meint: „Sie müssen eine Behausung herbeizaubern." Sie feiern zusammen sehr lange bis nach Mitternacht. Die beiden Pärchen tanzen umringt von allen Gästen, die im Rhythmus klatschen und werden dann zusammen vor ihre Häuser gebracht. Mirko und Musti laufen noch ihre letzte Dorfrunde, auch bei dieser bemerkten Sie nichts Auffälliges. Für die Brautpaare wird es eine lange Hochzeitsnacht.

Mirko und Musti machen sich trotz der Feier, sehr früh auf ihre morgendliche Kontrollrunde. Mirko meint nach ein paar Metern, dass irgendetwas nicht stimmt. Mirko kontaktiert mit seinen Gedanken als erstes Kieran, Niklas und den Alten, natürlich auch seine Jennie. Musti als ersten Roland, dann Vani. Musti hat nicht oft Kontakt aufgenommen, aber schafft es. Mirko sagt zu seinem Freund: „Musti du sollst aufpassen, wenn du etwas von den Dämoninnen merkst und sollst nicht jeden Strauch und Baum markieren. Ich spüre, dass die beiden Weibsbilder hier sind, nicht nur uns zu beobachten." Musti sagt: „Ich merke nur, dass sich in der Natur nichts mehr rührt." Mirko antwortet gehetzt: „Genau das ist ein Anzeichen, es ist eine magische, unheimliche Spannung in der Luft. Wir müssen schnell ins Dorf zurück, der Angriff steht unmittelbar bevor." Musti war entsetzt: „Wie kannst du das fühlen, das verstehe ich nicht." Mirko und Musti rennen jetzt auf direkten Weg ins Dorf.

Sie kommen aus dem Wald und schauen ins Dorf hinein. Was Sie in der Mitte des Dorfes sehen, lässt Ihnen das Wolfs Blut in den Adern gefrieren. Es schweben die beiden Dämoninnen über dem Dorfplatz. Sonst rührt sich nichts. Die Beiden fühlen sich sicher. Mirko gab Musti ein Zeichen, sie wollen sich von hinten heranschleichen. Sie rennen was ihre Beine hergeben. Mirko setzt sich mit dem Alten und Vani in Verbindung, dass sie sich noch ruhig verhalten. Roland hat sich mit Vani heimlich aus dem Dorf geschlichen, sie machen gerade ihre Raketen fertig. Die Hexen und Druidenfrauen heizen heimlich ihre Kessel an. Die Werwölfe sind im Dorf angekommen, Roland der jetzt mit Vani von einer Anhöhe alles überblickt, gibt Musti und Mirko genaue Anweisungen. Jetzt sehen die Beiden, die mächtigen Dämoninnen von hinten, nur ein paar Zentimeter schweben Sie über dem Boden. Der schwule Werwolf flüstert zu Mirko: „Ihr Rücken ist genauso hässlich, wie die Vorderseite, wir können jetzt in ihren ekligen Arsch beißen, das machen wir."

In den Beiden mächtigen und großen Werwölfen kommt sofort der Jagdtrieb auf, Ihre Augen werden Blutrot, der Speichel läuft ihnen aus dem halb aufgesperrtem Maul mit ihrem messerscharfen Zähnen, ein leises gefährliches Knurren ist zu hören, ungeduldig scharren sie mit ihren Vorderpfoten am Boden. Jeder Muskel der riesigen Körper ist gespannt. Sie sind bereit, die beiden Dämoninnen anzugreifen, warten nur auf das Zeichen von Roland. Der gerade seine ganzen Raketen mit Weihwasser gefüllt ausrichtet und ganz schnell die ersten Beiden zündet. Sofort bekommen Mirko und Musti das Zeichen von Roland und Sie sehen die Raketen auf die Dämonien zurasen. Ihre Muskeln lösen sich und schnellen wie zwei Pfeile auf die beiden Dämoninnen zu. Die Höllenkreaturen schauen nur auf die Raketen und bemerken nicht, dass die Werwölfe auf Sie zu springen. Zuerst explodiert die Rakete. Die Dämoninnen schreien vor Wut, als sie das Weihwasser spüren und es ihre Haut verbrennt. Sekunden später bekommen Sie einen kräftigeren Schlag im Rücken, der die beiden Dämoninnen zu Boden reißt. Sofort sind die Beiden schweren Körper über Ihnen. Zwei riesige Fleischberge mit kräftigen Zähnen werfen sich auf die beiden Dämoninnen und riesige Pranken krallen sich in ihr Fleisch. Ein Schrei aus der Hölle war zu hören.

Sofort springen alle Kämpfer aus ihren Häusern und kommen bewaffnet, mit Kampfgebrüll auf den Dorfplatz. Die Hexen steigen mit ihren Besen in die Lüfte, um die Spinnen und Raben zu bekämpfen. Der Alte ist wie immer der Erste, der bei einer Dämonin ist. Tarantula flucht, wie sie die heftigen Bisse von Mirko spürt. Die Ereignisse überschlagen sich. Da kommen ihre ersten Helfer, die ekligen Spinnen aus dem Boden. Eine große schwarze Wolke war am Himmel zu sehen, tausende Raben kommen wild angeschossen. Van Hinten kommt mit zwei Holzpfählen den Berg heruntergerannt, in der Hoffnung, dass er Beide gebrauchen kann. Tarantula wehrt sich mit Händen und Füssen gegen die fürchterlichen Bisse von Mirko. Die Kleidung ist mit schwarzem Blut getränkt. Aber sie hat den Zauberstab in ihrer Hand. Dann passiert es, dass sie verschwunden ist, im selben Moment lösen sich ihre ekligen Helfer auch auf.

Sofort springt Mirko zu Samhain, diese hat mit zwei Werwölfen und dem Alten zu kämpfen, der gerade seinen alten keltischen Bahnspruch konzentriert aufsagt. Die Dämonin wehrt sich mit aller Macht gegen diesen Zauber, aber ihre Gegenwehr ist nutzlos. Niklas stellt sich neben den Alten und sagt: „Wenn du Ihn mir nicht bald lernst, dann bekommst du einen kräftigen Fußtritt von mir, dass du dich überschlägst." Nachdem ihn der Alte aufgesagt hat, sagt er zu Niklas: „Wenn das hier vorbei ist, schreibe ich ihn dir endlich auf, das ist selbstverständlich, dazu ein paar wichtige Sprüche und Zauber. Samhain liegt jetzt wie Hop tu Naa damals, regungslos da und kann nichts mehr machen, außer fluchen. Sie schreit ihnen zu: „Die Hölle verflucht euch Kelten, sterben werdet ihr jämmerlich, die Apokalypse wird über Euch kommen, keiner wird überleben."

Ihre Armee von Raben kämpft inzwischen mit, auf die hatte Roland gewartet und schießt einige Raketen in den großen Rabenschwarm. Roland hat inzwischen einige Helfer bekommen. Die Raketen explodieren inmitten des riesigen Vogelschwarmes, es regnet tote Raben, die sich eklig riechend am Boden auflösen. Aber die Raben, die es schaffen durchzukommen, starten sofort einen Angriff auf die Dorfbewohner. Die Hexen mit Besen schießen mit ihren Zauberstäben auf die durchgekommenen Raben. Besonders auf die Werwölfe, die sich noch immer in Samhain verbissen haben es die schwarzen Vögel abgesehen. Sie greifen in Scharen an und versuchen ihre Herrin zu befreien. Aber Niklas und die anderen versuchen alle bösen Vögel mit ihren Zauberstäben zu töten, besonders die riesigen schwarzen Vögel, deren messerscharfe Krallen in der Sonne glitzern. Samhain weiß jetzt, was auf sie zukommen wird. Van Hinten war auf den Weg zu Samhain, um ihr den Pfahl in ihr schwarzes Herz zu stoßen. Noch ein paar Meter hat er zu laufen, dann hat er sein Ziel erreicht. Er freut sich sehr, eine der schwarzen Kreaturen in die Hölle zu schicken. Nichts macht er lieber, als den Höllenfürst Diabolus zu ärgern.

Auf einmal bebt die Erde und ein fürchterliches leuchtendes Loch entsteht direkt vor Samhain. Gelber Rauch steigt aus diesem empor, er kommt direkt aus dem Reich des Höllenfürsten. Tarantula schießt wie eine Furie direkt vor Van Hinten heraus und schleudert mit einem brutalen Fausthieb den Vampir und Dämonenjäger von Samhain weg, in eine Ecke. Sie schreit als Erstes in das Dorf hinein: „Wenn ihr meint, ihr habt jetzt gewonnen, habt ihr euch getäuscht, ich Tarantula die mächtige Dämonin, gebe niemals auf." Sofort kommen auch die ekligen grünen Taranteln aus vielen Löchern geschossen und stürzen sich erneut auf ihre Opfer. Kieran und Niklas befehlen einigen Dorfbewohnern die Rüstungen anzuziehen und den anderen den Boden mit Weihwasser zu tränken. Es entwickelt sich ein erbitterter Kampf, keiner hat damit gerechnet, dass die Spinnendämonie zurückkehrt und der Kampf so eine fürchtbare Wende nimmt. Von oben und unten werden sie angegriffen. Jennie, Niklas, Kieran, Aisling, Hedda, der Alte, Sepp, alle haben ihre Zauberstäbe auf Tarantula gerichtet und feuern auf sie, aber Ihr scheint es nichts auszumachen. Sie strahlt eine Macht aus, als wenn sie unbesiegbar wäre.

Mirko sieht wie das Loch entsteht, er weiß, was hier herauskommen wird, das Spinnenbiest. Mit schwarzem verschmiertem Dämonen Blut an seinem Maul, dreht er sich um die eigene Achse, gibt seinem Freund ein Zeichen, sie werden den Gegner wechseln. Die Rabendämonie war immer noch von dem Bahnspruch des Alten gefesselt, sie kann momentan nichts anstellen, aber wie lange hält der Bahnspruch noch an? Wie sie aus dem Loch kommt, springt Mirko wieder in ihren Rücken und krallt sich mit seinen großen Pranken fest. Diese Dämonin wird wieder überrascht, Mirko wagt einen großen Kampf. Wie Musti sieht, dass sein Freund an Tarantula hängt, folgt er nach, sie wollen die Dämonin auf den Boden bringen. Die Ereignisse überschlagen sich.

Van Hinten will wieder aufstehen, er will das angefangene zu Ende bringen, er möchte, dass zumindest Samhain in die Hölle fährt. Jeder Knochen tut ihm weh, der gewaltige Schlag von Tarantula hat schlimme Folgen bei Ihm hinterlassen. Er glaubt, dass seine Nase gebrochen ist, es läuft dementsprechend viel Blut heraus. Im Kopf hämmert es, er hat große Schmerzen, der Brustkorb tut furchtbar weh, er glaubt ein Dampfhammer hat Ihn getreten. Er muss unbedingt wieder auf die Füße kommen. Seine Freunde kämpfen, dass er sein Werk zu Ende bringen kann. Mit großer Mühe schafft er es, dass er auf seinen Füßen stehen kann, er richtet sich auf und schaut sich um. Er sieht, wie die beiden Werwölfe die Spinnendämonie heftig attackieren, Sie hat Mühe, sich gegen die großen Tiere zu wehren. Er sieht, wie schwarzes Blut die Kleider von Tarantula tränkt. Er führt ein Selbstgespräch: „Er muss Samhain schnell erreichen, um sein Werk zu Ende zu bringen." Da war auf einmal Sepp bei Ihm, der entreißt Ihm den Pfahl um zu Samhain rennen, der meint: „Dass er jetzt schneller ist." Vani stammelt: „Ich komme nach" und schon ist Sepp weg.

Kunigunde, Waldtraud und Märta haben unterdessen ihren eigenen Kampf, sie versuchen verzweifelt, ihre Kessel auf den Boden zu leeren. Alle vier Kessel rund um den Dorfplatz, so dass viele Spinnen getötet werden und nicht mehr aus dem Boden kommen. Sie haben schnell ein paar kräftige Helfer gefunden, die sehen, was die Frauen vorhaben. Wie sich die Kessel entleeren, hören sie ein furchtbares quietschen und die Spinnen lösen sich in grünem Rauch auf, es stinkt nach verbrannten Fleisch, es kommen keine neuen Spinnen mehr nach. Roland schießt seine Raketen weiter ab, aber nur in den Rabenschwarm. Nach seiner Sicht, darf der Kampf nicht mehr lange dauern, dann sind seine Raketen zu Ende. Was dann? Roland und die Hexen schaffen es, halten ziemlich alle grausamen Armeen und Helfer von den eigentlichen Kämpfern ab, die sich mit den beiden Dämoninnen beschäftigen. Es nähern sich andere riesige, grausame Kampfmaschinen, Spinnen und Vögel.

Die beiden Werwölfe geben nicht nach, sie wollen mit aller Macht Siegen. Bei jedem Biss der Beiden, schreit die Dämonin immer auf. Wie Kletten hängen sie an der Dämonin. Sie sehen wie Sepp mit Vanis Pfahl in ihre Richtung rennt, jetzt wissen die beiden Werwölfe, dass sie nur noch ein paar Minuten durchhalten müssen, dann ist Samhain vernichtet. Auch die beiden Dämoninnen wissen es, Sie fluchen weiter und setzen ihre Anstrengungen verstärkt fort. Tarantula dreht sich wie wild um die eigene Achse und versucht die Werwölfe abzuschütteln. Als es ihr nicht gelingt, dreht sie sich immer schneller, wie ein Tornado, dann schleudert es die Beiden nach einander von der Dämonin herunter, sie stoppt ihre Drehung hält den Zauberstab schnell auf Samhain und danach auf sich selber. Dann sind die Beiden gefährlichen Dämoninnen verschwunden und ihre gesamten Armeen.

Sepp war nur ein paar Meter von Samhain entfernt. Er flucht: „Ist mir die alte Schlampe im letzten Moment entwischt" und schmeißt die Holzpfähle zornig auf den Boden. Auch Vani ist deprimiert und setzt sich auf den Boden, das Blut fließt Ihm in Strömen aus der Nase und sein Gesicht ist von Schmerzen gezeichnet. Wie es aussieht, hat es den Armen am schlimmsten erwischt. Er sagt vor sich hin: „Fast hatten wir es geschafft, jetzt ist alles umsonst gewesen." Aber es gibt diesmal keine Toten, ein paar Verbrennungen und Verätzungen von den Spinnen und Vögeln, ansonsten ist es diesmal ohne größere Verluste ausgegangen. Aber Vani hat große Schmerzen, er hat sich sehr tapfer gehalten. Waldtraud, Jennie und Kunigunde eilen zu ihm, auch Olivia und Mikka sind sofort gekommen und sehen nach dem Verletzten, bringen Ihn in ein Haus und versorgen Ihn. Vani macht sich große Sorgen um seine Nase, aber Olivia lacht Ihn an, beruhigt den Armen und meint: „Das ist für uns eine der leichtesten Übungen, wir haben oft mit schlimmeren Verletzungen tun." Sie versorgen seine Nase und Mikka meint: „Diese wird noch lange schmerzen, besonders bei jeder Berührung, sie wird wieder schön zusammenwachsen." Olivia lacht und sagt dazu: „Kunigunde wird dich bestimmt gut pflegen, davon bin ich überzeugt. Sie hat uns Ihre magische Creme gegeben, wir haben deine Nase damit eingerieben."

Sie reden über Kunigunde, Sie kommt zur Tür herein, geht sofort auf ihren Geliebten zu und sagt ganz mitleidig: „Was hat Tarantula dir angetan." Olivia antwortet: Die Nase ist gebrochen, die Rippen müssen wir noch untersuchen." Sie legen Ihn hin und fahren mit ihren Händen über seinen Brustkorb. Mikka sagt dazu: „Tarantula hat gut und fest zugeschlagen, du hast zwei gebrochene Rippen, Kunigunde hast du noch etwas von der speziellen magischen Salbe da." Kunigunde antwortet: „Habe ich leider nicht dabei, muss ich holen," ist dann aus der Tür verschwunden. Ein paar Minuten später ist sie außer Atem, mit einer großen Dose da. Olivia muss zugeben, dass Sie nicht viel mitgenommen hat. Aber Kunigunde winkt ab und sagt: „Sie hat immer Vorrat Zuhause, man weiß nie, für was es schnell benötigt wird." Sie reiben zusammen seine Brust ein und verbinden Ihn. Kunigunde fragt ihren Freund: „Geht es dir jetzt besser" Vani lächelt gequält und sagt: „Bei der so liebevollen Behandlung kann es mir nur bessergehen."

Olivia besteht darauf, wie immer einen Kaffee zu trinken und ein Stück Kuchen zu essen. Mikka muss lachen und sagt: „Sie kann es nicht lassen." Vani lacht gequält und sagt: „Ein Kaffee wäre wirklich nicht schlecht." Olivia freut sich und macht sich an der Kaffeemaschine zu schaffen und holt ihren selbstgebackenen Kuchen herein. Sie hat ihn extra noch gebacken. Olivia sagt beim Kaffeetrinken: „Sie will Jennie und Mirko zu sich holen." Kunigunde lacht und sagt: „Mirko wurde ganz schön von Tarantula und den Raben zugerichtet und auch Musti. Sie hat die Beiden mit Jennie verarztet." Olivia schämt sich ein wenig und fragt: „Kann ich deine Dose noch für die anderen Patienten haben. Kunigunde lacht: „Natürlich, wenn es nicht reicht, habe ich noch genügend Reserve."

Nach dem sie zusammen Kaffee getrunken haben, verabschieden sich die Beiden und Olivia hat eine bitte: „Kunigunde kannst du mir Jennie und Mirko vorbeischicken." Kunigunde winkt ab: „Machen wir doch." Als die Beiden draußen sind, schimpft Olivia mit sich selbst: „Wir haben die wichtigsten Sachen Zuhause gelassen, ich könnte mich ohrfeigen." Ihr Mann beruhigt sie: „Erstens, war ich nicht besser und wir haben großes Glück, dass nicht mehr passiert ist, du hast Recht, so etwas darf nicht mehr vorkommen."

Kurze Zeit später klopft es, Jennie und Mirko stehen vor der Tür, sie sollen sich bei ihnen melden. Olivia strahlt, wie sie Jennie sieht, wird diese herzlich von Ihr umarmt, man sieht Ihr an, dass sie es ehrlich meint. Auch Mirko wird herzlich umarmt, obwohl Sie sich dabei auf die Zehenspitzen stellen muss und schimpft: „Dass Werwölfe so große Kerle sein müssen." Mirko sagt daraufhin: „Für dich gehe ich nächstes Mal in die Knie." Sie winkt ab und meint: „Ihr könnt euch bestimmt denken, warum wir Euch sehen wollen." Jennie weiß es und lächelt: „Das Kind, natürlich was sonst." Sie werden hereingebeten und Jennie muss sich auf die Liege legen. Mikka untersucht ihren großen Bauch, mit einer freudigen Mimik im Gesicht und sagt: „Wie soll es anders sein, alles in bester Ordnung, dein Kind wird dich nicht mehr lange warten lassen. Geschätzte drei Monate, dann wird es das Licht der Welt erblicken, von da an ist es bei Euch mit der Ruhe vorbei." Jennie antwortet ironisch: „Wir haben jetzt schon keine Ruhe, da sind andere Kreaturen und keine Kinder, viel schlimmer." Mikka und Olivia nicken. Dann kommt Mirko an die Reihe, ihn untersucht Olivia und sagt: „Hier wurde ordentlich vorgearbeitet." Mirko sagt: „Sieh dir den rechten Fuß an, am Knöchel hat mich eine eklige Spinne erwischt, das eitert." Jennie entsetzt: „Das hast du mir nicht gezeigt, wieso?" Mirko lacht sie an und zeigt auf seinen Körper: „Es sind so viele Wunden, das habe ich übersehen." Olivia zeigt die Wunde Mikka, sieht sich diese genau an und sagt: „Magisches Gift, das muss heraus, wir benötigen dafür ein besonderes Mittel. Jennie es gibt jetzt zwei Möglichkeiten, wir zaubern uns schnell nach Hause, oder Waldtraud, Hedda oder Kunigunde mixen die Wundersalbe selbst." Jennie lacht und sagt: „Ich denke, eine Hexe hat stets etwas auf Lager." Sie nimmt mit den dreien Kontakt auf und es dauert nicht lange und alle drei Hexen stehen wie auf Befehl ein paar Minuten später in der Praxis, lächelnd meinen Sie: „Ihr denkt, wir haben so etwas nicht auf Lager, wir wissen doch, mit welchen Bestien wir es zu tun haben." Olivia sagt: „Ich muss mich jetzt wieder schämen, dass wir nichts mitgebracht haben und alles von Euch bekommen." Kunigunde antwortete prompt: „Dafür sind wir hier und haben immer etwas auf Vorrat." Olivia lächelt: „Hast ja recht" und versorgt nebenbei Mirkos eiternde Wunde und sagt leise und besorgt: „Das Gift scheint heraus zu sein. Daraufhin begutachtet Mikka die Wunde und meint: „Sie muss jetzt Stündlich versorgt werden. Heute Abend kommt ihr noch mal, wir müssen sie beobachten. Mit dieser Spinnenverletzung ist nicht zu spaßen."

Als alle Wunden versorgt sind, trinken sie Kaffee und versprechen, dass sie wiederkommen und den anderen Werwolf vorbeischicken. Die Beiden haben genügend Arbeit und Olivias Kuchen wird nebenbei gegessen. Hedda fragt Olivia vorsichtig: „Mit welchem guten Kuchen verwöhnst du uns nächstes Mal." Olivia antwortet geheimnisvoll: „Lass dich überraschen, mir fällt bestimmt etwas Besonderes ein." Jennie sagt daraufhin: „Wir wollten schon lange zusammen kochen, damit ich nicht nur das Zaubern lerne, sondern auch Kochen und Backen. Ich will eine gute Mutter und Ehefrau werden." Die Frauen sehen sich an und sagen: „Jennie hat recht, das sollten wir wirklich tun und was ist daraus geworden, nichts." Hedda lästert: „Ihr wolltet mir einmal Knödel und Spätzle machen beibringen." Olivia hört mit großen Interesse zu und sagt: „Ich bin dabei, nach eurem Hochzeitsurlaub wird es gemacht, egal wo ihr seid. Wir müssen nur einen festen Termin ausmachen und auch einhalten, dann funktioniert es. Unsere zukünftige Mutter muss regelmäßig zur Kontrolle kommen, ich werde Sie daran erinnern." Alle Frauen sind begeistert und verabschieden sich. Olivia ruft noch hinterher: „Vergesst Musti nicht"

Jennie und Mirko laufen bei Musti vorbei und schicken Ihn zu den Ärzten. Mirko fragt Jennie: „Schauen wir mal bei Niklas vorbei. Niklas war Zuhause und Sepp mit seiner Waldtraud waren auch anwesend, sie sind schon wieder beim Diskutieren. Mirko fragt: „Was gibt es zu besprechen, wir wissen, dass wir wieder weitermüssen." Niklas antwortet: „Diese Brut findet uns immer und sie zu belauschen ist gefährlich, seht letztes Mal mit Niamh." Jennie fragt: „Wir können nur fliehen, oder wir belauschen andere Dämonen, die nicht damit rechnen, dass wir sie beobachten und erfahren dadurch etwas Neues." Niklas lacht und sagt: „Das klingt nicht übel, das besprechen wir heute Abend in einer großen Runde. Weg von hier müssen wir auf jeden Fall und das ziemlich schnell."

Waldtraud sagt: „Ihr könnt machen was ihr wollt, ich gehe eine Kräuterzigarette rauchen." Sepp sieht seine Waldtraud entsetzt an und fragt: „Was ist das für ein Zeug?" Waldtraud antwortet: „Das Beste in Eigenanbau, gezüchtete Kräuter und Pilze, das sind Bio Zigaretten." Niklas war genervt und sagt: „Bring sie, ich will eine rauchen, ich habe sehr lange keine mehr bekommen. Jennie will auch eine haben, Mirko sagt: „Das kannst du jetzt nicht machen, denke an dein Kind!" Waldtraud beschönigt: „Eine geht schon," marschiert los und holt ihre edlen Klimmstängel. Sie war total aufgelöst, dass Sie noch ein paar gefunden hat. Sie verteilt die Zigaretten an die anwesenden Gäste. Hedda und Sepp sehen die sogenannten Bio Klimmstängel mit Skepsis an und fragen: „Das soll gut sein?" Waldtraud sagt: „Das entspannt mich" Niklas hat seine als Erster angezündet und zog fest daran, bläst den Rauch in den Raum. Hedda und Sepp meinen, riechen tut das Zeug nicht schlecht und zünden ihre an. Vorsichtig ziehen sie immer wieder am Stängel und schauen wieder und wieder die Eigenbauzigarette an. Bis sie sich entspannt in einen Sessel setzen und Sepp sagt: „Das zieht rein, was hast du alles reingetan, mir wird davon schwindlig und ich sehe alle möglichen wirren Sachen, da hebt man ja ab, das muss ich nicht haben. Mit dieser Zigarette kann ich direkt in die Hölle sehen. Ich frage mich, was ist das für ein Teufelszeug dieses Rezept hast du doch von Diabolus." Waldtraud sieht Sepp Böse an und faucht: „Allerbeste Kräuter und ein paar Pilze. Ich muss zugeben, ich habe vor längerer Zeit mit Pilzen experimentiert. Da sind einige übriggeblieben, die habe ich untergemischt. Sepp schimpft: „Dreh uns nicht wieder dieses üble Zeug an. Die kannst du selber rauchen. Ich sehe schon lauter Dämonen um mich herum, die Gesichter verzerren sich. Niklas und Hedda sind eingeschlafen und haben schlimme Alpträume.

Bei Jennie meldet sich das Kind: „Willst du mich umbringen." Jennie entschuldigt sich und verspricht es nie mehr zu tun, dann schläft auch Sie ein. Jennie sieht, böse Gestalten auf sich zukommen, die sie holen wollen, Todesangst überkommt. Sie, Eine Gestalt wie damals Moloch mit seinen langen eisernen scharfen Fingernägeln, einer schwarzen Kapuze aus der ein Totenschädel lacht. Ist er wieder auferstanden, ist es Wirklichkeit oder nur ein Traum? Was passiert mit mir, fragt sie sich? Die Kreatur schreit sie an: „Wir werden dich holen und dein Kind töten. Die Gestalt lässt seine Fingernägel klirren und legt sie an ihren Hals, sie riecht seinen teuflischen Atem. Sie hält diesen furchtbaren Gestank nicht aus und muss sich übergeben. Gelbe Flüssigkeit schießt Ihr aus dem Mund. Sie spürt den Druck seiner Knochenhände am Hals. Wie Sie wieder zu sich kommt, hört sie noch seine grässliche, raue Stimme: „Du entkommst uns nicht wir bekommen dich." Schweißgebadet wacht Sie auf und denkt was war das. Nacheinander wachen alle anderen auch auf. Jennie fragt gleich die Anderen: „Das kann nicht echt gewesen sein was ich geträumt habe. Sepp antwortet: „Das hoffe ich sehr." Jennie fragt sich: „Haben alle anderen das

Gleiche durchgemacht." Niklas der Druide faucht Waldtraud an: „Nie mehr, nehme ich von dir eine Zigarette, ich hoffe das war nicht echt, was ich gesehen habe.

Er meint daraufhin: „Vergessen wir den Vorfall. Wir werden uns am nächsten Tag zur Abreise vorbereiten. Am Abend treffen wir uns im Gesellschaftsraum, um alles genau zu besprechen." Niklas sieht dabei in die Runde. Mirko meint: „Gut, dann verlassen wir dich wieder, so machen wir es, also bis später" und gehen zur Tür hinaus. Die anderen Pärchen folgen ihnen ebenfalls.

Am Abend füllt sich der Treffpunkt sehr schnell, sie haben sich hier verabredet und fragen, was es Neues zu besprechen gibt. Sie setzen sich hin und warten auf den Herrn des Zirkels, Niklas. Er kommt heute als Letzter und geht zum Tisch, wo seine engsten Freunde sitzen, setzt sich zu ihnen und fragt: „Ist alles klar" Sie meinen: „Ja, soweit ist alles in Ordnung" Niklas sagt: „Dann diskutieren wir mit unseren Leuten, wie wir zusammen alles angehen." Kieran meint dazu: „Wir werden keine anderen Möglichkeiten haben. Die Kreaturen lassen uns nicht viel Luft, als dass wir was Anderes bewegen können." Niklas meint: „Es geht nicht anders, wir müssen weiter fliehen und den Hochzeitsurlaub in der Türkei verleben, Musti weiß wohin?" Sieht Ihn dabei an. Musti beantwortet die Frage und sagt: „Am besten ist Antalya, das ist eine größere Stadt, ich denke, fürs Erste sind wir dort sicher." Waldtraud sagt mahnend: „Das hat Moloch in Berlin gezeigt, wie es geht. Da wäre ich mir nicht so sicher." Sepp sagt darauf: „Letztendlich sind wir vor ihnen nirgends sicher."

Niklas sieht ratlos in die Runde und sagt: „Am besten wir reden nach der großen Diskussion noch mal," steht auf, geht zum Rednerpult und eröffnet die Versammlung. „Heute liegen mir zwei Punkte am Herzen und in Magen. Es ist wie immer Jennie, Mirko und das Kind, es geht darum, dass wir immer wieder fliehen müssen. Wir haben leider die Erfahrung gemacht, dass sie uns schnell wiedergefunden haben. Zweitens, Tarantula hat uns beim Belauschen immer bemerkt, mächtig ausgeteilt und sogar letztes Mal Niamh getötet. Jennie hat den Vorschlag gemacht, dass wir einen anderen Dämon vielleicht einen der Ranghöchsten ausspionieren, der nicht damit rechnet. Was meint ihr dazu?" Die Runde ist eröffnet.

Niklas beendet das Wort und totenstille ist im Saal. Will denn keiner was sagen? Niklas schaut gespannt in die Runde. Endlich erhebt sich einer und sagt: „Einen anderen Dämonen belauschen findet er nicht schlecht, wir benötigen einen viel besseren Filter für die Sitzung, die magische Aura muss hundertprozentig unterdrückt sein, der Belauschte darf absolut nichts wahrnehmen." Niklas sieht zu Sophie und Waldtraud und fragt: „Was meint Ihr dazu?" Sophie antwortet: „Ich habe davon gehört, aber ich weiß nicht, gibt es sowas überhaupt und wenn, wie benutzt man diese Magie. Waldtraud, Kunigunde, Aisling wisst ihr es?" Von ihnen kommt nur ein Kopfschütteln. Niklas lacht und sagt: „Jetzt bleibt nur noch einer übrig" und schaut mal wieder zu seinem Vater und lacht dabei. Der meint: „Warum immer ich? Ich weiß es gibt so was, aber nicht auswendig, ich sehe mal in meinen Büchern nach, wenn es so was gibt, dann finde ich es bestimmt heraus. Niklas lacht und sagt: „Danke im Voraus" Vater sieht Ihn erstaunt an. Niklas meint: „Du erstaunst mich immer wieder aufs Neue, warum nicht auch jetzt, dann ist mit Sicherheit dieses Problem gelöst." Sonst meldet sich zu diesem Thema niemand mehr. Niklas erhoffte sich für das andere Thema eine bessere Lösung.

Sepp analysiert: „Vielleicht sollten wir die Dämonen in ihrem Reich angreifen, dort sind sie alleine, wir kommen mit einer Schnelleingreiftruppe und vernichten sie. Niklas, du hast doch Moloch fast alleine in seinem Reich vernichtet und wenn es ein gutes ausgebildetes Team das ausführt, haben wir vielleicht mehr Chancen als hier. Das Dorf kommt dann nicht in Gefahr." Niklas überlegt und sagt dazu: „Ein paar Punkte davon gefallen mir, aber ein paar Männer unnötig in Gefahr bringen ist nicht mein Ding. Sepp du meinst eine Art magische Armee aufstellen." Sepp nickt. Jennie will zu diesem Thema etwas beitragen und geht zum Pult und hält eine Ansprache: „Beim letzten Kampf war Samhain sehr angeschlagen, wenn Tarantula ihr nicht geholfen hätte, wäre sie bestimmt bei Diabolus. Wenn wir Ihr nachgegangen wären, hätten wir sie vielleicht besiegt und sie wäre endlich da, wo sie hingehört. Wir gehen nur in ein Reich, wenn wir wissen, dass man den Dämon besiegen kann und nur noch den Todesstoß versetzen muss." „Was ist mit Diabolus, wenn er Ihnen zum Beispiel helfen will?" fragt Niklas. Aus dem Saal kommt eine Meldung: „Du glaubst doch selber nicht, dass Diabolus einem Versager hilft." Niklas sagt und sieht dabei Vani und Schorsch an: „Wenn wir vorhaben, dass wir so etwas durchziehen, dann sollten Vani und Schorsch eine Magier Ausbildung machen," und fragt die Beiden: „Wollt ihr das machen?" Vani und Schorsch sehen sich an, nicken und sagen dazu: „Dann sollten wir es bald tun." Niklas lacht und meint: „Bloß, wann sollen wir es machen, das ist ein kleines Problem." Vani fragt darauf noch: „Können wir nicht Werwölfe zu Magiern oder Druiden ausbilden." Mirko sagt: „Das wäre doch super." Niklas sagt darauf: „Da bin ich überfragt" und sagt dann „Vater" Er meint: „Warum soll es nicht gehen, bloß wie? und da muss ich lesen, was für Aufgaben stellt ihr mir noch? Ich bin ein alter Mann." Niklas gehen viele Dinge durch den Kopf, er weiß nicht, was er machen soll. Er will nicht einen Fehler begehen, es könnte Menschenleben kosten. Niklas fragt, ob noch jemand etwas dazu beitragen kann, es war nichts mehr zu hören, damit beendet er die Sitzung.

Er geht wieder zu seinem Tisch und fragt: „Was meint ihr dazu." Mirko sagt: „Wir müssen eine Sache nach der Anderen angehen und verwirklichen. Niklas sagt: „Dass mit der Kugel muss Vater herauslesen. Dann werden wir es versuchen. Übermorgen, würde ich sagen, geht es ab in die Türkei. Mit Jennies Idee bin ich mir noch nicht sicher. Gefährlich ist es, ich möchte nicht, dass wir in eine Falle laufen. Trotzdem wäre es gut, wenn Vani und Schorsch die Ausbildung machen würden. Wenn es geht, ist es bei den Werwölfen ein großer Vorteil. Niklas fragt: „Habt ihr noch etwas dazu zu sagen?" Jennie gibt keine Ruhe: „Wir sollten es unbedingt wagen, einen angeschlagenen Dämon zu verfolgen und dann zu töten." Niklas antwortet genervt: „Erst wenn die beiden Magier sind und auch die Werwölfe, dann können wir darüber reden, oder spontan es machen." Niklas will nicht weiter diskutieren, er ist sichtlich schwer genervt, steht mit Hedda auf und geht hinaus, er spricht noch kurz mit seinem Vater.

Nacheinander verlassen alle den Sitzungssaal, einige diskutierten immer noch. Jennie und Mirko gehen direkt zu ihrem Haus. Mirko und Musti wollen wie immer, ihre Runde, ums Dorf machen. Jennie macht es sich unterdessen mit ihrem ungeborenen Kind gemütlich. Sie fängt mit ihrem Kind zu sprechen an. Sie fragt Ihr Kind: „Was meinst du mit dem eindringen, in das Reich der Dämonen? Das Kind antwortet vorsichtig: „Gut und nicht gut. Der Dämon kann sehr angeschlagen sein, ihr könnt ihn dann Töten, aber was, wenn es eine Falle ist und einige Dämonen warten auf Euch, vielleicht auch Diabolus. Es ist zu gefährlich, einmal kann es gutgehen, aber nicht jedes mal. Jennie ist mit der Antwort zufrieden.

Kapitel 6
Der schwarze Tod und das Angebot

Nachdem Jennie mit ihrem ungeborenen Kind in Verbindung war und ihre Antwort bekam, nicht die, dass sie erwartete, ist sie trotzdem zufrieden. Jennie will es sich heute gemütlich machen. Trotz der schlechten Situation ist Sie sehr Glücklich. Sie ist mit ihren Gedanken im Hochzeitsurlaub in der Türkei, Musti, der schwule Werwolf ist ihr Reiseleiter. Auf einmal meldet sich ihr Kind panisch und sagt: „Mutter gib acht, ich spüre starke schwarze Magie! Jennie spürt auf einmal ein frösteln und einen kalten Luftzug. In ihren Gedanken sehr weit entfernt, hört sie ein Leises böses lachen, das rasend schnell näherkommt. Diese dunkle Stimme aus der Hölle ruft Sie, immer wieder hört Sie ihren Namen, Sie kennt die Stimme, es ist der Schwarze Tod, Black Shadow, was will der von mir? Hört das nie auf, denkt sich Jennie, denn er hat bestimmt nichts Gutes vor.

Der schwarze Tod spricht zu ihr: „Du bist bald Tod, auch deine Freunde, wenn du nicht das machst, was ich dir sage. Jennie ist stinksauer, eigentlich will Sie sich ein wenig gemütlich machen. Sie fragt Ihn einfach: „Was willst du, ich habe noch nie gehört, dass du jemand verschonst. Wenn derjenige macht, was du willst, das kann ich nicht glauben." Der schwarze Tod fragt: „Willst du die mächtigste Dämonin sein? Dann verschone ich deinen blöden magischen Zirkel." Jennie ist erstaunt und kann es nicht fassen, das ja ist unglaublich: „Du, der schwarze Tod macht mir ein Angebot, das kann nicht wahr sein." Er sagt: „Wir wollen dich als mächtigste Dämonin haben." Jennie fragt schelmisch: „Mein Kind verschonst du auch?" Der schwarze Tod, der mächtigste der Dämonen gibt keine Ruhe: „Wenn ich dich besitze, habe ich auch dein Kind." Jennie antwortet jetzt böse: „Nur über meine Leiche, mein Kind bekommst du nie." Black Shadow will nicht aufgeben: „Du geniest alle Vorteile die ein Dämon haben kann, dir wird es viel bessergehen. Du wirst unendliche Macht besitzen, wirst alles haben, was du dir vorstellen kannst." Jennie lacht. „Ich kann alles haben, was ich mir vorstelle, ich werde mir vorstellen, dich in die Hölle zu schicken, zu deinem Freund dem Höllenfürsten Diabolus!"

Black Shadow meint: „Wenn du diesen Deal nicht eingehst, dann wirst du dein Kind und deine Freunde ganz sicher Tod sehen." Jennie muss wieder lachen und meint dazu: „Was sicher ist, nur dein Tod." Der schwarze Tod merkt, dass Jennie das Angebot nicht eingehen wird, egal welches. Sein Zorn wächst und er droht: „Dann musst du leiden, dein Kind wird mit schwer leiden. Dann werdet ihr alle sterben. Wir werden ein Dorf nach dem anderen zerstören. Es wird ein grauenhaftes Massensterben geben." Jennie sagt: „Wie willst du das machen, ihr konntet bis jetzt nichts vollenden. Wir haben zwei hochrangige Dämonen vernichtet, Moloch und Hop tu Naa. Was Ihr bei uns nicht vollbracht habt, Ihr seid totale Versager, sonst würdest du mir, nicht so ein widerliches, billiges Angebot machen. Früher hättest du dir das geholt, was du haben willst und hättest nicht gefragt und übrigens, wenn ich eine Dämonin sein würde, hätte ich dich schnell von Platz eins verdrängt." Black Shadow kann es sich nicht mehr anhören, was Jennie ihm an den Kopf wirft. Er schreit Jennie gekränkt an: „Jennie" und sie spürte jetzt seine kalten Finger an ihrem Hals, „Du bist auf mein Angebot nicht eingegangen, dann wirst du sterben."

Mirko kommt gerade bei der Tür herein und merkt, dass seine Frau in Gefahr ist. Sofort hat er mit Niklas und Kieran Kontakt aufgenommen. Jennie holt ihren Zauberstab heraus und will ihn über ihren Kopf halten. Der schwarze Tod sagt: „Dein Kind kann dir nicht mehr helfen und erhöht den Druck in ihren Kopf. Jennie bekommt unerträgliche Kopfschmerzen. Sie spürt, ihr Kopf platzt bald, jedes Äderchen in ihren Kopf ist unerträglichen Druck ausgesetzt. Der schwarze Tod tobt in ihrem Kopf: „Jetzt bekommst du und dein Kind was du verdienst. Mit mir machst du sowas nicht. Ich bin der schwarze Tod, mit mir spielt man nicht. Dein qualvoller Tod ist sicher." Jennie kann sich nicht mehr auf den Beinen halten, sie strauchelt und fällt auf den Boden. Sie stammelt: „Mirko Schatz hilf bitte." Mirko versucht alles, ihr zu helfen, sie befiehlt Mirko: „Hebe schnell meinen Arm mit dem Zauberstab über meinen Kopf." Er beeilt sich und die Spitze des Zauberstabes glüht und entwickelt eine magische Kuppel um Jennie. Black Shadow lacht: „Wenn ihr meint, so könnt ihr mir entkommen, dann habt ihr euch getäuscht, Jennie wird trotzdem sterben." Ihre Kopfschmerzen werden besser, aber sie merkt, dass der Schwarze Tod noch Kontrolle über sie hat. Seine Stimme wird jetzt immer lauter, Jennie kann es kaum mehr ertragen, sie schreit vor

Schmerzen. Seine Stimme dringt in jeden Millimeter ihres Gehirns. Sie weiß, bekommt sie nicht die benötige Hilfe, dann muss sie sterben.

Kieran, Niklas und sein Vater stürmen in ihr Haus. Sie wissen was los ist, aber nicht was in ihrem Kopf vorgeht, sie sehen den Zauberstab über ihrem Kopf, sie haben beobachtet, dass er aktiv ist, aber leider zu schwach. Dieses Mal kann der kleine Wicht ihr nicht helfen, die Macht reicht nicht aus, zu stark ist der Dämon, er hat sich gut auf dieses Vorhaben vorbereitet. Die Drei wissen genau, dass sie alles geben müssen, um Sie zu retten. Der Alte flucht sämtliche keltische Schimpfwörter und überlegt und sagt: „Wir müssen unsere Macht zusammen bündeln um ihn abzublocken." Alle zeigen mit ihren Zauberstäben auf die junge Hexe und Vater sagt seinen altkeltischen Spruch auf. Der Spruch zeigt keine Wirkung. Der Zauberstab von Jennie glüht auf einmal noch viel heller und auf einmal schießt ein greller weißer Lichtbogen ihnen entgegen. Jeden hebt es von den Beinen und benommen bleiben Sie liegen, Minutenlang können sie nichts sehen. So grell war der Zauber. Benommen stehen Sie auf, helfen sich gegenseitig und fluchen vor sich hin. Niklas schimpft verärgert: „Übernimmt diese Kreatur einfach Jennies Stab, um zu kämpfen. Wir müssen Jennie sofort den Stab wegnehmen, sonst haben wir keine Chance, Jennie zu retten. Kieran geht zu Jennie um ihr Zauberstab abzunehmen, er greift an den Stab, zwischen Hand und Zauberstab entstand ein Lichtbogen und entlädt sich mit einem lauten Knall. Es schleudert Ihn einige Meter von Jennie weg und er bleibt benommen liegen, stöhnt vor Schmerzen. Alle sind geschockt, sie wissen nicht, was sie noch tun können. Ratlosigkeit steht ihnen ins Gesicht geschrieben, totenstille ist im Raum, keiner will das Wort übernehmen.

Die Frauen kommen außer Atem in den Raum und wollen helfen, Aisling stürmt zu ihrem Mann, der sich inzwischen mühsam auf die Beine quält. Sie müssen es unbedingt schaffen, sie haben keine andere Wahl. Hedda spricht Waldtraud an und sagt: „Der schwarze Tod hat anscheinend noch keinen Frauenpower kennen gelernt, jetzt übernehmen wir das. Niklas erzählt, was passiert ist. Aus Jennies Mund hören sie die grausame Stimme des Dämonen: „Jetzt habe ich Euch alle, das freut mich, dann bekommt Ihr endlich was Ihr verdient, Ihr werdet in der Hölle schmoren! Da hebt Hedda ihren Zauberstab und schickt einen kräftigen Energiestrahl auf Jennie Zauberstab. Waldtraud kann ihn ohne größere Mühe entnehmen. Hedda meint trotzig: „Wir werden sehen, ob wir in der Hölle schmoren." Schnell muss Jennie geholfen werden, wird das so einfach werden? Die Hexen und Druidenfrauen stellen sich um Jennie und halten ihre Zauberstäbe auf Jennie, sie sammeln all ihre Kräfte. Der Alte schreit auf einmal: „So wird es nicht funktionieren, ich habe einen anderen und kräftigeren Spruch. Die Zauberstäbe zeigen immer noch auf Jennie, der Alte sagt, auf mein Kommando, Kieran und Niklas stellen sich noch dazu. Der Alte sagt: „Jetzt" und alle schicken ihren Energiestrahl zu Jennie, die immer noch vor Schmerzen schreit. Der Alte sagt dazu einen sehr alten Spruch auf, schnell bildet sich eine große Kuppel um Jennie, der wie ein elektrischer großer Käfig aussieht. Die Schmerzen die Jennie hat, lassen jetzt langsam nach. Ihr Gesicht entspannt sich. Die brutale, laute Stimme wird leiser, bis sie ganz verstummt.

Mühsam steht die junge Hexe auf. Ihr Kopf schmerzt noch, ihre langen schlanken Beine zittern, sofort ist Mirko bei Ihr, stützt Sie und setzt Sie auf das Bett. Jennie fragt: „Was will der schwarze Tod von mir? Stellt euch vor, er hat mir ein Angebot gemacht" und sie erzählt von Anfang an, was vorgegangen ist, alle hören aufmerksam zu. Sie sind sehr neugierig auf Jennies Geschichte und können es nicht fassen, was hier gerade geschehen ist.

Niklas fragt: „Bist du sicher, dass es der schwarze Tod war? Er hat dir ein Angebot gemacht. Ich hoffe, du bist mir nicht Böse, ich kann es kaum glauben, denn gerade er, würde sich nie auf so etwas einlassen." Jennie meint: „Eigentlich bin ich mir sicher, dass es der schwarze Tod war, aber, wenn du mich so fragst, wäre es vielleicht möglich, dass eine böse Kreatur Ihn kopiert, um Angst zu verbreiten, was meint Ihr dazu?" Alle sehen sich gegenseitig an und fragen, ob das wirklich sein kann, denn diesem Dämon wird es nicht gefallen, dass in seinem Namen gehandelt wurde. Jennie kämpft noch mit sich. Ihre Frage hat wieder eine große Diskussion ausgelöst. Kieran war der Erste und sagt: „Der schwarze Tod wird niemals zulassen, dass ein anderer Dämon in seinem Namen etwas unternimmt. Das wird Ärger geben." Jennie fragt nach: „Wie sollen wir herausbekommen, wer so etwas tut. Dann müssen wir unter Umständen wieder die magische Kugel benutzen. Wen sollen wir belauschen, um einige Geheimnisse der Dämonenwelt heraus zu bekommen." Niklas fragt: „Ihr stellt uns immer vor neue Aufgaben, was sollen wir tun? Kieran antwortet: „Gute Frage." Jennie sagt: „Belauschen wir einfach einen anderen Dämon." Sophie sagt: „Das ist doch egal, wir brauchen viel Glück, Hauptsache er verrät das, was wir wissen wollen. Wir suchen den aus, dem wir noch keinen Besuch abgestattet haben. Niklas meint: „Dann werden wir es morgen Früh versuchen, Sophie du wirst die Seance Morgen halten.

Pass mir bitte sehr gut auf, ich fühle mich dabei nicht wohl." Sophie antwortet mit gemischten Gefühlen: „Meinst du, ich fühle mich gut dabei, habe letztes Mal nur Glück gehabt, ich könnte Tod sein, das mache ich gar nicht gern." Niklas fragt die anderen Hexen, ob sie es tun, aber keine will, sie halten Sophie für die Beste. Waldtraud bietet ihre Hilfe dafür an. Sophie war dafür sehr dankbar. Sie wollen die Sitzung morgen früh halten, damit sie in die Türkei fliehen können. Alle wollen jetzt zurück in ihre Häuser gehen und schlafen. Niklas mahnt Jennie, wenn Ihr etwas nicht geheuer vorkommt, ist es ihre Pflicht, es sofort zu melden, sie sind gleich da. Mirko lacht und sagt: „Ich bin auch noch da." Niklas meint, gegen die Bestie den schwarzen Tod, bist du machtlos." Mirko meint: „Darum will ich auch die Ausbildung bekommen, wie Vani." Niklas, wenn es geht, verspreche ich dir, bekommst du sie. Mirko sagt: „Hoffentlich bald, denn ich will richtig helfen können." Waldtraud nimmt Mirko in den Arm und spricht zu ihm fürsorglich: „Mirko, das machst du schon." Mirko sagt: „Aber besser will ich werden, das muss ich unbedingt, die Dämonen werden auch immer klüger und raffinierter."

Kapitel 7
Die magische Kugel und der Dämon Krypton

Jennie hat nicht gut geschlafen, die ganze Nacht plagen Sie unheimliche Alpträume. Kaum ist sie eingeschlafen weckt sie Mirko und beruhigt sie. Sie gehen mitten in der Nacht ein paar Mal vor das Haus und rauchen eine Zigarette. Mirko fragt seine Frau dabei: „Ob der schwarze Tod an den Alpträumen schuld ist." Jennie bejaht: „Ich denke, ich habe sehr wahrscheinlich von der letzten Attacke die Alpträume, ich bekomme das Ganze nicht aus dem Kopf." Mirko nimmt seine Frau in den Arm und küsst Sie und sagt: „Versuchen wir endlich zu schlafen. Arm in Arm gehen sie zusammen ins Bett und diesmal kann Jennie besser schlafen, nur Mirko hat eine kürzere Nacht, denn Musti meldet sich bei Ihm, um ihre nächtliche Runde zu machen.

Musti weiß vom Vorfall am Vorabend nichts, da hat Mirko bei diesem Streifzug, um das Dorf viel zu erzählen. Das sie deswegen am Morgen die magische Kugel aktivieren und sich danach in die Türkei zaubern wollen. Musti meint: „Da bin ich heute auf jeden Fall dabei und auf meine alte Heimat freue ich mich." Mirko lästert wieder: „Kleines Land und der Halbmond." Bei diesem Rundgang merken die Beiden nichts Besonderes. Beide legen sich noch einmal kurz ins Bett, sie wollen unbedingt bei der Sitzung dabei sein. Musti erzählt Roland die Neuigkeiten von Mirko und schläft anschließend noch ein wenig.

In aller Früh treffen sich alle im Gesellschaftsraum, sie haben sich spontan zu dem gemeinschaftlichen Frühstück entschlossen. Sie sitzen alle gemeinsam bei einem Kaffee zusammen und reden über die bevorstehende Seance und den Urlaub, den sie alle dringend benötigen. Wird es wirklich ein schöner Urlaub? Haben sie vor den 7 mächtigsten Dämonen ihre Ruhe?

Waldtraud und Sophie bereiten ihre magische Kugel vor, die noch abgedeckt ist. Beide sind sehr nervös, was heute bevorsteht, haben sie noch nie gemacht. Sie besuchen heute einen anderen Dämon, er heißt Krypton. Niklas hat von ihm erzählt, dass er angeblich seine geheimen Kräfte aus dem All bezieht. Sonst gibt es keine weiteren Informationen, auch für Aisling und Kieran nicht. Waldtraud und Sophie wollten unbedingt wichtige Aufpasser neben sich haben. Das werden dieses Mal, Niklas Vater und Kieran sein.

Nachdem alle ausgiebigen Kaffee getrunken haben, sieht Niklas zu Waldtraud und Sophie hinüber und sie nicken, das war das Zeichen, dass ihre Sitzung beginnen kann. Den beiden Orakeln ist mulmig im Magen. Waldtraud und Sophie sehen sich an und sagen: „Gehen wir es an, beobachten wir ein neues Scheusal." mit zitternden Händen hebt Sophie die Decke ab. Waldtraud fragt Sophie: „Hast du vom Alten die neue Formel mit dem Filter. Waldtraud dreht sich zum Alten und fragt: „Hast du etwas gefunden, wir brauchen den Spruch unbedingt mit dem Filter." Der lacht und seine rechte Hand greift in seine Hosentasche, zieht einen Zettel hervor und überreicht ihn Sophie, die ihn mit zitternden Fingern nimmt und laut vorliest. Dann schaut Sie Niklas Vater skeptisch an und sagt: „Das soll der neue Spruch sein, der ist nicht viel anders als der, den wir immer benutzen." Der Alte sagt: „Ich konnte keinen anderen finden, ich kann nur sagen, versuchen wir ihn einfach. Dieser Spruch soll mit einem Filter sein, die Dämonen sollen nichts merken, dass wir bei Ihnen sind." Waldtraud warnt: „Hoffentlich bekommen wir keine weitere böse Überraschung, musst du uns noch etwas sagen?"

Der Alte erzählt jetzt allen anwesenden Leuten: „Ich habe in meinen Büchern nachgelesen über Krypton, es ist ein sehr alter Dämon, fast so alt wie der schwarze Tod, das muss allerdings der Älteste sein. Krypton ist ein sehr treuer Untertan von Diabolus. Wie Ihr schon wisst bezieht er seine Kräfte vom All und dessen unendlicher Weite. Man glaubt, dass er die schwarze Sonne und ein schwarzes Loch benutzt, zum Kräfte tanken. Genaues weiß man allerdings nicht. Krypton forscht unentwegt weiter, auch in der Allchemie, sein Reich soll wie ein Forschungslabor aussehen. Seine Unendliche Armee kann er immer wieder umgestalten. Es ist ein furchtbarer Dämon, der allerdings nicht auffällt, weil er immer im verborgenem arbeitet und man ihn nie sieht. Man sagt diesem mächtigen Scheusal nach, das er an einigen großen Naturkatastrophen schuld sei. Solche immensen Kräfte soll dieses Mist Vieh besitzen. Ich denke ich habe euch genug vom mächtigen Dämon Krypton erzählt, man sagt, dass er die rechte Hand des Höllenfürsten Diabolus ist."

Waldtrauds und Sophies Augen werden bei der Erzählung immer größer und ist es nicht verwunderlich, dass Sophie fragt: „Sollen wir nicht einen anderen Dämon heraussuchen. Ist er nicht eine Nummer zu groß für uns." Sophies Hand zittert noch mehr, sie hat größere Angst bekommen. Nach dieser Erzählung ist es im Saal ganz ruhig geworden. Der Alte sagt: „Beltane der alte keltische Drachendämon ist auch kein geringerer. Also was bleibt uns anderes übrig, machen wir es oder lassen wir es?" Der Alte sieht fragend in die Runde und erklärt: „Moloch war auch nicht viel schwächer und geringer, aber er war ein absoluter Einzelkämpfer, was man von Krypton und Beltane auch behaupten kann." Sophie sieht Niklas fragend an. Traut er sich den Befehl zugeben, die magische Kugel zu aktivieren. Man sieht Niklas an, dass er Überlegt und spricht laut aus: „Was sollen wir machen?" Ein lautes Durcheinander von Stimmen ist zu hören. Dann rufen ein paar Leute zum Druiden: „Machen wir es." Niklas sagt nachdenklich: „Ja machen wir es, hoffentlich ist es kein Fehler." Sophie legt ihren Zettel hin, den sie vom Alten bekommen hat und liest ihn aufmerksam. Sie sieht Waldtraud fragend an, diese nickt, auch in ihrem Gesicht ist große Angst zu sehen.

Der Alte geht zur Kugel und zaubert wie sonst den großen Bildschirm und stellt sich neben Waldtraud. Sophie beginnt mit der Beschwörung, sehr konzentriert spricht Sie die neue Formel: „Spilatus manufakt konfilat magnetum fernum filtatum bernikus Krypton."

Die Kugel zeigt feine Blitze und wird langsam heller. Schweiß steht auf der Stirn beider Frauen. Was wird wohl jetzt die Kugel uns zeigen? Was werden wir zu hören bekommen? Was werden wir erleben? Sie wird wieder dunkel, sie wird nicht mehr heller, alle sehen jetzt auf den Bildschirm, aber es tut sich nichts, es bleibt dunkel. Sophie fragt Waldtraud: „Haben wir etwas falsch gemacht, ist etwas mit unserer Kugel?" Auf einmal sehen sie doch etwas, als wenn ein dunkler Schatten vorbei huscht. Niklas meint: „Wir sind doch richtig, warum ist es so dunkel?" Das Bild dreht sich und sie sehen einen Altar aus Stein, in den viele Unheimliche Gestalten gemeißelt sind. Diese stammen bestimmt direkt von der Hölle. Welche Teufel sind das? Davor steht eine unheimliche Gestalt, mit einem langen schwarzen Umhang mit gelben Sternen. Die Gestalt ist zierlich, klein und mit einem faltigen Gesicht.

Der Bildschirm dreht sich weiter zur Decke. Die Decke ist schwarz wie die Nacht. Ist es überhaupt eine Decke? Sie sehen einen Sternenhimmel wie im Traum. Es sieht aus, als wenn sie auf einen anderen Planeten sind und von da aus in einen fantastischen Sternenhimmel blicken können. Alle Anwesenden können ihre Augen nicht mehr trauen und sich von diesem Bild nicht abwenden.

Der Bildschirm zeigt dann auch den Boden, der mit einem Nebel oder Rauch überzogen ist, als wenn alles auf einem vulkanischen Boden gebaut ist. Dieses Reich scheint unendlich groß zu sein. Der Sternenhimmel scheint echt zu sein und lässt das Reich riesengroß erscheinen. Inmitten des Sternenhimmels ist eine Sonne, aber was für eine Sonne, sie ist schwarz, nur die Ränder sind hell gezeichnet, wie bei einer totalen Sonnenfinsternis. Daneben ist ein riesiges Schwarzes Loch. Ein unheimliches Antlitz, den meisten bleibt der Mund offenstehen, als sie das sehen.

In einer anderen Ecke ist ein riesiges Labor, viele Gläser und Leitungen mit verschiedenen farbigen Flüssigkeiten. Überall kocht und blubbert es, kleine Dampf und Rauchfähnchen schweben über diesem Labor. Was für furchtbare Experimente der Dämon wohl hier macht?

Ja was sehen sie da, am Boden huschen viele rote kleine Teufelchen umher, sie verschwinden immer wieder in dampfende Löcher und es kommen Neue hervor. Der Alte spricht leise das aus, was viele denken: „Was können die kleinen Biester wohl alles anrichten." Niklas sagt dazu: „Ich denke, das sind Erdteufel, sie kommen in der Dämonengeschichte nicht oft vor, sollen aber selber sehr viel können. Ich denke, wir sollten die kleinen Wesen nicht unterschätzen, sie sind nicht größer, als Kobolde. Krypton spricht jetzt mit seinen Erdteufeln und sie waren alle, von einer Sekunde auf die Anderen verschwunden.

Das alte runzlige knochige Gesicht lacht schmutzig, die rechte Hand hebt er, im selben Moment fährt ein greller Kugelblitz vom Sternenhimmel durch das Reich und explodiert genau vor ihrem Bildschirm, allen bleibt fast das Herz stehen und glauben zu Erblinden. Als sich ihre Augen einigermaßen erholt haben und Sie in den Bildschirm schauen, ist Krypton mit einem Riesenschädel vor dem Bildschirm aufgetaucht und schreit mit einem unnatürlichen großen Maul in einer Lautstärke von abertausend Trompeten in den Bildschirm. Ein Orkan kommt durch den Bildschirm von Kryptons Stimme. Niemand kann sich mehr auf den Stühlen halten, alle fliegen mit diesen quer durch den Raum, alle schreien voller Panik wild durcheinander. Auf einmal war Totenstille, nichts rührt sich mehr.

Krypton stand wie ein Herrscher vor dem Bildschirm, ein fieses teuflisches Lachen ist in seinem Gesicht, es ist sehr überheblich. Die Arme sind in die Hüfte gestemmt. Mühsam erheben sich alle und schauen zu Krypton, direkt in sein grinsendes Gesicht, Sie denken jetzt, mit uns ist es vorbei.

Dann spricht er zu ihnen in normaler Lautstärke, aber streng: „Ich befehle euch, hinzusetzten." Als sich alle gesetzt haben, fragt er: „Wer ist euer Anführer, er muss ganz vorne Platznehmen, damit ich ihn sehen und kennen lernen kann. Wer ist Jennie und Mirko sie sollen ebenfalls vorne Platznehmen. Niklas und der Alte sitzen schon in der ersten Reihe, Sie sind Leichenblass und geben sich zu erkennen. Jennie und Mirko erheben sich auch kurz, damit sie Krypton erkennen kann. Krypton sagt: „Niklas dich kenne ich, aber dich Jennie und Mirko kenne ich noch nicht, ihr seid die Beiden, die Moloch und Hop tu Naa zu Diabolus geschickt haben, alle Achtung. Jennie du bist die mächtige weiße Hexe mit dem mächtigen Kind. Du bringst mit deinem Kind ganz große Unruhe in unsere Reiche. Auch mein Gebieter hat Respekt vor dir und deinem Kind. Aber eins muss ich euch lassen, Mut habt ihr, bei mir einzudringen. Ich kann Euch sofort töten, da gibt es etwas, warum ich es heute nicht mache, vielleicht hole ich es einmal nach, für mich ist das keine große Anstrengung." Krypton lacht jetzt geheimnisvoll und fährt fort: „Tarantula hat sich bei Jennie als den schwarzen Tod ausgegeben, somit hat Sire Black Shadow eine Rechnung mit ihr offen, der er bald nachgehen wird, er wird es nie dulden, dass sich die alte Schlampe mit seinem Namen ausgeben darf. Das ist in wahrsten Sinne für den schwarzen Tod eine Todsünde und er meint dazu: „Samhain und Tarantula müssen euch töten." Ich will den beiden unnützen Weibern nicht die Arbeit wegnehmen und handle auch im Sinne des Schwarzen Todes, da habt ihr großes Glück," lacht dabei in den Bildschirm. Niklas lächelt und sagt: „Darum will er uns nicht töten, ich glaube es wäre ihm gelungen." Krypton spricht weiter: „Der schwarze Tod und ich würden nicht eine Träne vergeuden, wenn ihr die beiden

Dämoninnen in die Hölle schickt, zu Diabolus. Dieser wäre
wahrscheinlich nicht begeistert."

Auf einmal meldet sich eine andere unheimliche Stimme, ist es wirklich
die Stimme des schwarzen Todes, die Stimme scheint von überall
herzukommen, eine noch unheimlichere Atmosphäre herrscht auf einmal,
eine eiskalte Stimme, das jeden im Gesellschaftsraum frösteln lässt und
diese spricht zu ihnen, „Heute habt ihr noch eine Schonzeit, aber dann
werde ich Euch immer wieder finden und töten, wenn es mir gefällt.
Jennie, dein Tod steht ganz oben auf meiner Liste. Genieße noch jeden
Tag den du lebst." Dann ist es still und Krypton hat wieder sein Grinsen
im Gesicht. Man merkt Niklas an, dass er an Krypton eine wichtige Frage
hat. Aber Krypton will seine Macht allen zeigen und meint: „Niklas, du
alter Druide und Magier, ich kann dir sagen, was dir auf der Zunge brennt,
ich habe heute anscheinend meinen sozialen Tag. Der neue Dämon der für
Moloch gewählt wurde ist kein geringerer als die Ratte. Du hast dir
bestimmt gedacht, dass die Wahl auf ihn fallen könnte. Er ist auf jeden
Fall mächtiger, als die Beiden alten möchtegern Weiber. Die Wahl für den
Dämon, für die schielende Warzen Dämonin ist noch nicht entschieden.
Aber bestimmt in den Tagen und Wochen, stehen ein paar mächtige
Anwärter zur Wahl. Über diese will er keine weitere Auskunft geben. Er
fragt Niklas höflich: „Ob er mit seiner Auskunft zufrieden ist." Niklas
nickt nur. Krypton grinst zurück.

Auf einmal wird sein Gesicht ernst, sehr ernst. Er streckt seine Hand mit
seinem Zauberstab aus und ein großer Feuerstrahl zischt ihnen entgegen,
wie von einem großen Flammenwerfer. Das Feuer hüllt den ganzen
Bildschirm ein. Alle schrecken zurück, einige im Raum springen entsetzt
auf und rennen einige Reihen zurück, Sie haben geglaubt, dass der
Feuerstrahl durch den Bildschirm kommt und sie verletzen könnte. Auf
einmal lodert das grelle Feuer noch einmal auf und die riesige Visage von
Krypton ist auf dem Bildschirm umringt, von den teuflischen Flammen.
Sein Kopf braucht die ganze Fläche des riesengroßen Bildschirms, sein

übergroßer Mund öffnete sich und ein überlauter Schrei kommt aus seinem hässlichen Rachen, der ganze Kopf sieht total verzerrt aus. Er schreit: „Verschwindet jetzt, bevor ich es mir anders überlege und Euch doch noch töte." Ein glühend heißer Sturm kommt jetzt durch den Bildschirm. Alle im Raum rennen um ihr Leben, die meisten schreien, denn sie haben Verbrennungen bekommen. Totale Panik herrscht im Raum. Wie Krypton sieht, was für eine Panik herrscht, muss er fürchterlich lachen, dumpf und dunkel hört es sich an. Er schreit noch mal: „Ihr kleinen Würmer, ich bekomme euch noch, niemand von euch wird übrigbleiben, ich werde euch zeigen wer Krypton ist. Verschwindet jetzt und lasst Euch hier nicht mehr blicken, ihr habt genug gehört und gesehen," und die Flammen ziehen sich langsam zurück. Niklas, der Alte, Kieran und Aisling versuchen schnell den Bildschirm zu schließen. Waldtraud und Sophie haben mit Verbrennungen zu kämpfen. Diesmal ist es Kieran, der es letztendlich schafft, den Bildschirm zu schließen.

Dann ist es still im Raum, nur von ein paar Leuten war ein leises stöhnen zu hören. Alle atmen erst einmal tief durch. Sie sind tief geschockt und geschafft. Mit so einer Reaktion hat keiner mehr gerechnet. Der Alte spricht seinen Sohn Niklas an und sagt: „Das ist kein Mensch mehr, das ist nur noch eine primitive Kreatur, ein Dämon, bei diesen Raubtieren muss man mit allem rechnen." Mirko nimmt Kontakt mit Mikka und Olivia auf, die sich sofort auf den Weg machen. Alle helfen wie immer zusammen. Es werden schnell die Hautverbrennungen behandelt. Kieran fragt Niklas: „Kennst du die Ratte?" Niklas muss zugeben: „Nein noch nie davon gehört, man kann nicht jede Bestie kennen, was das für ein komischer Dämon das wohl sein wird? Hat dieser eine Ratten Armee um sich, sowie Tarantula ihre Spinnen." Aber Niklas hat noch eine weitere Sorge und sagt zu Kieran: „Es hätte schiefgehen können, wir hatten verdammtes Glück, wir könnten alle tot sein. So einen Dämon dürfen wir nie mehr belauschen." Kieran meint dazu: „Wir haben Glück und wissen jetzt, wer der neue Dämon ist und wie stark Krypton und sehr wahrscheinlich auch Beltane ist. Noch einmal besuchen würde ich diese bestimmt nicht mehr, das war uns Gott sein Dank eine Lehre. Von der Ratte mehr zu erfahren wäre, auch nicht schlecht. Was Tarantula blüht, wissen wir auch." Waldtraud wird gerade von Kunigunde verarztet und hört dabei, was Kieran erwähnt und spricht ihn zornig an: „Diese Sitzung kannst du ohne mich machen, das kannst du dir total abschminken. So eine Sache mache ich nicht noch einmal mit, mir reicht es." Niklas beruhigt Waldtraud: „Ich bin auch dafür, wir machen erst keine Sitzung mehr, es gäbe schon ein paar Dinge, die nicht schaden würden zu wissen, da muss ich Kieran recht geben." Niklas meint, wir lassen morgen noch alle Brandverletzungen behandeln und dann geht es wirklich, endlich in die Türkei."

Niklas lässt am Abend seine engen Freunde zusammenkommen. Nach dieser Seance meint der Druide, gibt es wieder einiges zu besprechen. Alle kommen wieder im Gesellschaftsraum zusammen. Er eröffnet mit den Worten, dass die heutige Seance, Ihn große Sorgen bereitet, er hat gesehen, wenn ein Dämon wie Krypton angreift, sie kaum eine Chance haben. Wir müssen unbedingt etwas unternehmen. Kieran war der das Wort ergriff: „Was willst du dagegen machen?" Mirko sagt daraufhin: „Ihnen eine Falle stellen, wie bei Hop tu Naa, das können wir gut und wieder darauf zurück zu kommen, mir endlich das Zaubern beizubringen. Niklas meint: „Es ist gut, aber das reicht bestimmt nicht, es muss noch was viel Besseres sein." Niklas Vater hört zu und lacht nur. Niklas sieht das und fragt ihn sofort: „Du weißt doch wieder etwas." Der Alte sagt: „Ich will eigentlich Euch zuhören, bevor ich meinen Vorschlag vorbringe." Niklas wiederspricht: „Ich will es aber gleich hören." Sein Vater aber meint: „Vielleicht, sagt einer seine Idee sonst nicht." Sein Sohn sagt daraufhin: „Ich denke, dass nicht viel mehr herauskommen wird." Sepp meint: „Er habe schon etwas, egal was sein Vater für eine Idee hat und zwar möchte er auf die Gedanken von Mirko zurückkommen. Er meint das ist gut. Man muss die Dämoninnen nur auf eine bestimmte Stelle hinsteuern oder vielleicht in ein Haus locken und dort schnell und voll zuschlagen, mit allen was wir haben.

Niklas überlegt und kommt gar nicht mehr zu reden, denn sein Vater spricht jetzt: „Die Weiber fallen darauf herein, mit denen kannst du es bestimmt so machen." Sepp lacht und bekommt einen seitlichen Hieb von Waldtraud, die darauf sagt: „Was soll das heißen, dass wir alle blöd sind, da sprechen wir später noch darüber." Sie meint damit ihren Mann, der noch immer lacht und sagt: „Ihr seid natürlich nicht damit gemeint, ihr seid ja auch keine Dämoninnen." Waldtraud lästert: „Mit euch könnte ich eine werden: „Gnade Euch Gott, was ich mit Euch machen würde, ihr würdet euch wundern." Niklas ist Ernst und sagt darauf: „Die Idee ist trotzdem gut, das machen wir, wenn es ernst wird, auch wenn vielleicht nur die beiden Weiber darauf hereinfallen. Aber wenigstens die sind wir dann los." Niklas fragt darauf: „Frauen sagt uns mal, wie bringen wir die männlichen Dämonen los." Hedda sagt lachend: Wir stellen mehre Bierfässer in die Mitte des Dorfplatzes und warten bis sie besoffen sind, der Rest ist dann ziemlich leicht." Niklas sagt daraufhin: „So leicht ist es nicht, aber vielleicht einen Versuch wert." Hedda meint: „Der Erste der betrunken ist, das bist dann schon du." Waldtraud sagt mit einem sarkastischen Unterton: „Die männlichen Dämonen würden keinen Platz bekommen und schnell wäre nichts mehr zu Trinken übrig." Aisling meint grinsend: „Die würden bei unseren Männern vor Durst umkommen." Alle Frauen schreien vor Lachen." Sepp sagt zur Verteidigung: „So schlimm sind wir auch nicht, aber wenn wir auf die Art Dämonen umbringen könnten wären wir schon steigerungsfähig, oder Niklas? Niklas meint: „Aber Hallo! Niklas sagt wieder ernst: „Wir haben vor lauter Bier, die Idee von meinem Vater immer noch nicht angehört, danach sollten wir tatsächlich ein Bier zusammen trinken."

Sein Vater hat immer noch sein Grinsen im Gesicht und er sagt: „Es ist ganz einfach, ihr wisst, dass ich noch vieles von dem altkeltischen weiß und noch einiges in Büchern vergraben ist. Niklas, Kieran, Sepp und Jennie gehen zu mir in die Lehre und bringen es den Anderen bei, wie findet ihr das. Alle sehen sich an und Niklas meint dazu: „Wann sollen wir das machen?" Vater sagt: „Wir machen es zum Beispiel in der Türkei." Niklas sagt erstaunt zu seinem Vater: „Du willst mitgehen und unser Dorf allein lassen." Der Alte sagt: „Ich bin doch auch hier auf dem Brocken." Niklas sagt: „Stimmt, du hast mir schon lange versprochen, dass du mir ein paar Sprüche lernst, aber bis heute ist noch nichts passiert. Der Vater sagt, und das wollen wir schnell ändern, oder? Sein Sohn meint dazu: „Aber wirklich schnell, wir alle haben erlebt, dass wir dringend etwas ändern müssen."

Am nächsten Tag ist das verarzten der Brandverletzungen angesagt und am Abend richten alle ihre Sachen für die Türkei her. Natürlich wurde ein Abschiedsfest gemacht und wieder lange zusammengesessen. Sie freuen sich auf den Hochzeitsurlaub. Kieran und Aisling wollen mit und sagen: „Das sind ihre zweiten Flitterwochen. Ob sie sehr lange bei Ihnen bleiben können, wissen sie nicht. Aber sie denken, dass sie eher bei Jennie und Mirko gebraucht werden. " Es ist noch eine lange Nacht, die sie zusammensitzen, sie wollen am Vormittag in die Türkei abreisen und Musti bleibt ihr Fremdenführer.

Kapitel 8
Diabolus und Tarantula

Es passiert kurz nach ihrem letzten Angriff. Samhain und Tarantula haben gerade eine der vielen Besprechungen. Sie wollen eine Aufgabe erfüllen. Bei dieser haben sie letztes Mal total versagt, das muss unbedingt gelingen, denn Diabolus wird nicht mehr lange tatenlos zusehen. Sie sind diesmal in Samhains Reich und streiten heftig, Tarantula lasst Samhain

spüren, dass Sie ihr Dämonen da sein gerettet hat. Sie wäre mit Sicherheit
ansonsten bei Diabolus in der Hölle.

Bei ihrer angeregten Unterhaltung bemerken die Beiden nicht, dass ein
tiefes grollen durch dieses Reich geht. Die beiden Dämonien stutzen, als
sich vor ihnen die Erde öffnet und glühend heißer Dampf aus diesem
aufsteigt. Den beiden Dämoninnen entkommt bei dieser Situation nur ein
„Scheiße Diabolus." Als er aus seinem Loch steigt bemerken Sie, dass er
nicht bester Laune ist, seine Nüstern rauchen, seine Fäuste sind vor Wut
geballt. Diabolus stürmt mit stampfenden Schritten auf die Beiden zu und
schreit Beide an: „Habe ich nur noch Versager an meiner Seite. Ihr seid
nicht fähig, zusammen ein paar Kelten in das Jenseits zu schicken. Das
kann ich nicht glauben, ihr wollt Dämoninnen sein und dass unter den
besten 7, das kann nicht wahr sein. Ich denke, da würden Moloch und
Hop tu Naa besser kämpfen." Tarantula verteidigt sich zornig: „Ich
musste das schwarzes Dämonenherz von dieser blöden Gans Samhain
retten, damit konnte ich mich nicht mehr auf die Vernichtung der
Dorfbewohner konzentrieren."

Diabolus schnaubt, die Nüstern glühen vor Wut, das Gesicht des Teufels
verzerrt sich hässlich. Die Hufen kratzen am Boden, er schreit die Beiden
in seiner Wut so an, dass ein furchtbarer Orkan durch das Reich geht, alle
kahlen Bäume knicken um. Alle Raben waren verschwunden, als sie
Diabolus kommen sehen. Auch die beiden Dämoninnen können sich nicht
mehr auf den Beinen halten, sie werden durch Diabolus Wut
weggeschleudert. „Tarantula du brauchst dich nicht herausreden, ich habe
alles gesehen, du hast dich überrumpeln lassen und warst schon besiegt.
Ihr seid Beide Versager, ich gebe Euch nur eine Chance, ansonsten seid
ihr schnell bei mir unten durch. Ihr Beiden bekommt auf keinen Fall eine
zweite Chance." Diese Höllenstimme muss durch alle Dämonenreiche zu
hören sein.

Diabolus tobt weiter, sein gehörnter roter Schädel schüttelt sich, die Dämonenweiber zittern vor Angst am ganzen Körper. Von Tarantulas Überheblichkeit war nichts mehr zu sehen. Diabolus fragt Sie: „Hast du dir schon in die Hosen gepinkelt, das macht bei dir nichts aus. Diesen Gestank wollen deine Spinnen und sonst ist alles zugewachsen von Spinnennetzen." Tarantula müht sich ab aufzustehen und sieht dabei den Höllenfürsten ehrfurchtsam an. Sie spricht in diesmal vorsichtig an: „Wir werden nächstes Mal mit Sicherheit alle vernichten, wir werden keinen am Leben lassen. Das wird nicht noch mal vorkommen. Diese Schmach wollen sie nicht auf sich sitzen lassen." Diabolus donnert zurück: „Wie wollt ihr es diesmal anstellen, ihr seid für die Keltenbagage zu schwach, ihr müsst aufpassen, dass ihr selber nicht vernichtet werdet. Die gesamte Dämonenwelt lacht über Euch, ich habe mir überlegt, ob ich nicht Moloch und Hop tu Naa eine zweite Chance gebe und dafür Euch zu mir hole." Das war zu viel für die Spinnen, Dämonin diesmal schreit sie Diabolus an: „Er kann sich sicher sein, dass Jennie und ihr Kind auf jeden Fall vernichtet wird. Ist er selber zu schwach, dass er vor einem kleinen Kind panische Angst hat." Diabolus ballt seine beiden Fäuste und geht dabei ganz nah zu Samhain hin: „Du wagst es meine Stärke anzuzweifeln, du nichtsnutzige Raben Dämonin. Du hast hier nichts Großes vollbracht, musst dich erst richtig beweisen, dass du wirklich Stärke hast, dann kannst du mich anzweifeln." Er schlägt Samhain dabei ins Gesicht, dass sie vom Boden abhebt und zurückgestoßen wird, hart auf den Boden aufschlägt und hier noch einige Meter dahinrutscht. Diabolus faucht vor sich hin: „Ich glaube ich muss zwei weitere Dämonen wählen lassen, ich habe hier nur lauter Taugenichtse. Am besten ist es, alles selber zu machen."

Die Spinnen Dämonin stellt sich vor Diabolus stolz hin und spricht auf: „Glaube uns endlich und beruhige dich, wir bringen das zu Ende was wir angefangen haben und du wirst mächtig stolz auf uns sein." Die Raben Dämonin steht langsam unterdessen auf und Flucht vor sich hin. Diabolus lacht die beiden Dämoninnen aus: „Ich soll Euch Beiden verrückten Dämoninnen glauben, ich kann euch nicht glauben, aber ich gebe euch nur eine einzige Chance, wenn Ihr versagt, dann werde ich mit Euch viel Spaß in meiner netten Räumlichkeit haben. Ihr könnt Euch nicht im Traum vorstellen, was ich mit Euch Beiden anstellen kann. Samhain deine Freundin wartet auf dich und du Tarantula, deine Spinnen können dir bei mir unten nicht helfen. Ich freue mich auf Euch." Den beiden Dämoninnen läuft der Angstschweiß über ihre hässlichen Fratzen. Man kann glauben, dass sie sich nicht so Siegessicher fühlen, sind sie Feige geworden? Der Höllenfürst bemerkt es und lacht noch über seine beiden Weibsbilder, winkt ab, dreht sich um und schreit wie ein Orkan den Beiden zu: „Das letzte Mal sage ich Euch, ein Versuch und nur ein paar Tage, ist nach der nächsten Dämonenwahl das Baby immer noch am Leben, so freue ich mich auf euren Besuch, das ist endgültig, so wahr wie ich Diabolus heiße!!!" Er steigt mit großen Zorn in das Loch und verschwindet. Das Loch verschließt sich so heftig, dass einige Lava Spritzer in den Dämonenhimmel schießen. Die beiden Dämoninnen hat es umgeweht. Aber die Beiden hören die Worte von ihm noch einige Minuten, die als Echo einige Male wiederholt werden. Die Dämoninnen haben furchtbare Angst, sie verstehen ihre Dämonenwelt nicht mehr. Sie sehen sich an und sind diesmal einer Meinung sie müssen richtig miteinander reden. Diese letzten Worte vom Höllenfürsten haben sich bei Beiden in ihr schwarzes Hirn gebrannt.

Nach dem Besuch von Diabolus sehen sich die beiden Dämonien an und fragen sich, was machen wir zuerst. Ratlosigkeit und Angst steht in ihren Gesichtern. Als erstes war es die Spinnen Dämonin, die das Wort ergreift: „Es bestätigt das wir unbedingt richtig zusammenarbeiten, wir müssen ein richtiges Team werden, sonst haben wir gegen diese gerissenen Kelten Druiden keine Chance, ob es uns gefällt oder nicht. Ich habe keine Lust bei Diabolus zu schmoren." Samhain ist beeindruckt von Diabolus Besuch, dass sie immer noch kein Wort herausbringt, sie ist sehr nachdenklich, sie nickt nur als Antwort. Tarantula faucht: „Hat Diabolus deine Stimme geraubt." Sie flüstert: „Ich war in Gedanken, aber du hast recht, wir müssen wirklich zusammenarbeiten, uns bleibt keine andere

Wahl. Wir haben nicht mehr viel Zeit uns richtig Vorzubereiten, was machen wir als erstes? Bringen wir zusammen unsere Armeen auf Vordermann, besser als wir es machen wollten." Tarantula sieht ihre Mitstreiterin ungläubig an und sagt daraufhin: „Der Besuch von Diabolus hat Spuren bei dir hinterlassen, gehen wir es sofort an und schauen, was wir zusammen verbessern können." Samhain meint: „Analysieren wir unsere Armeen, was wir hier verbessern können, fangen wir damit an." Tarantula fragt: „Welche Armee sehen wir uns zuerst an, Samhain?" Sie meint: „Das dürfte egal sein, wir sehen uns Beide an." Die Spinnen Dämonin sagt: „Jetzt sind wir in deinem und wir gehen zur Abwechslung in meines und sehen uns alles genau an." Samhain lacht jetzt ein wenig und sagt: „Das macht Spaß." Und sie sind daraufhin verschwunden und tauchen im Spinnenreich auf.

Kapitel 9
Die Türkeireise

Sie treffen sich am frühen Morgen im Gemeinschaftsraum, einige der Mitreisenden sind nervös, sie waren nie weit weg von ihrer Heimat. Alle haben ihre Sachen gepackt und treffen sich am Dorfplatz. Wie Kieran den großen Berg von Gepäck inmitten des Dorfplatzes sieht, fragt er den Alten, machen wir eine Weltreise, Der Alte sagt: „Er hat nur ein paar alte Bücher eingepackt und das Nötigste. Wenn man hier hinsieht, muss man glauben, dass hier keiner zaubern kann. " Er lacht und schüttelt den Kopf, es sind ein paar Frauen dabei." Kieran witzelt: „Genau das ist der Punkt." Einige Hexen aus dem Dorf haben ein kleines Gemeinschaftsfrühstück organisiert. Hier gesellen sich die Beiden dazu. Alle sind guter Laune, besonders die Frauen, haben sich viel zu erzählen. Sie sind auf den heutigen Tag am Meer sehr gespannt. Waldtraud fragt den Reiseführer Musti: „Wo geht es heute hin?" Der antwortet: „Ich ziehe erst eine schöne größere Stadt vor, Antalya. Diese ist am Mittelmeer, an der türkischen Rivera und ist eine sehr interessante Stadt. Dort ist es eine sehr schöne Altstadt und andere Sehenswürdigkeiten, wir werden hier eine Menge Spaß haben. Niklas meint: „Das will ich hoffen und nicht wieder Dämonenangriffe erwarten. Musti, das hört sich gut an, trinken wir unseren Kaffee aus und dann würde ich sagen, geht es los." Musti lächelt und sagt: „Ich hoffe es gefällt Euch."

Niklas merkt, dass Musti nervös ist, darum meint Niklas: „Musti wir haben die Türkei gewählt, da sich niemand im Ausland und am südlichen Meer auskennt. Musti, du bist der Einzige, deswegen brauchst du dir nicht den Kopf zerbrechen. Für uns ist es etwas Neues und das ist Schön und Spannend." Sie trinken ihren Kaffee gemütlich aus und verabschieden sich von ihren Freunden. Die Wunden der Verletzten waren größtenteils verarztet und auch schon geheilt. So meinen Niklas, Kieran und Waldtraud, die es vor Neugierde fast nicht mehr aushalten können, in dieses Land zu reisen, endlich aufzubrechen. Sie rufen alle Freunde zusammen. Niklas, Hedda, Kieran, Aisling, Waldtraud, Sepp, Sophie und Ihren Freund, Märta, Schorsch, Musti, Roland, Jennie, Mirko und nicht zu vergessen, der Vater von Niklas will unbedingt auch mit, das war die kleine Gruppe, die es wagt alleine in die Türkei zu reisen, um zu fliehen vor den mächtigen Dämonen. Sie stellen sich neben ihren Sachen auf, Niklas teilt die Mitreisenden in zwei Gruppen auf, jede Gruppe stellt sich zusammen. Niklas ruft zu Musti hinüber: „Konzentriere dich fest auf den Punkt, wohin du uns bringen willst. Sie sprechen zusammen den Spruch, schnell sind die beiden Gruppen durchsichtig und verschwunden. Die anderen gehen traurig auseinander und hoffen, dass es ihnen dort gut geht.

Sie erschienen genau vor einer Statue, ein schöner Platz, es ist viel wärmer als auf dem Brocken." Alle sehen sich um, außer Musti und Roland. Alles ist Fremd, sie wissen nicht wo sie sich wirklich befinden.

Bis Sie Roland erlöst und sagt: „Wir befinden uns in Antalya und das ist die Atatürk - Statue. Wir sind genau im Herzen Antalyas." Niklas meint: „Wir suchen uns ein Hotel, damit wir mit unseren Sachen verschwinden können, Musti schalte dein Navi ein und führe uns zu einem Hotel oder einer Pension. Musti weiß sofort wo der Weg hingeht, es ist nicht weit und sie sind in einem sehr gepflegten, aber einfachen Hotel. An der Pforte sind sie erstaunt, was für eine Kundschaft sie bekommen, denn die Druiden sind sonderbar gekleidet. Aber trotzdem bekommen sie nebeneinander ihre Zimmer, mit Frühstück.

Alle bringen ihr Gepäck auf Ihr Zimmer und treffen sich vor dem Hotel und machen mit Reiseführer Musti und Roland einen kleinen Rundgang durch Antalya. Die kleine Gruppe ist ausgelassen, sie genießen in der Fremde zu sein und bekommen viele fremde Dinge zu sehen. Sie laufen die Altstadt hinunter, besuchen eine Burganlage, trinken dort in einen Kaffee, mit schöner Aussicht auf die Altstadt und dem Meer, einen türkischen Mokka. Es denkt keiner mehr an die letzten Anstrengungen und den schrecklichen Attacken der Dämonen, alles ist wie weggeblasen. Sie sind alle total relaxt, die Gruppe ist wie ausgewechselt. Später gehen sie ins Hotel zurück und bekommen für das Abendessen einen großen Tisch, hier können Sie alle zusammensitzen. Aber trotzdem wollen Sie zusammen nochmal in die Innenstadt gehen und das Nachtleben der fremden Stadt genießen. Sie setzen sich hin und schauen dem Treiben in der Innenstadt zu. Die Frauen sind sehr beeindruckt von allen, nein sie sind jetzt schon verliebt. Sie genießen es in vollen Zügen. Sie sitzen in einem Lokal an einer Hauptstraße und haben die Aussicht aufs schöne Mittelmeer. Die Frauen wollen gar nicht mehr zurückkehren in ihr Hotel. Beim Zurückgehen übernimmt Niklas und Hedda das Wort: „Es ist schon Mitternacht", so meint Niklas: „Es wird schon langsam Zeit in unser Hotel zurück zu gehen. Musti führt natürlich die Gruppe auf der schnellsten Route zum Hotel. Als sie ankommen, Verabschieden Sie sich und gehen gut gelaunt auf ihre Zimmer.

Für die frisch verheirateten wird es bestimmt eine erotische Nacht. Jennie war sehr liebesbedürftig zu Mirko, sie sind kaum auf ihrem Zimmer angekommen und Jennie zeigt ihrem Mirko, was seine junge Ehefrau möchte. Sie braucht ihren Mann nur sehr verlangend zu Küssen und Musti weiß, dass es eine schöne lange Nacht wird. Aber auch die anderen Pärchen bleiben sich nichts schuldig.

Entspannt und gut gelaunt treffen sich alle zu einem ausgiebigen Frühstück. Sie bleiben sehr lange sitzen. Immer wieder gehen einige zu dem reichlichen Büffet und füllen ihre Teller. So viel habe ich lange nicht mehr Gefrühstückt", sagt Jennie. „Die anderen meinen daraufhin: „Sie müssen aufhören zu essen, sonst platzen sie." Daraufhin stehen alle auf, gehen auf Ihr Zimmer, ziehen bequeme Laufschuhe an und treffen sich vor dem Hotel. Musti schlägt vor: „Wenn wir ein Stück laufen wollen, dann gehen wir zu einem großen Wasserfall, der am Rande von Antalya ist, in einer schönen Bucht, ein gigantischer Anblick."

Als Sie dort sind, sagen alle, der lange Fußmarsch hat sich gelohnt, sie machen in einem nahegelegenen Kaffee eine Pause. Sie haben natürlich wieder einen Blick aufs blaue Meer. Jennie sagt zu ihrem Schatz: „Das ist das schönste was ich je erlebt habe, das müsste mein Kind sehen können." Mirko antwortet: „Vielleicht kann unser Baby alles sehen, durch deine schönen Augen und sich damit entspannen." Jennies Augen strahlen jetzt besonders, Mirko glaubt, das schöne Meer spiegelt sich in ihren Augen. Waldtraud fragt die Beiden: „Was habt ihr denn für ein Liebesgeflüster?" Jennie antwortet: „Ich meine, es wäre schön, wenn mein Kind das sehen könnte." Ihr Kind meldet sich: „Natürlich kann ich alles sehen, wenn ich will, schönes blaues Meer, das muss ich Euch lassen. Ihr habt ein schönes Fleckchen Erde ausgesucht, ich hoffe, dass ihr hier längere Zeit entspannt sein könnt. " Daraufhin muss Jennie leider an die furchtbaren Dämonen denken. Jennie sagt zu ihrem Kind: „Musst du mich jetzt an die scheußliche Brut erinnern." Das Kind: „Aber die gehören leider zu unserem Leben." Dann war es wieder still.

Jennie fragt Kieran, der Ihr gegenübersitzt: „Was meinst du, wie lange können wir hier in Antalya bleiben, ohne dass wir ein Risiko eingehen?" Kieran sieht sich bei dieser Frage um und sagt: „Das ist eine gute Frage," gibt diese an Niklas weiter, der ratlos dreinschaut und dann antwortet: „Ich denke, das werden wir spüren." Mirko sagt daraufhin: „Wir können hier keine Runde um das Dorf machen" Niklas antwortet überlegt: „Um ein paar Häuserblocks könnt ihr eine Runde laufen, natürlich nicht als Werwolf, ihr spürt auch hier, wenn etwas nicht stimmt." Mirko meint: „Wir werden es heute Nacht versuchen, hier ist es wenigstens nicht so kalt." Mirko und Musti hat der Dämonenalltag wieder eingeholt. Sie laufen langsam zurück und kommen dabei an sehr vielen Geschäften vorbei, Die Damen kommen nicht an einigen Geschäften vorbei ohne einen Blick auf die Mode zu werfen.

Einige Männer können es nicht fassen, dass die Frauen schon wieder an den Kleiderständern stehen. Die Frauen meinen dazu, es ist doch nichts schlimmes einen kurzen Blick auf die schönen Klamotten zu riskieren. Niklas lästert: „Ich weiß, diese schönen Sachen gibt es nicht bei uns." Mirko lästert weiter: „Vor allem die Sachen sind ganz anders geschnitten, Die Beine sind anders herum eingenäht, man muss die Hosen anders herum anziehen." Waltraud sieht Mirko entgeistert an, und sagt: „Willst du uns verarschen?" Eine Verkäuferin kommt dazu, lacht und sagt zu Waldtraud: „Wir haben ganz normale Sachen zum Anziehen, Wir Frauen in der Türkei, würden Ihn auf den Kopf stellen und so kann er seine Hose andersherum anziehen." Die Frauen lachen alle, Mirko weiß gar nicht, was er dazu sagen soll, er sieht nur, dass die Verkäuferin sehr attraktiv ist. Die türkische Frau sieht auf Jennie und ihren Schwangerschaftsbauch. Sie fragt die junge Hexe sofort, im wievielten Monat sie ist und was es wird, Mädchen oder Junge. Jennie antwortet: „Im sechsten, was es wird, will ich nicht wissen, Hauptsache es ist gesund." Die Frau meint: „Für den sechsten Monat ist der Bauch aber groß, das muss ein großes kräftiges Baby sein." Sie hilft ihnen ein paar schöne passende Sachen auszusuchen.

Die Frauen sind in ihrem Element, sie sind nicht mehr zu bremsen.
Natürlich finden die Frauen genügend Schönes und Passendes. Die
Männer bekommen einen Tee zu trinken, auf Kosten des Hauses. Die
Frauen kaufen auch für ihre Männer schöne Kleidung ein.

Die Verkäuferin sagt Ihnen, dass sie einen Cousin hat, der Babysachen
verkauft. Der Laden ist nur ein paar Meter von hier entfernt. Sofort sind
die Frauen Feuer und Flamme. Sophie sagt zu ihrer Jennie: „Da gehen wir
hin." Die Frau meint: „Ich werde Euch den Laden zeigen." Jede Frau hat
etwas gefunden und sie wollen bezahlen. Die Frau rechnet alles
zusammen. Da schaltet sich Musti ein und meint, das ist zu teuer, er
verhandelt mit der Verkäuferin, Niklas meint: „Du musst nicht handeln.
Musti dreht sich zu Niklas um und sagt zu Ihm: „Das ist bei uns Sitte."
Waldtraud bezahlt alles mit ihren Zauberstab –Geldbeutel, dann bringt die
Verkäuferin gut gelaunt die kleine Gruppe zu ihrem Cousin. Die
Verkäuferin kann gut gelaunt sein, so viel Geld hat sie bestimmt nicht oft
verdient und ihr Cousin ebenfalls. Die Männer meinen nach dem Einkauf:
„Wir können die Frauen ihre Tüten selber zurücktragen lassen." Die
Frauen äußern dazu, dann zeigen wir euch nicht, was wir für schöne
Sachen zum Anziehen gekauft haben. Sie übergeben den Männern ihre
Tüten. Also tragen die Männer die Tüten ins Hotel zurück. Unterwegs
trinken sie ein Efes Bier und ruhen sich von der großen Strecke aus. Die
Männer freuen sich auf die Sachen, die Ihnen ihre Frauen zeigen wollen.
Mirko hält es nicht mehr aus, er will bald auf sein Zimmer mit Jennie.
Mirko hat die attraktive Verkäuferin im Kopf, er kann sie nicht vergessen.
Er selbst sagt sich immer wieder, er hat eine attraktive Frau, für die er da
sein will. Mirkos Geduld wird belohnt, sie brechen bald auf in Richtung
des Hotels.

Mirko kann es nicht erwarten, diese frechen kleinen Wäscheteile zu
sehen. Jennie packt die schönen Sachen aus und zieht die Sachen vor dem
Spiegel an. Dann holt sie die kleinen Sachen hervor. Die Männer haben
nicht bemerkt, dass die Frauen diese Sachen eingekauft haben. Jennie

zieht die schöne schwarze Unterwäsche an, Mirkos Augen hängen nur noch an Jennie, er sieht die hauchdünne schwarze kleine Unterhose. Er hält es nicht mehr aus, er muss hinter ihr gehen, hebt Sie mit seinen starken Armen hoch und trägt Sie vorsichtig zum Bett: Jennie flüstert kess: „Was machst du, ich will mir die gesamte Wäsche genauer ansehen?"

Im Innern will sie es, sie will den starken Werwolf. Sie möchte, dass er sie wieder als Werwolf wahrnimmt, sie war süchtig danach. Sie sieht auf seinem Arm ein paar Wolfshärchen, die immer mehr werden. Er legt sie vorsichtig auf das Bett und legt sich neben Sie. Er streichelt zärtlich über ihren Körper. Jennie zittert vor Begierde, wenn Mirko Sie an ihren empfindlichen erogenen Stellen berührt. Mirko weiß, wo er sie berühren muss. Jennie zittert vor Verlangen. Jennie flüstert Mirko ins Ohr: „Bekomme ich heute keinen Werwolf", Mirko will es schaffen, nicht als Werwolf zu Lieben. Jennie will unbedingt und zieht Ihn ganz wild an sich. Mirko hält es nicht mehr aus, die Wolfshaare wachsen immer schneller aus seinen Körper. Jennie hat jetzt Macht über Mirkos Körper, Sie ist eben eine junge wilde Hexe. Sie bekommt Ihren wilden kräftigen Werwolf, Sie schlingt Ihre langen Beine um seinen Unterleib und drückt Ihn zu sich herein. Jetzt kann sich Mirko nicht mehr beherrschen, nimmt seine Jennie ganz wild und seiner ganzen Kraft. Sie stöhnt und schreit Ihre Lust und Gier heraus, Ihre Finger krallen sich fest in sein Fell. Sie ist mit Ihrem starken Mann eins. Die ganze Kraft von dem Werwolf strömt in Ihre Lenden. Das heulen von einem Werwolf hört man in Antalya. Fix und fertig lösen sich ihre Körper, aber ganz entspannt und glücklich. Schweißgebadet liegen sie im Bett. Mirko gibt seiner Frau noch einen zärtlichen Gute Nacht Kuss und Sie gehen Hand in Hand zum Duschen. Arm in Arm schlafen sie ein. Trotzdem sind seine Gedanken ganz woanders.

Waldtraud und Sepp liegen im Bett, Waldtraud hat Ihr Versprechen gehalten. Auf einmal hören Sie Jennies Schreie und ein stöhnen. Sepp

fragt seine Waldtraud: „Was habt ihr heute gekauft, hat es bei allen so
eine Wirkung?" Waldtraud fragt: „Wie meinst du das?" Sepp meint: „Wir
probieren es am besten aus," und dreht sich zu Waldtraud herum.
Waldtraud sagt: „Langsam wir werden älter." Er meint dazu. „Ich fühle
mich aber nicht so." Sepp meint: „Ich glaube Mirko hat seine Jennie
abgestochen." Waldtraud lacht: „Glaubst du er hat so einen großen
Spieß." Die Beiden haben dann eine Glückliche Nacht und vielleicht ist
das Gleiche in den anderen Zimmern. Eine türkische Erotische Nacht.
Mirko und Musti müssen wieder auf die Straße, sie laufen sehr zügig
durch die Straßen rund um das Hotel, nichts fällt den Beiden auf. Alles ist
sehr ruhig, sie verwandeln sich nicht als Werwölfe. Jennie fragt sofort, als
Mirko zurück ins warme Bett steigt: „Ist alles in Ordnung?" Mirko nickt
und sagt: „Alles bestens."

Die Folge ist, dass alle sehr gut gelaunt zum Frühstück kommen. Die
Gruppe ist nicht wieder zu erkennen, alle strahlen vor Energie und sind
zusammen sehr entspannt. Niklas, der eigentlich immer Sorgenfalten im
Gesicht hat und oft dadurch gestresst wirkt. Gerade er strotzt vor Energie,
wirkt richtig entspannt, dass sich auf seine Frau Hedda auswirkt, ein
wirklich schönes Paar. So kommt es dann zu einer lustigen und
angeregten Unterhaltung, viele Pläne und Ausflüge werden geplant. Der
Reiseführer Musti ist bei diesem Frühstück gefragt. Er ist glücklich, dass
es seiner Gruppe gefällt und Sie sich erholen können.

Kapitel 10
Der schwarze Tod knüpft sich Tarantula vor

Der schwarze Tod bemerkt was Tarantula mit Jennie getan hat, er hat es mitbekommen wie er Jennie und Mirko beobachtet hat. Er will wissen was das Pärchen vorhat, denn Ihm macht das mächtige Kind sorgen. Deswegen belauscht er am diesen Tag Jennie und er hört was Tarantula zu Jennie spricht. Zorn steigt in Ihm hoch, das Dämonenblut fängt zum Kochen an.

Black Shadow kann nicht glauben, was er in diesem Moment hört. Diese blöde Bestie benutzt seinen Namen um die junge Hexe für sich zu bekommen, Sie wollte, dass Sie eine Dämonin wird. Der schwarze Tod rastet aus und schreit in sein überaus großes Reich: „Das werde ich nicht dulden, was bildet sich die Schlampe ein. Das wird Sie schwer bereuen, ich werde Ihr einen Besuch abstatten, Sie hat meinen guten Namen beschmutzt, ich wenn Jennie angegangen wäre, dann würde Sie immer noch vor Angst zittern. Tarantula wenn ich mit dir fertig bin, musst du froh sein, dass du noch so krabbeln kannst wie deine Spinnen." Black Shadow kocht vor Wut. Fluchend fliegt der mächtige Dämon durch sein Reich und war der Ansicht, dass er erst einen Besuch bei Diabolus seinen Herrn machen will. Es sind nur drei Dämonen, die einfach in das Reich von Diabolus eindringen dürfen und das Wissen dazu haben.

Diabolus hat bemerkt, was Tarantula angestellt hat. Er weiß, dass den Schwarze Tod dies nicht gefallen wird, seinen Namen beschmutzen. Diabolus meint: „Die Idee war nicht schlecht die sie hatte, aber nicht mit dem Namen eines anderen Dämons. Selbst die Kelten haben es bemerkt, dass es nicht der schwarze Tod sein konnte. Wie blöd muss man sein,

umso einen Scheiß zu planen. Mit dem Schwarzen Tod kann man keine
solchen Spielchen machen. Jetzt wird er mit Tarantula seine üblen
Spielchen machen. Ich möchte nicht in ihrer Haut stecken." Ein grinsen ist
in Diabolus Gesicht, denn er hat bemerkt das er Besuch bekommt und
denkt sich; wenn man von einem Dämon spricht, dann….

Ein kurzes grollen geht durch Diabolus Reich und ein großer Schatten
fliegt über den Höllenfürsten weg und er schwebt vor dem Teufel. Schnell
materialisiert er sich. Es ist wahrhaftig Sir Black Shadow. Die Beiden
unheimlichen Gestalten stehen sich von Angesicht zu Angesicht
gegenüber. Es müssen die schlimmsten und gefährlichsten Gestalten in
der Unterwelt sein. Diabolus fragt den schwarzen Tod: „Seit wann ist der
schwarze Tod eine Frau und trägt einen Rock." Diabolus merkt gleich, das
Black Shadow keinen Spaß versteht und bekommt zur Antwort: „Wenn
du so weiter redest dann hast du schnell eine Dämonin weniger, Sie ist zu
nichts fähig, wenn sie meinen guten Namen benutzen muss, um Angst zu
verbreiten." Diabolus fragt: „Und jetzt willst du von mir wissen, ob du sie
zurechtweisen kannst?" Diabolus grinst daraufhin sehr teuflisch und
meint: „Lässt du dir diese Unverschämtheit gefallen, dann tanzen dir die
beiden Weiber bald auf der Nase herum und machen was sie wollen. Denk
dir was Hässliches aus und mach Sie fertig. Wenn du es nicht machst,
dann mache ich es." Der schwarze Tod lächelt über seinen Totenschädel
und seine Stimme donnert durch die Hölle: „Ich mache jetzt gleich einen
Besuch bei den beiden Schlampen, es wird mir eine große Freude
bereiten, sie zu quälen, wenn ich mit ihnen fertig bin, dann kannst du die
Beiden vergessen. Sie werden dann zu nichts mehr Fähig sein, ich kann
nichts versprechen, ich verschone sie kein bisschen, vielleicht kannst du
dann, zwei Neuwahlen veranlassen." Diabolus sagt: „Das wäre nicht das
Schlimmste, sie versagen immer bei ihren Aufgaben, Jennie und Mirko zu
vernichten. Zwei nichtsnutzige Weiber weniger.!

Diabolus dreht sich auf einmal um und man sieht im Hintergrund zwei
Gestalten die langsam näherkommen. Der weiße Knochenschädel

bekommt nochmal ein Grinsen und sagt verächtlich: „Moloch und Hop tu Naa ein schönes Paar, gibt es die immer noch." Als die Beiden nah genug sind, sagt Moloch: „Was machst du hier, hat dich dein Herr zu sich geholt." Der schwarze Tod sagt: „Nein, es hat eine Dämonin die Regeln verletzt und meinen Namen benutzt." Hop tu Naa schreit schrill einen Namen: „Tarantula." Der schwarze Tod sieht Hop tu Naa fragend an und sagt: „Du kennst Sie anscheinend gut, der Kandidat hat 100 Punkte." Hop tu Naa fordert Ihn auf: „Vernichte die Schlampe, sie hat es verdient." Diabolus dreht sich langsam zu den Beiden um und sagt zornig: „Verschwindet, was habt Ihr hier zu suchen, wenn wir etwas Wichtiges zu besprechen haben. Ihr bekommt vielleicht noch Eure Chance." Hop tu Naa ruft beim Gehen dem Schwarzen Tod zu: „Vernichte die falsche Schlampe, lass dir das nicht gefallen" und sind schnell verschwunden.

Diabolus dreht sich zu seinem mächtigsten Dämon um und sagt: „Wieder zu uns zurück, ich habe vielleicht wie du mitbekommen hast, den Beiden versprochen, wenn Sie versagen, dann bekommen Hop tu Naa und Moloch noch eine Chance." Der Dämon meint: „Moloch hat immer alleine gekämpft, die beiden Dämoninnen schaffen es nicht mal zu zweit. Ich halte von den Weibern nichts, sie sind zu schwach und wenn ich in mein Reich zurückkehre, kannst du Sie abschreiben, denn sie gibt es nicht mehr. Diabolus setzt wieder sein teuflisches grinsen auf und sagt: „Mach das, was du für richtig hältst und was du nicht lassen kannst und zeige es den Beiden blöden Weibern, sie haben es verdient. Ich werde es verfolgen und genießen was du mit ihnen machst." Der schwarze Tod entmaterialisiert sich und der große Schatten verlässt Diabolus Höllenreich. Der Fürst sagt jetzt zu sich selber: „Das muss ich sofort anschauen, wenn mein bester Dämon die Beiden aufmischt.

Der schwarze Tod fliegt durch beide Reiche und sucht die beiden Dämoninnen. In Samhains Reich wird er fündig. Die beiden Dämoninnen stehen vor einem großen Heer von Raben und Spinnen, machen sich bereit, für ihren Kampf? Das ist dem Schwarzen Tod egal, er will unbedingt, dass Sie bestraft werden, nach seiner Art und Weise, sie haben es verdient. Wenn er fertig ist, wird Ihnen das eine Lehre sein. Der große Schatten nähert sich den beiden Dämonien, die immer noch mit ihrem riesigen Heer beschäftigt sind. Sie bemerken, dass es auf einmal sehr kalt wird und eine magische unheimliche Spannung in der Luft ist. Sie bemerken, dass in ihrem Heer eine große Unruhe aufkommt, sie jagen durcheinander und fliehen. Tarantula schreit den Befehl: „Hier bleiben." Ehrfürchtig und voller Angst platzieren sich ihre Untertanen vor den Beiden. Sie drehen ihre Köpfe in die Richtung von der Sie vermuten, dass der unbekannte Eindringling kommt. Bis zu diesem Zeitpunkt ist Tarantula und Samhain ihrer großen Stärke und Macht noch bewusst und wollen sich auf den Eindringling stürzen und Ihn vernichten.

Sie kennen den Schatten mit dieser Totenfratze. Die Umrisse der fürchterlichen Sense sind zu erkennen. Sofort werden die Beiden kleinlaut und Todesangst ist in ihr Gesicht geschrieben. Ihnen entkommt nur: „Der schwarze Tod, was will der von uns." Aber Tarantula hat eine fürchterliche Ahnung? Wovon aber Samhain keine Ahnung hat.

Black Shadow platziert sich ein paar Meter vor den beiden Dämoninnen. Groß und Mächtig steht er vor den Beiden zitternden Dämoninnen, die gegenüber dem schwarzen Tod wie kleine Zwerge wirken. Samhain und Tarantula bringen keinen Ton heraus, sie schauen nur den großen mächtigen Dämonen ehrfürchtig an. Er grinst mit seinem hässlichen Totenschädel die Beiden an, dass das weiß der Knochen noch mehr hervorsticht. Er spricht direkt die eine Spinnen Dämonin an: „Du kannst dir sicher denken, warum ich hier bin, du weist was du verbrochen hast." Samhain schreit sofort: „Was hast du getan." Black Shadow sagt zu Ihr: „Mit gehangen mit gefangen, ich habe keine Lust und Zeit auszudiskutieren wer schuld ist, oder nicht."

Sofort wollen einige Helfer den Eindringling angreifen, sie nähern sich schnell. Auf einmal ist zu erkennen, dass Black Shadows Sensenspitze

glüht. Ein unheimliches rötliches Licht sitzt wie ein kleiner Stern auf
dessen Spitze. Was hat er vor? Keine Regung zeigt der mächtige Dämon
für die kleinen Angreifer, keines Blickes sind sie würdig. Er sieht nur
Tarantula grinsend an, sie hält aber ihre Helfer nicht zurück. Er weiß
genau, was er zu tun hat.

Schnell wird die Spitze noch heller, in Sekundenbruchteilen bildet sich
eine glühende Kugel auf seiner Sensenspitze. Tarantula und Samhain
sehen diese mit Schrecken an, ein Schrei steht ihnen im Mund. Die Kugel
explodiert, ein gleißend heller Blitz und gewaltiger magischer Sturm im
Vergleich einer Atombombe rast durch Samhains Reich. Eine gewaltige
Feuerwalze rast vernichtend durch Samhains Reich, magische Winde
wirbeln wild durcheinander, kein einziger Helfer der Dämoninnen wird
das überleben. Der Schrei ist ihnen im Mund stecken geblieben. Die
beiden Dämonien schleudert es einige hundert Meter von Black Shadow
weg, der regungslos mit seiner Sense in der rechten Knochenhand dasteht
und grinsend beobachtet, was sein unglaublicher starker Zauber anrichtet.

Als alles vorüber ist, nur noch rauchende schwarze Erde, kleine verkohlte
Körper zu sehen sind. Nichts rührt sich mehr, kein krähen der vielen
Tausend Vögel, kein quieken der genauso vielen Spinnen, keine Netze
hängen mehr herum. Keine einige Bewegung ist zu erkennen. Es sieht
nach einer Landschaft der Apokalypse aus. Aber es bewegen sich zwei
Wesen, ihre Kleidung qualmt, sie schauen verkohlt aus, das Entsetzen
steht ihnen im Gesicht, es sind die beiden Dämoninnen. Sie blicken auf
die große Gestalt, die bewegungslos dasteht und zu Ihnen herablassend
herunterschaut. Keine Regung ist in diesem Gesicht zu erkennen. Die
beiden Dämoninnen schauen sich um und können nicht glauben, was hier
in ein paar Sekunden geschehen ist. Alles was sie aufgebaut haben, alles
vernichtet, nichts hat der schwarze Tod übriggelassen. Mächtig steht der
Dämon in der verbrannten Landschaft, er ist der Herr über Leben und
Tod.

Er sieht die Beiden jetzt eindringlich an und sagt mit seiner dunklen durchdringenden Stimme die nur von der Hölle stammen kann: „Das soll jetzt für Euch eine Lehre sein, noch so ein Vorfall und Euch gibt es nicht mehr, genau wie euer lächerliches Heer!" Er löst sich auf und der Schatten mit Totenschädel und Sense fliegt weg. Aber wohin? Hat er noch ein Ziel?

So ist der schwarze Tod, Sekunden schnell die totale Vernichtung. Wo er erscheint gibt es nur den Tod, hier hat der absolute Tod zugeschlagen!

Die beiden Dämoninnen können nicht begreifen, was soeben vorgefallen ist. Samhain, kann das Verhalten von Tarantula nicht verstehen und dass sie vom schwarzen Tod ebenso bestraft wird, auch nicht verstehen. Diese blöde Dämonin hat ihr Reich bestimmt noch in Ordnung. Bei Ihr ist nur noch verbrannte Wüste. Zorn überkommt die Raben Dämonin mit jeder Sekunde in der Sie sieht, was alles zerstört ist. Sie kann jetzt die Spinnen Dämonin nicht mehr sehen. Samhain bemerkt, dass Sie selber auch einige Brandverletzungen hat. Die Raben Dämonin fragt wütend: „Was hat die Madam nun vor?" Sie meint: „Wir müssen schnellstens von vorne anfangen und alles neu und besser machen. Fangen wir sofort an."

 Samhain schreit Sie an: „Verschwinde, ich mache alles alleine." Tarantula fragt: „Du wirst doch nicht unsere gute Teamarbeit hinschmeißen." Die Raben Dämonin sagt daraufhin: „Sieh dich um, das habe ich von deiner Teamarbeit, ich komme mir total verarscht vor und wir sollen in ein paar Tagen das Kind vernichtet haben, wie soll das gehen. Tarantula du hast alles versaut!" Sie sagt ganz trotzig: „Der alte Drecksack, was glaubt er wer er ist, uns einfach alles zu zerstören, weil ich bei Jennie einen sehr guten Trick anwenden wollte, ich habe sie gefragt, dass sie alles bekommt und nicht mehr angegriffen wird, wenn sie eine Dämonin wird und das habe ich mit seinem Namen gemacht, fast hätte es geklappt. Wenn es geklappt hätte, wäre der schwarze Tod jetzt der Held." Die Raben Dämonin sieht Sie böse an und sagt: „Eben das hätte nie geklappt und ich kann ihn verstehen, ich hätte genauso gehandelt." Tarantula holt ihren Zauberstab hervor und will Ihr Heer wiederherstellen. Aber die Damonin muss feststellen, dass selbst Ihr Zauberstab nicht mehr funktioniert. Sie lacht jetzt und meint: „Du hast alles schnell wiederhergestellt, ich glaube wir können zu Diabolus hinuntergehen." Sie versucht es und ihrer zeigt keine Regung. Ihre Wut steigt immens und greift in Tarantulas Haar und reißt Kräftig daran, dass sie Ihr ein Stück verkohlter Haare ausreißt. Diese schlägt kräftig zurück und versucht genauso Samhains Haare zu erreichen.

Jetzt meldet sich Diabolus böse Stimme und sagt zornig: „Habt Ihr immer noch nicht genug. Müsst Ihr Euch selber schwächen, deswegen wird eure Situation nicht besser, eher noch schlechter, ich verschone euch nicht, in spätestens einer Woche muss das Kind Tod sein. Samhain schreit: „Wie soll ich das denn schaffen, wenn Tarantula alles versaut." Diabolus sagt: „Das ist dein Problem, spart eure Kräfte für Eure Feinde." Dann hört man nichts mehr von ihm.

Der schwarze Tod meint das Tarantula zu gut weggekommen ist und fliegt noch einen Umweg in Ihr Reich. Stolz stellt er sich in Mitten der Landschaft. Die Sensenspitze zeigt sofort ein hellglühendes Sternchen. Der schwarze Tod sieht zu der dunklen Burg hinüber und sagt: „Die wirst du zuletzt gesehen haben, willkommen Zuhause." Und nochmal entlädt die Sensenspitze mit einer glühenden Kugel ihre immense Kraft, von einer Sekunde auf die andere, ist auch dieses Reich vernichtet. Der Schwarze Tod ergötzt sich bei dieser zerstörerischen Wut und Gewalt, Die Burg steht nur noch als rauchende Ruine, das Reich ist nur noch Schutt und Asche. Aber dem Dämon stört noch etwas und er streckt nur seine Hand aus und die dunkle Burg fällt völlig zusammen. Er murmelt vor sich hin: „Sie hat es nicht verdient, dass ein Stein noch auf den Anderen ist. Die wird sich wundern, wenn sie zurück ist." Ballt seine Knochenfaust und schwingt seine Sense hoch. Dann dreht er sich um. So wie Black Shadow gekommen ist, so verschwindet er wieder.

Samhain wirft die Dämonin jetzt aus ihrem zerstörten Reich hinaus. Ganz frustriert sieht Sie sich um, Sie hält ihren Zauberstab der seine Kraft verloren hat. Plötzlich fängt er an zu zittern, Sie sieht ganz ungläubig auf ihn, dann vernimmt Sie die Stimme von Schwarzen Tod, diese spricht zu Ihr: „Ein bisschen Gerechtigkeit sollte schon sein, wenn ich dich erwische, dass du Tarantula hilfst, ist es mit dir vorbei." Sie sagt zu Ihm: „Blöd müsste ich sein." Wie Sie nichts mehr hört, sagt sie Freudig: „Jetzt kann ich viel auf die Beine bringen." In der Ferne hört sie ein flattern und ein großer Vogel kommt schnell zu Ihr geflogen, es war Ihr Freund der Rabe, Er fliegt auf ihre Schulter und was macht er, er zwinkert Ihr zu. Samhain fühlt sich um einiges wohler. Hat der schwarze Tod doch einen Gerechtigkeitssinn? Was ist mit der anderen Dämonin, warum meint er, Sie soll Ihr nicht helfen? Ihr wurde klar, dass Tarantula nicht besser dasteht.

Tarantula kehrt in ihr Reich zurück, sie traut ihren Augen nicht, ihr Reich ist total zerstört, nichts steht mehr, nichts rührt sich, nicht einmal ihre Burg ist zu sehen. Ihr Zauberstab hat seine Zauberkraft verloren. Sie steht vor der Ruine der Burg und fragt sich, wie soll es weitergehen. Wie soll Sie in einer Woche ohne den Zauberstab wieder Kampffähig sein. Der schwarze Tod hat sie empfindlich getroffen, fast aussichtslos ist jetzt ihre Situation. Sie muss es schaffen. Samhain will mit Ihr nicht mehr zusammenarbeiten.

Diabolus zaubert in eine Felswand einen großen Bildschirm und er holt Hop tu Naa und Moloch dazu und sagt: Seht, was er mit den beiden Weibern macht." Hop tu Naa sagt: „Das es vom Schwarzen Tod nicht richtig ist, dass er auch Samhain so hart bestraft und Sie daher kampfunfähig ist." Diabolus sieht mit einem Genuss zu wie er von Tarantula und Samhain alles vernichtet, plötzlich überlegt er, kratzt sich am Kinn und sagt: „Einesteils habt ihr Recht, so ist Samhain geschwächt und Kampfunfähig. Auf einmal setzt er sich mit seinem mächtigen Dämon in Verbindung und sie sehen weiter zu, wie Samhain ihren Zauberstab wieder funktionsfähig bekommt und Ihr geliebter Rabe zurückgeflogen kommt. Diabolus sagt: „Die Beiden meinen, wie mächtig sie sind, sie müssen es schaffen, alles in kürzester Zeit wiederherzustellen und vielleicht viel mächtiger wird. Aber was will ich von den heutigen Dämonen erwarten, es ist nichts mehr wie es einmal war, selbst in der Unterwelt." Hop tu Naa und Moloch weisen darauf hin: „Dass sie ihn gerne noch mal unterstützen würden." Diabolus winkt ab und meint darauf: „Warten wir es einfach ab," zwinkert den Beiden zu und lacht dabei. „Wir sehen uns erst, dieses Schauspiel an, wie die Beiden nochmal versagen." Dann zaubert er den Bildschirm wieder weg und verschwindet, die Beiden lässt er alleine zurück. Hop tu Naa und Moloch sehen sich an und fragen sich, was zurzeit in der Dämonenwelt abgeht, jetzt gehen die Dämonen unter sich aufeinander los. Sie wollen einen großen Kampf gewinnen, aber schwächen sich gegenseitig. Wer soll das verstehen.

Die Gruppe sitzt in Antalya spät abends am Meer in einem gemütlichen Lokal im Freien zusammen, sie trinken alle ein Bier, genießen die Atmosphäre und Unterhalten sich sehr angeregt. Auf einmal sieht Sophie nachdenklich aus, ihr Freund sieht Sie ganz besorgt an und fragt sofort: „Ist irgendetwas." Sophie antwortet: „Das kann man wohl sagen, irgendetwas ganz gewaltiges ist in der Dämonenwelt geschehen. So Gewaltig, dass ich es sogar hier spüren kann." Jetzt schauen alle auf Sophie und fragen durcheinander: „Was ist passiert?" Aber Sophie kann nichts dazu sagen, sie weiß nicht, was da Unbekanntes vorgegangen ist, es war unheimlich gewaltig, eine riesige Energie ist freigeworden und das gleich zweimal." Niklas Vater spricht Sophie an: „Du hast gespürt, dass was Großes passiert ist, was genau war es, was du zu spüren bekommen hast, vielleicht haben zwei mächtige Dämonen miteinander gekämpft." Sie meint: „Ich habe so etwas bis jetzt noch nie gespürt, aber ich bin mir sicher, dass es von der Dämonenwelt aus geht." Der Druide meint: „Vielleicht hat sich der Schwarze Tod, Tarantula und Samhain vorgeknöpft. Das würde die gewaltige magische Energie beweisen."

Jennie lächelt und sagt darauf: „Das würde beweisen, dass sie den schwarzen Tod kopiert hat und der hat sich soeben gerächt." Sepp meint: „Es würde alles genau zusammenpassen." Kieran lacht: „Hoffentlich hat er sie richtig fertiggemacht, dass sie zu nichts mehr fähig sind."

Jetzt hat die Gruppe viel zu diskutieren. Niklas Gesicht bekommt Sorgenfalten. Musti schaut Niklas fragend an und sagt: „Wenn Niklas so schaut, dann überlegt er, ob es nicht sicherer wäre, einen Ortswechsel zu machen, das ist hier kein Problem." Der Druide, mächtiger Magier und Anführer des magischen Zirkels sieht jetzt Musti an und fragt: „Wo soll es denn diesmal hingehen." Musti zieht die Schultern hoch und sagt: „Wohin ihr wollt, Side, Alanya, zur Schwarz Meer Küste, egal oder nach Istanbul," Niklas sagt: „Mir gefällt es am Meer, was meint ihr? wohin?" Er schaut auf Jennie und Mirko. Das junge Pärchen sieht sich an und sind schließlich auch der Meinung. Alle anderen schließen sich auch diesen Vorschlag an. Musti fragt weiter: „Wie machen wir es denn?" Niklas meint: „Die beiden Dämonien sind bestimmt geschwächt und können nicht sofort Angreifen. Wir bleiben morgen hier, genießen einen schönen Tag und dann machen wir den Ortswechsel, egal wo hin, das überlassen wir unseren Reiseführer." Musti meint: „Dann wechseln wir nach Side das ist ein schöner Ort und es gibt auch viel zu sehen." Die Freunde verbringen mal einen schönen Tag und machen am Abend ihre Vorbereitungen für den bevorstehenden Umzug.

Kapitel 11
Side

Musti hat seine Arbeit gut gemacht, Sie an einen sehr schönen Ort gebracht, alle loben den schwulen türkischen Werwolf, dass er ein guter Reiseführer ist. Ein Reiseleiter fühlt sich für seine Gruppe verantwortlich. Er fragt nach der Ankunft im neuen Hotel, was eigentlich mit ihren Utensilien ist, die sie eventuell schnell bei einem Angriff benötigen. Die Gruppe sieht jetzt auf Niklas und Kieran, den beiden Anführern, Kieran ist diesmal schneller mit der Antwort und fragt Musti: „Kannst du uns verraten wo wir hier unseren Kram unterbringen sollen. Musti sagt: „Können wir nicht eine Scheune am Stadtrand hinzaubern und da alles unterbringen. Niklas fügt hinzu, dass es viel besser ist, wenn wir bei unseren Sachen bleiben, hier im Hotel sind wir ziemlich sicher. Der Alte meldet sich zu diesem Thema und meint: „Er verkleinert die Sachen so, dass wir immer alles bei uns haben. Der Vater fordert seinen Sohn auf: „Ran an die Arbeit, holen wir gleich alle Sachen." Ein paar Sekunden später sind die Beiden verschwunden. Kieran, seine Frau Aisling und Hedda sehen sich an und fragen sich: „Dürfen wir denn nichts dazu sagen." Der Reiseleiter sagt jetzt: „Ich denke und spüre, dass wir ein Problem haben und dass wir unsere Unterkunft besser auswählen müssen." Aisling meint lieb zu dem Türken: „Das liegt nicht an dir, du hast dir wirklich Mühe gegeben und von deiner Seite alles richtiggemacht. Wir haben schon in Antalya nicht perfekt gehandelt. Wir müssen besser aufpassen, dass wir uns trotzdem immer gegen die Dämonien wehren können. Musti fragt: Was können wir besser machen? Der Iren Anführer sagt darauf: „Ich denke, wir müssen unsere Unterkunft besser wählen und zwar so, dass wir unsere gesamten Verteidigungsutensilien bei uns haben.

Es kommen die Beiden mit den verkleinerten Sachen zurück. Der Alte zeigt allen die Miniaturen. Mirko fragt sofort, wie sollen wir uns mit den kleinen Dingern verteidigen? Jennie ist dies auch rätselhaft, aber sie kann sich denken, wie das funktionieren soll und fragt den Vater: „Wie schnell kannst du diese zur Originalgröße zaubern. Der Älteste lacht und spricht geheimnisvoll leise: „Das kann sehr lange dauern." Niklas winkt ab und sagt: „Lasst euch nicht verarschen." Sein Vater gibt daraufhin zu: „Ja, das dauert nur ein paar Sekunden." Kieran fragt noch dazu: „So können wir die ganzen Sachen überall mitnehmen." Niklas antwortet schnell darauf: „Ja, das ist doch super! Mein Vater und ich können die Sachen schnell vergrößern, wenn nötig." Musti, lacht jetzt: „Dann ist mein Problem gelöst." Aisling sagt: „So sieht es aus, du brauchst kein neues Quartier zu suchen, wo wir alles verstauen können." Der Druide hat verstanden und sagt zu Musti: „Hast Glück gehabt, aber auch wir, mein Vater ist mir wieder ein Rätsel, er weiß einfach alles."

Roland hat einen Einwand: „Sagen wir mal so, wir werden unvorbereitet angegriffen, ihr vergrößert schnellstens die benötigten Utensilien, jeder braucht seine Dinge sofort, wie soll das geregelt ablaufen? Das sollten wir ein paarmal üben." Kieran fügt hinzu: „Da sieht man, dass Roland ein erfahrener Kämpfer ist und recht hat, das sollten wir wirklich machen und einen geregelten Ablauf organisieren, falls ein unerwarteter Angriff droht." Niklas lacht und sagt: „Ich bin sprachlos, brauche mit Euch nichts mehr besprechen und mir dabei den Kopf zerbrechen, ihr findet selbst die größten Fehler. Danke Roland, das machen wir nach dem Essen und spielen dies ein paarmal durch, wie es am besten ablaufen wird.

Kieran meint: „Dass er Hunger bekommt." Musti sagt darauf: „Er weiß ein paar schöne, gute Restaurants, die Promenade hinunter direkt am Meer. Alle sind begeistert und machen sich auf den Weg. Ihr guter Reiseführer hat ein sehr schönes Restaurant gefunden, direkt am Meer gelegen. Alle haben großen Appetit mitgebracht und bestellten dementsprechend. Sie essen alle erst eine Suppe die allen gut schmeckt, als es danach zum Hauptgang kommt und serviert wird, setzt Mirko auf einmal eine Brille auf. Alle sehen Ihn erschreckt an und fragen: „Ob er etwas mit den Augen hat und schlecht sieht." Selbst seine junge Frau sieht ihren Mann komisch an und schüttelt den Kopf. Aber er bestätigt nur: „Als ich den Teller vor mir sah, glaubte ich, das ich etwas mit den Augen habe, darum setzte ich die Brille auf und meine, dass die Portion dadurch größer wird." Einige am Tisch müssen lachen, und meinen dazu, die Portion ist allerdings eine Frechheit.

Kieran sieht in diesem Moment zufällig Waldtraud und Jennie an, er schaut direkt in ihre Hexenaugen und fragt die Beiden: „Ich habe das dumme Gefühl, Ihr habt was vor." Waldtraud sagt zornig: „Da kannst du Hexengift darauf nehmen, meinst du, dass wir alle verhungern sollen. Hedda sagt böse: „Wollen wir mal sehen was die jungen Türken unter der Hose haben." Märta war auf einmal auch ganz agil und sagt: „Mir fällt dazu was ein." Die verärgerte Hexe hat den Kellner zu sich hergezaubert und fragt ihn energisch: „Ist das eine schöne große Portion Essen." Der Kellner antwortet: „Das ist hier bei uns eine normale Portion." Das verärgerte Waldtraud noch mehr und ihre Zauberrute zuckt kurz und der Kellner hatte plötzlich eine große Kröte in seiner Hose. Er windet sich auf einmal und sieht ganz ungläubig auf die Hexe. Sie sagt zu Ihm: „Wenn jetzt nicht was Anständiges auf dem Tisch kommt, dann passieren ganz andere Dinge mit Euch." Der Mann bringt die Kröte nicht unter Kontrolle und verschwindet schnell in der Küche. Kurze Zeit später kommt er zurück, holt alle Teller und bringt zum Erstaunen der ganzen Gruppe eine riesen Portion Essen. Jetzt sind alle zufrieden. Hedda fragt die Hexe: „Du wirst dem armen Mann nicht nochmal was antun?" Sie schmunzelt nur. Niklas meint nur: „Ich sehe es Ihr an, da bin ich mir sicher, Sie kann es nicht lassen." Sie Essen mit großem Genuss und bestellen noch eine Nachspeise, die zum Erstaunen, recht ordentlich ist. Alle sind vollends zufrieden. Aber die Hexen sind noch nicht auf ihre Kosten gekommen, sie kochen noch ein Süppchen. Was haben die Hexenweiber vor?

Waldtraud beobachtet die ganze Zeit den Kellner, was er auf dem Teller hat und herausträgt. Sie beschimpft die ganze Zeit ihren Mann, sieh mal, was er wieder für eine kleine Portion hat. Sepp aber meint: „Das ist mir egal, ich habe meinen Bauch voll." Die zornige Hexe sieht Jennie und die anderen Hexen an, nickt dabei und ihre Zauberstäbe werden aktiv. Waldtraud verzaubert den Teller des Kellners den er gerade zu einem Gast bringt. Auf einmal sitzt auf dem Teller eine große Kröte, der arme Kellner lässt vor Schreck den Teller fallen, der zerbricht und die Kröte hüpft quakend davon. Die Gäste sehen erstaunt alle zu der Kröte und verlassen schnellstens das Lokal.

Jennie zaubert in die Küche hinein. Der arme Koch und ein Gehilfe geben sich sichtlich Mühe, dass die Speisen hervorragend werden, aber die Gruppe sieht, ist er mit der Verteilung auf den Tellern nicht gerade großzügig. Dies beobachtet sein Chef ganz genau, dass nicht zu viel ausgeliefert wird. Er rührt in seinen Töpfen und Pfannen, aber mit was er nicht rechnet, plötzlich verwandeln sich ihre Inhalte in Würmer, Käfer, Schlangen und Kröten. In der ganzen Küche wimmelt es von Ungeziefer. Der Chefkoch und sein Gehilfe entkommt ein Schrei der Verzweiflung. Der Chef sieht es, verlässt schreiend als erster sein Lokal, flüchtet schnell ins Freie und überlegt sich, was passiert ist. Der Koch und sein Gehilfe folgen Ihm und sind kurz vor dem Übergeben.

Märta lacht am Tisch und flüstert Waldtraud zu, ich habe noch einen guten Geruch in die Küche gezaubert. Wie Hedda den Chef herausrennen sieht, weiß sie sofort, dass er es sein muss. Energisch spricht sie zu den Anderen und duldet keine Widerrede: „Der gehört mir." Ihr Mann sieht Sie entsetzt an und kann nicht glauben, was er zu sehen bekommt." Zuerst bekommt er seine Hose voller kleiner Schlangen, dass er sie sofort herunterzieht und weit wegschmeißt. Vor Angst pinkelt er in die Unterhose. Ihr Mann meint: „Das reicht." Aber Hedda meint daraufhin: „Soll ich mit dir weitermachen?" Niklas sagt darauf besser nichts und dachte sich, lass Sie mal austoben, Hauptsache ich habe meine Ruhe.

Kunigunde schreit Ihr zur: „Lass mich mal", Sie hob den armen Chef an und befördert Ihn, wie von Geisterhand zurück in die stinkende Küche voller Ungeziefer und lässt Ihn zwischen den Töpfen fallen. Ein verzweifelter Schrei kommt aus der Küche.

Kunigunde und Märta beschäftigen sich inzwischen mit den Beiden aus der Küche. Sie haben ihnen die Unterhose fallen lassen und in ein Kakerlaken Nest treten lassen. Als die Biester über ihren Körper krabbeln, flüchteten sie ohne ihre Hosen und sind verschwunden. Die furchtbaren Hexen steigern sich richtig in ihre Boshaftigkeiten. Die Männer kennen ihre Weiber nicht mehr. Die Hexen haben ihren Spaß, wenn man in ihre Augen sieht, ist nur noch Boshaftigkeit zu sehen, auch wenn sie weiße Hexen sind, anlegen darf man sich mit ihnen nicht. Sepp meint zu Niklas und Kieran: „Wir sollten den Spass beenden, sonst artet es aus." Die drei Männer stehen auf und meinen, dass am besten Schluss ist. Mirko, Vani und Schorsch stehen mit auf. Musti und Roland halten sich zurück. Die Frauen können nicht aufhören und lassen ihren Männern auch die Hosen fallen, Sie amüsieren sich köstlich darüber. Die Frauen sagen einstimmig: „Ist das alles was Ihr in der Hose habt" und lachen sie aus.

Nach ein paar Minuten kommen die 3 Herren zusammen zurück und marschieren direkt auf ihren Tisch zu, der Kellner wartet in einiger Entfernung. Sie rufen von weitem: „Bitte hört auf, wir haben von Euch gehört." Jetzt ist die magische Gruppe neugierig geworden und winken Sie zu ihnen her. Die drei Herren stehen fix und fertig vor ihnen und bitten um Frieden. Aisling zaubert noch mal, die 3 neuen Hosen mit Unterhosen fallen auf den Boden, die Frauen kichern vor sich hin. Aisling sagt lachend zu den anderen Hexen: „Ihr könnt sehen was die Türken unter der Hose haben. Ich bin bis jetzt nicht auf meine Kosten gekommen." Alle lachen und Sepp sagt: „Entschuldigend", zu ihnen: „Genau das haben sie mit uns eben auch gemacht, denkt Euch nichts dabei." Sepp sagt zu den Frauen. „Und haben die Türken was Anderes unter ihren Hosen?" Die Frauen kichern weiter und sagen zu Sepp: „Nein, ganz und gar nicht, aber ihr könnt trotzdem froh sein, dass wir bei Euch bleiben." Die Hexen machen sich weiter über die Männer lustig. Kieran hat jetzt Mitleid mit den drei Männern und sagt: „Zieht bloß schnell eure Hosen an und setzt euch hin, bevor unseren Frauen noch weiterer Blödsinn einfällt."

Die drei Türken setzen sich zu ihnen und ihr Chef fragt: „Könnt ihr nicht die ganze Angelegenheit rückgängig machen?" Der Münchner Magier antwortet: „Wenn ihr vernünftige Portionen euren Gästen bringt. Wir werden es kontrollieren." Der Chefkoch meldet sich dann zu Wort: „Ich weiß, dass es Hexen und Magier gibt, ich selber habe damit aber nichts zu tun. Ich weiß von dem mächtigen Kind das geboren werden soll, vom magischen Zirkel. Bei mir hat sich ein Orakel gemeldet und ich soll Euch eine Nachricht überbringen. Ihr sollt mit ihr Kontakt aufnehmen und auf jeden Hinweis was von Ihr kommt annehmen." Die Gruppe sieht den Koch interessiert an und fragen: „Wisst ihr wo sich das Orakel befindet." Der Koch meint: „So viel ich weiß, irgendwo im Gebirge, nahe der armenischen Grenze, in einer verlassenen Gegend, mehr weiß ich nicht." Der türkische Werwolf hört genau zu und sagt: „Dass er von einem sehr alten allsehenden Orakel gehört hat." Sie merken schon, dass die drei Männer sehr große Angst haben und der Koch sagt: „Das er Angst um seine Familie hat und mit dem allem nichts zu tun haben will, er weiß, dass böse Mächte hinter ihnen her sind und das Kind töten wollen." Waldtraud fragt: „Wer weiß denn von uns sonst noch etwas, ich kann es nicht glauben" und zog ihre Augenbrauen nach oben. Der Koch sagt dazu: „Ich habe mich schon immer für die Magie interessiert und habe wahrscheinlich deswegen vom Orakel eine Nachricht bekommen. Deswegen weiß ich über den magischen Zirkel bescheid und werde mich auch weiterhin Informieren." Der Chef und sein Kollege sehen ihn ungläubig an und können wahrscheinlich noch gar nicht begreifen, was so eben mit ihnen passiert ist. Niklas fragt jetzt Musti: „Kannst du das allsehende Orakel ausfindig machen?" Der türkische schwule Werwolf sagt niedergeschlagen: „Wenn ihr das nicht könnt, wie soll ich es schaffen, aber ich werde alle meine Beziehungen spielen lassen. Vielleicht bekomme ich irgendeinen Hinweis."

Der Chef bittet die Gruppe, dass sie ihrem Versprechen nachkommen und alles wieder Rückgängig machen, damit er seine Gäste bewirten kann. Der Alte freut sich und sagt betont: „Das ist seine Aufgabe, die wird sofort erledigt." Waldtraud aber mahnt den Chef noch mal: „Wir kommen wieder und wollen diese kleinen Portionen nicht mehr sehen." Der Alte vollbringt seinen Zauber und alles ist wie vorher. Die Gäste sitzen wieder an ihren Tischen, die das Lokal in Panik verlassen haben. Als sie dann in die Küche kommen, sehen sie alle Bestellungen schon fertig auf den Tellern. Nur, dass die 3 Herren noch an ihrem Tisch stehen.

Waldtraud war es die zu ihnen sagt: „Also los, ran an die Arbeit." Mit großen Schritten eilen sie in die Küche, die Köche winken schon, dass in den Töpfen und Pfannen alles fertig ist. Alle staunen und sagen danke. Der Kellner und der Chef nehmen die Teller in die Hand und sie bringen alles zu ihren Gästen. Dabei sehen sie zu dem Tisch hin und winken dem magischen Zirkel, die gerade das Lokal verlassen.

Niklas fragt seinen Vater beim Verlassen des Lokals: „Warum nimmt das Orakel nicht direkt Kontakt mit uns auf und wählt stattdessen einen einfachen Koch aus." Sein Vater findet es Rätselhaft und meint dazu: „Vielleicht hat sie Angst, dass die Dämonen auf ihre Spur kommen und sie dann im Visier der Bestien steht. Sie will, dass wir heimlich zu Ihr kommen und die Dämonen bekommen es nicht mit. Sie hat sich bestimmt etwas dabei gedacht."

Jennie unterbricht das Gespräch der beiden Druiden und sagt: „Wir müssen noch üben mit unseren Miniaturen." Niklas sieht seinen Vater an, dann Musti und fragt: „Wohin dann?" Roland kommt hinzu und meint: „Wir zaubern uns aus der Stadt." Niklas spricht seinen Vater, Hedda, Kieran und Aisling an und fragt: „Ich denke, dass es momentan nicht gut ist, wieder zu Zaubern. Nicht, dass die Dämonen auf uns aufmerksam werden." Waldtraud lacht und sagt: „Scheiße, was haben wir Frauen gemacht, wir haben genug gezaubert." Jetzt meldet sich Schorsch zu Wort: „Ihr meint, die können die Energie spüren, die beim Zaubern frei wird, dann zaubern wir jetzt erstrecht, probieren alles aus und ziehen schnell weiter." Man merkt Niklas an, dass er unter Druck steht, er muss eine Entscheidung treffen, sofort kommt Kieran mit seiner Frau dazu, seine Hedda folgt und Sie besprechen sich. Kieran geht danach lächelnd von der Gruppe weg und zeigt Schorsch seinen erhobenen Daumen. Der Reiseführer denkt dabei: „Wohin geht es diesmal?" Er geht in Richtung seines Geliebten und fragt ihn: „Wohin gehen wir am besten?" Roland sagt: „Machen wir erst mal unsere Versuche mit den Miniaturen."

Die beiden Anführer Pärchen zaubern die Gruppe etwas außerhalb der Stadt und sie gehen alles durch, wie sie sich am besten verteidigen können, ohne Verluste zu haben. Stundenlang gehen sie alle Möglichkeiten durch. Sie müssen sich schnell verteidigen können. Ein paar Magier müssen fix die Miniaturen vergrößern. Die einzelnen Personen müssen sofort bedient werden, dazu an richtiger Stelle stehen und schnell zum Einsatz kommen. Die Hexen finden es schwierig, wie ihre Kessel zum Einsatz kommen sollen. Sie sind sich jetzt in einem Punkt sicher, dass sehr gute Hexen und Magier zuerst zum Einsatz kommen müssen, um die zu schützen, die den Zauber für die Miniaturen machen, dann müssen Roland und Vani zum Einsatz kommen. Aisling soll unterdessen Kontakt zu ihrem Dorf aufnehmen. Hedda und Waldtraud müssen das Gleiche tun. Hier waren sie sich alle einig. Aber sie wissen auch, dass es nicht perfekt ist. Sie glauben, dass weiter daran gearbeitet werden muss. Sie setzen sich nochmals in das gleiche Lokal und bestellen Bier und Wein. Sie diskutieren weiter, über die Einzelheiten und Möglichkeiten bei einem Angriff. Alle sind sich einig, dass sie dieses Manöver immer wieder wiederholen müssen. Sie wollen unbedingt perfekt sein.

Am nächsten Tag nach dem Frühstück, machen sie sich auf, die schönen, großen Sehenswürdigkeiten aus der römischen Zeit zu besichtigen. Mittagessen wird gemacht in einem Restaurant am Fischerhafen. Danach gehen sie zur Freude der Damen durch die Promenade mit ihren vielen kleinen Geschäften. Am Abend gehen sie dann nochmal Essen ins Restaurant vom Vorabend, Waldtraud ist scharf, darauf sie zu kontrollieren. Aber der Chef hat sich gebessert und sie haben alle reichlich zu Essen. Später machen Sie ein ausgeprägtes Manöver. Sie spielen wieder sämtliche Möglichkeiten durch und sind daraufhin viel zufriedener. Niklas ist wie immer sehr Nachdenklich. Kieran und sein Vater unterhalten sich sehr lange. Kieran meint: „Dass sie zurück auf ein oder zwei Bier zum Lokal gehen und alle darüber reden sollten."

Sie sitzen noch sehr lange im Lokal und diskutieren. Diesmal sind Roland und Musti dabei gefragt. Niklas findet es sicherer, wenn sie wieder einen Ortswechsel unternehmen. Musti und Roland haben sich darüber Unterhalten und machen zusammen den Vorschlag, sich nach Alanya zu zaubern. Niklas meint, ob es nicht sicherer wäre, mit dem Bus zu fahren. Sie erzeugen so keine Energie und die Dämonen können sie nicht aufspüren. Sein Vater war auf den Hinweis sehr nachdenklich geworden und sagt dazu: „Schaden wird es mit Sicherheit nicht. Wir müssen Jennie und Mirko vorher zu Olivia und Mikka zaubern." Aisling nimmt Hedda bei der Hand und ruft den beiden Männern zu, das machen wir Beide. Kieran bestätigt nur: „Ihr macht nach dem Frühstück euren Arztbesuch und unsere beiden Reiseführer kümmern sich um unseren Bus." Waldtraud und Kunigunde sehen nach ihren Kesseln, damit hier alles in Ordnung ist. Jetzt wird die schlechte Laune von Niklas besser. Der Iren Anführer und sein Vater klopfen ihn aufmunternd auf die Schulter und sagen: „Zusammen schaffen wir alles." Sehr spät, nach dem fast alle Gäste gegangen sind, setzen sich der Chef und seine Angestellten zu ihnen. Sie verbringen noch ein paar lustige Stunden mit ihnen.

Nach dem Frühstück machen sich die Freunde auf den Weg, Jennie und Mirko zu Olivia und Mikka zu bringen. Sehr herzlich werden die Vier empfangen und Jennie und ihr ungeborenes Baby untersucht. Das Ärztepaar bestätigt, dass alles in bester Ordnung ist. Nur als Jennie sich mit Hedda und Aisling nach der Untersuchung unterhält, sieht Sie zu den Ärztepaar, wie die sich sehr angeregt unterhalten. Sie spürt, dass es um sie geht. Sie will sofort wissen, warum sie sich streiten. Auch ihre beiden Freundinnen bemerken dies. Jennie geht zu den Beiden und will ganz energisch wissen, was mit ihrem Kind ist. Sie fragt: „Ist irgendetwas nicht in Ordnung?" Olivia und Mikka lächeln etwas gepresst und sie meinen, dass alles soweit in bester Ordnung ist, nur dass, dieses Kind sehr stark ausgeprägt ist. Jennie sagt darauf: „Das spüre ich gerade jeden Tag, es wird sehr anstrengend, eine kleine Strecke mit ihm zu laufen." Olivia lenkt ab und wie immer will sie allen einen Kuchen anbieten. Nach dem Kaffeetrinken als sie das Ärztehaus verlassen, fragte sie Hedda: „Du warst doch dabei, als ich mich mit meinem Kind unterhalten habe. Das Kind sagte, dass es eine Überraschung für mich hat. Jetzt streiten sich das befreundete Ärztepaar wegen mir und meinem Kind, ist das nicht komisch?" Was ist da los? Warum darf ich das nicht erfahren? Es steht doch so und so unser Leben auf dem Spiel. Dann zaubern die Beiden Anführer Frauen sie zurück. Mirko war diesmal sehr zurückhaltend. Alle kommen auf die Vier zu und fragen, ob alles in bester Ordnung ist, was Jennie bestätigt. Immer noch war der Streit in Jennies Kopf, sie hätte zu gern gewusst um was es geht. Wie hätte sich Jennie wohl verhalten, wenn sie die Wahrheit erfahren hätte?

Nachdem die Vier verschwunden sind zum Frauenarzt, wollen die Frauen ihre Kessel haben. Niklas Vater muss diese zu ihrer originalen Größe zaubern, Kunigunde und Märta die Meisterinnen der Zaubergetränke und Salben, machen sich sofort daran zu schaffen. Sie kochen die Kessel kurz auf und prüfen, dass alles in bester Ordnung ist. Als die Beiden Waldtrauds Kessel prüfen, fangen die Frauen ganz komisch zu lachen an und fragen, was sich in der Brühe befindet. Sepp und Niklas müssen darauf lachen, denn sie wissen, was Waldtraud und ihr Mann da hineingemixt haben.

Die Vier kommen in diesem Augenblick von den Frauenärzten zurück und sehen, wie ihre beiden Freundinnen ihren Kessel prüfen und abschmecken, dabei mehr als lustig sind. Sie sieht sofort zu ihrem Mann und Niklas hinüber, die über die Beiden lachen. Waldtraud weiß, dass sie die Beiden warnen sollte, dass es ein Marihuana Kessel ist und Sie nichts versuchen sollen, die Beiden kichern immer mehr. Was soll Sie jetzt machen. Die rothaarige Hexe geht zum Druiden und ihren Mann und fragt: „Was machen wir mit den Beiden, die sind ja total High, da können wir nicht mit dem Bus fahren. Der Druide meint: „Die werden dann bestimmt schlafen und mit Sicherheit auch den Mund halten. Musti und Roland kommen mit den Buskarten und sprechen Niklas an: „Das in ca. einer halben Stunde ein Bus nach Alanya fährt." Sehen wie die beiden Hexen lachen und fragt den Druiden: „Was ist mit ihnen los." Niklas antwortet: „High, Waldtraud und Sepp sind unter die Dealer gegangen." Jennie fragt ihre Freundin: „Wie das Wetter wohl Zuhause ist, bestimmt sehr kalt." Sepp hört die Frage und antwortet: „Bestimmt dreißig Grad heiß." Die junge Hexe sieht Sepp lachend an: „Das meinst du nicht ernst." Sepp versucht ernst zu bleiben und sagt: „In der Früh zehn Grad, mittags zehn Grad und abends zehn Grad." Daraufhin mault sie nur: „Blödmann."

Die ganze Gruppe bereitet alles darauf vor, Side zu verlassen und in den Bus zu steigen. Für die werdende Mutter wird es immer Beschwerlicher, vor allen die lange Busfahrt. Sie hat einen Mann, ihre Stiefmutter Sophie und ihre beste Freundin Waldtraud, die sich rührend um sie kümmern.

Die ganze Gruppe steigt tatsächlich in den Bus. Der magische Zirkel zaubert sich nicht an einen anderen Ort, sondern fährt mit einem öffentlichen Verkehrsmittel. Der Fahrer sieht, dass eine Hochschwangere Frau einsteigt und kümmert sich sofort darum, dass sie einen möglichst bequemen Platz bekommt. Auch die meisten Fahrgäste helfen, dass es der jungen Frau gut geht. Die paar Stunden Busfahrt verlaufen reibungslos und kommen am späten Nachmittag in der großen Stadt an. Nur die beiden Hexen die zu viel von Waldtrauds Kessel abbekommen haben, verschlafen die ganze Busfahrt. Die beiden Reiseführer haben schnell eine Unterkunft für die ganze Gruppe gefunden.

Nachdem alle ihre Zimmer bezogen haben, gehen sie auf einen Kaffee in die Innenstadt, den die beiden Hexen Märta und Kunigunde dringend benötigen. Märta meint beim Kaffee zu Waldtraud: „Schon eine gute Idee die Dämonen High zu machen, aber du hättest uns schon warnen können. Trotzdem war es ein komisches Erlebnis." Schorsch lacht und lästert: „Ich habe noch nie eine Freundin gekannt, die High ist." Danach schlendert die Gruppe ganz Relaxt durch die Innenstadt und besichtigt diese. Sie sind der Meinung das ihre Feinde nicht wissen, wo sie sich befinden. Sind sie wirklich so sicher wie sie glauben?

Sie gehen gut Essen und machen spät abends wie immer, ihr Manöver. Sie schaffen es wirklich, ihre Taktiken zu verbessern. Der gesamte magische Zirkel, der Brocken, Schweden im hohen Norden, die Iren sind miteinander verbunden. Sie können behaupten: „Die Dämonien können sich warm anziehen und kommen!" Die beiden Anführer Pärchen würden zu gerne wissen, was die beiden Dämoninnen gerade Unternehmen um die Gruppe zu vernichten. Sie beratschlagen beim Abendessen, sind sich einig, dass es zurzeit zu gefährlich ist, in die magische Kugel zu sehen. So haben die beiden Bösewichte unter Umständen die Möglichkeit sie aufzuspüren und sofort angreifen. Genauso haben sie das Thema Orakel, leider Wissen sie von Ihr gar nichts. Musti hat nichts herausgefunden.

Kapitel 12

Die Vorbereitungen der Dämoninnen

Der schwarze Tod hat den beiden Dämoninnen schwer zugesetzt, sie stehen in ihren großen Reichen vor dem Nichts. Eine große Wut auf den mächtigen Dämonen haben sie. Das ist alles was sie noch besitzen. Tarantula hat nicht einmal einen Zauberstab den sie gebrauchen kann, nur verbrannte Erde um sie herum.

Die Spinnendämonie steht ratlos in ihrem Reich. Sie hält ihren Zauberstab in der Hand, nichts ist mehr vorhanden. Große Ratlosigkeit, wie soll sie einen Kampf gewinnen, Wut steigt in ihr hoch und Sie wirft ihren Zauberstab in die verbrannte Erde, setzt sich und schreit ihre Wut in das zerstörte Reich. Selbst eine Dämonin kann bei so einer Niederlage heulen und weiß nicht mehr was sie machen soll. Wo soll sie anfangen? Wo, ist die große Arroganz und ihre Dominanz geblieben? Der Dämon hat ihr den ganzen Stolz genommen. Ein Häuflein Elend sitzt auf einer verbrannten Erde in einem großen leeren Reich. Nichts ist zu Sehen und zu Hören, nichts bewegt sich, absolute Stille. Trostlosigkeit.

Etwas anders, sieht es mit Samhain der Dämonin aus. Sie ist in ihrem Reich total agil. Sie hat ihren Freund zurückbekommen, den Raben. Black Shadow war gnädig und hat wenigstens ihren Zauberstab funktionsfähig gezaubert. Sie hat sich geschworen, dass sie nie mehr mit Tarantula zusammenarbeiten wird. Sie wird die falsche Dämonin niemals mehr in ihr Reich lassen. Jeden Schritt den sie beim Wiederaufbau macht, wird Sie sich genau überlegen und will alles viel mächtiger aufbauen. Es muss alles perfekt sein. Ein Heer von Raben wird Sie beschaffen, mächtig wie nie zuvor. Dabei denkt sie an die andere Dämonin, wie wird Sie das schaffen ohne einen Zauberstab, mit nichts. Sie hat sich geschworen, dass sie den Rat des großen Dämons einhält und ihr niemals helfen wird.

Samhain ist trotz der Vernichtung ihres Reiches guter Laune. Sie hat gemerkt, dass der schwarze Tod Ihr gut gesinnt ist, stellt sich auf eine kleine Anhöhe und sieht hinab in ihr Reich. Sie murmelt vor sich hin und sagt: „Ich will erst wieder eine Landschaft sehen." Sie fängt sofort mit einer Beschwörung an und der Zauberstab bekommt eine Kraft. Ein kleines glühen zeigt sich an seiner Spitze, dass in einer Explosion endet. Ihr Reich wird komplett davon eingehüllt. Eine neue bizarre Landschaft ist entstanden, mit kahlen Bäumen und Felsen. Die Raben Dämonin kann wieder Grinsen, der Rabe auf ihrer Schulter krächzt zufrieden.

Dann sagt Sie zu Ihren Raben: „Ich brauche für meine weiteren Pläne einen zweiten Zauberstab" und streichelt über den Rücken ihres Raben. Sie zaubert sich eine Kanzel, mit einem Halter hier zaubert Sie sich einen zweiten Zauberstab hinein, einen Rohling. Sie spricht leise zu ihrem Raben: „Dann wollen wir keine Zeit verlieren und fangen mit der Beschwörung an und hoffen, dass alles gut geht." Sieges sicher stellt Sie sich vor die Kanzel und spricht langsam in einer Fremden alten Sprache Ihre Beschwörung bis Sie bemerkt, dass etwas leben in ihren Stab kommt. Ein böses grinsen ziert Ihr Rabengesicht, in ihren Augen glänzt das Feuer der Hölle. Sie hat es geschafft. Sie besitzt wieder einen zweiten Zauberstab. Sie sagt zu ihren Raben: „Black Shadow hat mein altes Zauberbuch vernichtet. Wir fragen Ihn, ob wir es wiederbekommen oder versuchen es selber zu zaubern?" Der Rabe sieht seine Herrin an und sagt nichts. Er hat Ihr in Gedanken gesagt, Sie soll mit dem schwarzen Tod Kontakt aufnehmen.

Die Rabendämonie konzentriert sich und tatsächlich hat sie sofort mit dem Dämon Kontakt. Das erste was er von sich gibt, was störst du mich, was willst du von mir. Die Dämonin sagt: „Du hast mein wertvolles Buch vernichtet, ich benötige es für meine Pläne." Der Dämon antwortet herablassend: „Das kommt von eurem Unvermögen, du kannst dich bei deiner Partnerin bedanken." Die Rabendämonin will sich nicht so einfach abspeisen lassen und sagt dazu: „Ich habe nichts gemacht, ich wäre nie darauf gekommen deinen Namen zu benutzen, ich arbeite jetzt alleine." Er meint daraufhin: „Du könntest dein Buch selbst zurückholen." Es sprudelt aus Ihr heraus: „Mein Rabe und treuer Diener hat mir geraten dich zu Kontaktieren." Der Dämon muss jetzt laut lachen und meint: „Ja, wenn das so ist, dann sollst du es wiederhaben und behüte es diesmal besser." Es dauert keine paar Sekunden und das Buch klatscht vor Ihr mit einer großen Wucht auf die Kanzel, so, dass die Dämonin und der Rabe erschrickt. Sie zuckt zusammen und sieht, dass die richtige Seite aufgeschlagen ist. Er flattert vor Schreck, fliegt eine kleine Runde und landet wieder auf ihrer Schulter. Ein gemeines Lächeln ist in ihrem Gesicht, eine Siegesfaust richtet Sie gegen den Himmel mit blutroten Wolken, das hat sie selber geschaffen. Sie fühlt sich Siegessicher!

Die Raben Dämonin begutachtet die Seite, die aufgeschlagen ist. Sie fährt mit ihrer knochigen Hand darüber und flüstert vor sich hin, will mir mein böser Freund damit etwas sagen. Gierig liest Sie die Seite, ihre Augen fliegen über die sehr alten vergilbten Seiten. Sie frisst die bösen Worte in sich hinein. Unter dem Lesen sagt die Dämonin zu ihrem treuen Diener, dass der schwarze Tod meint: „Ich soll dich erst Klonen und ich soll aus dir, viele böse kluge und Raben machen." Das gefällt dem Raben nicht, flattert wild auf ihrer Schulter, fliegt davon und verschwindet am Himmel. Die Dämonin sagt ironisch vor sich hin: „Mein kleiner Freund, das hilft nichts, wir brauchen eine große Armee, mächtiger und größer, als ich Sie je geschaffen habe. Die Vernichtung der Kelten steht kurz bevor und diese Seiten helfen dabei." Sie grinst vor sich hin: „Sie bedankte sich bei dem Dämon für den guten Tipp." Die andere Stimme sagt: „Na, so böse bin ich auch nicht."

Die Raben Dämonin liest die aufgeschlagenen Seiten noch einmal
Gewissenhaft durch, Ihr grinsen wirkt immer Dämonischer. Jetzt sieht
man Ihr an, was diese Dämonin für ein böses Biest ist. Nach einer Zeit
holt Sie ihren Zauberstab hervor und richtet ihn gegen den Himmel, dann
hört Sie einen klägliches krächzen und ihr treuer Freund kommt
zurückgeflogen. Samhain lacht gemein und der Rabe landet auf der
Kanzel und die Dämonin flüstert: „Tut mir leid mein Freund, aber unsere
Macht verlangt, dass wir unbesiegbar werden. Wir werden siegen und Sie
hebt beide Zauberstäbe gegen den glutroten Dämonenhimmel."

Sie will den Raben in die Hand nehmen, aber er pickt Ihr in die Hand.
Samhain, flucht vor sich hin. Ein paar Tropfen schwarzen Blutes sind auf
ihrer Hand zu sehen. Die Dämonin sagt zornig und mit erhobener
Knochenhand: „Mein kleiner böser Freund, es geht nicht anders, ich
brauche eine große Armee." Plötzlich kommt eine tiefe böse Stimme aus
dem Raben und sagt: „Aber nicht mit mir, ich bleibe einzigartig." Die
Dämonin sieht entsetzt ihren Freund an und lacht: „Seit wann kannst du
Sprechen?" Der Rabe krächzt mit seiner dunklen Stimme: „Darum sage
ich, das ich einzigartig bin, ich kann nicht geklont werden, das geht
nicht." Die Raben Dämonin meint daraufhin: „Umso mächtiger werden
wir sein" und zaubert eine Vorrichtung auf die Kanzel, darauf befestigt sie
das schwarze Federvieh. Er versucht sich heftig zu wehren. Die Dämonin
ist gnadenlos zu ihren treuen Raben, Sie verfolgt nur noch ein Ziel, Sie
will den Ruhm haben und das mächtige Kind vernichten. Sie will bei
Diabolus im Ansehen ganz oben stehen. Nichts Anderes geht in ihrem
kranken Hirn vor. Der Rabe krächzt jämmerlich: „Du wirst sehen, dass
wird nicht gut gehen." Die Dämonin meint: „Halt deinen schwarzen
Schnabel."

Samhain liest noch einmal, in ihrem schwarzen Buch ein paar Stellen
durch, grinst dabei, hebt einen ihrer Zauberstäbe auf den Raben. Sie sagt
zu ihm: „Es geht los." Sie beginnt mit einer geheimnisvollen
Beschwörung. In einer geheimen fremden Sprache spricht sie die

magischen unbekannten Worte. Ganz konzentriert ist sie in diesen Minuten, mit großer Mühe kann sie die Worte sprechen. Nach einer längeren Zeit zeigt sich um den Zauberstab und dem Raben ein feines blaues, gleißendes Licht. Plötzlich entstehen links und rechts neben dem Raben zwei weitere Lichter, leichte Umrisse sind zu sehen, die sich schnell zu Raben formen und festigen.

Erst war die Dämonie zufrieden dann aber faucht sie vor sich hin und sagt: „Da brauche ich eine Ewigkeit, bis ich eine große Armee zusammen habe." Hastig streichen ihre knochigen Finger über die Seiten, sie fragt sich: „Das muss doch schneller und bessergehen?" Sie kann nicht verstehen, dass sie erst 2 Raben geklont hat. Aber sie findet etwas und macht mit einer anderen Formel weiter. So viele Raben wie sie sich wünscht, kann Sie nicht schaffen, Sie besitzt bis jetzt nur eine kleine Gruppe. Die Raben Dämonin flucht immer heftiger, es ist nicht der gewünschte Erfolg den Sie will. Der Rabe flattert wild umher und beschimpft Sie: „Du Schlampe, mach mich jetzt los, du brauchst mich nicht mehr, hast doch genügend Opfer.

Auf einmal bemerkt Sie, dass irgendetwas in ihr Reich eindringen will, Sie denkt sofort, dass kann nur ihre ehemalige Partnerin sein, das wird Sie nicht wagen. Siehe da, Sie stellt sich vor Ihr hin und sagt: „Du hast zwei Zauberstäbe, dann kannst du mir einen abgeben, damit ich auch schneller vorankomme. Ihre Spinnenhand greift nach dem Ersatzstab auf der Kanzel. Samhain schreit die Spinnen Dämonin an: „Trau dich nicht," und verpasst Ihr einen mächtigen Energiestrahl, befördert Sie aus ihrem Reich und schreit Ihr mit gehobener Faust nach: „Wage es nie mehr in mein Reich zu kommen, kümmere dich um deine eigenen Angelegenheiten." Eine Stimme in Ihr sagt: „Braves, böses Mädchen." Samhain sagt daraufhin: „Da hat wohl jemand mächtige Probleme."

Sie macht ihre Beschwörungen weiter und schafft es damit, dass ihre Armee unaufhörlich wächst, immer zufriedener sieht ihr Dämonengesicht aus. Richtig zufrieden ist Sie auf keinen Fall. Sie muss alles wesentlich verbessern. Sie hat nicht die schlagkräftige Armee, die Sie einmal besaß. Sie überlegt, wie Sie dieses Problem lösen kann. Sie setzt sich auf einen Felsen und begutachtet ihr ansehnliches Heer. Böse Gedanken kreisen in ihrem Gehirn. Ehrgeizig wie Sie ist, steht Sie auf und macht ihre Beschwörungen weiter. Ihr schwarzes Rabenkampfgeschwader muss perfekt werden.

Bei ihrer Partnerin sieht es nicht gut aus. Sie hat in dieser Zeit noch nichts Großes geschafft. Sie hat noch immer ein verbranntes Reich. Keine Spinne ist zu sehen. Sie hat nur, ihre Raben Dämonin besucht und hat gesehen, dass Sie zwei einsatzfähige Zauberstäbe besitzt und Sie selber hat bis jetzt noch nichts geschafft. Ihre gemeinen Gedanken drehen sich um einen Zauberstab, wie kann sie dieser Dämonin einen abnehmen, das wäre das Einfachste. Sie steht auf einmal auf und ist verschwunden.

Tarantula taucht überraschend direkt neben der Kanzel von Samhain auf, die mitten in Ihren Beschwörungen ist. Sofort langt die Spinnen Dämonin nach dem zweiten Stab, der in einer Halterung steckt und ergreift ihn.

Aus den Augenwinkeln hat es die Raben Dämonin gesehen und richtet sofort ihren Zauberstab auf die Diebin und feuert mit aller Macht auf Sie. Ihre Rabenkolonie erhebt sich sofort und fliegt zu dem Eindringling. Samhains Energiestrahl trifft die Spinnen Dämonin immer wieder und schleudert Sie quer durch Ihr Reich. Wie eine quiekende Spinne schreit Sie bei jedem Treffer, aber denn gestohlenen Stab behält Sie in der Hand. Immer wieder stürzen sich die Raben auf den Eindringling, wenn Sie auf den Boden einschlägt. Die Diebin schreit immer wieder: „Überlasse mir den Stab, du hast doch zwei." Samhain sagt energisch zu Ihr: „Nein, auf keinen Fall, niemals freiwillig!" Die heftigen Angriffe von der Raben Dämonin machen Tarantula zu schaffen, dass es Ihr nicht gelingt den gestohlenen Stab einzusetzen. Die Rabenarmee hackt unaufhörlich auf Sie ein, es sind am ganzen Körper schwarze Blutflecken zu sehen. Noch einmal schickt die Dämonin einen mächtigen Zauber und der Eindringling wird einige Meter durch das Reich geschleudert. Die Raben fliegen aufgescheucht weiter und beobachten wo Sie auf den Boden aufschlägt, um sich auf Sie zu stürzen. Samhains Wut ist jetzt so groß, dass Sie die Diebin vernichten will. Sie will, dass die Spinnen Dämonin Ihr Reich nicht mehr Lebend verlässt. Der Höllenfürst Diabolus wird sich freuen, wenn Sie zu Ihm kommt und in seinen Reich schmoren darf.

Es geht ein donnern durch Ihr Reich. Resignierend sagt die Raben Dämonie: „Was mischt der sich jetzt ein, ich habe gerade diese Diebin am Boden, dann kommt er." Diabolus donnert: „Du brauchst Sie noch gegen die Kelten, Sie ist genug bestraft." Samhain schreit Ihm zu: „Aber meinen Zauberstab lässt Sie hier." Diabolus schreit zurück: „Lass es so wie es ist." Die Raben Dämonin schreit zum Höllenfürst: „Du unterstützt die Betrügerin und Diebin, ich kann es nicht fassen." Diabolus sagt: „Sie muss schnell Einsatz bereit sein und du hast Sie weiter geschwächt." Die Raben Dämonin kann ihre Wut gegen Ihre Kontrahentin nicht mehr zügeln und das lässt Sie den Höllenfürsten spüren. Sie schreit ihn weiter an: „Dann nimm Sie doch mit in deine Hölle. Gib mir einen richtigen Partner, was Schlechteres kannst du mir nicht geben, es könnte auch Moloch sein. Dieser hätte so etwas nie gemacht, er hätte Haltung bewahrt, aber diese Dämonin hat absolut keinen Stolz, dieses Weib ist nur ein Stück Dreck. Nimm Sie am besten gleich mit, mir tust du, nur einen gefallen." Die Stimme vom Diabolus hallt noch mal gewaltig durch ihr Reich: „Am liebsten würde ich es machen, aber mit euch Beiden. Die Zeit drängt, das Baby wird bald auf die Welt kommen und ihr Beide habt nichts zustande gebracht. Macht endlich euren Job, so wie ich es von Euch verlangt habe, ansonsten wisst ihr, was mit euch passieren wird. Ihr habt viel mehr Zeit verbraucht, als ich eigentlich zulassen wollte." Samhain muss ihre Wut noch mal freien Lauf lassen und ein gewaltiger Energieblitz trifft Tarantula, das Sie abhebt und durch Ihr Reich geschleudert wird. Die Raben wollen sich sofort wieder auf Sie stürzen. Aber die Stimme vom Höllenfürst donnert: „Schluss jetzt, an die Arbeit, aber sofort und ich möchte kein Weibergejammer hören." Auf einmal ist totale Stille, die Raben fliegen zurück zu ihrem Platz, die Spinnen Dämonin rappelt sich auf und sagt wütend: „Das, wirst du mir eines Tages büßen." Samhain faucht zurück: „Was, dass du mich bestohlen hast." Sie faucht zurück. „Dass du mich nicht unterstützt hast." Jetzt zeigt der Zauberstab von der Spinnen Dämonin auf ihr Gegenüber." Was Sie anscheinend vergessen hat. Diabolus hat alles beobachtet. Jetzt erscheint direkt vor Tarantula ein großes rauchendes Loch, wütend fährt der Höllenfürst aus diesem. Stellt sich vor die Spinnen Dämonin packt Sie und schleudert Sie mit einem Hieb weit weg. Was habe ich gesagt: „Ab an die Arbeit und kein Gejammer mehr, ich habe nur ein paar dumme Hühner im Dienst, dieses blöde Gegacker kann ich nicht mehr hören." Diabolus dreht sich zu Samhain um und sagt ruhig: „Die alte Spinnenschlampe wird in ihrem verbrannten Reich erwachen, Sie wird sich nicht trauen etwas Falsches zu unternehmen." Dann verschwindet der Höllenfürst kopfschüttelnd."

Die Raben Dämonin dreht sich zu ihrer Rabenarmee und sagt zu sich: „Was war denn das für eine dumme Aktion, wo bin ich überhaupt stehen geblieben. Was wollte ich gerade machen, das hat mich total aus der Fassung gebracht. Meine Armee wollte ich noch perfekt machen," sieht dabei in ihr großes Zauberbuch, welche Seite aufgeschlagen ist, schnell weiß Sie, was gerade sie machen wollte. Was der Höllenfürst eben von sich gegeben hat, beschäftig Sie. Aber sie fasst sich wieder und macht mit der angefangenen Beschwörung weiter. Sie will diese Klone Aktion endlich zu Ende bringen und weiter Ihr riesiges Heer schaffen. Stur spricht Sie ihre angefangene Beschwörung weiter. Bis sie endlich zufrieden auf ihre riesige Armee von der Kanzel herunterblicken kann und über ihr dämonisches Rabenschnabelgesicht lächeln kann. Der Teufel selber könnte diese Fresse geschaffen haben.

Immer noch leer, sieht es bei ihrer Kampfpartnerin Tarantula aus. Brutal landet die Spinnen Dämonin von Diabolus Hieb auf der verbrannten Erde

ihres Reiches. Sie ist mit ihrer Nase voran, voll im Dreck gelandet.
Langsam mit großen Schmerzen steht Sie auf, streift ihre verschmutzte
Kleidung ab und hob ihre Faust zu ihrem Dämonenhimmel und schreit:
„Das werdet Ihr mir büßen, ich werde es allen beweisen, dass ich die
mächtigste Dämonin bin. Alle sollen sich vor mir fürchten. Meinen
Namen Tarantula, soll nur mit großer Ehrfurcht ausgesprochen werden."
Dann holt sie ihren Zauberstab hervor und zaubert Ihr neues Reich.
Mächtige Beschwörungsformeln und Zaubersprüche spricht Sie. Sie lacht
sehr Böse und sagt: „Den Zauberstab, habe ich doch bekommen, damit
habe ich fast schon gewonnen." Sie hat kein Zauberbuch, keine Armee
mehr, nicht eine Spinne krabbelt durch Ihr Reich. Die Dämonin muss alles
neu aufbauen. Ihr Reich hat Sie schnell wiederhergestellt, aber wie
bekommt Sie ihr großes magisches Buch wieder. Sie versucht es mit
einigen Zaubersprüchen verzweifelt, Sie will nicht aufgeben und probiert
immer wieder neue Beschwörungsformeln. Ihre Arbeit wird belohnt, ihr
Buch liegt vor Ihr. Schnell gehen ihre Finger und Augen durch das
Zauberbuch, Sie sucht nach den richtigen Worten, damit Sie schnell zu
ihrem großen Ziel kommt. Der Höllenfürst wird nicht mehr lange warten
und den Befehl zum Angriff geben. Das weiß die Dämonin, darum drängt
Sie auf schnelle Ergebnisse. Sie weiß, dass Samhain mit ihren
Vorbereitungen viel weiter ist. Sie sucht eifrig im großen magischen Buch
verzweifelt, in mindestens tausend magischen Seiten, wie Sie Ihre große
Armee zaubern kann. Mit allen was Sie zu lesen bekommt, ist sie
keineswegs zufrieden. Dann, plötzlich bleiben ihre bösen Augen an einer
Seite hängen, gierig werden Ihre Augen, man sieht ihr deutlich an, dass
sie etwas gefunden hat. Schnell fliegen ihre Augen hin und her. Ihre
knochigen Finger fahren auf der Seite mit. Dann verändert sich ihre
Dämonenfresse, ein böses Grinsen überzieht in ihr hässliches Gesicht. Sie
nimmt Ihren gestohlenen Zauberstab in die Hand und will mit der
gefundenen Beschwörung beginnen.

Die Dämonin hat gerade ihren Stab erhoben, sieht sich dabei um. Sie
glaubt, dass Sie irgendetwas vernommen hat, aber kann das sein. Sie hat

richtig gehört. Der gehörnte Höllenfürst lacht, der hinter Ihr steht: „Ja, du hast richtig gehört, beschleunige deine Arbeit, ich warte nicht mehr lange. Mädels, ich will den Angriff und endlich ein perfektes Ergebnis." Tarantula schreit zurück: „Hättet Ihr nicht alles kaputt gemacht, könnten wir schon lange Angreifen." Diabolus lacht wieder: „Das Dämonenleben ist hart, also kommt endlich zum Ende." Die Spinnen Dämonin mault vor sich hin: „Ein bisschen Geduld muss der Arsch noch haben." Sie hat es noch gar nicht richtig ausgesprochen, da fährt eine unsichtbare große Hand durch das Reich und trifft die Dämonin, als wenn sie ein Dampfhammer getroffen hat, fliegt Sie durch die Luft. Der Teufel schreit: „Hast du noch nicht genug, das hast du davon." Nach der harten Landung steht Entsetzen in ihrem Gesicht, mit dieser Aktion ihres Chefs hat Sie nicht gerechnet. Wieder kocht Wut in Ihr auf, vernichtender dämonischer Zorn, schrecklich böse Gedanken. Diabolus verschwindet zornig und lässt Sie zurück.

Schaffen die Dämoninnen noch ihre Vorbereitungen gewissenhaft abzuschließen, dem Ihr Chef Diabolus drängt zum Angriff.

Kapitel 13
Alanya, Mirko macht Blödsinn!!!

Musti der Reiseführer findet sich in Alanya schnell zurecht. Diese Stadt ist wie Side an der türkischen Riviera. Alanya ist viel östlicher. Nach dem ausgiebigen Frühstück, fordern die beiden Reiseleiter Musti und Roland die Gruppe auf, die Stadt näher kennen zu lernen. Das sich mit den Frauen ein wenig schwierig herausstellt. Denn in den vielen Straßen die sie durchlaufen, sind Boutiquen. Da gibt es für die Damen viele

Kleidungsstücke, die Sie besichtigen können. Das lassen sich Jennie, Waldtraud und Co nicht nehmen. Sie meinen, so viel Zeit muss sein.

Was Mirko zu sehen bekommt, ist für seine hungrigen Werwolf Augen nicht gut. In einem Geschäft, nicht weit ihrer Unterkunft, ist eine hübsche schwarzhaarige Verkäuferin. Sie ist genau so schön wie die in Antalya, seine Augen können sich von der jungen hübschen Frau nicht trennen. Er versteht sich selbst nicht, das darf nicht sein, er ist glücklich verheiratet mit einer hübschen Frau und bekommt noch dazu ein besonderes Kind von Ihr. Er kann nicht anders, er ist ein hungriger Wolf. Seine Frau hat sich die letzten Tage total zurückgezogen, sie will von Ihm im Moment nichts wissen. Nur das Kind existiert noch, im Bett existiert Mirko nicht mehr, Sie ist nur noch müde. Dazu ist die Boutique das Lieblingsgeschäft der Frauen. Sie können nicht vorbeigehen ohne kurz hineinzuschauen. Mirkos Lust wird immer größer, als er sie wiedersieht. Furchtbare Bilder spielen sich in seinem bösen Werwolf Gehirn ab. Seine Fantasie spielt verrückt. Er sagt zu sich: „Mirko reiß dich zusammen, das darfst du nicht!" Wenn die Freunde wissen würden, was in seinem Schädel vorgeht, sie würden ihn einsperren. Als die Gruppe dann das Geschäft verlässt, atmet er auf und ist sichtlich froh darüber, dass alle ihre Tour durch die Stadt weitermachen. Sie wollen zusammen Mittagessen gehen. Roland kennt ein gutes Restaurant von der Tour mit Musti und dort wollen sie hingehen, wenn die Frauen mitmachen. Der Münchner hat schon eine Bemerkung losgelassen: „Dass unsere Frauen keine Hexen sind, sie sind auf den Einkauf fixiert, Klamotten gesteuert." Sepp bekommt wieder Schläge von seiner Frau. Beim Essen machen sie weitere Pläne über ihren Tagesablauf, auch die Werwölfe werden mit einbezogen. Am Abend werden Sie den Angriff weiter durchspielen und verbessern. Nach dem Essen wollen die beiden Reiseführer, der Gruppe eine schöne Moschee zeigen und in der Nähe Kaffeetrinken. Unterwegs erzählen die beiden Reiseleiter, was es noch Schönes zu besichtigen gibt. Die beiden Druiden meinen, dass sie beim Abendessen besprechen werden, was sie am

nächsten Tag besichtigen. Die hochschwangere Frau wollen sie nicht zu
sehr belasten.

Beim Abendessen besprechen sie mit Musti und Roland den nächsten
Tag, Musti schlägt vor, dass sie eine Piratenhöhle besuchen können und
anschließend die Alanya Burg besichtigen. Die Gruppe findet den
Vorschlag nicht schlecht. Sie machen sich daraufhin auf, außerhalb des
Ortes zu gehen, um einen Angriff durchzuspielen. Die beiden Druiden
sind nicht zufrieden. Das Zusammenspiel mit Miniaturen vergrößern und
Verteidigung klappt nicht, so wie es sein soll. Danach setzen sie sich
zusammen auf ein Bier am Hafen um dort auszuruhen. Wann werden Sie
es schaffen, dass ihre Verteidigung perfekt ist? Wissen die Dämoninnen
wo sie sich zur Zeit befinden? Richtig sicher fühlt sich die Gruppe nicht.

Sie bleiben lange sitzen, bis sie in ihr Hotel gehen. Nur die beiden
Werwölfe können nicht auf ihre Zimmer gehen. Sie müssen eine große
Runde um ihr Hotel drehen und alles genau prüfen. Sie machen sich auf,
eine Runde zu laufen. Mirko meint zu seinem Freund: „Dass es sehr
schwierig ist, zwischen den Häusern alles zu überprüfen. In der Wildnis
ist es viel einfacher." Musti muss Ihm recht geben, aber er merkt, dass
sein Freund etwas komisch ist und fragt Ihn: „Was mit Dir los ist, deine
Frau ist jetzt Hochschwanger, da kann es immer zu Spannungen
kommen." Mirko meint: „Das kannst du nicht verstehen." Sein Freund
will Ihn aber aufmuntern und sagt: „Komm deine Frau liebt dich und du
bekommst bald ein mächtiges Baby, das ist das wichtigste." Er sagt dazu
mürrisch: „Meine Frau denkt nur noch an das Baby." Der Türke meint:
„Das ist in Ihrem Zustand normal." Er sagt darauf nichts und sein Freund
kann den Kopf nur schütteln, er hat mit dieser Reaktion, von seinem
Freund nie gerechnet.

Die beiden Werwölfe kommen bei ihrer Runde, an der Boutique vorbei
und Mirko sieht, dass darin ein Licht brennt. Im seinem Innern sieht er die
hübsche Türkin vor sich stehen. Er muss an Sie denken. Ein leises knurren

ist von Ihm zu hören. Sein Freund hört das leise knurren und er weiß
sofort was sein Freund gerade denkt. Er mault seinen Freund an und
schreit ihn an: „Denk jetzt nicht daran, mach keinen Blödsinn." So denkt
er an das Ereignis in der Disco in Berlin. Der Türkische Freund weiß, dass
sein Freund in dieser Laune zu allen fähig ist und sagt: „Gehen wir besser
schleunigst nach Hause, dir traue ich jetzt alles zu." Mirko nickt nur und
sie laufen flott zurück. Musti will nach einigen Bieren, schnell ins Bett
gehen. Als sich die Beiden verabschieden und der Türke in sein
Hotelzimmer geht, denkt er an das Licht in der Boutique, bei diesem
Gedanken erwacht in ihm der Werwolf.

Als sein Freund im Zimmer verschwunden ist, denkt er sich, dass seine
Frau schläft, dann kann er nachschauen, ob die Hübsche noch im Geschäft
arbeitet. Leise verlässt er das Hotel. Eilig rennt er zu der Boutique, es
brennt tatsächlich noch Licht. Er bleibt stehen und beobachtet alle
Fenster, eines verdunkelt sich einen Moment, der Werwolf denkt, Sie ist
noch so spät im Laden. Er wartet auf eine Bewegung, dann endlich, er
sieht im Licht eine Silhouette einer Frau. Mirko denkt: „Das ist Sie
sicher." Er ist ein geiler Werwolf, er denkt, was mache ich bloß, soll ich
warten? Langsam nähert er sich der Boutique, immer wieder sieht er den
Schatten der Frau am Fenster vorbeihuschen. In seiner furchtbaren
Fantasie sieht er die Hübsche total entkleidet.

Er schleicht um das Geschäft in den Hinterhof, es ist dunkel. Er macht
nicht das kleinste Geräusch, er geht zum Eingang, er sieht sofort die Türe,
welche in die Geschäftsräume und in das Lager führen. Mirko denkt, es
wäre doch besser, wenn er zurück zu seiner Frau gehen würde. Der
Werwolf und ein anderes Teil seines Körpers sagt Ihm: „Bleib, die Frau
kommt bestimmt gleich heraus." Als er näher herangeht, bemerkt er den
intensiven Geruch, es ist das Parfüm der jungen Frau. Diesen blumigen
Duft kennt er. Mirko hat sich nicht mehr unter Kontrolle. Zu sehr spielen
seine Werwolf Hormone verrückt, sein Verstand ist abgeschaltet, das Tier

in Ihm erwacht. Er geht zur Tür und bemerkt, dass diese halboffen ist und geht hinein.

Sofort sieht er die Frau im Laden stehen, mit dem kurzen, schwarzen Kleid. Seine Augen waren stur auf die Frau gerichtet, diese Figur und den langen Beinen. Sie hat Ihn noch nicht gesehen. Speichel läuft Ihm aus dem Maul. Schnell verwandelt er sich in ein gefährliches Monster. Die junge Frau ist so mit ihrer Arbeit beschäftigt, dass sie nicht bemerkt, dass hinter Ihr sich das Grauen nähert. Sie füllt die Kleiderständer und richtet den Verkaufsraum für den nächsten Tag her. Der ganze Raum duftet von ihrem Parfüm. Er steht direkt hinter Ihr und knurrt vor Gier, Speichel läuft aus seinem Maul und tropft auf den Boden Sein Verstand müsste Ihm sagen, dreh um und geh zu deiner Frau. In diesem Moment ist er nur ein Tier, nein ein Monster. Was ist aus Mirko geworden?

Die junge Türkin hat das knurren gehört und dreht sich vor Schreck in seine Richtung. Angst ist in ihren dunklen Augen. Das hübsche Gesicht verwandelt sich in einer Sekunde in blankes Entsetzen um. Mirko schlägt mit seiner Pranke zu, Blut spritzt in allen Richtungen. Sie bricht zusammen und fällt hart auf den Boden. Benommen bleibt Sie liegen. Brutal reißt er Ihr die Kleider vom Leib und seine Pranken gleiten über ihren nackten Körper. Sein Sapper tropft auf Ihren Körper, als er sich über Sie beugt, bis sein Maul Ihr Gesicht berührt, sie riecht seinen stinkenden Atem. Brutal und Gierig dringt er in Sie ein, Ihre Augen öffnen sich ganz weit und Sie sieht dem Tod in die Augen. Sein schwerer Körper liegt auf Ihr und das raue Fell reibt auf ihren zarten Körper. Brutal vergeht sich der Werwolf an Ihr, bis Sie das Bewusstsein verliert.

Als Mirko von der Türkin ablässt, denkt er, was habe ich getan, hoffentlich merkt meine Frau nichts. Plötzlich überkommt Ihm Angst. Panisch sucht er etwas, womit er sich das Blut abwaschen kann, damit Jennie nichts bemerken kann. In der Toilette ist ein Waschbecken, dort geht er gehetzt hinein und macht sich eilig frisch. Dann vergewissert er sich, dass die Frau noch regungslos am Boden liegt. Er kümmert sich nicht darum. Früher hätte er es anders gemacht.

Als der Werwolf sich abwäscht, sieht er hinter sich, die Türkin hinausrennen. Er denkt, warum bin ich so blöd und habe nicht gemacht, was ein Werwolf normalerweise getan hätte. Er beschimpft sich selbst, hat nur einen Gedanken, bloß schnell verschwinden. Die Frau steht nackt und mit blutigem Körper bei ein paar Männern und zeigt auf ihr Haus. Der Werwolf spannt seine kräftigen Muskeln, er sieht sich um, kann nicht ausweichen, es geht nicht anders, er muss direkt auf die Männer zu rennen. Als er diese erreicht, schlägt er mit seiner kräftigen Pranke zu und beißt einen Mann in den Hals. Er richtet ein fürchterliches Blutbad an. Durch Schreie und Kampfgeräusche wurden weitere Leute herbeigerufen. Plötzlich bemerkt Mirko ein Blitzlicht und bekommt es mit der Angst zu tun. Sirenen bekommen seine sensiblen Ohren zu hören. Seine Angst wird zur Panik, er denkt nur noch: „Jetzt muss ich schnell verschwinden."

Der Werwolf rennt was sein mächtiger Körper hergibt. Schnell hat er das Hotel erreicht, er macht sich notdürftig sauber und verwandelt sich zurück. Weitere Sirenen sind zu hören. Anscheinend wurde durch seine Aktion die ganze Polizei von Alanya alarmiert. Er weiß selbst, dass er mindestens einen Mann getötet hat und mehrere schwer verletzt. Das Blitzlicht geht Ihm nicht aus dem Kopf, gibt es von ihm ein Foto? Schweißgebadet schleicht er sich in das Hotel und dann in sein Zimmer. Er versucht absolut keinen Krach zu machen. Er will verhindern, dass seine Frau wach wird. Er entledigt sich seiner Kleider und schleicht sich in das Bad. Er will sich vom Blut befreien. Er denkt, wenn er könnte würde er alles rückgängig machen. Jetzt geht Licht an und großer Schreck fährt in seine Glieder, das fliehen der Frau ins Freie hat Ihn genauso erschreckt. Er denkt, hoffentlich merkt meine Frau nichts. Um Gottes willen, alles darf sie erfahren, nur nicht, dass er die Frau vergewaltigt hat. So ein schlechtes Gewissen wie heute Nacht, hat er im ganzen Leben, nie gehabt. Ein Werwolf kennt eigentlich kein schlechtes Gewissen. Aber

Mirko spürt es zum erste Mal in seinem Leben. Wird er menschlich? Wenn man seine Tat sieht, kann er nicht menschlich sein. Was ist er wirklich?

Jennie sieht wie Ihr Mann mit zerrissener blutiger Kleidung im Bad steht, Sie erschrickt und stellt Mirko zur Rede. Was habt Ihr gemacht? Habt ihr gejagt? Ihr Werwölfe habt keinen Verstand, Ihr blöden Bestien, Ihr macht unter Umständen die Dämonen auf uns aufmerksam. Er denkt, Gott sein dank meine Frau meint, dass wir zusammen gejagt haben. Dann habe ich Glück. Er ist ein wenig erleichtert und denkt, dass Ihn sein Freund nicht verraten wird. Aber Jennie kann sich trotzdem nicht beruhigen, Sie hat Angst, dass die beiden Dämoninnen sie leichter finden können und nimmt sehr verärgert mit den beiden Druidenchefs Kontakt auf. Die darauf meinen, dass sie beim Frühstück darüber reden werden. Seine Frau hört die vielen Sirenen und fragt: „Wie viele Menschen habt Ihr getötet?" Mirko antwortet geschickt und sagt: „Nur zwei." Die junge Hexe sieht ihren Mann fragend an und sagt: „Irgendetwas sagt mir, das etwas mit dir nicht stimmt, aber was ist es, ich spüre, dass etwas anders ist, aber ich werde es herausbekommen?" Jetzt bekommt der Werwolf es mit seinem schlechten Gewissen zu tun und mit der Angst, dass er alles was ihm wichtig ist, verlieren kann. Jennie sieht Ihn immer intensiver an und wiederholt sich, schüttelt den Kopf dabei: „Irgendetwas ist anders, ich spüre es und ich sehe es dir an, mit dir stimmt etwas nicht." Dann sagt Sie daraufhin: „Dusche dich und geh endlich ins Bett, ich denke du kannst dich morgen, auf etwas gefasst machen." Ganz langsam duscht sich Mirko, seine Gedanken drehen sich nochmal um seine Tat und dass was seine Frau zuletzt gesagt hat. Dann legt er sich zu seiner Frau ins Bett, die auf Ihn sauer ist. Sie gibt ihm einen kurzen Kuss und sagt: „Musste das sein, dass Ihr so einen Mist baut." Er sagt: „Es ist uns bei der Runde einfach so überkommen, wir wollten das eigentlich nicht." Die Hexe sagt: „Vielleicht ist es nicht so schlimm, so schlafen wir darüber."

Mirko macht kein Auge zu, immerzu denkt er an seine Tat und was es für Folgen haben kann. Er hofft das Jennie es nicht erfährt. Immer wieder wacht er schweißgebadet auf, Alpträume plagen ihn. Seine Frau steht in der Früh ohne Worte auf, Sie hat Ihm die Jagd nicht verziehen. Sie machen sich frisch und in einer bedrückenden Stimmung gehen sie zum Frühstück. Die beiden Druidenpärchen sitzen schon an ihrem großen gemeinsamen Frühstückstisch. Die anderen folgen ihnen. Wie Musti und Roland zusammenkommen, fragt Jennie besorgt Musti: „Musste das unbedingt hier sein, dass ihr jagen geht." Roland sieht Musti an und sagt: „Ich habe bei Musti kein Blut bemerkt, auch nicht gerochen, ich glaube, er war nicht beim Jagen." Jetzt sieht Sie zornig ihren Mann an und sagt: „Du warst alleine Jagen und du sagst mir, dass ihr zusammen gejagt habt, du hast mich angelogen, warum?" Jennies Stimme überschlägt sich bei diesen Sätzen. Jetzt hält Musti seine Hände vors Gesicht, er hat sofort begriffen. Sie sieht jetzt Musti an und sagt zu Ihm: „Musti was weißt du, sag es mir." Sein Freund sagt: „Ich kann nichts wissen, da ich nicht dabei war." Waldtraud sagt zu ihrem Mann: „Ich habe am Eingang gesehen, dass sie Zeitungen haben. Ich hole mal eine." Mirko hört das und ihm wird auf einmal ganz heiß und er denkt: „Hoffentlich steht die Sache nicht drin, das wäre mein Untergang." Niklas sagt nicht gerade freundlich: „Weil du dich nicht zusammenreißen kannst, können wir unter Umständen sofort wieder an einen anderen Ort weiterreisen. Es könnte sein, dass unsere Feinde somit schneller erfahren, wo wir uns befinden."

In diesem Moment kommt Waldtraud wütend zum Frühstückstisch und schmeißt ein paar Zeitungen auf den Tisch, dass ein paar Tassen umfliegen. Die Anderen sehen sie verwundert an. Jennie nimmt eine Zeitung mit zitternden Händen in die Hand. Auf der aufgeschlagenen Seite war das Bild ihres Mannes als Werwolf und da steht geschrieben, dass er eine Frau vergewaltigt, zwei Männer getötet und mehrere schwer verletzt. Er ist jetzt die Bestie von Alanya. Jennie wird kreideweiß im Gesicht, ihre Füße werden weich, Sie muss sich hinsetzten, was Sie liest kann sie nicht glauben, Ihr geliebter Ehemann ein Vergewaltiger, er ist auf die gemeinste Weise Fremd gegangen, Sie kann daraufhin nichts sagen. Mirko will am liebsten im Erdboden versinken. Er denkt: „Scheiße, Ich habe alles kaputt gemacht, das wird Sie mir nie verzeihen, egal was ich zu meiner Verteidigung sage." Jeder will in die Zeitungen lesen, sehen Ihn daraufhin mit großem Ekel und Verachtung an." Er ist jetzt ein Vergewaltiger und dazu noch ein Mörder.

Jennies Gesicht wechselt die Farbe, der Kopf wird rot, Ihr sieht man an, Ihr Hexenblut kocht, Wut beherrscht Sie. Sie dreht sich zu Ihm um und knallt ihre geballte Faust in sein Gesicht, dass er ein paar Schritte zurückstolpert und seine Nase blutet. Sophie steht auf und knallt Ihm mit der Faust in den Unterleib, dass er nach Luft schnappt. Waldtraud dreht sich um und trifft Ihm mit dem Fuß in die gleiche Stelle. Er krümmt sich vor Schmerzen und erbricht sich. Alle schütteln den Kopf, das können sie nicht glauben, dass er das Biest ist. Was ist bloß in dich gefahren. Mirko stammelt nur: „Ich weiß es nicht, wenn ich könnte würde, ich alles zurückgängig machen. Die Druidenpärchen schütteln nur den Kopf und können nicht glauben, was letzte Nacht passiert ist. Schorsch meldet sich zu Wort und sagt zornig zu seinem Freund Vani: „So was hätten wir früher getötet, mit unserem Holzpflog." Jennie sagt weinend und wütend zugleich: „Macht es, ich kann Euch nicht böse sein, im Gegenteil." Märta sagt zu Ihm: „Hol sie."

Die junge wütende Hexe zieht ihren Zauberstab, zeigt damit auf ihren Mann, der noch immer nach Luft ringt, spricht zischend ein paar Worte und ein Energieblitz trifft seinen Unterleib. Sein edelstes Teil ist verschwunden. Er sagt darauf nur resigniert: „Das habe ich wohl verdient." Darauf wurde sie noch wütender und schreit Ihn an: „Du hast viel mehr verdient, du geile Sau." Nochmal geht ein Energiestrahl auf Ihn, dass es Ihn an die Wand klatscht. Sie schreit weiter: „Du ziehst sofort aus meinem Zimmer aus, du kommst nie mehr in meine Nähe. Mirko will sich verteidigen und kommt dabei ein paar Schritte näher. Seine wütende Frau schimpft: „Du brauchst dich nicht verteidigen, es ist alles gesagt und komm nicht in meine Nähe, bleib bloß weg." Wieder trifft ihn ein Energiestrahl, er fliegt gegen die nächste Wand, dass von seinem Hinterkopf Blut an der Zimmerwand kleben bleibt. Der Vergewaltiger bleibt ein paar Sekunden liegen und richtet sich dann mühsam auf. Seine Frau kann sich nicht mehr beruhigen, man könnte glauben, Sie ist in diesem Moment fähig, Ihn zu töten. Da kommt Vani mit dem Holzpflock. Vani will damit auf den Werwolf zugehen, aber Jennie sagt: „Ich mache es selbst." Jetzt schreitet Niklas ein und sagt: „Ist sehr schlimm, was unser Werwolf gemacht hat, leider würde ich Ihn lieber Tod sehen, aber es kann sein, dass wir Ihn noch Lebend brauchen." Alle außer Kieran sehen Niklas entsetzt an. Kieran fügt hinzu, Mirko ist eine wertvolle Kampfmaschine, es kann sein, dass wir Ihn für das Leben des Kindes brauchen. Die Frauen schreien kreischend die Druiden an: „Aber nicht mehr in unserer Nähe." Die junge Hexe hat den Zauberstab nicht mehr auf ihren Mann gerichtet. Aber dafür Waldtraud und Sophie. Waldtraud schreit zornig: „Magnat" und schickt den Zauber zu dem widerstandslosen Werwolf, auf einmal zeigt sein ganzer Körper hässliche Warzen, er sieht furchtbar aus. Der schöne Mann ist total entstellt. Auch ihre Stiefmutter will ihres dazu tun und schreit: „Paktifat" und der Werwolf ist in einen Straßenköder verwandelt.

Mirko sitzt jetzt winselnd im Frühstücksraum, er weiß momentan nicht mehr was mit Ihm gerade passiert. Aber er weiß auch, dass er es verdient hat und er schwört sich, dass er versuchen wird, alles wieder gut zu machen. Die drei Frauen treten den Warzen übersäten Straßenköder mit ihren Füßen und schreien: „Hau bloß ab und lasse dich nie mehr blicken." Mirko ist am Ende, als Straßenköder mit Tränen in den Augen, rennt er aus dem Hotel. Die drei Hexen schießen mit ihren Zauberstäben einige kräftige Energieblitze hinterher. Er streunt planlos durch die Stadt, er weiß nicht mehr, was er machen soll. Als er auf einmal am Hafen ankommt und sich am Strand hinlegt und überlegt, fällt Ihn ein, dass die Gruppe heute die Burg besichtigen will. Er sieht zur Burg hinauf und sagt zu sich: „Da renne ich hinauf und warte auf sie, ich werde immer in eurer

Nähe sein." Der Hund rennt so schnell er kann auf den Berg zur Burg und wartet da geduldig." Er ist sehr verzweifelt, viele Gedanken gehen in dieser Zeit durch seinen Kopf, auch schlimme Selbstvorwürfe. Aber auf einmal hört er Mustis stimme in seinem Kopf und sagt: „Erstens bist du doch das größte Arschloch was ich kenne, ich sollte wirklich nicht Kontakt aufnehmen, aber vielleicht willst du wieder etwas gut machen. Sowie dein Kind weiterhin beschützen!" Der Hund sagt nur: „Danke Musti."

Niklas schreit in den Raum: „Wir brauchen Ihn noch für den Kampf gegen die Dämoninnen." Die Frauen schreien zurück: „Aber nicht Ihn, dieses Schwein" Sophie sagt: „Ich hätte Ihn in ein Schwein verwandeln sollen, nicht in einen Hund. Vielleicht kann ich das irgendwann nachholen." Kieran mischt sich ein: „Ich muss leider meinen Freund recht geben, Wir brauchen seine immense Kraft immer, aber was ihr gemacht habt, war eigentlich richtig, da muss ich euch Recht geben. Die Strafe ist eigentlich viel zu gering, er soll spüren, dass er nicht alles machen kann. Er kann überlegen und er dafür büßen. Ich denke, er wird versuchen, immer in unserer Nähe zu bleiben." Jetzt setzt sich die junge Hexe auf einen Stuhl und fängt zum Heulen an. In Bächen laufen ihr Tränen aus den Augen und über ihre hübschen Wangen. Weinkrämpfe schütteln Sie, Sie ist auf das tiefste gekränkt, Sie versteht die Welt nicht mehr. Sie hat eine große Wut und ist zugleich total Verletzt. Sie hat erst eine Mutter bekommen und jetzt verliert sie dafür ihren Mann. Sie glaubt, dass die ganze Welt gegen Sie ist. Ihre Mutter, ihre beste Freundin, Märta und die beiden Druidenfrauen wollen Sie trösten. Aber kann man wirklich, nach so einen Schmerz wirklich trösten?

Dann meldet sich das Kind: „Mama sei nicht traurig, er soll erst mal büßen, aber dann brauchen wir dringend unseren Papa, er muss uns immer helfen." Die junge Hexe meint: „Ich weiß nicht, ob wir zu diesem Schwein noch Papa sagen sollen und ob wir Ihn wirklich brauchen. Ich weiß momentan gar nichts mehr, nur, dass er von mir fernbleiben soll, ich möchte Ihn nicht mehr sehen, am besten nie mehr." Das Baby: „Ich denke, dass er seine Chance bekommen wird, dass er ein guter Vater sein kann, ich hoffe, dass ich richtig denke." Sie sagt: „Selbst du zweifelst an Ihm." Das mächtige Kind: „Ich hoffe, dass er seine Chance nutzt, die er bekommt." Jennie fragt: „Was für eine Chance soll er bekommen?" Das Baby antwortet: „Ich denke, da muss ich nicht viel erklären" Die werdende Mutter: „Du meinst, Tarantula und Samhain werden bald angreifen und er muss uns helfen." Das Kind: „Ja." Darauf wird das Baby ruhig und die werdende Mutter muss nicht mehr weinen, aber Sie ist sehr nachdenklich geworden. Sie denkt, was wird Ihr Mann machen, der Vergewaltiger. Sie fragt sich immer wieder: „Wie konnte er Ihr das antun, kurz vor der Geburt des Kindes."

Alle sind noch geschockt, dass Sie gar nicht daran denken, was sie vorhaben. Sie haben sich, einen schönen Besichtigungsplan zusammengestellt. Kieran und Niklas fragen sich gerade, ob sie das Jennie antun können, sie wird bestimmt keine große Lust haben, dass alles anzuschauen. Aber die junge Hexe hört die Unterhaltung der Beiden und sagt: „Große Lust hat Sie keine etwas zu besichtigen, aber irgendwie muss Sie hinaus und sich ablenken. Dann meint der Reiseführer Musti: „Dann fahren wir einfach mit einem Taxi zum Hafen, trinken dort einen Kaffee und wenn wir noch Lust haben, können wir mit dem Schiff zur Piratenhöhle fahren. Sie gehen am Hafen spazieren, diskutieren immer wieder heftig und setzen sich dann in ein Kaffee. Jennie weiß überhaupt nicht, zu was Sie Lust hat, Roland sagt zu Ihr, Sie sollte die Piratenhöhle besuchen. Sie machen die Fahrt und irgendwie merkt die Gruppe, dass es der Hexe gefällt, denn Sie kann sich dabei etwas entspannen. Sie setzen sich später in ein schönes Restaurant zum Essen und bleiben lange sitzen. Das Reiseleiterpärchen fragt sich, ob sie noch auf die Alanya - Burg fahren. Aber die gekränkte Frau will gerade zum Trotz überall mitmachen. Sie sagt zu Roland: „Mein Mann meint bestimmt, dass ich im Hotel heulend im Bett liege und keinen Schritt mehr nach draußen gehe. Ich werde es ihm zeigen, dass ich mich nicht verstecke." Roland sieht

Jennie erstaunt an und sieht, dass Sie immer noch sehr viel Kraft ausstrahlt, obwohl Sie vor ein paar Stunden eine herbe Enttäuschung erlebt hat. Sie sagt: „Natürlich fahren wir zu der Burg nach oben und fragt was gibt es dort alles zu sehen. Sie suchen nach einem Taxi die sie alle hinauf bringt.

Mirko liegt inzwischen vor der Burg und sieht sehnsüchtig jedem Bus, jedem Taxi, jedes Fahrzeug nach, das hier oben ankommt. Jede Person, die aus einem der Fahrzeuge aussteigt wird beobachtet. Immer wieder sieht er neugierig hin, ob seine Frau aus einem Fahrzeug aussteigt. Immer wieder senkt sich seine Schnauze enttäuscht auf die Erde und wartet auf das nächste Fahrzeug, auf die nächsten Personen. Er sagt sich: „Irgendwann wird Sie aus einem dieser Fahrzeuge aussteigen." Er sieht ein größeres Taxi herauffahren, es ist ein großer Kombi, Mirkos Kopf hebt sich, er beobachtet das Fahrzeug ganz genau, er hofft das seine Jennie diesmal aus dem Fahrzeug aussteigt. Er beobachtet jede Bewegung in diesem Fahrzeug, er hofft auf irgendein Zeichen, das auf seine Jennie hinweist. Er ist verzweifelt. Er beobachtet wie das Fahrzeug hält und er beobachtet wie ein weiteres großes Taxi folgt. Es hält auf dem Taxiplatz. Sein Kopf hebt sich neugierig. Jetzt sieht Mirko wie der Druide aussteigt, sofort denkt der Hund: „Dann ist meine Jennie dabei" und setzt sich hin. Seine Hundeinstinkte sind hellwach. Dann steigen alle Personen des magischen Zirkels aus, da sieht der Straßenköder auch Jennie aussteigen. Wenn er Sie wiederhaben könnte, sofort stellt er sich hin um ihnen zu folgen. Die Gruppe läuft den Rest des Berges zur Burg hinauf. Mirko läuft in einem großen Abstand der Gruppe hinterher. Langsam laufen Sie an der Burgmauer entlang. Alles Sehenswürdiges schauen sie an und unterhalten sich dabei. Lange bleiben sie auf einem Aussichtspunkt stehen und sehen auf das Meer hinaus. Hier ist seine Frau sehr andächtig, als wenn Sie mit ihrem Kind Kontakt hat. Dann gehen Sie zu einem kleinen Imbiss, das sich bei der Burganlage befindet und setzen sich, um Kaffee zu trinken. Alle reden sehr angeregt. Der Hund legt sich hin und beobachtet alles genau, seine Frau hat er besonders im Blickfeld.

Es dauert nicht sehr lange, sie gehen zum Taxiplatz und steigen ein. Der Hund denkt sich, Sie fahren bestimmt zur Höhle. Es ist auf vier Pfoten eine lange Strecke, darum läuft er ein Stück voraus. Es dauert nicht lange und die beiden Taxis fahren an Ihm vorbei. Er merkt nach einem größeren Wegstück, dass es als Hund und dazu im Frühjahr ziemlich warm ist. Die immense Kraft als Werwolf fehlt Ihm, was haben die Hexen mit Ihm gemacht, er braucht seine ganze Kraft, um schnell auf den Berg zu kommen. Die Steigung zur Damlatas Tropfsteinhöhle fordert den Straßenköder, er muss immer wieder stehenbleiben und verschnaufen. Als er der Höhle näherkommt, meint er, dass irgendetwas in seiner Umgebung nicht passt, sofort versucht er mit seinem Freund Musti Kontakt aufzunehmen. Er versucht seine Gedankenkraft zu sammeln und er schafft es. Musti fragt was los ist und Mirko erzählt: „Das er auf den Weg zur Höhle ist." Es dauert nicht lange und auf einmal ist Niklas in seinen Gedanken und fragt: Was ist? Mirko antwortet: „Ich glaube, die Dämoninnen sind hier." Nikas sagt: „Dass man sich in dieser Hinsicht auf dich immer verlassen kann." Der Straßenköder sagt: „Als Hund ist es aber sehr schwer, dies zu vollbringen." Niklas fragt: „Bist du dir sicher, dass eventuell die Dämoninnen hier sind." Der Köder sagt: „Je näher ich der Höhle komme, umso mehr spüre ich, dass etwas nicht stimmt. Geht nicht in die Höhle." Niklas sagt: „Wir sind drinnen." Mirko sagt schnell: „Dann geht eiligst hinaus." Niklas sagt: „Es stimmt, Sie sind hier, komm schnell, wir brauchen dich." Der Hund sagt: „Ich brauche den Werwolf." Er hat es noch nicht richtig ausgesprochen, da bemerkt er, dass seine Kraft wieder zurückkehrt, er wird schneller, er bekommt ein anderes Fell, er wird sofort viel größer. Mit Leichtigkeit hat er den Rest des Berges geschafft.

Kapitel 14
Tarantula und Samhain, die Falle

Die komplette keltische Gruppe hat gerade die Damlatas Tropfsteinhöhle
betreten und sie sehen die gigantischen Sehenswürdigkeiten. Wie große
Pyramiden hängen die Tropfsteine, Stalaktiten an den Decken und die
Stalagmiten sind am Boden. Die beiden Druiden spüren eine unheimliche
magische Veränderung. Sie nehmen eine böse magische Kraft auf. Niklas
stößt mit der Hand seinen Freund an und fragt Ihn: „Merkst du es auch, da
stimmt etwas nicht." Kieran sagt darauf nur: „Ich wollte dich gerade
ansprechen" und sieht dabei seine Frau Aisling und Freundin besorgt an
und sagt hektisch zu Ihnen: „Schnell wir müssen uns auf einen Kampf
vorbereiten." Niklas holt die Miniaturen heraus und sein Vater holt seinen
Zauberstab hervor. Die Anderen des magischen Zirkels stellen sich rund
herum auf, um die Beiden bei ihren Vorbereitungen zu beschützen. Niklas
sagt zu Jennie: „Ich habe übrigens den Zauber von deinem Mann als
Straßenköder aufgehoben, ist bald vor der Höhle." Musti sagt daraufhin:
„Ich habe Ihm geraten vor der Höhle zu warten." Niklas fragt: „Sollen wir
versuchen zu fliehen." Sein Vater meint: „Ich denke, dass ist zu spät, wir
hätten nicht hineingehen sollen." Roland meint: „Vielleicht haben wir hier
einen Vorteil, wirst gleich sehen. Mädels schnell, eure Kessel anheizen,
aber dalli, dass es richtig kocht und dampft."

Im diesem Moment schreit eine bekannte böse Stimme direkt vom
Eingang aus: „Zu spät, ihr kommt hier nicht mehr lebend heraus, ihr
blöden Kelten." Am Eingang schwebt die böse Samhain und die ersten
Raben kommen hereingeschossen und stürzen sich auf die Gruppe.
Gerade hat sich die hässliche Dämonenfresse von der Raben Dämonin
geschlossen. Hallt es von der anderen Seite. In der in großen Halle

schwebt Tarantula und schreit: „Ihr dummen Magier, ihr wollt ein großer mächtiger magischer Zirkel sein und geht uns in die Falle." Die Gruppe hat sich inzwischen Formiert, ihre Utensilien sind einsatzbereit. Waldtraud, Märta, Kunigunde und Jennie haben ihre Kessel auf Volldampf geheizt, sie haben mit dem Zauberstab nachgeholfen. Sie haben Rolands wink verstanden und der Dampf sammelt sich und tropft bald von den Stalaktiten. Roland hat sofort seine Blendraketen mit Weihwasser in Stellung gebracht. Tarantulas Zauberstab zeigt auf den Boden, lauter kleine und große Löcher entstehen, die ersten grünen Taranteln krabbeln aus diesen heraus und greifen sofort an. Das gleiche geschieht mit der Decke und die ersten Spinnen krabbeln an der Decke und stürzen sich auf ihre Feinde. Im genauen Zeitplan zaubern der Alte und der irische Druide, allen eine Rüstung. Macht sich das abendliche Training bezahlt?

Nun setzt sich Musti, mit dem wartenden Werwolf in Verbindung: „Wenn die erste Rakete explodiert, muss er Samhain angreifen. Die beiden Dämoninnen feuern auf jeden einzelnen des Zirkels, von beiden Seiten werden die Kelten getroffen. Wie zwei wilde Furien fliegen die Beiden um die Gruppe herum und greifen an, auch die Gruppe feuert zurück. Es wird ein heftiger Kampf, nein, das ist Krieg, zwischen der Hölle und dem weißen Zirkel. Die Besucher, die sich noch in der Höhle befinden wissen nicht, was hier passiert, in ihren Gesichtern spiegelt sich Todesangst, schreiend und voller Panik verlassen sie die Höhle. Die beiden Dämoninnen haben an diesen Personen kein Interesse, sie wollen nur eine Person, die Hexe mit dem ungeborenen Kind.

Roland hat seine erste Rakete gezündet, die vier dampfenden Kessel zeigen ihren ersten Erfolg, die Spinnen die aus der Decke kommen, werden sofort durch den Dampf vernichtet. Quiekend und rauchend fallen Sie von der Decke und am Boden lösen sie sich vollends auf. Den ersten Sieg haben Sie auf ihrer Seite, was der Spinnen Dämonin nicht gefällt, wie eine Furie fegt sie durch die Tropfsteinhölle. Viele der Millionen

Jahre alten Steine werden zerstört. Wie Streichhölzer fegen sie die Steine von der Decke sowie am Boden. Alles was ihnen in den Weg kommt wird vernichtet und sie feuern, was Ihr Zauberstab hergibt. Wild schreien und lachen Sie, die Dämoninnen sind sich Siegessicher. Die ersten Raben, die sich auf den Felsen setzen und mit dem Weihwasser in Verbindung kommen, dass überall von der Decke tropft, steigt Rauch aus ihrem schwarzen Gefieder. Wild schlagen Sie mit ihrem Flügeln und schreien ohrenbetäubend, fürchterliche Schmerzen müssen die Vögel erleiden, bis es sie zerreißt. Mit gelben ekligen Schleim zerreißt es sie und klebt stinkend an den Wänden.

Die beiden Dämonien bemerken das und ihre Angriffe werden immer wütender. Die erste Rakete explodiert über Samhain am Eingang. Ein furchtbarer Schrei einer der Dämoninnen hallt durch die Höhle.

Das ist das Zeichen für Mirko, ein grinsen zeichnet sich auf seinem Wolfsgesicht, ungeduldig hat er darauf gewartet. Er will mit aller Macht wieder etwas gut machen. Ein böses knurren kommt aus seinem Rachen, jetzt kann er seiner ganzen Wut und Enttäuschung freien Lauf lassen. Er kann an der Dämonin seinen Frust abbauen. Der mächtige Werwolf ist einsatzbereit, sämtliche kräftigen Muskeln sind gespannt, wie ein riesiger Pfeil schießt er in die Höhle. Noch immer kommen verängstige Personen aus der Höhle. Als sie den mächtigen Werwolf auf sich zu rennen sehen, werden sie aufs Neue erschreckt. Sie rennen umso schneller schreiend davon. Was werden sich die Menschen denken, in was für einen Krieg sind sie hier geraten? Was für ein Horror Szenario müssen Sie erleben?

Als die Rakete über Samhain explodiert und das Weihwasser Sie trifft, schreit die Dämonin voller Schmerzen laut und grässlich. Ihre Haut fängt an diesen Stellen zu Rauchen an, die Raben Dämonin ist getroffen. Trotzdem schickt sie ihre gefährlichen Energieblitze auf die Gruppe, alle sehen, dass sie geschwächt ist, denn sie schwankt in der Luft. Die Dämonin dreht ihren hässlichen Kopf, Ihre Haut löst sich von ihrem

Gesicht, dann hört sie hinter sich ein böses knurren, dass Sie sehr gut kennt. Ein heftiger Stoß schüttelt Sie in der Luft kräftig durch. Der mächtige Werwolf hängt an ihrem Rücken und hat sofort zugebissen. Das Schwarze Blut läuft an Ihrem Rücken herunter. Wie eine Sirene schreit Sie ihren Schmerz in die Höhle. Tief haben sich Mirkos krallen in ihren Rücken gebohrt, voller Wut reißt er damit ein Stück stinkendes Dämonenfleisch heraus und heult Siegessicher in die Höhle.

Ihre geklonten Raben sind nicht so kampffähig, wie sie sich das vorgestellt hat. Viele Tiere von ihrem Kampfgeschwader lösen sich im Flug auf. Die Raben Dämonin heult vor Wut und mault vor sich hin: „Ich hätte es wissen müssen, dass dieses scheiß Klonen nicht funktioniert, es musste ja alles schnell gehen. Der normale Zauber wäre doch vernünftiger gewesen. Noch immer hängt der mächtige Werwolf in ihren Rücken. In Gedanken schreit er Musti zu: „Wo bleibst du!!" Musti hat es vernommen und dreht sich in Samhains Richtung, sieht Mirko und startet sofort einen Angriff. Alle jubeln, als sie sehen, dass Mirkos massiver Körper an der Dämonin hängt. Sofort wird diese Dämonin noch intensiver bekämpft. Da hat Roland einer seiner wirkungsvollen Waffen gezündet. Musti will die Dämonin anspringen, aber er wird von einem mächtigen Energieblitz getroffen, sein Sprung wird jäh unterbrochen. Er überschlägt sich in der Luft einige Male und stürzt heftig zu Boden. Sie versucht, den mächtig zubeißenden Klotz an ihrem Rücken herunterschleudern. Mirko ist wie eine große Zecke und die wird Sie nicht los. Musti rappelt sich mit schmerzverzerrtem Gesicht auf, Wut ist in seinen Augen, er will Mirko helfen. Rolands weitere Rakete explodiert über der Dämonin, die nochmal schwer verletzt wird. Das animiert Musti, er sammelt alle Kräfte und startet einen erneuten Angriff. Wie eine Rakete von Roland schießt der schwere Wolfskörper auf die angeschlagene Dämonin zu, die vor Schmerzen schreit. Wie ein riesiger Rammbock trifft der massige Körper auf den Dämonenkörper und beißt sofort zu. Jetzt hat sie es mit beiden Werwölfen zu tun und kann sich kaum mehr erwehren. Sie taumelt in der Luft, sie weiß was passieren wird, wenn Sie auf dem Boden aufschlägt.

Sie muss unbedingt die Beiden loswerden, sie weiß sonst hat sie ihren Kampf verloren.

Der Gruppe fällt auf, dass die beiden Armeen nicht so heftig Kämpfen wie letztes Mal. Sie müssen sich nicht bemühen die Löcher zu schließen. Sie lösen sich von alleine in Luft auf. Was ist mit den blöden Viechern los?" Kieran fragt Niklas: „Was ist mit den Armeen los, sie vergehen heute von alleine. Wir brauchen nichts machen, nur warten, man könnte glauben, sie begehen Selbstmord, oder kommt es von den Kesseln." Niklas antwortet: „Er habe erfahren, dass Samhain vor Wut über sich selber gefaucht hat, dass Sie die Armee geklont hat und das anscheinend nicht richtig geklappt hat." Kieran sagt: „Stimmt, die Wesen haben nie lange gelebt. Soll ich dich auch mal Klonen." Niklas lacht: „Untersteh dich." Kieran meint: „Super, wir können uns auf die beiden Dämoninnen konzentrieren." Niklas sagt: „Unsere Freunde werden gleich eintreffen, dann verfrachten wir Sie in die Hölle, wo Sie hingehören. Diabolus wird seine helle Freude haben, drei Dämonenweiber um sich zu scharen und muss dabei lachen. Viel zum Lachen hat er eigentlich nicht, denn sie müssen nebenbei die beiden Werwölfe unterstützen. Bei ihrem schweren Kampf, den wollen sie mit aller Macht gewinnen. Kieran schreit zu Samhain: „Jetzt hat deine letzte Stunde als mächtige Dämonin geschlagen." Die junge Hexe neben ihnen verfolgt den Kampf mit großen Interesse und Sie gibt alles, um ihren Mann zu unterstützen, obwohl er sie verletzt hat, aber er setzt sein Leben für Sie ein. Sie fragt sich, was ist das für ein Mann, oder was ist das für ein Werwolf? Was ist er wirklich? Ist er Schizophren? Hat er eine gespaltene Persönlichkeit? Ist er ein liebender Mann und dann wieder ein böser mächtiger Werwolf?

Tarantula muss zusehen, dass sich ihre Spinnen in Rauch auflösen. Kaum sind sie aus ihren Löchern gekrochen, zerplatzen sie nach ein paar Minuten. Nicht einmal ihre großen Spinnen bleiben übrig zum Kämpfen. Für Sie ist das ein Fiasko, denn Sie ist auf sich allein gestellt. Von ihrer großen Spinnenarmee hat Sie keine Unterstützung. Plötzlich treffen alte

Bekannte ihrer Feinde ein, die Iren, vom Brocken und vom hohen Norden.
Tarantulas Augen werden immer größer. Sie muss mit ansehen, wie vom
magischen Zirkel immer mehr Leute ankommen und ihre Unterstützung
weiter schrumpft. Ihre Haut brennt und in ihren Schädel wird es immer
komischer, als wenn sie High wird. Viele Gedanken gehen Ihr durch den
Kopf, sie muss unbedingt den Kampf gewinnen und die junge Hexe
vernichten. Den Angriffen von Vani und Schorsch, Waldtraud und Sepp
und Co kann Sie bis jetzt abwenden, aber Sie kann ihnen nicht viel
anhaben. Ein paar einzelne Spinnen krabbeln müde umher, die dann
schnell verschwunden sind, kleine stinkende Rauchwölkchen erinnern
noch an die hässlichen Wesen. Wieder bekommt Sie einen Wutanfall,
böse schickt Sie ein paar wuchtige Energieblitze zu ihren Feinden, die
Rüstungen tragen, außer dass sie es mal von den Füssen hebt, passiert
nichts Ungewöhnliches. Immer mehr wird es der Spinnendämonie
komischer, Sie muss trotzdem ein wenig lächeln. Ihre Haut brennt immer
mehr. Sie fragt sich: „Was haben die Druiden und Hexen in ihren Kesseln.
Da ist bestimmt Weihwasser drin, darum wird mir so komisch, sind da
vielleicht Drogen drin. Sie muss die Kessel vernichten. Mit zwei heftigen
Energieblitzen vernichtet Sie die Kessel. Wie Vani das sieht schreit er:
„Scheiße, das ist nicht gut." In einer großen Dampfwolke verschwinden
die magischen Kessel. Vani fühlt sich leicht und wird lustig, er lacht
völlig durchgedreht.

Die Dämonin bemerkt, dass sie einen Fehler begangen hat und
verschwindet schnell und taucht neben Samhain auf. Sie sagt: „Wir
müssen jetzt zusammen gegen den magischen Zirkel kämpfen, wo sind
deine Raben?" Samhain meint: „Ich habe sie schnell geklont und somit
haben sich alle schnell aufgelöst." Tarantula: „Scheiße, wie meine
Spinnen, dann sind wir Beide auf uns gestellt. Trotzdem werden wir es
schaffen, dass wir Diabolus befriedigen." Samhain schreit: „Dann befreie
mich erst mal von den Beiden großen Zecken," (Sie meint die beiden
Werwölfe). Die Spinnendämonin schießt wütend in die Druidengruppe
und von diesen bekommen sie ununterbrochen auch Energiesalven

zurück. Ein unerbittlicher Kampf hat sich entwickelt. Für beide Parteien steht sehr viel auf dem Spiel. Tarantula greift Samhain an den Rücken, packt Mirko und schleudert den mächtigen Werwolf zwischen die spitzen Tropfsteine. Ein lauter heftiger Schrei hallt durch die Tropfsteinhöhle, dann ein wimmern. Einer der spitzen Steine hat sich durch den Körper des Werwolfes gebohrt. Dann ist auf einmal Ruhig der Körper des mächtigen Werwolfes hängt leblos zwischen den Steinen, eine Spitze ragt im Bereich des Unterleibes heraus. Er verwandelt sich zurück, er wird ein Mann. Seine Frau hat dies beobachtet: „Aus ihren Mund kommt ein verzweifelter Schrei: „Nein, Mirko das darf nicht wahr sein." Die mächtige Dämonin greift sich den nächsten Werwolf Musti und schleudert ihn mit einer unmenschlichen Kraft die nur von einem unmenschlichen Wesen sein kann in die gleiche Richtung seines Freundes. Auch sein Körper bleibt regungslos liegen.

Jennie will sofort zu ihrem Mann, Sie will unbedingt nach Ihm sehen. Aber Hedda hält Sie zurück und schreit Sie an: „Willst du dich und dein Kind in Gefahr bringen, dann haben die Dämoninnen gewonnen." Sie schreit zurück: „Ich muss den Beiden helfen." Tränen und Sorge sind in ihrem Gesicht und mit aller Macht will Sie zu ihrem Mann. Hedda kann Sie kaum mehr zurückhalten. Sophie ihre Stiefmutter hat alles beobachtet und kommt Hedda zu Hilfe. Ihre Mutter schlägt Ihr mit der flachen Hand ins Gesicht und schreit Sie an: „Du bleibst hier, sonst war alles umsonst." Somit schaffen sie es zusammen, dass die junge Hexe bei ihnen bleibt.

 Da ist einer, der will noch nicht aufgeben, er sammelt gerade seine Kräfte und versucht dabei seine Schmerzen zu verdrängen. Vorsichtig rappelt sich der türkische Werwolf nochmals auf und hat einen Feind im Visier. Dann sieht er seinen Freund schwer verletzt zwischen den Steinen liegen. Ihn überkommt jetzt eine fürchterliche innere Wut, seine Augen werden Blutrot und verengen sich zu Schlitzen. Aus seinem Innern kommt ein tiefes böses Knurren. Sapper läuft aus seinem Maul. Die Spinnen Dämonin hat seinen besten Freund auf dem Gewissen. Musti tastet hastig seinen Freund ab und stellt fest, dass er lebt und ein lächeln kommt auf sein Gesicht, dabei denkt er: „Unkraut vergeht nicht." Zur gleichen Zeit sieht er, dass seine Frau unbedingt zu ihrem Mann will, Als will er ihnen ein Zeichen geben. Aisling sieht als erste Musti stehen und seinen erhobenen Daumen, Sie schuppst die junge Hexe und zeigt dabei auf den stehenden Werwolf. Der aber noch weiteres entdeckt hat. Er hat ein paar hohe Steine gesehen die er als Absprungrampe benutzen kann. Damit gibt er der Gruppe ein Zeichen. Hedda informiert ihren Mann, der wiederum Roland, Vani und seinen Vater. Niklas gibt Musti ein Zeichen, dass er ein paar Sekunden warten soll. Roland macht eine Rakete zurecht, eine der wenigen, die noch übrig sind. Zur gleichen Zeit spannt Vani eine der wenigen Weihwasserpfeile die noch vom Kampf verblieben sind in seinen Bogen. Roland zündet schnell seine Rakete an, alle warten sehr gespannt. Vani spannt seinen Bogen kräftig, bis die Sehne fast am Zerreißen ist. Die Rakete hebt ab und hat ein Ziel, die Spinnen Dämonin. Einen Augenblick später schießt Vani seinen Pfeil ab, der das gleiche Ziel hat. Der Werwolf spannt wie er sieht das die Flugobjekte unterwegs sind seine starken Muskeln.

Wie ein Pfeil hebt sein muskulöser Körper ab, er hat seine Augen nur auf die Dämonin gerichtet, Tarantula sie ist in seiner Reichweite. Die Dämoninnen haben jetzt nur ihre Augen auf die beiden Flugobjekte gerichtet. Die beiden Dämoninnen richten sofort ihre Zauberstäbe auf die schnell herannahenden Objekte. Ihre Energiestrahlen treffen. Vanis Pfeil platzt noch in der Luft, für die Dämoninnen ist er zu nah, die Rakete können sie vernichten. Die Dämonin bekommt trotzdem Weihwasserspritzer ab und Sie flucht alle Teufel vor sich hin. Wieder hat sie eine heiße Hautmaniküre bekommen. An einigen Stellen hängen rauchende Hautfetzen weg. Die Schützen freuen sich, die sehen, sie haben die beiden Dämonien abgelenkt, vom eigentlichen Jäger. Der sich pfeilschnell nähert und auf einen hohen Tropfstein springt und sich weiter in Richtung der Dämonin katapultiert, hoch ist sein Sprung. Mit einem mächtigen Satz kommt der Werwolf auf die Dämonin zugeflogen. Er breitet seine Arme aus um sich festzuhalten, sein riesiges Maul ist bereits geöffnet. Mit einem gewaltigen Stoß und zielgenau landet sein schwerer Körper auf der Spinnen Dämonin, seine riesigen messerscharfen Krallen schneiden in ihre Schulter. Sein riesiges Maul ist an ihrem Hals. Diese gewaltigen und rasiermesserscharfen Zähne beißen sofort zu. Ihr Hals ist sofort von ihrem eigenen schwarzen Blut getränkt. Alle Magier Hexen und Druiden in dieser Tropfsteinhöhle, ob Iren, vom Brocken oder vom hohen Norden richten ihre Zauberstäbe sofort auf die beiden Dämoninnen, ein gewaltiger Dauer Energiestrahl trifft die angeschlagenen Dämoninnen. Wütende schmerzverzerrte Dämonengesichter sind zu sehen.

Samhain richtet daraufhin ihren Zauberstab auf Tarantula und lässt sie verschwinden. Als nächstes lässt Sie sich selbst verschwinden. Der riesige Werwolf fällt erschrocken zu Boden, steht schnell auf, schaut erstaunt in die Runde und fragt laut: „Wo sind Sie denn hin, was ist passiert." Dann sieht er, dass alle jubeln und sich in den Armen liegen, jetzt überkommt den mutigen Werwolf auch Freude. Aisling und Kieran kommen Ihm entgegengerannt und umarmen Ihn leidenschaftlich voller Freude, obwohl das Blut der Dämonin an ihm klebt. Sie haben gesiegt. Der keltische Siegesschrei beherrscht die Tropfsteinhöhle.

So richtig ist die Siegesfreude bei Jennie, Hedda, Niklas und Waldtraud nicht angekommen. Nach dem ersten Jubel befiehlt Niklas seiner Frau, wir holen Mikka und Olivia her. Hedda sagt lächelnd: „Sie werden gleich hier sein." Da lacht Ihr Mann und sagt: „Du warst schneller als ich, macht mal alle Fenster auf, mir ist ganz blöd von Waldtrauds Drogenkessel, ich halte das nicht mehr aus. Vani , Waldtraud und Roland lachen noch immer über das ganze Gesicht. Vani erzählt lachend: „Wie er fast die ganze Dampfwolke abgekommen hat, als die Spinnen Dämonin diesen Kessel vernichtet hat." Jennie rennt zu ihrem Mann und will Ihm helfen. Auch Musti, Waldtraud, Hedda, Aisling, Sophie folgen.

Kurz darauf erscheinen Mikka und Olivia, die den Weg zu dem verletzten Werwolf suchen. Dessen Frau sitzt bei ihrem Mann und hält seine Hand, Sie weint und versucht Ihn zu trösten, Mirko ist wach geworden und hat große Schmerzen. Er versucht zu sprechen, stöhnt vor Schmerzen, Schweiß läuft Ihm übers Gesicht und sagt depressiv: „Er ist es nicht Wert, dass er am Leben bleibt. Jede Hilfe ist es nicht wert, sie sollen Ihn liegen lassen, dass in Ruhe sterben kann. So schlimm es momentan für Jennie ist. Sie überkommt eine Wut und faucht ihren Mann an: „Du wirst am Leben bleiben und dich um dein Kind kümmern. Für deinen geilen Werwolf werden wir eine Lösung finden." Wie der verletzte Werwolf Mikka und Olivia sieht, sagt er: „Habt ihr schon mal einen Werwolf am Spieß gesehen." Mikka antwortet ernst: „So witzig findet er es eigentlich nicht." Sie untersuchen Mirko vor Ort und meinen lächelnd, außer dass ein paar Knochen zertrümmert und einer sehr großen Fleischwunde ist nichts Lebensgefährliches. Er hat viel Blut verloren. Mikka weist die Gruppe an und meint: „Kann endlich einer den Tropfstein wegzaubern, so dass man Ihn richtig behandeln kann." Hedda nimmt das sofort in die Hand, sozusagen den Zauberstab, Sie richtet ihn direkt auf den Stein und murmelt dabei: „Marigat solum." Der Stein hüllt sich in gleißendes Blau, ohne Mirkos Körper zu berühren. Langsam wird dieser Stein durchsichtig und verschwindet schnell. Musti trägt Mirko auf eine ebene Stelle. Hier sehen das Ärztepaar den Verletzten genauer an und meinen: „Dass sie Ihn am besten mitnehmen." Jennie meint: „Ich komme gleich mit." Olivia sagt: „Ist zwar nicht notwendig, aber dein Kind sehen wir uns immer gern an." Die junge Hexe meint: „Sie will bei ihrem Mann sein." Waldtraud beschimpft ihre Freundin: „Du bist blöd, er hat dir das Schlimmste angetan und du rennst Ihn hinterher." Mikka und Olivia sehen sich fragend an. Aisling erzählt dem Ehepaar: „Das Schwein ist fremdgegangen, das ist schlimm genug." Olivia sagt böse: „Den amputiere ich sein Ding persönlich, aber so, dass es nie mehr rückgängig gemacht werden kann." Ein schmerzhaftes „Nein" kommt über Mirkos Lippen: „Das könnt ihr nicht machen" Olivia lacht und meint: „Wir können mehr, als du dir vorstellen kannst. Willst du in Zukunft ein

Schweineschwänzchen haben, wäre eigentlich ganz lustig," Sie zeigt ein listiges Grinsen.

Der verletzte Werwolf bekommt es mit der Angst zu tun, wieder sagt er: „Bitte, das könnt ihr nicht mit mir machen. Jennie sagt daraufhin: „Er hat sein Leben für uns eingesetzt." Mikka sagt: „Wirklich, besser macht es dadurch die Angelegenheit nicht. Wir nehmen mal das geile Schweinchen mit, schauen mal, wie du Ihn zurückbekommst." Olivia flüstert ihrer schwangeren Patientin zu: „Wir tun Ihm nichts, aber ein bisschen Angst machen, schadet nicht." Sie kann ein wenig lächeln. Das Ärztepaar stellt sich über ihren Patienten. Ihre Zauberstäbe berühren sich und sie sprechen den Bekannten Zauberspruch und sind daraufhin mit Mirko verschwunden. Etwas Traurig steht Jennie alleine da.

Sofort bemerkt ihre Mutter, dass Jennie bedrückt ist und geht zu Ihr, legt ihren Arm um Sie und will Sie beruhigen. Die werdende Mutter meint: „Es ist alles zu viel für mich. Zuerst mein Mann, das Schwein, jetzt der Angriff und die schwere Verletzung die er hat, obwohl er etwas Schlimmes gemacht hat, er bleibt trotzdem mein Mann und ist der Vater meines Kindes. Was soll ich machen, er muss trotzdem spüren was er gemacht hat, so einfach Verzeihe ich Ihm nicht." „Das will ich hoffen, dass du es ihm zeigst", antwortet ihre Mutter. Die junge Hexe meint darauf: „Er muss um mich kämpfen, dass es wieder Wert ist und er zu mir kommen darf." Die Mutter sagt daraufhin: „Ich hoffe du bleibst bei deiner Meinung." Jennie sagt streng: „Ich hoffe, er bereut richtig, was er getan hat," Jennie steht nachdenklich da, es scheint, dass sie mit ihren Gedanken weit weg ist. Nein, Sie hat einen Laut von ihrem Kind bekommen. Es sagt: „Ich hätte Papa helfen können, aber er wird auf die Beine kommen und ich denke, es wäre nicht im deinem Sinn gewesen. Er soll ein wenig leiden." „Genau so soll es sein", antwortet die Mutter.

Die anderen des magischen Zirkels feiern und freuen sich über den Sieg. Die beiden Druidenpärchen stehen beieinander und Unterhalten sich und

meinen, das muss unbedingt gebührend gefeiert werden. Kieran sagt:
„Das werden wir sofort allen verkünden." Sie stellen sich vor die Gruppe
und grinsen über das ganze Gesicht. Sie heben eine Hand nach oben und
erheben laut ihre Stimmen, damit es alle vernehmen können, was sie zu
sagen haben. Niklas sagt als Erster: „Hört alle zu, was wir euch jetzt
sagen." „Wir werden diesen Sieg alle zusammen total ausgelassen feiern",
ruft Kieran dazu. Niklas ruft so laut: „Dass selbst die besiegten
Dämoninnen es mitbekommen." Aisling tritt dazu und schreit: „Ja, selbst
Diabolus soll es hören." Einer aus der irischen Gruppe ruft: „Die ganze
Hölle soll von unserer Feier beben, jede böse Kreatur soll es wissen."
„Unser magischer Zirkel hat die Dämonenwelt besiegt, jeder soll es
wissen", ruft ein anderer aus dem hohen Norden. Dann rufen es alle und
schreien, wir feiern. Hedda tritt dazu und ruft noch: „verkündet es euren
Dörfern, sie sollen ebenfalls Feiern was das Zeug hält." Kieran lächelt
darüber, was denkst du, was ich gerade gemacht habe. Sein Druidenfreund
lächelt und sagt: „Das glaube ich dir sofort." Aisling geht zu ihrer
Druidenfreundin und fragt? „Nur, wo machen wir unser ausgelassenes
Fest." Hedda sagt: „Da kennen wir ein liebes schwules Pärchen, das sich
hier besonders gut auskennt." Aisling meint: „Dann verklickere es Musti."

Hedda winkt ihre beiden Reiseführer zu sich und erzählt ihnen ihre
Aufgabe. Roland schmunzelt und sagt: „Wir haben uns gedacht, dass dies
auf uns zukommt und haben etwas überlegt. Wir denken wir schicken
Waldtraud und noch eine Hexe aus. Hier draußen gibt es bestimmt eine
sehr schöne versteckte Lichtung." Hedda ruft zwei Hexen zu sich,
Waldtraud und Kunigunde, die diese Aufgabe übernehmen, Roland muss
als Beifahrer mitfliegen. Jennie meutert, da sie nicht mitfliegen darf, sie
wird zum Ausruhen verdonnert. Es dauert nicht lange und sie haben die
Richtige Stelle zum Feiern gefunden. Sie verkünden, dass in der Nähe die
richtige Stelle ist, um groß zu Feiern.

Hedda mischt sich ein und meint: „Morgen Nacht wird das Fest
stattfinden. Erst wird ausgeruht und ein paar kleine Wehwehchen

verarztet." Hedda sieht dabei zu Musti, der ganz schön humpelnd umherläuft und ein schmerzverzerrtes Gesicht hat. Und winkt gleich Kunigunde und Märta zu Ihm. Die beiden Hexen bewegen sich auf den verletzten Werwolf zu. Musti merkt, was die beiden Frauen von ihm wollen und sagt. „Ist nicht schlimm, ich habe nur ein paar blaue Flecken." Kunigunde lacht und meint: „Genau, um die kümmern wir uns. Du musst nicht länger leiden, um unsere großen starken Helden müssen wir uns besonders annehmen. Wir brauchen dich zum nächsten großen Kampf, oder glaubst du, dass die Dämonenwelt aufgibt." Musti sieht die beiden Hexen besorgt an und sagt leise zu ihnen: „Ehrlich gesagt nein, im Gegenteil, sie werden verstärkt kommen." Märta sieht dabei seine Verletzungen an und meint: „Dich hat es ganz schön zwischen den Steinen erwischt, das sieht man hier deutlich, dich sollten wir zu deinem Freund schicken." Der Türke winkt ab: „So schlimm ist es nicht, das bekommt ihr hin?" Kunigunde meint lächelnd: „Deine blauen Flecken schillern in allen Farben, prächtiges Farbenspiel. Du musst dich ein paar Tage mit uns begnügen. Wir werden dich jeden Tag verfolgen und eincremen." Muss das sein? fragt der schwule Werwolf. Märta antwortet kurz: „Aber ja" Sein Freund Roland hat es mitbekommen, sieht nach Ihm und fügt hinzu: „Lass sie machen, Sie sollen dich richtig foltern, dann bist du bald wieder auf den Beinen," und lacht dabei!

Kapitel 15
Ein ausschweifendes Fest und Mirko

Die beiden Druidenpärchen mit Waldtraud und Sepp, sowie einige andere des magischen Zirkels haben sich zu der großen Lichtung begeben und bereiten das Fest vor. Mit viel Freude und Energie wird alles vorbereitet.

Niklas und Kieran haben einige Häuser herbeizaubert. Jetzt steht er mit Kieran auf einen größeren Platz und murmelt die Beschwörung für die magische Schutzkuppel damit kein Dämon die Feier stören kann: „Sanktus komalis spiritus," er fragt sich selbst, ob sein Vater nicht noch einen stärkeren Zauber in seinen alten keltischen Büchern versteckt hält. Aber für ein paar Tage wird der Zauber schon reichen. Das irische Druidenpärchen holt die letzten Leute zu der Lichtung. Sein Vater zaubert die verbliebenen Utensilien die Sie bei einem Kampf benötigen, dort hin. Die beiden Anführer Pärchen stellen sich noch einmal zusammen, um zu beraten. Danach lassen sie alle zusammenkommen und verkünden: „Dass morgen Früh das Fest beginnen kann mit einem ausgiebigen Frühstück. Alle sollen trotzdem Wachsam sein, die Dämonen werden nicht aufgeben, wir müssen mit allem rechnen. Dann sieht sich Niklas nach Musti um, der kurz vorher mit seinen beiden Krankenschwestern gekommen ist. Er ruft die drei zu sich und fragt Kunigunde: „Ob man den Werwolf zumuten kann, eine kleine Runde um ihre Behausung zu laufen, er möchte alles sicher wissen." Die beiden persönlichen Pflegerinnen von dem Türken sind nicht gerade Begeistert und meinen: „Er soll gemütlich laufen und soll einen Begleiter dabeihaben." Niklas war ratlos, wen soll er zur Begleitung mitgeben, es gibt keinen weiteren Werwolf. Musti lacht und sagt: „Ich mache einen großen Spaziergang mit meinen Freund, ich hole ihn sofort ab." Das macht der Türke gleich und dieser stimmt natürlich zu.

Zur gleichen Zeit hat Jennie Mathias entdeckt, sie stehen zusammen und plaudern. Jennie schämt sich ein wenig, sie waren einer Meinung, dass Sie für einander bestimmt waren, aber das Schicksal hat es mit Ihnen anders gedacht. Mathias fragt sie zuerst, wie es ihr ergangen ist. Sie erzählt ihn ihre gesamte Lebensgeschichte: „Dass sie Beide am Anfang sehr verliebt und eine schöne aber anstrengende Zeit verbracht haben. Die letzten Wochen alles andere als schön waren und es eine sehr schlimme Erfahrung für sie ist. Sie würde ihren Werwolf am liebsten zum Mond und noch weiterschicken." Mathias hört seiner früheren Geliebten aufmerksam zu und sagt: „Egal was passiert ist, er wird für sie immer da sein. Er hat als Magier hart gearbeitet und sich wesentlich verbessert. Er kann bestimmt gut auf das Kind aufpassen und diesem vieles beibringen." Die junge Hexe ist ganz verwirrt, sie ist von diesen Sätzen von Mathias so hingerissen, sie spürt und hört, dass er sie immer noch liebt. Es herrscht zwischen ihnen eine ganz bestimmte Aura. Es braucht nur einen Funken und ihre Liebe ist wieder entfacht. Dieser Mann würde alles hinnehmen, was zwischen ihr und Mirko passiert ist, er würde alles vergessen und sie zurücknehmen. Die junge Hexe kann es nicht glauben, was der junge Magier auf sich nehmen würde.

Musti und Roland sehen beim Verlassen der Lichtung, die Beiden zusammenstehen. Darauf sagt Roland: „Ich denke mit Mathias hätte Jennie jetzt nicht dieses Drama." Musti gibt zu bedenken: „Dann würde es nicht das mächtige Kind geben." Roland setzt noch eins drauf: „Vielleicht meint das Schicksal den Beiden, es einmal gut." Der Werwolf sieht dabei seinen Freund fragend an und spricht: „Wie meinst du das?" „Das Schicksal geht manchmal eigenartige Wege", meint sein Geliebter. Musti hat begriffen und sagt: „Das kann man wohl sagen, aber jetzt müssen wir aufpassen, dass uns nichts Ungewöhnliches entgeht." Zugleich verwandelt er sich in einen Werwolf und läuft aufrecht neben seinem Freund. Ganz gemütlich und entspannt marschieren sie durch den Pinienwald, alle Sinne sind auf Anschlag eingeschaltet, nichts entgeht ihnen. Auf einmal sagt Roland: „Irgendetwas finde ich ungewöhnlich, ich kann nur nicht sagen was es ist." Musti meint darauf: „Ich verstehe nicht, immer merken die Anderen etwas, ich spüre gar nichts." Roland lächelt und lästert: „Bei dir könnte ein Elefant vorbeilaufen, den würdest du nicht bemerken, ich habe mit Niklas Kontakt aufgenommen." Musti bemerkt nebenbei: „Du hast recht, jetzt fällt mir auf, dass man gar nichts hört, kein einziges Tier, kein rascheln, als wenn die Natur den Atem anhält. Sehen wir trotzdem weiter und passen auf." Die beiden Druidenpärchen empfangen die Beiden und befragen sie genauer, sie meinen wie immer, dass sie beobachtet werden. Aber sie wollen, dass sie trotzdem ungetrübt feiern können, sie fragen sich, wer beobachtet uns, die beiden Dämoninnen mit Sicherheit nicht, vielleicht Diabolus selber? Niklas will, dass die Beiden noch vor dem Frühstück wie immer, eine weitere Runde drehen sollen.

Als sich die junge Hexe von ihren intimen Freund trennt merkt sie, dass sie noch viel für ihn empfindet. Sie spürt immer noch Liebe für ihn, sie kann ihn nicht vergessen. „Warum muss sie gerade jetzt diesen hübschen sympathischen Magier treffen", fragt sie sich. Sie ist jetzt total aufgewühlt, ihr wird heiß und kalt, sie muss jede Minute an ihn denken. Sie denkt sich: „Was ist nur mit mir los, ich will es nicht machen wie mein Mann, wenn ich meinen Gefühlen nachgebe, wird alles nur noch schlimmer und komplizierter." Die ganze Nacht geht ihr diese Liebe nicht aus dem Kopf, sie macht ein Wechselbad der Gefühle durch. Sie versteht ihre Gedanken nicht, sie kann diese nicht mehr Steuern. Ihre Liebe galt bis zu diesem Zeitpunkt nur ihrem Mann und dem ungeborenen Kind. Jetzt schleicht sich Mathias in ihre Gedanken.

Niklas verkündet kurz, dass sich morgen Früh alle zu einem ausgiebigen Frühstück treffen und wünscht Ihnen eine gute Nacht. Der Werwolf und Roland machen Sicherheitshalber vor dem Schlafengehen noch eine Kontrollrunde um die bewohnte Lichtung. Sie haben keine Ruhe gefunden, sie wollen sicher sein. Sie verspüren das gleiche Phänomen wie beim ersten Rundgang. Roland fragt sich: „Wer beobachtet uns." Er macht gleich wieder eine Berichterstattung an die Druiden, die nichts dazu sagen können, außer: „Schlaft gut."

Jennie ist in der Früh total gerädert, sie fühlt sich überhaupt nicht gut. Immer wieder ist sie aufgewacht, Albträume haben sie geplagt. In ihren Träumen kommt immer wieder ihr süßer Mathias vor, selbst in diesem Moment muss Sie an ihn denken. Dann meldet sich ihr Baby: „Mutter es droht Gefahr, ich spüre etwas kommen, wer ist das?" Sie will es sofort den Druiden mitteilen, aber sie kommt nicht mehr dazu. Kurz darauf ist ein großer Druck in ihrem Kopf und eine raue Stimme sagt zu ihr: „Guten Morgen Jennie." Großer Sarkasmus ist in dieser, Sie erkennt diese hässliche

Stimme, Sie hat sie gehört als der magische Zirkel einen anderen Dämon belauschte, es ist der mächtige Dämon Krypton. Er spricht weiter: „Eure Schonzeit ist vorbei, ihr habt die beiden dämlichen Dämoninnen besiegt. Um Tarantula und Samhain wird sich Diabolus kümmern, wenn er sie behält, sind sie kein großer Verlust, somit feiert ihr euren Sieg, es wird die letzte Feier sein. Denn wir, die Mächte des Bösen werden keine Ruhe geben, bis es euch nicht mehr gibt.

Schöne Grüße aus der Hölle." In diesem Moment fliegt ein Stein durch ihr Fenster, er glüht und raucht, sofort stinkt das ganze Haus furchtbar nach Schwefel. Jennie fragt sich: „Hat den Stein wirklich Krypton aus der Hölle zu Ihr geschickt? Sie fröstelt bei dem Gedanken, obwohl hier in der Türkei die Sonne scheint und etwas Wärme verbreitet. Jennie öffnet sämtliche Fenster und atmet die frische Luft ein.

Die Tür springt auf und die beiden Druiden stürmen herein. Außer Atem fragen sie was passiert ist und wollen wissen wer das war. Jennie erzählt alles ganz genau und zeigt auf den unheimlichen schwarzen Stein, der vor sich hin qualmt. Die beiden Frauen kommen dazu. Kieran zieht gleich seinen Zauberstab, und ruft „Marigat solum" ein Energiestrahl trifft den Stein, aber er liegt da wie vorher. Alle Blicke in diesen Raum sehen sich den Stein genauer an. Sie können nicht glauben, dass dieser nicht verschwunden ist. Aisling sagt: „Wenn wir ihn nicht vernichten können, dann müssen wir ihn eben ins All zurückschießen." Niklas Vater kommt, der bei solchen Angelegenheiten nie fehlen darf, seine Neugierde muss er befriedigen. Aisling will gerade den Zauberspruch aufsagen, da kommt der Alte zur Tür herein und ruft: „Wartet mal" Er sieht sich den Stein näher an und fragt Jennie: „Den hat Krypton dir geschickt?" Sie nickt nur. Er überlegt und räuspert sich dabei. Dann meint er dazu: „Ihr habt recht, der Stein muss verschwinden, wer weiß mit welchem mächtigen Zauber er diesen belegt hat. Er wird nicht so einfach zu entfernen sein. Aisling du wolltest ihn ins All befördern, versuch es." Aisling hat noch ihren Zauberstab in der Hand, zeigt darauf und ruft: „Kontakta" nichts passiert.

Der Alte meint: „Da muss schon etwas Kräftigeres her. Er spricht Kieran an: „Komme gleich wieder, muss nur mal nach Hause und kurz nachsehen," und verschwindet eilig. Ein paar Minuten später ist er zurück und grinst über das ganze alte Gesicht und sagt: „Hier habe ich etwas, das dürfte funktionieren." Holt seinen uralten Zauberstab hervor und richtet Ihn auf den Stein. Alle sehen den Alten gespannt an.

Aisling jammert ein wenig und stöhnt dabei: „Wir wollten längst beim Frühstück sitzen, bei uns kommt immer etwas dazwischen", fügt Hedda hinzu. Der Alte sagt daraufhin: „Ruhe, ich muss mich konzentrieren, so schlimm ist es nicht, verdammt ihr habt mich aus dem Konzept gebracht", und holt einen Zettel aus der Hosentasche. Sagt dann: „Ich werde auch schon Demenz" Liest die Notiz kurz und sieht dann auf den Stein, der Zauberstab zeigt ununterbrochen auf den Gruß von Krypton. Der Alte sagt sehr deutlich: „Kontakta sebata sula" alle sehen dabei gespannt auf das schwarze fremde Ding. Ein Strahl von dem alten Druiden hüllt diesen schwarzen Stein ein, er flimmert auf einmal ganz blau, wird kurz durchsichtig. Plötzlich gibt es einen lauten Knall und das schwarze Etwas schießt wie eine Rakete durch das Dach. Ein großes Loch in ihrer Behausung erinnert jetzt an den schwarzen Stein, der endlich für immer verschwunden ist. Alle Augen sind auf das große Loch im Dach gerichtet, blicken in den Sternenhimmel und sehen, dass ein Stern kurz hell aufleuchtet.

Der Alte lacht und meint zu Jennie: „Wenn es regnet musst du einen Schirm auf das Dach stellen und in der Nacht kannst du den Sternen Himmel sehen. Diese sieht den alten Zornig an und sagt: „Kannst du nicht aufpassen, alles machst du kaputt, wollen alle hier mein Haus abreißen." Sie zieht ihren Zauberstab und zeigt auf das Loch, zweimal ruft Sie: „Kontakta" und das Loch in der Decke und Fensterscheibe sind wie neu. Sie steckt ihren Zauberstab wieder weg und klatscht ein paarmal in die Hände, lächelt dabei den Alten an und sagt witzig: „Alles muss man hier selber machen, aber jetzt gehen wir endlich Frühstücken, sonst bekommen wir bald nichts

mehr." Jetzt müssen alle anwesenden lachen und gehen endlich
Frühstücken.

Die Anderen sitzen schon und warten auf die kleine Gruppe, sie Fragen was
ist denn geschehen? Alle haben es mitbekommen, als der Stein aus dem
Dach geschossen wurde. Das war das Stichwort für den Alten, er legte
sofort los und bringt seinen Mund nicht mehr zu. Sonst machte er seinen
Mund nie auf, aber heute ist er wie aufgedreht. Dieser Vorfall gibt den
magischen Zirkel viel Gesprächsthema und zu diskutieren.

Zurück zu Mathias. Der junge Magier hat wie Jennie eine schlaflose Nacht
hinter sich. Immer musste er an die junge schöne rothaarige Hexe denken,
an die erotische Nacht, die sie auf dem Brocken verbracht haben. Diese
Gedanken lassen ihn nicht mehr in Ruhe. Beim Frühstück, als die Schöne
aus ihrem Haus mit den Druiden herankommt, hängen seine Blicke an Ihr.
Trotz ihres großen Schwangerschaftsbauches lief Sie stolz und anmutig zu
den Tischen. In seinen Augen ist Sie immer die schöne Hexenkönigin. In
seinen Augen er will Sie wiederbekommen, er kann an nichts Anderes
denken.

Als Musti und Roland fertig gefrühstückt haben, gibt Roland seinen Freund
einen Wink und meint: „Machen wir einen Verdauungsspaziergang" und
verlassen schnell den Tisch und gehen. Die beiden Anführer bekommen
dies mit und heben ihren Daumen. Sie sind darauf gefasst, dass sie die
Fremde Aura spüren. Es hat sich nichts geändert, als sie zurückkommen
machen sie Meldung an ihre Anführer. Die Beiden sind nachdenklich
geworden. Niklas fragt seinen Freund Kieran: „Sollen wir wieder die
magische Kugel befragen? Bekommen wir heraus was diese mächtigen
Kreaturen ausbrüten? Kieran ist vorsichtig mit seiner Antwort: „Du weißt,
dass es nach hinten losgehen kann, dass sie womöglich damit rechnen. Wir
haben dann Verletzte und Tote zu beklagen, aber du hast recht, irgendetwas
müssen wir gegen die bösen Mistviecher unternehmen." „Nach dem sich bei
Jennie Krypton gemeldet hat, können wir davon ausgehen, dass Krypton

uns ausspioniert", meint sein Freund. Der irische Druide sagt dazu: „Aber was hat er vor? Warum macht er das? Bekommen wir nächstes Mal einen höheren Besuch? Was ist aus den beiden Dämoninnen geworden?" „Darum wäre es gut, dass wir spionieren", meint der Druide. Der irische Freund sagt darauf: „Guter Rat ist teuer, das müssen wir in einer kleinen Runde genauer besprechen.

Vielleicht sollten wir uns Musti und Roland anschließen bei diesen Rundgängen uns selber ein Bild machen. Ein bisschen die Füße vertreten würde uns nicht schaden." Niklas lacht und sagt: „Das machen wir heute Abend zusammen." Kieran muss lachen. Beide berichten es ihren Frauen, deren Gesichter daraufhin ein wenig besorgter aussehen. Aber Hedda sagt resolut: „Warum müssen wir mit dem Spaziergang bis zum Abend warten, wir können gleich nach dem Mittagessen losgehen. Wir wollen nicht den ganzen Tag hier sitzen bleiben." Ok, das können wir machen, ich habe nur gemeint, dass wir einen Ausflug nach Alanya machen und dort unsere Füße vertreten", meint ihr Mann. Wir gehen da auch nur in ein Kaffee", kontert Aisling. Ihr Mann lacht und nickt nur. Hedda spricht sofort als Anführer Frau ein Machtwort: „Ich würde sagen, nach dem Mittagessen laufen wir eine Runde und wenn es uns langweilig wird, dann können wir zur jederzeit in die Stadt." Alle stimmen zu und nicken mit dem Kopf.

Die Frauen bereiten dann ein kleines Essen, da das große Fest am Abend ist. Dass von den Gästen sehr angenommen wird. Aber es kommen von einigen Gästen Stimmen auf, dass sie nicht den ganzen Tag sitzen können. Diesen weihen die Eingefleischten ein, was sie danach vorhaben und warum. Alle Anwesenden stimmen zu.

Nachdem der Magen gefüllt ist, machen sich alle bereit, zu einem großen Spaziergang durch den schönen Pinienwald. Die beiden Reiseführer machen den Anfang und marschieren aus der sicheren magischen Kuppel. Sie müssen nicht weit laufen, sofort spüren sie die fremde Magie, es ist eine eigenartige Aura in der Umgebung. Gleich darauf gesellen sich die beiden

Druidenfrauen zu den Männern an der Spitze, um sich mit ihnen zu beraten. Alle der Wandergruppe verspüren die Magie, nur der türkische Werwolf ist der Letzte der es bemerkt und mault vor sich hin. Roland kann es daraufhin nicht lassen zu lästern und meint: „Musti, neben dir könnte Diabolus stehen, du würdest Ihn nicht bemerken." Das sorgte für ein großes Gelächter. Allen ist es unheimlich geworden. Roland fragt die beiden Druidenpärchen: „Sollen wir hier Krypton einfach ansprechen, ich wäre neugierig wie er reagiert?" Aisling antwortet sofort: „Gute Frage, vielleicht bemerkt er, dass wir Ihn spüren. Ich würde sagen, das besprechen wir sehr genau." Das können wir hier bereden, wir müssen nicht immer abwarten, wer weiß wie lange Krypton bereits wartet", spricht Roland etwas verschnupft aus. Ihre Freundin nimmt die irische Druidin in Schutz: „Wir haben eben vor diesen mächtigen Kreaturen großen Respekt, du weißt es, wir kennen nicht Ihre Absichten, können uns daher nicht leisten, etwas verkehrt zu machen." Roland bemerkt kleinlaut: „Einen unnötigen Kampf wollen wir auch nicht."

Niklas meint zu Roland: „Wir müssen Alanya schnellstens verlassen, wohin werden wir jetzt gehen?" „Ich werde mich mit Musti besprechen", antwortet Roland genervt. Irgendwie scheint es, dass Roland alles über den Kopf wächst. Da spricht der Druide Ihn noch einmal an: „Siehst du mein Junge, wie es mir geht. Verantwortung für viele Leute zu haben und sich keine Fehler erlauben können." Roland sagt daraufhin genervt: „Genau das ist der Punkt, ich habe geglaubt, hier finden sie uns nicht. Jetzt setzt uns wahrscheinlich Krypton unter Druck, am besten wir würden uns unter die Erde verkriechen. Ich weiß wirklich nicht, wo wir uns verstecken können." Musti lacht und sagt: „Vielleicht ist das die Lösung. Kappadokien heißt eine sehr alte verlassene unterirdische Stadt, die nur für Besichtigungen genutzt wird. Vielleicht können wir uns hier kurzfristig verstecken, Roland was meinst du dazu?" „Die Idee ist gut, aber diese mächtigen Kreaturen finden uns doch überall", sagt Roland genervt. „Aber vielleicht können wir uns endlich dadurch einen Vorsprung verschaffen", sagt Musti. Die beiden Druidenpärchen hören dieser Diskussion der Beiden mit großem Interesse zu. Der Türke redet weiter: „Dann können wir in das Gebirge, in einen

kleinen Ort, oder nach Ostanatolien, es gibt doch noch viele
Möglichkeiten." Aisling bemerkt: „Dass Jennie vorher noch zu Mikka und
Olivia muss." Jennie meint daraufhin: „Das mache ich sofort, wenn wir
zurück sind, dann kann ich nach meinem Mann sehen, wie es Ihm geht."
„Gute Idee, ich muss genau überlegen, wie wir vorgehen", sagt der Druide.
Aisling mischt sich ein: „Wir gehören aber auch dazu!" Ach, ich weiß nicht,
wo mir der Kopf steht", jammert Niklas. „Wir reden dann beim Kaffee,
denn unser Werwolf hat eine super Idee. Lass dich nicht Nerven, wir sind
auch noch da", spricht die irische Druidenfrau auf. Jetzt erscheint ein
Minilächeln auf dem alten Druidengesicht.

Als sie zurück sind, machen sich Sophie, Waldtraud und Jennie auf den
Weg, Olivia und Mikka einen Besuch zu machen. Der Rest der magischen
Gruppe setzt sich auf einen Kaffee zusammen, um zu beratschlagen. Die
drei Frauen sind schnell verschwunden und wollen natürlich am Abend
zurück sein um zu Feiern. Als alle einen Kaffee vor sich stehen haben,
erhebt diesmal Aisling das Wort: „Was gibt es diesmal viel zu diskutieren,
wir verschwinden schnell von diesem Ort, machen das was Musti gemeint
hat, dann sehen wir weiter. Dort können sie uns nicht sofort aufspüren und
dann geht es weiter, ohne Spuren zu hinterlassen." Mir gehen noch viele
Dinge durch den Kopf, wie eine magische Kugel aktivieren, können wir uns
weiter verteidigen, wir müssen stärker sein, wohin, wenn Jennie ihr Kind
bekommt", sagt Niklas besorgt. „Wir machen nach dem Essen einen großen
Verdauungsspaziergang, dann wird richtig gefeiert. In der Früh
verschwinden wir nach Kappadokien, wie der Ort heißt, was gibt es da zu
diskutieren, dort sehen wir weiter"; erklärt Aisling. Ihre Freundin Hedda
schreit daraufhin: „Genauso machen wir es" und schuppst ihren Mann und
sagt: „Schatz beruhige dich erst mal, sonst wirst du noch krank." Alle
bejubeln den Vorschlag. Roland hat aber noch eine Frage: „Reden wir über
Krypton, beim Spazieren gehen." Kieran überlegt und antwortet: „Hunde
die beißen, soll man besser schlafen lassen," ich denke, damit ist alles
gesagt." Niklas bemerkt: „Hoffentlich ist Mirko bald wieder einsatzfähig?"
„Lass es sein", sagt Kieran und schlägt ihm dabei auf den Kopf. „Das wirst

du früh genug von den beiden Ärzten erfahren" sagt seine Frau zornig. Jetzt ist der irische Druide ein wenig beleidigt und sagt: „Ich finde, dass du die ganze Verantwortung auf dich alleine nimmst, das finde ich nicht schön, wir haben hier auch etwas zu sagen oder sind wir umsonst hier. Wir wollen mehr eingebunden werden, sodass du etwas entlastet bist. Wir haben genauso Verantwortung über das Keltenvolk. Am Anfang haben wir alles besprochen, jetzt willst du auf einmal alles alleine entscheiden. Was ist los mit dir, wir sind Befreundet und haben uns immer alles gesagt. Ich würde vorschlagen, in der unterirdischen Stadt machen wir eine Versammlung und Besprechen alles." Alle stimmen zu. Kleinlaut sagt der alte Druide: „Hast ja recht, ich will dich nicht mit allem Belasten."

Hedda schuppst ihre irische Freundin und spricht Sie an: „Wir müssen einiges für den Abend vorbereiten." Aisling springt auf und ruft: „Leute wir müssen unsere Feier vorbereiten, lasst uns anfangen." Alle stehen auf und eilig wird der Grill angefeuert und Fleisch und Würste hergerichtet, Salate gemacht, dabei geben die beiden Druidenfrauen den Ton an und versuchen alle Arbeit gerecht zu verteilen. Es wird mit einer Freude gemacht, dass es eigentlich keine Einteilung braucht. Die beiden Anführerinnen sehen wie ihre Männer zusammenstehen und Diskutieren. Sie beobachten wie Kieran, Niklas auf die Schulter klopft und sich die Hände reichen und endlich Beide lachen. Die Frauen gehen auf ihre Männer zu und bemerken: „Ist endlich alles in Ordnung, schaut hier her, alle machen ihre Arbeit, ohne dass Groß was gesagt werden muss. Ich denke, wir Frauen nehmen das Regiment, dann läuft alles viel ruhiger und niemand muss sich Sorgen machen." Diesmal überlegt Kieran laut: „Regiment????, das ist es, wir vergeben einige Aufgaben an unsere Leute, wie zum Beispiel Waffen an Roland und Vani usw." Sein Freund sagt: „Das hört sich gut an, wie so eine Art Minister." „Genau, da Diskutieren wir noch darüber", meint der Ire und lacht dabei. Sein Freund scheint jetzt sichtlich entspannter zu sein und sagt: „Darauf trinken wir heute Abend ein Bier." Die Frauen in einem Ton: „Aber nicht zu viel von diesem Gebräu."

Die drei Hexen kommen vor dem Haus des Ärztepaares an. Hier öffnet sich die Tür und Olivia sagt: „Wir haben euch erwartet." Jennie will wissen, wie es ihrem Mann geht und Olivia antwortet daraufhin: „Den Umständen entsprechend gut, er hat keine Schmerzen mehr, und sie bittet die Hexen zu sich herein. Einen Moment später kommt Mikka und fragt die werdende Mutter: „Wie geht es dir?" Jennie sagt: „Den Umständen entsprechend gut, kann ich meinen Mann sehen?" Die Beiden führen die drei Hexen in das Krankenzimmer. In einem Bett liegt der verletzte Werwolf mit einem höher gelegten Bein, das geschient ist. Mirko freut sich riesig, als er seine Frau sieht und sagt: „Schön, dass ihr mich besucht." Jennie geht zu Ihm und flüstert Ihm zu: „Du Armer, jetzt bist du ans Bett gefesselt und gibt Ihm einen Kuss auf die Wange." Der Arzt erklärt: „Die Heilung verläuft sehr gut, aber ein paar Schwierigkeiten sind vorhanden. Es könnte sein, dass er für immer humpeln wird, aufstehen kann er vielleicht bald. Die Hüftknochen werden Schwierigkeiten bereiten, aber wir werden unser bestes tun. Wir können noch nicht mit hundertprozentiger Sicherheit sagen, ob dein Mann bis zur Geburt deines Kindes fit ist." Seine Frau sagt ängstlich: „Wir werden jeden Mann brauchen?" Olivia meint: „Wir können keine Wunder vollbringen, wir werden unser bestes vollbringen, wir tun was wir können." Der Werwolf hört mit großer Sorge alles genau mit und meint: „Egal wie es mir geht, ich bin auf jeden Fall bei der Geburt anwesend und wenn ich auf Krücken kommen muss und kämpfen. Ich verspreche, ich werde für das Kind da sein." Die junge Hexe sagt ironisch: „Hoffentlich kannst du dein Versprechen einhalten, denn genau das ist es, was ich von dir erwarte." Olivia meint: „Wir werden irgendwie dafür sorgen, dass du deine Pflicht wahrnehmen kannst." Mirko, jetzt musst du uns kurz entschuldigen, wir müssen nach deiner Frau und dem Kind sehen, wir kommen noch mal zu dir", meint der Arzt. Der Werwolf nickt niedergeschlagen.

Sie gehen zusammen ins Behandlungszimmer. Jennie macht automatisch ihren Bauch frei und legt sich auf die Bank. Mikka fährt langsam mit der Hand über ihren Bauch, grinst zufrieden aber wissend??? Und nickt seiner

Frau zu. Die werdende Mutter fragt sofort energisch nach: „Ist irgendetwas, was sollte ich wissen?" Nichts Schlimmes, aber du wirst es bald zu sehen bekommen, alles ist in bester Ordnung", meint Mikka und lacht geheimnisvoll. Olivia lacht ebenso geheimnisvoll. Sophie und Waldtraud sehen sich fragend an und fragen sich, was los ist. Jennie sagt daraufhin: „Mein Kind sagt mir, dass ich eine Überraschung bekommen werde, sagt mir bitte, was ist es?" Olivia sagt grinsend: „Es ist eine sehr schöne Überraschung." Ihrer Mutter bleibt der Mund offen und ihre Freundin bekommt große Augen, aber sie verraten nichts. Die junge Hexe setzt sich auf, sieht verdutzt in die Runde und fragt? „Ihr wollt mir wirklich nicht verraten was los ist, wollt ihr mich verarschen." Langt sich dabei an ihren Bauch und sagt besorgt: „Ich glaube, dass ich bald die ersten Wehen bekomme, bald kommt das Kind auf die Welt. Wir haben vor lauter Dämonenstress keinen Kochkurs gemacht, denn ich will eine gute Mutter sein." „Ich bin für dich da und mein Mann, wir schaffen das zusammen", kommt es von ihrer Mutter und umarmt sie dabei fürsorglich. Jetzt kann Jennie lachen. Mikka sagt: „Ich habe mir bei der letzten Untersuchung gedacht, dass dieses Kind nicht mehr lange auf sich warten lässt, gebt uns auf jeden Fall uns rechtzeitig Bescheid. Wir sind dann sofort bei Euch, egal wo ihr Euch befindet."

Olivia lächelt und meint: „Ihr wisst was auf Euch zukommt. Waldtraud sagt: „Kaffee und Kuchen." Olivia meint dazu: „Diesmal, ausnahmsweise in Mirkos Zimmer, wir wollen den Armen nicht alleine lassen und in Unwissenheit belassen. Sie drängt ihre Freunde in das Zimmer und bringt das Kaffeegeschirr. Der Werwolf will sofort alles wissen und Jennie berichtet Ihm. Von der Überraschung erzählt sie Ihm nichts. Diese will sie selbst herausbekommen, aber wie? Das Kind wird es Ihr nicht verraten. Aber Sie denkt, sie wird es bald erfahren. Sophie lässt es sich beim Kaffee trinken nicht nehmen, Sie aufzuklären, wie sie sich um Sie und ihrem Kind kümmern will. Waldtraud sagt jetzt energisch: „Eine gute Freundin besitzt Sie auch noch." Sophie lacht und klopft Waldtraud auf die Schulter und sagt: „Ja, dann kann nichts mehr schiefgehen." „Wir sind gute

Kinderärzte" ruft Olivia dazu. Wieder war ein fröhliches Gelächter und jetzt sind sie eine lustige Runde beim Kaffee trinken. Waldtraud sagt dann mahnend: „Wir müssen bald wieder zurück zu unserem Fest, wollt ihr nicht auf ein paar Bierchen mitkommen." Mikka fragt Jennie: „Können wir deinen Werwolf ein paar Stunden alleine lassen?" Sie meint: „Was soll er denn anstellen?" Olivia bedauert Mirko: „Der Arme, leider kann er nicht mitfeiern." Mirko sagt: „Aber nach der Geburt, hole ich alles nach, ein Bierchen könnt ihr mir mitbringen." „Eins ist genehmigt", sagt schnell Mikka. Jennie gibt ihrem Mann einen Abschiedskuss auf die Wange und sagt: „Werde schnell gesund." Die Frauen verabschieden sich und gehen nach draußen, Mikka und Olivia machen sich schnell fertig und folgen. Sie stellen sich zusammen und verschwinden zum großen Fest, hier werden sie herzlich empfangen.

Als die Frauen sehen, dass die drei Frauen und das Ärztepaar zurück sind, kommen sie zu ihnen gelaufen um zu erfahren, was es Neues zu berichten gibt. Sie befriedigen die Neugierde der Frauen. Als nächster der sich zu der Gesprächsrunde gesellt ist Niklas. Der Druide will natürlich wissen, wie die Genesung von Mirko fortschreitet und wann er voraussichtlich einsatzfähig ist. Das Ärztepaar gibt ihm bereitwillig, aber vorsichtig Auskunft, worüber Niklas nicht sehr erfreut ist. Hedda bittet dann alle zu Tisch und rügt ihren Mann: „Jetzt ist Mirko gerade ein paar Stunden bei Olivia und Mikka und du fragst wie seine Heilung vorangeht, sie können keine Wunder vollbringen." Ihr Mann verteidigt sich: „Fragen kann man, vielleicht gibt es Komplikationen." Niklas sieht nicht glücklich aus und setzt sich neben Kieran. Der natürlich ebenso alles wissen will und meint: „Wir können nur hoffen, dass er wieder der Alte wird. Wir brauchen Ihn beim nächsten schweren Kampf, der mit Sicherheit nicht lange auf sich warten lässt. Sprechen wir darüber später jetzt wird erst mal der Sieg gefeiert."

Die beiden Druiden stehen zusammen auf und sehen sich an, tuscheln zusammen, nicken und dann schreien sie es zusammen hinaus: „Jetzt feiern wir den Sieg über Samhain und Tarantula bis zum Abwinken." Ein Jubelschrei kommt von allen Kehlen der Anwesenden. Dann rufen sie wieder den Siegesruf der Kehlten. Niklas Vater ruft: „Der Dämon der uns beobachtet, soll vor Neid erblassen." Alle stellen sich an und holen Ihr Essen und Trinken. Ein ausgelassenes Fest beginnt, plötzlich wird es kalt ein starker Windstoß weht über ihre Köpfe. Sofort springen alle Leute auf und ziehen ihre Zauberstäbe. Ein totales Chaos herrscht, alle rennen durcheinander. Von einer geordneten Verteidigung ist absolut nichts zu sehen. Ein gewaltiger Kugelblitz fährt vom wolkenlosen Himmel und trifft auf die magische Kuppel. Mit einem ohrenbetäubenden Knall, um die Kuppel zeigen sich elektrische Entladungen. Alle ducken sich und fragen, wird die magische Kuppel standhalten? Alle rennen wild durcheinander um Waffen zu holen. Dann Atmen sie zusammen auf, als der Blitz nichts angerichtet hat und fragen sich, was war das? Dann folgt eine Minutenlange unheimliche Stille. Trotzdem herrscht eine panische Stimmung, jeder hat Todesangst und fragt sich, was ist das für ein Dämon? Was für ein Spiel spielt er? Was hat er als Nächstes vor? Jeder steht jetzt mit einer Waffe da und wartet auf den Angriff. Alle haben sie ihre Zauberstäbe gezogen und erwarten den ungewissen Angreifer. Die beiden Druidenpärchen stehen inmitten der Kugel und die Anderen im Kreis herum, verängstigt sehen sie sich immer wieder um.

Dann, auf einmal hören sie ein wohl bekanntes lachen, zuerst sehr leise, dann schwillt es zur Unerträglichkeit an. Daraufhin in der gleichen fürchterlichen Lautstärke, dass sich alle ihre Ohren zuhalten, schreit der mächtige Dämon zu ihnen: „Ich wollte nur etwas zum großen Fest beitragen, ein richtiger Knaller, es wird wie ich der jungen Hexe gesagt habe, sicher Euer Letztes sein, ich werde nicht vor Neid erblassen." Danach war unheimliche Stille, sie fragen sich, war das jetzt alles oder kommt noch etwas Unerwartetes. Dann gehen Sie ganz vorsichtig und sich immer wieder umsehend zu ihren Tischen. Niemand traut dem Frieden. Alle holen ihr Essen und Trinken, aber es wollte keine richtige Stimmung mehr aufkommen. Immer wieder gehen die Blicke der Leute rundherum und nach oben. Olivia und Mikka verabschieden sich bald und nehmen für Mirko auch ein Bier mit.

Kieran kann es nicht mitansehen, steht auf und schreit: „Wollen wir uns von so einem grässlichen Dämon unsere Feier vermiesen lassen" und hebt sein Horn hoch. Zuerst steht die gesamte irische Gruppe auf und Sie heben ihre Hörner. Langsam stehen alle weiteren auf und sie folgen dem Iren. Sie rufen zusammen den Schlachtruf der Kelten. Jetzt war das Eis gebrochen und sie Feiern richtig zusammen. Die Hexen schwingen sich auf ihre Besen und fliegen wild durch die Kuppel. Nur Kieran, der zu seinem Druidenfreund geht und fragt: „Sollen wir noch eine Runde laufen." Niklas antwortet: „Schaden würde es mit Sicherheit nicht und morgen Früh verschwinden wir von hier." Musti und Roland fragen, als sie sehen, dass die Beiden eine Runde laufen wollen, gesellen sich dazu und laufen mit. Kieran fragt: „Dahin wo Musti meint?" Niklas antwortet: „Ja, und dann geht`s weiter." Musti korrigiert: „Kappadokien heißt der Ort." Sie spüren alle zusammen, dass diese schreckliche unheimliche Aura immer noch besteht. Kieran fragt: „Warum hat dieser Dämon uns nicht richtig angegriffen?" Roland antwortet diesmal: „Vielleicht will Diabolus immer noch, dass die beiden Dämoninnen ihr Werk zu Ende bringen, oder er hat Andere vorgesehen?" Niklas sagt verärgert: „Auf jeden Fall, nur Weg von hier." Kieran lacht und legt seinen Freund eine Hand auf die Schulter und meint: „Wenn wir zurück sind, trinken wir zusammen ein paar Bier," in diesem Sinne sind sich alle einig. Sie setzten sich dann an einen Tisch und Sepp war der Erste, der den durstigen Blick der vier Neuankömmlinge sieht und hat schon das Nötige besorgt. Nun wird kräftig auf die Freundschaft und den Sieg angestoßen und das flüssige Gold die Kehlen hinuntergeschüttet. Ein paar Frauen gesellen sich dazu, die zu den kühlen Hörner greifen und das herbe Bier trinken. Nur die junge rothaarige Hexe hält sich zurück, sie will ihrem Kind nicht schaden. Sie meint, das kann ich nach der Geburt nachholen. Ein paar Hexen halten sich in der Luft auf, halten ein Horn in der Hand und trinken auf ihren schnellen Besen. Sie kreischen, jubeln und fliegen ganz ausgelassen umher. Schorsch hat sich jetzt zu Sepp gesetzt, sie unterhalten sich sehr angeregt auf bayrisch.

Die Frauen haben ihre eigene Runde gebildet. Als die Frauen einiges getrunken haben und beschwipst sind, hat ausgerechnet Kunigunde eine ausgefallene Idee, sie wollen sich auf die Besen schwingen und ein bisschen ausgelassen umherfliegen. Die Frauen trinken noch ein Schnäpschen und schwingen sich auf ihren Besen, Kunigunde, Waldtraud und Märta wollen wegfliegen, erst wie wild durch die Kuppel, dann wird es ihnen einfach langweilig. Waldtraud schreit: „Lasst uns eine Runde über Alanya fliegen." Kunigunde sagt lachend: „Das machen wir," Sie merken nicht durch den vielen Alkohol, dass es in der Nacht sehr kühl ist. Jennie sieht ihren Freundinnen wehmütig hinter her. Als Sie dann sieht, wie die 3 Hexen die sichere Kuppel verlassen, wird Sie unruhig und schreit zu ihrer Freundin: „Die blöden Hexen verlassen die sichere Kuppel, wenn der Dämon diese Situation ausnutzt, dann sind sie verloren." Hedda sieht ihnen nach und gibt Aisling ein Zeichen. Obwohl auch Sepp einige der guten Hörner gelehrt hat, bemerkt er, dass seine Frau mit ihren Freundinnen die Kuppel Richtung Stadt verlassen haben. Sepp springt auf, kann diesmal nicht anders und sagt im Zorn in seinem Münchner Dialekt: „Ham dia Waiber nuar Stro im Hirn. (Haben die Frauen nur Stroh im Hirn)." Aisling und Hedda holen sofort ihre Besen und schreien Sophie und Jennie zu: „Ihr bleibt hier, denn wenn ihr mitfliegt, dann greift der Kerl sicher an. Sie fliegen nicht hinterher, sie verlassen die Kuppel, bleiben aber in Sichtweite. Sepp nimmt sofort mit seiner betrunkenen Frau Kontakt auf und versucht sie zum Umdrehen zu bewegen. Niklas und Kieran springen auf, nehmen mit ihren wichtigen Mädels Kontakt auf und können nicht glauben, dass sie so unvorsichtig sind. Die ganze Clique kommt in Bewegung, alle sind sofort in Alarmbereitschaft. Alle stehen und sehen in die Richtung in der Sie verschwunden sind und schütteln ungläubig den Kopf und winken ab. Anscheinend hat Sepp keine gute Nachricht von seiner rothaarigen Hexe bekommen, da nimmt er zornig sein Bierhorn und schüttet das Bier in einem Zug in seine Kehle. Er knallt dann das Horn mit voller Kraft auf den Tisch, dass es zerbricht, so kennt man den Münchner nicht. Seine gemütliche Bier Ruhe ist mit einem Schlag dahin. Was hat wohl Waldtraud ihrem Mann erwidert?

Die drei Hexen fliegen zielstrebig auf Alanya zu. Lachen, kreischen, fliegen Loopings und genießen die Aussicht auf die schöne Stadt. Sie drehen eine ausgedehnte Runde über der Stadt. Waldtraud schreit dabei: „Es ist genauso schön hier zu fliegen, wie in einer lauen Sommernacht über den geschlossenen Berliner Flughafen. Fliegen wir besser zurück unsere Männer machen sich sonst sorgen." Dann drehen sie eine lange Kurve und geben richtig Gas, um zurückzufliegen, zu ihren Partnern. Plötzlich sehen die Hexen wie sich der Himmel Blutrot verfärbt, in diesem rot pulsiert es, wie in einem Herz. Waldtraud bekommt einen schrecken, dass Sie fast vom Besen fällt, Sie krallt sich wie versteinert daran fest, gibt den Besen die Sporen, holt alles aus ihm heraus und schreit den anderen Beiden zu, schnell zurück, Krypton will uns angreifen. Die drei Hexen sitzen bleich auf ihren Besen und beten, dass sie es schaffen, zurückzukommen. Von weitem sehen sie, dass zwei andere Hexen in der Luft sind und auf sie warten. Mit voller Geschwindigkeit rasen die 3 auf die Beiden zu. Das Lachen ist den Dreien im Hals stecken geblieben. Sie fliegen um ihr Hexenleben, Todes Angst beherrscht Sie, jeden Meter den sie näher an die Kuppel kommen, lässt sie hoffen. Auf einmal öffnet sich der blutrote Himmel und eine riesige Hand fährt heraus und greift nach den drei Hexen.

Als die beiden Druidenfrauen mitbekommen was am Himmel vor sich geht, ziehen sie sofort ihre Zauberstäbe und fliegen ihnen entgegen. Sie sehen wie sich die Wolke öffnet und eine riesengroße Hand herauskommt, bleibt den Beiden das Herz fast stehen und hoffen, dass die drei Hexen es schaffen, zurück zu kommen. Sie sind Einsatzbereit. Eine große Wut überkommt sie, wie Blöd muss man sein, den Dämonen sich so zu präsentieren.

Als Roland, Schorsch und Vani sehen wie sich der Himmel verfärbt, springen sie auf und besorgen schnell ihre Utensilien, die schon bereitliegen. Er legt sich sofort eine seiner Raketen bereit. Er schreit zu Vani, die wird den Himmel nicht erreichen. Was sie nicht sehen können, Niklas und Kieran stehen Einsatzbereit hinter ihnen und haben alles beobachtet. Kieran schreit ihnen zu: „Zünde an, wir zaubern sie näher heran." Schnell hat sich Roland gebückt und seine Rakete angezündet. Als die Lunte brennt, hat Kierans Energiestrahl die Rakete erfasst und Richtung Himmel katapultiert. Am Himmel zündet die Rakete und fliegt weiter, direkt zu ihrem Ziel. Niklas schreit Vani zu: „Auf was wartest du, schieß endlich" und Vani reagiert sofort, hat den Bogen und Weihwasserpfeil in seinen Händen, spannt und schießt, diesmal hat Niklas den Pfeil Richtung Himmel geschleudert.

Den drei Hexen steht Schweiß auf der Stirn, als sie die riesige Knochenhand vor sich sehen, glauben sie, dass es mit ihnen aus ist. Sie versuchen noch einen Hacken zu schlagen und glauben zu hören, wie eine hässliche Dämonenstimme direkt aus der Hölle schreit: „Jetzt ist es mit Euch Hexen vorbei, ihr wollt es nicht anders, ihr habt es selber herausgefordert, ihr habt heute den sicheren Tod gewählt." Die Knochenhand ist so groß, dass es den Frauen schwarz vor den Augen wird, ein Todesschrei entkommt den drei Hexen. Aber mit ihren Hacken haben sie es geschafft auszuweichen, sie sehen wie die Hand schnell nach korrigiert und sich die Finger bewegen, sich schließen und um sie einzufangen. Dann sehen alle drei einen Feuerschweiß auf sich zufliegen und es explodiert etwas. Gleich denkt Waldtraut das ist Rolands Rakete. Sie spürt ein paar Tropfen auf ihrer Haut. Dann sieht sie ein blitzen wie Silber und irgendetwas ist geplatzt an der gruseligen Dämonenhand und nochmal spürt sie kühles Nass. Die Hand vor Ihr zuckt auf einmal heftig und verkrümmt sich. Damit können die Hexen doch noch ihren Hacken vollenden. Die verkrümmte Knochenhand hinter sich lassen und ihre gefährliche Luftfahrt fortsetzen und Sie sehen ihr sicheres Ziel näherkommen. Die beiden Druidenfrauen kommen ihnen entgegen und nehmen sie in die Mitte und fliegen gemeinsam in die Kuppel.

Der treue mitdenkende Schorsch sorgt schnell für Nachschub und legt eine weitere Rakete und einen Pfeil zurecht. Kieran und Niklas schießen sofort nach und sehen, dass ihre drei Hexen die ungewöhnliche Hand umfliegen können und somit die beiden Anführerinnen erreicht haben.

Die drei Hexen hören hinter sich ein zischen, sie wissen, es kann sich nur um eine weitere Rakete von Roland handeln, drehen sich kurz um, sie wollen sehen was diese anrichtet, denn auch ein Pfeil ist unterwegs. Die Hexen bleiben in der Luft stehen. Eine Explosion können sie sehen, darauf einen Energiestrahl und ein Silber blinken, direkt neben der zuckenden verkrümmten Riesenhand. Der Himmel blitzt kurz auf, das Pulsieren hört auf, das blutrot verfärbt sich und zieht sich zusammen in ein helles grau, die Hand ballt sich kurz zu einer Faust und dann ist kurz am Himmel ein umgekehrter Stinkefinger zu sehen. Dieser gleich darauf langsam im grauen Nebel verschwindet. Ein elektrisches Knistern ist zu hören. Zu sehen ist eine dunkle lange Röhre, die dann bis ins Universum reicht. Danach zieht auch diese sich zurück in den schönen Sternenhimmel. Dann ist es wieder still, alle sehen sich um und können nicht glauben, dass der Spuk endlich vorbei ist. Ein Jubel bricht aus, sie tanzen, umarmen sich und hüpfen dabei.

Kunigunde und Waldtraud sind in sich gekehrt, Märta ist noch verängstigt. Dann zucken die drei Hexen noch einmal völlig zusammen. Aisling schreit die Drei mit ihrer kräftigen irischen Stimme an: „Was habt ihr Euch bei dieser Aktion gedacht, seid ihr nur noch blöd, wollt ihr unbedingt Selbstmord begehen. Hat euch irgendetwas in euer Hexenhirn gekackt. Aber schnell in die Kuppel." Hedda schüttelt nur noch den Kopf.

Als die drei Hexen von ihren Besen steigen, stürmt der Münchner Hexenmeister als erster zu seiner Frau, packt sie zornig an den Schultern, schüttelt sie und schreit sie an: „Was hast du dir dabei gedacht, ich habe geglaubt du kennst die Dämonen." Waldtraud lacht Sepp an und sagt: „Du hattest Angst um mich, das ist süß, ich habe dich aus der Fassung gebracht, ich kann es nicht glauben." Ja, ich habe mir große Sorgen um dich gemacht, ich habe nicht gedacht, dass ihr so unvernünftig seid, wie kleine Kinder, mache das nie wieder", sagt Sepp und sieht Ihr dabei ernst in die Augen. Waldtraud sagt: „Ich muss dir leider recht geben. Ich weiß nicht was in uns gefahren ist. Ich glaube in dem Moment war unser Hirn ausgeschalten. Als wir die Hand sahen, hatten wir nur noch Angst, um unser Hexenleben, das ist uns eine Lehre." Sepp lacht, lässt sie dabei nicht los und spricht: „Das glaube ich gerne" und küsst sie innig. Als sie sich voneinander lösen sagt Waldtraud lächelnd: „Alles andere besprechen wir im Bett, ich bin für eine weitere Wiedergutmachung." Vielleicht Reizwäsche? meint ihr Mann. Jetzt kommt von Ihr ein bisschen genervtes: „Ja, wenn es so sein muss."

Kunigunde wurde von ihren Vani genauso empfangen, auch er schimpft mit seiner Freundin und meint: „Wie sollen wir viele Kinder bekommen, wenn du so einen großen Blödsinn machst." Sie lacht und meint wie Waldtraud: „Du hast dich um mich wirklich Sorgen gemacht?" „Und wie", kommt es von ihm und auch sie küssen sich. Alles Weitere meint Sie besprechen wir in unserem Bett. Vani grinst: „Ich freue mich schon darauf."

Schorsch steht nur da, seine Arme hängen herunter und er sieht Märta fragend an und sagt: „Was war das für eine Aktion, ich darf eigentlich dazu nichts sagen, du bist nicht meine Frau. Trotzdem hast du mich in Angst und Schrecken versetzt, mache bitte so was nie wieder." Die Hexe sieht ihn verwundert an und kann irgendwie nicht glauben, was er Ihr gesagt hat. Minuten lang sieht Sie Ihn an und lächelt, geht ein paar Schritte auf Ihn zu, nimmt Ihn in den Arm und flüstert Ihm zu: „Ich sehe es dir an du hast wirklich Angst um mich gehabt" und küsst Ihn ganz leicht auf den Mund. Sie sieht Ihn dabei tief in die Augen und küsst Ihn noch einmal, dann küssen sie sich sehr innig und Minutenlang. Als sie sich wieder lösen sagt Sie zu ihm: „Heute darfst du bei mir schlafen und ab jetzt auch etwas sagen." Sofort nimmt Schorsch Sie nochmal in seine Arme und sie küssen sich noch lange.

Alle sehen, was bei den Beiden abläuft und schauen ganz ungläubig hin, als sie sich küssen, kommt großer Jubel und Gejohle auf. Dann kommt ein Ruf aus der Menge, aber jetzt wird richtig gefeiert. Niklas und Kieran setzen sich zusammen hin und sagen: „Wir haben es mal wieder geschafft" und als sie sehen wie sich die zwei Küssen, lachen sie und sagen: „Wir haben jetzt richtig was zu feiern." Kieran sagt zu seinem Freund, als sie mit ihren Hörnern anstoßen und trinken: „Wir müssen uns etwas überlegen, heute hat nichts von einer organisierten Verteidigung gesehen, alle sind nur panisch wild durcheinander gerannt." Niklas antwortet diesmal gelassen: „Wir machen morgen, wenn wir in Kappadokien sind, auf jeden Fall eine Versammlung. Ich frage mich, warum hat Krypton uns nicht weiter angegriffen, dieser mächtige Dämon hätte es mit Leichtigkeit tun können?" Kieran meint dazu: „Entweder es ist etwas Anderes geplant, oder Andere haben die Aufgabe, er wollte wahrscheinlich nur unsere drei leichtsinnigen Hexen haben und uns damit ein wenig schwächen." Ich bin auch deiner Meinung, spülen wir den Tag herunter, Feiern unseren Sieg und auch das neue verliebte Paar." Dann kommen ihre beiden Frauen dazu, küssen ihre geliebten Männer und sagen: „Habt ihr unsere Beiden neuen Turteltäubchen gesehen?" Sie bringen gleich 2 volle Hörner mit und stoßen mit ihren Männern an. Jetzt war nur noch ein Thema am Tisch „Märta und Schorsch." Hedda sieht Niklas streng an und meint: „Halte dich ein wenig zurück."

Jennie sitzt indessen mit Mathias zusammen und sie reden sehr intensiv miteinander. Dabei sie immer seine Hand zärtlich hält. Dann stehen sie auf und machen Hand in Hand einen Spaziergang. Jetzt haben die Frauen ein neues Thema zum Tuscheln. Sie schauen sich immer wieder um, ob sie beobachtet werden und wie sie beobachtet werden von den neugierigen Hexen und Freundinnen. Als die Beiden sich sicher glauben vor neugierigen Blicken, stellt sich die junge Rothaarige vor ihrem Liebhaber hin und sie küssen sich sehr lange. Sie kann es einfach nicht ungeschehen machen, dass sie einmal Mathias geliebt hat. Als sie dann zu den Tischen zurückgehen bemerken die Beiden, dass sie von den Frauen fragend angesehen werden. Jennie spürt die Blicke gerade von Waldtraud und ihrer Mutter. Aber sie weiß selber nicht was sie will, wenn Mirko nicht Ihr so etwas angetan hätte, wäre Sie nie auf diese Gedanken gekommen, es wäre nie für andere Gefühle Platz gewesen. Sie fragt sich selbst, was mit Ihr und ihrer Umgebung vor sich geht. Sie weiß nicht, ob sie für ihren Mirko noch große Gefühle haben kann. Sie weiß nicht, ob Sie Mirko noch verzeihen und lieben kann? Aber sie weiß, dass für Mathias immer noch Gefühle da sind und dass er Sie immer noch liebt. Jennie hat zu ihm vertrauen, dieses Band ist bei Mirko komplett gerissen. Mathias wird zu den Männern gerufen um mit ihnen ein paar Bier zu trinken. Jennie muss sich zu ihrer Mutter und Waldtraud setzten, Sie kann sich einiges anhören, Sie darf sich nicht auf die gleiche Ebene stellen wie Ihr Mann das getan hat, dann ist Sie nicht besser als er. Sie verteidigt sich damit, dass eigentlich nichts passiert ist. Ihre Freundin Waldtraud kann sie ein bisschen verstehen, denn sie weiß, dass sie Mathias wegen Mirko verlassen hat. Sophie versteht nun den Zusammenhang etwas anders, Sie meint nur: „Sie soll nichts überstürzen, Sie selbst muss wissen was sie tut und das Schicksal hat oft eigene Gesetzte und geht eigene Wege, die man nicht erträumt hat."

Nach Mitternacht meinen die beiden Anführer, dass sie alle zu Bett gehen sollen, denn sie wollen früh aufbrechen nach Kappadokien. Mathias steht auf und geht zu seiner Freundin und begleitet sie zu ihrem Quartier. Sie bleiben sehr lange vor ihrer Türe stehen und sehen sich verliebt in die Augen. Mathias nimmt sie noch einmal fest in den Arm und sie küssen sich. Dann sagt Jennie zu ihren Liebsten: „Wenn das Kind nicht wäre, dann würde sie ihn vielleicht hereinbitten, es ist kurz vor der Geburt und so kann sie nicht." Mathias versteht und ist trotzdem ein wenig traurig, er hat sich so gewünscht, dass er diese Nacht bei seiner Traumfrau verbringen kann. Wieder muss er auf seine Geliebte warten. Mit gesenktem Kopf geht er alleine zu seinem Haus, muss alleine ins Bett und muss alleine zurück zum Brocken. Aber er will sie nicht aufgeben.

In aller Frühe vor seinem Dienst holt Koni seine Zeitung aus dem Briefkasten, er liest sie zu seinem Frühstückskaffee. Seine Freundin Hermine, die Mutter von Mathias, kommt dazu nachdem sie sich frisch gemacht hat im Badezimmer und holt sich gut gelaunt ihren Kaffee. Sie gibt nebenbei ihrem Freund einen Gutenmorgengruß. Ein Bericht in der Zeitung in der Sparte aus aller Welt fällt Koni auf, er schmunzelt über ein Phänomen in Alanya, es sind fliegende Hexen auf einem Besen gesichtet worden. Es gab sogar ein Foto, da ist gut Waldtraud zu sehen. Hermine fragt ihren Freund: „Warum lachst du." Koni sagt: „Sieh dir den Bericht an, ich denke da erkennst du jemanden." Sie lacht: „Das ist ja Waldtraud, was machen die in Alanya, da möchte ich sein, da ist es bestimmt viel schöner, wärmer und auch das schöne Meer. Beide lesen den Bericht zusammen fertig. Als sie dann von dem roten Himmel und der riesigen Hand lesen, wissen sie, dass Dämonen im Spiel waren. Die Hexe sagt daraufhin: „Jennie wird bald ihr mächtiges Kind bekommen, sie sind bestimmt vor den Dämonen auf der Flucht. Ich nehme gleich heute Abend mit Waldtraud Kontakt auf, vielleicht können sie Hilfe gebrauchen.

Kapitel 16
Die Hölle für zwei Dämoninnen

Die beiden Dämoninnen halten sich angeschlagen in ihren Reichen auf, Beide besitzen nichts mehr. Kein einziger Helfer ist mehr da, ihre Reiche wirken kahl und verlassen. Angst sitzt Ihnen im Nacken, dass sie zu Diabolus in die Hölle müssen. Sie haben total versagt, sie haben ihre Aufgabe nicht erfüllt. In Samhains Umgebung tut sich etwas, ein Rabe kommt geflogen und setzt sich auf ihre Schulter, dieses eine unheimliche Tier ist Ihr geblieben. Ihr treuer Rabe hat überlebt, sie streichelt das Höllentier traurig, Sie überlegt, was Sie tun kann, um ihr Dämonenleben zu retten. Dann kommt Sie zum Entschluss, dass sie mit Tarantula Kontakt aufnimmt, um sich mit Ihr zu treffen. Dann gehen wir gemeinsam in die Hölle. Die Spinnen Dämonin kommt schnell zu Ihr und ist nervös, man merkt Ihr an, dass sie Sorgen und panische Angst hat. Sie sagt sofort: „Dass durch den Angriff vom schwarzen Tod, die Vorbereitung zu schnell war und durch das Klonen hatten sie keine Armee. Sie können für ihr Versagen nichts dafür, das müssen wir unseren Höllenfürsten beibringen, dann bekommen wir vielleicht nochmal eine Chance." Samhain schließt sich der Meinung an und sie können nur hoffen, dass Diabolus gnädig mit ihnen ist.

Es dauert nicht lange, sie hören ein donnern und die karge leblose Landschaft bebt. Diabolus steigt zornig und entschlossen aus einem Höllenfeuer wabernden Loch. Schnell stampft er auf die beiden zu, er hat eine geballte Faust, er sagt nichts. Die beiden Dämoninnen sehen den Teufel voller Angst an. Ihre hässlichen Körper zittern, nein sie beben vor Angst. Es geht um ihr schwarzes Herz, Sie haben Panik vor der Hölle. Der Höllenfürst streckt schnell seine Hand aus und die beiden Dämoninnen werden von einem gewaltigen hellen Blitz getroffen und eingehüllt

Schnell steigt der Höllenfürst in das Loch zurück und die beiden Dämoninnen zieht es mit dem Strahl hinein. Sie sehen nur noch Lava und Feuer um sich. Sie fallen durch eine unendliche Feuersbrunst aus der sich unendlich viele Hände strecken. Dann machen sie eine Fahrt der Ewigkeit wie eine Achterbahnfahrt durch die Hölle. Viele Hände armer Seelen greifen nach Ihnen und wollen ihr schwarzes Herz herausreißen. Dann ist es zu Ende, sie fallen auf eine heiße dampfende Erde, Schwefel Gestank und

Feuer beherrscht die Halle. Diabolus steht in einer riesigen Felsenhöhle vor ihnen, mit einer vor Zorn verzerrten Fratze. Rauch bläst aus seinen Nüstern. Sie haben große Schmerzen und wollen aufstehen. Jedoch der Teufel stößt sie zurück, er macht nur einen Wink und hat sie nicht einmal berührt. Ihr Beiden kehrt in euer Reich zurück, ohne dass ihr das Kind getötet habt. Was fällt Euch ein, Ihr Taugenichtse, wollt Ihr mich verarschen. Dafür seid Ihr jetzt wo ihr hingehört. Ich werde Euch zeigen, was passiert, wenn man meine Befehle nicht ausführt. Tarantula schreit Diabolus an und sagt: „Sie haben kein richtiges Heer gehabt, da der schwarze Tod sie vernichtet hat." Diabolus lacht ironisch und schlägt mit der Faust direkt vor den Beiden in den Boden, dass eine heiße Dampffontäne aus dem Boden schießt. Die beiden Dämoninnen erschrecken sich und er schreit sie mit einer übernatürlichen lauten Stimme an, dass es zwischen den Felsen hallt: „Ihr meint, dass Ihr mächtige Dämoninnen seid, ihr könnt doch alles, ich habe davon aber nichts gemerkt. Die Druiden haben wahrscheinlich von eurem Kampfgeist und versagen noch immer einen Lachkrampf. Mir wurde es total übel, als ich das mitansehen musste wie ihr verliert, für so was schlechtes gibt es keine Entschuldigung." Sie hören aus den Felsen ein Gelächter, die armen Seelen lachen sie aus. Samhain will sich trotzdem Verteidigen und sagt kleinlaut: „Wir hätten nur unsere alte Stärke bekommen müssen." Diabolus läuft nervös hin und her und Flucht vor sich hin, Sodass Feuer aus seinen Nüstern bläst.

Nicht weit entfernt steht das neue Liebespaar, Moloch und Hop tu Naa, sie tuscheln und lachen. Der Höllenfürst schreit ihnen zu: „Jetzt ist es soweit, Moloch du bekommst weiteren Damenbesuch." Ich wusste, dass die beiden Versager sind, schreit Hop tu Naa und lacht dabei hysterisch, dass ihr Hut auf ihrem Schädel hin und her wackelt. Was macht der mächtige Höllenfürst jetzt, was geht in seinem Teufelsschädel vor, was denkt er sich für eine neue Gemeinheit aus. Diabolus halte dein Versprechen, dann dürfen wir Jennie und das Kind töten und um uns zu beweisen, dass wir die besten Dämonen sind", hallt es von Moloch herüber." Hop tu Naa schreit: „Du hast es uns versprochen." Der Höllenfürst schüttelt seinen riesigen gehörnten

Schädel, Rauch steigt aus seinen Nüstern. Er stampft eine schnelle Runde in
der Halle und fegt mit einem Hieb alle vier Dämonen weg, sodass sie an der
nächsten Felsenwand kleben bleiben und entsetzt aus ihrer Dämonen fresse
sehen, er schreit: „Am liebsten würde er alle Dämonen neu besetzten, keiner
hat es anscheinend richtig drauf, die Druiden und Kelten zu töten, nicht
einmal eine neue unerfahrene Hexe mit ihrem Kind und den
dazugehörenden Werwolf. Von stinkenden und minderwertigen Werwölfen
lassen sich mächtige Dämonen überlisten. Ihr seid nicht besser, nur einfache
Hexen, ohne Euer Heer seid ihr nichts wert." Diese Standpauke hat bei den
beiden Dämoninnen gewirkt.

Sie stehen auf und machen sich zurecht. Hop tu Naa lacht nach der
Standpauke so hysterisch, dass ihr Hut auf ihren Warzen Schädel hüpft und
ihre Augen noch mehr schielen, man sieht nur das weiß in ihren Augen. Sie
schreit: „Ich wusste, dass sie dazu nicht fähig sind, lass uns das zu Ende
bringen, du wirst stolz auf uns sein." Wieder macht der Höllenfürst einen
gewaltigen Wink zu den Beiden Höllenbewohnern, sodass sie
weggeklatscht werden und die ausgemusterte Dämonin ihren Mund
endgültig hält." Bewusstlos bleiben die Beiden liegen, mit einem Zorn und
einer Höllengewalt hat Diabolus seinem Frust freien Lauf gelassen. „Jennie
wird bald ihr Kind gebären und dann kann alles zu spät sein, wir haben
keine Zeit mehr, ich kann die beiden Hop tu Naa und Moloch nicht so
einfach wieder zurückverwandeln, das ist ein langer Prozess. So schnell
einen anderen Dämon wählen will er nicht, ich weiß nicht, ob die Beiden
wirklich überaus Mächtig sind", faucht der Teufel frustriert den beiden
Dämoninnen zu. Er stampft direkt auf die Beiden zu und bleibt in seiner
vollen Größe vor Ihnen stehen. Die Beiden sehen vor ihrem Herrn wie
Zwerge aus und zittern um ihr Leben. Der Höllenfürst schreit Sie an: „Ihr
Versager habt mehr Glück als Verstand, ich kann Euch nicht so schnell
ersetzen, ihr müsst viel stärker werden und dann werden wir Angreifen.
Fangt sofort mit Euren Vorbereitungen an und wartet nicht zulange." Die
beiden Dämoninnen sehen sich ungläubig an. Diabolus bückt sich zu ihnen
herunter und flüstert mit seiner schmutzigen Stimme: „Ihr wisst wo ihr dann

wohnt, wenn ihr versagt, ihr kennt Euch aus und habt schon Freunde hier. Ich werde mich bald bei Euch melden." Plötzlich richtet er sich auf und hat eine riesige schwarze Peitsche in seinen Hufen und schlägt auf die beiden Dämoninnen ein, sodass sie schreien und davonfliegen. Die Peitsche zieht einen Flammenschweif hinter sich her. Oft trifft er die Beiden, dass sie laut aufschreien und fluchen, es gibt kein Entkommen für die Beiden. Dann wickelt sich die schwarze magische Peitsche um Tarantula und schleudert sie zurück in ihr Reich. Das gleiche macht er mit der Rabendämonie. Nach dem er die beiden Weiber aus seiner Hölle befördert hat, dreht er seinen riesigen Schädel hin und her bis es knackt und murmelt vor sich hin: „Einfach Weiber," läuft dabei an den Beiden Bewusstlosen vorbei und meint: „Penner habe ich hier, furchtbar was kommt noch alles, zum Schluss muss ich auswandern." Diabolus ist einfach nicht zufrieden, bis er sein Problem gelöst hat. Wut beherrscht Ihn, er schreit durch sein Reich: „Ich werde die ganzen mächtigen Dämonen in meiner tiefsten Hölle braten lassen, bis sie um Gnade winseln, wenn das Kind geboren werden sollte.

Er verschwindet in seine Hölle, das Höllenfeuer lodert hier, riesige Lava Seen beherrschen die Landschaft, wenn man von Landschaft reden kann. Eine teuflische Hitze ist hier, die alles normale Leben vernichten würde, wenn das Höllenfeuer nicht wäre, würde absolute Dunkelheit herrschen. Arme Seelen jammern, schattenhafte schwarze Gestalten huschen umher, er zieht seine Schwarze Peitsche. Sofort ist eine Flamme am Ende der Peitsche, er schwingt sie durch das Reich. Er schlägt auf jede der armen Seelen ein die ihm in den Weg kommen. Alle müssen unter der immensen Wut des Satans leiden. Sein ganzes Reich erzittert unter seinen Zorn. Mit jedem Schlag den er führt, müssen die Gestalten leiden. Sein Reich bebt, mit so einer fürchterlichen Gewalt schlägt der Höllenfürst zu.

Selbst der schwarze Tod bekommt Diabolus Wut zu spüren, er merkt, dass sein Reich zu zittern beginnt und sagt vor sich hin: „Wer hat heute unseren Fürsten zornig gemacht" und lacht dabei.

Wie ein Komet sind Sie in ihr Reich geflogen und genauso hart
aufgeschlagen, dass sich ihre Körper in den Boden graben, ein kleiner
Krater hat sich gebildet. Tarantula kriecht mit schmerzverzerrten Gesicht
aus dem Trichter und mault wütend vor sich hin: „Das wird er mir
irgendwann Büsen, dieses Scheusal, was bildet er sich ein wer er ist." Sie
richtet sich mühsam auf und macht sich wieder zurecht." Sie nimmt gleich
mit ihrer Dämonenkollegin Kontakt auf, sie will wissen, ob sie zurück ist.
Sofort hat sie die Antwort und sie wollen sich treffen. Diesmal will die
Rabendämonin zu ihr kommen. Die Dämonin ist sehr froh, als Sie ihre alte
Burg zu Gesicht bekommt. Sie wirkt immer bedrohlich, sie fliegt langsam
darauf zu und grinst zufrieden. Sie hat ihr schwarzes Dämonenleben wieder.
Sofort hat Sie böse und gefährliche Gedanken, die Sie mit der Raben
Dämonin austauschen möchte.

Es dauert nicht lange und Samhain erscheint, Sie hat ihren großen
gefiederten Freund auf der Schulter der frech Tarantula ankrächzt. Die
Hausherrin sagt zu ihr: „Dir ist wenigstens ein Wesen geblieben." Die
Spinnen Dämonin lächelt dabei: „Ganz schön frech der Kleine und dabei
arg listig," dabei zwinkert der Rabe Ihr zu. Die Rabendämonin lächelt:
„Aber ein sehr treuer Freund, wie du siehst." Man merkt den Beiden an,
dass sie sich besser verstehen. Samhain fragt als erstes: „Wo fangen wir am
besten an." Tarantula sagt: „Wir machen ein Heer nach dem anderen
Kampfbereit." Die Rabenherrin nickt und antwortet: „Genauso machen wir
es und dann sehen wir weiter." Sie können Beide lächeln und geben sich die
Five. Sie fliegen Beide langsam weiter zur Burg und reden miteinander, sie
schwelgen in weiteren Plänen und Taktiken. Zwei geschundene
Dämoninnen sind Freundinnen geworden, das hätte man nie gedacht, dass
es passieren wird. Früher hätten die Beiden nie zusammengearbeitet.

Die Hausherrin schlägt vor: „Wir gehen in meine Burg und trinken darauf
einen guten Tropfen. Zusammen werden wir eine Macht in der
Dämonenwelt." Tarantula die Spinnen Dämonin hat einen sehr großen
Weinkeller in ihrem Schloss, ein riesiger Raum mit unzähligen Regalen,

Wein von allen Ländern der Welt und von verschiedenen Regionen. Weißwein, Rotwein, Tafelwein, Spätlese bis Eiswein, Cognac, Whisky bis hin zu Schnaps. Alles was das Herz begehrt, ist vorrätig. Samhain fragt: „Du hast dir einen schönen Schatz von Getränken geschaffen. Willst du uns mit einer Alkoholvergiftung töten." Die Hausherrin antwortet: „Besser als in der Hölle zu verrecken, macht einen echten alten Grimmsekt auf und füllt zwei Gläser. Sie stoßen an, trinken aus und schmeißen die Gläser über ihre Schultern und lachen dabei. Sie füllen zwei neue Gläser und trinken in einem Zug aus. Dann wird eine gute Flasche Rotwein geöffnet, diese trinken sie im Keller, dann nimmt die Spinnen Dämonin einige Flaschen des guten roten Getränkes und meint, wir gehen in gemütlichere Räume. Sie gehen zu einem gemütlich eingerichteten Wohnzimmer, hier trinken sie weiter und besprechen einiges, dabei werden sie immer lustiger und füllen immer wieder ihre Gläser. Die Hausherrin holt nochmal ein paar Flaschen des guten Getränkes. Als sie den Raum betritt gibt, sie ihrem Gast einen Kuss, der von Samhain erwidert wird. Sie stellt die Weinflaschen beiseite und sie gibt ihr nochmal einen Kuss, der intensiver wird. Zwischen den Beiden prickelt es und es entsteht eine erotische Spannung. Tarantula zieht ihre Freundin in ihr Schlafzimmer und nimmt natürlich den Wein mit. Sie streicheln sich und ziehen sich gegenseitig langsam aus. Jeden Teil des Körpers wollen sie ertasten. Sehr lange haben sie keine schönen erotische Stunden gehabt. Sie lieben sich und trinken guten Wein, bis sie zusammen betrunken einschlafen.

Als sie zusammen aufwachen, sind Beide verkatert. Sie trinken Kaffee, sind gutgelaunt, singen dabei alte Teufelslieder und gehen gemeinsam an die Arbeit. Sie haben viel zusammen vor, denn es gibt viel zu tun. Sie wollen die Besten werden und ihre Aufgabe zur Zufriedenheit vom Höllenfürsten erfüllen. Sie wollen als Erstes zusammen die besten Zauberstäbe zaubern. Sie wollen die besten und stärksten Stäbe besitzen, sodass jeder zwei Stäbe zur Verfügung hat. Fleißig, gewissenhaft und mit bösen Gedanken machen sie sich an die Arbeit.

Kapitel 17
Kapadokien und die weiße Taube

Die beiden Druidenpärchen stehen früh auf, Musti und Roland sind
ebenfalls auf den Beinen, Niklas drängt sie zur Eile. Er findet keine Ruhe,
seit er weiß, dass die Dämonen wissen, wo sie sind, er fürchtet einen
weiteren Angriff. Aisling beruhigt ihren Druidenfreund und spricht Ihn an:
„Wir machen ein kurzes Frühstück zusammen und dann verschwinden wir,
aber dalli." Kieran spricht unterdessen mit den Beiden Reiseführern: „Ob
sie zur weiterreise bereit sind und ob sie wissen, wo es genau hingeht." Die
Beiden lachen und sagen: „Lass dich überraschen." Kieran klopft den
Beiden auf die Schulter und meint: „Wir haben alles im Griff."

Bald darauf kommen alle aus ihren Häusern, manchen sieht man an, dass sie
zu tief in die Hörner gesehen haben. Aisling steht bei Hedda und sie lachen,
als sie ihre Leute beobachten und sind sich einig, dass es besser ist ein
Katerfrühstück zu machen. Dann kommen alle Frauen zu den Beiden und
beginnen das Frühstück vorzubereiten. Nur Jennie geht diesmal ihre eigenen
Wege. Mathias hat Sie erblickt, hält Sie am Arm fest, zieht Sie zu sich her
und fragt: „Soll ich nicht mitkommen um dein Beschützer zu sein. Solange
ihr Mann Sie nicht selbst beschützen kann. Aber Jennie meint: „Das würde
für uns alles noch komplizierter machen. Sie will nicht, dass Ihm auch noch
etwas passiert, nein, das kann Sie nicht verlangen." Sie gibt Ihm einen Kuss
und sagt: „Das ist trotzdem Lieb von dir," und geht zu der Gruppe, die bei
den Vorbereitungen ist.

Ihre Mutter und Waldtraud haben Jennie beobachtet und fragen, was Sie
betrübt. Sie erzählt ihnen, dass Mathias Sie beschützen will. Die Beiden

sehen sich an und lachen: „Warum nicht, das ist doch super, solange Mirko behandelt werden muss, das erzähle ich gleich Hedda und Aisling. Die natürlich auch dafür sind, aber Niklas nimmt es mit gemischten Gefühlen auf und erklärt dazu: „Mathias ist ein sehr zuverlässiger Kämpfer, auch ein sehr guter Führer, er hält am Brocken alle einsatzbereit und er ist für uns da wichtig. Ich rede mal mit Ihm." Niklas winkt seinen Druidenfreund zu sich und sie gehen direkt zu Ihm und wollen wissen: „Hast du einen guten Ersatz für dich, damit deine Truppe auch ohne dich, immer Einsatzbereit ist." Mathias nickt: „Ich bin mir sicher, dass dieser genauso Gewissenhaft ist und ich werde mit Ihm Kontakt aufnehmen." Die beiden Druiden sehen sich an, nicken und sagen gemeinsam: „Du bist somit dabei, wir brauchen immer sehr gute Kämpfer und Beschützer." Mathias grinst jetzt über das ganze Gesicht und geht daraufhin zu seiner Liebe und berichtet Ihr. Sie sagt zu Ihm: „Jetzt habe ich um dich auch Angst, ich will dich nicht verlieren." Er lächelt Sie an und flüstert Ihr lieb zu: „Ich kann schon auf mich aufpassen" und gibt seiner Freundin einen Kuss.

Sie setzten sich alle zu einem gemeinsamen Katerfrühstück zusammen, angeregt wird von der letzten Nacht gesprochen. Viele lustigen Geschichten machen die Runde, auch die von den Hexen und ihren dummen Ausflug. Die junge Hexe mit Mathias, Waldtraud mit Sepp, Sophie und Ihren Mann sitzen bei der Gruppe vom Brocken. Mathias will seinen Freund und Stellvertreter Anweisungen geben. Bald stehen sie alle auf und verabschieden sich.

Die Ersten, die sich auf den Heimweg machen sind die Iren, die beiden Druidenpärchen und die junge rothaarige Hexe verabschieden die starken Kämpfer mit ihrem großen Herz. Alle nehmen sich noch einmal herzlich in die Arme. Dieses Mal ist die Verabschiedung freudig. Sie brauchen keine Tote mitnehmen. Sie können guter Laune in ihr kleines Dorf zurückkehren und gute Nachrichten verbreiten. Bevor die Kämpfer verschwinden, hallt der keltische Kampfruf durch die Kuppel und alle schreien mit. Der Ruf muss bis nach Alanya zu hören sein.

Kurz darauf machen sich die Leute auf dem Brocken fertig. Hier werden alle herzlich verabschiedet und in den Arm genommen. Mathias gibt noch ein paar letzte Anweisungen an seine Gruppe. Sie winken, noch bevor sie verschwinden und genauso hallt der keltische Kampfruf durch die Kuppel. Jennie und ihr junger Freund stehen Arm in Arm und winken der Gruppe nach. Wehmütig sieht die junge Hexe Ihnen nach, denn sie würde gerne ein paar Tage auf dem Brocken sein. Dann dreht sich die Hexe zu Ihm und sieht Ihm in die Augen, schnauft tief durch und sagt: „Jetzt sind wir auf uns alleine gestellt.

Die letzte Truppe die sich gerade zusammenstellt, sind diese vom hohen Norden, die Schweden. Jennie, Niklas, sein Vater und Hedda stehen bei ihnen und unterhalten sich angeregt, sie umarmen sich noch einmal. Dann gehen sie zurück und die Gruppe lässt den Keltenruf noch einmal kräftig durch die Reihen klingen. Schnell sind sie in ihre Heimat verschwunden.

Darauf hallt Niklas stimme durch die Kuppel: „Aufgeht es, wir müssen schnell weg. Alle lassen ihre Zauberstäbe arbeiten und lassen alles was sie nicht mehr benötigen verschwinden, ebenso die magische Kuppel. Sie wollen nichts zurücklassen, das sie verraten könnte.

Kurz bevor sie zur Abreise fertig sind, hören sie ein leises Flattern, dass immer lauter wird und auf sie zu fliegt. Eine weiße Taube dreht eine Runde über ihre Köpfe. Es sieht aus, als wenn sie die Gruppe beobachtet oder sucht sie jemanden bestimmten? Auf einmal verringert sie die Höhe. Sie fliegt direkt auf die junge rothaarige Hexe zu und landet Ihr auf der rechten Schulter und gurrt leise. Dann flüstert der kleine Schnabel Ihr ins Ohr: „Eine Nachricht von meiner Herrin dem Orakel." Jennie schaut ganz verdutzt, mit allem hat Sie gerechnet, aber nicht mit diesem. Sie sieht jetzt auf die Füßchen der Taube, dort ist ein kleiner Lederbeutel festgemacht. Sie ruft den Anderen zu, dass an der Taube ein kleiner Lederbeutel befestigt ist. Roland kommt gelaufen und nimmt vorsichtig den Vogel in seine Hand,

streichelt und beruhigt Ihn, entfernt den Beutel vorsichtig und setzt Sie
behutsam auf die Schulter der jungen Hexe. Die Taube flüstert dann
nochmals in ihr Ohr: „Bis bald und viel Glück" und erhebt sich in die Lüfte
und verschwindet über den Pinienwald. Jennie sieht mit offenem Mund
hinterher und kann nicht glauben, was gerade geschehen ist. Sie sagt zu
Roland: „Die Taube hat zu mir gesprochen. Roland antwortet: „Die Taube
kommt bestimmt vom türkischen Orakel, " und fliegt zu ihrer Herrin
zurück.

Neugierig öffnet Roland den Lederbeutel und findet darin ein Blatt
Pergamentpapier, darauf stehen einige Worte die in einer fremden Sprache
geschrieben sind. Roland schüttelt den Kopf: „Das kann ich nicht lesen."
Niklas und Kieran sind gleich zur Stelle und nehmen das Blatt an sich. Die
beiden schütteln genauso den Kopf und winken den Vater zu sich und sagen
dazu: „Das kannst du bestimmt entziffern." Dieser muss zugeben, dass er
diese Sprache auch nicht kennt. Musti lacht und sagt flüsternd zu seinen
Freund: „Die glauben, dass es nur eine Sprache gibt und das ist keltisch, das
Orakel hat bestimmt in ihrer Heimatsprache geschrieben und das ist
türkisch." Die beiden Reiseführer lachen und sind einer Meinung: „Die
lassen wir noch ein paar Minuten zappeln." Dann sehen die beiden Anführer
zu den Lachenden hinüber und sagen etwas verschnupft: „Könnt Ihr das
lesen?" Musti und Roland gehen zu den Anführern, der türkische Werwolf
nimmt das wichtige Blatt vorsichtig in seine Hände, dann liest er und
witzelt: „Das ist aber eine sehr alte keltische Sprache, die kannst du nicht
lesen?" Kieran sagt erbost: „Das ist niemals keltisch." Roland lacht und
fragt: „In welchen Land befinden wir uns? Jetzt müssen alle Lachen. Aus
der Gruppe hört Musti: „Dann lies endlich, wir wollen wissen was Sie
geschrieben hat." Der schwule Werwolf runzelnd die Stirn und meint: „Es
ist auf Alttürkisch geschrieben, es ist nicht einfach für mich, ich muss mich
sehr konzentrieren, damit ich es lesen kann." Minutenlang sieht er
angestrengt auf das Blatt. Dann grinst er und liest dann Laut vor. Gespannt
hören alle zu, was der türkische schwule Werwolf von sich gibt, es strengt
Ihn an, denn er muss es gleich übersetzen: „

Liebe keltische Freunde,
Lieber Kieran und Niklas und besonders Jennie und ihr Kind

Ich weiß schon lange von Euch und kenne die ganze Geschichte. Ich will auch, dass Jennie und das Kind am Leben bleiben. Darum bin ich bereit Euch zu helfen. Ich weiß, dass Ihr in Alanya seid und weiter nach Kappadokien wollt, das macht ihr auch und bleibt hier 3 Tage dann reist ihr weiter ans Schwarzen Meer nach Rize. Hier wird sich meine Tochter melden und Euch zu mir bringen. Ich wünsche Euch noch eine sichere Weiterreise.

Bis bald, Euer Orakel Akgül – die weiße Rose."

Musti sieht nachdenklich auf das Schreiben und sagt daraufhin: „Ich habe gehört, dass es ein altes mächtiges Orakel gibt. Aber ich weiß nicht, wo es zu finden ist. Kieran meint: Das ist nicht mehr wichtig, jetzt hat sie uns gefunden und wir werden zu Ihr geholt. Jetzt, nichts wie weg, nach Kappadokien. Sie stellen sich zusammen, die beiden Druidenpärchen haben ihre Zauberstäbe gezogen und Musti muss sich vorstellen, wo sie hinwollen. Sie sprechen zusammen den Zauberspruch: „Kontakta sebata sula.‟

Sie befinden sich unter der Erde, alles ist düster, sie sehen eine sehr große Höhle, hier sollen sie 3 Tage bleiben. Die ganze Gruppe sieht sich skeptisch um. Niklas spricht als erster: „Vielleicht haben wir wirklich Glück und die Dämonen vermuten uns hier nicht. Sie suchen sich hier unten eine kleine Nische. Kieran und Niklas sind sich einig, sie zaubern eine Schutzkuppel, damit die Gruppe von keinen Touristen gestört werden. Dann zaubern sie alle zusammen ihre Quartiere. Die sich jeder einzelne selbst gemütlich einrichtet. Niklas fragt die beiden Reiseführer: „Wie kommen wir hier raus, ohne unseren Zauberstab zu benutzen? Musti antwortet: „Das weiß ich auch noch nicht, ich werde mich gleich umschauen, ob alles in Ordnung ist. Roland fügt hinzu: „Ich werde dich begleiten, das machen wir zusammen.

Roland und Musti sehen sich genau um, sie gehen durch die Höhle. Dann kommen sie durch viele kleine Gänge, andere Höhlen, alles ist riesig groß und wie ein Labyrinth. Sie finden mehrere Ausgänge, auch einen der nicht weit von ihrem Lager entfernt ist. Bei ihrem Streifzug durch die unterirdische Stadt ist ihnen nichts aufgefallen. Nur, dass sie so was Gigantisches noch nie gesehen haben. Sie haben das Gebiet nur oberirdisch gesehen.

Die Frauen sind es, die an die frische Luft wollen, in ein schönes Lokal gehen, um etwas zu Essen. Dann setzt sich die Gruppe in Bewegung Richtung Tageslicht. Das was sie hier zu sehen bekommen, können alle nicht glauben, so etwas haben ihre Augen noch nicht wahrgenommen. Ein bizarres Gebirge, eine einzigartige Form, eigenartig und doch sehr schön. Die hellen Felsen bilden einen Turm neben einem anderen. In diese Felsen sind meistens Wohnungen eingebaut. Sie laufen durch das Dorf, das sich unmittelbar in diesem Gebirge befindet, viele Touristen sind hier unterwegs.

Sie setzen sich in eines der guten Lokale mit schönem Blick, auf das einzigartige Gebirge. Sie bestellen etwas zu Essen. Danach gehen sie weiter, die ganze Umgebung anzuschauen, sie gehen auf keine größere Anhöhe, um Jennie nicht zu belasten, mit ihrem Schwangerschaftsbauch. Später setzen Sie sich in ein Café.

Hier bespricht Niklas mit Kieran, um ein Regiment zu führen, er meint, dass er einigen Leuten eine Aufgabe zuteilen will. Damit sie sich schneller und besser vorbereiten können. Kieran ist von dieser Idee begeistert und will, dies am besten schnell umsetzen. Sie sprechen die Sache an. Kieran greift das Thema auf und sagt zu allen: „Wir geben Euch eine Aufgabe, so müssen wir nicht jedes Mal neu einteilen und so weiß jeder, was seine Aufgabe ist. Musti, Mirko und Roland werden immer unsere Umgebung Auskundschaften. Roland, Vani und Schorsch werden auf die Waffen achten. Was ist mit unseren Zauberkesseln meint Niklas? „Wer will da die Verantwortung übernehmen?" Waldtraud meint: „Das werden wir Frauen untereinander aufteilen, das machen wir immer so, da brauchen wir niemanden der uns anschafft." Kieran meint: „Es sollte jemand sein, der ein Auge darauf hat, ich bin dafür, dass es Hedda, Kunigunde und Waldtraud sind." „Was können wir sonst noch aufteilen," meint Niklas. Kieran sagt: „Sonstige Organisation im Dorf, für die Verteidigung, wie die ganze Sache ablaufen könnte, wie alles aufgestellt werden könnte." Dafür bleiben eigentlich nur wir, Niklas, Kieran und Sepp. Aber was können wir noch verteilen? Roland meint: „Wenn wir Angegriffen werden, dass es ein paar Männer gibt, die sofort mit den anderen Gruppen Kontakt aufnehmen. Die Anführer müssen organisieren können und haben damit ihren Kopf frei."

Mathias meldet sich zu Wort: „Ich habe noch keine Aufgabe bekommen. Sophies Freund meldet sich ebenfalls. Niklas fragt ihn: „Kannst du das?" Sophie redet dazwischen: „Sonst wäre er nicht mein Freund. Niklas Vater sagt: „Ich bin auch noch da." Niklas sagt streng:" Sicher kannst du das machen, aber du lernst uns erst mal deine alt keltischen Zauberkünste." Haben wir alles durch, können wir besser organisieren?" fragt Niklas. Kieran sagt daraufhin: „Hoffentlich funktioniert das und nicht wie beim letzten Angriff von Krypton, da war von Organisation nichts zu merken. Wir haben wochenlang trainiert, es war nichts zu sehen." Roland lacht und sagt: „Dann machen wir nochmal ein Manöver und spielen alles intensiever durch." Kieran sagt: „Das haben wir bitter nötig, anscheinend habt ihr alles vergessen." Mathias mahnt: „Ich denke, dass wir beim nächsten Angriff, stärkere Waffen brauchen, dass eventuell mächtigere Dämonen mitmischen." Alle nicken. Niklas meint: „Das befürchte ich auch, mit den Waffen besprechen wir später.

Roland brennt eine Idee auf der Zunge, dass er sie loswerden muss. „Ich denke an eine Silbernagelbombe." Niklas: Was ist denn das? Wie eine Splitterbombe, nur mit Silbernägeln bestückt", meint Roland. Niklas sagt: „Das ist zu gefährlich, denk an die eigenen Leute. Jetzt meldet sich Sepp zu Wort: „Nicht wenn unsere Leute die richtige Schutzkleidung tragen, das heißt, eine Rüstung. Das Druidengesicht zeigt jetzt ein listiges Lächeln, sieht dabei Roland an und nickt dabei. Dann schaut er dann zu seinem Druidenfreund Kieran und zu seinem Vater, nickt wieder und sagt: „Das ist es, das versuchen wir, kannst du vielleicht so etwas bauen." Roland lacht und sagt: „Erstens habe ich gute Helfer, mit ihnen werden wir es genau austüfteln und oft genug testen."

Dann gehen sie weiter, ganz entspannt spazieren und danach in ein Restaurant zum Abendessen. Das Gespräch am Tisch, es geht immer um Rolands Nagelbombe, um das Orakel und die schlechte Organisation beim letzten Angriff. Die Führungskräfte waren dafür, dass sie das immer wieder üben müssen. Hier blieben sie sehr lange sitzen und unterhalten sich sehr angeregt über diese Themen. Dann gehen sie zurück unter Tage in ihre kleinen Quartiere.

Mathias bringt Jennie zu ihrem Raum, in der Hoffnung, vielleicht darf er heute bei Ihr übernachten, Sie weist Ihn ab und wünscht Ihn eine gute Nacht. Sie legt sich bequem in ihr Bett und schiebt ein kleines Kissen unter ihren Rücken, dann spürt sie ein Ziehen in ihren Bauch. Sie fängt ganz leise an zu wimmern, sie hat ihre ersten leichten Wehen. Sie geht in sich und fragt ihr Kind: „Geht es bald los?" Das Kind, ich weiß es nicht, aber glaube noch nicht, ich bin ja kein Arzt." Das beruhigt Sie nicht, Ihre Unterleibsschmerzen hören immer noch nicht auf.

Sie nimmt mit ihrer Mutter Kontakt auf, die sofort erscheint, Sie beruhigt und sagt: Mein Schätzchen, das sind nur die ersten Wehen, das sind Senkwehen, die werden bald wieder vergehen. Waldtraud hat mitbekommen, dass Sophie schnell zu ihrer Tochter gerannt ist. Da Sie neugierig ist, will Sie gleich nachschauen. Als Sie in das Quartier der jungen Hexe eintritt, sieht Sie sofort was los ist und meint dazu: „Habe ich mir es gedacht, als ich deine Mutter zu dir laufen sah, dass mit dir etwas ist, da muss ich nachschauen und siehe mein Kind, du hast die ersten Wehen. Die Zeit rückt näher, zu der Geburt deines Kindes." Sie setzt sich zu Ihr und sagt: „Du hast es gleich überstanden, aber sie werden immer wiederkommen." Jennie sagt etwas geschafft: „Habt ihr nichts gegen diese Schmerzen." Sophie sagt: „Ich denke nicht, dass dies gut ist, denn für die Geburt gibt es nichts, somit gewöhnst du dich daran, diese Schmerzen zu ertragen. Ganz können wir Sie nicht wegzaubern." Jennie sagt daraufhin: „Scheiße, muss sie eben aushalten." „Wie andere werdende Mütter auch"; sagt ihre Mutter. Dann geht der Schmerz vorüber und die Beiden stehen auf und verabschieden sich. Jetzt ist die junge Hexe alleine mit ihrem Kind und Sie geht nochmal in sich und will sich mit ihrem kleinen Wurm einfach unterhalten, es meldet sich natürlich.

Sie Plaudern eine ganze Weile, bis sich das Kind auf einmal ängstlich meldet, dass irgendetwas nicht stimmt. Es huscht etwas durch Ihr Zimmer, Sie weiß nicht, was es ist, nur dass es nicht sehr groß ist. Es kommt eine unheimliche Stimmung in ihrem kleinen Raum auf. Wer oder was ist in ihrem Raum? Sie versucht Kontakt mit ihren Freunden aufzunehmen, aber sie bemerkt, dass ihre Gedanken von etwas Mächtigen abgeblockt werden. Ihr Kind sagt verzweifelt: „Nimm deinen Zauberstab als Antenne, sie soll deine Gedanken verstärken." Aber dieses etwas stellt sich jetzt vor Sie hin, das ist nichts anderes als eine Ratte. Aber diese Ratte hat keine normalen Augen, sie leuchten Rot und es erscheint das Feuer der Hölle darin, Sie fixiert Jennie genau. Dieses Tier ist auch etwas größer als alle Anderen. Jennie sieht das Monster wie versteinert an, sie hat Angst und holt ihren Zauberstab vom Kopf herunter. In diesem Moment bohrt sich eine hässliche Stimme in ihr Gehirn. Diese Stimme kann nur von einer Ratte hervorgebracht werden. Sie ist piepsend und geht durch die letzten Gehirnzellen von Jennie. Die Ratte fängt an zu sprechen: „Du brauchst nicht versuchen Kontakt zu deinen Freunden aufzunehmen, es ist zwecklos." Jennie schickt ihre Gedanken zu Ihm: „Das musst du uns überlassen" und hebt ihren Zauberstab über ihren Kopf.

Sie konzentriert sich auf Sophie, ihre Mutter, hofft dabei, dass irgendetwas ankommt. Das Höllengeschöpf sagt jetzt: „Du wirst noch mehr von meinen Freunden kennenlernen und dazu meinen Herrn und Gebieter, es ist der mächtige Dämon die Ratte, the rat." Sie kichert und putzt sich das Maul, dann sieht sie auf einmal Jennie genau an und stellt sich auf die Hinterfüße. Das Feuer in den Augen scheint noch intensiver zu leuchten. Jennie bekommt Todesangst, sie fröstelt, sie hört auch nichts mehr von ihrem Kind. Sie fragt sich, was ist das für ein neuer Dämon, sie hat nur einmal von ihm gehört, dass er zu den mächtigen Sieben aufgestiegen ist, mischt er jetzt auch noch mit. Die Ratte sperrt ihren Rachen auf und der Atem der Hölle schwebt heraus und sagt: „Einen schönen Gruß von meinem Herrn. Sie werden sich mit Sicherheit wiedersehen und er wird mit aller Macht versuchen, Sie, das Kind zu vernichten."

Sophie hat bereits geschlafen und auf einmal steht Sie in ihrem Bett. Sie langt zu ihrem Freund hinüber und sagt ängstlich: „Irgendetwas passiert gerade bei meiner Tochter." Ihr Freund sagt: „Ich habe schon Kontakt mit Kieran aufgenommen" und springt aus dem Bett. Sophie hat zur gleichen Zeit mit Niklas und Waldtraud Kontakt. Alle springen schnell aus den Betten und nehmen ihre Partner mit.

Jennie muss unterdessen immer noch in die Augen der Dämonenratte sehen. Sie stellt sich auf alle vier Pfoten und setzt zu einem Sprung an. Aber in diesem Moment kommen Jennies Freunde hereingesprungen. Sie sehen sofort die drohende Gefahr. Ihre Zauberstäbe haben sie in ihren Händen. Sie zeigen auf die Höllenratte, die zur gleichen Zeit abhebt. Das Höllenvieh hat ihren Sprung auf die Junge Hexe angesetzt. Mit weit aufgerissenen Rachen fliegt das Biest auf Jennie zu. „carum septus" hallt es von einer weiblichen Stimme streng durch den Raum. Die Freunde können nur noch zuschauen, was gerade vor sich geht, mit ihren Zauberstäben in der Hand, beobachten sie die Geschehnisse. Jennie hat den Spruch ausgesagt und ein Energiestrahl trifft die Ratte direkt in der Luft, Sie überschlägt sich quiekend und fängt zu rauchen an. Aber Sie fliegt weiter auf Jennie zu. Ein paar Zentimeter vor ihrem Schwangerschaftsbauch prallt dieses Vieh vor einem unsichtbaren Wall ab und fliegt zu Boden, löst sich in stinkende Bestandteile auf.

Jennies Arm mit dem Zauberstab hängt entspannt herunter, Sie sieht sehr gestresst aus, ihre Freunde bemerken, dass sie etwas taumelt. Sofort sind Sophie und Waldtraud bei ihr, bringen Sie stützend zu ihrem Bett und legen sie vorsichtig hinein. Fragen sofort, was war das für ein unheimliches Monster? Jennie erzählt was vorgefallen ist. Niklas hat sofort gesehen, dass die junge zukünftige Mutter noch einen Schutz um sich aufgebaut hatte. Und fragt: „Ob sie diesen Schutzschirm selbst aufgebaut hat?" Jennie schüttelt den Kopf und fragt zugleich: „War, dass wieder mein Kind?" Niklas sagt lächelnd: „Wer sonst." Jennie geht in sich und fragt: „Warst du das?" Das Kind antwortet: „Für den Notfall habe ich das gemacht, aber du warst so gut, dass es nicht nötig gewesen wäre." Jennie antwortet mit aller Liebe die eine Mutter haben kann: „Mein Schatz du denkst jetzt schon an alles, du wirst noch ein ganz Großer." Das Kind sagt: „Mein Gott, das ist noch ein weiter Weg und wer kann behaupten, ob das wirklich zutreffen wird." Die Mutter sagt: „Auf jeden Fall hast du alle Voraussetzungen, die du dazu benötigst, aber ruhe dich aus, das benötige ich auch." Ihre Freundinnen haben bemerkt, dass Jennie das Gespräch mit ihrem Kind abgebrochen hat. Sie beruhigen Jennie wieder und sie meinen: „Wir werden jetzt ein Auge mehr auf dich werfen."

Von hinten kommen Musti und Roland heran: „Sie fragen, was passiert ist." Niklas erzählt, was vorgefallen ist. Es fehlt Mirko, der direkt auf seine Frau aufgepasst hat, er war immer Ihr Leibwächter, das benötigt sie wieder. Ich kann mich als Wolf direkt neben ihr Bett legen, auch Roland, der mit mir befreundet ist. da hat sie einen sicheren Schutz. Aisling sagt sofort: „Du hast recht, das braucht sie und ich bin dafür." Kieran spricht Jennie direkt an: „Was meinst du dazu? „Ich würde mich sicherer fühlen." Sophie sagt dazu: „Das kann ich auch als Mutter übernehmen und mein Freund könnte direkt in der Nähe sein." Niklas fragt: „Welcher Schutz ist dir am liebsten?" Mir würden alle vier gefallen, Mutter in der Nähe haben ist immer gut. Mustis Stärke gibt auch Sicherheit und der kluge starke Roland ebenfalls. Ich würde mich absolut sicher fühlen", meint die junge Hexe. Kieran lacht: „Dann müssen ein paar Leute umziehen und etwas umgebaut werden. Das haben sie gleich erledigt, Sie benachrichtigen ein paar Leute und zaubern alles passend.

Musti geht zur jungen Hexe und sagt: „Ich werde dich mit meinem Leben beschützen." Jennie schießen ein paar Tränen in die Augen und sagt weinerlich vor Rührung: „Ich weiß, dass macht ihr doch alle." Nur Niklas geht noch mal zur jungen Hexe und fragt: „Der Zauberspruch mit dem du die Ratte vernichtet hast, glaubte ich, das funktioniert nur bei Spinnen." Jennie sagt: „Siehst du, der funktioniert für jedes Höllenviehzeug." Beide lachen dabei richtig losgelöst von allen Spannungen. Dann nimmt Kieran seinen Druidenfreund auf die Seite und will ernst mit Ihm reden. Jennie sieht es und ruft ihnen zu: „Ich weiß, wir glaubten alle, dass wir hier nicht gefunden werden und jetzt hat mich doch ein Dämon gefunden und angegriffen. Müssen wir weiter?" Roland und Musti stimmen Jennie zu. Waldtraud und die Anderen schauen gespannt auf die beiden Druiden. Einer ruft aus der Gruppe, nicht schon wieder einen Ortswechsel. Was sollen wir denn machen, das will ich mit Niklas in Ruhe besprechen, wir setzen uns in Ruhe zusammen. Sepp steht ganz hinten in der Gruppe und sieht alles gelassen, er sieht auf seine Armbanduhr es ist gerade 22 Uhr und ruft den beiden Anführern zu: „Vielleicht hat noch ein Lokal auf, da könnten wir das ganze in Ruhe bei einem oder zwei Bier besprechen." Niklas hört Bier und ist sofort begeistert und damit einverstanden und sagt: „Gehen wir am besten gleich."Musti korrigiert: „Das heißt hier Efes." Sepp sagt darauf: „Ist mir doch scheißegal wie das hier heißt, Hauptsache ein kühles blondes Bier." Musti sagt: „Ich bestelle besser und grinst dabei." Dann marschiert die ganze Gruppe los, sie verlassen die Unterirdische Stadt, alles wirkt öde und leer, vereinzelt laufen noch Leute durch die Touristen Stadt. Sie laufen auf das erste Lokal zu, in dem noch Licht brennt. Niklas flüstert seinem Druidenfreund zu: „Vielleicht ist es nicht so gut hinauszugehen. Wir sind dem Dämon hier voll ausgeliefert, wenn er jetzt uns attackiert, haben wir fast keine Chance.

Kieran sagt: „Wir können uns nicht immer verstecken. Gehen wir hier hinein, besprechen es und trinken unser Bier." Sie setzen sich in eine ruhige Ecke und Musti lässt es sich nicht nehmen Bier zu bestellen. Nun trinken alle ein Bier, auch Jennie. Niklas flüstert Jennie zu: „Wenn es dir zu viel sein sollte, ich helfe dir gerne." Hedda hört es und faucht Niklas an: „Wenn du glaubst, du möchtest dich opfern, um viel zu trinken, dann irrst du dich." Jennie sagt: „Ein Bier kann ich nach so langer Zeit trinken, ich kann es nach dieser Attacke gut vertragen." Nach dem das Getränk gebracht wird, stoßen alle an und dann erhebt Kieran das Wort: „Ihr wisst bereits, warum wir hier zusammengekommen sind und die Frage ist, was tun wir jetzt, nachdem die Ratte weiß, wo wir sind?" Sepp sagt: „Blöde Situation, dass wir wegmüssen, aber wohin? In eine Zwischenstation oder nach Rize." Ihr habt es hoffentlich kapiert, das will ich mit Kieran besprechen, dann ist Eure ehrliche Meinung gefragt"? sagt Niklas. Sie sehen sich an und man merkt, dass sie nachdenken. Schorsch ist der erste der eine Antwort weiß: „Vielleicht nach Rize und die Kontaktperson suchen, vielleicht kann uns das Orakel Akgül einen Wink geben? was für uns besser ist." Jennie fragt: „Wie soll Sie uns einen Wink geben? Wenn sie uns eine weiße Taube schickt hat und damit Ihren geheimen Ort nicht verrät. Alle sehen sich wieder an, ganz nervös trinken sie von ihren Bier. Die Entscheidung ist wieder von allerhöchster Bedeutung und unter Umständen hängt ihr Leben davon ab. Stimmen wir ab, wie es weitergehen soll. Unsere Reiseführer haben nichts dazu gesagt. Die Beiden reden eine ganze Weile sehr angeregt, sind anscheinend noch zu keinem Ergebnis gekommen. Roland will als erstes antworten zu der Frage vom Druiden: „Wenn nicht Anderes zustande kommt, dann würden sie meinen, dass sie erst zu einem ganz anderen Ort wechseln sollten."

Aber etwas ganz Unerwartetes passiert. Die Hängelampe über ihrem Tisch fängt an zu flackern, alle sehen Entsetzt auf die Lampe, jeder glaubt, dass ein Angriff von den Dämonen bevorsteht. Angst steht in jedem Gesicht der Anwesenden. Ein kleiner Windstoß fegt durch das Lokal, mit einer Wolke von tausenden wunderschönen Rosen, sie glauben, sie sind auf einem Feld von lauter blühenden Rosen. Der Duft ist so intensiv, dem kann sich keiner entziehen. Sofort lächelt der Alte über das ganze Gesicht und spricht: „Das ist das Zeichen der weißen Rose." Es sind ein paar vereinzelnde Gäste im Raum, die sich sofort umsehen, auch sie riechen den wundervollen Duft." Das Licht der Hängelampe flackert weiter. Ein kleiner rosafarbener Zettel schwebt langsam in die Mitte des Tisches, sofort greifen viele Hände nach dem kleinen Zettel der aus dem Nichts kommt. Aisling ist die Erste, die diesen kleinen Hinweis in ihren zierlichen Frauenhänden hält. Gleich war auch der Kopf von Hedda bei Ihr und Beide strahlen zusammen über das ganze Gesicht, als sie ihn lesen. Es steht nicht viel auf den Zettel, nur ein Wort Rize und das Blatt ist mit einer kleinen weißen Rose verziert.

Eindeutig das ist der Hinweis, auf den sie alle Sehnsüchtig gewartet haben. Aisling hebt den wichtigen Wink in die Höhe und ruft über den Tisch: „Wir brauchen nicht mehr weiter diskutieren, jetzt wissen wir endlich was wir zu tun haben, Cheers." Sie erhebt dabei ihr Efesglas, alle nehmen ihr Glas in die Hand, stoßen an und der Abend ist gerettet. Sie sitzen dann etwas länger zusammen, bis sie wieder hinunter in ihre Unterirdischen Quartiere gehen. Man merkt, dass von ihnen eine große Spannung genommen ist, sie sind bestens gelaunt.

Waldtraud liegt nicht lange neben Sepp im Bett, der daraufhin eingeschlafen ist, hört sie eine Frauenstimme in ihrem Kopf. Sie überlegt: „Die Stimme kenne ich doch, die habe ich schon gehört, wer ist das? Sie ruft den Namen Waldtraud sehnsüchtig. Das ist die Stimme der Hexe Hermine, die mit Koni dem Polizisten nach Berlin gegangen ist. Gleich nimmt sie mit ihr Kontakt auf und fragt: „Wie ist es dir ergangen?" Diese antwortet: „Bei Koni geht es ihr gut und in Berlin ist immer etwas los. Er bezieht mich immer in seine Fälle ein, da wird es mir nie langweilig. Aber jetzt zu dir, was macht ihr in der Türkei? Wir haben in der Berliner Zeitung gelesen von Hexen über Alanya, du warst auf einem Bild zu sehen, wir haben uns beim Frühstück kaputtgelacht. Waldtraud lacht auch und meint das Foto oder den Bericht will sie unbedingt sehen. Ihre Freundin redet weiter: „Den Bericht hebt Sie auf, aber was nicht zu lachen war, das auch von einem riesigen Monster berichtet wurde, das war doch bestimmt ein Dämon, welches Biest war dies denn." Waldtraud berichtet ihr: „Dass sie immer wieder flüchten müssen, um das Kind von Jennie zu beschützen, die Dämonen verfolgen sie immer wieder. Das Kind wird sehr bald das Licht der Welt erblicken. Sie müssen morgen weiter flüchten ans Schwarze Meer, dort werden sie mit einem Orakel Kontakt aufnehmen. Diesmal hat mich sogar Krypton angegriffen, ich hatte großes Glück gehabt." Hermine sagt: „Wir kommen Euch helfen, das müssen wir einfach tun, wir können nicht einfach dasitzen, nichts tun und euch euren Schicksal überlassen." Ihr kommt erst, wenn wir beim Orakel sind, dort wird es am Besten sein." Ihre

Freundin ist damit einverstanden. Waldtraud sagt: „Ich werde mich bestimmt melden, sie wünschen sich eine gute und ruhige Nacht."

In aller Frühe wird ein kurzes Frühstück gemacht und sie packen alles zusammen. Sie versammeln sich inmitten der Halle und die beiden Druidenpärchen sprechen wieder den bekannten Zauberspruch und kurze Zeit später sind sie wieder an einem Ort, den die meisten noch nie gesehen haben. Außer Musti und Roland.

Als sie wieder die Augen aufbekommen, sehen sie das Meer, diesmal das Schwarze Meer. Sie schauen sich um und erkennen, dass sie nur ein paarhundert Meter zum nächsten Ort laufen müssen, dass muss Rize sein. Sie gehen zusammen zum Ortsrand. Dort bleiben sie stehen und fragen, wo sollen sie hier ein Quartier bekommen und wie lange brauchen sie diese Zimmer? Musti meint: „Wir laufen mal die Uferpromenade entlang und dort sehen wir bestimmt ein Hotel." So ist es auch, keine hundert Meter und sie haben ein Quartier gefunden, das sie beziehen können. Dann gehen sie die Uferpromenade entlang und setzen sich in ein Kaffee.

Eine junge rothaarige Frau nimmt die Bestellung auf. Sie fühlen sich hier wohl und genießen die Aussicht. Obwohl es an diesem Ort kühler ist, als an der Mittelmeer Küste oder türkischen Rivera. Trotzdem ist hier eine malerisch schöne Aussicht. Den Frauen gefällt es besonders gut. Märta sagt zur Kunigunde: „Dass ich dieses schöne Fleckchen Erde sehen darf, habe ich niemals geglaubt." Kunigunde schnauft tief ein: „Ja, das ich das auch noch erleben darf." Die Frauen sind wie verzaubert. Niklas sagt: „Wie finden wir unsere Kontaktperson." Zur gleichen Zeit kommt die Bestellung, Sie stellt ein Tablett auf den leeren Nebentisch und verteilt die vollen Kaffeetassen. Als letzte bekommt die junge Hexe ihren Kaffee hingestellt und die Frau sagt dabei überraschend: „Für dich Jennie" dreht sich um und geht hinter die Theke und lacht schelmisch dabei. Die junge Hexe sieht der jungen Frau etwas erschrocken hinterher und Sie sagt ganz laut zweimal hintereinander: „Wo her weiß diese Frau meinen Namen." Niklas hört

Jennies Worte und sagt: „Wie, was hast du gesagt." Dann erzählt es die werdende Mutter kurz. Niklas sagt: „Das ist aber komisch." Sein Vater grinst und meint: „Das wird unsere Kontaktperson sein." Wie soll die Frau wissen, dass gerade wir das sein müssen." Akgül wird der Kontaktperson uns schon beschrieben haben", sagt der Alte. Jennie sagt: „Wie soll sie uns beschreiben können." Sie wird uns mit der magischen Kugel beobachtet haben. Mein Gott Jennie, das weißt du doch", sagt Niklas Vater. Jennie langt sich an den Kopf und beschimpft sich selber.

Aisling diskutiert mit Hedda und sagt auf einmal: „Dann bestellen wir nochmal einen Kaffee und winken die hübsche Bedienung her. Die nett lächelnd zu ihnen kommt und fragt: „Wünschen die Herrschaften noch etwas." Aisling sagt: „Wir bekommen nochmal eine Runde Kaffee." Die Frau fragt die junge Hexe: „Jennie willst du noch ein Glas Wasser dazu, als werdende Mutter brauchst du viel Flüssigkeit." Alle sehen die Frau ganz verwundert an und fragen sich, ist das wirklich die Person, nach der wir suchen? Haben wir diese wirklich gefunden? Kurze Zeit später kommt das Tablett mit dem Kaffee. Als erste bekommt Hedda Ihn. Die Frau sagt dabei: „Für sie Hedda." Der Druidin bleibt dabei fast der Mund offenstehen. Ihr Mann, auch er bekommt seine Tasse mit seinem Namen Niklas. Einem nach dem anderen stellt Sie sein Getränk mit dem Vornamen hin. Die Gruppe ist sehr überrascht und sie überlegen, ist es die Person wirklich, die sie suchen. Es kann fast nicht mehr anders sein. Als sich die Frau wieder entfernt hat, besprechen sie sich und für sie ist klar, dass sie später zum Mittagessen kommen, vielleicht wissen sie dann mehr. Sie machen eine Erkundungsrunde durch die neue Stadt. Hier kann Musti nicht viel berichten und zeigen, da er sich kaum auskennt.

Pünktlich zur Mittagsstunde sind sie wieder in dem Lokal und wollen eine Kleinigkeit Essen. Die junge Frau kommt zu ihrem Tisch, legt die Speisekarten hin und nimmt zugleich die Getränke auf, Sie fragt im gleichen Atemzug wie es ihnen in Rize gefällt. Musti sagt ehrlich, sie können nicht viel sagen, da sie noch nicht viel gesehen haben. Die Frau lächelt Ihn an und meint: „Dass Sie ihnen nach dem Essen den Ort zeigen kann." Das kommt der Gruppe sehr gelegen, denn sie möchten die Frau besser kennenlernen. Nach dem Essen setzt sich die Frau zu ihnen, mit einer Runde starken türkischen Mokka. Sie unterhalten sich und dann sagt die Frau, dass sie nicht lange in Rize bleiben werden. Niklas fragt: „Sind wir unter Umständen gleich wieder in Gefahr?" Die Frau sagt daraufhin: „Habe ich Euch wirklich gefunden, ihr seid es wirklich, Ihr seid es, die von Kappadokien geflohen sind." Niklas sagt zum Beweis: „Akgül wartet auf uns." Die Frau antwortet: „Dann dürfte alles geklärt sein, am besten Morgen in der Früh werden wir zu meiner Mutter aufbrechen. Wir dürfen kein Risiko eingehen." Sie ergänzt noch: „Mirko müssen wir auch noch holen, damit wir komplett sind. Wenn Mirko zurückbleibt, dann wird er bestimmt angegriffen." Niklas merkt, dass Mikka, Olivia und Mirko in Gefahr sind. „Wann holen wir Ihn am besten", fragt Kieran. Die Frau sagt streng: „Sobald ihr in Sicherheit seid!" Alle nicken. Sie fügt noch hinzu: „Es eilt, wir müssen schnell bereit sein!!

Sehen wir uns die Stadt an, sie stellt sich hin und wartet darauf, dass alle Ihr folgen. Hedda fragt: „Wir müssen noch zahlen." „Das geht auf das Haus", meint Sie und zieht den Zauberstab, murmelt einen unbekannten Spruch, der Energiestrahl trifft das Lokal und es wird durchsichtig, bis es verschwunden ist." Waldtraud fragt: „Auch eine Hexe." Ja ich bin wie meine Mutter eine Hexe und Orakel, vielleicht ein bisschen mehr. Aber das werdet Ihr bald selbst sehen. Ich bin ein bisschen unhöflich, vorgestellt habe ich mich nicht, mein Name ist Asena. Musti sieht sie fragend an und sagt: „Der Name einer Wölfin, die Urmutter. Was hat das zu bedeuten?" „Wollen wir endlich durch die Stadt bummeln?", fragt sie und bittet zu gehen. Sie gehen dann zusammen in die Innenstadt und diese Hübsche Person zeigt und erklärt ihnen alles Sehenswerte, bis sich alle in ein Lokal setzen, um sich auszuruhen. Niklas und Kieran wollen die hübsche Person richtig befragen, sie wollen alles über ihre Mutter erfahren. Aber Asena wehrt ab und meint lächelnd: „Das wird sie Euch selbst sagen und ihr werdet alles zu sehen bekommen." Sie reden eine Weile über den magischen Zirkel und was sie alles Erleben mussten. Niklas und Hedda, sowie Kieran und Aisling haben viel zu erzählen.

Dann sieht die junge Frau auf einmal in die Höhe und sagt: „Hier stimmt etwas nicht." Die Gruppe sieht die Frau erschrocken an und Aisling fragt sofort: „Werden wir beobachtet, sind die Dämonen hier?" Ich weiß nicht, aber irgendetwas stimmt nicht", sagt die Frau etwas besorgt. Kieran sagt: „Dann müssen wir sofort fliehen." „Ihr geht zum Hotel, holt Eure Sachen und dann verschwinden wir zu meiner Mutter, dort seid ihr sicher", beeilt Euch sagt sie. Sie bezahlen und gehen daraufhin los. Die Gruppe jeckt aus und gehen danach schnell auf ihre Zimmer. Sie packen alles zusammen und versammeln sich in einem Raum. Musti und Roland fragen: „In welches Gebiet die Reise gehen soll?" Asena sagt lächelnd aber wissend: „In eine einsame Gegend in den Bergen, in der Nähe von Digor einer kleinen Stadt, die ist eine Stunde entfernt. Die Armenische Grenze ist nicht weit entfernt, das wird Euch bestimmt gefallen. Es wird allen an nichts fehlen.

Lasst euch einfach überraschen, wir müssen schnell verschwinden, damit die Dämonien nicht bemerken, dass wir verschwunden sind und vor allem wohin." Dann stellen sie sich zusammen und die beiden Druidenpärchen ziehen die Zauberstäbe mit Asena. Die sagt: „Ich habe einen anderen Zauberspruch." Niklas sieht sie ungläubig an. Dann sagt sie ihn den Spruch leise zu: „Tu wüftem wüllünde bysübüccyn güallän müng myöl." Niklas schüttelt den Kopf und meint: „Diesen Spruch kenn ich nicht." Musti sagt dazu: „Der ist bestimmt Türkisch gesprochen worden." Kieran fragt: „Wie kann er dann wirksam sein." Asena meint jetzt: „Das ist auf jeden Fall ein sehr alter Spruch, der ist von meiner Mutter gefunden worden. „Türkisch oder keltisch wir müssen schleunigst von hier weg, oder wollt ihr noch lange darüber diskutieren" wettert der Alte. Dann rücken sie alle nochmal zusammen und sie heben wie immer ihre Zauberstäbe über die Personen. Sie spricht dann ihren Zauberspruch laut und deutlich, zwischen den Zauberstäben fängt es an zu Knistern, ein feines blaues Licht entsteht dazwischen, die Personen werden langsam durchsichtig und dann sind sie von einer Sekunde auf die Andere verschwunden.

Kapitel 18
Das türkische Orakel

Als sie ihre Augen öffnen, sind Sie in einer fremden Umgebung, sie glauben sie sind in einer Märchenwelt angekommen. Sie sehen eine Hütte, eine Frau sitzt auf einem Schemel vor einer Kuh, die von Ihr gerade gemolken wird. Neben ihr liegt ein weißer Wolf der sich zu ihnen müde umdreht und sie ansieht. Auf ihrer Schulter sitzt die weiße Taube, die sie wahrscheinlich kennen. Die von ihrer Schulter abhebt und zu Asena gurrend fliegt und sich auf ihre Hand setzt. Sie gibt ihr einen zärtlichen Kuss. Aus einer anderen Ecke meckert eine Ziege, ein Esel schreit, Schweine grunzen. Sie können nicht fassen, wo sie hier gelandet sind. Sie sind auf einem echten türkischen Bauernhof gelandet. Sie haben Schweine gehört, das kann doch nicht sein.

Sofort dreht sich die Frau zu ihnen um, lacht freudig und sagt: „Ihr seid schon hier, schön Euch zu sehen. Asena warum seid ihr heute schon gekommen, ich habe euch erst Morgen erwartet?" Asena antwortet: „Ich habe dunkle Mächte wahrgenommen, wir mussten sofort weg." Akgül nickt und meint daraufhin: „Gut, Kluge Entscheidung." Bei näheren Begutachtung sieht man das Asenas Mutter eine schöne Erscheinung ist, in bäuerlicher Kleidung. Niklas fragt: „Müssen wir noch eine Schutzkuppel zaubern." Das Orakel lacht und sagt: Das habe ich schon vor langer Zeit gemacht, ich erneuere ihn immer wieder, ich denke, ihr seid hier sicher. Ihr braucht Euch nicht vorzustellen, ich weiß alles von Euch." Dann spricht Sie Musti auf Türkisch an. Der daraufhin seinen Kopf hängen lässt. Waldtraud fragt ihn „Was hat Sie zu dir gesagt: „So ein schöner Junge, schade, dass du Schwul bist." Waldtraud lacht: „Sie ist wie ich, das habe ich mir auch schon gedacht." Agkül hört es und lacht: „Musti nimm es dir nicht so zu Herzen, du siehst, Waldtraud sieht es auch so, Roland nimmt mir so einen hübschen Mann weg." Agkül ruft Ihrer Tochter zu: „Asena holst du Mirko zu uns, er ist ebenso in Gefahr." Jennie sagt sofort zu Asena: „Ich komme mit." Agkül faucht: „Alle können mit, nur du nicht, denke an dein Baby. Waldtraud, Niklas und Hedda gehen mit." Agkül zeigt auf eine Lichtung und sagt: „Macht Euch da Eure Behausungen zurecht und dann setzten wir uns ein bisschen zusammen, OK!!" Die beiden Druiden Anführer und der Alte zaubern erst die Häuser, dann machen sie sich mit Asena auf, Mirko mit dem Ärztepaar zu holen.

Jennie weiß immer noch nicht, ob Sie sich freuen oder weinen soll, als Sie ihren Mann sieht, der immer noch nicht laufen kann. Agkül holt Ihn zu sich und spricht zugleich mit den Ärztepaar. Das Orakel meint, Sie kann es schaffen, dass Mirko wieder normal laufen kann. Olivia und Mikka möchten dann unbedingt dabei sein. „Natürlich machen wir das zusammen", lächelt Agkül. Die Druiden zaubern ihnen ein Haus, das sie sofort beziehen können, bevor sie schlafen gehen, besuchen sie Jennie. Ihre Senkwehen haben zum zweiten Mal begonnen. Die Arme hat große Schmerzen, die Beiden sehen Jennies Unterleib an, versuchen Sie zu beruhigen und zu helfen. Als die Schmerzen nachlassen, sagen Sie, dass bei Ihr und dem Kind, alles in Ordnung ist. Es wird nicht allzu lange dauern und das Kind wird gebären werden. Ihre Mutter mit ihrem Freund kommen zur Türe herein, um bei Ihr zu Schlafen. Olivia lacht, eine sehr gute Idee, jemand muss auf sie aufpassen. Auch Musti und Roland kommen. Jennie will mit dem Zauberstab das Haus umbauen. Roland winkt ab: „Ich kann das für dich gerne übernehmen" und zaubert zwei Räume dazu, dass sie nicht einsehbar sind, aber alles hören können.

Olivia und Mikka verabschieden sich und laufen zu ihrem Quartier. Ihre Mutter richtet sich bei ihrer Tochter ein, ihr Freund schläft in einem

Nebenraum. Roland und Musti schlafen in einem Raum direkt nebenan. Alle sind sofort einsatzbereit. Musti schläft als Wolf umgewandelt. Dann kratzt es an der Tür. Alle stehen sofort im Bett, wieder hören sie ein kratzen. Dann steht Roland auf und geht an die Tür und öffnet sie. Der weiße Wolf steht vor der Tür, drückt sich durch die Tür und läuft direkt zum Bett von Jennie und lässt sich daneben nieder. Daraufhin steht Akgül vor der Tür, entschuldigt sich für das Verhalten ihres Wolfes. Er will es sich nicht nehmen lassen, auf Jennie und das Kind aufzupassen. Jennie ruft zur Tür, das macht nichts, da passen jetzt 2 Wölfe auf mich auf, ich habe keine Angst vor Wölfen. Akgül muss lachen über ihren Wolf, als sie sieht, wie ausgestreckt ihr Wolf vor dem Bett liegt. Eine Hand von Jennie ist im Fell des Wolfes und streichelt das edle Tier. Faul liegt das Tier da, aber seine Ohren und seine Sinne sind immer auf Empfang, seine Ohren sind steif nach oben gestellt. Beim Gehen ruft Akgül noch Jennie zu, ich habe heute einen anderen Werwolf bei mir zur Wache und entfernt sich.

Jennie hat die Nacht ganz entspannt geschlafen. Als der Wolf merkt, dass sie erwacht ist, steht er auf, streckt sich, schubst Sie mit seiner Schnauze an, geht zur Türe und kratzt daran mit seiner Pfote. Dann gähnt er laut. Sophie bemerkt, dass der Wolf hinaus will, da Sie sich schneller bewegen kann, ist Sie gleich bei ihm und öffnet die Türe. Sie gibt dem braven Wolf ein paar Streicheleinheiten, die er gerne mag. Dann rennt er ganz leicht die paar Meter zum Pinienwald, der gleich hinter den Häusern beginnt und verschwindet darin.

Nach einer knappen halben Stunde ist er wieder da, er steht zwischen den Häusern. Unruhig sucht er die Umgebung ab, dann sieht er seine Herrin, läuft zu Ihr aufgeregt um Sie herum. Bald sieht er Jennie aus ihrem Haus gehen, sofort springt er zu Ihr und will auf sich aufmerksam machen. Immer wieder läuft er ganz eng um Sie herum, er sich freut sich Sie zu sehen. Sie bückt sich zu Ihm herunter und streichelt Ihn durch sein gepflegtes schneeweißes Fell. Die junge Hexe hat einen neuen treuen Freund gefunden, der Ihr nicht von der Seite weicht.

Akgül sieht es, geht lächelnd zu Ihr und sagt: „Er wird dir nicht von der Seite weichen, er heißt Igor. Er stammt aus Russland. Ich habe Ihn verletzt aufgenommen und gepflegt, er war total heruntergekommen. Er wurde auch von schwarzen Mächten gejagt, schwer verletzt und eines Tages lag er verletzt auf meinem Bauernhof. So ist er sehr jung bei mir gelandet. Denn dieser seltene weiße Wolf hat auch einige magische Kräfte. Er weicht mir nicht von der Seite. Manchmal bringt er mir etwas vom Jagen mit, wie ein Kaninchen."

Als Jennie aus dem Haus kommt, folgen Ihr alle nach einander, als wenn sie sich abgesprochen hätten. Niklas geht gleich zu Akgül und fragt: „Frühstücken wir zusammen, da können wir einiges zusammen besprechen." Die Frauen helfen und bereiten das Frühstück vor und besprechen da schon einiges. Niklas und Kieran zaubern dafür ein Gemeinschaftsaus und richten es gemütlich ein. Nachdem Sie ihre Zauberstäbe wegstecken, schauen sie Ihr Objekt zufrieden an. Waldtraud setzt sich inzwischen mit Hermine in Verbindung, die bald darauf mit Koni erscheint, herzlich empfangen werden und zum Frühstückstisch gebeten werden. Waldtraud und Hermine sind jetzt kaum mehr zu trennen, sie haben sich viel zu erzählen. So ist es genauso mit Vani und Koni, die nur noch zusammenstehen und einiges zu berichten haben.

Alle sitzen zusammen, trinken Kaffee mit frische Marmelade, Brötchen, Käse und Wurst, was das Herz begehrt. Akgül sagt laut: „Alleine habe ich nie ausgiebig Gefrühstückt, ich habe dafür keine Zeit, ich muss mich um unsere Tiere kümmern." Niklas sagt daraufhin: „Das lassen wir uns nicht nehmen, wir werden solange wir hier sind dir helfen." Diesmal antwortet Asena: „Das können wir nicht annehmen, ihr seid unsere Gäste." Sepp sagt darauf: „Sollen wir nur Däumchen drehen, ich könnte wenigstens ein gutes Bier brauen." Waldtraud lacht und sagt streng: „Das hätte ich mir denken können, dass du das machen willst, aber ich muss sagen, das kannst du wirklich sehr gut." Akgül meint zu diesem Thema: „Wenn er es wirklich gut kann, dann soll er es doch machen, ich habe lange kein gutes Bier mehr getrunken, ich freue mich darauf." Alle müssen jetzt lachen. Sepp sagt: „Ich mache mich gleich an die Arbeit und werde mir Mühe geben, ein sehr gutes Bier zu brauen." Akgül sagt daraufhin: „Ich werde zu meinen Tieren gehen und mich dann um Mirko kümmern. Meine Tochter wird Euch zu den Tieren führen und alles erklären." Kunigunde sagt: „Wir Frauen können uns auch um die Tiere kümmern." Das Orakel meint dazu: „Ihr habt noch nie Kühe gemolken oder ausgemistet." „Wir können aber schnell lernen", sagt Kunigunde. Asena lacht: „Ihr wollt es wirklich lernen, dann zeige ich es Euch."

Hedda fragt die Hausherrin: „Du hast Schweine, du willst Bier trinken, du trägst kein Kopftuch, bist du kein Moslem." „Nein, das sind wir Beide nicht, wir sind Christen, nicht alle Türken sind Moslime. Wir haben Beide keltische Wurzeln. Wir sind Hexen und Orakel, aber ich habe sehr viele moslemische Freunde und Freundinnen." „Darauf trinken wir am Abend ein Bier", sagt Kieran. Sepp meint: „Kann ich zaubern, so schnell bin ich auch nicht. Aber ich kann etwas dazu tun, dass es Bier heute Abend gibt und zieht seinen Zauberstab, aber das ist nicht gerade mein Ding."

Akgül sieht den Alten an und sagt zu Ihm: „Von dir will ich auch etwas lernen, das alt keltische Zaubern, ich kann dir dafür einige altkeltische Sachen zeigen. Zusammen werden wir dann immer stärker. Hast du eigentlich einen Namen, jeder sagt nur immer der Alte, kann das sein." Dieser grinst daraufhin: „Ich habe mich an den Alten gewöhnt, sodass ich mir dabei nichts gedacht habe und ich freue mich darauf mit dir auszutauschen, fangen wir bald damit an." Sie sagt daraufhin: „Das werden wir dann an die Anderen weitergeben, aber wie heißt du eigentlich wirklich." Der Alte lacht und sagt: „Das soll kein Geheimnis sein, ich heiße Isak." „Das ist doch ein schöner Name, warum hast du ihn solange verschwiegen", meint Sie. Alle lachen daraufhin und sagen, jetzt können wir dich endlich beim Namen nennen.

Jennie hat Ihren eigenen Leibwächter bei den Füßen liegen, sie streichelt Igor unaufhörlich und er genießt es sichtlich. Sophie brennt eine Frage auf der Zunge: „Sollen wir nicht mit einer magischen Kugel spionieren, was die Bestien vorhaben?" Akgül meint: „Vorsicht, die warten nur darauf, dass wir sie belauschen. Das besprechen wir bei einem Glas Bier." Niklas sagt: „Ich bin auch dafür, dass wir nichts übereilen. Wir müssen einen Punkt nach dem anderen langsam abarbeiten. Wir dürfen jetzt keine Fehler machen." Olivia und Mikka melden sich: „Wir gehen mit zu Mirko, wir wollen auch helfen." Isak meint: „Soll ich nicht auch etwas dazu tun?" Agkül meint: „Lass mich erst mit den Ärzten reden, wenn wir dich benötigen rufen wir dich." Musti sagt: „Wir werden eine Runde um unser Dorf machen." Das Orakel meint: „Das macht eigentlich Igor, der würde es sofort melden, wenn etwas nicht stimmt. Aber ich will Euch nicht abhalten, Igor wird Euch bestimmt begleiten." Das Frühstück ist beendet und Akgül, Olivia und Mikka begeben sich in Akgüls Haus, wo Mirko noch verletzt ausharrt, somit konnte der arme Kerl nicht beim Frühstück dabei sein. Alle anderen schließen sich Asena an, die mit ihren Gästen und neuen Freunden einen kleinen Rundgang macht.

Nur Musti und Roland wollen mit ihrem Rundgang beginnen. Igor sieht den Beiden zu, als Sie in den Wald verschwinden, Musti verwandelt sich dabei in einen Werwolf. Der weiße Wolf sieht zu Jennie die mit Asena geht und schaut wieder zu den Beiden im Pinienwald, dann entschließt er sich, den Beiden Rundenläufern zu folgen. Musti läuft langsam auf zwei Pfoten neben Roland her. Sie beobachten alles ganz genau, sie wollen, dass Ihnen nichts entgeht. Auf einmal ist Igor neben Musti, der sich bemerkbar macht, er stößt Sie mit seiner Schnauze an. Roland sagt zu Musti: „Jetzt hast du einen ganz besonderen Freund gewonnen, er fordert dich wohl auf schneller zu laufen. Ich glaube, ich kann ohne Gewissensbisse ins unser Dorf zurückkehren." „Musti, tobt ihr Euch Beide aus, aber passt trotzdem auf alles auf", mahnt Roland. Der türkische Werwolf sagt daraufhin: „Da kannst du Gift darauf nehmen, ich passe genau auf." Dann dreht sich Roland um und geht langsam zum Ort zurück, schließt sich Asenas Runde an. Niklas fragt sofort, warum er schon wieder hier ist. Roland erklärt kurz, dass sich Igor Musti angeschlossen hat und das versteht Niklas.

Igor wird schneller und der Werwolf rennt hinterher. Bald darauf, bleibt der Wolf stehen, hebt seinen Kopf und Musti fragt sich, wittert er etwas, er selbst verspürt nichts. Auf einmal nimmt er eine Stimme wahr, die er noch nie gehört hat. Igor sieht Ihm direkt in seine Augen. Der Werwolf hört: „Alles ist in bester Ordnung, los, laufen wir etwas schneller weiter." Der Werwolf konzentriert sich: „Du kannst Kontakt mit mir aufnehmen, das ist ja super, ich kann mit einem weißen Wolf sprechen." Musti glaubt ein grinsen in dem Wolfschädel gesehen zu haben. Schnell laufen sie eine große Runde um das kleine Dorf, immer wieder bleiben sie stehen und überprüfen die Umgebung. Musti konzentriert sich und fragt: „Laufen wir am Abend nochmal?" „Natürlich, auch in der Nacht laufen wir", bekommt der Werwolf vom weißen Wolf zu hören. Eine gute halbe Stunde sind die beiden Wölfe unterwegs, bis sie zum Dorf zurückkommen und können eine gute Nachricht den Anführern berichten. Die beiden Druidenanführer hören dieses sehr gern.

Sepp ist inzwischen in seinem Element, seine Brauanlage steht. Waldtraud hilft Ihn diesmal. Akgül, Olivia und Mikka sehen sich zusammen Mirko an. Der seit dem Kampf in Alanya an das Bett gefesselt ist und nicht mehr aufstehen kann. Mikka sagt dazu: „Wenn wir es wenigstens schaffen könnten, dass er aufstehen kann, dann hätten wir schon einiges gewonnen. Er ist ein wertvoller Kämpfer zusammen mit Musti." Olivia zählt nebenbei auf, welche magischen Salben und Cremes Sie angewendet haben. Akgül meint: „Man sieht, dass sie Wirkung haben und helfen, aber so, er ist bis zu der Geburt nicht fit. Schauen wir zusammen in mein Wunderbuch, ein sehr altes keltisches Buch. Ich habe in Erinnerung, dass ich damals als ich den verletzten kleinen Wolf gefunden habe, eine spezielle Mixtur für Ihn hatte. Er hatte auch einige Knochenbrüche, die mit dieser immer besser und Ihn schließlich vollkommen geheilt hat.

Sie holt Ihr Buch und blättert lange darin, bis Sie auf einmal lächelt und ruft: „Das ist es, diese Mixtur habe ich damals verwendet, schaut Euch das an." und reicht das Buch den Ärzten. Sie lesen gemeinsam die aufgeblätterte Seite und ihr Gesicht erhellt sich sichtbar. Olivia meint dazu: „Das hört sich sehr vielversprechend an, machen wir uns gleich an die Arbeit. Holen wir uns Isak, Waldtraud und Kunigunde dazu." Die Türkin meint: „Das schaffen wir doch zu dritt, wir brauchen doch nicht eine ganze Mannschaft, wegen einer kleinen Mixtur." Mikka sagt: „So geht es schneller und die Mädels haben eine Aufgabe, die sie lieben." Olivia konzentriert sich und die Drei stehen keine 5 Minuten später vor Ihnen und fragen: „Was habt ihr zu mixen?" Olivia gibt das Buch Isak, der liest es und sagt: „Das ist ein sehr alter keltischer Mix, das Buch kenne ich gar nicht. Wo hast du die alte Schwarte her." „Ich habe es einmal von meiner Mutter bekommen, es wird einmal Asena bekommen, Sie liest viel darin", antwortet Akgül und lächelt dabei. Der Alte gibt das Buch weiter an Waldtraud und Kunigunde, die zusammen das Rezept lesen. Waldtraud meint dazu: „Eine gute vielversprechende Aufgabe, wir helfen sehr gerne, das Zeug zu mischen, damit es schnell geht, nur eigentlich zu schade, für den Mistkerl und Fremdgeher."

„Nur, dass er ein fantastischer Kämpfer ist, aber ich und Isak werden etwas suchen, dass wir seinen Trieb wegzaubern oder zumindest eindämmen können, Isak, das schaffen wir zusammen", meint gut gelaunt Akgül. Der Alte bestätigt Akgüls Meinung. Kunigunde winkt Isak zu sich und sagt: „Hole deine Miniaturen und zaubere unsere Kessel vor das Haus, wir wollen schnell mit der Arbeit beginnen. Isak geht mit den beiden Mädels vor das Haus und sagt: „Ich werde sofort alles zurück verwandeln, dann brauche ich nicht zweimal anfangen und wollte weggehen." Aber Waldtraud ruft zornig hinter Ihm her: „Du brauchst nicht gleich zu verschwinden, du liest uns vor und wir mixen, so geht es schneller." Der Alte war von dem bösen Ruf der Hexe so eingeschüchtert, dass er die Kessel groß zaubert, sich ans Pult stellt, worauf das Buch liegt, nochmal genau durchliest und Anweisungen an die Frauen gibt. Nebenbei sagt er:

„Ich wollte in meine Bücher schauen, ob diese Mixtur auch drinsteht und vielleicht eine Beschwörung für Mirkos Werwolf da sein." „Das glaube ich dir gerne, aber eins nach dem Anderen, wir machen das hier zusammen und dann zu nächsten Aufgabe", meint Waldtraud. Dann kommt die Türkin und fragt ihre Hexen: „Was brauchen wir zuerst, bestimmt normales Wasser." Kunigunde holt es aus dem nahegelegenen Bach. Olivia und Mikka kommen dazu und sagen: „Sie wollen auch Ihres dazutun." Der Alte sagt: „Wenn ich das hier so lese, brauchen wir hunderte Zutaten, da können wir jede Hilfe gebrauchen. Hoffentlich haben wir alles da, damit diese altkeltische geheimnisvolle Mixtur gelingt.

Unterdessen zeigt Asena dem Rest der Gruppe die umliegenden Ställe mit Hühnern, Schweinen, Kühen, Esel, Ziegen, Stallhasen und Vorratskammern. Einen kleinen See mit Fischen, Beete sind auch vorhanden. Aber worauf Asena ganz stolz ist, dass sie auch sehr schöne Pferde und Ponis besitzt, alles was das Herz begehrt. Sie hat an alles gedacht, um gut leben zu können. Auch in ihrem Haus ist alles vorhanden, auch ist sie modern eingerichtet. Die Gruppe staunt nicht schlecht, als sie alles zu sehen bekommen. Sie meinen, dass sie mithelfen, das Vieh zu versorgen. Asena sagt bei Musti, der ein Werwolf ist, sich nicht eignet. Das würden die Tiere sofort merken und scheu reagieren. Aber er hat eigene Aufgaben bekommen mit Roland. Asena nimmt die Hilfe gerne an, meint dazu lächelnd, sie werden gleich anfangen und Sie hilft auch.

Dann gehen alle in ihre Häuser und ziehen die passende Kleidung an und treffen sich vor den Ställen. Sie fangen bei den Hühnern an, der Stall muss Sauber gemacht werden, die Tiere brauchen Futter, die Eier müssen eingesammelt werden. Roland meint das übernimmt er, das müsste er schaffen. Sie gehen weiter zu den Schweinen und sehen auch kleine Ferkel, das Vani übernimmt. Asena meint: „Das müsst ihr doch nicht einteilen, ihr könnt alle zusammen helfen und jeden Stall nacheinander machen. Ich bin immer dabei, das habe ich bis jetzt mit meiner Mutter alleine gemacht." Sie sind von diesem Vorschlag begeistert. So kommen alle schneller voran als sie gedacht haben. Asena sagt: „Nächstes Mal geht das viel besser, da alle wissen, wie es am besten geht." Als sie bei den Pferden und Ponis ankommen, sind Hedda, Aisling und Märta ganz aus dem Häuschen, dort sind kleine Fohlen zu versorgen und sie sind ganz verliebt in die Kleinen. Sie wollen sich fast nicht mehr trennen, von den kleinen Vierbeinern. Die Frauen wollen am liebsten über Nacht bei den Tieren bleiben. Asena gibt zu, dass sie einige Nächte bei den Jungtieren verbracht hat. Asena ist froh, dass sie große Hilfe gefunden hat und viel Unterstützung bekommen hat.

Unterdessen mixen Akgül, Isak, Waldtraud, Kunigunde, Olivia und Mikka an Mirkos magischer Heilsalbe weiter. Der Alte schimpft vor sich hin: „So eine immense Vielzahl von Zutaten hat er in seinem ganzen Leben nicht verarbeitet." Er fragt die weiße Rose noch einmal: „Ich bin mir nicht sicher, dass dieses viele Zeug helfen soll und dazu noch diesen langen Beschwörungsspruch." „Das können wir nur ausprobieren", meint Sie und macht weiter. Die anderen Fünf stellen die Zutaten zusammen und geben dies in den großen Kessel der inzwischen kocht. Ein eigenartiger Duft entweicht dieser Brühe. Was sie nicht wissen, auf einmal spricht Isak den Namen einer Pflanze aus, die es in diesen Breitengraten nicht gibt. Alle sehen sich an, was machen wir jetzt? Waldtraud sagt: „Sie ist nur bei uns heimisch und gehört zu den Bachblüten. Was machen wir, ich kann Sie suchen und holen, hoffentlich werden die Dämonen nicht auf uns aufmerksam. Kunigunde meint: „Aber du gehst nicht alleine, das ist momentan zu gefährlich, das lassen wir nicht zu. Akgül meint darauf: „Ich war noch nie in deiner Heimat, ich gehe mit und Kunigunde kann auch dabei sein. Ich denke, die Dämonen haben bis jetzt nichts bemerkt, dann werden sie hoffentlich weiterhin nichts bemerken." Sie fragt Isak: „Gibt es einen Reisespruch den die Dämonen nicht bemerken." „Ihr fragt mich immer etwas, auf die Schnelle, kann ich nicht antworten. Wir können lesen, aber wissen können wir das nicht. Fragt mal die Dämonen," meint er. Waldtraud sagt: „Dann machen wir uns einfach auf den Weg und hoffen, dass wir nicht entdeckt werden."

Die Drei stellen sich zusammen und Akgül spricht ihren türkischen Spruch und Kunigunde denkt an Ihre Heimat: „Tu wüftem wüllünde bysübüccyn güallän müng myöl." Als Sie am Ziel ankommen, bemerken die Drei, dass es sehr kalt ist, so kalt kann es nur auf dem Brocken sein, in dieser Jahreszeit. Die Türkin meint lächelnd: „Wenn ich geahnt hätte, dass es hier so kalt ist, wäre ich daheim geblieben. Ich hoffe, ihr wisst, wo die Pflanze wächst. Waldtraud lacht: „Du hast Glück, ich weiß es, damit du mir nicht erfrierst. Willst du nicht auf einen Kaffee zu mir kommen, in meinem Haus ist es schnell warm, sie werden uns nicht gleich vermissen." Die Türkin war begeistert ja das machen wir: „Dann lerne ich dich besser kennen und weiß wo du wohnst." Dazu meinen die beiden Hexen: „Du kannst uns auch besuchen kommen." Waldtraud braucht wirklich nicht lange zu suchen und hat die bestimmte Pflanze gefunden, vorsichtig gräbt sie diese aus der Erde und nimmt sicherheitshalber eine Zweite mit. Mit dieser wichtigen Beute brauchen sie nur ein paar Minuten mit dem Besen zu fliegen, dann sind sie in ihrem Dorf. Herzlich werden sie von den Bewohnern empfangen, die beiden Hexen stellen das türkische Orakel vor. Von einigen anderen Hexen werden sie in ein Haus gedrängt, um eine Tasse Kaffee in der warmen Stube zu trinken. Waldtraud muss erzählen, was in der letzten Zeit vorgefallen ist. Aber Akgül warnt, dass sie dringend zurück müssen, um die Mixtur fertig zu stellen. Sie trinken ihre Tasse Kaffee aus und stellen sich zusammen, die Türkin sagt wieder ihren Spruch auf. Alle Hexen im Dorf stehen da und winken ihnen zu, als sie in ihr Dorf an der armenischen Grenze verschwinden.

Der alte Druide wartet sehnsüchtig auf die Weibsbilder, um die letzte Zutat für Mirkos Mixtur zu bekommen. Isak schimpft vor sich hin: „Wo suchen Sie denn die Pflanze, man könnte glauben die Pflanze muss erst wachsen." Da erscheinen die Drei vor Ihm, langsam werden ihre Umrisse sichtbar und er hört ihr lustiges kichern. Wie er sie klar erkennt, sagt er verärgert: „Was ist so lustig daran, eine wichtige Pflanze zu besorgen." Kunigunde meint: „Wir haben nur Akgül unser Dorf gezeigt, damit Sie uns auch besuchen kann. Haben wir dort eine Tasse Kaffee getrunken, das ist doch nichts

Schlimmes." Das Druiden Gesicht erhellt sich und meint schlitzohrig: „Ihr habt mir keinen Kuchen mitgebracht?" Er hat das noch nicht ganz ausgesprochen, sagt Olivia: „Ich hole dir einen Kuchen mit Kaffee, bin gleich wieder da. Der Alte schreit hinter Ihr her: „Nein, das war nicht so gemeint, es ist nur ein Scherz." Mikka krümmt sich vor Lachen und sagt: „Das darfst du vor meiner Frau nicht sagen: „Jetzt bringst du Sie nicht mehr los und bekommst immer einen Kuchen." Akgül meint lachend: „Das ist super, ich esse gerne Kuchen, da so viele Leute mithelfen, haben wir immer Zeit, für ein Kaffeekränzchen und ein guter Kuchen ist nie verkehrt. Als Sie zurückkommt, wird ihr die Neuigkeit mitgeteilt und Olivia ist total aus dem Häuschen und meint: „Super, ich backe jeden Tag einen neuen Kuchen, das ist meine große Leidenschaft, ich liebe das." Isak meint: „Kaffee trinke ich jetzt, deinen Kuchen esse ich später. Jetzt reden wir nicht lange herum und bringen unser Werk zu Ende." Waldtraud und Kunigunde richten gerade die Pflanze her und geben sie in den Kessel. Waldtraud sagt dazu: „Hoffentlich haben wir alles richtiggemacht und es wirkt bei dem Dreckskerl Mirko." Sie lassen die seltsame Brühe noch Mal aufkochen und rühren diese um. Der Druide liest die alte Schwarte noch einmal durch, er will nichts vergessen haben und bereitet sich auf die magische Beschwörung vor.

Nach einigen langen Minuten umrühren und abschmecken sagt Waldtraud geheimnisvoll zum alten Druiden: „Alter Meister bist du bereit, du kannst beginnen mit diesem geheimnisvollen Zauber." Isak richtet sich das Buch zu recht und stellt sich hin, holt seinen Zauberstab hervor und richtet ihn auf die Brühe, welche vor sich hin köchelt. Er räuspert sich noch einmal, dann fängt er langsam die alten keltischen Worte aufzusagen. Sehr deutlich und langsam spricht er diese geheimnisvollen Worte aus. Die Brühe verändert dabei immer wieder seine Farbe, geheimnisvolle schemenhafte Gestalten sind öfters zu sehen, sie erinnern an teuflische Wesen. Ganz gespannt sehen die Hexen und Mikka in die Brühe und hoffen, dass diese ihr Meisterwerk wird. Die Brühe wird immer fester, in dem Dampf sind unheimliche Gesichter zu sehen, leise unheimliches wispern ist aus dem Kessel zu vernehmen. Selbst die Hexen überkommt ein frösteln in dieser

unheimlichen Atmosphäre. Sie fragen sich, was haben sie hier begonnen?
Unaufhörlich spricht der alte Druidenmeister seine magischen Worte weiter,
man glaubt, dass er oft nicht einmal Luft holen muss, aber in seinem
Gesicht sieht man die Anstrengung an, Schweiß steht Ihm auf der Stirn. Als
er nach dieser unendlichen Beschwörung die letzten Worte spricht, atmet er
tief durch, das Gesicht entspannt sich und ein lächeln kommt über seine
Lippen. Gelöst stellt er sich hin und alle blicken gespannt in den Kessel.
Was sie sehen, ist eine grüne eklige schleimige Masse. Kunigunde sagt als
Erste: „Was soll denn das sein, dieses schleimige eklige Zeug soll helfen?"
„Lassen wir es abkühlen, ich sehe noch einmal in das Buch, ob man
nachbehandeln muss", meint der Druide.

Sie setzen sich zum Kaffeetrinken, alle setzen sich dazu. Die Anderen sind
gerade mit den Ställen fertig geworden. Roland und Vani meinen beim
hinsetzten zum Druiden, dass sie sich später um die Waffen kümmern
werden, alles genau durchsehen wollen. Er wird dann mit seinem
Experiment beginnen und eine Silbernagelsplitterbombe bauen. Kieran
meint: „Sie kann für uns selber gefährlich werden, wenn nicht alle eine
Rüstung tragen. Vani sagt dazu: „Das müssen wir austesten, einen Versuch
ist es immer wert." Kieran reagiert gleich: „Versucht sie zu bauen, dann
sehen wir weiter, jetzt trinken wir mit unserer Gastgeberin in Ruhe Kaffee,
den haben wir uns verdient." Niklas liest unterdessen in der dicken alten
Schwarte, sagt daraufhin zu Waldtraud: „Ich finde nichts, wie das
schleimige grüne Zeug weiter behandelt werden soll. Nur das man es vor
der Benutzung eine Stunde ruhen lassen soll. Waldtraud antwortet: „Das
passt, nach dem Kaffeetrinken ist es dann einsatzbereit." Kieran fragt:
„Habt ihr diese geheime Mixtur fertig?" Isak sagt: „Ich weiß nicht, es sieht
ekelerregend aus." „Vielleicht wirkt es umso besser?" sagt Kieran.

Sie laufen zum Kessel, um nach der Mixtur zu schauen, sie können es nicht
glauben was sie jetzt sehen. Es ist keine ekelerregende schleimige Masse
mehr im Kessel. Es ist nicht mehr viel in dem großen Kessel, es ist nur noch
ein paar Handvoll geleeartige Masse darin. Sie sehen sich an, was ist in der

Zeit mit der schleimigen Masse passiert. Die Masse hat sich verfärbt, sie hat sich in ein durchsichtiges Rot verändert, ein leichtes blinkendes Licht scheint davon auszugehen. Der Alte fragt die Ärzte: „Kann man mit diesem geheimnisvollen Zeug wirklich Mirko einreiben, auch wenn er ein Mistkerl ist, ist er kein Versuchskaninchen." Waldtraud schimpft jetzt: „Mit diesem Mistkerl kann man das machen, wenn wir es nicht versuchen wissen wir nicht, ob das Zeug hilft." Sie holt eine Schale und greift in den Kessel und holt die schwabblige Masse heraus und befördert diese in die vorgesehene Schale. Alle Augen sind neugierig auf die Masse gerichtet. Von allen Seiten kommen jetzt Personen dazu auch Asena die fragt: „Das ist alles, was aus der Masse mit den vielen Zutaten geworden ist." Ihre Mutter nickt nur.

Waldtraud sagt: „Mit diesem Zeug werde ich persönlich dem Dreckskerl einschmieren." Alle lachen jetzt und sagen: „Da will ich dabei sein." Waldtraud konzentriert sich auf ihre Freundin Jennie, die ein paar Minuten später langsam laufend erscheint, man sieht, dass Sie der große Schwangerschaftsbauch behindert. Sie sieht die Schale und fragt: „Mit dieser schleimigen Masse wollt ihr meinen Mann eincremen, glaubt ihr, dass Sie Ihm hilft?" Isak sagt kleinlaut: „Ich weiß nicht, ob diese komische Tinktur hilft, mir kommt das ein wenig eigenartig vor." Waldtraud sagt zu der jungen Hexe: „Ich klatsche dem Mistkerl dieses Zeug persönlich drauf, entweder es hilft oder es hilft nicht. Eine andere Alternative haben wir nicht, glaubst du wir haben einige Stunden Arbeit gemacht, um das Zeug wegzuschmeißen. Vielleicht willst du mit hineingehen und zusehen." Ich muss mich ein wenig hinlegen, mich schafft der dicke Bauch", meint Jennie. Waldtraud befiehlt: „Nimm aber deine Mutter mit!"

Da kommt ihr Beschützer gelaufen, der treue weiße Wolf, schnell ist er neben der jungen Hexe. Jennie krault Ihn zärtlich mit einer Hand. Sie dreht sich beschwerlich um, läuft mit dem weißen Wolf zu ihrer Behausung und Beide verschwinden darin. Waldtraud nimmt sicherheitshalber mit ihrer Mutter Kontakt auf und berichtet, dass sich ihre Tochter hingelegt hat.

Waldtraud packt die Schale mit der schlabbrigen Masse und geht mit Akgül in ihr Haus, direkt zu Mirkos Bett. Der Werwolf sieht die Hexe mit der rötlichen geleeartigen Masse auf sich zu kommen, entsetzt sieht er das Zeug an und schreit: „Nicht im Traum kommt das Zeug an mich ran. Ich lasse es nicht zu, dass ihr das Zeug an mir ausprobiert. Das werde ich nicht zulassen, die eklige Tinktur kommt nicht auf meine Haut." Waldtraud lacht schelmisch, in ihren Augen glänzt Hexenfeuer und das heißt, Sie hat eine sadistische Ader, Sie will seine Tat noch mal Rächen: „Das werden wir sehen, du glaubst doch nicht, wir machen uns eine stundenlange Arbeit und der schöne Herr will das gute Heilmittel nicht haben, so weit kommt es noch." Die Hexe stellt die Schale ab und greift unter ihren Rock und hat ihren Zauberstab in der Hand. Schnell hat Sie im gleichen Moment ein paar unverständliche Worte gesagt. Die weiße Rose muss lächeln und meint: „Du hast es den armen Kerl gegeben, er muss sich dem Schicksal ergeben. Willenlos liegt er in seinem Bett. Ganz vorsichtig streichelt Waldtraud über seinem Kopf und sagt ganz gehässig: „Mein kleines Hündchen und Kläffer kann jetzt gar nichts mehr machen. Ich kann mit dir jetzt alles tun, siehst du was eine böse Hexe alles kann, die größten bösesten Werwölfe fressen mir aus der Hand. Du konntest nie gegen mich was unternehmen, ich werde dich jetzt schön eincremen, ob du willst oder nicht, du kannst gar nichts dagegen machen mein kleines Schoßhündchen." Dabei macht Sie seinen Körper frei und holt die Schale näher heran und sagt: „Das Zeug riecht schon sehr eklig, da kann Mirko mindestens 5 Wochen nicht mehr unter die Leute gehen." Akgül sagt entsetzt: „Ich will in mein Haus gehen können, ohne dass ich mich übergeben muss."

Vorsichtig greift Waldtraud in die Schale holt ein wenig von der Masse heraus und streicht Mirko etwas an die verletzte Hüfte. Es passiert ein paar Sekunden nichts, als die Hexe ihre Hand wieder in die Schale greift und ein wenig holen will, sieht Sie die Masse Sekunden schnell in der Haut verschwinden, der Werwolf wird unruhig. Waldtraud lässt nicht nach und bittet das Orakel Ihr zu helfen und Mirko auf die Seite zu drehen, damit Sie Ihn besser eincremen kann. Nochmal greift sie in den Behälter mit der

Masse und schmiert das eklige Zeug auf die Seite der Hüfte und den Rückenbereich.

Mirko bäumt sich immer mehr auf, er hat große Schmerzen, aber die gehässige Hexe denkt überhaupt nicht daran, den Werwolf zu schonen und eine Pause zu machen. Was passiert gerade mit Mirko, sein Mund ist weit aufgerissen, dann wird es zu einem Werwolf Maul. seine Haut verändert sich. Einmal hängen Zentimeter große Zotteln aus seiner Haut, dann ist sie wieder Glatt wie frisch rasiert. Die Beiden sehen sich entsetzt an und Akgül fragt: „Haben wir vielleicht doch ein wenig zu viel von dem unheimlichen Zeug aufgetragen, was machen wir jetzt?" „Abwarten, was können wir sonst tun, dieses Scheusal hält das aus", meint die rothaarige alte Hexe ganz ironisch. Da will Waldtraud, Mirko noch eine Schicht auftragen und Ihn damit plagen, eine Hand greift nach Ihrem Arm und das Orakel sagt mit leiser Stimme sanft: „Ich denke es reicht, wir brauchen den Werwolf sehr dringend, oder willst du Ihn töten. Die Hexe zieht Ihre Hand zornig zurück und sieht Sie entsetzt an und sagt, um Gottes Willen du hast recht. Sie schauen Beide auf den Werwolf und müssen zusehen was mit Ihm gerade geschieht. Sie können nicht glauben, was sich gerade abspielt. Sein ganzer Körper ist durchsichtig geworden, er ist in einem durchsichtigen Rot ein feines helles bläuliches Licht pulsiert in seinem Körper, genauso wie bei beim Herzschlag, dann verfestigt sich sein Antlitz wieder. Er wird wieder durchsichtig, alle paar Sekunden geht sein Körper einen Wechsel durch. Sein Körper spiegelt die Farbe der unheimlichen Masse wieder. Was für eine Kraft ist in seinem Körper, man muss glauben, dass sie nicht von dieser Welt ist, was haben sie für Mächte heraufbeschworen? Akgül flüstert Waldtraud zu: „Hoffentlich haben wir Ihn nicht umgebracht, das könnte ich mir nicht verzeihen." Waldtraud sagt auf einmal kleinlaut: „Er ist zwar ein Scheusal, aber töten will ich Ihn auch nicht." Sie sehen ganz gespannt auf die Dinge, die in Mirko vorgehen. Auf einmal werden die Wechsel langsamer und hören auf. Ganz verkrümmt liegt ein Werwolf vor Ihnen, ein paar Sekunden später bildet sich sein Körper zurück zu Mirko. Sichtlich erschöpft und schnell flachatmend liegt er vor ihnen. Furchtbar stinkend von der ekligen Masse.

Entsetzt sehen die beiden Frauen auf den schwergeschundenen Mann. Er atmet plötzlich nicht mehr. Sekundenlang bewegt sich sein Brustkorb nicht mehr. Panik überkommt die Frauen, was haben sie getan? Ist er Tod? Was machen sie jetzt? Seine Hautfarbe wird ganz blau, als wenn er keine Luft bekommt. In großer Panik schüttelt Waldtraud den Mann und schreit Ihn an: „Mirko wach auf du Schweinehund, das kannst du uns nicht antun, du darfst nicht sterben." Dann krümmt sich sein Körper und Mirko schnappt mit weit aufgerissenen Mund nach Luft, sein Brustkorb bewegt sich endlich wieder ruhig. Die beiden Hexen fragen sich, ist es endlich vorbei? Angstschweiß steht den Beiden immer noch auf der Stirn, sie sind Beide nervlich angeschlagen, würden sie es nochmal machen?

Ruhig liegt Mirko vor ihnen, sein Atem ist normal. Mit großer Geduld sitzen die Beiden an seinem Bett und warten bis ein echtes Lebenszeichen von dem geschundenen Mann ausgeht. Nach sehr langer Zeit bewegt sich ein Arm von Mirko, er legt sich vor sichtig auf den Rücken und streckt sich. Mit heißerer Stimme fragt er: „Was ist mit mir passiert, ich weiß nichts mehr, was in dieser Zeit mit mir geschehen ist." „Ich denke, du weist es besser nicht, was in dir vorgegangen ist", sagt besorgt das Orakel. Mirko sieht unterdessen an seinem Körper herunter und untersucht alle seine Gliedmaßen, als wenn alles anders ist. Mirko fragt die Beiden: „Irgendetwas ist mit meinem Körper vorgegangen, was habt ihr mit mir gemacht?" „Nur ein wenig mit dieser neuen Masse eingecremt", meint mit unschuldigen Gesicht Waldtraud. Daraufhin setzt sich Mirko, als wäre es ganz normal an den Bettrand und steht vorsichtig auf. Die beiden Frauen schauen sich entgeistert an, dann lachen und jubeln Sie aufgeregt, klatschen in ihre Hände. Sie haben es geschafft, Mirko kann wieder gehen. Vorsichtig mit zittrigen Beinen steht er vor ihnen. Jetzt bemerkt er, dass er wieder stehen kann. Er muss selber lachen und ist sehr glücklich. Vorsichtig setzt er erst einen Fuß vor den Anderen, ja er kann wieder gehen. die beiden Frauen merken, dass er ein wenig Probleme mit seiner Hüfte hat, er hinkt noch ein bisschen.

Waldtraud konzentriert sich auf Jennie und die beiden Anführer Frauen und das Orakel kontaktiert natürlich mit ihrer Tochter. Keine 10 Minuten später stehen alle Hexen in Akgüls Haus, begutachten den jungen Mann und das Ergebnis der Behandlung. Asena sagt: „Das ist super, endlich kann er wieder laufen. Mit Jennie ist auch der Wolf mitgekommen. Auch Hedda und Aisling sind von dem Ergebnis begeistert und fragen Mirko: „Wie findest du es selbst." „Ich bin begeistert, jetzt muss ich nicht mehr im Bett liegen und kann mich wieder frei bewegen, auch wenn es noch nicht perfekt ist", meint Mirko.

Igor schnüffelt Mirko rundherum ab und auf einmal zerrt er fest an seiner Hose und will Ihn mit sich nehmen. „Was will Igor jetzt von Mirko", fragt sich Asena. Scherzhaft sagt Waldtraud zu dem jungen Mann: „Wir können dir noch ein wenig von dieser Masse auftragen, vielleicht wird es dann Perfekt." Mirko sieht die rothaarige Hexe entsetzt an und meint: „Das meinst du nicht im Ernst, nein das kann nicht sein, nur über meine Leiche, dasselbe mache ich nicht noch einmal durch." Igor zupft noch immer an Mirkos Hose und will ihn hinausziehen. Asena sagt: „Igor will, dass du mit Ihm jagen gehst." „Und so bekommt Mirko wieder Kraft und die Hüfte kommt schneller in Ordnung", vervollständigt Jennie.

Das Orakel fügt nachdenklich hinzu: „Es wird bald Vollmond und dann wollen die Wölfe jagen gehen, da kann sich Mirko stärken." „Musti will bestimmt auch mit", lacht Jennie. Mirko sagt voller Freude: „Er kann es noch gar nicht fassen, dass er hiersteht auf seinen eigenen Beinen," und fügt hinzu: „Ich bin überglücklich, dass ich wieder laufen kann." Akgül fragt die junge Hexe Jennie: „Bei Euch wird doch alles gefeiert, oder?" Jennie nickt lächelnd. Im selben Moment kommt Sepp herein und will nach seiner Frau schauen und sieht Mirko stehen, hat die letzten Sätze vom Orakel gehört und ruft in den Raum: „Sicher wird das gefeiert, das Bier ist bereits fertig und somit hat es einen guten Grund angezapft zu werden." Jetzt ist in Akgüls Haus eine super Stimmung.

Mirko versucht ein paar Schritte auf seine Frau zu zugehen und sie dann in den Arm zunehmen. Aber die junge Hexe geht ein paar Schritte zurück und sagt energisch: „Nur, weil du wieder gehen kannst, brauchst du nicht meinen, dass du zu mir kommen kannst und alles ist vergessen. Hier besteht ein sehr weiter Weg, wenn es überhaupt einen Weg gibt." Resigniert setzt sich Mirko auf seine Bettkante und kann nicht glauben, dass seine Frau Ihn nicht verzeihen will, er ist doch ein Werwolf. Waldtraud bekommt dabei wieder Ihr freches grinsen und versteht ihre Freundin sehr gut, Sie klopft Ihr auf die Schulter und flüstert Ihr ins Ohr: „Sehr gut gemacht, gib bloß nicht nach." Akgül sagt zu Mirko: „Du kannst jetzt alleine ein Haus beziehen, du brauchst keine Pflege mehr. Sie geht nach draußen und zaubert für Mirko ein Haus, gleich in der Nähe von seiner Frau.

Zur gleichen Zeit sind Roland, Vani und Schorsch zusammen, Musti gesellt sich nach einer Runde mit Igor dazu, der neugierig sich dazulegt und die Arbeit von den Vieren genau beobachtet. Er lässt Jennie alleine, anscheinend schläft Sie. Die weiße Taube sitzt auf einem Baum, beobachtet alles was die Männer basteln und gurrt herunter. Die vier Männer bringen erst ihre Waffen auf den neuesten Stand und jetzt wollen sie ganz was Neues bauen. Sie wollen eine vernichtende Waffe für die gefährlichsten Bestien machen. Erst müssen sie möglichst viele Silber Splitter herstellen, um einige der Bomben herzustellen. Dann holt Vani eine große Menge Weihwasser, das er von einer kleinen Kapelle vom hohen Norden bezieht. Viele kleine Einzelteile müssen die Männer herrichten. Fleißig arbeiten Sie Hand in Hand, als wenn sie Profis beim Bomben bauen wären. Vani sagt: „Das Problem wird sein, dass diese Splitter zusammen ein großes Gewicht haben und somit zum Fliegen viel mehr Schwarzpulver benötigen. Schorsch lächelt und meint: „Vielleicht sollten wir einige ganz einfach bauen, dann selbst werfen und vor allem müssen wir testen, ob die Rüstungen den

Splittern standhalten. Wir sollten eine bauen und dann einfach testen." „Wir müssen erst eine fertig haben! Warum reden wir so lange", meint Roland.

Kieran kommt dazu und sieht sich die Lage mit seiner Frau an und fragt: „Wie sieht es mit den Waffen aus." Vani meint daraufhin: „Gut, aber mit ihrem neuen Projekt könnte es besser sein, sie kommen nicht so vorwärts wie gewünscht." Aisling meint: „Passt gut auf Euch auf, dass was ihr hier macht ist sehr gefährlich, lieber braucht ihr etwas länger, Rom ist auch nicht an einem Tag erbaut worden." Ganz konzentriert arbeiten die vier Männer weiter und setzen alle Einzelteile zusammen. Die Silbersplitter, etwas Weihwasser in eine andere Kammer, eine Menge Schwarzpulver und diesmal will Roland ein wenig Plastik Sprengstoff benützen, was die Angelegenheit für die Männer noch schwieriger Macht. Dann fragt Schorsch, wie wollt ihr das Monsterding zünden. „Gute Frage", meint Roland. Wir können es mit einer normalen Zündschnur versuchen, um die Wirkung an den Rüstungen zu testen. Dann bauen die Männer ganz vorsichtig eine normale Zündschnur ein.

Dann holen Sie alle Leute, auch Mirko kommt neugierig gehumpelt, Jennie kommt mit Igor gelaufen, der zu Ihr gegangen ist. Die Hausherrin mit ihrer Tochter darf nicht fehlen. Alle wollen diesem Spektakel zusehen. Sie stellen die Rüstungen in einem Kreis etwas außerhalb der Wohnanlage auf, legen die Splitterbombe in die Mitte mit einer etwas längeren Zündschnur auf einem kleinen Podest ab und zünden die Zündschnur an. Alle sehen gespannt auf die neue Waffe, es dauert sehr lange, besonders die Konstrukteure können es nicht erwarten, das Ergebnis zu sehen. Alle, die in einer Deckung warten halten sich die Ohren zu. Mit einem ohrenbetäubenden Knall explodiert die Splitterbombe Marke Eigenbau. Sekundenbruchteile später vernehmen sie die Einschläge in die Rüstungen. Sofort kommen die Zuschauer aus ihren Verstecken und jubeln, Wow sagen alle, dieses Ding hat eine enorme Power. Roland, Vani und Schorsch sehen die Rüstungen an. Musti ist erst mal zu Mirko gegangen, um nach Ihm zu sehen, denn er hat Ihn zum ersten Mal wieder gehen sehen. Die beiden

Druidenpärchen und Sophies Freund folgen Ihnen. Die drei Konstrukteure begutachten die Rüstungen genau, von oben bis unten. Außer ein paar Dellen und Kratzer haben die Männer nichts gefunden. Die Anführer sind mit dem Ergebnis mehr als zufrieden. Niklas und Kieran ballen eine Faust und sind sich einig die Dämonen müssen bei einem weiteren Angriff sich warm anziehen. Aisling und Hedda liegen sich vor Freude in den Armen, als sie dieses gute Ergebnis sehen und jubeln. Roland sagt zu Niklas: „Die Herren, die diese Rüstungen gemacht haben, die haben eine sehr gute Qualität gebaut. Sonst hätten wir nicht so ein gutes Ergebnis erzielt. Super, da passt wirklich alles." „Dann ran an die Arbeit, baut weitere Höllenbomben", schreit Kieran zu den Leuten. Niklas sagt als nächstes zu Sepp: „Jetzt haben wir noch etwas zum Feiern. Sepp schreit allen zu: „Holen wir ein Bier, alle helfen vor Freude zusammen, setzen sich, heben ihre Krüge und trinken auf Mirkos Genesung. Dann trinken sie auf das gute Ergebnis der Splitterbombe. So hallt der altkeltische Kampfruf durch den türkischen Pinienwald.

Igor will Musti und Mirko nicht lange sitzen lassen, nach kurzer Zeit zieht er Ihnen an den Hosenfüßen. Ein paar Mal können sie dem energischen Ziehen sich erwehren, aber das Tier will nicht aufgeben. Akgül hört das knurren ihres Wolfes und sagt zu den Beiden: „Igor gibt nicht auf, er macht weiter bis Ihr endlich mitgeht." Widerwillig stehen die Werwölfe auf, verwandeln sich. Langsam laufen Sie auf allen vieren dem weißen Wolf hinterher. Igor läuft flott die gleiche Runde, die er letztes Mal mit Musti gelaufen ist. Mirko merkt beim Laufen als Werwolf, dass er keine Probleme mit seiner Hüfte hat. Er kann ohne weiteres dem Wolf folgen. Immer wieder bleibt Igor stehen, hebt seinen Kopf. Mirko sieht, dass er seine Umgebung genau beobachtet. Auch Mirko prüft seinen Instinkt, der noch in Ordnung ist und auch er bemerkt keine bösen Spannungen. So sind alle drei Wölfe schnell wieder zurück in ihrem Dorf. Akgül und Asena empfangen sie mit großem Hallo und fragen sofort: „Ist alles in Ordnung?" Igor sieht Ihr in die Augen und in ihrem Kopf hört sie: „Alles in Ordnung, dieser Mirko hat eine sehr kräftige Aura, er ist ein sehr mächtiger Wolf, ob Jennie den für immer

Zähmen kann?" Akgül meint: „Wir Druiden und Hexen schaffen das." Man könnte meinen, der Wolf lächelt, er versteht alles, dreht sich um und läuft zu Jennie. Sie hat gleich wieder eine Hand in seinem Fell und streichelt Ihn. Lange sitzen sie und feiern zusammen, auch werden wieder neue Pläne geschmiedet. Die Hexen wollen ein neues und besseres Gebräu kochen, um eine Überraschung für die Dämonenbrut zu haben. Die Hausherrin sagt: „Wir können doch zusammen in meinen schlauen Büchern stöbern." Alle Hexen sind dabei, nur Jennie ist nicht begeistert, denn Sie hat Probleme mit ihrem großen Schwangerschaftsbauch. Sophie ihre Stiefmutter kümmert sich rührend um Sie und weicht kaum noch von ihrer Seite. Niklas und Kieran haben ein weiteres Thema mit Isak, die Dämonen belauschen. Sie beziehen Akgül mit ein, Sie ist zwar dafür, aber Sie will nicht gleich in das Reich der Finsternis sehen. Niklas und Kieran möchten am liebsten alles auf einmal machen. Damit kommen sie bei der Hausherrin überhaupt nicht gut an. Somit bleibt den beiden Druiden nur, ein weiteres Bier zu trinken!

Kapitel 19
Die Mädels wollen ihr eigenes Süppchen kochen

Als alle sehr früh zusammen Frühstücken, machen die drei Wölfe ihre gewohnte Runde. Die Anderen kümmern sich um die Ställe mit dem Vieh. Roland, Vani und Schorsch machen sich darauf wieder an der Splitterbombe zu schaffen. Musti hat nach dem Streifzug zugesagt mitzuhelfen, auch Mathias will unbedingt dabei zu sein. Sepp hat auch seine gewohnte Aufgabe.

Die Hexen sind heute besonders agil und verschwinden aufgeregt in Akgüls
Haus, sogar Jennie bemüht sich, Sie will bei dieser Sache nicht fehlen. Der
Alte will seinen Sohn und Kieran zu sich rufen und ihnen den altkeltischen
Zauber lernen, sowie seine alten Bücher durchsehen. Isak meint: „Wenn
schon unsere Hexen beschäftigt sind, dann nehmen wir uns die Zeit und
widmen uns dieser Angelegenheit, dass was wir schon längst machen
sollten." „Das freut mich riesig, auf geht's, stöbern wir und zaubern wir",
lächelt sein Sohn, Kieran steht grinsend dabei. Mit großer Energie gehen die
Drei ihr Vorhaben an. Akgül und ihre Tochter holen aus einem Regal ein
paar alte verstaubte Bücher hervor, auf welche sich die Hexen und
Druidenfrauen stürzen. Waldtraud, Kunigunde, Märta, Jennie, Sophie,
Aisling, Hedda und Hermine bekommen glänzende Augen, als sie die alten
Schmöker zu sehen bekommen. Sie stürzen sich darauf, als wären es
Modezeitschriften mit neuen Klamotten. Die Hexen stecken ihre Köpfe
zusammen und lesen eifrig in den Büchern. Ganz konzentriert suchen sie
nach einer neuen Mixtur, die eine große alte keltische Macht gegen die
großen Mächte der Finsternis besitzt. Den ganzen Tag kommen die Frauen
aus dem Haus des Orakels nicht heraus. Niklas, Kieran und Isak sitzen
genauso vor ihren Büchern, dabei meint Niklas: „Haben sich die Frauen
eingesperrt, man hört von ihnen nichts mehr. Das hat auch seinen Vorteil.
Wir könnten eine Pause machen und Sepp besuchen und von unseren neuen
Erkenntnissen berichten." Sein Vater meint: „Dann können wir Roland und
Mathias auch in Kenntnis setzen und den Zauber ausprobieren." Zielstrebig
laufen die drei Männer mit festen Schritten zu den Bombenbauern und
berichten von ihren Kenntnissen die sie gewonnen haben und natürlich von
der Pause die sie machen wollen. Roland und die anderen sind von einer
kleinen Pause nicht abgeneigt und gehen gerne mit zu der kleinen Brauerei.
Sepp schenkt eine Runde Bier ein und sie trinken zusammen einen Schluck
und zugleich berichtet Niklas von dem neuen Zauber, den er von seinem
Vater gelernt hat, dass wollen die anderen Magier auch versuchen. So
erklärt der Druide, dass sie verschiedene Bannsprüche für die Dämonen
gefunden haben. Einen Bannspruch hat Isak damals bei Hop tu Naa
angewendet, diese Dämonin war damals wie gefesselt. Mit großem Eifer

lassen sich die Magier die Sprüche zeigen. Nach der Pause gehen die drei Druiden zu ihren Büchern, um weiter zu suchen, Isak erklärt und lernt den Beiden die alte keltische Magie.

Die Hexen unterdessen schmökern noch in ihren verstaubten alten Büchern und suchen weiter. Stundenlang sitzen sie vor den Büchern, eine magische Mischung nach der anderen lesen sie durch, beratschlagen und lesen immer weiter. Bis zu einem gewissen Moment, dann schreit Aisling auf: „Ich habe etwas gefunden, es ist eine alte geheimnisvolle Mischung." Alle anderen stehen sofort auf und wollen die Seiten des alten Buches begutachten. Sie sehen gespannt auf die Seiten. Bis eine sagt: „Wir sollen uns vielleicht nicht auf ein Gebräu versteifen." So suchen die Mädels noch ein paar weitere heraus. Sie setzen sich darauf mit ihren Männern in Verbindung, die sich sofort blicken lassen. Isak liest die Mischung genau durch und meint: „Das ist wirklich eine sehr außergewöhnliche Mixtur, die solltet ihr wirklich mal testen, mehr als nichts kann es nicht sein und die anderen sind auch nicht ohne."

Aisling, die den ersten Mix gefunden hat meint: „Dann werden wir gleich mit der Ersten beginnen." „Die will ich aber nicht versuchen zu essen", sagt ihr Mann darauf. Akgül lächelt und meint: „Ich wusste gar nicht, dass so viele Geheimnisse in meinen Büchern stehen. Ich merke, dass ich die Bücher in den letzten Jahren sehr vernachlässigt habe." Natürlich sind es Waldtraud und Kunigunde, die als Erste nach draußen rennen und schnell einen Kessel aufstellen. Sie können nicht abwarten und sammeln die Zutaten für die Mixtur schnell zusammen." Genauso wollen sie Niklas Vater dafür benutzen, die Beschwörung aufzusagen. „Eigentlich könnt ihr, das genauso gut machen", meint dieser. Aber Waldtraud hat einen Einwand und meint zu diesem Thema: „Beschwörungen sprechen können wir, aber die sehr alte keltische Schrift richtig lesen und betonen, dass bekommen wir nicht hin." „Also gut, ihr habt mich überredet und überzeugt, ich mache es ja gerne", meint Isak. Das Orakel weist darauf hin: „Mich haben sie nicht gefragt, ich kann es auch übernehmen, dazu meine ich, wir Beide sollten

ihnen, dass beibringen." Isak sagt: „Das sollten wir wirklich tun." Die
Männer gehen wieder zurück, um weiter zu üben und lassen die Frauen
alleine weiterarbeiten. Die sich mit vollen Eifer der neuen Mixtur widmen,
die Hexen wollen es wissen und den mächtigen Dämonen das Leben schwer
machen. Auch Roland, Vani und Schorsch lesen die Seiten der Mixtur mit
großen Interesse und Roland sagt: „Das Ergebnis will er sehen, es sieht sehr
vielversprechend aus, hebt beide Daumen, dass es klappt."

Die Hausherrin liest die alten Seiten und andere Mädels sammeln die
fehlenden Zutaten. Wie Kröten, Schlangen, Tierherzen, Wolfsblut,
verschieden giftige Pilze, Pflanzen aller Art. Die Hexen kommen wieder an
einen Punkt, sie bekommen nicht alle Zutaten, die gibt es hier nicht. Es sind
hunderte verschiedene Beigaben, die sie beschaffen müssen. Aisling meint:
„Wie sollen wir uns, dass alles merken, was wir hierfür brauchen, was wir
schon haben und was nicht. Außerdem, wo wir das hier herbekommen."
Das Orakel überlegt und sagt: „Ich mache mit meiner Tochter eine Liste,
die arbeiten wir nach einander ab." Hedda lacht: „Da brauchen wir ja eine
Ewigkeit, bis wir alles zusammen haben." Aisling kontert: „Gute Sachen
brauchen einfach ihre Zeit." Akgül und ihre Tochter machen sich gleich an
die Arbeit eine Liste zu erstellen und geben nebenbei an die Hexen weiter,
was sie alles benötigen. Waldtraud schnauft: „Hätten wir nicht eine andere
Suppe kochen können, aber ich will es genauso." Mit der Zeit häuft sich ein
kleiner Berg mit komischen Zutaten aus aller Welt an. Ein kommen und
gehen herrscht auf dem Platz. Die eine Hexe zaubert sich zurück, die andere
fliegt mit dem Besen weg. ein hektisches kommen und gehen. Sie werden
zusammen den alten geheimnisvollen Zauber mixen. Manchmal wenn die
Männer eine Pause machen und ein Bierglas in der Hand haben, beobachten
sie ihre Hexen. Sepp sagt zu Niklas: „Alle Achtung, wie sie alle
zusammenarbeiten, so schaffen sie es mit Sicherheit. Diese Hexen geben
niemals auf. So wie es aussieht, sind sie schön weit gekommen." Akgül
winkt den Druiden und den Münchner zu sich und lächelt: „Wenn
Waldtraud und eine andere Hexe erfolgreich zurück sind, können wir mit
der Grundsubstanz beginnen. Dann solltet ihr fleißigen sexy Bienchen Euch

eine Pause gönnen, meinst du nicht auch", sagt Sepp und drückt ihr dabei ein Glas Bier in die Hand und äußert: „Na dann Prost auf ein erfolgreiches gelingen." Kaum sind die beiden Mädels zurück mit ihrer Trophäe, schreit Waldtraud: „Seht euch die Männer an, wir rackern uns ab und sie stehen da und machen eine Pause." Wir warten nur noch auf Euch. Die Bombenbauer kommen natürlich auch dazu. „Uns fragt ihr nicht" meint Roland. Die anderen holen sich auch ein Glas. Sepp sagt zu den Mädels: „Damit ihr eure Grundsuppe kochen könnt, hat sie mir erzählt. Ihr habt Euch jetzt eine Pause verdient, habe ich recht" und hebt das Glas, alle nehmen nach der harten Arbeit einen großen Schluck zu sich.

Waldtraud fragt das türkische Orakel: „Wollen wir beginnen, die Grundsubstanz herzustellen." Sie antwortet: „Interessant wäre es auf jeden Fall, oder?" Beide grinsen und nicken. Sie rufen alle anderen Hexen zu sich und fragen: „Ob sie noch diese machen wollen? Die anderen Hexen sind gleich Feuer und Flamme. Waldtraud und Kunigunde holen Holz und feuern den Kessel an. Die Hexen helfen zusammen und suchen aus den zusammengetragenen Zutaten die heraus, welche sie benötigen. Akgül und Asena stellen sich vor ein Pult, auf dem die alte schlaue Schwarte liegt und liest laut die ersten Zutaten vor, die diese Hexen nach einer gewissen Reihenfolge und Vorbehandlung in den Kessel geben. Alles muss gewissenhaft und sehr genau gemacht werden. Sie sind sehr konzentriert dabei und passen genau auf. Akgül und Asena achten darauf, dass ihre Hexen dies auch wirklich einhalten, ansonsten wäre ihre ganze Arbeit umsonst. Nachdem die Hexen ihre sonderbaren Zutaten in den Kessel getan haben, wie Krähenfüße, Kaninchenpfoten, giftige Pilze, seltene Pflanzen, stehen die Hexen um ihren Kessel und beobachten, was sich mit ihrer zusammen gemixten Brühe tut. Nach längerem Kochen bemerken sie, dass von ihrer Suppe eine geheimnisvolle Aura oder Magie ausgeht. Alle sind sich einig, sie machen erst am nächsten Tag weiter.

Nur Mirko und Musti werden von Igor ihren weißen Wolf noch belästigt, sie werden zu einer Abendrunde abgeholt, man könnte einen Wecker nach dem Wolf stellen. Immer zur gleichen Zeit steht er auf die Minute da und holt die beiden Werwölfe ab. Sofort verwandeln sich die Beiden zu Werwölfen und verschwinden in den Pinienwald. Wie immer laufen die Drei zügig und machen bald einen Halt, um die Umgebung genau ins Visier zu nehmen. Diesmal bemerken die Werwölfe, dass etwas anders ist als sonst. Sie spüren, als wenn sie beobachtet würden, was ist das? Musti fragt den Wolf: „Spürst du das!" „Das ist nichts Besonderes", meint Dieser und man könnte glauben, dass er grinst. Mirko fragt Musti: „Er versteht uns, er kann sich mit uns unterhalten." „Ja, es ist ein magischer weißer Wolf, wir verstehen uns sehr gut", meint sein Freund. Mirko antwortet mit großer Überraschung: „Das ist ja super, dass hätte ich nie gedacht." Sie laufen unterdessen weiter bis zum nächsten Halt, noch immer verspüren sie etwas, als wenn fremde Augen auf sie gerichtet sind. Glaubt der leicht humpelnde Werwolf, dass es wirklich keine Dämonen sind? Es verspürt keine böse Magie. Aber was ist es dann? Bald darauf sind sie wieder in ihr Dorf zurückgekehrt. Der Wolf sagt aber kein Wort darüber wer sie beobachtet hat? Igor macht einen kurzen Besuch bei seiner Herrin, dann verschwindet er wie immer in Jennies Behausung. Alles wird ruhig im Dorf vom kleinen magischen Zirkel.

Kapitel 20
Eine sonderbare Begegnung

Mitten in der Nacht, alles ist dunkel, nichts rührt sich, es ist totenstille. Es ist ruhig und friedlich, alle schlafen tief und fest. Eine Gestalt huscht durch das friedliche Dorf auf leisen Pfoten. Zielstrebig schleicht dieses Wesen zum Haus von Mirko und verschwindet darin. Ein tiefes knurren ist zu hören. Daraufhin verschwindet der Schatten, eilt zum nächsten Haus und

das ist Mustis, auch hier ist das knurren zu hören. Kurz darauf huschen drei
große Schatten ohne einen Ton von sich zu geben durch das Dorf und
verschwinden mitten in der Nacht in den Pinienwald. Niemand bekommt
mit, dass drei große gefährliche Wölfe das Dorf verlassen.

Sie rennen durch den Wald, als große schwarze Schatten huschen sie eilig
dahin, kein Geräusch ist von Ihnen zu hören, bis zum ersten Stopp. Alle drei
Wölfe visieren wie immer Ihre Umgebung. Irgendetwas ist da, das uns
beobachtet. Mirko fragt Igor: „Wir werden beobachtet, hier stimmt etwas
nicht?" Der weiße Wolf sieht Mirko an und in seinen Gedanken kann er
daraufhin hören: „Alles ist in bester Ordnung, wirst schon sehen." Plötzlich
sind viele unheimliche leuchtende Augen um sie herum. Nichts geschieht
Minuten lang, die Augen starren Sie nur an. Sie sehen nur helle leuchtende
Punkte, wie gefährliche Schlitze, was sind das für Wesen? Wo hat uns Igor
hingeführt, was hat er vor? denkt sich Mirko. Angst überkommt die beiden
Werwölfe, ist es eine Falle? Sind es Feinde? Was wird hier gespielt?

Igor setzt sich auf seinen Hintern und die hellen Augen bewegen sich
langsam. Ohne einen Ton zu verursachen, kommen diese auf sie zu. Immer
mehr Augen kommen auf die drei Wölfe zu. Mirko und Musti können nicht
glauben, was sie zu sehen bekommen, aber sie hatten insgeheim eine
Ahnung, was aus dem Pinienwald kommen wird. Aber Sie wollten es nicht
wahrhaben. Ein ganzes Rudel Wölfe kommt auf sie zu, friedlich und ruhig
wie aus dem nichts. Igor sitzt da, als wäre er ein König, man könnte
glauben, dass er grinsen in seinem Wolfsschädel hat. Vorsichtig streifen
ihre Körper an den 3 Wölfen entlang, sie wollen den Körperkontakt der drei
Wölfe spüren, auch der mächtigen Werwölfe. Etliche Minuten dauert der
körperliche animalische Kontaktaustausch, bis Igor sich plötzlich erhebt
und in eine Richtung davonläuft. Alle folgen Ihm, sofort laufen die beiden
Werwölfe hinterher. Es ist ein anderer Weg die Sie jetzt rennen. Sie laufen
auf einen kleinen Berg hinauf.

Igor stellt sich auf die höchste Stelle, hebt seinen Kopf zum Mond und fängt
schaurig an zu heulen. Alle Wölfe fangen an zu heulen. Igor sieht die
Werwölfe streng an, daraufhin machen Sie mit. Es ist ein schauriger Chor,
der über dem ganzen Gebiet zu hören ist. Werden es auch ihre Freunde
hören? Bestimmt können sie es hören, soweit waren sie nicht von ihrem
Quartier entfernt, was werden sie sich wohl denken? Danach hetzen Sie
ausgelassen durch den Pinienwald. So ein wildes schönes dahinrennen
haben die beiden Werwölfe noch nie mitgemacht. Nichts könnte dieses
Wolfsrudel aufhalten. Geschmeidig bewegt sich das große Rudel durch den
Pinienwald. Freie Wiesen und Felder durchstreifen sie. Musti und Mirko
glauben überhaupt nicht mehr müde zu werden. Zu schön ist dieses Erlebnis
für Sie. Haben sie neue Freunde gewonnen? Auf einer Anhöhe sehen Sie
gemeinsam die Sonne aufgehen, Sie stellen sich zusammen und heulen,
daraufhin laufen sie zu ihrem Dorf.

Im Dorf ist bereits reger Betrieb. Nach dem Frühstück will der Zirkel seinen
Aufgaben nachgehen. Besonders die Hexen haben viel vor mit ihrem
Kessel. Somit ist die Damenwelt besonders emsig. Dann auf einmal steht
Igor mitten auf dem Platz. Er setzt sich stolz hin, ganz leise kommen Mirko
und Musti nach auf vier Pfoten, setzen sich links und rechts von Igor hin.
Bis jetzt denkt sich noch niemand etwas. Nur Waldtraud sagt lästernd:
„Kommt ihr schon auf allen vieren in unser Dorf, ihr seid mit Igor
unterwegs gewesen, darum wahrscheinlich." Dann kommen noch ein paar
Wölfe nach. Auf einmal schreit Waldtraud entsetzt auf: „Was ist jetzt los,
woher kommen auf einmal die ganzen Wölfe?" Igor setzt wieder sein
grinsen auf und immer mehr Wölfe kommen, das Rudel steht jetzt im
Halbkreis hinter den drei mächtigen Wölfen. Jetzt beim Tageslicht sieht
man, alle Wölfe sind weiß. Die beiden Druidenpärchen, genauso Isak und
Akgül mit Tochter, sehen jetzt was los ist. Sie laufen sofort hin und fragen,
was geht hier vor? Auch der weißen Rose merkt man an, Sie hat dieses
große Rudel Wölfe noch nie gesehen. Sie rennt zu ihrem Wolf und sieht Ihn
ernst an, aber Igor sitzt ganz ruhig da. Akgül setzt sich zu Ihm und sieht Ihn
in die Augen. Dann hört Sie von ihrem vierbeinigen Liebling, sie wollen

Jennie die rothaarige Hexe mit dem mächtigen Kind sehen. Akgül sieht ihrem Wolf ungläubig in die Augen, sie kann nicht glauben, dass dieses große Rudel von Wölfen gekommen ist, um Jennie zu sehen. Aber sie begreift sofort, was hier vor sich geht.

Akgül steht freudig auf, packt ihren Liebling an den Lefzen und schüttelt Ihn Lieb und knuddelt Ihn fest. Steht auf, sieht sich um und ruft ganz laut nach Jennie. Alle stehen dem Wolfsrudel gegenüber. Sie sehen, was sich in den letzten Minuten in ihrem Dorf abgespielt hat. Waldtraud hat sich inzwischen von ihrem Schock erholt und alle Anderen haben auch mitbekommen, dass Akgül mit Igor gesprochen hat. Gespannt verfolgen sie die Geschehnisse, die sich hier abspielen. Nur Jennie hat es nicht richtig eingeschätzt. Sie steht bei den beiden Druidenpärchen und verfolgt das Geschehen vor hier aus. Als Sie ihren Namen hört, der gerufen wird, kann sie es nicht glauben, was wollen die Wölfe von Ihr wollen und warum?

Langsam und vorsichtig geht Sie ein paar Schritte nach vorne, Sie spürt dabei, wie die Wölfe immer unruhiger werden. Sie scharren mit ihren Pfoten in dem sandigen Boden. Sie knurren und winseln. Sie können sich kaum mehr im Zaum halten. Jennie bekommt es mit der Angst zu tun. Igor dreht seinen Kopf nach hinten und knurrt sein Rudel an. Die Wölfe können es nicht erwarten. Vorsichtig läuft Jennie immer näher zu den Wölfen. Aber zu ihrer Beruhigung steht die Hausherrin immer noch bei ihrem Liebling und winkt Ihr zu. Die ersten Wölfe haben sich nicht mehr unter Kontrolle und laufen in Richtung der beiden Frauen. Sie wollen unbedingt zu Jennie, zu der Mutter mit dem mächtigen Kind. Sie streifen auch hier ihren Körper an den ihren und winseln. Sie wollen ganz eng bei Ihr sein und damit Unterwerfung zeigen. Jennie streichelt die Wölfe die bei Ihr vorbeistreifen. Sie spürt, dass diese starken Wölfe auch für Sie und ihr Kind da sein wollen. Aber die Wölfe wollen mehr, Igor spricht in Gedanken zu seiner Herrin, sie wollen auch Asena. Die Herrin ruft auch ihre Tochter, die Wölfe wollen Sie, da es der Legende nach, Asena eine Urmutter der Wölfe ist. Asena ist auch ein Orakel und Hexe, aber was hat dieses mit der Legende zu tun? Auch um Sie streifen die Wölfe. Die Hausherrin, Jennie mit ihrem Kind und Asena verehren die Wölfe.

Aber dann zeigen Sie, dass sie nur wegen des Kindes und Jennie gekommen sind. Auf einmal legen sich die Wölfe vor Jennie hin, die rothaarige Hexe geht dann in die Knie, obwohl es ihr schwer fällt wegen ihres Schwangerschaftsbauchs und will sie streicheln, Akgül sagt zu Ihr: „Du brauchst sie jetzt nicht streicheln, sie wollen dir nur zeigen, dass sie dich als Anführerin neben Igor akzeptieren. Auch Ich und Asena gehören zu ihrem Rudel." Dann erheben Sie sich und stellen sich stolz neben ihre Anführerin. Anmutig mit ihrem langen roten Haar steht Sie als Hexenkönigin zwischen den Wölfen. Ihre Hände vergraben sich links und rechts in deren Felle, die Wölfe heulen jetzt laut. Dann drehen einige der Wölfe ab, in den Pinien Wald. Drei der Tiere, es sind starke Weibchen bleiben bei Ihr, sie begleiten jetzt Jennie auf Schritt und Tritt. Akgül spricht wieder mit ihrem weißen Wolf und nickt dabei immer wieder. Die beiden Druidenpärchen mit Isak diskutieren heftig. Jennie ist die Herrin der Wölfe geworden. Jetzt hat Sie nicht nur einen Mann als Werwolf, jetzt ist Sie Herrin eines ganzen Rudels geworden. Trotz des großen Bauches versucht Sie neben den eleganten Wölfen herzulaufen.

Stolz und sexy wirkt Sie, immer noch als Hexenkönigin und jetzt zusätzlich als Königin der Wölfe. Mirko der noch immer bei Igor sitzt muss seiner Frau neidisch hinterher sehen und denkt dabei was bin ich für ein Trottel, was für eine großartige Frau habe ich. Die junge rothaarige Hexe fühlt sich sehr sicher mit den Wölfen an ihrer Seite. Was niemand mitbekommt, Sie kann sich mit ihnen in Gedanken unterhalten, auch Akgül und Asena, Musti und Mirko. Ihre Freundinnen sehen ganz verdutzt hinter Ihr her und können nicht verstehen was es mit den Wölfen auf sich hat und warum sie plötzlich hier sind. Waldtraud ruft ihrer Freundin hinterher und fragt: „Bleiben diese Tiere jetzt immer da." „Ja, sie wollen mich und mein Kind beschützen", ganz stolz sagt es Jennie.

Sie sind aus ihrem Vorhaben herausgerissen worden. Nichts läuft mehr wie es geplant ist. Die Hexen wollten schon lange an ihrem Kessel stehen, den Bombenbauern erging es nicht anders. Aber jetzt, stehen sie zusammen und es gibt nur ein Thema, die weißen Wölfe. Das Druidenpärchen und Isak diskutieren, rufen die Hausherrin und Jennie zu sich. Akgül ist noch nicht richtig bei den Anführern angekommen, wird sie gleich mit der Frage konfrontiert: „Was wollen die Wölfe bei uns?" „Sie wollen Jennie und das Kind beschützen und uns helfen. Eine sensiblere Alarmanlage können wir nicht haben. Ich wusste selbst nicht, dass Igor so viele Freunde hat", lacht die Hausherrin daraufhin. Jennie steht inzwischen mit zwei Wölfinnen bei ihnen und sagt dazu: „Ihr braucht wirklich keine Angst zu haben, sie beschützen uns mit ihrem Leben" Hedda sagt: „Das glaube ich, ehrlich, aber ich habe noch nie mit so vielen Wölfen zusammengelebt." Eine Wölfin muss die Unterhaltung verstanden haben und streift zärtlich um Heddas Beine. Die andere Wölfin macht das Gleiche, bei Aisling. Ihnen bleibt nichts übrig, als den Wölfinnen ihre Aufmerksamkeit zu zeigen und zu streicheln. „Passt ihr wirklich gut auf das Kind und Jennie auf", fragt sie die Wölfin. Diese läuft einen Meter von ihnen weg und fängt an zu heulen. Ein paar Sekunden später stehen alle anderen Wölfe rund ums Dorf da und laufen langsam zu ihnen. Kurz darauf verschwinden die meisten wieder im Wald.

Niklas und Kieran sind so begeistert von der Demonstration, dass er zu der Wölfin sagt: „Jetzt zeigen wir es den Dämonen." Dieses Wort Dämon gefällt den diesen anscheinend überhaupt nicht. Einige der Tiere in ihrer Umgebung fangen an zu heulen und knurren und können sich fast nicht mehr beruhigen. Nur als Jennie zu ihren Beiden sagt: „Ist schon gut, niemand ist hier, aber leider werdet Ihr noch eure Chance bekommen, diese Bestien zu zerreißen." Sofort werden sie wieder ruhig. Niklas sagt daraufhin: „Ich glaube es nicht, die Tiere wollen tatsächlich mit uns gegen die Dämonen in den Krieg ziehen." „So ist es und nicht anders", sagt Jennie lächelnd. Kieran meint dazu: „Dann werdet ihr Drei mit Asena das Regiment über die Wölfe übernehmen, sonst versteht sich niemand mit ihnen." Akgül sagt dazu: „Wir brauchen uns um Sie überhaupt nicht kümmern, die passen auf sich selber auf, sie bewachen uns nur." Hedda sagt jetzt und schüttelt dabei ihren Kopf: „Das glaubt uns niemand, unsere Verteidigung ist damit wesentlich stärker geworden." Jennie sagt: „Die Wölfe helfen uns und wir stehen nur herum und machen nichts außer reden." Die Wölfin neben Jennie bellt die Gruppe an, als wenn sie den Satz bestätigen würde." Hedda sagt lieb zu der Wölfin: „Du hast recht, sag es uns nur, dass wir auch was tun sollen." Da dreht sich Jennie um und macht sich auf dem Weg zum Kessel, Aisling und Hedda folgen Ihr. Die drei Herren machen sich auf zu ihrem altkeltischen Zaubertraining. Die Bombenbauer sind am Werk, auch bei ihnen liegen ein paar Wölfe und beobachten sie bei der Arbeit. Musti und Mirko helfen ihnen.

Waldtraud sieht wie ihre Freundinnen mit ein paar Wölfinnen zum Kessel gehen und fragt: „Die Tiere werden uns doch nicht immer begleiten und um uns herum sein." „Da lachen die drei Frauen, es gibt keine besseren Bewacher", sagt Jennie. Ihre Mutter Sophie lacht: „Waldtraud, das müsstest du doch von der alten Magie kennen, das beste Tier um die schwarze Magie zu bekämpfen ist der Wolf, vor allem der weiße Wolf." „Ich habe noch nie außer Igor, mit Wölfen zusammen gelebt"; sagt kleinlaut die Hexe. Eine der Wölfinnen zeigt ihre Zuneigung und daraufhin beruhigt sich die Hexe. Die anderen lästern Ihr zu: „Sie konnte noch nie mit Tieren umgehen, geschweige einem Mann. Ohne Alkohol hat es noch keiner bei ihr ausgehalten." Daraufhin zieht Waldtraud ihren Zauberstab und richtet ihn auf die Hexen die gelästert haben und sagt: „Mein Sepp darf Bier trinken und das nehmt Ihr zurück." „Und wie war das mit Igor", lacht Kunigunde. Hedda schreit: „Hört auf, nicht dass ihr wegen dem blöden Unfug, Jennie mit einem Energiestrahl trefft, dass muss nicht sein." „Bitte, hört mir mit Igor dem Alkoholiker auf. Bei diesem Wort kotze ich Galle und werde Aggressiv, das muss wirklich nicht sein", meint Waldtraud. Die Hexen entschuldigen sich bei Waldtraud. Mein Sepp macht ja auch das beste Bier, über Ihn lassen Sie nichts kommen, sonst gäbe es nicht die schönsten Feste. Aisling schimpft: „Jetzt aber an die Arbeit."

Akgül läuft schnell zu ihnen und sagt aufgeregt: „Ich habe Neuigkeiten von der Dämonenwelt. Ich habe gerade erfahren, dass die Restaurantbesitzer, die sind, die wir zurechtgewiesen haben, von der Dämonenwelt getötet wurden und das Restaurant dem Erdboden gleichgemacht wurde. Aisling sagt darauf: „Was haben sie davon, die haben überhaupt nichts gemacht." Sie haben Euch eine Nachricht von mir übergeben, das reicht denen schon, die brauchen keinen Grund um jemanden zu töten.

Waldtraud und Kunigunde sehen ihre Grundsubstanz an und sind sich einig, dass von dieser, eine eigenartige Magie ausgeht. Aber Sie wollen ihre Brühe bekommen. Sie legen eine Menge Brennholz unter dem Kessel und heizen die Brühe kräftig an bis Sie kocht. Ein ganz eigenartiger Gestank kommt aus dem Kessel. Aber die Hexen lassen sich nicht beirren, rühren und beschwören das Werk weiter. Jennies Wölfe machen es sich neben dem Feuer gemütlich, sie gähnen und machen sich breit auf dem steinigen Boden. Akgül geht zum Podest, schlägt ihre alte Schwarte auf, liest darin und gibt genaue Anweisungen. Asena kommt dazu, bückt sich zu den Wölfen und streichelt sie und sagt: „Wolf müsste man sein." Alle müssen darüber lachen! Asena fragt ihre Mutter, wie geht es weiter? Erst müssen wir eine kleine Beschwörung zelebrieren, aber erst wenn die Suppe kocht, dann kommt die ganze Menge von Zutaten in einer bestimmten Reihenfolge dazu. Es soll ein paar Stunden kochen und um Mitternacht kommt dann die Endbeschwörung. Asena sieht in das Buch, weil sie nicht glauben kann, was sie gerade gehört hat und vergewissert sich. Sie sagt daraufhin: „Eigenartig." Ihre Mutter meint: „Wir machen ja was Besonderes, das auch bei den großen Dämonen Angst und Schrecken auslöst.

Akgül bereitet sich für die kurze Beschwörung vor. Isak fragt von weitem, ob er das machen soll. Aber Sie lehnt dankend ab: „Das ist für mich eine Kleinigkeit." Sie breitet dabei ihre Arme aus und Ihr Kopf ist zum blauen Himmel gerichtet. Sie räuspert sich und fängt die alten Wörter an zu aufzusagen. Unheimliche komische Laute, diese Worte die schon lange von keinem menschlichen Wesen mehr in den Mund genommen wurden. Jahrhundert alte keltische Worte die gesprochen werden. Bei den Worten die das Orakel vorsichtig ausspricht, konnten sie spüren, dass die Natur um sie herum die Luft anhält, nichts war zu hören. Keine Fliege ist mehr zu sehen, auch die Wölfe sind aufgestanden und haben sich weggelegt.

Im Dampf der Suppe konnte man glauben, dass Fratzen und furchtbare Gesichter zu sehen sind. Tief schnauft die türkische Hexe und Orakel durch, als Sie mit der Beschwörung fertig ist. „Auf geht's", sagt Sie: „Jetzt machen wir die Suppe fertig." Dann liest das Orakel die Zutaten vor und die Hexen reichen die genau vorbereiteten Zutaten vorsichtig in die kochende Brühe, die immer wieder mit einem großen Löffel umgerührt wird. Die ganze Hexenbrut ist emsig bei der Arbeit, alles genau zu verarbeiten.

Sepp ist es wie immer, der zu den Frauen mit einem vollen Tablett edlen und kühlen Bieres kommt und sagt: „Na Ihr hübschen Mädels, wollt ihr nicht zusammen mit uns eine Pause machen." Waldtraud lacht: „Alter Schleimer, du hast recht, oder?" Und sie sieht in die Runde. Sepp du brauchst uns nicht zubetteln, wir holen noch eine kleine Brotzeit dazu. Die Bombenbauer rufen Sepp zu: „Immer nur die Frauen, uns vergisst er, wir sind ja nichts wert. Wenn wir das so sehen, werden wir natürlich auch eine Pause machen." Sie setzen sich alle zusammen, Essen und Trinken. Natürlich sind die Wölfe auch da. Sie wollen von den köstlichen Speisen auch etwas haben. Waldtraut sagt: „Die kleine Pause hat allen gutgetan." Dann gehen alle gut gestärkt ihren Aufgaben nach. Das Erste ist bei den Frauen ein Blick in den Kessel. Als Hedda und Aisling in den Kessel sehen, bekommen sie eine kräftige Nase voll ab, fast müssen sie sich übergeben, würgend sagen sie: „Das kann doch nicht unsere magische Brühe werden, das ist ja furchtbar, pfui Teufel, das riecht wie Jauche." Akgül sagt darauf: „Wenn das stinken, eine Wirkung auf die Dämonen haben soll, das hätten wir einfacher haben können." Hedda meint: „Machen wir jetzt weiter, wir haben schon viel Arbeit investiert, bringen wir es zum Abschluss." Je länger die Brühe bearbeitet wird, umso unheimlicher wird Diese. Immer wieder hören die Hexen Stimmen aus dem Kessel, ein leises wispern und flüstern. Im Dampf sehen sie Fratzen und Gesichter. Die beiden Wölfinnen haben sich schon lange wo anders hingelegt.

Die Hexen haben alles in der Brühe und muss noch bis Mitternacht köcheln, sagt Jennie: „Es wäre besser sich auszuruhen." Ihre Mutter sieht Ihr an, dass es Ihr nicht gut geht, sie sieht sehr blass aus. Sophie fragt gleich: „Bekommst du wieder wehen?" Jennie sagt: „Es fühlt sich so an, als wenn sie bald kommen, eine Weile hatte ich meine Ruhe vor ihnen." Sophie sagt: „Du hattest Glück, sie werden bald öfter kommen, ich werde Olivia und Mikka rufen, ich habe sie heute noch nicht gesehen, Sie wird bestimmt für unser Kaffeekränzchen einen Kuchen backen. Mikka ist zwischendurch bei den Bombenbauern, er kennt sich sehr gut in Chemie aus, das ist für Roland und Co. sehr nützlich." Sophie konzentriert sich und kurze Zeit später sind die Beiden zur Stelle. Olivia meint: „Bald können wir dir nicht mehr helfen. Gott sein Dank ist mit dem Kind alles in bester Ordnung." Die beiden Wolfsdamen beobachten alles genau und schlecken zärtlich ihre Hand ab. Sie zeigen das sie helfen wollen. Aber die Senkwehen dauern wieder nicht sehr lange und die junge Hexe ist erlöst. Schnell will Sie zum Kessel gehen, aber ihre Mutter drückt sie wieder ins Bett und sagt: „Der Kessel muss bis Mitternacht vor sich hin kochen, das geht ohne dich, jetzt bleibst du liegen. Wenn Olivia ihren Kuchen bringt, dann holen wir dich, du hast hier zwei starke Beschützer, sofort winselt eine Wölfin, als wenn sie ja sagen will. Igor kommt nach dem Rechten zu sehen, aber geht gleich wieder weiter, er ist schon ein Macho, so benimmt er sich auch, er ist schließlich der Anführer.

Alle setzten sich zum Kaffeekränzchen zusammen, dazu bringt wie jeden Tag Olivia ganz stolz ihren selber gebackenen Kuchen. Isak fragt: „Hast du den Kuchen extra für mich gebacken." „Für dich alten Druiden mache ich doch alles", meint Sie. „So alt bin ich auch wieder nicht", meint der Alte. Sie kontert: „Aber der älteste, hier im Kreise." Beim Kaffee trinken wurde heftig diskutiert, was sie als nächstes machen. Sie wollen Vani und

Schorsch als Magier bekommen, Mirko seinen Werwolf ablegen und auch als Magier leben. Die Magische Kugel aktivieren und die Dämonen belauschen. Sepp sagt zu Niklas und Kieran am besten wäre es, dass wir die Beiden zu Magiern beschwören, zugleich kann Isak und Akgül nach einer Lösung für Mirko suchen. Die magische Kugel können wir so nebenbei am Abend aktivieren. Mit den beiden Magiern haben wir eine große Verstärkung für unseren kleinen Zirkel. Kieran meint daraufhin, hört sich wirklich sinnvoll an und fragt die Beiden: „Seid Ihr bereit, für eine 3 Tägige Beschwörung zu einem Magier." Vani erwidert: „Mit der Beschwörung alleine ist es auch nicht getan, wir müssen noch vieles lernen." Niklas sagt: „Dafür sind wir alle da, wir wissen, dass kein großer Magier vom Himmel gefallen ist. Eins nach dem anderen, darum sitzen wir hier und beratschlagen. Auch Kunigunde und Märta können Euch einiges beibringen." Vani sieht seinen Freund Schorsch an, der nickt und sagt: „Gut, fangen wir morgen an." Waldtraud meutert sofort: „Uns fragt niemand, wir müssen sofort noch einen Zaubertrank herrichten, für die Beschwörung." Kunigunde lacht: „Das ist für uns alle kein großer Aufwand, dieser ist schon so gut wie fertig. Wenn wir alle nochmal zusammen helfen, haben wir den auch fertig." Hedda meint: „Dann fangen wir gleich nach dem Kaffeetrinken an."

Niklas sagt zu seinem Zirkel: „Mit meinen Vater und Kieran habe ich lange geübt und wir haben viele neue, stärkeren Zauber, Beschwörungen und Bannsprüche kennengelernt. In dieser Sache sind wir ziemlich durch, aber wir werden trotzdem immer wieder nachschlagen, ob wir etwas noch nicht kennen." Dann wenden sich die beiden Druidenführer an die Splitterbombenbauer, von ihnen hören sie nur Gutes. Roland übernimmt hier das Wort: „Wir haben jetzt gute Raketen und einige zum Werfen, sogar welche zum Fernzünden. Wir sind bestens gerüstet. Natürlich wollen wir immer etwas verbessern, haben aber alles im Griff." So übernimmt Akgül das Wort: „Dann werde ich mir den alten Druiden greifen und zurückziehen." „Wie meinst du das, was hast du mit mir vor?" meint der Alte Druide. „Nicht was du denkst, eine Beschwörung oder eine andere

Lösung für Mirko suchen", meint Akgül. Dann gehen alle ihren Aufgaben nach, die Frauen setzen einen neuen Kessel auf. Waldtraud mault vor sich hin, Sie fühlt sich überrumpelt. Isak und die weiße Rose gehen zu den alten Büchern und fangen an zu suchen. Das Orakel sagt zum Alten: „Das wird eine sehr schwierige Aufgabe."

Die Hexen sind dabei Holz zu holen, anzuheizen den Sud für die Beschwörung zu bekommen. Waldtraud mault weiter, sie fühlt sich übergangen, weil man die Hexen Dame nicht gefragt hat und sie einfach vor vollendete Tatsachen gestellt hat. Die Anderen versuchen, sie zu beruhigen, aber Waldtrauds Hexen Gemüt ist in großer Rage und mault einfach weiter. Hedda und Aisling können es nicht mehr anhören, wie die Hexe vor sich hin schimpft. Die beiden nehmen ihre Freundin zu sich und fragen, was das soll. Sie sagen: „Wenn du nicht willst, dann geh zu Jennie und unterstütze Sie, ansonsten haben wir keine Wahl, wir müssen jede erdenkliche Gelegenheit nützen, um weiter zu machen. Die Dämonen werden nicht lange warten." Waldtraud sagt gekränkt: „Aber man hätte uns doch fragen können, ob wir das heute noch schaffen oder machen können und nicht so, das wird schon irgendwie gehen, wir sind schließlich keine Maschinen."

Aisling lacht: „Wenn es nicht machbar wäre, hätten wir unsere Männer gekauft und mit dem Zauberstab durch das Dorf gejagt oder mit eingespannt." Waldtraud lacht gemein: „Was hältst du davon, wenn wir ein paar Männer zur Beschaffung der Zutaten einspannen?" Aisling sagt: „Du hast Recht, Mathias, Sepp und unsere Männer haben nichts Besonderes zu machen, die gehören uns." Niklas und Kieran hören es und sagen: „Wir sind gleich da und laufen aber weg." „Hiergeblieben, Ihr braucht nicht gleich wegzulaufen. Wenn ihr meint ihr könnt euch vor der Arbeit drücken, dann habt ihr Euch getäuscht, wir haben noch andere Mittel" tönt es durch das Dorf. Ein Energiestrahl schlägt genau hinter ihnen in den Boden, dass es die beiden von den Füssen hebt. „Wenn ihr jetzt nicht zurückkommt, dann trifft der nächste Strahl voll", schreit Aisling. Waldtraud ruft: „Ich hätte gleich auf den verlängerten Rücken gezielt und getroffen", Sie hat ihren

Zauberstab gezogen. Kieran meint: „Mein Täubchen wir kommen schon, ihr habt mal wieder erschlagende Argumente und habt uns überzeugt, dass wir sehr gerne helfen werden. Mathias und Sepp kommen mit erhobenen Händen und flehen um Gnade. Waldtraud sagt lachend: „Ich habe nicht gedacht, dass Ihr so unsere Männer im Griff habt." „Du musst zu unserer Nachhilfeschule gehen", meint lachend Hedda. Diesmal übernimmt Kunigunde und Waldtraud die Regie für die Beschwörungssuppe. Alle, auch die Männer arbeiten flott Hand in Hand. Waldtraud ist auf einmal, so gut gelaunt, dass sie beim Rühren zu Singen und pfeifen anfängt, ein Liedchen nach dem anderen trällert sie vor sich hin. Zwischendurch sehen Sie zum anderen Kessel und rühren um, eine Unheimliche Magie geht von dieser Brühe aus. Sie glauben, dass die Stimmen, die Sie hören immer lauter werden. Sie glauben, dass die Stimmen selber Beschwörungen Sprechen. Immer deutlicher werden die Fratzen und Gesichter im Dampf, Akgül wird es so unheimlich, dass sie zu Niklas sagt: „Mir wird ganz unheimlich die letzte Beschwörung um Mitternacht zu sagen." Er antwortet kurz: „Das glaube ich dir, wir sind bei dir, auf keinen Fall musst du das alleine machen, das ist zu Gefährlich." Bald haben sie den Beschwörungskessel für die Beiden neuen Magier fertig. Vani und Schorsch sehen sich den Kessel mit dem Inhalt mit mulmigem Gefühl an. Sie wissen, dass der morgige Tag, ein Einschnitt in ihrem Leben sein wird.

Kurz vor Mitternacht, gesellen sich alle um den anderen Kessel. Eine furchtbare Aura strahlt dieser Kessel ab. Ehrfürchtig nähern sich die Hexen und Magier der stinkenden Brühe. Je näher der Uhrzeiger auf Mitternacht geht, umso unheimlicher wird es ihnen. Das wispern der Stimmen, sie können die Worte fast verstehen. Die älteste der keltischen Sprachen, im Dampf spiegeln sich die Fratzen und verzerrten Gesichter, deren Münder weit aufgerissen sind und diese unheimliche Laute von sich geben. Akgül macht sich langsam zur Beschwörung fertig. Die beiden Druidenpärchen mit Isak stehen Ihr bei. Langsam geht Sie zum Podest, auf dem das vergilbte Buch liegt, es liegt ein Lesezeichen darin. Ein ungutes Gefühl überkommt Sie, als sie die alten Worte aus dem Jahrhunderte alten Buch liest. Sie sagt: „Wenn ich es nur schon hinter mir hätte." Sie stellt sich aufrecht vor das Podest hin und räuspert sich. Dann fängt Sie langsam an laut zu lesen, die fremden und eigenartigen Laute, konzentriert formt Sie die alten keltischen Worte. Alle stehen um den Kessel und beobachten ihn und hören der Beschwörung des türkischen Orakels zu. Die beiden Druidenpärchen stehen neben Ihr und beobachten den Kessel genau. Als Akgül die ersten Worte formt war ein kleiner Aufschrei aus der Brühe zu vernehmen. Die Stimmen werden plötzlich Lauter, als würden sie zu Akgül flehende Worte sprechen. Der Dampf der Brühe bekommt eigenartige Formen, als wenn schlangenartige Arme sich bewegen würden. Sie bewegen sich aus dem Kessel. Mit einem Schlag unterbricht der Alte Druide die Stille, keiner hat sich bis jetzt ein Sterbenswörtchen gesagt: „Die Stimmen sagen in der alten keltischen Sprache, ihr alten hässlichen Dämonen kommt zu uns, wir warten auf Euch. Es wird euer Tod sein. Wir werden Euch alle vernichten, euer Tod ist Euch gewiss, wir bieten Euch allen hier Schutz. Dämonen kommt nur, ihr seid des sicheren Todes." Als das Akgül von Isak vernimmt, kann Sie auf einmal viel gelöster Sprechen, ihre Angst ist auf einmal wie weggeblasen. Jetzt weiß Sie, dass Sie alles richtiggemacht haben. Langsam und gelöst spricht Sie die Beschwörung zu Ende. Auch die Freunde stehen viel ruhiger und nicht verkrampft um den Kessel. Nach dem Akgül das letzte Wort der Beschwörung gesprochen hat und das Buch zuschlägt, ist momentan eine unheimliche Stille um den Kessel, nur die weiße Rose schnauft noch einmal tief durch.

Die wispernden Stimmen sind nicht mehr zu hören, der Dampf mit den schlangenartigen Armen ist in sich zusammengefallen. Der Alte hebt einen Arm und schreit den alten keltischen Kampfruf, dazu fangen die Wölfe ein unheimliches heulen an. Jennie steht zwischen ihren beiden Wölfen, diese heulen mit. Sie beugt sich zu ihnen hinab und sagt zu ihnen: „Wir werden es den Dämonen zeigen und sie vernichten, da bin ich mir sicher." Daraufhin heulen die Wölfe noch einmal, schaurig klingt es durch die Nacht, dass es allen die Nackenhaare aufstellt. Sepp unser Münchner Magier ruft in die Menge: „Wir haben einen erfolgreichen Tag hinter uns, wir wollen diesen mit einem Humpen Bier beenden." Seine Frau mault gleich: „Dieser Mann denkt nur an das Eine, Bier trinken, aber recht hat er, schmecken tut es mir gerade jetzt!!" Sofort begibt sich die Menge zu Sepps Zapfanlage und es wird für jeden ein Bier ausgeschenkt. Sie trinken es und dann löst sich die Gruppe auf. Für den nächsten Tag erwarten sie wieder einige Aufgaben. Schnell wird es im Dorf ruhig, alle haben eine geruhsame Nacht. Aber wird es so bleiben, werden sie in den nächsten Tagen auch eine ruhige Nacht haben?

Bald nach Sonnenaufgang sind die ersten Magier und Hexen mit ihren Arbeiten beschäftigt. Waldtraud und Kunigunde sehen als erstes nach ihrem Kessel, besonders wird die Beschwörungsbrühe für Vani und Schorsch unter die Lupe genommen und abgeschmeckt. Vani fragt seine Freundin: „Hast du alles richtiggemacht, dann kannst du bald mit einem Magier ins Bett gehen." Märta kommt natürlich mit ihrem Schorsch dazu und fragt: „Seid ihr zukünftigen Magier bereit, wenn Jennie es überstanden hat, werdet ihr beiden Kämpfer es auch überstehen, oder?", und lacht dabei. Wir haben ein paar Kleinigkeiten zu erledigen und dann können wir mit der ersten Beschwörung beginnen. Niklas kommt mit seiner alten Schwarte dazu und sagt: „Eigentlich brauche ich das Buch nicht mehr, ich kann ihn schon auswendig aufsagen, ob Hexe oder Magier, bei dieser Beschwörung ist kein großer Unterschied. Aber verwechsle ich die Sprüche, dann werdet Ihr eben Hexen, das, ist nicht so schlimm, oder?" „Wie? Was? kein Unterschied, ich will doch keine Hexe sein, was soll das sein?", fragt Schorsch. Märta krümmt sich vor Lachen, weil Schorsch den Unsinn was Niklas erzählt, glaubt. Dann meint er etwas verschnupft: „Ihr habt uns ein wenig verarscht." Niklas meint: „Noch mehr Hexen, das geht nicht, wir haben zu viele Frauen in diesem Dorf. Noch mehr, das würde ich nicht ertragen. Waldtraud fragt: „Was soll das heißen, ich werde das deiner Frau erzählen." Hedda war in der Nähe und ruft gleich, ich habe alles mitgehört, wir sprechen heute Abend darüber." Niklas meint: „Du warst doch damit nicht gemeint." Alle müssen jetzt darüber lachen.

Kapitel 21
Der erste Tag der Zeremonie

Kunigunde kontrolliert zum hundertsten Mal das Zeremonien Gebräu und
Niklas schlägt die richtige Seite im Buch auf. Dann ruft der Druide seinen
kleinen Zirkel zusammen. Vani und Schorsch müssen sich gegenüber von
Niklas aufstellen. Neben ihnen stehen Kunigunde und Märta ihre
Partnerinnen. Niklas lächelt die Beiden an, dann breitet er seine Arme aus
und fängt mit der Zeremonie an. Sein Haupt ist zum Himmel gerichtet.
Langsam und deutlich spricht er die fremden Worte aus, genauso wie bei
Jennie kann man glauben, dass im Dampf fratzenhafte Gesichter zu sehen
sind. Niklas spricht die Beschwörung unaufhörlich weiter, immer flehender
und lauter wird seine laute Stimme.

Plötzlich hält er inne und sieht streng die beiden Hexen an. Die daraufhin
zwei Kelche mit der Brühe des Kessels füllen und vorsichtig Vani und
Schorsch reichen. Skeptisch sehen die Beiden die Flüssigkeit im Gefäß an,
trinken langsam die Brühe und reichen den alten keltischen Kelch ihren
Partner. Genauso wie es der jungen Hexe ergangen ist, ergeht es den
Beiden. Kaum haben Sie die magische Flüssigkeit getrunken, fängt es sofort
an zu wirken. Beide glauben, dass sich etwas an ihrem Herz zu schaffen
macht, um es herauszureißen. Wilde Bilder kreisen in ihrem Kopf,
furchtbare Gestalten kommen auf Sie zu und wollen es Ihnen aus dem Leib
reißen. Sie können sich kaum noch mehr auf ihren Füßen halten. Blass und
Schweißgebadet stehen Sie da. Niklas spricht inzwischen die Zeremonie
unaufhörlich in einen Sing Sang weiter. Beide hoffen, dass dieses
Martyrium bald ein Ende hat. Fremde unheimliche Mächte wollen über
ihren Geist und Körper Macht besitzen. Sie wissen nicht mehr was in ihnen

vorgeht, sie bekommen Angstzustände, der Schweiß läuft ihnen in Bächen herunter. Ihre Partner versuchen sie zu unterstützen und zu beruhigen. Mit großen Bedauern sieht Jennie mit ihrer Mutter und den beiden Wölfen den Beiden zu, als mit ihnen eine wichtige Verwandlung vorgeht. Endlich ist der Moment gekommen und Niklas Stimme hört auf die fremden Worte zu singen und bittet die Anderen zum Kessel, um die Flüssigkeit aus dem Kelch zu trinken.

Voller Freude geht die junge Hexe zu den Beiden und gratuliert ihnen zu der ersten überstandenen Zeremonie, warnt zugleich vor der Nacht, sie sollen gut aufeinander aufzupassen. Sie berichtet ihnen Ihr schlimmes Erlebnis, aber die beiden Druidenpärchen kommen zu ihnen und meinen: „So wie wir auf dich aufgepasst haben, werden wir auch über die Beiden unsere schützende Hand halten. Jennie sag deinen Wölfen, dass sie über ihren Schlaf wachen und wenn etwas vorkommt, sofort Alarm schlagen sollen." Da stellt sich ein Wolf zu Vani, zeigt, dass er verstanden hat. Ein weiterer kommt gelaufen und stellt sich zu Schorsch. Niklas sagt: „Unglaublich, sie haben alles verstanden, was sind das für kluge Tiere."

Das ganze Dorf feiert ein wenig und Niklas fragt Sophie: „Sollen wir es wagen, heute Abend die Dämonen besuchen?" Sie sagt: „Frage doch einmal die Hausherrin" und meint: „Gehen wir gleich mal hin, Kieran ist in der Nähe, den winken sie auch dazu." Kieran sagt sofort: „Ihr habt im Schädel die Dämonen abhören." Sophie sagt: „Dein Freund hat mich soeben gefragt." Akgül hört sehr interessiert zu, sagt noch nichts dazu. Niklas fragt seinen Druidenfreund: „Was meinst du, sollen wir es wagen, vielleicht erfahren wir etwas Neues, wir wissen alle, dass es mehr als gefährlich ist." Akgül meint: „Ich habe mit deinem Vater einen neuen mächtigen Spruch für die Beschwörung der magischen Kugel gefunden. Was hälst du davon, diesen zu versuchen, somit erfahren wir vielleicht was die beiden Dämoninnen Trantula und Samhain vorhaben. Ich habe mit meinem Spruch noch nie Probleme gehabt, aber ich bin nicht oft in die Dämonenwelt vorgedrungen. Was meinst du Sophie, machen wir es zusammen?"

„Machen wir es nach dem Abendessen, ich geh gleich mit dir mit und du zeigst mir deinen neuen Spruch, ich bin Neugierig geworden", meint Sophie. Niklas sagt zu seinen Freund: „Hoffentlich geht diesmal alles gut."

Jennies Mutter geht mit zum geheimnisvollen Buch, der Alte sitz noch davor. Das türkische Orakel fragt Ihn: „Hast du etwas Interessantes gefunden für Mirkos Verwandlung?" Niedergeschlagen gibt er zu: „Nein nichts Vernünftiges. Du willst bestimmt Ihr den neuen Spruch für die magische Kugel zeigen." „Ja wir wollen es heute Abend wagen", kommt es von der Türkin. Da schlägt der Alte die vorgemerkte Seite auf, schiebt das Buch Sophie zum Lesen hin und zeigt mit dem Finger auf die Stelle. Sophie liest alles und sagt: „Er hat einen kräftigen Schutzschirm für Dämonen und allem anderen Bösen, damit wir nicht bemerkt und er nicht durchdrungen werden kann. Verspricht er nicht zu viel, hoffentlich ist er wirklich so stark wie hier steht, wir können ihn nur ausprobieren." Akgül fragt: „Nehmen wir ihn." Sophie antwortet: „Ja, wir versuchen ihn." Isak lacht: „Das altkeltische ist sehr stark und mächtig, ich bin sehr gespannt auf heute Abend. Endlich wieder eine Sitzung, da ist wieder was richtig los." Dann schiebt Sophie das Buch dem Alten zurück und sagt zu Ihm: „Viel Glück, bei deiner weiteren Suche, hoffentlich findest du das Richtige." Akgül und Sophie verlassen das Haus, da kommen ihnen Niklas und Kieran entgegen, die Beiden brauchen nicht zu fragen. Beide Frauen nicken nur. „Ihr bleibt dabei", fragt Kieran. „Klar doch", sagt die weiße Rose. Sophie meint: „Dann richten wir alles im Gemeinschaftsraum her. Die Türkin meint: „Ich möchte meine magische Kugel nehmen." Sophie sagt: „Wie du willst." Jetzt machen sich die beiden Orakel auf, alles für die Sitzung herzurichten.

Die Frauen richten ein gemeinschaftliches Essen her und Sepp sorgt für die Getränke. Nach dem Essen richten alle ihre Stühle und Tische so, damit sie in Richtung der magischen Kugel sehen können. Nur der Alte hat wieder etwas auszusetzten, er kommt zu den beiden Orakeln und Flucht vor sich hin: „Ist hier keiner fähig, einen großen Bildschirm zu zaubern, damit alle etwas sehen können." Sophie sagt zu Ihm: „Wir hatten andere Sorgen, hätten aber das noch gemacht." Isak meint: „Es gibt noch andere hier, euch habe ich nicht gemeint, konzentriert ihr Euch auf die Kugel und wo habt ihr eine Sicherung links und rechts." Jennie bekommt das mit und sagt: „Natürlich stelle ich mich neben Euch, passe auf und meine Wölfe auch." Auf einmal wird ihre Mutter zornig: „Traue dich ja nicht in die Nähe der magischen Kugel, neben uns zu stellen und auf uns aufzupassen. Du setzt dich jetzt hin und bringst dich nicht in Gefahr. Stell dir vor die Dämonen bekommen mit, dass du hier stehst. Es wäre für die Bestien ein gefundenes Fressen und das im wörtlichen Sinne." Isak gibt Sophie natürlich recht und befördert ihre Tochter unter die Zuschauer, pfeift zornig die beiden Druidenfrauen zu sich und schimpft: „Denkt denn keiner daran, dass die Beiden links und rechts einen Aufpasser brauchen. Das haben wir immer so gemacht, es hat uns oft geholfen." Hedda und Aisling haben sich gleich entschuldigt: „Sie haben sich mit ein paar Leuten unterhalten und wären noch dazu gekommen." Gleich stellen sich die beiden Druidenfrauen neben die beiden Orakeln. Jennie schickt die beiden Wölfe zu ihnen, die Tiere legen sich links und rechts neben die Kugel, aber so, dass sie einen guten Blick auf den Bildschirm haben.

Sophie ergreift das Wort und fragt: „Wollen wir zuerst die beiden Dämoninnen besuchen?" Ein einstimmiges Ja kommt von allen im Raum. „Dann erstatten wir Tarantula und Samhain einen Besuch, obwohl wir bestimmt nicht eingeladen sind, macht man sowas überhaupt?" Von den Wölfen kommt ein tiefes knurren. Akgül sagt zu ihnen, ihr könnt die Bestien überhaupt nicht leiden, das können wir gut verstehen. Dann zieht das türkische Orakel das alte keltische Buch näher zu sich heran und schlägt die richtige Seite auf. Sophie nimmt unterdessen das Tuch von der Kugel ab. Konzentriert sieht die Türkin in die alten Seiten, dann fängt sie langsam an, die magischen Worte zu sprechen: „kantaks karum sintanu dorum punktin paramut Tarantula." Wie immer erhellt sich die Kugel und wird wieder Dunkel. Langsam erhellt sich die Kugel wieder und da bekommen sie die ersten schattenhaften Konturen zu sehen. Sind sie im richtigen Reich, werden die Dämoninnen zu sehen sein?

Gespannt wie bei einem guten Krimi sehen sie alle auf das Bild, das sich vor ihnen öffnet. Hedda und Aisling haben ihren Zauberstab für alle Fälle in ihrer Hand. Was sie zu sehen bekommen können sie nicht glauben. Sind sie überhaupt im Reich der Spinnen Dämonin, alles sieht anders aus? Nur die vielen Spinnen, deswegen bemerken die zusehenden, dass sie ins Reich der Dämonin sehen. Der dunkle blutrote wolkenbehangene Horizont war sehr bizarr. Grelle Blitze erleuchten die dunkel roten Wolken. Vor dieser Landschaft bekommt man Angst. Die Wolken wirken, als wenn sie mit Blut gefüllt wären. Einzelne karge Bäume stehen in einer Dünenlandschaft mit Spinnennetzen übersäht. Tausende Spinnen krabbeln darüber. Natürlich hat sich die Bestie auch ein unheimliches Schloss geschaffen. Ein richtiges Spinnenschloss. Keine Wand an der Burg ist gerade. Ein total verschobenes Schloss, als wenn eine riesige Hand dieses Schloss etwas gedrückt hat. Es hat große mehrteilige Fenster, 4 große schiefe Türme schmücken das Gebäude, dazu ist es mit riesigen Spinnennetzen eingehüllt.

Niklas und Kierans Augen werden groß und sie starren entsetzt auf den Bildschirm. Aus Kierans Mund kommt: „Was ist das für ein riesiges Ding um Gottes Willen, das ist eine rote Monsterspinne, die ist ja noch größer, als die sie zuletzt geschaffen hatte." Sie hat sich Neues einfallen lassen und das nicht zu unseren Gunsten. Die Monsterspinne krabbelt mit ihren 8 behaarten Beinen über das Schloss, das wie ein Spielzeug wirkt. Das halbe Gebäude nimmt die Spinne alleine ein. Niklas sagt dazu: „Vielleicht ist das ein Muttertier." „Teufelsgeschöpfe sind das, sonst nichts", meint Isak. Alle sehen gebannt auf den Bildschirm und flüstern: „Man könnte meinen, wir sind direkt in der Hölle gelandet." Sie sehen auch die großen Zangen, wehe, wenn diese zupacken würden? „Man darf gar nicht daran denken, hoffentlich gibt es nicht noch mehr von diesen Monstern?", fragt Niklas. Die Dünenlandschaft ist mit tausenden von Spinnen übersäht, in allen Größen, in allen Farben, überall sind die hässlichen Biester zu sehen. Es wuselt nur so von den Viechern, nicht ein Fleckchen Erde ist ohne sie. Mein Gott, was hat hier die Dämonin geschaffen? Die Hausherrin haben sie noch nicht entdeckt. Wo hat sich die schreckliche Dämonin versteckt? Wo ist Sie? Die beiden Druidenanführer sehen sich an und Niklas fragt seinen Freund: „Wenn unsere Spinnendame ausgegangen ist, werden wir das Ekelreich wieder verlassen." Kieran nickt und meint: „Was sollen wir hier noch, haben schon einiges gesehen, das reicht fürs erste."

Daraufhin verschließt Akgül die magische Kugel und fragt: „Wollen wir noch zu Samhain der Raben Dämonin schauen, vielleicht ist dort Tarantula?" Niklas übernimmt die Initiative und sagt: „Interessant ist es immer, schauen wir nach, was dieses Biest zu bieten hat." Sophie fragt: „Sofort?" Und Hedda sagt: „Warum eigentlich nicht." Aisling ruft dazwischen: „Sicher machen wir das, jetzt wollen wir die Biester sehen." Sophie fragt Akgül: „Darf ich mal aktivieren." Diese rutscht zur Seite und macht ihr Platzt. Sophie konzentriert sich und spricht langsam den Aktivierungsspruch. Alle im Gemeinschaftsraum sehen gespannt zu und fragen, was werden sie hier sehen? Sophie dreht sich zu Hedda, die noch immer neben Ihr steht und sagt: „Hoffentlich gibt es den listigen Raben nicht mehr und wenn dann, darf er uns nicht nochmal bemerken." Dann erhellt sich der Bildschirm und sie sehen, was sich bei der Raben Dämonin verändert hat. Ob die Beiden hier zusammen sind?

Langsam sehen sie die ersten Konturen, vor ihnen erscheinen zwei große Gestalten. Es sind die beiden Dämoninnen. Eine ist direkt neben einem Podest, die Andere direkt links daneben. Es stellt sich die Frage, arbeiten sie wieder zusammen? Es scheint, nichts hat sich geändert. Sie haben zwei unheimlich große Reiche geschaffen, mit zwei mächtigen Heeren. Vor ihnen steht eine große Rabenarmee, soweit das Auge reicht. Eine unheimliche Armee mit schwarzen Schnäbeln. Von einer kleinen Anhöhe sehen die beiden Dämoninnen triumphierend hinunter. Auch sonst hat sich sehr viel geändert. Der ganze Gemeinschaftsraum kann nicht glauben, was sie hier Neues zu sehen bekommen. Die großen Schwärme der schwarzen Vögel sehen im rot pulsierenden Himmel erschreckend aus. Links in der unheimlichen Landschaft auf einem hohen Felsen, steht die große Festung.

Sie ist in Nebel gehüllt und schimmert etwas Gelb, als wenn eine Schwefelwolke direkt aus der Hölle kommen würde. Auf den 4 hohen Türmen sehen sie noch einige übergroßen Raben, mit messerscharfen Krallen, diese glänzen im unheimlichen Licht. Hier hat sich Samhain nichts Neues einfallen lassen. In dieser Landschaft stehen einige karge Bäume auf denen sitzen tausende dieser Biester. Die riesige Armee sitzt vor den Beiden, die soeben eine Beschwörung oder Zauber aufgesagt haben. Der Boden ist schwarz soweit das Auge reicht, wie Soldaten sitzen sie vor ihren Herrinnen, der Kopf ist steif in ihre Richtung geneigt. Immer noch sind die Arme der Raben Dämonin ausgebreitet, in jeder Hand einen Zauberstab, zwei gewaltige Energiestrahlen hüllt alle ein. Sie beobachten, was die Beiden mächtigen Frauen gerade vorbereiten. Daraufhin spricht Isak das aus, was alle hier im Raum gedacht haben: „Die Dämoninnen haben gerade ihrer Armee kleine Bomben verpasst. Verdammt, was können diese bewirken, bestimmt haben Sie eine andere Wirkung, als letztes Mal. Die Viecher aus beiden Reichen sind dieses Mal bestimmt nicht geklont." Alle nicken und stimmen dem Alten zu. Daraufhin hören sie wie die Raben Dämonin zu ihrer Partnerin voller Stolz sagt: „Wir sind fast fertig. Diabolus kann sehr stolz auf uns sein, wir haben bis jetzt alles perfekt vorbereitet. Dann können wir bald angreifen, den magischen Zirkel mit der jungen Hexe und dem Kind vernichten." Die beiden Dämonenfratzen haben dabei ein teuflisches Grinsen und in ihren Augen ist das Höllenfeuer zu sehen. Dann schauen sie wieder zu ihrer riesigen Armee hinunter. Im Gesellschaftsraum herrscht Totenstille. Es hat sich große Angst im Raum verbreitet, die Angst vor dem nächsten Angriff dieser Kreaturen.

Plötzlich hören sie ein flattern. Hedda sagt sofort: „Dieser Rabe, das listige Biest." Hedda hat den Satz nicht richtig ausgesprochen und er landet auf der Schulter seiner Herrin. Im selben Moment dreht sich sein Kopf in ihre Richtung, wieder blinzelt er mit seinem Auge. Sophie schreit: „Hat uns das Drecksvieh bemerkt." „Ganz ruhig", Sagt Akgül. Hedda und Aisling haben den Zauberstab auf die Kugel gerichtet. Die beiden Druiden Niklas und Kieran sind sofort aufgesprungen, Panik beherrscht den Raum. Alle starren gespannt auf den Bildschirm. Schlagartig fängt der Rabe wild zu flattern und panisch zu krächzen an, die Dämoninnen drehen sich zu ihnen um und Tarantua schreit: „Wagen es die Druiden doch, uns wieder zu belauschen, dieses Drecksvolk." Sie suchen und finden nichts, der Rabe krächzt weiter. Dann schreit die Raben Dämonin zornig: „Die haben einen anderen Aktivierungsspruch gesprochen, damit haben wir die Drecksäcke nicht bemerkt. Das spielt keine Rolle, wir greifen das Drecksvolk bald an und vernichten sie." Der Rabe weißt in Ihre Richtung und schlägt weiter mit seinen Flügeln. Tarantula zeigt dem Vogel mit ihrem knochigen Finger auf sie, hebt beide Zauberstäbe, ein gewaltiger Energiestrahl schießt auf sie zu. Mit einem gewaltigen Knall hüllt es den Bildschirm ein. Ein surren ist zu hören, wie bei einem heftigen Stromstoß. Dann hören sie Samhains ordinäre Stimme, alle sind bald bei Euch, fühlt Euch nicht so sicher, ihr seid bald Tod. Sophie sieht Akgül an und diese nickt. Sophie schließt die Kugel sicherheitshalber: „numag selektas", hören alle im Raum. Diesen Spruch haben sie nicht geändert. Alles ist immer noch ruhig, keiner sagt ein Wort.

Bis der Alte das ausspricht was ihm große Sorgen bereitet und sagt zu seinem Sohn: „Kann es das sein, dass die 7 mächtigsten Dämonen zusammen angreifen, das wäre für uns die Apucalypse." „Wir müssen unbedingt beraten", sagt verzweifelt Niklas. Kieran sagt sehr Ernst: „Wir können uns hier zusammensetzen." Sepp sagt: „Nach dieser schlechten Nachricht, würde ich vorschlagen, dass ich etwas zu trinken hole." Waldtraud, Kunigunde und Hermine helfen Sepp und besorgen die Getränke und dann eröffnen Niklas, Kieran und die beiden Druiden die Diskussion. Kieran fragt alle Anwesenden: „Ihr habt alle mitbekommen, was die beiden Dämoninnen geäußert haben, dass sie alle zusammen angreifen werden. Wir müssen leider davon ausgehen, dass alle 7 Dämonen uns attackieren werden. Was haltet ihr davon?" Zuerst ist minutenlang absolute Stille, es scheint, dass alle Überlegen, bevor sie antworten. Dann erhebt sich die Hausherrin und sagt: „Ich gehe davon aus, das die Dämonen nicht wissen wo ihr Euch befindet, aber das werden sie bald wissen, also müssen wir fliehen, auch meine Tochter und ich." Asena fragt: „Warum auch wir." Ihre Mutter meint: „Die haben die Restaurant Besitzer auch nicht am Leben gelassen, wir haben ihnen mehr geholfen, somit töten sie auch uns." Daraufhin sagt die Tochter: „Dann gehen wir zum Berg Noahs, dort haben wir Schutz." Die weiße Rose antwortet: „Das wäre eine gute Lösung, das habe ich mir auch überlegt. Dort sind wir ziemlich sicher, da werden sie nicht so schnell angreifen, denn der Berg ist heilig." Alle sehen sich an, nicken und sagen, das ist einfach genial. Niklas fragt Kieran: „Machen wir zuerst die Zeremonie mit Vani und Schorsch zu Ende?" Wieder gibt die Türkin Antwort: „Ich denke, das können wir machen, die werden nicht sofort angreifen. Alle Dämonen bekommen sie bestimmt nicht so schnell unter einen Hut. Das dauert einige Zeit, wenn das überhaupt funktioniert. Hedda sagt: „Wir werden sofort nach der Zeremonie der Beiden weiter flüchten und wir werden die magische Kugel jeden Tag aktivieren, damit wir genau wissen, was die Dämonen vorhaben. Niklas sieht seinen Druidenfreund an und Kieran nickt dazu, so sagt der Druide: „Natürlich werden wir das machen, wir wollen ab jetzt alles über ihre Pläne genau wissen." Alle sind jetzt über die Lösung zufrieden, sie wissen genau, dass es immer schwieriger wird. Damit löst sich die Versammlung langsam auf und alle bis auf ein paar Leute gehen zu ihren Häusern. Die Druidenanführer mit dem Alten, Akgül mit Tochter, das Münchner Pärchen das noch Bier holt. Jennie und Mirko, Musti und Roland, bleiben noch sitzen. Jennie schickt je zwei Wölfe zu Vani und Schorsch, die sehr mitgenommen aussehen.

Ein paar Hexen laufen zum Kessel, ein neues Gebräu anzusetzen für die zweite Zeremonie. Eifrig sind die Damen am Werk, damit nichts schiefgehen kann und die Beiden bald Magier sind. Nach einiger Zeit haben sie es geschafft. Kunigunde meint: „Wir schauen morgen früh nochmal nach, dann können unsere beiden Männer das Schlimmste hinter sich bringen.

Die kleine Runde bleibt bei einem Bier sitzen. Jennie fragt: „Wo befindet sich der Berg Noahs?" Asena antwortet auf die Frage: „Von hier ist es nicht weit, der Berg heißt Ararat. Er bietet uns bestimmt einen größeren Schutz."

Aisling fragt daraufhin: „Aber ihr rechnet wie ich höre, dass wir trotzdem noch anderswo einen Unterschlupf suchen müssen." „Die 7 Dämonen werden bestimmt nicht aufgeben, um uns zu töten", meint das Türkische Orakel. Jennie fragt weiter: „Ihr wolltet noch mit meinem Mann nach einer Lösung suchen?" Isak sagt: „Vielleicht schaffen wir das am Berg, jetzt müssen wir erst an deine Sicherheit denken, wir bleiben auf jeden Fall mit dieser Sache am Ball." Roland hat auch noch eine Frage: „Was machen wir mit den Wölfen?" „Natürlich mitnehmen oder wollt ihr die armen Tiere den Dämonen überlassen", sagt Akgül. Jennie jammert: „Ach Gott, wir sind immer auf der Flucht. Wir haben keine Ruhe mehr. Wird das nicht mehr anders, können wir keinen Frieden finden?" Mirko mischt sich ein: „Wenn unser Kind auf der Welt ist und etwas größer, dann werden wir von den Dämonen bestimmt etwas Abstand gewinnen können." „Wer das glaubt, wird Seelig", lacht der Alte. „Was soll das heißen?", fragt Hedda. Isak sagt daraufhin: „Ich denke wir sind für immer verflucht zum Kämpfen." Aisling nickt und sagt: „Das glaube ich auch und so wird es immer bleiben." Niklas sagt: „Trinken wir noch einen Schluck und gehen ins Bett." Sepp und Waldtraud holen noch eine Runde, danach verlassen sie alle den Gemeinschaftsraum und gehen zu ihren Häusern. Jennie sagt beim Gehen: „Hoffentlich haben Vani und Schorsch eine Ruhige Nacht?"

Kaum sind alle in ihren Häusern verschwunden und ruhe im Dorf eingekehrt, huschen viele schwarze Schatten durch die Häuser. Die Augen sieht man leuchten, eine unheimliche Atmosphäre ist im Dorf. Ein kratzen an einer Tür. Die Tür öffnet sich, kurz darauf hört man eine Stimme: „Was wollt ihr schon hier?" Es sind die Wölfe und Mirko der die Tür geöffnet hat. Auch bei Musti hören sie ein Kratzen und die Tür wird geöffnet. Der Wolf sieht Mirko an und dieser hört in seinen Gedanken: „Es ist heute Vollmond und die Dämonen werden bald angreifen. Du brauchst viel Kraft, wir müssen uns stärken, deswegen gehen wir jagen, ihr solltet auch mitgehen." Mirko braucht nicht lange zu überlegen, er lebt momentan allein. Nur Musti der türkische Werwolf zögert. Aber Roland erkennt die Situation und schreit Ihm zu: „Was überlegst du so lange, geh mit und stärke dich, das kannst du gut gebrauchen." Ein paar Sekunden später huschen die Schatten aus dem Dorf und sind schnell verschwunden.

Schnell und flott laufen sie durch den Pinienwald, der Anführer Igor weiß genau wo sein Weg hinführt. Aber heute ist etwas anders, die Gier führt Ihn den Weg, sie befinden sich auf der Jagd. Auch Mirko und Musti spüren die Gier in sich hochkommen. Ein paar Wölfe durften nicht mitkommen sie mussten bei Jennie, Vani und Schorsch bleiben. Sie haben schon gejagt. Ein ansehnliches Rudel begleitet sie, auf einmal hören die beiden Werwölfe in sich die Stimme von Igor: „Wir sind bald hier." Ein paar Minuten später stoppt Igor, nachdem sie den Wald verlassen haben und auf einer Anhöhe stehen. Sie sehen auf ein einsames Bauernhaus, auf der Weide sind Rinder und Schafe. Ihre gierigen Mäuler sind geöffnet, Sapper tropft daraus. Jetzt begreifen die beiden Werwölfe, was ihre Begleiter wollen. Wieder hören sie die Stimme in sich: „Ihr geht ins Haus und sorgt dafür, dass die Menschen nicht an ein Gewehr kommen. Wir kümmern uns um die Hunde und das Vieh. Viel Glück und die Jagd kann beginnen!"

Das gefährliche Rudel setzt sich langsam in Bewegung, mit geduckten Köpfen schleichen sie vorsichtig zum Haus hinunter. Alle Sinne auf allerhöchste Alarmstufe eingeschaltet. Gerade zu bewegen sie sich langsam und leise auf das Haus zu, das Vieh hat die Wölfe noch nicht wahrgenommen. Sie legen sich vorsichtig in das hohe Gras und beobachten alles und schauen in die Umgebung. Alles ist ruhig. Meter für Meter schleichen sich die Tiere an das Bauernhaus. Gier ist in ihren Augen, die Mäuler sind geöffnet, der Sapper läuft ihnen heraus. Sie wollen nur eines das Blut. Die Leute im Haus ahnen nicht, dass sich der Tod nähert. Als das Wolfsrudel sich weiter nähert, spüren die Tiere, dass sich Gefahr nähert und werden unruhig. Zwei große Wolfshunde kommen aus einer Hütte zu der Herde gerannt und bellen. Im Haus gehen sofort die Lichter an und hektische Stimmen sind zu hören. Igor der weiße Leitwolf befiehlt: „Jetzt los, aber schnell, Angriff." Die kräftigsten Wölfe stürzen sich sofort auf die Hunde, die keine Chance haben, sie sind der Überzahl dieser kräftigen Tiere unterlegen. Schnell haben sie sich auf sie gestürzt und die Kehle durchgebissen. Die anderen Tiere des Rudels reißen alle Schafe.

Mirko und Musti rennen, so schnell sie können, wie abgemacht zum Haus. Auch ihr riesiges Maul ist vor Gier schon weit aufgerissen, die scharfen Reißer sind zu sehen. Ihre Pranken mit den scharfen großen Krallen sind zum tödlichen Schlag bereit. Bevor die Tür mit einem Gewehr in der Hand geöffnet wird. Sie haben nur noch ein paar Meter zu rennen. Mirkos Muskeln sind gespannt und er setzt zu einem gewaltigen Sprung an. Sein massiver Körper hebt ab. Der ahnungslose Mann der gerade aus der Türe mit seinem Gewehr heraustreten will, wird sofort von Mirkos monströsem Körper umgeworfen. Der arme Bauer hat nicht die kleinste Chance sich gegen dieses Untier zu wehren. Riesige Pranken haben sich in das Fleisch des Mannes gebohrt, Blut spritzt aus seinem Körper. Das Monstrum ist über ihm und der Mann sieht in einen gierigen Rachen. Der Atem der Hölle weht ihm ins Gesicht, er sieht seinem gnadenlosen Tod in die Augen, sofort beißen die scharfen Zähne den Hals des Mannes durch. Der Saft des Lebens läuft in Mirkos Kehle, gierig saugt er es in sich hinein. Im Blutrausch zerreißt er den Körper des Mannes in Sekundenschnelle. Seine Gier nach dem Lebenssaft hört nicht auf und seine Augen suchen nach weiteren Opfern.

Ein weiterer Bewohner geht nach draußen, die riesige Pranke des türkischen Freundes zerfetzt das Gesicht des Mannes mit einem einzigen Hieb, sodass er sofort Tod zusammenbricht. Mirko ist sofort über Ihm und trinkt gierig das Blut. Seine Krallen bohren sich tief in den Körper des Mannes und reißen Ihm das Herz heraus und er frisst es. Nachdem er seinen ersten Hunger gestillt hat, packt er den Körper und wirft Ihn achtlos auf die Seite. Sein Hunger ist noch nicht gestillt, er will noch ein weiteres Opfer und seine Augen suchen danach.

Plötzlich drehen sich die beiden Werwölfe um, sie haben verzweifelte Schreie von Frauen aus dem Haus gehört. Sie mussten mit ansehen, was diese Monster mit ihren Männern gemacht haben. Nackte Angst ist in ihren verzweifelten Gesichtern zu sehen. Panisch versuchen sie zu fliehen. Aber die wirr umherrennenden Frauen können nirgendwo hin. Überall sind reißende Bestien. Schnell hetzten Mirko und Musti ins Haus zu den Frauen. Als die Frauen die Monster sehen flehen sie um Gnade, um sie am Leben zu lassen. Tränen fliesen Ihnen in Bächen aus den Augen. Aber ein Werwolf der Hunger hat kennt kein Mitleid. Mit einem Hieb zerfetzt Mirko den Brustkorb der Frau, auch Musti hat einer Bäuerin mit einem Schlag den Schädel zertrümmert. Die beiden Werwölfe toben sich aus und stillen ihren Hunger, lange haben sie auf diesen Moment gewartet. Überall hinterlassen sie eine Spur des Totes. Die Körperteile der Frauen sind im ganzen Haus verstreut. In jedem Haar ihres Felles klebt der rote Lebenssaft.

Die Wölfe haben von der Herde und den Hunden nichts mehr leben lassen. Auf der Weide ist überall Blut zu sehen, sie sehen sich um und bemerken, dass außer ihnen, nirgendwo mehr ein Lebenszeichen ist. Die Wölfe sammeln sich, die beiden Werwölfe kommen dazu, gemeinsam heulen sie in die Nacht hinaus zu ihrem Freund, dem Vollmond. Es muss jeden erschaudern, der diesen unheimlichen Chor hört, es ist die Musik des Todes. Genauso leise wie sie gekommen sind, verschwinden sie wieder, nur das Blut und die vielen toten Lebewesen erinnern an den auf vier Pfoten schleichenden Tod.

Sie verschwinden in die sichere Umgebung des Waldes und sammeln sich. Igor fragt in die Köpfe seiner Freunde: „Ich hoffe, ihr seid alle gestärkt und satt gefressen." Jeder ist auf seine Kosten gekommen, es kommt von jedem Wolfs ein, „Ja." Dann heulen sie noch einmal zusammen und laufen weiter. Sie machen noch mal Stopp an einem kleinen Bach, sie löschen ihren Durst im klaren und kühlen Wasser. Mirko und Musti reinigen ihr blutiges Fell. Dann laufen sie langsam wieder zurück in Richtung Dorf.

Mirko sagt zu seinem Freund: „Das jagen war für mich sehr gut, ich humple nicht mehr, habe auch keine Schmerzen mehr, ich bin vollkommen geheilt und total gestärkt." Musti jubelt: „Super, das wollten wir schaffen." Igor meint und ganz deutlich konnte man sehen, ein lächeln ist im Wolfsgesicht: „Wir haben gedacht, dass es dir helfen könnte, dich zu stärken, wir brauchen unbedingt zwei Kampfmaschinen für die bevorstehenden Aufgaben." Musti sagt daraufhin: „Wir sind jetzt bereit, wir werden es den Biestern zeigen." Auf halben Weg bleiben alle stehen und sie prüfen ihre Umgebung, aber sie können nichts feststellen und laufen weiter.

Leise schleichen sie sich wieder in ihre Behausungen zurück. Mirko muss sich alleine in sein Bett legen. Aber Roland bemerkt seinen Freund und fragt Ihm wie es Ihm ergangen ist. Musti berichtet Ihm gerne alles, denn seinem Freund Mirko geht es jetzt gut. Jede Einzelheit berichtet der türkische schwule Werwolf seinem Freund und diese freudige Nachricht ist in diesem Haus sehr gut angekommen. Roland lacht daraufhin und sagt freudig: „Darüber werden sich unsere Druiden mehr als freuen und unsere kleine Gruppe wird immer stärker." Dann legen sie sich engumschlungen in ihr Bett und im kleinen Dorf wird es wieder ruhig. Aber ist wirklich Ruhe eingekehrt, oder geht in dieser Nacht noch etwas Unheimliches vor?

Unruhig schlafen Vani und Schorsch, Sie sehen unheimliche Bilder, gruslige Alpträume plagen die beiden Männer, immer wieder wachen sie schweißgebadet auf. Ihre Partnerinnen Kunigunde und Märta bekommen so auch keinen guten Schlaf, wecken und fragen ihren Partner was mit ihren Träumen ist. Auch die Wölfe die zum Schutz in ihrem Schlafzimmer sind, versuchen ihnen Ruhe zu geben, sie schlecken den geschundenen Seelen immer wieder ihre verschwitzten Hände ab. Vani und Schorsch sitzen in ihrem Bett und sagen sich, mein Gott ich halte das bald nicht mehr aus. Ihre Partnerinnen versuchen sie dann zu beruhigen, um dann etwas schlafen.

Vani versucht etwas Schlaf zu bekommen, kaum versucht er die Augen zu schließen um einzuschlafen, hört er flehende Stimmen oder er sieht unheimliche Bilder. Er ist todmüde und kann doch nicht schlafen. Wieder sitzt er sich im Bett auf und reibt die Augen die fast zufallen, er fragt sich, was ist das für eine Nacht, so was kennt er eigentlich nicht. Auch wacht seine Partnerin Kunigunde auf und fragt Ihn: „Armer Schatz, kannst du immer noch nicht schlafen, plagen dich die bösen Alpträume. Versuche nicht mehr daran zu denken." Vani meint: „Ich versuche jetzt mal ganz was anderes, vertrete mir ein paar Minuten die Füße und tanke frische Luft. Das tut mir bestimmt gut, vielleicht kann ich dann besser schlafen. Er zieht sich an und geht nach draußen. Müde läuft er an die Häuser vorbei und atmet die frische Luft tief ein. Er denkt dabei, hoffentlich wird der Rest der Nacht etwas ruhiger und ich kann endlich ein paar Stunden durchschlafen. Er sieht dabei den schönen Sternenhimmel und geht dann wieder ins Haus, legt sich wieder zu seiner lieben Partnerin die Ihn umarmt und ein paar ruhige Stunden Schlaf wünscht. Er legt sich zurück und versucht die Augen zu schließen, was ihm unerwartet gelingt. Nichts stört ihn, dann fällt er in einem tiefen Schlaf.

 Mitten im Schlaf erschrickt er, eine böse quickende Stimme stört seinen Traum. Sie ruft seinen Namen, immer wieder ruft Ihn die Stimme. Plötzlich steht er inmitten einer großen Höhle, diese hat er noch nie im seinen Leben gesehen. Ein düsteres Pulsierendes Licht ist hier, überall steigt ein grauer düsterer Nebel vom Boden auf. Es war Ihm als wäre er in einer Vulkanlandschaft. Vani sieht sich in der eigenartigen Landschaft um, was tut er hier? Was soll er hier? Oder, warum ist er überhaupt hier, fragt er sich? In den Felsenwänden sind kleinere Höhlen und aus diesen kommen tausende Ratten, aber was für unheimliche
Tiere. Diese sind viel größer als normale Ratten und haben einen menschenähnlichen Körper, der Kopf und die Füße sind der einer Ratte. Panische Angst überkommt den zukünftigen Magier. Sofort stürzen sich die Biester auf Ihn und beißen zu. Überall an Ihm hängen die Biester, überall spürt er die Bisse, an seinem ganzen Körper hängen die Biester. Die Bisse brennen wie Feuer, als wenn Säure in seinen Körper gespritzt wird. Er kann sich nicht wehren, er ist wie versteinert. „Was passiert hier mit mir", fragt er sich panisch. Plötzlich hallt ein komisches Pfeifen durch die Höhle.

Die Ratten Freaks verschwinden in ihren Behausungen. Dann kommt der Herr der Hölle, mit einem großen schwarzen Umhang mit Kapuze, das Gesicht ist nicht zu erkennen. Vani fragt sich: „Bei welchen Teufel ist er gelandet." Dann dreht sich der Kapuzenträger in seine Richtung. Was er nicht geahnt hat, aus dem schwarzen Umhang schaut eine spitze Schnauze heraus und lacht Ihn mit bösen Augen an. Diese Augen bemerkt Vani, kennen absolut keine Gnade. Das sind Augen des Bösen und sie sind die Augen eines mächtigen Dämons. Seine Hände ragen aus dem Umhang, diese sind knochige Rattenpfötchen, damit hält er eine lange Kette mit messerscharfen kleine Messern, die im pulsierenden Licht glänzen. Seelenruhig und überheblich läuft der Herr dieses grausamen Reiches auf Ihn zu und hält die scharfe Kette schwingend in seiner knochigen Pfote. Vani sieht seinen Tod vor sich, anders kann er nicht aussehen, als das Monstrum das Ihm gegenüber steht. Ein fürchterlicher Schrei kommt Ihm über die Lippen. Aber er hört seinen Schrei nicht, absolute Stille, wieder kommt Ihm der Gedanke was passiert hier, was wird hier für ein Spiel gespielt. Der Teufel kommt näher, er nimmt die Kette hoch und hält sie vor sein Gesicht. Dann hört er etwas, als er mit seiner bösen quickenden Stimme sagt: „Diese messerscharfe Kette wirst du zu spüren bekommen und dein unwichtiges Leben aushauchen, sowie deine nichtsnutzige Gruppe, ihr werdet mich noch richtig kennenlernen. Er drückt Ihm die Kette an die Kehle, bis das Blut an Ihm herunterläuft. Jeder wird vor mir zittern, wenn er meinem Namen hört. Meine Freaks werden Euch beißen und dann soll Euch die Pest holen. Die Haut soll es Euch von lebendigen Leib herunterziehen." Er öffnet seine spitze Schnauze, er sieht darin viele Spitze gefährliche Zähne aus Metall. Er denkt, jetzt ist es mit mir vorbei. Dabei kommt seine hässliche Visage immer näher. Angstschweiß läuft Ihm über die Stirn. Er riecht den Atem des Todes, dann wird Ihm schwarz vor Augen. Er hört nur noch einen Satz: „Berichte deinen Freunden, von der mächtigen Ratte und wir werden zu Euch kommen."

Kunigunde sieht, dass Ihr Freund schläft und ruhig atmet, will sich zurücklegen. Sie hat noch nicht richtig die Augen geschlossen, als sie bemerkt, dass sich sein Schlaf plötzlich verändert. Auf einmal springt der Wolf neben ihrem Bett auf, sieht auf ihren Freund und fängt an Ihn zu kratzen, er will Ihn wecken. Dann rennt er nach draußen und fängt an zu heulen. Sie sieht, dass ihr Freund panische Angst haben muss, was erlebt er gerade, ist es überhaupt noch ein Traum? Wo ist er gerade? Kunigunde will gerade Kontakt zu ihrem Anführer aufnehmen, da springen schon Akgül und Asena, gleich danach Niklas und seine Frau, sowie der Alte herein und sie brauchen nicht zu fragen, was vorgefallen ist. Akgül schreit: „Wir müssen Ihn unbedingt zurückholen." Akgül und Isak beratschlagen sich kurz und fangen mit einer ganz alten Beschwörung an. Kurze Zeit später verlässt Asena panisch das Haus und verschwindet in Schorschs Haus. Daraufhin heulen die Wölfe nochmal. Ein paar Mal sprechen das Orakel und der Druide die Beschwörung und sie haben Erfolg. Auf einmal rührt sich der geschundene zukünftige Magier und wacht stöhnend auf. Er weiß momentan nicht, wo er ist, er muss sich erst Orientieren. Gott sein Dank, sagt Akgül: „Wir haben dich wieder unter den Lebenden, ich muss zu deinem Freund." Isak und Akgül hetzen zu Schorschs Haus um das Gleiche zu tun. Auch hier müssen sie ein paar Mal die Beschwörungen sprechen. Kieran, Ailing mit Asena sind dort, es ist ihnen gelungen, auch Ihn zurück zu holen.

Durch das Geheul der Wölfe ist das ganze Dorf auf den Beinen, alle wollen wissen was vorgefallen ist. Vani sowie Schorsch ist es gar nicht nach Schlaf zumute. Die Druiden wollen jetzt natürlich wissen, was in ihren Träumen vorgefallen ist, dazu sehen Sie bei Beiden blutende Male am Hals. Sepp kommt natürlich wieder mit einem Vorschlag, neben dem erzählen einen Schlummertrunk zu sich zunehmen. Dann gehen alle noch einmal in den Gemeinschaftraum.

Niklas will als Erstes von Vani sein nächtliches Abendteuer hören. Wie der ehemalige Vampirjäger zu berichten anfängt, hören alle sehr genau und gespannt zu, nichts entgeht Ihnen. Als Niklas von einer Ratte hörte, sagt er gleich: „Dieses Scheusal habe ich noch nicht auf meiner Liste, anscheinend setzt Diabolus alles ein was er hat." Dann hören sie bis zum Schluss zu. Kieran sagt am Ende: „Wir können davon ausgehen, dass die Ratten mit schlimmen Krankheiten geimpft werden." Aisling sagt daraufhin: „Hauptsache, wir haben unsere Männer wieder zurück."

Dann wollen sie das Abendteuer von Schorsch hören. Noch vor Angst zitternd fängt er an zu berichten. Natürlich hören sie wieder sehr gebannt zu, alles wollen sie von seiner Geschichte aufnehmen, um neue Erfahrungen zu bekommen. Allen wird der Mund offen bleiben, wenn Schorsch anfängt zu erzählen, er wird von einem unglaublichen Erlebnis berichten.

Dann fängt er an, von seinem nächtlichen Abendteuer zu erzählen, man merkt Ihm an, dass er den Bericht sehr präzise und genau in seinem leichten bayrischen Dialekt erzählen will. Er berichtet, dass er immer wieder Schweißgebadet aufwacht und Stimmen gehört hat. Märta hat sich dann um Ihn gekümmert und Ihn versucht zu beruhigen, um sich dann wieder hinzulegen und versucht weiterzuschlafen. Er steht dann noch einmal auf, geht an die frische Luft und legt sich dann wieder hin. Er fällt in einen verhängnisvollen Tiefschlaf. Es dauert nicht lange und er hört seine Namen rufen, immer wieder hört er Ihn. Auf einmal steht er in einer bizarren Landschaft. Er fragt sich, was soll er hier, wo bin ich? Er steht in einer düsteren Landschaft es könnte überall sein, mit hohen von der Sonne ausgebleichtem Gras, er sieht auch einige Felsen, dahinter eine Felswand. Mit vielen Spalten, nichts rührt sich, außer, dass er von einer ordinären Frauenstimme immer wieder seinen Namen rufen hört. Dann sieht er auf einmal, dass sich im Gras und aus den Spalten etwas bewegt, es sind Schlangen, es werden immer mehr. Er bekommt panische Angst, wieder kommen ihm Fragen auf. Was will er hier, wo befindet er sich?

Er sieht, dass sich die Biester direkt auf ihn zubewegen, er kann sich nicht bewegen, er kann nicht einmal wegrennen, warum kann er das nicht? Schweiß bildet sich auf seinem Körper vor lauter Panik. Er will schreien aber es geht nicht, er bringt überhaupt keinen Ton heraus, als wenn er die

Sprache verloren hätte. Es ist zum verrückt werden Die ersten Schlangen die Ihn erreichen, fangen an Ihn in die Beine zu beißen. Dann sieht er auf einmal eine Frauengestalt, in einem pinkfarbenen verspielten Kleid, ganz graziös kommt sie angeschwebt, elegant bewegen sich ihre Arme, wie eine Diva benimmt sie sich, es erinnert an indische folklore Tänze. Schorsch bemerkt, dass sie keine Dame ist, sondern eine furchtbare Dämonin. Wie von einem unsichtbaren Befehl, ziehen sich die Schlangen zurück.

Jetzt sieht er erst richtig, was das alles für Schlangen sind. Sie beherbergt alle Arten davon, jede Größe, jede Farbe, anscheinend alles was die Hölle hervorbringt. Oder zeigt die Dämonin jetzt erst, was sie noch Grausameres hat. Sie stellt sich vor Ihm und sagt mit ihrer ordinären Stimme: „Du mieses Würmchen, hast dich anscheinend bei mir verlaufen, jetzt sollst du bekommen was du verdienst." Sie schwebt langsam auf Ihn zu und als sie näher herankommt, sieht der Vampirjäger, dass ihr Haar lebt, es besteht aus lauter kleinen schwarzen Schlangen. Schorsch wird es ganz anders, er bekommt panische Angst vor diesen absolut tödlichen Schlangen. Ihre Hand vergräbt sich in dem schlangen Haar und zieht eine der Biester heraus und wirft sie in seine Richtung. Sie landet direkt auf seinen Kopf und schlängelt sich herunter zu seinem Gesicht. Die Schlangenkönigin fragt: „Wie fühlst du dich, bestimmt gut mit meinen Lieblingen, das sind kleine liebe Tierchen, oder?" Sie schwebt näher und hält Ihr Schlangenhaar direkt vor scin Gesicht. Reicht es nicht, dass eine direkt in sein rechtes Auge blickt. Die Schlangen fauchen Schorsch an, er zuckt panisch zurück. Dann schwebt sie ein paar Meter zurück, schnipst mit den Fingern und sagt: „Jetzt sollen sich meine absoluten Lieblinge um dich kümmern."

Schorsch hört ein lautes Fauchen und ein Schleifen und dann erscheinen 3 riesige gelbe Kobras. Mit weit aufgesperrten Rachen und gespaltener Zunge, die in seiner Richtung züngelt. Die Augen des Vampirjägers, sind auf die riesigen Giftzähne gerichtet. Er fragt sich: „Ich habe vieles im meinem Leben verbrochen, habe ich so einen Tod verdient? Ich will nur noch hier weg, egal wie. Sein Mund öffnet sich zu einem Schrei, aber es kommt kein einziger Laut heraus. Die Schlangen kommen näher, bis sich ihre Gesichter berühren, der Angstschweiß läuft Ihm tropfenweiße herunter. Dann öffnen sich die Mäuler der drei riesigen Bestien. Die Beiden übergroßen Zähne berühren seine Haut. Er denkt sich: „Könnte ich mich nur schnell wegzaubern." Dann spürt er das Maul und die Zähne über seinem Kopf, wie sich das Maul über Ihm langsam schließt und zwei große Zähne sich in seinen Hals bohren. Ihm wird schwarz vor Augen und wacht letztendlich in seinem Bett auf. Aber er hört noch die letzten Worte der Dämonin, die Sie Ihm nachgeschrien hat: „Du kannst jetzt schon gehen, aber wir sehen uns bald wieder, wir kommen zu einem netten Besuch, wir wollen doch unser kleines Baby sehen und vor allem die Schlampe von Mutter. Bis bald Schorsch!!!"

Seine Partnerin erzählt dann weiter. Es sind die gleichen Worte von Kunigunde die Märta erzählt. Total fertig sitzen die Beiden im Gesellschaftsraum mit einem Bier in der Hand, aber Glücklich, dass sie am Leben sind. Dann sagt Niklas: „Nur eines ist gut, dass diese Dämonen nicht fähig sind, die Beiden im Traum zu behalten, nur einer war bis jetzt dazu fähig und das war Moloch. Kieran fragt daraufhin: „Dann war Moloch doch einer der mächtigsten Dämonen gegen den wir gekämpft haben?" „Vor allem, er hat immer alleine gekämpft", meint Niklas. Seine Frau sagt dazu: „Wie können wir die Beiden neuen Dämonen einschätzen?" Kieran meint dazu: „Das können wir überhaupt nicht, aber wir wissen jetzt wenigstens, mit wem wir es zu tun haben. Die Ratte halte ich für sehr gefährlich, vor allem mit seinen vielen Freaks und deren Krankheiten."

Niklas äußert: „Die Schlangenkönigin macht mich, sehr nachdenklich, diese kommt mir vor, als wenn Sie ein Nachkömmling von Medusa ist, vielleicht, ist Sie es?" „Wer oder was ist Medusa?", fragt Aisling. Dazu meldet sich Isak der Alte: „Medusa ist eine Sage aus der griechischen mythischen Geschichte. Sie ist mit Poseidon fremdgegangen und so hat Athena, Sie, in dieses Geschöpf verwandelt, in die bekannte Medusa." Aisling antwortet: „Also haben wir es womöglich mit einem alten griechischen Mythos zu

tun." Akgül sagt dazu: „Die Medusa von Didyma."Niklas sagt:
„griechisches Mythos hin oder her, wir legen uns ein paar Stunden schlafen,
wir können morgen darüber reden." Aber Kunigunde hat noch eine Frage:
„Haben wir einen Zauber, dass diese Scheusale nicht auf den Traum der
beiden Schlafenden zugreifen können." Akgül antwortet und sieht dabei zu
Isak hinüber: „Ich bin davon überzeugt, dass es einen Spruch oder Zauber
gibt, wir werden morgen unsere Bücher studieren." Märta sagt daraufhin:
„Das wäre super." Dann verlassen sie gemeinsam den Gemeinschaftsraum
und gehen zu ihren Häusern.

Jennie die sich immer mehr zurückhält, läuft als letzte mit ihren beiden
Wölfen. Da nimmt ihr Mann die Gelegenheit war und versucht mit seiner
Frau ein Gespräch anzufangen. Er sagt zu ihr: „Dass er es sich niemals
verzeihen wird, Sie so verletzt zu haben und er weiß von Mathias. Wenn
Ihn die Dämonen einmal töten, dann weiß er, dass ein guter treuer Freund
seine Stelle einnimmt und auf seine Familie schützend die Hand hält.
Mathias ist ein guter und mächtiger Magier geworden. Er kann auch
unserem Kind sehr viel lernen." Jennie sagt: „Mathias hat sich in letzter Zeit
zurückgezogen." Mirko sagt entsetzt: „Bis jetzt ist er am Leben und er will
auch seine Chance nützen, sie wieder zurückgewinnen." Jennie sagt
neckisch: „Willst du das wirklich?" Mirko sagt daraufhin: „Ich werde dafür,
mein Werwolf Leben aufgeben, um dir treu zu sein, wenn Akgül und Isak
eine Beschwörung finden." Jennie fragt Ihn: „Ist das wirklich dein Ernst,
dass du das machen willst, denn deine Stärke als Werwolf ist für uns nach
wie vor sehr wichtig." Mirko antwortet: „Wenn das so ist, können wir, dass
nach der Geburt des Kindes tun, wann, ist nicht so wichtig, ich will dich auf
jeden Fall zurückgewinnen." Jennie gibt ihren Mann einen Kuss auf die
Wange und sagt: „Ich schätze an dir, dass du nicht aufgibst und dein Leben
für dein Kind voll einsetzt, schlaf gut wir sehen uns morgen."

Dann fährt es Jennie wieder in den Unterleib, sie bekommt diesmal Wehen
mitten in der Nacht, sofort nimmt Ihr Mann mit Olivia Kontakt auf. Sie sind
bestimmt noch unterwegs und sind schnell bei Ihr. Waldtraud und Sophie

sind ein paar Minuten später bei Ihr und bringen Sie in ihr Bett. Olivia sagt:
„Wir können für Sie nichts tun, als nur da sein bis zur Geburt." Inzwischen
ist es soweit, dass die Wehen immer öfter kommen. Da es kein normales
Kind ist, können wir nicht bestimmen, wann es soweit sein wird." Jennie
hat die Wehen bald überstanden und schläft ruhig ein. Auch Schorsch und
Vani können ein paar Stunden in Ruhe schlafen.

Aber Mirko läuft sehr Nachdenklich zu seinem Haus, als er die Tür öffnet,
spürt er, dass er alleine ist. Als er sich ins Bett legt, gehen Ihm sehr viele
Gedanken durch den Kopf. Er kann die Uhr nicht zurückdrehen. Er
verwünscht sein Werwolf Dasein, am liebsten wäre Ihm, er könnte seine
Frau, als normaler Mensch lieben, seine Frau nicht mit Menschen Jagen
belasten. Warum muss er immer ein geiler Werwolf sein? Warum kann er
nicht ein ganz normales Leben haben, wie jeder andere Mensch auch? Es
wäre schön, er könnte ein Druide sein wie Niklas oder Kieran. Warum darf
er das nicht haben und muss sich als Werwolf durchs Leben plagen. Er
muss immer wieder seinem Drang nachgeben und brutal töten. Er macht
sich große Vorwürfe und hadert mit seinem Schicksal. Tränen laufen dem
mächtig starken Werwolf über die Wangen und sein Kopfkissen wird
feucht. Er versteht die Welt nicht mehr. Er nimmt sich vor, dass er mit dem
Orakel und dem Alten sofort reden wird, er will nicht mehr lange so
weiterleben. Er will auch mit seinem türkischen Freund darüber reden.
Vielleicht will der auch etwas an sich ändern, wer weiß. Aber was Ihn stolz
macht, er bekommt ein mächtiges Kind. Er kann nicht gut schlafen, so sehr
beschäftigen Ihn diese schmerzlichen Gedanken. Er kann es gar nicht
erwarten, mit den Beiden zu reden. Schnell vergeht die Zeit und es wird
wieder hell im kleinen Dorf.

Kapitel 22
Der zweite Tag der Zeremonie

Kaum ist die Sonne aufgegangen, ist reger Betrieb im kleinen Dorf. Das Vieh wird versorgt und einige Hexen schauen nach dem Kessel für die zweite Zeremonie, mit großer Sorgfalt wird er geprüft. Mirko ist schon auf und geht zu Isak, um sich nach seiner Verwandlung zu erkundigen. Isak meint: „Wenn er sie wirklich will, wird er sie vollziehen. Ob es vor der Geburt seines Kindes sinnvoll ist, fragt er sich?" Mirko sagt daraufhin: „Er fühlt sich als Werwolf nicht mehr wohl. Er will in Zukunft ein guter Ehemann und ein guter Vater sein. Mit diesem Werwolf hat er das Gefühl, kann er es nicht sein." Isak sieht Ihm mit Sorgenfalten an und sagt: „Ich glaube dir, ich glaube es dir wirklich, aber, der Scheiß ist, dass du ein starker Werwolf bist, zusammen mit Musti. Euch Beide befürchten wir, benötigen wir dringend zur Verteidigung deines Kindes. Akgül und ich haben noch nicht richtig in den Büchern über deine Angelegenheit gelesenen. Ich sehe jetzt nach, damit die beiden angehenden Magier nächste Nacht ohne einen neuen Angriff von den Dämonen schlafen können. Ich hoffe, dass ich für sie was finde. Akgül ist jetzt beim Vieh und dann ist Sie am Kessel. Die Nächsten seid ihr Werwölfe, ich finde bestimmt etwas. Aber das machen wir in Ruhe, wir schauen in allen Büchern nach. Vielleicht finden wir dann die passende Umwandlung." „Was für eine Umwandlung?", fragt Mirko. „Lass uns Zeit, damit wir nichts übersehen, später könntest du das womöglich bereuen", meine ich. Ich bin seit dem Vorfall es einfach satt, Werwolf zu sein", sagt Mirko niedergeschlagen. Das glaube ich dir, aber wir können es nicht von einem Tag auf den anderen Tag ändern. Wenn wir eine Beschwörung haben, müssen wir es mit den anderen Druiden besprechen", meint Isak. Es ist nicht das, was Mirko hören wollte und so verabschiedet sich der Werwolf betrübt." Isak denkt jetzt: „Was für ein schlimmes Ereignis oder Fehler den er begangen hat, aus einen Menschen machen kann. Vor ein paar Wochen war dieser Werwolf, noch ein stolzes, mächtiges Wesen und voller Lebenskraft. Wenn man Ihn jetzt sieht, könnte man meinen, dass er ein Häuflein Elend ist.

Er nimmt sich vor, mit den anderen Druiden darüber zu reden, auch mit seinem Freund Musti. Dann kommt ein Wirbelwind zur Tür hereingestürmt und sagt: „Der Kessel ist fertig, wir können die Zeremonie beginnen." Die Person ist niemand anders als Waldtraud. Isak sagt zu Ihr: „Ich sage es meinem Sohn und klappt das Buch zu." Alle haben sich beim Kessel versammelt, Vani und Schorsch sind bereit, sehen aber von der anstrengenden Nacht noch sehr zerknittert aus. Niklas geht ans Pult zu seinem alten keltischen Buch. Isak steuert auf Ihn zu und erzählt Ihm, dass Mirko mit Ihm ein Gespräch gesucht hat. Niklas fragt seinen Vater: „Habt ihr was in den Büchern gefunden." „Wir suchen erst etwas für die kommende Nacht, für die Beiden neuen Magier", sagt der Alte. „Ist auch wichtiger, wenn du etwas hast, reden wir darüber und bringen das erst zu Ende"; meint der Anführer. Kieran mit den Druiden Frauen steht neben Ihn. Da fragt Niklas seinen Freund: „Willst du die Ehre haben, die Beschwörung für die Beiden heute zu sagen?" Kieran fragt: „Willst du das nicht selber machen?" Er meint: „So kann ich mich auch einmal zurücklehnen und bequem zuschauen." „Für die Beiden mache ich das doch gerne", sagt der irische Druide, lächelt und klopft seinen Freund auf die Schulter. Geht zum Pult, legt sich das Buch zurecht und sagt zu seinen Gegenübern: „Dann fangen wir an." Schorsch und Vani haben sich mit ihren Partnerinnen am Kessel aufgestellt.

Der Irische Druide breitet seine Arme aus und fängt mit flehenden Worten die Beschwörung an, als wenn er Himmel und Hölle erst fragen müsste, dass die beiden Magier werden können. Immer lauter und flehender spricht Kieran in seiner langen weißen Kutte die alten keltischen Worte. Während Niklas sich abseits mit verschränkten Armen hingesetzt hat, ein lächeln ist in seinem Gesicht und gerne der Zeremonie zuschaut. Schorsch und Vani bemerken, dass fremde Mächte von ihnen Besitz ergreifen. Wieder hören sie fremde unheimliche Stimmen, sie glauben das Blut in ihren Adern fängt an zu kochen, jedoch eine unbekannte Stärke macht sich in ihnen Breit. Es kostet ihnen viel Kraft, sich auf den Beinen zu halten. Während der Druide unaufhörlich die lange Beschwörung ohne Unterbrechung spricht. Die Partnerinnen müssen ihre Männer immer wieder stützen, damit sie nicht zusammenbrechen. Sie sehen im Dampf des Kessels komische bizarre Gestalten, die von ihnen Besitz ergreifen wollen. Mit langen Schlangenarmen wollen sie ihnen an ihr Herz greifen und es herausreißen. Geisterhafte Wesen sprechen böse Worte in ihre Ohren. Die Beiden sind mit ihren Nerven total am Ende. Sehnlichst wünschen sie sich, dass die Beschwörung zu Ende ist. Sie hören nicht mehr, wie die letzten Worte gesprochen werden.

Wie Kieran die letzten Worte gesagt hat, ihre Partnerinnen die goldenen keltischen Kelche füllen und sie ihnen reichen zum Trinken. Ganz apathisch nehmen sie den Kelch in die Hand und schlucken die edle Flüssigkeit in einem Zug hinunter. Gespannt schauen alle zu, als die Beiden den magischen Trank zu sich nehmen. Am liebsten würden die Beiden den Zaubertrank wieder ausspucken. Sie glauben sie haben Höllenfeuer geschluckt, ihre Seele und Herz stehen in Flammen. Ihnen wird furchtbar heiß, sodass ihnen der Schweiß am Körper herunterläuft, sie reißen ihre Hemden auf, sie halten es nicht mehr aus. Was geht in ihnen vor, so schlimm haben es sich die Magier nicht vorgestellt. Sie glauben ihr Körper und Seele gehört ihnen nicht mehr. Letzt endlich macht ihr Körper einen Wechsel durch. Das Höllenfeuer kühlt ab, die Beiden bekommen eine körperliche und mentale Kraft, spürbar verbessert sich ihr Zustand. Sie setzen sich auf den nächsten Felsen und schnaufen erst einmal tief durch. Die Zuschauer jubeln und rufen ihnen zu. Kieran läuft zu ihnen, klopft ihnen aufmunternd auf die Schulter und sagt: „Für heute habt ihr es geschafft, das schlimmste ist überstanden. Morgen ist nur noch ein kleiner Abschluss, den schafft ihr locker."

Jetzt kommen alle an den Kessel, um einen Kelch voll davon zu Trinken. Dorfbewohner gratulieren den Beiden und fangen an zu Feiern. Ausgelassen fliegen die Hexen Runden über das Dorf, es tanzen einige, sie grillen Fleisch und trinken Bier. Schorsch und Vani sind geschafft und setzen sich auf einen Trank hin und versuchen, sich von der Tortur zu erholen. Die Druiden, die mit ihren Frauen dabeisitzen, haben wieder etwas zu besprechen. Kieran fragt seinen Freund Niklas: „Belauschen wir heute Abend einen Dämon?" Niklas nickt gestresst und sagt dazu: „Wenn wir wissen wollen, was in den hässlichen Köpfen dieser Kreaturen vorgeht, werden wir wohl oder übel müssen." Hedda holt das türkische Orakel mit ihrer Tochter dazu, sowie Jennies Mutter. Auch sie sind nicht begeistert, aber sehen einen Sinn darin, diese Bösewichte zu bespitzeln. Heute Abend soll die Seance gehalten werden. Daraufhin marschiert Niklas zu seinem Vater, der sich hinter den Büchern verkrochen hat und guter Laune ist. Sein Sohn fragt: „Warum er so guter Dinge ist?" „Wer suchet der findet" kommt es lachend von Isak und schiebt seinen Sohn den alten Schinken hin, zum Lesen. Endlich kommt ein Lächeln in Niklas bärtiges Gesicht und er sagt: „Damit kann ich den Beiden berichten, dass sie die nächste Nacht ruhig schlafen werden. Geh mit auf ein Bier, du hast es dir gerade verdient. Dann kannst du es den Beiden selbst sagen, die gute Neuigkeit." Niklas Vater kann seine Entdeckung nicht Geheimhalten, sofort überfällt er die Beiden mit seiner neuen Beschwörungsformel. Sie springen vor Freude auf und umarmen den Alten, für die tolle Nachricht. Sepp und Waldtraud haben unterdessen kühlen Gerstensaft besorgt und alle stoßen mit guter Laune an.

Vani hat sich einiges durch den Kopf gehen lassen und er fragt Akgül: „Was haltet ihr davon, wenn wir nicht direkt zum Berg Ararat gehen und nochmals einen Umweg machen? Damit haben sie überhaupt nicht gerechnet." Alle sehen Ihn erstaunt an und wissen nicht, was sie mit dieser Frage anfangen sollen. Akgül fragt daraufhin: „Wieso sollen wir einen Umweg machen?" „Diese Kreaturen wissen, dass wir in der Türkei sind und darum gehen wir nach Irland und dann zum Berg. Vielleicht glauben sie, dass wir nicht in die Türkei zurückkehren", will Vani überzeugen. Niklas und Kieran fassen sich in die Bärte und überlegen. Daraufhin fragt Kieran alle: „Was haltet ihr davon, hört sich eigentlich nicht übel an." Niklas sagt und sieht dabei seinen Druidenfreund an. Akgül sagt: „Klingt überzeugend." Akgül fügt nach ein paar Sekunden dazu: „Es kann nur, mehr als nichts sein, ich bin dafür, hinzu kommt noch, ich kenne Irland nicht." Kieran sagt: „Unser neuer Magier hat eine gute Idee, das ist der Optimale Einstand" und nimmt seinen Krug um daraus zu trinken. Zulange können sie nicht Feiern, denn sie haben am Abend noch eine wichtige Sitzung, Die Hexen müssen den Kessel für die dritte Zeremonie herrichten.

Bald löst sich die Runde auf und sie gehen anderen Dingen nach, Zauberbücher studieren und Waffen kontrollieren. Emsig sind die Hexen unterwegs, um Kräuter und verschiedene Utensilien herzurichten. Der Kessel kocht wieder und eifrig werden die Zutaten dafür verwendet. Sie sprechen ihre Beschwörungen und manchmal singen sie einfach ein paar alte Hexenlieder. Gute Laune macht sich unter den Frauen breit. Jennie sitzt in einem Stuhl und sieht den Frauen traurig zu. Sophie und ihre Freundin Waldtraud versuchen die geplagte junge Hexe zu trösten. Sie kann es nicht fassen, dass sie nicht mehr alles machen kann und darf. Die beiden Frauen sagen zu Ihr: „Du musst uns einfach seelisch und moralisch unterstützen, einfach uns mit guter Laune versorgen, damit hilfst du uns am besten. Etwas hellt sich damit das Gemüht von Jennie auf und die gute Stimmung der ganzen Hexen Crew überträgt sich auf Sie. Sie singt dann mit und albert mit ihren Freundinnen. Als die Druidenherren einen Besuch bei den Damen machen, sind sie sehr erstaunt, dass alle Hexen guter Laune sind und Scherze machen. Die Herren fragen: „Ob die gute Laune wohl bis in die Nacht anhält?"

Die Damen meinten daraufhin: „Dann müssen sie einen Kessel für Viagra anheizen." Aber die älteren Herren meinen: „Dass sie das nicht benötigen, sie brauchen das Zeug nicht, aber die Frauen." Hedda ruft ihrem Mann zu: „Sehen wir heute Nacht, wer was benötigt." Sein Freund lacht: „Dann musst du dich aber heute Nacht sehr anstrengen, du darfst dir keine Blamage leisten." Beide müssen jetzt lachen und laufen direkt auf Akgül zu und fragen: „Mit der Sitzung, wird es keine Komplikationen geben?" Sie meint: „Nach dem Abendessen wird Sie planmäßig stattfinden, wenn wir mit dem Kessel fertig sind." Die Herren meinen: „Wir werden anfangen, Euch zu helfen, dann können wir zusammen Essen. Niklas und Kieran rufen ein paar Männer zusammen und richten die Tische und eine gute Brotzeit für die komplette Gruppe her.

Nur die magische Kugel steht nicht auf seinen Platz. Roland will Sie gerade holen, Kieran ruft Ihn zurück und sagt: „Gut gemeint, aber da sind die Hexen und Orakel sehr Eigen, das mögen sie nicht, die dürfen nur Sie berühren, sonst bekommst du großen Ärger mit den Frauen." Die Hexen und Druidenfrauen stehen gerade an der Tür und staunen nicht schlecht, dass ihre Herren bereits den ganzen Raum hergerichtet haben, sogar die Brotzeit steht auf dem Tisch. Da bekommen die Herren ein Küsschen von ihren hübschen Damen und die meinen: „Wir haben unsere Männer gut erzogen." Sie grinsen dabei sehr schelmisch. Sophie holt Roland zu sich und sagt Ihm, nicht böse gemeint: „Eine magische Kugel darfst du nie holen, diese holt das Orakel immer selbst. Sonst könnte sie ihre Kraft verlieren. Akgül bringt sie gerade mit Arsena in dem Gemeinschaftsraum. Sie stellen diese Gewissenhaft am übersichtlichsten Ort hin. Isak kann es nicht lassen und zaubert sofort einen großen Bildschirm. Alle setzen sich zur Brotzeit und sind dabei bestens gelaunt. Nur Akgül und Sophie ist nicht wohl bei der Angelegenheit, wieder so eine Sitzung zu führen, denn sie haben Angst, es könnte schiefgehen. Die beiden Frauen sind ruhig, in sich gekehrt und sehen blass aus. Akgül fragt Kieran und Niklas: „In welches Reich wollen wir dieses mal eindringen? Die Beiden müssen nicht lange überlegen. Da antwortet Niklas: „Ich denke, dass wir einmal zur Spinnen Dämonin gehen, die Beiden plaudern so gerne etwas aus. Dann können wir immer noch in ein anderes Reich wechseln.

Jetzt ist der Zeitpunkt, alle haben gegessen und getrunken, Akgül gibt das Zeichen für Sophie, sie wollen mit der Seance beginnen. Sie rücken ihre

Stühle zurecht, Sepp, Waldtraud, Märta und Kunigunde holen für alle noch ein weiteres Bier. Vorsichtig fast andächtig deckt Akgül die magische Kugel ab, Hedda und Aisling stellen sich automatisch neben Sie, um Ihr die nötige Sicherheit zu geben. Hedda bittet die beiden Orakel: „Bitte geht kein zu großes Risiko ein." Mirko hat sich mit Musti und Roland vorne am Bildschirm gesetzt, um alles genau beobachten zu können. Er will genau wissen, was auf sie zukommt. Dann setzten sich die beiden Orakel vor die magische Kugel, Hedda und Aisling haben ihre Zauberstäbe gezogen.

Akgül konzentriert sich und fängt langsam und deutlich den Beschwörungsspruch an aufzusagen: „kantaks karum sintanu dorum punktin paramut Tarantula." Bald sieht die kleine Gruppe die ersten Konturen, immer heller wird die bizarre Landschaft mit dem rot pulsierenden Himmel und der unheimlichen großen Burg beim Baumeister kann man zweifeln. Die beiden Dämoninnen sehen die Zuschauer langsam von der Burg wegschweben, genau in ihre Richtung. Die Kugel steuert auf die Beiden zu und sie verstehen die ersten Worte. Tarantula sagt stolz zu Samhain: „Wir können vollkommen stolz sein mit unseren Vorbereitungen, jetzt ist alles perfekt. Wir sind bereit, wir werden alle vernichten." Samhain sagt: „Diabolus kann diesmal richtig stolz auf uns sein." „Er will uns vor dem Angriff zu sich holen, mit uns sprechen, wann wird das wohl sein?", fragt Tarantula. Samhain fragt sie: „Wir können nach unserer guten Arbeit heute mal wieder einen Wein trinken." Dann bleibt die Spinnen Dämonin in der Luft stehen und hört in sich hinein. Dann sagt Sie: „Das auch noch, Diabolus will, dass wir sofort zu ihm kommen. Er will uns sehen, er macht den Weg frei und sendet einen Leitstrahl in die Hölle. Dann schießt ein sehr heller Strahl zu ihnen und hüllt die Beiden ein und zieht die Dämoninnen mit, sie brauchen nichts zu machen.

Akgül flucht und sagt einen weiteren Spruch schnell auf „Brachto komia potle dita." „Wir folgen ihnen, jetzt wollen wir alles wissen", meint das Orakel. Sophie schreit verzweifelt: „Um Gottes willen, du willst ihnen in die Hölle folgen." Auch Hedda ist außer sich: „Akgül was machst du, du führst uns ins Verderben." Aisling dreht sich um und hält die Hände vor Ihr Gesicht. Sie sagt leise: „Nein, nur das nicht, bitte nicht die Hölle." Niklas und Kieran springen von ihren Stühlen auf und schreien durcheinander: „Das kannst du doch nicht tun, das ist unser Verderben." Akgül winkt ab und sagt: „Ich musste schnell handeln und habe mich mit der Kugel an die Beiden gehängt. Wenn ich gewartet hätte, wäre das nicht möglich gewesen. Noch haben sie uns nicht entdeckt. Was diesmal nicht schaden würde, wäre eine weitere Unterstützung hier, um schnell zu handeln. Ich bin neugierig auf Diabolus Behausung und was uns jetzt erwartet." Panische Nervosität ist im Gemeinschaftsraum ausgebrochen. Nicht eine Person kann mehr ruhig sitzen bleiben. Alle starren mit großen Augen auf den Bildschirm und können nicht glauben was dort vor sich geht. Niklas und Kieran können nicht mehr ruhig stehen, trippeln hin und her und beobachten ununterbrochen den Bildschirm.

Die Dämoninnen schweben vor ihnen durch eine lange Lichtröhre die sich unentwegt dreht, dann durch einen Felsentunnel. Es ist eine verhältnismäßig lange Reise. Danach sieht es aus, als wenn sie durch Lava schweben. Feuerarme versuchen nach ihnen zu greifen. Die Hitze kommt durch den Bildschirm, es wird unerträglich heiß, keiner der Anwesenden will seinen Platz verlassen, alle sehen was passiert. Plötzlich hört die Lava auf und sie fallen zuerst durch eine Feuersbrunst. Daraufhin folgen schleierhafte Arme und Gestalten, die jammern und verzweifelt schreien. Auch sie versuchen nach ihnen zu greifen, um sie zu sich holen. Aisling schreit: „Das müssen die armen geschundenen Seelen sein. Mein Gott, wo kommen wir nur hin, da können wir niemals weg, wir sind verloren." Dann fallen die Dämoninnen auf einen dampfenden Boden, direkt neben Diabolus. Die Kugel fliegt hinter den beiden Dämoninnen her und fliegt ungebremst Richtung Boden. Alle halten die Hände vor ihre Gesichter und warten, was jetzt passieren wird. Aber die Kugel fällt nicht zu Boden, sie schwebt über den Beiden, die am Boden liegen und sehen direkt in die Teufelsfratze von Diabolus.

Allen im Raum entkommt ein Schreckensschrei. Viele können vor Angst
nicht mehr auf den Bildschirm sehen. Dann dreht sich die Kugel und was
sie sehen, lässt ihnen das Blut in den Adern gefrieren. Sie erblicken Medusa
die Schlangenkönigin, arrogant steht Sie mit ihrem lebenden Haar da. Die
Ratte, mit seiner schwarzen Kutte, sein hässliches Rattengesicht wirkt in der
Hölle noch unheimlicher. Krypton, der mächtige Dämon hat die Sterne auf
seiner Kutte, sind hell erleuchtet im Höllenlicht. Beltane der Drachendämon
hat einen kleinen Drachen auf seiner Schulter, wie ein schmuse Kätzchen
sitzt er da. Der mächtigste der Dämonen, der Schwarze Tod, Sir Black
Shadow mit Schwarzer Kutte und einer Sense in der rechten Hand, sein
weißer Knochen Schädel leuchtet hell aus seiner schwarzen Kutte. Das
grauen Persönlich hat sich versammelt. Die beiden Dämoninnen haben sich
stolz dazugestellt.

Und Diabolus hat sich gegenüber seiner Kreaturen gestellt. Seine Nüstern
haben sich aufgebläht und Rauch steigt aus ihnen, er ist sehr aufgeregt. Er
lacht alle sieben Dämonen an: „Ihr könnt euch denken, warum ich Euch
geholt habe? Ich, Euer Höllenfürst, habe beschlossen, dass ihr zusammen
den magischen Zirkel vernichten werdet. Das mächtige Kind mit seiner
Mutter und dem Werwolf darf nicht mehr am Leben sein. Ich erwarte von
Euch die Erfüllung eurer Aufgaben. Ich werde keine Ausrede dulden."
Gelangweilt hören die Dämonen zu, als wenn ihnen, das ganze nichts
angehen würde. Diabolus registriert es und schreitet auf seine 7 Bestien zu
und fragt: „Interessiert es euch überhaupt und donnert mit der Faust in den
Boden.

Er schreitet auf die Beiden neuen Dämonen zu, sein gehörnter Schädel ganz
nah, sodass sich fast ihre hässlichen Köpfe berühren. Die Ratte meint: „Ich
hätte das schon lange in Ordnung gebracht, eine meiner leichtesten
Übungen." Diabolus sagt wütend: „Das wollen wir sehen." Dann wendet er
sich Medusa zu und sie meint ebenfalls: „Warum hast du mich nicht
ausgewählt, dann könntest alle deine Sorgen schon längst los haben" und
sieht gelangweilt ihre Fingernägel an. Ganz nah ist sein Schädel an ihren

und eine ihrer Schlangen beißt sich in seinen Schädel fest. Er reißt das schwarze Biest von seinem Schädel und schmeißt es gegen die nächste Felsenwand. Dann packt er die Dämonin an ihrem Oberteil und zieht Sie näher zu sich, dass Sie komplett mit ihrem Körper gegen seinen klatscht und sagt: „Glaube ja nicht, dass du mich verarschen kannst. So mächtig kannst du nicht sein, viele deiner Kollegen würden sich mächtig freuen, wenn ich dich vernichte." Dann hebt er Sie mit einer Hand in die Höhe und klatscht Sie an die nächste Felswand, dass Sie daran kleben bleibt und langsam daran herunter rutschen.

Diabolus Behausung hat sich nicht verändert und ist eine kalte felsige Behausung. Nur der heiße Nebel der durchzieht, ist die einzige Zierde dieses Reiches. Jetzt mischt sich Sir Black Shadow ein und sagt: „Was regst du dich so auf, wir sind 7 Dämonen, das wird keine große Anstrengung werden, so etwas mache ich normalerweise alleine. Wann willst du, dass wir die Kleinigkeit erledigen." Bald, das Kind mit der Gruppe befindet sich in der Türkei in einem kleinen Dorf, dort könnt ihr sie ungehindert Angreifen, jedoch spätestens bei der Geburt des kleinen Scheusals." Krypton antwortet lachend: „Ich sehe es jetzt schon als erledigt an." Diabolus wird wieder Wütend und schreit: „Seid nicht so überheblich, ihr hab das Kind noch nicht getötet." Er streckt vor Zorn seine Hand aus und schlägt einen Halbkreis mit so viel Energie, dass es sie alle vom Boden reißt und an die nächste Felswand schleudert. Sie bleiben daran kleben. Der Höllenfürst erhöht die Kraft, dass sie vor Schmerzen aufschreien. Der Teufel lacht und mit Ironie sagt er: „Wo ist eure Überheblichkeit geblieben und eure immense Kraft? Zeigt mir jetzt, wie vernichtend Eure Macht ist, ich spüre nichts davon. Lauter Warmduscher ihr wollt mächtige Dämonen sein. Sir Black Shadow löst sich als erster von seinem Schock. Seine Sensenspitze leuchtet auf und es schießt ein Feuerball auf Diabolus zu und eine ungeheure Kraft explodiert vor Ihm und schleudert Ihn gegen die nächste Felsenwand.

Durch den Angriff vom schwarzen Tod, die riesige Energie hat auch die magische Kugel getroffen. Sie schwebt mitten im Raum, ein Wunder, dass Sie bis zu diesem Zeitpunkt nicht entdeckt wurde. Ein kleines Abbild der Kugel, sozusagen das Auge, schwebt mitten in der Hölle, genau vor dem Teufel Diabolus. Der Feuerball machte Sie sichtbar für einen kurzen Moment. Diabolus hat Sie entdeckt und schreit: „Unser schwarzer Tod hat am meisten Mumm und Mut. Aber irgendetwas hat sich in meiner Hölle verirrt." Streckt seine Vorderhufe aus, ein weiterer Höllenblitz fährt auf das Auge zu. Ein helles gleisendes Licht hüllt die Kugel ein. Diabolus schreit wütend: „Wer oder was besitzt die Frechheit in meine Hölle einzudringen und wer hat das geschafft, das werden doch nicht die Kelten sein?" Der Höllenfürst ist jetzt am Toben. Eine fontäne Rauchschwaben kommen aus seinen Nüstern und er schreit: „Ich werde die Bagage zu mir holen. In meiner Hölle sollen sie schmoren. Teufelsqualen sollen sie erleiden, die armen Seelen sollen ihre Freude an ihnen haben."

Sie sehen alles genau im Bildschirm und die große Gefahr auf sich zukommen. Jetzt sieht Akgül langsam ein, was für eine Dummheit Sie gemacht hat, in was für großer Gefahr sie schweben. Als Diabolus die Kugel entdeckt und einen Höllenblitz auf die Kugel schießt, schlagen Flammen daraus und erwischen die Türkin, Sie fällt rückwärts vor Schreck und Schmerz vom Stuhl, Ihre Kleidung ist verkohlt. Sofort springt Sophie ein, die allerdings auch Brandwunden hat, schreit in den Raum „Schließt die Kugel!" Die Bilder vom Auge zittern und wackeln, als es durch die Hölle geschleudert wird. Diabolus ist im Rausch der Vernichtung, er will selbst den magischen Zirkel vernichten. Black Shadows Sensenspitze leuchtet wieder auf. Hedda und Aisling haben ihre Zauberstäbe auf die Kugel gerichtet. Asena springt zu ihrer Mutter und schreit: „Was hast du getan?" Alles geht drunter und drüber im Gesellschaftsraum. Sie haben die Hölle auf Erden zu sich geholt. „Samug Silekta" hallt Sophies Stimme kräftig durch den Raum. Sie sieht ungläubig auf die Kugel, nichts geschieht, sie schließt sich nicht, entsetzen steht auf ihren Gesichtern. Jetzt hört man ein grausames Lachen durch den Raum und er ruft amüsiert: „Eure Kugel ist in meiner Hölle und hier gelten meine Gesetzte. Jetzt gehört ihr mir, ich hole jeden einzelnen von Euch in mein Reich. Ich freue mich ganz besonders, auf Euren hohen keltischen Besuch, ich werde mich gerne mit Euch beschäftigen." Niklas schreit: „Wir müssen schnell das Auge aus der Hölle holen, dann können wir die Kugel verschließen." Sie hören auch die anderen grausamen Sätze der Dämonen: „Schnappen wir Sie uns, die Drecksäcke, jetzt gehören sie uns, holen wir sie in die Hölle."

Isak springt vor die Kugel, schickt einen alten Zauber auf das Auge und versucht sie schnell wegzulenken. Aber wie kommen sie aus der Hölle heraus? Schnell entfernt sich das Auge von der Dämonengruppe, aber wohin? Die Sensenspitze des schwarzen Todes explodiert und ein gewaltiger Zauber rast auf das Auge zu und hüllt sie ein. Die Kugel im Gesellschaftsraum bläht sich auf und ein enormer Energie Sturm rast durch den Raum und reißt alle Anwesenden von den Stühlen. Isak steht ungerührt mit seinem Sohn inmitten des Raumes und sie sprechen eine alte keltische Beschwörung. Sie versuchen den Zauber von Black Shadow etwas abzumildern. Auch Jennies Mutter wird wieder in Mitleidenschaft gezogen. Die gewaltige Energie schleudert die Arme durch den ganzen Raum, dass auch sie schwer verletzt liegen bleibt. Die Energie des schwarzen Todes, ein gewaltiger Tornado der durch den Raum rast und sich dann als ein Sog wieder in der Kugel sammelt. Alle Hexen und Magier wissen nicht wie ihnen geschieht. Jetzt zieht es Sie in die Kugel. Kierans Schrei hallt durch den Raum: „Festhalten, dass es Euch nicht in die Hölle zieht. Die Dämonen machen jagt auf das Auge. Die Kelten haben keine Idee, wie sie aus dieser Misere herauskommen. Ein Zauber nach dem Anderen wird auf das Auge abgeschossen und immer wieder getroffen. Verzweifelte Schreie mit wilden Anweisungen gehen durch den Raum, niemand ist mehr auf seinem Stuhl. Waldtraud hat ihre Freundin Jennie schnell bei der Hand genommen und mit ihren beiden Leibwächtern, den Wölfen aus dem Raum gebracht. Roland hat beobachtet, wie die Energie vom Schwarzen Tod wieder zurück in die Kugel zieht, müsste eine seiner Raketen oder Pfeile ebenfalls in die Hölle gehen. Er rennt aus dem Raum um sie zu holen. Alles muss rasend schnell gehen. Als Roland wieder in den Gesellschaftsraum rennt, das Auge immer noch wild durch die Hölle flüchtet, bemerken sie, dass die Sense wieder glüht und wieder ihre mächtige Energie auf sie schleudert. Roland richtet seine Splitterbombe auf die Kugel aus und Vani zielt mit einem Pfeil darauf. Isak schreit: „Verdammt, ich finde in dieser Hölle keinen Ausgang, was machen wir? Scheiße, jetzt sind wir verloren." Mirko schreit daraufhin: „Dann zerstört diese Scheiß Kugel oder das Auge, damit nichts mehr durchkommt." Kieran schreit daraufhin: „Schnell, wir haben nicht viel Zeit, sonst haben sie uns, dann ist alles aus."

Roland schreit: „Lenk das Auge auf die Spitze der Sense, diese glüht wieder, die zerstört das Auge bestimmt und wir können vielleicht noch einen kleinen Gruß mitschicken." Isak ruft allen zu: „Raus aus dem Raum, weit weg von der Kugel, Roland, du schießt die Splitterbombe nicht ab. Stell dir vor sie geht nicht durch, aber die Pfeile könnten es schaffen." Sofort nimmt Roland einen Bogen mit Pfeil in die Hand und wartet ab. Isak lenkt das Auge direkt auf die glühende Spitze. Sie sehen wie die leeren Augen des schwarzen Todes ungläubig anfangen zu glühen, er kann nicht glauben, dass sich das Auge direkt auf Ihn zubewegt. Aber durch einen Angriff des Höllenfürsten, muss der Alte noch einmal abdrehen. Diabolus befehle hallen durch sein düsteres Höllenreich: „Schafft mir das Auge her, ihr werdet es doch fertigbringen, dieses kleine Ding einzufangen." Der Hollenfürst rennt zornig hinter dem Auge her. Alle sieben Dämonen versuchen ihre Künste, das kleine Ding zu fangen, aber Isak schafft es immer ihren Angriffen auszuweichen.

Dann springt der junge Mathias ein und meint: „Ich mache mit meinem Computer gerne Geschicklichkeitsspiele und bei diesem sei er ein As. Dem Alten merkt man an, dass er fix und fertig ist, Schweiß steht ihm auf der Stirn. Als Mathias mit seinem Zauberstab die Führung übernimmt sagt er: „Auf die Spitze der Sense, dann ist Sie bestimmt zerstört." Mathias lächelt und sagt: „Eine meiner leichtesten Übungen, denen werde ich zeigen was ein Meister des Spiels ist." Roland lacht im Hintergrund und sagt: „Mit Ihm kannst du so etwas nie Spielen, dann hast du schon von Anfang an verloren." Geschickt lenkt der junge Magier das Auge durch die Dämonen, die versuchen das kleine Auge zu fangen, ihre Zauber schießen ins leere. Mathias rechnet anscheinend aus, was diese Kreaturen vorhaben. Dann bekommt der Magier seine Chance das Auge auf die Spitze zu lenken. Die immer noch glüht, sie ist kurz vor der Explosion. Der mächtige Dämon hat den Weg des Auges genau in seinem bösen Blick. Sie fangen wieder an zu glühen, als das kleine Etwas auf Ihn zukommt. Ungläubig, sehen sie aus, er kann nicht glauben, was das Ding von Ihm will. Der Magier schlägt noch einen Hacken, um es so aussehen zu lassen, als wolle er noch einmal abdrehen. Von der Seite her schnellt das Auge dann doch auf die Spitze. Der schwarze Tod will seine Sense noch auf die Seite ziehen, aber auch das hat der junge Magier mit eingerechnet, ein zufriedenes Lächeln geht über sein Gesicht.

Das Auge hat die Spitze noch nicht richtig berührt, da geht ein heller gleisender Blitz durch das Höllenreich. Ein lautes fluchen vom Höllenfürsten und den Dämonen ist zu hören. Wieder bläst sich die Kugel auf und die Sensenspitze entladet seine gesamte Energie. Vani und Roland schießen ihre Pfeile ab und gehen sofort in Deckung. Alle versuchen sich hinter irgendetwas zu verstecken, um der Vernichtung der Kugel und der mächtigen Energie vom schwarzen Tod zu entgehen. Aber es kommt anders als gedacht, ein mächtiger ohrenbetäubender Knall, ein riesiger Feuerball hüllt den Raum ein. Tausende Kristallsplitter schießen wie Gewehrkugeln durch den Raum, die Einschläge sind im ganzen Raum zu hören. Dann ist auf einmal Totenstille, kein Laut ist mehr zu hören.

Alle stehen vorsichtig auf, dann sehen sie es, es ist vorbei, die Kugel ist zerstört die Gefahr ist gebannt. Ein freudiger Jubel bricht aus, alle liegen sich in den Armen. Auch Jennie die draußen mit Waldtraud wartet, hört den Jubel und sie weiß, sie haben es wieder geschafft. Die Wölfe sehen jetzt auch entspannt aus. Ein lächeln ist im Gesicht der jungen Hexe. Das Kind gibt der Mutter sofort zu verstehen, dass es sehr knapp war und dass was

Akgül gemacht hat, war nicht gut durchdacht. Kurz darauf sind einige Hexen unterwegs und besorgen Salben und Cremen um ihre Leute zu verarzten. Im Gesellschaftsraum geht es inzwischen wieder hektisch zu, einige Leute haben Splitter und Verbrennungen bekommen. Akgül und Sophie müssen richtig behandelt werden, sie haben am ganzen Körper Verbrennungen und Splitter, um sie kümmern sich die Ärzte. Asena ist noch bei ihrer Mutter und schimpft mit Ihr: „Was hast du dir bei dieser gefährlichen Aktion gedacht, du hast hier alle Leute in Gefahr gebracht, Jennie und das Kind auch, du hättest uns alle dem Teufel präsentiert." „Ich wollte nur schnell den beiden Dämoninnen hinterher, als es zu spät war, habe ich es bemerkt, was für einen fatalen Fehler ich gemacht habe, das darf nie wieder vorkommen", lamentiert das Orakel. Sie ist sehr niedergeschlagen, aber als Aisling und Hedda die beiden Druidenfrauen zu Ihr kommen, ihre Brandwunden anzuschauen und lachend zu Ihr sagen: „Jetzt mache dir keine Sorgen, deine Verletzungen haben die Ärzte mit unseren Spezialsalben schnell im Griff. Diabolus und sein Gefolge wird noch lange an diesen Tag denken, dass sie uns selbst in der Hölle nicht vernichten konnten. Das wird für sie eine riesige Blamage sein." „Aber meine alte magische Kugel ist jetzt vernichtet", jammert das türkische Orakel. Arsena schimpft: „Dann wird das dir eine Lehre sein und du wirst immer daran denken, wenn du eine Kugel aktivierst." Sophie sagt: „Wir haben noch andere magische Kugeln. Wir werden bestimmt nicht mehr so schnell die Dämonen belauschen, die wissen jetzt was wir wollen." Niklas und Kieran kommen bei ihnen vorbei, um nach seinen Leuten zu sehen. Schnell entschuldigt sich Akgül für ihre gefährliche Tat bei ihnen. Kieran sagt: „Ist ja, noch mal gut gegangen, aber das hättest du dir doch denken können, dass man aus der Hölle nicht mehr herauskommt. Du wolltest den beiden Dämoninnen hinterher und hast nicht dabei überlegt, das war sehr großer Leichtsinn." Sie klopfen Akgül auf die Schultern und sagen: „Nächstes Mal nicht mehr so Leichtsinnig sein, aber jetzt wissen wir, was diese Kreaturen vorhaben."

Der schwarze Tod hat mit dieser Aktion nicht gerechnet. Das Auge berührt seine Sense und eine ungeheure Energie entlädt sich, dass es alle Dämonen von den Beinen reißt, selbst den Höllenfürsten. Auch ein Pfeil schießt aus dem Auge, als es explodiert, schleudert das Weihwasser in feinen Tröpfchen durch die Hölle. Ein Fluchen ist von sämtlichen Kreaturen zu hören. Bei allen ist auf der Haut ein Rauchen zu sehen. Dem schwarzen Dämon reißt es den kompletten Schädel von der Schulter, seine Kutte hängt nur noch in Fetzen von seinem Knochenkörper. Seine Knochen werden vom heiligen Regen getauft. Aber diese schwarze Seele kann kein Weihwasser der Welt mehr retten. Aus dem Körper vom schwarzen Tod steigt schwarzer Rauch auf und man sieht, er ist sehr zornig, er ist verletzt und noch viel schlimmer ist, sein Stolz ist angeschlagen. Selbst Diabolus Fell ist angesengt und raucht ein wenig. Als er langsam auf seine Hufe kommt, bläst hektisch und in schnellem Rhythmus Rauch aus seinen Nüstern, sein Schädel ist glühend Rot. Alle Dämonen, als sie auf ihre Beine kommen, weichen zurück. Die Dämonen haben Angst, dass Diabolus seine Wut an ihnen auslässt. Unterdessen regeneriert sich der schwarze Tod. Langsam bildet sich sein zerfetzter Schädel wieder zurück zu einer richtigen Knochenfratze. Seine schwarze Kutte regeneriert sich ebenso und zuletzt rückt er seinen Schädel mit einer kurzen links und rechts Bewegung zurecht. Es kracht in seinem hässlichen Gerippe, er schlägt seine Kapuze über seinen kahlen weißen Schädel.

Diabolus ist mächtig aufgeregt, er kann sich nicht mehr beruhigen. Er donnert mit seiner Faust gegen die nächste Felsenwand, dass die Hölle bebt und schreit: „Diese Kelten besitzen die Frechheit, uns hier ausspionieren und ihr schafft es nicht, das magische Auge in Euren Besitz zu bringen. Ihr seht nur tatenlos zu, habe ich nur Waschlappen und keine mächtigen Dämonen. Diabolus schlägt mit einem kräftigen hieb Medusa und die Ratte an die nächste Felsenwand. Er wettert weiter, wenn ihr es nicht fertigbringt, das Kind zu töten, dann endet ihr alle hier unten, so wie ich Diabolus heiße. Dann stampft er auf seinen mächtigsten Dämonen zu. Sein gehörnter Schädel kommt den Knochenschädel sehr nahe und er donnert dem Dämon

harte Worte entgegen, dass es seine Kapuze von dem kahlen Schädel bläst:
„Du bist auch nicht mehr das was du einst warst, du lässt es sogar zu, dass
dir dein halber Schädel vernichtet wird." Die Spitze seiner Sense fängt an
zu glühen. Der Rauch der Nüstern bläst der Höllenfürst durch seinen
Schädel. Ein unheimliches Bild der beiden Höllengiganten.

Die dunkle Stimme von Black Shadow erhebt sich gegen den Teufel und
sagt: „Wenn wir einen Versager in der Hölle haben, dann bist du es. Du hast
den magischen Zirkel in deinem Reich gehabt und hast sie einfach wieder
ziehen lassen. Jetzt ist man nicht einmal mehr in der Hölle sicher. Das wäre
mir nicht passiert." Der schwarze Tod lacht jetzt mit seiner dunklen ekligen
Stimme seinen Höllenfürsten aus. Diabolus bemerkt, dass die Sense glüht
und mit einem Wink seiner linken Faust erlischt die Spitze. Mit der Rechten
mit einer gewaltigen Energie schleudert er seinen mächtigsten Dämonen
durch die Hölle und schreit Ihn an: „Du wagst es mich einen Versager zu
nennen, du kleiner Wurm, da musst du noch ein wenig lernen und
wachsen." Wie der mächtige Dämon an einer Felsenwand zum Liegen
kommt, spürt er, dass seine ganze Wut hochkommt.

Er schlägt seine Kutte zurück und seine Sensenspitze zeigt auf den
Höllenfürsten, sofort fangt die Spitze an zu glühen, er springt dem Teufel
mit seiner glühenden Sense entgegen und schreit Ihn an: „Von so einem
Versager lasse ich mich nicht beleidigen und erniedrigen." Ein paar andere
Dämonen und Dämoninnen rufen Ihm zu: „Zeig es Ihm, lasse dir von Ihm
nichts gefallen." Dann entlädt sich die Spitze und ein gewaltiger Zauber rast
auf den Herrn der Hölle zu. Seine ganze Wut steckt in diesen Zauber.
Diabolus steht leicht gebeugt und mit geballten Fäusten da und sieht den
Zauber auf sich zukommen, seine Nüstern blasen immer noch zornig Rauch
aus. Kurz bevor der Strahl Ihn erreicht hat, streckt er seine Arme aus und
der Höllenfürst setzt seine Energie dagegen. Kurz vor seinen Händen
prallen die Energien aufeinander, alle sehen wie die Mächte gegen einander
arbeiten. Der Höllenfürst schickt den Zauber zurück an den Absender. Sir
Black Shadow bekommt die gesamte geballte Ladung der Kräfte ab und er

schreit vor Schmerzen, als es ihn trifft und von den Füssen reißt. Schwer gezeichnet liegt er am Boden.

Dann sieht sich Diabolus um und sagt: „Wer hat hier geschrien, zeigt es mir, los wer will es mir noch zeigen, der kann gleich vortreten." Krypton sagt zu Ihm: „Ich will nicht vortreten, aber es war heute wirklich keine Meisterleistung von dir." Nochmal verzerrt sich sein Gesicht vor Wut: „Krypton redest du mich auch noch von der Seite an, was ist denn heute los." Die Faust macht einen Bogen und ein Feuerreif von Energie entlädt sich über dem Dämon und explodiert. Alle anderen Dämonen schreien und es schleudert sie einige Meter durch die Hölle. Diabolus schreit: „Bekomme ich von diesen heute keine Ruhe mehr." Er geht vor Wut hinterher und greift sie nochmal an und schreit ihnen zu: „Ihr wisst was ihr zu tun habt." Krypton stellt sich schnell hin und hält Ihm den Zauberstab entgegen und sagt: „Jetzt reicht es." Diabolus schickt einen Zauber und den Dämon schleudert es weiter durch die Hölle, er schreit dabei: „Er will mir mit seinem Stäbchen drohen, ich sage, wenn es vorbei ist, sonst niemand, merkt Euch das. Ihr habt es geschafft, dass ich wütend bin und wenn es so ist, kann mich niemand mehr aufhalten." Die Hölle bebt, Felsen brechen von den Wänden, Gelber Schwefelrauch tritt aus Felsspalten, alle erzittern jetzt vor ihrem Fürsten.

Keiner traut sich etwas zu sagen. Diabolus sieht in die Runde und fragt: „Ist noch etwas, dann soll er es gleich sagen, bevor ich allen einen Arschtritt gebe. Ich sage es nicht noch einmal, ihr wisst was zu tun ist, wenn das Kind nicht spätestens bei der Geburt getötet wird. Ihr habt einen kleinen Vorgeschmack erlebt. Ich tausche Euch alle aus." Der schwarze Tod mault wieder von Hinten: „Jetzt reicht es wirklich, wir wissen alles, du kannst es uns schriftlich geben, wir werden es erledigen." Diabolus dreht sich mit geballten Fäusten und leicht gebückt um und schnauzt zornig zurück: „Du hast noch nicht genug: „Er versetzt Ihm jetzt einen Energiestrahl, dass es Ihn direkt aus der Hölle schleudert und Krypton hinterher und schreit: „Ich kann Euch nicht mehr sehen." Dann stampft er zu den Anderen hinüber:

„Habt ihr noch was zu aussetzen?" Niemand traut sich etwas zu sagen. Dann packt der Höllenfürst einen nach dem anderen und meint dazu: „Ich kann Euch nicht mehr ertragen und werfe Euch hinaus, bevor ihr einen Scheiß erzählt. Nachdem er dann die letzte Dämonin hinausgeschmissen hat, sieht er sich vorsichtig um und schnauft erst einmal tief durch.

Da hört er plötzlich eine Stimme von der Seite: „Siehst du, mit uns hättest du keinen Ärger." Diabolus reißt es herum, schaut direkt zu Hop tu Naa und Moloch und erschrickt. Er wollte schon einen Zauber losschicken und sagt dann ruhig: „Ihr, an Euch habe ich nicht gedacht." Die Beiden grinsen ihren Herrn an. Aber dieses freche Anlachen verträgt der genervte Teufel jetzt überhaupt nicht. Seine rechte Hand fährt kurz aus und die Beiden fliegen weit weg. Dann trottet er verdrossen durch die riesige Halle und schnauzt vor sich hin: „Ich lasse mich von den Beiden nicht blöd anlachen, verarschen kann ich mich selbst. Ich spüre, dass der magische Zirkel in der Türkei eine größere magische Aura besitzt. Sie scheinen immer mächtiger zu werden. Das müssen wir unbedingt verhindern. Diese Kelten dürfen nicht stärker werden. Wir müssen herausbekommen wie sie das schaffen. Dann wird er auf einmal kurz durchsichtig und ist dann plötzlich verschwunden.

Im Gesellschaftsraum ist reger Betrieb, alle Verletzten sind versorgt. Niklas setzt sich niedergeschlagen an einen Tisch und Kieran und sein Vater kommen dazu. Kieran sagt fix und fertig: „War das ein aufreibender Tag, sowas ertrage ich nicht jeden Tag." Niklas flüstert etwas laut: „Ich könnte jetzt einen Eimer Bier trinken." Isak lacht: „Ich aber erst." Kieran schreit in den Raum: „Drei Eimer Bier." Hedda lacht Aisling und Waldtraud an: „Unsere Männer sind wohl geschafft und sie wollten doch standhaft sein, da war doch was." Waldtraud: „Wir sind gleich fertig und setzen uns dazu" und salben ihre Patienten fertig und gehen dann zum Tisch. Dann machen sich die Damen auf, Sepp zu helfen, damit das Bier schnell an den Tisch kommt. Einer nach dem Anderen kommt, um den edlen Stoff zu trinken. Schorsch und Vani sitzen inzwischen, auch sie sind total am Ende. Isak sagt zu den Beiden sofort, wenn ihr zu Bett geht, werde ich Euch begleiten und eine Beschwörung sagen, damit ihr diesmal eine geruhsame Nacht habt. Es dauert nicht lange, dann ist die Bierrunde aufgelöst und Isak geht mit Vani zu seinem Haus und sagt zu Schorsch: „Ich komme dann zu dir." Schnell ist Vani fertig fürs Bett, legt sich hinein und Isak zieht seinen Zauberstab. Er spricht eine etwas längere Beschwörung, dann wünscht er Ihm eine gute Nacht und macht sich auf zu Schorsch, um das gleiche zu tun.

Vani kann nicht sofort einschlafen, immer wieder hört er in sich hinein, er hat Angst, dass er das Gleiche noch einmal erlebt. Aber dann überwältigt Ihn doch der Schlaf. Zu viel ist in den letzten Stunden passiert und der Körper braucht jetzt Ruhe. Auch seine Partnerin findet keine Ruhe, immer wieder horcht Sie, ob Ihr Freund noch ruhig schläft. Sie hat nach der letzten Nacht sehr große Angst um ihren Partner. Sie macht die Augen auf und erschrickt. Sofort steht Kunigunde neben ihrem Vani am Bett und hat gleich Kontakt mit Niklas und Kieran aufgenommen. Das hat sie noch nie gesehen. Geisterhafte schlieren bewegen sich auf Vanis Körper, als wenn diese versuchen würden in Ihn einzudringen. Was ist das, was sich auf seinen Körper bewegt? Schnell sind die beiden Druiden zur Stelle. Auch Isak ist ein paar Sekunden später außer Atem hier. „Mein Sohn, kannst du dir nicht denken was das ist, sie wollen, aber können nicht", sagt Isak zu seinem Sohn. Niklas meint daraufhin: „Ich habe verstanden, das sind die Gedanken und Träume eines Dämons und die können die Beschwörung nicht überwinden." Sein Vater schmunzelt: „Scheiße, für euch Dreckskreaturen, wenn man will und nicht kann, nochmal eine Niederlage für Euch und wir werden dafür sorgen, dass es weitere gibt. Holt eine Gießkanne Weihwasser, den Regen wird die Kreatur nie vergessen." Kunigunde sagt entsetzt: „Du kannst nicht das ganze Weihwasser in Vanis Bett gießen, dann wacht er auf und alles ist nass." Schnell ist eine Kanne des heiligen Wassers hier. Niklas packt die Kanne und schüttet tatsächlich einfach das Wasser über diesen Schlieren aus. Ein lautes knistern entsteht, in diesen sieht man feine elektrische Entladungen. Dann hören sie einen lautes stöhnen und die schlieren steigen auf. Man sieht darin einen großen

Mund der weit aufgesperrt ist, wie bei einem Schrei. Dann verschwindet dieses eklige Ding in den Boden und bleibt verschwunden.

Vani wacht auf, schüttelt sich und fragt: „Was macht ihr da?" Kunigunde winkt ihnen zu, sie sollen jetzt besser verschwinden und erklärt es Ihm kurz. Beim Rausgehen hören Sie die Worte, schlaf ruhig weiter. Wenn das so ist, sehen wir bei Schorsch vorbei, da wird sicher etwas Ähnliches passiert sein. Kieran meint: „Genau, darum sind unsere Frauen bei Ihm und warten auf das Weihwasser." Niklas sagt gehässig: „Das reichen wir ihnen gerne." Schnell haben die Frauen die Situation im Griff und stellen sich dann kurz draußen vor dem Haus zusammen. Akgül sagt etwas besorgt: „Ich habe eine große unheimliche Magieentladung gespürt, es muss in der Unterwelt zu mächtigen magische Entladungen gekommen sein." Isak lacht: „Du meinst zu großen Kämpfen, die sollen sich nur ihre Köpfe einschlagen. Das macht uns nichts aus, im Gegenteil." Dann können alle in Ruhe ins Bett gehen, schlafen und träumen.

Kapitel 23
Dritter Tag der Zeremonie

Alle stehen ausgeruht auf, nachdem die Sonne am Himmel steht, sind die meisten unterwegs, die Tiere müssen versorgt werden. Sie helfen alle zusammen. Waldtraud, Märta und Kunigunde sind am Kessel, sie schauen nach dem Zaubertrank für die Zeremonie, es muss perfekt sein. Er wird gewissenhaft von den drei Hexen unter die Lupe genommen. Niklas und Kieran sind auf den Weg zu den drei Hexen und fragen: „Habt ihr alles im Griff, können wir die Zeremonie zu Ende bringen." Waldtraud streckt dem Druiden ihre lange Hexenzunge heraus und sagt: „Was glaubst du, was wir hier machen, du kennst uns, sicher kannst du anfangen." Niklas sagt: „Ist ja gut ich habe verstanden." Er dreht sich um und macht sich auf den Weg, sein schlaues Buch zu holen. Er legt es auf das Rednerpult und schlägt die passende Seite auf. Dann stellt er sich zu seinen Freund und fragt ihn: „Willst du die Zeremonie zu Ende bringen, ich bin heute zu faul." Kieran freut sich und sagt: „Das mache ich für die Beiden gerne, das wird nicht mehr Schlimm, das haben wir gleich geschafft." Nach dem die Hexen den Kessel freigegeben haben, ruft Kieran alle dazu. Sie stellen sich wie gewohnt an Ihren Platz und warten, was der Druide zu ihnen sagt.

Kieran sieht nochmal in das Buch und dann hebt er den Kopf und breitet die Arme aus. Sein weißer Umhang weht im Wind. Niklas steht ganz entspannt in der Nähe mit den beiden Druidenfrauen und sieht gelassen der Zeremonie zu. Dann fängt Kieran mit fester und angenehmer irischer Stimme die Zeremonie für die neuen Magier aufzusagen. Es dauert nicht lange und Schorsch und Vani bemerken das eine Veränderung in ihnen vorgeht, es ist diesmal nicht so schlimm und kein grausamer Akt. Nein diesmal bemerken sie eine gute unbekannte Macht nimmt sie in Besitz. Eine Kraft überkommt sie, die von ihnen Besitz ergreift und sich angenehm anfühlt. Kieran redet nicht lange, er wechselt in einen Sing Sang. Beendet kurz darauf seine beschwörende Rede und sieht die beiden lächelnd an. Ihre Partnerinnen reichen den Kelch, den sie noch einmal trinken müssen. Beide leeren den Krug in einem Zug, die Anwesenden brechen in Jubel aus.

Die Beiden neuen Magier fühlen in sich hinein und nichts passiert in ihnen, keine weitere Veränderung geht mit ihnen vor. Niklas bringt noch 2 große Kelche mit einer dunkelroten Flüssigkeit und meint: „Das ist der richtige Zaubertrank, den müsst ihr trinken. Damit seid ihr zwei echte Magier und die gemeinen Hexen können Euch nichts anhaben. Akgül und ihre Tochter bringen auf einem Tablet noch weitere Kelche mit der roten Flüssigkeit. Kunigunde hört den Satz des Druiden und sagt: „Wenn du weiterhin so einen Scheiß daher quasselst, dann werden wir zu dir besonders gemein sein und es deiner Frau erzählen." Die Beiden nippen an der Flüssigkeit und

Schorsch sagt im leichten bayrischen Dialekt, das ist gar kein Zaubertrank, das ist ganz was Feines, es ist ein guter Rotwein. Akgül lacht und sagt: „Das gehört dazu, damit ist eure Verwandlung beendet" sie sieht sich dabei um, damit alle einen Kelch in der Hand haben und ruft: „Trinken wir darauf, dass wir zwei neue Magier haben und unser magischer Zirkel um einiges Stärker ist. Aisling trinkt aus ihrem Kelch, geht zu ihnen, überreicht ihnen feierlich je einen Zauberstab, umarmt die Beiden fest und sagt: „Damit ihr fleißig üben könnt." Kunigunde ruft sofort hinaus: „Da fangen wir gleich damit an." Sepp sagt: „Jetzt wird erst gefeiert, aber richtig wild, bis die Hölle bebt.

Vani sieht auf einmal Blas aus, seine Partnerin fragt Ihn sofort: „Was ist mit dir los, stimmt mit dir etwas nicht." Er hört auf einmal eine laute ordinäre Frauenstimme, er kennt diese von Schorschs Erzählung. Es muss Medusa sein, die Schlangen Dämonin. Furchtbar hämmert die Stimme in seinen Kopf, sein Schädel scheint zu platzen. „Van Hinten, auch wenn du Magier bist, werden wir dich Töten. Du entkommst uns nicht", dröhnt ihre furchtbare Stimme. Er glaubt das Zischen vieler Schlangen zu hören. Er verspürt, dass sein Gehirn, voll von diesen Biestern ist. Unter seiner Schädeldecke bewegen sich hunderte Schlangen. Furchtbare Schmerzen plagen den neuen Magier. Er hält seinen Kopf zwischen den Händen und sein Gesicht ist Schmerzverzerrt. Alle sehen den neuen Magier mit großem Mitgefühl an und wollen sofort helfen. Dann schreit er hinaus: „Medusa das Miststück ist mit ihren Schlangen in meinem Schädel." Jennie, die sich unscheinbar verhalten hat, reagiert und nimmt Ihn bei der Hand und hält einen Zauberstab über seinen Kopf. Auch Isak und die beiden Druiden sind sofort zur Stelle, sie brauchen nicht eingreifen. Zwischen den beiden Händen und dem Zauberstab entsteht sofort ein leichter blauer Lichtschein, das wirkt sofort. Vani ist viel entspannter. Die junge Hexe verhält sich ruhig bis sie bemerkt, dass der Gepeinigte erlöst ist und der blaue Lichtschein erlischt.

Dann atmet der neue Magier erst einmal tief durch, schweiß steht auf seiner
Stirn. Er bedankt sich bei Jennie und fragt: „Muss ich mich bei deinem Kind
bedanken?" Jennie lacht herzlich und antwortet: „Ja, du musst dich bei
meinem Kind bedanken." Vani bedankt sich mit einer innigen Umarmung,
auch seine Kunigunde muss sie fest in den Arm nehmen und ganz toll
drücken. Wollte Medusa Vani wirklich auf diese Art und Weise töten? Vani
streicht mit seinen Händen immer wieder über seinen Kopf und sagt:
„Kopfschmerzen habe ich noch." Die Druiden können es nicht verstehen,
immer wieder zeigt das Kind, was für eine ungeheure Kraft in Ihm steckt.
Schorsch wird von solcher Attacke verschont.

Sepp meint daraufhin: „Jetzt lassen wir uns von diesem Schlangenweib
nicht unsere Stimmung versauen, setzen uns zusammen, er bringt einen
Krug für Vani und sagt: „Damit deine Kopfschmerzen leichter werden."
Vani lacht und sagt daraufhin. „Oder sie werden stärker," nimmt einen
kräftigen Schluck zu sich. Sepp sagt: „Das wichtigste ist, dass du lebst."
Niklas stellt sich zu seinem Vater und fängt an zum Diskutieren: „Wie
machen wir das mit Musti und Mirko." Isak sagt dazu: „Das mit den
Werwölfen werde ich mit dem türkischen Orakel noch besprechen und
wenn wir es nach der Geburt vollziehen. Es sind noch viele Fragen offen
und wir wissen nicht, wie wir alles erledigen sollen." Der Vater zählt weiter
auf: „Zum Beispiel, eine weitere Flucht, wie und wohin, wir müssen auf
jeden Fall hier wieder weg. Wir können uns nicht erlauben, einen weiteren
Fehler zu machen. Denn wir haben bemerkt, dass sie wissen, wo wir sind."
„Die nächste Frage stellt sich gleich: „Unsere Gastgeberin will mit uns
fliehen und was passiert mit ihren Tieren?", fragt Niklas. Mein Sohn, da
habe ich eine Idee, in unserer Heimat haben wir auch viele Tiere", antwortet
Isak. Sein Sohn überlegt und sagt: „Nicht schlecht, du meinst wir bringen
alle dahin, das ist schon ein sehr großer Aufwand." „Aber wir habe einige
Magier und Hexen, das dürfte kein Problem sein, wir reden mal mit Ihnen",
lacht sein Vater. Sie setzen sich zu Akgül und ihrer Tochter und besprechen
die Sache. Sie erzählen dem Orakel was sie gerade besprochen haben. Die
Beiden hören sehr Aufmerksam zu und fragen: „Es wäre schön zu wissen,

ob sie uns in euren Dorf vermuten würden, dann fliehen wir schnellstens dorthin." Asena sagt: „Sie vermuten uns bestimmt in der Türkei, hier wo wir sind, da wird bestimmt bald ein Angriff stattfinden. Wir sind bestimmt für ein paar Tage im hohen Norden bei Euch im Keltendorf gut aufgehoben." Niklas nickt und fragt: „Dann werden wir am besten morgen mit dem Umzug beginnen." Der Druide steht auf und fragt alle und bekommt allgemein eine Zustimmung.

Daraufhin stehen sie auf, heben ihre Krüge, rufen ihren keltischen Kampfruf und trinken einen kräftigen Schluck des edlen Stoffes. Der kleine magische Zirkel war bis zum Abend guter Dinge und feiert ausgelassen. Aber sie bleiben nicht lange sitzen, denn sie haben morgen viel zu tun und müssen schnell verschwunden sein.

Isak geht zu Kunigunde und Märta und fragt, wie die neuen Magier sich beim Zaubern üben anstellen. Die beiden Hexen lachen und antworten: „Sie sind zwar noch keine Meister, aber sie lernen verhältnismäßig schnell.

Kapitel 24
Eine gefährliche Flucht

Als es Nacht wird laufen die Wölfe mit Igor, Musti und Mirko aus dem Dorf, sie machen die nächtliche Kontrollrunde. Aufgeregt treffen sich die Wölfe inmitten des Dorfes. Igor der weiße Wolf gibt ein Zeichen und alle verschwinden in den Pinienwald. Leise und schnell rennen sie zwischen den Bäumen durch, wie Schatten huschen sie durch den Wald. An einem bestimmten Platz bleibt Igor stehen und er verharrt diesmal länger als sonst. Igors Gesicht sieht besorgt aus. Mirko nimmt ebenfalls eine starke Magie war, hier stimmt etwas nicht. Er nimmt mit dem weißen Wolf Kontakt auf. Der antwortet: „Ich spüre es auch, Sie sind hier und beobachten uns und werden bestimmt bald angreifen. Wir werden am besten Alarm geben. Die gesamte Meute heult laut in die Wildnis hinaus, sie wollen, dass es im Dorf gehört wird.

Sie sitzen gemeinsam am Tisch, dann hören sie es, ihre Wölfe heulen. Akgül schreit über die Tische: „Die Wölfe haben böse Magie gespürt, unsere Feinde sind hier. Jetzt müssen wir schnell verschwinden." „Schnell, packt alles zusammen", ruft Kieran den Anderen zu. Isak ruft: „Ich habe Hilfe angefordert für den schnellen Umzug." Mattias ruft daraufhin: „Das habe ich auch gemacht." Große Hektik herrscht im Dorf, alle rennen wild durcheinander. Die Anführer rufen zu keiner Panik auf, sondern zu einer geordneten Flucht auf. Olivia und Mikka sind zu Jennie gerannt. Unsere junge Hexe hat anscheinend vor Aufregung wieder Wehen bekommen. Jetzt treffen die ersten Helfer vom Brocken und aus dem Norden ein. Kieran nimmt zur Verstärkung mit den Iren Kontakt auf. Die Druidenfrauen suchen ihre Männer auf und fragen: „Es wäre sicherer, wenn wir Jennie in Sicherheit bringen." Die Druidenmänner lachen und sagen: „Das ist die beste Meldung, die wir gehört haben. Mikka mit Olivia und ihrer Mutter sollen das übernehmen." Die Frauen antworten grinsend: „Wird sofort erledigt." Kurz darauf sieht der Druide, wie sie sich auflösen. Er denkt jetzt: „Hoffentlich schaffen es die Wölfe unversehrt zurückzukommen." Die Helfer mit Kieran, Aisling, Agkül, Asena und alle neu angekommenen Helfer machen sich an die Arbeit, die vielen Tiere in den Norden zu bringen. Isak kommt dazu, um nach dem Rechten zu sehen. Faszinierend wie sie das anstellen, sie schrumpfen erst die Ställe mit den Tieren, dann zaubern Sie es komplett in den Norden, Organisiert läuft alles ab. Immer wieder hört er Stimmen von Asena und ihrer Mutter flehend durch das Dorf mit dem Spruch: „Tu wüften Wüllünde kumunde sackte puram." Daraufhin sieht der Druide, wie ein Stall in eine Hand passt und einem Helfer in die Hand gegeben wird. Zwei andere Leute stellen sich zusammen und halten ihre Zauberstäbe zusammen und dann hört er den Spruch: „: Tu wiftes willau beis buccan geallan mang mio." Isak kann es nicht glauben, dass alles so zügig abläuft.

Das Kampfregiment läuft Sicherheitshalber an. Die Frauen haben ihre Kessel aufgestellt und angeheizt, Roland, Vani und Schorsch richten ihre Waffen her. Die Tiere sind weg, aber die Wölfe sind noch nicht zurück. Die Druidenanführer machen sich Sorgen um ihre tapferen Tiere, ebenso um die Werwölfe. Was spielt sich in den Pinienwäldern gerade ab, in welcher großen Gefahr schwebt das Rudel.

Mirko sagt: „Am besten wird es sein, das wir normal laufen, als hätten wir nichts bemerkt, einen Tick schneller." Plötzlich spüren sie es, eine eiskalte unheimliche Macht ist über ihnen. Das Rudel läuft schneller. Sie wollen sicher bei ihren Lieben ankommen. Ein böses knurren entkommt den Wölfen immer wieder, immer schneller springen sie über Stock und Stein. Sie bleiben eng zusammen, sie wollen keinen Wolf verlieren. Immer wieder sieht sich Igor um, ob alle anwesend sind. Dann hören sie die weiblichen Dämonenstimmen, sie flüstern ihnen zu: „Wir werden Euch bekommen, ihr werdet das Dorf nicht erreichen, wir werden Euch töten." Das hört Mirko und er stellt sich unter dem laufen auf zwei Beinen, brüllt mit geballter Faust im mächtigen Wolfslaut: „Ich werde Euch persönlich in zwei Teile zerreißen und Euch den Wölfen vorwerfen." Dann bekommt er von ihnen zu hören: „Dich und deinen schwulen Freund werden wir als erstes Töten." Dann ist auf einmal eine unheimliche Stille. Igor meldet: „Wir müssen noch einmal um zu warnen heulen." Ein furchterregendes Heulen ist weit in den Pinienwäldern zu hören. Das Rudel rennt was ihr Körper hergibt. Sie geben nicht mehr acht, ob ein Ast ihren Körper streift und hängen bleiben. Wild hasten sie durch den Wald. Einige Körper zeigen kleine Verletzungen durch die wilde Flucht.

Sie hören das furchterregendes heulen im Dorf. Schnell ist das türkische Orakel bei den Druiden und sagt: „Sie melden, dass sie sich in großer Gefahr befinden, mein Gott hoffentlich schaffen sie es zurück." Kieran sagt:

„Wir werden diese Kreaturen gebührend empfangen, ich habe mein Dorf schon verständigt, die Kampftruppe wird gleich eintreffen."

Dann sieht das Rudel, das was sie schon lange erwartet haben. Drei Dämoninnen schweben vor Ihnen, Samhain, Tarantula und Medusa. Igor schreit: „Sofort, mir nach." Die Wölfe kennen jeden Stein jeden Ast im Wald. Igor hat sofort die Richtung gewechselt. Mirko hat Kontakt mit Niklas und Isak aufgenommen: „Wir werden von Medusa, Tarantula und Samhain angegriffen, wir haben es nicht mehr weit, dann sind wir bei Euch."

In windes Eile hat sich die Nachricht im Dorf verbreitet, sie sind jetzt in Alarmbereitschaft. Die Anführer stehen zusammen und beratschlagen, wie sie der Gefahr entgegentreten können. Kieran: „Es wäre sicher gut, wenn wir kurz angreifen und zugleich mit den Wölfen verschwinden würden. Niklas antwortet daraufhin: „Guter Plan, aber das müssen wir mit allen Kämpfern absprechen." Roland der mit Vani daneben steht sagt: „Akgül mit Asena nehmen die Wölfe in Empfang und verschwinden sofort. Waldtraud und die anderen Hexen greifen sich die Werwölfe und dann machen wir für die drei Dämoninnen das Chaos perfekt, dann müssen alle verschwunden sein. Denn Vani und ich zünden die Bombe und verschwinden. Kieran sagt: „Das besprechen wir mit meinen Leuten, die gerade kommen. Der Brocken und der Norden sind ebenso zurückgekehrt."

Sofort haben die übermächtigen Dämoninnen die Verfolgung aufgenommen und sich aufgeteilt. Sie nehmen das Rudel in die Zange. Immer wieder versuchen die Wölfe noch schneller zu rennen. Igor hämmert seinen Tieren immer wieder ein: „Gebt nicht auf, wir haben es bald geschafft, es ist nicht mehr weit, legt noch einen Zahn zu." Sie müssen das Dorf jeden Augenblick sehen, es können nur noch wenige Meter sein. Medusa zieht aus ihrem Haar ein paar Schlangen heraus und schleudert diese mitten in die Wolfsmeute. Mirko wird von einer Schlange getroffen, er packt sie, zieht sie aus seinem Fell. Tötet sie mit einer schnellen drehenden Handbewegung, stellt sich auf und wirft sie wütend zurück. Immer wieder schweben die Dämonen über ihnen und schmeißen ihr hässliches Getier auf die rennenden Wölfe ab. Schweißnass ist das Fell der Tiere, sie holen alles aus ihren brennenden Muskeln heraus. Was sie nicht sehen können, es ist inzwischen ein Trichter am Horizont entstanden, um diesen hat sich der Himmel verdunkelt. Ein riesiger Vogelschwarm fliegt in ihre Richtung, bald werden die teuflischen Raben sie erreicht haben. Tarantula schwebt über den armen Wölfen und wirft ihre Spinnen über den Ihnen ab. Mirko und Musti rennen nebeneinander und sehen, dass Tarantula wieder über ihnen wegfliegen will.

Endlich, sehen sie das langersehnte Ziel, vor ihnen wird der Wald licht. Sie sehen die Lichtung und sie sehen ihre Leute, die wartend auf dem Dorfplatz stehen. Sie hören einige Wölfe vor Schmerzen jammern und jaulen, sie werden von Spinnen und Schlangen gebissen, hoffentlich schaffen es die Tiere und können gerettet werden. Verzweifelt kämpfen die Tiere noch einmal und mit letzter Kraft. Tarantula kommt mit ihren Spinnen angeschwebt und will über den beiden Werwölfen ihre tödliche Ladung abwerfen. Diese jedoch sind sich einig. Als die Dämonin über ihnen ist, schnellen die beiden Kolosse hoch und packen die fliegende Bestie an den Beinen und zerren sie zu sich herab.

Die Gruppe um die Druiden warten verzweifelt auf ihre Wölfe, sie haben den Trichter von Samhain am Himmel entdeckt und sie sehen die drohende Gefahr auf sich zukommen. Ihre Gedanken sind bei den näherkommenden Tieren, sie zittern mit ihnen um deren Leben und hoffen, dass sie jeden Moment erscheinen, sie sind bereit für die Tiere alles zu geben. Sie starren in den Wald hinein, denn sie wissen, diese müssen von dieser Richtung kommen und jeden Moment zu sehen sein. Dann hören sie endlich ein knacken und ein feines trampeln von vielen rennenden Wolfsfüssen. Hecheln, heulen, aber was sie nicht hören wollen, ein jaulen voller Schmerzen, einige Tiere scheinen verletzt zu sein. Das furchtbare kreischen der Dämonenweiber ist nicht zu beschreiben. Sie kommen näher, gleich müssen sie die erschöpften Tiere sehen, starr schauen sie unentwegt in die Richtung. Dann sehen sie die ersten Wolfsköpfe im Pinienwald, tiefgebückt und im vollen Lauf rennen sie aus der Gefahr. Über dem Rudel schweben drei Dämoninnen und sie müssen mitanschauen, wie Sie deren gefährliche Helfer abwerfen.

Akgül und Asena rufen ihre Tiere sofort zu sich, nehmen Sie in Empfang und schauen sofort nach ihren Verletzungen. Einige haben noch Spinnen und Schlangen an ihrem Körper, die sie eiligst mit dem Zauberstab entfernen. Es zählt für viele gepeinigte Tiere jede Minute, die teuflischen Parasiten zu entfernen. Schlimm sehen einige Wölfe aus, total geschunden und schwer verletzt. Tränen haben die Türkinnen in den Augen, ihre geliebten Tiere so zu sehen. Immer wieder sagen sie auf Türkisch zu den zitterten Tieren: „Jetzt seid ihr in Sicherheit, wir helfen Euch, wir sind für Euch da, es kann euch nichts mehr passieren." Ein paar Hexen mit Mathias kommen dazu und bringen ein paar Tiere in Sicherheit, in den Norden Schwedens. Wieder hallt der Spruch durch das Dorf: „Tu wiftes willau beis buccan geallan mang mio." Sie holen weitere Tiere, alles muss sehr schnell gehen.

Nur Igor, er will nicht zu seiner Herrin, er setzt sich inmitten des Platzes und sieht den Geschehnissen zu. Akgül und Asena rufen Ihn immer wieder, aber er will nicht, er will alles sehen. Anscheinend will er sein ganzes Rudel in Sicherheit wissen, oder ist da noch etwas, was er nicht aus den Augen lassen will?

Die Druiden beobachten weiter und warten auf den Moment anzugreifen. Ihre Zauberstäbe sind gezogen und Vani, Schorsch und Roland warten auch auf den Moment. Aber dann sehen sie, wie Musti und Mirko sich Tarantula schnappen und zu sich herunterziehen. Unglaublich, was sich in diesen Sekunden abspielt, die Ereignisse überschlagen sich. Die Druiden sehen nur dem Kampf zu und können nicht glauben, was ihre Augen zu sehen bekommen. Nur Igor sitzt ganz ruhig auf seinem Platz und sieht zu.

Waldtraud und Kunigunde rufen mit aller Kraft Mirko und Musti zu, sie sollen schnell zu ihnen kommen und Tarantula gehen lassen. Aber sie hören nicht, die Wut ist zu groß, sie können die Dämonin nicht so einfach gehen lassen. Sofort haben sich die Beiden in der Dämonin verbissen.

Einige Wölfe sind so schwer verletzt und schaffen es nicht mehr ins Dorf zu kommen, sie verenden noch vor ihrem Ziel. Ein furchtbares jaulen und schreien von ihnen ist zu hören. Das vielen Leuten vom magischen Zirkel noch lange in Erinnerung bleiben wird. Die Dämoninnen kreischen ganz entzückt über jedes Tier, das sie getötet haben. Aber ihre Freude währt nicht lange, es passiert das unbeschreibliche, etwas, das niemand wissen konnte. Verzweifelt liegen viele Tiere am Boden und jaulen Gott erbärmlich, die Spinnen und Schlangen beißen solange in die geschundenen Körper bis sie jämmerlich sterben. Ganz ruhig liegen sie am Boden, friedlich sehen sie aus, sie haben es überstanden. Dann, was keiner gerechnet hat, war als wenn sich ihre weißen Seelen aus dem Körper erheben. Ein großer weißer Schatten schwebt aus dem Wolfkörper und direkt auf die Dämoninnen zu. Sie greifen Medusa an, die plötzlich verzweifelt schreit und sich nicht mehr zu helfen weiß. Die Schatten werden immer größer. Weitere weiße Schatten der toten Wölfe steigen aus ihren Körpern und Samhain wird angegriffen.

Ein zufriedenes Gesicht von Igor, als er die Szenen beobachtet. In Akgüls Armen stirbt ein Wolf und aus diesem erhebt sich der Schatten und schwebt direkt auf Tarantula zu. Er wird immer größer, je näher er der Dämonin kommt. Die beiden Werwölfe kämpfen noch immer mit der Spinnen Dämonin und versuchen diese am Boden festzuhalten. Roland beobachtet alles genau und wartet darauf, dass er seine Splitterbombe zünden kann. Vani und Schorsch neben Ihm sind sehr erstaunt und warten auch auf ihren Einsatz. Sie können nicht recht glauben, was sie in diesem Moment geschieht, sie können nicht eingreifen.

Medusa kann nicht verstehen, dass sie von einem weißen Wolfsschatten angegriffen wird. Er wächst vor Ihr, wie ein großer Mantel baut er sich vor

Ihr auf, um Sie einzuhüllen. Sie schreit vor Angst, keine ihrer Schlangen kann Ihr mehr helfen. Der Schatten wird sich gleich um sie herumwickeln und ihre Schlangenhaut berühren. Aber die Schlangen Dämonin hat große Panik bekommen, dass sie den Rückzug antritt und ihren mit schwarzer Magie geladenen Zauberstab im letzten Moment benutzt. Auf einmal ist Sie verschwunden und lässt die anderen Dämoninnen zurück. Niklas und Kieran springen vor Freude in die Luft, als sie mitbekommen, dass die schwarze Bestie den Rückzug angetreten hat. Die weiße Wolfsseele hat ihr Opfer nicht bekommen, da ändert dieser sofort die Richtung.

Samhain hat es gesehen und einen fürchterlichen Wutanfall bekommen. Sie schreit ihren Frust hinaus: „Diese Schlampe lässt uns einfach alleine zurück, diese feige falsche Schlange, nur wegen diesem lumpigen weißen Schatten." Daraufhin schwebt sie zu ihrer Freundin, um Sie von den Werwölfen zu befreien. Sie schreit Ihr zu: „Bist du nicht fähig, mit den Beiden fertigzuwerden." Aber der Wolfsschatten von Medusa folgt Ihr, direkt hinter Ihr ist er und zwei weitere kommen von der Seite. Der Schatten von Akgüls Wolf bewegt sich direkt auf Samhain zu. Viele kommen aus den toten Körpern der Wölfe. Überheblich schwebt die Raben Dämonin um die Werwölfe herum, um sie zu töten. Mirko erhebt sich, um der neuen Feindin entgegen zutreten. Was er zu sehen bekommt, lässt Ihn ein leichtes Lachen entkommen. Direkt hinter der Dämonin sieht er einen weißen Schatten schweben. Sofort entscheidet sich der kluge Werwolf zu einem Angriff, um die Dämonin abzulenken. Es muss schnell gehen, denn ihre Armee ist gleich da. Die Raben Dämonin schießt noch einen Energiestrahl auf den großen Koloss, der Ihn fast von den Füssen reißt, aber die riesige Masse ist schon ihn Bewegung. Der massive Körper hat abgehoben und prallt mit voller Wucht auf die Dämonin. Er will Sie auf den Boden werfen und beißt mit Genuss zu. Ihre Überheblichkeit ist bestraft worden, Sie ist nicht hoch genug geflogen. Er setzt seine ganze Kraft ein, um die Dämonin zu beschäftigen. Er schreit seinem türkischen schwulen Freund zu: „Noch ein paar Minuten durchzuhalten." Da er noch mit der Spinnen Dämonin kämpft. Das haben sich die Dämoninnen anders vorgestellt, dass sie sich

selbst wehren müssen, das war nicht eingeplant. Jetzt treffen die ersten
Raben ein und kommen sofort ihrer Herrin zu Hilfe und hacken in den
muskulösen Rücken des Werwolfes. Mirko bekommt sehr schmerzhafte
Schnabelhiebe versetzt. Tief bohren sich die messerscharfen Schnäbel in
sein Fleisch, Blut läuft aus den Wunden. Er schreit vor Schmerzen auf. Die
Kontrahentin lacht laut hysterisch und schupst Ihn von sich, hat dabei ihren
Zauberstab auf Ihn gerichtet. Auch auf Musti hacken einige Raben ein und
die gefährlichen Spinnen haben Ihn gebissen. Der türkische Werwolf hat
schwer zu Kämpfen mit der Dämonin.

Ein böses lachen kommt aus der Dämonin, Ihr Gesicht ist total verzerrt, mit
dem Zauberstab in der Hand, sagt sie todessicher: „Jetzt hast du scheiß
Werwolf deinen letzten Atemzug gemacht." „Das glaube ich nicht, jetzt
fährst du in die Hölle!" sagt lächelnd Mirko. Im gleichen Moment legt sich
ein weißer Mantel um die Dämonin die sofort zusammenzuckt und zum
Schreien anfängt. Ein lautes knistern entsteht, grelle weiße Blitze bohren
sich in die Dämonin, die immer lauter und kreischender Schrei, es ist der
Todesschrei einer Dämonin. Vollkommen legt sich die weiße Seele um den
Körper der Teufelskreatur. Stinkender schwarzer Rauch steigt aus der
Dämonin, die sich langsam in schwarze stinkende Asche verwandelt. Der
Wind weht die Asche in alle Himmelsrichtungen. Die toten Wölfe haben
eine der grässlichen Dämonen vernichtet. Sofort ist im ganzen Dorf Jubel
ausgebrochen, aber sie müssen noch um Musti zittern, der noch immer mit
Tarantula kämpft.

Mirko kann sich nicht freuen, denn er hört, wie sein Freund immer noch vor
Schmerzen schreit. Er hat ein paar Spinnen an seinem Körper hängen.
Jedoch die Raben sind verschwunden, der Trichter existiert auch nicht
mehr. Sofort schaltet sein Körper wieder auf Angriff, immer mehr Spinnen
krabbeln auf seinen Freund zu, er ist in großer Gefahr. Mit ein paar
schnellen Sprüngen ist er bei der Spinnen Dämonin. Nebenbei sieht er wie
die weißen Wolfseelen fast ihre Ziele erreicht haben, trotzdem nimmt er den
Kampf mit der Dämonin auf. Er will Ihr nicht die Chance geben, sich aus

dem Staub zu machen. Mit aller Kraft packt der riesige Koloss zu, aber immer mit einem Auge bei den mächtigen Helfern der Wolfsschatten, die nur noch ein paar Sekunden entfernt sind. Dann sieht Tarantula die drohende Gefahr und sieht auch, dass ihre Freundin nicht mehr anwesend ist. Große Panik überkommt sie, hysterisch schreit sie: „Ihr bekommt mich nicht, ich werde Euch töten." Sie versucht ihren Zauberstab einzusetzen. Sie kämpft mit Armen und Beinen, um den Arm mit dem Stab freizubekommen. Aber die beiden Werwölfe setzten ihre ganze Erfahrung ein und wissen das geschickt zu verhindern. Dann kommt der entscheidende Moment, ein weißer Schatten hat die Spinnen Dämonin erreicht, langsam legt sich der Schatten um die Dämonin. Angstschweiß sieht man auf ihrer Stirn. Panisch zappelt sie und die Todesangst steht Ihr ins Gesicht geschrieben. Als der weiße Schatten ihre Haut berührt, ist der dämonische Todesschrei im ganzen Dorf zu hören, der sich mit dem Jubel des magischen Zirkels vermischt. Alle Spinnen zerplatzen und grüner Rausch steigt aus den ekligen Körpern.

Sofort lassen die beiden Werwölfe von der Dämonin ab, ihnen haben die Wolfsseelen nichts angetan. Sie stehen vor der Bestie und sehen, wie sich Ihr Körper in Asche auflöst und der Wind Sie in alle Richtungen zerstreut. Wie alles vorüber ist, fallen sich die riesigen Freunde in die Arme und hüpfen zusammen vor Freude, obwohl ihnen die Anstrengung anzusehen ist. Alle im Dorf kommen zu ihnen gelaufen und umarmen sich. Die Freude ist so überschwänglich, dass sie es gar nicht fassen können, alles geschafft zu haben. Bis Kieran auf einmal sagt: „Das hätten wir ohne die Wölfe niemals geschafft. Alle lassen voneinander ab, sehen in Richtung von Igor, der immer noch regungslos da sitzt und ein grinsen auf der Wolfsschnauze hat. Sofort laufen alle zum weißen Wolf und umarmen Ihn, streicheln und knuddeln ihn. Nur Akgül braucht nicht hin zu laufen, Sie sitzt neben Ihm und hat den Wolf im Arm und fragt sich, was haben die Wölfe für eine Macht. Sie bekreuzigt sich und bedankt sich für diese unglaubliche Hilfe. Akgül aber fühlt, dass der Wolf ein großes Geheimnis hat, aber das verrät der große Rudelführer nicht. Alle wollen sich bei Ihm bedanken, auf einmal ist der Wolf verschwunden. Jetzt sind alle verwundert und fragen, wie das alles sein kann. Niklas und Kieran sehen Isak und die weiße Rose Akgül an. Der Alte meint: „Wie soll ich das wissen, warum diese Wölfe so eine Macht besitzen, warum ihre Schatten so große magische Kräfte besitzen." Dann gehen die Blicke zu der Türkin, die daraufhin sagt: „Ich bin selber total überrascht worden, ich hatte absolut keine Ahnung, ich wusste nicht einmal von den anderen Wölfen, wer sie sind, was sie sind und wo sie herkommen." Niklas meint daraufhin: „Ich würde sagen, wir verschwinden trotzdem schnell, nicht dass noch andere Kreaturen auftauchen und uns das Leben schwermachen." Sie stellen sich mit bester Laune alle zusammen und diesmal klingt der altbekannte Spruch viel freudiger, schnell sind sie alle verschwunden.

Mit überschwänglicher Freude werden sie empfangen, mit freudigen Umarmungen, die Nachricht ist ihnen schon vorausgeeilt, dass zwei Dämoneninnen vernichtet wurden. Nur, dass die Wölfe die eigentlichen Sieger sind, dass wusste keiner. Akgül und ihre Tochter Asena wollten nur eins, sie wollten gleich nach den Tieren sehen, die vom Dorf gut versorgt wurden. Isak begleitet die beiden Frauen mit ein paar zuständigen Dorfbewohnern zu den Ställen. Daraufhin wollen Sie nach den Wölfen sehen, aber Olivia und Mikka mit Jennie haben sich ihrer schon angenommen und haben alle wurden versorgt.

Bald darauf suchen Isak und die beiden türkischen Frauen das Haus der Ärzte auf, als sie durch die Türe gehen, sehen sie Igor bei Jennie sitzen. Das türkische Orakel sieht sehr erstaunt auf ihren weißen Wolf und fragt ihn in Gedanken: „Was bist du für ein magischer Wolf, wer bist du wirklich, was für ein Geheimnis trägst du mit dir herum?" Der weiße Wolf sieht seine Herrin mit einem lächeln an und antwortet: „Das kann und darf ich dir nicht verraten, auch wenn du hier meine Herrin bist." „Warum, was ist dein Geheimnis?", will Sie wissen. Der Wolf meint: „Das wirst du sehr bald erfahren und dann wirst du alles verstehen." Akgül wird sehr nachdenklich, aber sie muss akzeptieren was ihr vierbeiniger Freund, nicht verraten will.

Jennie die ihren Beschützer im Fell krault, verrät der Türkin, was Ihr Wolf gesagt hat. Jennie meint: „Sie wird Ihr Kind fragen, Sie geht in sich und nach kurzer Zeit sagt sie: „Ihr Kind weiß von allem nichts, Igor hat Ihm auch nichts verraten." Akgül und Asena wollen von den Ärzten noch wissen, wie es den Wölfen geht. Mikka antwortet: „Dementsprechend gut, aber sie sind noch sehr geschwächt, sie müssen von den Spinnen und Schlangen das magisches Gift aus dem Körper bringen, dann können sie bald wieder durch die Wälder springen und jagen." Mikka klopft dabei leicht auf den Bauch einer Wölfin und lächelt. Die Wölfin hebt dabei ihren Kopf und sieht den Arzt fragend an. Mikka legt seine Hand noch einmal auf die Stelle wo er gerade geklopft hat und sagt: „Da war doch etwas," sieht dabei etwas verwundert aus und sagt: „Meine Dame sie bekommen Zuwachs, da wächst etwas in ihnen." Die Wölfin hebt ihren Kopf, dreht ihn zu Mikka, sieht Ihn an und gibt dabei einen leisen winselnden Ton von sich. Jennie fragt Igor: „Bist du vielleicht der Vater." Igor hat wieder das Grinsen im Gesicht und lässt in Gedanken wissen: „Es sieht so aus, aber die Dame hat es mir bis jetzt nicht verraten, auch ich erfahre nicht immer alles." Dann lächeln alle im Raum und sagen: „Gratuliere Igor für deinen zukünftigen Nachwuchs."

Musti und Mirko sehen nach ihren Mitstreitern und wollen wieder gehen, aber Olivia schreit hinter ihnen her: „Ihr bleibt da, wir müssen Euch die Wunden versorgen, gerade Musti scheint sehr angeschlagen." Mirko sagt: „Meinen Freund müsst ihr zuerst versorgen, denn er wurde von den Spinnen sehr oft gebissen. Er muss sehr viel Gift in sich haben." Igor steht auf und läuft zu den Beiden und schnüffelt Sie ab. Dem türkischen Werwolf sieht man an, dass er schwer angeschlagen ist, er kann sich kaum mehr auf den Füssen halten. Waldtraud und Kunigunde kommen angerannt und rufen den Ärzten zu, die Beiden laufen uns immer davon. Ganz außer Atem sind die beiden Hexen. Olivia sagt: „Wir lassen sie nicht mehr weg und wenn ihr wollt könnt ihr gleich zur Hand gehen." Akgül meint: „Wir können Euch auch helfen." Olivia sieht die Türkin an und sagt: „Bei diesen vielen vierbeinigen Patienten können wir jede professionelle Hilfe gebrauchen."

Asena sagt daraufhin: „Dann gehen wir sofort an die Arbeit und lasst uns die lieben Tiere versorgen." Auch die Druidenfrauen kommen dazu, alle haben Wunden, ihnen wird geholfen. Bald können die ersten Wölfe wieder tollen und springen. Aber es gibt Patienten die noch länger in Behandlung sind, bei ihnen bleibt Igor stur sitzen. Nur zwischendurch geht er hinaus um nach dem Rechten zu sehen.

Jennie geht dann an die frische Luft und sieht, dass die beiden Druidenanführer wie sooft diskutieren. Langsam läuft sie mit ihrem großen Bauch auf die Beiden zu. Ihre rechte Hand hat sie auf diesen gelegt, sie will spüren, wenn eine Bewegung darin ist. Sie hört von den Beiden, dass es darum geht, vielleicht schnell nach Irland zu fliehen. Die junge Hexe will genau wissen, wie es mit der Flucht weitergehen soll. Schon von weitem fragt Sie: „Wollt ihr wirklich nach Irland, das wäre vielleicht nicht schlecht." Kieran sagt: „Wir sind blöd, eigentlich wollten wir im Bett sein und morgen darüber diskutieren, aber wir haben uns so vertieft, dass wir nicht aufhören können." Die zukünftige Mutter sagt: „Die Idee ist nicht schlecht, ich würde gerne noch mal zu den Klippen gehen und auf das Meer hinausschauen, mit meinem Kind." Kieran und Niklas sehen sich an und Niklas meint daraufhin: „Wenn das so ist, dann müssen wir nur wissen, wie gehen wir nach Irland." Jennie sagt: „Was meint ihr, wie gehen wir nach Irland." Kieran antwortet: „Er meint, wir haben sehr viele Sachen mit mitgebracht, sollen wir alles mit nach Irland nehmen." Jennie sieht Kieran fragend an, überlegt, antwortet dann: „Wir können bestimmt nicht sehr lange bleiben, ich würde nur die Waffen und Kessel in Miniatur mitnehmen, dann wieder hierherkommen und weiterfliehen." „Das ist nicht schlecht, das besprechen wir noch morgen früh, jetzt gehen wir ins Bett", meint Niklas und sucht dabei mit den Blicken seinen Vater und findet Ihn. Dann geht er auf Ihn zu, erzählt alles, weist Ihn an, Schorsch und Vani den Bannspruch für die Nacht nicht zu vergessen, diesen noch einmal zu sagen. Isak braucht die Beiden nicht lange zu suchen, er weiß sie bei den Frauen und die sind bei den verletzten Wölfen. Die Hexen sind fertig mit ihrer Krankenpflege und gehen bald alle nach Hause. Isak begleitet Schorsch und

Vani und sagt nacheinander seinen Spruch, damit die Beiden wieder eine ruhige Nacht haben. Kunigunde fragt ihren alten Druidenfreund: „Glaubst du, dass sie es wieder versuchen werden." Isak antwortet vorsichtig: „Ich glaube ehrlich gesagt nicht, wenn dann werden sie bestimmt etwas Anderes versuchen, es wäre zu schön, wenn wir wissen würden, was in den schwarzen kranken Köpfen vor sich geht." Kunigunde lächelt: „Gut gesagt, aber ich wünsche dir trotzdem eine gute Nacht. Dann wird es endlich ruhig im Dorf und alle sind am Schlafen. Die Nacht verläuft für die Beiden neuen Magier ruhig, sie können in aller Ruhe schlafen und träumen.

Kapitel 25
Diabolus

Nachdem die beiden Dämoninnen von den weißen Wolfsschatten getötet wurden, stürzen sie nacheinander in die Hölle. Samhain fährt als Erste in das Teufelsreich, auf dem langen Weg dorthin hört sie die furchtbare Stimme: „Kommt ihr nichtsnutzigen Weiber, ich nehme Euch gebührend in Empfang." Jetzt weiß die Dämonin, dass ihre Kollegin folgen wird, was für eine Blamage. Große Angst überkommt die Raben Dämonin, was wohl auf sie zukommen wird? Bald ist die unheimliche rasante Fahrt in die Hölle zu Ende und Sie fällt auf dem heißen Boden, direkt vor Diabolus Füße. Sie ist noch nicht aufgestanden, klatscht ihr Diabolus Faust ins Gesicht, dass sie im hohen Boden an die nächste Felswand knallt und dort benommen liegenbleibt. Mit ihrer Freundin macht er es ebenso. Habe ich nur noch Versager, 3 Dämoninnen werden nicht mit ein paar Wölfen fertig, ich kann es immer noch nicht glauben. Jeder andere Freak oder Kobold hätte es besser gemacht. Ich hätte Euch keine Chance mehr geben sollen, das wird mir nicht mehr passieren. Stampfend mit schweren Schritten geht er auf die

Beiden zu und packt sie erneut und wirft sie in die nächste Ecke und schreit: „Ihr wertlosen Weiber, nichts kann man Euch machen lassen." „Nicht mal das Futter der Wölfe seid ihr Wert", mault er weiter und schleudert sie mit einem Energiestrahl von sich. Diabolus überkommt eine Tobsucht, er faucht, dass die ganze Hölle bebt. Er schlägt sich mit seinen Fäusten auf die Brust und schreit.

Diese Schreie haben Hop tu Naa und Moloch angelockt, da sie vorsichtig, aber doch neugierig sehen wollen, was ihren Herrn so zornig gemacht hat. Die schielende Dämonin lacht hysterisch, als Sie die Beiden sieht, dass sich Diabolus sofort umdreht und sie anfaucht: „Wollt ihr auch etwas bekommen, ich habe genügend Wut in mir, dass es für Euch ebenfalls reicht. Hop tu Naa schreit ihren Herrn lachend an: „Habe ich dir nicht gesagt, dass die faulen Weiber zu nichts taugen, jetzt hast du deinen Dreck." Dann schreit Tarantula zurück: „Medusa hat uns im Stich gelassen, darum ist alles schiefgegangen, wir waren auf uns alleine gestellt." Diabolus schreit zurück: „Das ist keine Entschuldigung, ihr habt eure Chance kläglich vergeigt. Ihr hättet es auch alleine schaffen müssen." Wieder stampft der Höllenfürst auf die beiden Dämoninnen zu, packt Beide, hält sie vor sein Gesicht und schreit sie dabei so laut an, dass ihre Haare wie Fahnen im Wind wehen: „Um diese feige Dämonin werde ich mich kümmern, da braucht ihr keine Angst zu haben, dass die so einfach davonkommt." Pure Angst steht ihnen im Gesicht. Diabolus dreht sich dann zu Hop tu Naa und Moloch um. Schreit die Beiden an: „Um euch werde ich mich später kümmern." Wie Puppen hängen die beiden Weiber in den Pranken des Teufels.

Dann fährt der Teufel mit den Beiden eine Etage tiefer, überall brennen Feuer und Lava kocht überall. Eine unerträgliche Hitze und Schwefelgestank ist hier, arme Seelen schreien überall und ununterbrochen. Eine bedrückende Atmosphäre in dieser kahlen riesigen Felsenhalle. Das Atmen in dieser schwefelhaltigen, nebligen Luft ist kaum möglich. Viele kleine Höhlen zieren die Halle. Sie sehen nur Leichenblase helle, fast weiße

Körper, die alle gleich aussehen. Ein unerträglicher Anblick, warum kommt Diabolus mit ihnen hierher? Trotz der Hitze haben die Frauen Gänsehaut und ihre Härchen stellen sich auf. Will der Teufel sie hierlassen? Sie haben große Angst. Die Raben Dämonin denkt sich: „Überall nur nicht hier, dann schreit sie in panischer Angst: „Ich will nicht hierbleiben, das kannst du doch nicht machen, nein!!!!" Der Höllenfürst hat ein böses Grinsen und sagt nichts dazu. Die Arme der armen Seelen recken sich aus der Lava. Sie klettern auf die kleinen Inseln und sehen sich die neuen Ankömmlinge genau an. Sie greifen nach ihnen und versuchen die beiden Dämoninnen an sich zu reißen. Auch Tarantula fängt an zu schreien: „Nein das kannst du nicht machen, das haben wir nicht verdient, nein nur nicht in diesem Reich der armen Seelen.

Alle leichenblassen Seelen sind aus der Lava gestiegen, sie sehen jetzt durchsichtig aus wie Zombies und kommen immer näher. Sie greifen nach den beiden Neuen und wollen sie ihrem Herrn entreißen. Er ruft den Seelen zu: „Hier bekommt ihr Frischfleisch, das ist doch ein Fest für Euch." Die beiden strampeln und schreien um ihr widerliches Dämonenleben, aber der große Höllenfürst hat kein Mitleid mit den Beiden. Dann nimmt er mit den beiden Armen Schwung auf und schmeißt die Dämoninnen unter die Seelen, als wie einen Hund zum Fraß. Sofort stürzen sich die armen Seelen auf sie, wie wilde hungrige Tiere, hunderte Hände greifen nach ihnen und ziehen die Beiden in die Lava nach unten. Ihre Schreie hallen noch lange nach, in der schrecklichen Halle. Einen kurzen Augenblick sieht man Sie noch einmal, als sie sich in armen Seelen verwandeln, auch ihre Haut ist durchsichtig geworden. Dann tauchen sie unter und sind unter den vielen Anderen für immer verschwunden. Der Höllenfürst dreht sich um und sagt zornig über Sie: „Jetzt bin ich wieder zwei Versager los und fährt sofort nach oben.

Donnernden Schrittes stampft er durch seine Hallen, noch immer hat er sich nicht beruhigt. Aber er hat ein bestimmtes Ziel. Das neue Liebespaar in der Hölle, Hop tu Naa und Moloch. In der Halle angekommen, ruft er die

Beiden zu sich. Klein wirken sie vor dem Teufel. Dann fängt er an zu fragen: „Seid ihr genauso Feige wie die beiden Anderen geworden." Hop tu Naa macht sofort ihren vorlauten Mund auf: „Du willst doch nicht dein Versprechen einhalten und uns Beide auf das Kind loslassen, um es endlich zu töten, was diese beiden Weiber nicht fertiggebracht haben." Beide Gesichter lachen vor Unternehmenslust, sie können es nicht erwarten, wieder zu kämpfen und ihre alte Macht zurückbekommen. Der Höllenfürst sagt: „Ich habe Euch bis jetzt vor den Seelen verschont, weil ihr sehr alte und mächtige Dämonen seid. Was diese Weiber nicht vorweisen können. Aber wenn ihr jetzt versagt, dann kommt ihr direkt nach unten, ihr habt nur noch eine Chance, dann ist es für immer vorbei, so ist das Gesetz." Moloch sagt mit fester Stimme: „Und diese Chance werden wir nutzen und unsere Aufgabe zu Ende bringen, aber wir wollen auch unsere alte Macht wieder haben." Diabolus sagt daraufhin: „Wie ihr sicherlich wisst, ist das eine lange und keine einfache Zeremonie, deshalb habe ich den zwei Versagern noch einmal den Vortritt gegeben, bereitet Euch vor, ich habe mit jemanden noch ein Hühnchen zu rupfen." Hop tu Naa lacht hysterisch: „Das kann nur Medusa sein." Plötzlich ist der Höllenfürst verschwunden. Die Dämonin ist jetzt guter Laune und meint zu Moloch: „Ich möchte nicht in der Haut der Schlangen Dämonin stecken. Unser Herr wird sie bestimmt ordentlich zurechtweisen."

In einer unheimlichen Graslandschaft mit hohen Felsen, entsteht in der Mitte ein Loch, aus dem Lava spritzt. Zornig steigt der Höllenfürst heraus und stampft ungerührt der vielen Schlangen, die sich sofort verstecken. Er sieht die Schlangen Dämonin, Sie will für sich gerade eine Burg erschaffen. Es ist anscheinend gerade Mode in der Dämonenwelt. Diabolus sieht Sie scharf an, da kommt Sie demütig angeschwebt und fragt Ihn was sein Anliegen ist. Diabolus schreit: „Ist es normal, dass man seinen Kampf einfach feige aufgibt und verschwindet?" Medusa sagt: „Die Wolfsschatten hätten auch Sie vernichtet, sie sind zu Mächtig. Samhain und Tarantula waren unfähig zu kämpfen, sie hatten nicht einen Werwolf im Griff, da zog Sie es vor, zu verschwinden, auf die Wolfsschatten vorzubereiten, um später die Kelten nochmal anzugreifen." Diabolus donnert mit der Faust in den Boden und schreit: „Hat denn keiner von Euch den Mut diese Kelten zu besiegen." Medusa steht ganz locker vor dem Höllenfürsten. Die Schlangen in Ihrem Haar bewegen sich nervös, so ruhig wie sie sich gibt, ist sie nicht.

Deshalb will Sie Ihn beruhigen und sagt: „Ich habe mich mit der Ratte in Verbindung gesetzt, wir Planen etwas zusammen, um ihnen endlich den Garaus zu machen." So etwas hört der Höllenfürst gerne, aber er will schnelle Ergebnisse sehen und keine Planung. Deswegen schreit er sie noch einmal an: „Ich brauche keine Planung, ich will Ergebnisse sehen. Das Kind muss vernichtet werden und nicht geplant werden, dass es vernichtet wird, das haben schon einige Dämonen gemacht. Wie du weißt, habt ihr nicht mehr viel Zeit. Du bist wirklich ein feiges Miststück." Seine kräftige Faust schlägt Ihr ins Gesicht, dass es Ihr alle Schlangen vom Kopf schleudert und der kahle Knochenschädel zu sehen ist. Sie schleudert es ein paar Meter weiter ins hohe Gras, Schlangenzischen ist zu hören. Ein paar der größeren Schlangen wollen sich in Diabolus Hufen verbeißen und der bückt sich, packt ein paar der Schlangen und reißt ihnen kurzer Hand den Kopf ab und schleudert die leblosen Körper einfach von sich und schreit: „Was willst du mit so einem nichtsnutzigen Zeug, die sind doch zu nichts zu gebrauchen, genauso wie die Herrin. Dann stampft er zu der im Gras liegenden Dämonin, beugt sich zu Ihr herab und sagt warnend: „Wenn das Kind geboren wird, dann kannst du und ein paar andere Dämonen Tarantula und Samhain folgen. Die werden sich freuen, Euch in Empfang zu nehmen. Er packt die Dämonin am Kragen, hebt Sie hoch und schleudert sie sehr weit weg, dreht sich um und stampft mit seinen Kräftigen Hufen zu seinem Loch und verschwindet.

Dann geht er an seine nächste Aufgabe und murmelt vor sich hin: „Am besten wird es sein, dass man alles selber macht, aber soweit lasse ich es nicht kommen." Er schaut zu den beiden Dämonen, die auf ihn warten, ganz ungeduldig schauen sie drein. Sie wollen ihre Aufgabe beginnen. Der Höllenfürst sagt zu Hop tu Naa: „Medusa ist eine nichtsnutzige Schlampe, die wird nicht lange als Dämonin bestehen." „Jetzt komme ich zu Euch, ich mache das nicht umsonst, ich will, dass ihr schafft, was die Anderen bis jetzt nicht fertiggebracht haben", sagt der Höllenfürst sehr ruhig, mit seiner tiefen und rauen Stimme. Dann streckt der Teufel seine rothaarigen Arme aus und fängt eine Beschwörung an, die schon Jahrtausende Alt ist. Er will die Beiden wieder zu Dämonen zurück verwandeln und sie noch viel stärker machen. Eine lange Beschwörung folgt, die ein paar Tage dauert, aber der Höllenfürst scheut keine Arbeit, um das Kind zu töten. Dieses mächtige Kind ist ihm ein Dorn im Auge, denn es könnte selbst für den Teufel gefährlich werden.

Am Ende der der langen Beschwörung geht ein lautes donnern durch das Reich des Höllenfürsten und man sieht, dass sie vor Kraft und Energie nur so strotzen. Der Höllenfürst gibt ihnen ihre Zauberstäbe zurück und meint: „Euer Reich besteht noch, jeder kann es jetzt beziehen, aber es wird bestimmt einiges zu machen sein. Hop tu Naa will gleich ihren Zauberstab ausprobieren, aber er geht nicht. Der Höllenfürst schüttelt seinen gehörnten Schädel und sagt: „Du bist und bleibst blöd, das müsstest du doch jetzt kapiert haben, dass hier dein Zauberstab nicht funktioniert. Moloch schüttelt sich vor Lachen. Dann meint Diabolus: „Ihr könnt jetzt verschwinden, bis bald, aber nur mit Erfolg, ansonsten braucht ihr Euch nicht sehen zulassen. Dann hebt der Höllenfürst noch einmal seine Arme und befördert die Beiden in ihre Reiche.

Als Moloch in seinem Reich ankommt und sich umsieht erkennt er sein Zuhause nicht mehr. Er murmelt vor sich hin: „Da muss ich wohl einiges verändern, so kann ich es nicht lassen" und geht an die Arbeit. Er setzt sich mit seiner Freundin in Verbindung und sie wollen sich treffen, um einiges zu besprechen und planen.

Auch Hop tu Naa sieht sich ihr Reich genau an und ist wie Moloch der Meinung, dass hier einiges geändert werden muss. Sie zückt Ihr Stäbchen und fängt an Ihr Zuhause neu zu gestalten. Sie ist voll in ihrem Element, große Pläne schmiedet Sie in Ihrem bösen schwarzen Gehirn. Sie will ihre Chance nutzen. Sie will endlich in der Dämonenrangliste ganz nach oben. Sie will die mächtigste, böseste, gemeinste und größte Dämonin sein. Das braucht viel Energie und es ist ein sehr harter und weiter Weg, da Sie neu anfangen muss.

Dann macht sie sich auf den Weg zu ihrem Freund, der inzwischen in seinem Reich auch etwas verändert hat. Sie sehen sich alles an und besprechen es gemeinsam. Moloch will Ihr Reich besuchen, um mitzugestalten. Sie wollen sich erst im Dämonenreich zurückmelden und alle zu einer Besprechung einladen, da sind Sie sich einig. Sie wollen zusammen eine große gefährliche Armee schaffen und dafür dürfen sie keine Zeit verlieren.

Kapitel 26
Irland

Nach einer kurzen Beratung mit den Druiden stellen sie sich zusammen und besuchen ihre Freunde in Irland, die sie mit großer Freude empfangen. Es wird für den Abend ein schönes Fest vorbereitet. Kieran und Aisling sind guter Dinge in ihrer Heimat zu sein und ihre Freunde zu sehen. Jennie, die junge Hexe zieht es zu den Klippen hinaus, um das wilde Meer zu sehen. Die Druiden haben etwas dagegen, sie wollen Sie nicht alleine gehen lassen, das sei zu gefährlich. Niklas beruhigt Jennie und sagt: „Er wird später ein paar Leute zusammen trommeln, will auch mitgehen. Die schöne Natur, schaut er immer wieder gerne an.

Jennie hat ihre Pflichten, somit kommen die beiden Ärzte auf Sie zu, um nach dem Kind zu schauen. Ciara und Niall bitten Sie in ihr Haus, untersuchen ihr Kind gewissenhaft und stellen sehr viele Fragen: „Wie oft die Wehen jetzt einsetzen? Olivia und Mikka lassen es sich nicht nehmen auch zu kommen. Sie Fachsimpeln mit den beiden Kollegen und sind sich einig, es kann nicht mehr lange dauern und Jennie ist Mutter und Mirko Vater. Aber die Vier meinen, da ist noch ein wenig mehr. Aber sie wollen nicht darüber sprechen. Was Jennie wieder aufregt, die junge Hexe will alles wissen. Auch Ciara und Naill sagen: „Das wird sie bald von alleine erfahren. Jennie verlässt mit Mikka und Olivia das Haus, alle vier Ärzte Lachen geheimnisvoll vor sich hin.

Zur gleichen Zeit muss Vani und Schorsch mit den Frauen und Isak seine Zauberkünste verbessern. Fleißig üben sie und verbessern sich von Tag zu Tag. Der Alte gibt sehr viele und wichtige Tips und versucht, seinen alten keltischen Zauber Ihnen zu lernen, was ihm gelingt. Isak sieht den beiden neuen Magier mit großer Freude zu. Denn die Fortschritte sind nicht zu übersehen.

Roland, Musti und Mathias versuchen noch ihre Waffen zu verbessern, sie haben vom Dorf einige Zuschauer, die gescheite Ratschläge geben und von ihnen etwas Abschauen wollen. Um die Bombenbauer ist reger Betrieb. Auch müssen die drei vieles erklären und von sich einiges anhören. Später überprüfen sie mit Vani und Schorsch die Waffen noch einmal.

Die Hexen des Dorfes kommen zusammen, mit Waldtraud, Hedda, Aisling, Akgül mit Tochter einen Kessel aufzustellen. Die Hexen stehen um den Kessel herum, sie wollen wissen, was das für ein neuer Zauber ist. Lautes durcheinander ist um den Kessel, die Hexenfrauen haben ihr Organ nicht im Griff und es wird viel diskutiert und beratschlagt. So beschließen die Hexen, gleich noch einmal einen neuen Kessel anzusetzen. Was den Umtrieb um am Kessel nicht leiser macht, im Gegenteil, es ist lauter geworden. Kieran und Niklas sehen dem hektischen Treiben eher gelassen zu und sie meinen: „Jetzt sind die Frauen wenigstens Sinnvoll beschäftigt."

Die Wölfe sind nicht zu sehen, sie sind unterwegs, sie wollen die Umgebung auskundschaften. Sie rennen in der sehr bergigen Landschaft herum. Sie wollen erkunden, ob hier eine fremde Magie spürbar ist. Aber Igor und das Rudel bemerken nichts, alles ist in bester Ordnung. Als das Rudel ins Dorf zurückkommt, wollen die Anführer sofort wissen, was sie bemerkt haben und sind mit deren Antwort zufrieden. Kieran sagt zu seinem Druidenfreund: „Aber sicher fühlen können wir uns trotzdem nicht. Ich bin mir sicher, dass die schwarzen Seelen etwas ausdenken." Niklas antwortet kurz: „Da können wir uns sicher sein, darum können wir hier nicht lange bleiben. Ich werde mit Jennie zu den Klippen gehen, sie liebt diese Aussicht und die Ruhe dort." Kieran fügt hinzu: „Wir werden dich begleiten, alleine ist es zu gefährlich." Sein Freund sagt daraufhin: „Ich werde Mirko und Musti fragen, ich bin überzeugt das sie mitgehen werden." Dann sehen sie Jennie mit 3 Wölfen, durch das Dorf laufen, wie immer, sieht Sie trotz des großen Schwangerschaftsbauches anmutig aus. Die beiden Druiden rufen die rothaarige Hexe zu sich und sagen zu Ihr: „Dass sie bald zu den Klippen laufen und ein paar Leute mitnehmen, damit Sie sicher sind. Jennie dreht sich um und ruft einfach ins Dorf hinein: „Wer will mich zu den schönen Klippen begleiten?" Wie die Druiden geahnt hatten, steht Mirko und Musti sofort parat und Roland lässt seinen Freund nicht alleine gehen. Auch Mathias kommt sofort gelaufen und Waldtraud mit Sepp. Sepp lästert gleich: „Wenn ich schon so weit laufen muss, dann muss ich hinterher eine große Menge Flüssigkeit trinken. Schorsch und Vani mit ihren Frauen möchten auch mitgehen. Schorsch und Vani bestätigen Sepps Wunsch nach Trinken und meinen: „Natürlich brauchen wir das." Als letzte kommen noch die Druidenfrauen dazu und meinen: „Jetzt müssten wir eigentlich komplett sein und loslaufen können." Das irische Anführer Pärchen übernimmt die Führung und nach kurzer Zeit spüren sie die frische Meeresbrise. Ein kräftiger, salziger Wind weht ihnen ins Gesicht. Kurz darauf kommen sie zu den Klippen. Der rote Sandstein mit weißem Kalk gibt wie immer eine wunderbare Aussicht. Dazu steht die junge Hexe am Rand der Klippen und das lange rote Haar weht im Wind. Stolz und ganz eng daneben sitzen die Wölfe und durch ihr Fell streicht der Wind. Man könnte meinen, dass auch ihnen der Anblick gefällt. Alle sehen auf die junge schlanke Frau die anmutig am Rande steht und sehnsüchtig auf das stürmische Meer hinaussieht. Mit ungebändigter Kraft schlagen große Wellen zwischen die Felsen und der Gischt spritzt bis zu Ihr herauf. Was denkt die junge zukünftige Mutter jetzt? Was fühlt sie bei diesem Anblick? Was gibt sie wohl ihrem Kind weiter? Ist Sie in Gedanken bei Ihm? Ganz ruhig steht Sie da und die Gedanken sind tatsächlich bei ihrem Kind. Aber sie genießt die Aussicht, setzt sie sich an den Rand der Klippen und sieht weiter auf das stürmische Meer hinaus.

Sie hat jetzt Kontakt mit ihrem Kind und sagt: „Wie schön wäre es, wenn wir hierbleiben könnten." Gleich kommt die Antwort: „Wir können leider nicht lange hierbleiben, ich spüre, dass in der Unterwelt mächtige Veränderungen vorgehen. Es werden große Vorbereitungen getroffen für einen totalen Angriff, sie wissen, dass ich bald kommen werde, dass wollen sie, was wir schon lange wissen verhindern." Die Mutter meint: „Aber Gott sein Dank sind wir genauso gut vorbereitet, wenn nicht besser." „Alle 7 Dämonen bereiten sich vor, wir müssen mit einer noch nie dagewesenen Macht rechnen", meint das Kind. Jennie fragt weiter: „Können wir noch was tun?" „Nur noch Beten, nicht weit von hier ist eine kleine, alte keltische Kapelle, da wirst du hineingehen", meint das Kind. „Ich werde dahingehen, obwohl es mir mit deinem Gewicht schon recht schwerfällt", meint die Mutterhexe. Sie steht auf und geht direkt zu Aisling und erzählt, was ihr Kind geraten hat, mit dieser kleinen Kapelle. Aisling weiß nichts von dieser Kapelle und winkt ihren Mann dazu. Jennie erzählt nochmal was Ihr Kind erzählt hat. Kieran lächelt und meint: „10 Minuten von hier ist eine alte keltische aber verlassene Kapelle, sie ist sehr baufällig, das kann nur Sie sein, eine andere kenne ich nicht. Jennie meint, dann gehen wir hin und sehen uns die Kapelle an.

Alle sind gespannt wo es jetzt hingeht, was das für eine baufällige Kapelle sein soll. Der Weg geht an der Küste entlang, der Wind pfeift ihnen kräftig vom Meer her in die Kleidung, Obwohl es schönes Wetter ist, ist es hier sehr kühl. Jennie fröstelt ein wenig. Sie will jetzt unbedingt die Kapelle sehen, gerade weil es Ihr ungeborenes Kind geraten hat. Sie will nichts unversucht lassen, den Dämonen eines auszuwischen. Vielleicht gibt es dort etwas, was den Dämonen nicht gefallen würde. Eine Wölfin läuft voraus und sucht die Gegend ab, als wenn sie genau wissen würde, wo alle hinlaufen wollen. Wie ihr Kind gesagt hat, sie brauchen nicht weit zulaufen und zwischen ein paar alter Bäumen steht die kleine weiße Kapelle. Sie ist wirklich schon sehr baufällig. Das Dach müsste gerichtet werden und der kleine hölzerne Glockenturm ist morsch und schief. Sie stehen vor den massiven hölzernen Doppeltüren, Sie haben sehr viele Verzierungen. Kieran geht voran und öffnet die Türen. Er sagt: „Die Türen sind schön massiv und schwer." Isak sieht die Tür genauer an und meint: „Da sind kleine Verzierungen, alle alte keltische Zeichen, ich würde sagen, die sollen die kleine Kapelle vor Bösem beschützen. Vani witzelt ein bisschen: „Dann nehmen wir die Türen mit." Mirko meint: „Wenn du sie trägst, kein Problem."

Es ist still in der Kapelle und eine angenehme Atmosphäre. Jennie setzt sich hin, um sich auszuruhen. Auch die Wölfe sind mit in die Kapelle hineingegangen und legen sich Jennie zu Füssen. Sofort ist ihre Hand im Fell der Wölfe und krault sie, sodass die Tiere angenehm vor sich hin knurren. Die Anderen sehen sich weiter in der Kapelle um und sind erstaunt, dass die Einrichtung in einem sehr guten Zustand vorhanden ist. Der alte Druide sieht sich die Decke der Kapelle an, die mit schönen Zeichnungen verziert ist. Aber irgendwie bemerkt Jennie, dass eine gute Aura in der Kirche ist und sie spricht mit ihrem Kind ein Gebet, obwohl sie es eigentlich nicht mit Beten hat, aber sie fühlt sich gut dabei. Dann spricht sie wieder mit ihrem Kind: „Müsste ich eigentlich nicht ein keltisches Gebet sprechen?" Das Kind antwortet: „Das dürfte jetzt keine Rolle spielen, Hauptsache es war gut gemeint." Jennie fühlt sich seit langem nicht mehr so entspannt, wie hier. Es geht von diesem Ort eine gute Magie aus, sie will am liebsten hierbleiben, sie fühlt sich hier sehr sicher. Sie spürt, hier ist ein ganz besonderer Ort. Was macht das bloß aus?

Auf einmal steht ein Wolf auf und läuft langsam zum alten Altar und jault ihn an und kratzt mit seinen Pfoten daran. Isak sieht, was der Wolf macht und merkt dieser will etwas sagen oder zeigen. Da geht Isak hin und sieht es sich genau an, die Anderen folgen seinem Blick. Isak sagt zu seinem Sohn und Kieran: „Was will uns der Wolf sagen? Wisst ihr was, helft mir auf den Altar, ich will mir das alte keltische Kreuz genauer ansehen." Mühsam und ungelenkig klettert mit Hilfe von Kieran und seinem Sohn der alte Druide auf die Altarplatte, die sehr einfach aussieht. Aber was hat das Kreuz auf sich? Endlich steht er auf dem Altartisch und ganz aufmerksam sieht er sich das Kreuz an. Diesmal setzt er sogar seine Lesebrille auf. Niemand hat Ihn bis zum diesem Zeitpunkt mit einer Brille gesehen. Auf einmal dreht sich Isak lächelnd um und ruft freudig: „Es ist ein sehr altes keltisches Kreuz. Nicht so mächtig, als dass was die Dämonen besitzen wollen. Gegen dieses Kreuz könnten die schwarzen Seelen auch etwas haben." Dann sieht er es sich noch einmal genauer an. Sehr lange studiert er es und auf einmal sagt er: „Dieses Kreuz wurde angefertigt das Böse auszutreiben, Hat es vielleicht ein Exorzist besessen", fragt sich der Alte.

Aisling sagt: „Kannst du nicht einmal das Kreuz abmachen." Er meint: „Das ist nur eingehängt, das ist einfach." Isak nimmt das Kreuz fest in beide Hände, hebt kurz an und nimmt es vom Haken. Er dreht sich um die eigene Achse und gibt es nach unten in die Hände seines Sohnes. Der das heilige Stück genau begutachtet und meint: „Du hast recht, das ist ein Kreuz zum Austreiben und fernhalten des Bösen. Vani fragt: „Vielleicht sollten wir es einfach mitnehmen, wir könnten es unterumständen gut für unseren Kampf benötigen." Niklas meint aber: „Wir sollten es wieder zurückbringen, wer weiß, warum es hier aufgehängt wurde?

Vani bekreuzigt sich und nimmt das edle Stück einfach auf die Schulter und nimmt es mit, die Anderen folgen Ihm. Draußen meint er: „Gut fühle ich

mich dabei allerdings nicht, das heilige Stück einfach so mitzunehmen."
Isak meint lachend: „Erstens, wir leihen es uns nur und zweitens, es dient
dazu, dass Böse zu bekämpfen. Dann laufen sie gemeinsam wieder zum
Dorf, kaum einer sagt etwas. Die Wölfe sehen immer wieder zu dem Kreuz
hoch, als wenn sie über das geheimnisvolle Kreuz etwas wissen würden.
Seid die Tiere aufgetaucht sind, beobachtet Niklas sie, er ist überzeugt, dass
Sie ein Geheimnis bewahren, man hat es bei den Wolfsseelen gesehen. Ist
da vielleicht noch etwas? Er ist davon fest überzeugt. Sie laufen gemütlich
zum Dorf zurück und bringen das Kreuz in Isaks Haus, der es dann noch
einmal Inspizieren will. Akgül und Asena folgen Ihm und fragen, ob sie ihm
behilflich sein können. Er hat absolut nichts dagegen, sie sieht sich das
Stück sehr interessiert an und entdeckt, dass hinten am Kreuz ein kleines
Türchen ist. Sie öffnen es und ein kleines Schriftstück ist darin versteckt.
Sie entfalten das Blatt und sie entdecken, dass auf dem Blatt etwas in alter
keltischer Sprache geschrieben steht. Akgül meint: „Es wäre sehr gut, wenn
wir wüssten, was hier geschrieben ist." Asena meint: „Das werden wir
herausbekommen, da bin ich mir sicher." Isak meint: „Was hier steht, haben
wir gleich entziffert, aber was beschworen oder gezaubert wurde, das wird
schwierig werden.

Die Hexen haben inzwischen sehr fleißig am Sud gearbeitet, ihre Brühe
kocht schon ziemlich lange. Gespannt schauen sie in den Kessel und sehen,
wie sich die Brühe wieder verändert. Hedda und Aisling kommen auch dazu
und Aisling ist bereit die letzte Beschwörung aufzusagen. Aisling legt die
alte Schwarte zurecht und spricht sehr deutlich die Sätze in einen leichtem
Sing Sang. Die Hexen sind guter Dinge, sie haben zwei geheimnisvolle
Kessel geschaffen, zur Verteidigung gegen die mächtigen Feinde.
Ausgelassen tanzen sie um den Kessel, wie es sich für richtige Hexen
gehört. Mitleidig sieht Jennie diesem Treiben zu. Die Hexen sagen zu
Jennie: „Bald kannst du mit deinem Kind um den Kessel mit uns tanzen, das
wird richtig schön." Jennie sagt lachend: „Vielleicht wird es eine kleine
Hexe." Waldtraud sagt daraufhin: „Früh übt sich oder je früher umso
besser." Jennie sagt: „Ich würde zu gerne wieder mit dem Besen fliegen,

vielleicht über den Brocken oder dem Berliner Flughafen, das wäre zu schön", so träumt Jennie laut vor sich hin. Waldtraut meint mit Freude: „Das machen wir mit Sicherheit, wenn dein Kind auf der Welt ist." Dann tanzen sie weiter ausgelassen um den Kessel.

Schnell ist es Nacht geworden und sie feiern den Tod der Dämoninnen. Sie haben ein riesiges Fest gezaubert, sitzen zusammen, Lachen, Essen und Trinken. Gäste sind extra vom Norden und vom Brocken angereist. Alle sind guter Dinge und sie reden über den unglaublichen Sieg. Nach dem 2 der starken Dämoninnen getötet worden sind, glauben sie, dass sie siegen werden und weitere Dämonen sterben. Kieran warnt davor, jetzt die Dämonen zu unterschätzen, vor allen die mit denen sie noch nie gekämpft haben. Niklas fragt Kieran: „Was meinst du, wie lange können wir hier bleiben." Kieran meint: „Morgen können wir noch bleiben, aber bin mir nicht so sicher." Dann Prosten sich alle zu und der keltische Kampfruf hallt durch das Dorf. Immer wieder schreien sie den Spruch. Jennie ist sehr müde und geht früher mit ihren Wölfen in ihr Haus. Sophie und ihr Freund folgen Ihr. Sie wollen die junge Hexe nicht alleine lassen. Sophie sagt lieb zu ihrem Freund: „Schatz, du musst doch nicht mitgehen, du kannst sitzenbleiben und mit deinen Freunden ein paar Bier trinken. Wir kommen zurecht. Igor dreht sich um, rennt zu Akgül und sieht Ihr in die Augen: „Ich schnappe mir die Werwölfe, bevor sie zu viel Bier trinken und drehe mit ihnen eine Erkundungsrunde" Akgül nickt und sagt: „Passt gut auf euch auf." Dann dreht sich Igor um, geht zu den Beiden und zupft aufdringlich an den Hosenfüssen. Mirko sagt zu Musti: „Merkst du was, wir haben noch eine Aufgabe zu erfüllen. Igor lässt sich nicht abwimmeln, da bringen wir es am besten sofort hinter uns.

Sie stehen auf, verwandeln sich und Igor dreht ungeduldig ein paar kleine Runden vor ihnen. Dann sprinten sie los und sind schnell aus dem Dorf verschwunden. Nach ein paar Minuten Lauf bleibt Igor stehen und fragt: „Habt Ihr ein gutes Gefühl? Wenn ja, Hoffentlich bleibt es so." Mirko sagt: „Ich weiß nicht, ich fühle zwar nichts, aber irgendwie merke ich, da ist etwas, ich kann es nicht beschreiben." Igor merkt man an, dass er extra in sich hineinhört und nachforscht. Dann sagt er: „Wir laufen am besten noch ein Stück weiter und versuchen es noch einmal. Aber sie kommen zu keinem anderen Ergebnis. Im Dorf angekommen, berichtet Igor seiner Herrin, die etwas besorgt reagiert und es auch die beiden Druidenpärchen weitergibt. Es kommt zu einer Beratung und das Ergebnis ist, dass sie nach Schweden weiterflüchten werden. Niklas sagt: „Jetzt trinken wir noch ein Bier und morgen früh nach Igors Rundgang entscheiden wir spontan, ob wir nach Schweden weiterziehen. Alle waren einverstanden.

Jennie braucht nicht lange und sie liegt im Bett. Die Wölfe legen sich davor. Sie sind sehr, sehr wachsam. Jennie fühlt sich gut und beschützt. Sie schläft ein bevor ihre Mutter zur Tür herein kommt. Diese staunt, wie schnell ihre Tochter eingeschlafen ist, da streichelt und knuddelt Sie die braven Wölfe. Dann legt sie sich neben ihre Tochter. Die junge Hexe ist schnell in einem Tiefschlaf, viele Gedanken gehen ihr durch den Kopf. Auf einmal hört Jennie ihren Namen rufen, die Stimmen kennt sie, aber diese hat sie lange nicht mehr gehört, wer kann das sein? Immer wieder wird sie gerufen und sie sagen: „Kennst du uns nicht mehr?" Dann fällt es Ihr wieder ein, im Traum muss Sie geschrien haben: „Moloch, Hop tu Naa." Dann sagt er: „Jennie ich komme zurück, um dich und dein Kind zu töten. Ich bin mir sicher, diesmal werde ich es schaffen." Dann hört Sie die Stimme von Hop tu Naa. Jetzt ist sich die junge Hexe sicher, dass es Hop tu Naa ist, sie sagt gleich: „Wir kommen um dich und dein Kind zu töten und wir sind uns sicher, dass wir es schaffen werden. Wir kommen stärker zurück, als wir es je waren. Beide lachen sehr laut, dass sie glaubt, ihr zerreißt es das Trommelfeld, dann sieht Jennie in die hässlichen lachenden Gesichter. Jennie, würde am liebsten diesen Traum beenden, was aber nicht gelingt. Jennie hat den Traum nicht vergessen, den sie in Molochs Reich hatte, was sie durchmachen musste, diese will sie nicht wieder erleben.

Jennies Mutter merkt, dass bei ihrer Tochter etwas nicht stimmt und Sie vielleicht einen schlimmen Traum erlebt. Die konzentriert sich und schickt einen Hilferuf an ihre Freundinnen. Ihre Mutter schüttelt Sie, aber ihre Tochter wacht nicht auf. Sie bekommt es mit der Angst zu tun, hoffentlich muss sie jetzt nicht noch einmal das durchmachen, was sie schon einmal erlebt hat. Sophie versucht Sie wach zubekommen. Als erste ist Akgül und Asena da, sie haben schon ihre Zauberstäbe gezogen und richten ihn auf Sie und sprechen eine Beschwörung. Zur gleichen Zeit spricht Moloch Jennie an und sagt: „Jennie deine Freundinnen wollen dich wachbekommen, aber ich lasse es nicht zu, jetzt kann ich dich nicht töten, das kommt noch. Das Kind will Moloch und Hop tu Naa entgegenwirken, aber schafft es nicht, Sie frei zu bekommen. Seine Mutter ist dieses mal den Dämonen voll ausgeliefert. Moloch geniest es jetzt, seine Macht auszuspielen. Die Beiden genießen das Dämonen dasein. Sie können ihre Macht ausgiebig an Jennie auslassen. Akgül und Asena sagen eine Beschwörung nach der Anderen und halten den Zauberstab auf Jennie. Dann hört Akgül das Kind und es sagt zu Ihr: „Halte den Zauberstab über ihren Kopf und warte ab." Akgül sieht momentan etwas ungläubig, aber macht sofort was das Kind ihr rät. Das türkische Orakel beobachtet mit ihrer Tochter und der Mutter genau Jennie, die auf einmal eine Regung zeigt. Moloch und Hop tu Naa lachen, als sie merken, dass Jennie wieder zurückgeholt wird, von ihrem Kind und den Freundinnen. Sie sagen im Duett: „Jennie du wirst jetzt zurückgeholt, aber trotzdem werdet Ihr Beide bald sterben, so wahr wir Moloch und Hop tu Naa heißen. Bis bald Jennie, es hat dein Tod gesprochen." Dann wacht Jennie auf, öffnet die Augen weit, die sie verschlafen reibt und erst jetzt ihre Umgebung wahrnimmt. Ihr seid hier, Sie meint Akgül und Asena. Dann sagt sie: „Ihr glaubt nicht wer zu mir Kontakt aufgenommen hat, ihr werdet nie darauf kommen, es sind zwei alte Dämonen, wir hatten sie schon einmal vernichtet. Sophie sieht etwas ungläubig aus und sagt: „Es werden doch nicht Moloch und Hop tu Naa sein, das kann nicht sein." Sophie sagt: „Ich habe es schon Hedda berichtet."

Beide Druidenpärchen kommen außer Atem an, sie wollen wissen was vorgefallen ist. Dass die beiden Dämonen wieder im Spiel sind, schockiert die Vier bis aufs äußerste und fragen: „Wir hatten die Beiden vernichtet,

wie kann es sein, dass wir noch einmal gegen diese Bestien kämpfen
müssen. Dann kommt der Alte Druide Isak zur Tür herein und wird sofort
mit Fragen konfrontiert. Er lacht und sagt: „Die Dämonen haben
Rabenschwarze Seelen und sie haben, was wir nicht haben, das ewige
Leben." Jennie kann es nicht lassen und sagt: „Das sind Bestien, die nur
Tod gut sind." Dann redet Isak weiter: „Aber so einfach war es für die
Beiden bestimmt nicht, denn Tarantula und Samhain wurden von uns
getötet, Diabolus muss ihnen gut gesinnt sein. Er hätte eine neue Wahl
machen können, aber anscheinend traute er den neuen Dämonen nicht und
setzt auf das Alt bewährte. Da musste er bestimmt eine lange Zeremonie
machen, um die Beiden wieder ins Dämonenleben zurück zu holen, was
bestimmt nicht so einfach ist. Aber er ist der Teufel. So wie ich es weiß
kann er das, nur einmal mit einem Dämon machen." Niklas fragt: „Wenn
wir diese Kreaturen noch einmal vernichten, dann haben wir sie für immer
los." „Soviel ich weiß, ist das so", meint der Alte. Niklas fragt: „Ob sie
gehört hat, wo sie sich befinden," den Jennie nicht bestätigen kann. Niklas
sieht man an, dass er sehr nervös ist und anscheinend mit seinen
Entscheidungen einige Probleme hat. Seine Frau und das irische
Druidenpärchen versuchen Ihn zu beruhigen. „Wir können nur versuchen
das Richtige zu machen, warten wir ab, was morgen früh Mirko, Musti und
Igor uns berichten. Isak meint zu Jennie: „Leg dich wieder hin und ich sage
die Beschwörung, die ich bei den neuen Magiern gesprochen habe. Du wirst
den Rest der Nacht ganz Ruhig verbringen." So machten sie es, und sie hat
den Rest der Nacht ruhig verbracht.

Sehr früh holt Igor seine Wölfe ab. Mirko und Musti brauchen nach der
Feier sehr lange bis sie richtig zu sich kommen. Ungeduldig wartet Igor vor
den Häusern, einige Wölfe wollen diesmal wieder mitlaufen. Als die Beiden
noch verschlafen aus den Häusern kommen und die Wölfe sehen meint
Igor: „Wir müssen sicher gehen, dass wir nichts übersehen, wir dürfen kein
Risiko eingehen. Mirko und Musti finden es richtig, es ist schöner wenn
noch ein paar Wölfe mitlaufen. Sie strecken sich ein paar Mal, kommen
aber nicht so richtig in Fahrt. Der weiße Rudelführer hat ein Grinsen in

seinem Wolfsgesicht und sagt in ihren Brummschädel, war es ein Bier zu viel? Die Dämonen könnten über Euch wegfliegen, ihr würdet das wahrscheinlich nicht einmal wahrnehmen. Somit habe ich um Verstärkung gebeten. Schwitzt ihr den Alkohol raus, damit ihr bald wieder Fit seid. Die anderen Wölfe scheinen auch zu lachen und machen sich über die Beiden lustig. Mirko und Musti meinen zu ihnen: „Das Werwolf leben ist manchmal nicht so einfach. Man muss sich manchmal Opfern und einiges mitmachen." „Ihr seht wirklich mitgenommen aus, habt ja ein großes Opfer vollbracht, mindestens 10 Krüge Bier hingebungsvoll in Euch hineingeschüttet. Wenn das ein Opfer ist, dann trinke ich mit dir das doppelte", meint der weiße Wolf. Mirko fragt: „Du willst mit mir ein Bier trinken?" „Nein das doppelte", sagt Igor. „Wann willst du es machen, aber nicht heute", meint Mirko. „Nach dem großen Kampf mit den großen Mächten", lacht Igor. Mirko meint: „Besser nicht, du kannst es am Ende wirklich und ich bin schon schlecht drauf. Ich kann mir nicht vorstellen wie ich mich fühle, wenn wir das Doppelte vernichten, nein wirklich nicht."

Igor läuft voraus und bald machen sie den ersten Stopp. Alle strecken ihre Nase in die Luft und horchen in sich hinein, aber es war nicht anders als am Vortag. Mirko und Musti konnten absolut nichts fühlen außer ihren Kopfschmerzen. Sie sind total durch den Wind, aber je länger sie durch den Wald rennen umso besser geht es den Beiden. Die frische Luft und die Anstrengung tut ihnen gut. Die anderen Wölfe rennen mit einer Leichtigkeit, was man bei den beiden Werwölfen nicht sagen kann, schon nach einer kurzen Strecke ist ihr Fell tropfnass. Igor muss immer weiter lästern: „Bestimmt könnt ihr es nicht lassen und macht heute Abend weiter." Musti sieht Igor böse an und meint: „Das glaubst du doch selbst nicht, dann brauchen wir morgen nicht mehr mitzulaufen." Igor bleibt nochmal stehen und prüft die Umgebung und meint: „Laufen wir zurück zum Dorf, sonst brechen heute die Werwölfe zusammen." Alle Wölfe grinsen die Beiden an, dann machen sie sich auf den Rückweg.

Im Dorf werden sie von beiden Druidenpärchen und dem Alten sehnsüchtig erwartet. Akgül und Asena wollen wissen was sich in der Umgebung abspielt, aber Igor und die Wölfe können nichts schlechtes berichten. Asena meint zu den Druiden: „Wir sollten uns nicht mehr zu lange aufhalten." Akgül meint: „Mir wäre Schweden lieber, da kann ich wenigstens mal wieder nach unseren Tieren sehen." Alle sehen sich an, dann spricht Isak ein Machtwort: „Ich meine, bleiben wir noch heute hier und morgen früh gehen wir nach Schweden."

Niklas fragt seine Frau: „Wie geht es Jennie, ich habe sie heute noch nicht gesehen. „Jennie geht es heute nicht gut, sie hat wieder ihre Wehen, sie kommen immer öfter. Es kann nicht mehr lange dauern und sie wird das Baby bekommen. Alle Ärzte wie Ciara und Niall, Olivia und Mikka, Sophie ihre Mutter und ihre Freundin Waldtraud sind auch bei Ihr", meint Hedda. Kieran sagt daraufhin lachend: „So einen Ärztestab und viele Helfer hat nicht einmal ein Politiker. Aber Jennie, hält alle auf trapp." Aisling setzt noch eins drauf: „Unsere junge rothaarige Hexe ist eben etwas Besonderes. Das kann man nicht von jedem sagen und erst das Kind." Niklas sagt: „Ich werde mit unseren Leuten Kontakt aufnehmen, dass wir morgen zu ihnen kommen, aber bestimmt nicht lange bleiben können." Niklas geht ein kleines Stück von der Gruppe weg und man merkt, dass er mit seinen Gedanken sehr weit weg ist. Dann sagt er lachend: „Sie meinen, wir können auch sofort kommen. Wenn wir Hilfe brauchen, sollen wir uns bei Ihnen melden, aber das kennen wir ja vom magischen Zirkel.

Hedda sagt: „Dann werden wir mit Jennie heute Abend noch einmal zu den Klippen gehen, da sehen wir bestimmt einen schönen Sonnenuntergang." „Haben die Ärzte schon etwas verlauten lassen, wie es unserer werdender Mutter geht"? fragt Niklas seine Frau. Sie meint daraufhin und sieht ihre Freundin Aisling an: „Wir werden gleich vorbeigehen und nach dem Rechten sehen." Aisling meint: „Sie wird bestimmt Ruhe brauchen. Sie laufen los, direkt auf Jennies Haus zu. Dabei meint Hedda: „Was wird das noch für eine Strapaze? Wir müssen bestimmt noch um die halbe Welt flüchten, bis das Kind auf der Welt ist." „Und da ist es auch nicht zu Ende, wenn es auf der Welt ist. Du glaubst doch nicht, dass diese Kreaturen dann Ruhe geben", meint Aisling. Hedda sagt daraufhin: „Das wird wohl nie aufhören." Dann haben sie das Haus erreicht und klopfen an die Türe.

Sofort macht Waldtraud auf und sieht die beiden Druidenfrauen. Die Hexe meint: „Ihr wollt nach dem Rechten sehen, Ihr geht es wieder gut, Sie hat die Wehen überstanden. Aber unsere Ärzte diagnostizieren, dass es nicht mehr lange dauern wird, bis unser Kind auf die Welt kommt. Höchstens eine Woche, oder vielleicht ein paar Tage, bei dem Kind wollen sie keine genauen Angaben machen." Waldtraud bittet die Beiden herein und sieht Jennie auf ihrem Bett liegen, sie ist Schweißgebadet und sieht fix und fertig aus. Hedda und Aisling sagen: „Lassen wir Jennie etwas ausruhen." Dann gehen sie zu den beiden Ärztepaaren und wollen sie fragen, aber sie antworten sofort, ohne gefragt zu werden: „Alles in bester Ordnung, Wir haben uns so eingeteilt, Olivia und Mikka bleiben bei ihnen und wenn es so weit ist, kommen wir als Verstärkung, auch zur Verteidigung. Sie nehmen sofort mit uns Kontakt auf."

Später sieht man Jennie im Dorf spazieren gehen, Sie erfährt von den beiden Druidenfrauen, dass sie morgen früh weiterziehen werden und heute Abend zusammen einen Spaziergang zu den Klippen machen wollen, um einen schönen Sonnenuntergang anzusehen. Jennie freut sich darüber riesig und kann es gar nicht erwarten, bis es soweit ist. Die junge Hexe setzt sich mit den beiden Druidenfrauen auf eine Bank zum Entspannen und die irische Frühjahrssonne zu genießen. Zwei große Wölfe liegen Ihr immer zu Füßen und lassen sich von den Frauen streicheln.

Schnell neigt sich der Tag zu Ende und der Abend kommt, ohne große Ereignisse, bis Niklas zu Jennie geht und fragt, wollen wir das kleine Stück zu den Klippen laufen. Ich denke, dass jetzt der beste Zeitpunkt ist. Jennie ruft laut hinaus: „Wer will mitgehen zu den Klippen und den Sonnenuntergang anschauen." Fast das ganze Dorf geht der werdenden

Mutter zuliebe mit, zu dem wundervollen Beobachtungspunkt. Sie kann es fast nicht erwarten, den schönen Anblick zu genießen. Man merkt Ihr an, dass sie alle Kräfte zusammennimmt, um dort hinzukommen. Ihre Mutter und ihre Freundin Waldtraud haken sich bei ihr ein und wollen Ihr die nötige Erleichterung geben.

Dann steht sie wieder an dem Ort, den sie so sehr liebt. Niklas hatte recht, es dauert nicht lange und das wunderbare Naturschauspiel beginnt, sie setzt sich an den Rand der Klippen, die beiden Frauen Waldtraud und Hedda setzten sich daneben. Ein schöner Anblick. Die drei Frauen sitzen nebeneinander, das lange Haar weht im Wind, links und rechts ein Wolf, der Sonnenuntergang im Hintergrund. Alle anderen stehen hinter ihnen. Jennie zieht die unwahrscheinlich schönen Bilder in sich hinein und lässt ihrem Kind an diesem Moment teilhaben. Sie sendet dieses schöne Erlebnis in ihren Mutterleib, damit ihr Kind das Wunder der Natur miterleben kann. Ihre beiden Hände hat Sie auf den dicken Bauch gelegt. Ihre vierbeinigen Beschützer sind immer in ihrer Sichtweite. Dann spazieren alle wieder zurück in ihr Dorf. Die Wölfe machen sich bereit, um ihre alltägliche Erkundungstour zu machen. Als Jennie zu ihrem Haus geht ruft sie ihnen zu: „Bitte gebt auf Euch acht, ich will keinen von Euch verlieren."

Dann laufen sie in den Wald, um ihrer Aufgabe nachzugehen, aber alles ist wie immer. Da meint Igor, dass sie zurücklaufen und sich in aller Früh sich wieder treffen, um von neuem eine große Runde zu laufen. In der Frühe holt sich Igor seine Wölfe und sie verschwinden wie immer schnell im Wald. Schon am ersten Kontrollpunkt merken sie, etwas liegt in der Luft. Irgendetwas ist anders, eine fremde böse Magie ist in der Luft. Mirko nimmt zu Igor Kontakt auf und fragt: „Sind sie schon hier, oder beobachten sie uns?" Igor antwortet: „Sie sind in der Nähe und beobachten uns." Mirko sagt: „Ich melde es Niklas und Kieran, sie müssen es sofort wissen." Igor meint: „Meine Herrin weiß schon Bescheid." Dann fangen sie an zu heulen, ihre Alarmanlage legt los, weit in das Dorf sind sie zu hören. „Laufen wir erst wie gewohnt weiter, damit diese Kreaturen keinen Verdacht schöpfen, dass wir sie entdeckt haben", meint Igor. Mirko sagt: „Hoffentlich greifen die Biester nicht gleich an." Igor antwortet: „Ich habe Angst, denn ich will nicht, noch ein paar meiner Soldaten verlieren." Mirko: „Dann müssen wir besser aufpassen und hoffentlich können wir sie täuschen."

Niklas vernimmt Mirkos Stimme im Schlaf, sofort schreckt er auf, senkrecht steht er im Bett, kurz darauf hört er das Heulen der Wölfe. Er braucht seine Frau nicht wecken, Sie hat das heulen gehört, sofort fragt sie ihn: „Sind Sie hier." Ja, die Wölfe haben eine böse Magie gespürt und sie glauben, dass die Magie so stark ist, dass sie schon da sind." Hedda sagt nervös: „Ich verständige sofort meine Hexen, wir müssen uns schnell zur Verteidigung bereitmachen." „Und sofort Fliehen, hoffentlich schaffen es alle unsere Wölfe gesund zurückzukommen", fügt ihr Mann dazu.

Jennie hört das heulen der Wölfe, sofort ist sie hell wach, sie weiß, was das zu bedeuten hat. Auch ihre Mutter ist wach und ist bei ihrer Tochter. Sie fragt: „Sind sie schon wieder hier." Jennie sagt traurig: „Ja, unsere Wölfe befinden sich wieder in großer Gefahr. Igor und Mirko haben keine gute Nachricht geschickt, eine böse Macht ist um sie herum und beobachtet sie. Sie versuchen mit einer List zurückzukommen, ich habe Angst." Ihre Mutter tröstet sie: „Mirko und Musti haben ihre alte Stärke zurück, Igor und seine Meute sind starke listige Kämpfer, sie schaffen es. Heraus aus dem Bett, wir machen uns schnell bereit zu Helfen. Sie bemerken, dass Hektik im Dorf ist, sie machen sich bereit zur Verteidigung. Da klopft es an der Tür und Hedda kommt herein und schreit: „Los macht euch bereit, ihr müsst verschwinden." Jennie fragt: „wohin?" Die Druidenfrau sagt hektisch: „Eigentlich egal wohin, einfach weg, ich würde sagen schnell nach Schweden, dort treffen wir uns und dann fliehen wir gezielt weiter." Alle bewaffnen sich, schnell wird alles hergerichtet, die Kessel werden aufgestellt. In kürzester Zeit ist alles bereit. Sie sind auf ihrem Platz und greifen zu ihren Waffen. Lange genug haben sie geprobt. Jetzt müssen sie nur noch auf ihre Wölfe warten, alle haben Angst um ihre Lieblinge. Die dagebliebenen Wölfe sitzen da und warten auf ihre Artgenossen und sind bereit sie zu verteidigen. Ihre Ohren und Augen nehmen alles war, ihnen entgeht nichts. Die Magier und Druiden beobachten mehr die Wölfe als ihre Umgebung. Niklas hat nach Schweden Kontakt aufgenommen, damit die wissen, dass Jennie bald bei ihnen ankommt und sie von der drohenden Gefahr informiert sind.

Sie haben Angst und laufen um ihr Leben. In ihren Gesichtern ist diesmal Panik, sie wissen, dass sie keinen Fehler machen dürfen, die Kreaturen würden sonst sofort Angreifen. Sie haben keine Ahnung welche der miesen Kreaturen sie beobachtet, welche Scheusale es diesmal auf sie abgesehen haben? Igor fragt unterm Laufen Mirko: „Kannst du dir vorstellen, welche Dämonen es diesmal auf uns abgesehen haben." Mirko sagt sarkastisch: „Ich denke Moloch und Hop tu Naa, ich kenne den Geruch, die stinken fürchterlich." Musti sagt daraufhin: „Das kann ich bestätigen." Igor antwortet: „Ist es wahr, dass du sie gerochen hast, ich habe nichts gerochen." Mirko meint: „Mit Geruch habe ich gemeint, da wir schon gegen sie gekämpft haben und die Bestien gebissen hatten. Ich denke, da sie wieder neu in der Dämonenwelt sind, werden sie in den Kampf geschickt und der fängt anscheinend jetzt richtig an. Der Letzte mit den drei Dämoninnen war der Anfang." Igor fragt: „Du kennst die Bestien genau und weißt wie sie kämpfen. Du bist für den Kampf der Anführer und erzähle mir, was du von dieser Kreatur weißt." Mirko und Musti wollen den weißen Wolf alles Wichtige über die Kämpfe mit den beiden Dämonen erzählen, sie wollen jedes wichtige noch so kleine Detail preisgeben. Igor hört interessiert zu und stellt genauso viele Fragen und er gibt es seinem Rudel weiter. Mirko merkt, dass sie dem Dorf nahe kommen, schaffen sie es unversehrt zurück? Igor zu den Wehrwölfen hinüber und sagt: „Machen wir noch mehr Tempo, vielleicht schaffen wir es doch noch. Ihre Muskeln spannen sich noch mehr an und ihr Tempo wird immer schneller, je näher sie dem Dorf kommen. Dann sehen sie die kleinen Häuser mit ihren scharfen Augen. Die langsam immer größer werden und damit wächst auch ihre Hoffnung, das ersehnte sichere Ziel zu erreichen. Ihre Felle dampfen inzwischen vom Schweiß und ihre Rachen sind weit aufgesperrt durch die große Anstrengung. Die Zungen hängen weit heraus und sie sabbern. Igor treibt immer weiter an.

Die Wölfe im Dorf hören sie, springen sofort auf und schauen in die Richtung, sehr aufgeregt laufen sie im Kreis. Die Magier und Druiden nehmen ihre Waffen und Zauberstäbe fester in die Hand, die Anspannung wächst im Dorf. Sofort wollen sie Jennie holen und sie mit Hedda, Waldtraud und Sophie nach Schweden befördern. Hedda soll helfen, alles herzurichten falls es zu einem Kampf kommt. Niklas lässt sich einige Sachen von seinen Leuten bringen, um sie fortzubringen. Die drei Hexen machen sich bereit um die junge Hexe Jennie in den Norden zu bringen.

Die Wölfe jagen auf das Dorf zu, sie kommen immer näher, sie spüren, dass bald etwas passieren wird, sie merken wie die schwarze Magie stärker wird, ihre Angst wird immer größer. Die Kräfte lassen nach, Verzweiflung macht sich bei ihnen breit. Sie haben nur ein Ziel, das sichere Dorf zu erreichen. Welcher Dämon spielt mit ihnen ein solch psychisches Spiel? Warum greift er oder sie nicht an? Was bezweckt er oder sie? Dann kommt der Moment, das gesamte Rudel spürt eine unnatürliche Kälte, ein eiskalter Windzug fegt über sie hinweg. Mirko schreit sie greifen an, jetzt ist es soweit. Er nimmt schnell mit Jennie Kontakt auf. Er dringt in ihr Hirn ein. Er hat eine Idee. Jennie hat Molochs Zauberstab, vielleicht hat er noch Kontakt zu Ihm. Es könnte doch sein, dass seine Frau dadurch einen Zauber durch Ihn selbst zum ehemaligen Besitzer schicken kann. Das hat er Jennie schnell zugerufen.

Jennie stockt auf einmal, ruft Niklas und seinen Vater zu sich und erklärt, was ihr Mann ihr gerade mitgeteilt hat. Isak überlegt kurz und ruft das türkische Orakel und deren Tochter zu sich. Die lachend sagt: „Gut das du noch nicht weg bist. Jennie du hast einen Dämonenstab und dazu von Moloch." „Den hat mein Mann Ihm selbst abgenommen", sagt die junge Hexe. Akgül lacht, schüttelt den Kopf und meint dazu: „Unglaublich, ihr braucht Euch nicht zu wundern, warum die Dämonen auf Euch sauer sind.

Der Stab hat eine unglaubliche Macht." Jennie sagt: „Das habe ich gemerkt." Wenn Moloch wirklich den Kontakt zu ihm nicht ganz abgebrochen hat, schicke ich durch Mirko einen großen alten Zauber mit seinem eigenen Stab. Du hältst den Stab und ich spreche den alten Zauber, der nur mit einem mächtigen Stab klappt. Warten wir ab bis sich Mirko noch einmal meldet und Moloch angreift.

Den Wölfen gefriert fast der Schweiß in ihrem Fell, Mirko dringt in Igors Gehirn ein und schreit: „Das ist Molochs Masche, das ist er bestimmt, das kann nur er sein. Dann sehen sie die riesige Rauchschwade mit einem Dämonenkopf auf sie zu rasen. Noch einmal fliegt er knapp über sie hinweg und setzt ein paar Meter vor ihnen knapp über den Boden auf. Er schwebt vor ihnen und nimmt seine wahre Gestalt an. Wie immer gleicht er fast dem schwarzen Tod, mit seiner schwarzen Kutte und der weißen Totenfratze grinst er das Rudel an. Zwei Zauberstäbe hat er gezogen und richtet diese auf sie. Hat er wieder seine alte Stärke erreicht? Werden seine Freaks auch angreifen? Sie müssen unbedingt weiterrennen. Mirko schreit seiner Frau zu, er greift an, ich renne voll auf Ihn zu und ramme das Schwein nieder, schieß jetzt. Unaufhaltsam rennen die Wölfe weiter, sie wollen sich von den Dämonen nicht aufhalten lassen. Ihre Körper werden steif, von der unnatürlichen Kälte. Sie brauchen unbedingt schnell Hilfe, sonst sind sie verloren. Alle Blicke hängen an dem mächtigen Dämon. Die Wölfe vom Dorf kommen ihnen entgegen gerannt. Ihre Mäuler sind weit aufgesperrt, Sie sind zum Angriff bereit. Ihre Nackenhaare stellen sich auf, sie wollen in den Kampf eingreifen.

Dann hört Mirkos Frau den Hilferuf ihres Mannes und den Befehl zu schießen, Sie nickt Agkül zu und diese spricht den alten Zauber. Die Spitze des mächtigen Zauberstabes fängt an, leicht zu glühen. Daraufhin sehen sie, wie die Spitze in Sekundenschnelle ganz hell wird und dann wieder dunkel.

Mirko spürt kurz, wie eine starke Energie durch ihn hindurch geht, dann explodiert ein mächtiger Energieblitz und rast auf den Dämon zu.

Gleichzeitig entsteht ein Loch neben dem Dämon und Hup tu Naa entsteigt diesem. Der Energiestrahl trifft den mächtigen Dämon und hüllt in komplett ein und schießt weiter auf Hup tu Naa, die noch nicht ganz aus ihrem Loch geklettert ist. Ein Grinsen ist im Gesicht des Werwolfs der daraufhin sein Tempo noch beschleunigt, er sieht seinen Freund den schwulen türkischen Werwolf neben sich in Hilfestellung. Mirko weiß, dass sein Freund Musti sofort die Dämonin angreifen wird. Er sieht, wie Igor seine Zähne fletscht, hinter ihnen hört er ein mehrstimmiges knurren. Seine Augen sind auf Moloch gerichtet, er will die Bestie wieder in der Hölle wissen, er sieht wie der mächtige Energiestrahl den mächtigen Dämonen zum Taumeln bringt und Mirko denkt: „Ich bringe dich dahin, von wo du gerade hergekommen bist."

Seine Muskeln spannen sich bis zum Zerreißen, dann hebt er ab. Ein riesiger Fleischberg fliegt auf den Dämonen zu und trifft Ihn sodass er taumelt. Als wenn Moloch ein riesiger Dampfhammer getroffen hätte schleudert es ihn über den Boden. Ein riesiger Wolf ist über Ihm und seine kräftigen Krallen haben sich in das von der Hölle geräucherte Fleisch gebohrt. Sein mächtiger Rachen ist weit aufgerissen und er beißt sofort zu. Molochs Körper ist noch immer vom Energiestrahl eingehüllt. Mirko sieht neben Ihm einen riesigen Schatten fliegen, sein Freund fliegt auf Hop tu Naa zu und trifft sie beim Ausstieg aus ihrem Loch. Auch sie taumelt von der Wucht des Energiestrahles und wird von der Kraft des riesigen Körpers seines Freundes getroffen und wird ins Loch zurückgeschickt. Mit einem furchtbaren Schrei ist Sie verschwunden. Mirko muss kämpfen und hat mit den Dämonen kein leichtes Spiel, immer wieder beißt er zu. Sofort ändert Musti seine Richtung und rennt zu seinem Freund, um Ihm beizustehen. Auch Igor hat sich dem Kampf angeschlossen. Er gibt den Rest des Rudels den Befehl, weiter zu rennen. Verzweifelt wehrt sich Moloch und er kämpft um sein Leben. Mit Armen und Beinen wehrt er sich gegen seine Peiniger, immer wieder versucht er seinen Zauberstab zum Einsatz zu bringen, was Ihm auch gelingt und Hop tu Naa kehrt wieder zurück. Schnell hat sich das Blatt für die Wölfe gewendet. Mirko schreit: „Schnell weg zum Dorf."

Sofort rennen die drei ihrem Rudel hinterher. Auch die Wölfe die entgegengekommen sind, sind zurückgerannt.

Der Dämon hat sich wieder regeneriert und feuert mit seinen beiden Zauberstäben hinter ihnen her und trifft, dass es sie von den Beinen hebt. Mirko ruft seiner Frau zu, dass sie erneut Hilfe brauchen. Mirko dreht sich zu Moloch um und seine Frau mit dem türkischen Orakel schickt eine mächtige Salve zum Dämon, dass er sich kaum mehr in der Luft halten kann. Mirko will sofort angreifen, aber seine Freunde halten Ihn zurück und drängen, in das sichere Dorf zu hetzen. Was ihre Beine hergeben, laufen sie in einem Endspurt zurück, mit letzter Kraft ist es ihnen gelungen. Erschöpft fallen sie mitten im Dorf zu Boden und hecheln ihre Seele aus dem Leib. Eis hängt in ihrem Fell. Niklas treibt zur Eile nach Schweden zu fliehen. Mit letzter Kraft schleppen sich die beiden Wölfe zu Jennie, um mit Ihr zu verschwinden. Jennie, Waldtraud, Sophie und Hedda und ihre beiden Wölfe, sehen sie noch wie sie durchsichtig werden und dann weg sind. Sekunden danach erscheint Aisling und ruft zur Eile.

Mit letzter Kraft stellen sich die Wölfe auf und die anderen kommen auch dazu, eilig berühren die Druiden ihre Zauberstäbe und sprechen ihren Keltenspruch: „Tu wiftes willau beis buccan geallan mang mio". Sie sehen noch, wie die beiden Dämonen wütend angeflogen kommen und einen Gewaltigen Energiestrahl auf Sie abschießen. Der Energiestrahl kommt direkt auf sie zugeschossen und sie sehen wie der Energiestrahl sie einhüllt, helles grelles Licht ist um sie herum, einen Knall und ein knistern hören sie. Werden sie in Schweden ankommen? Was wird mit ihnen passieren? Aber sie sind im Schutz des Zauberspruches und sind auf den Weg nach Schweden. Sie hören die beiden Dämonen wüst fluchen und schimpfen.

Moloch und Hop tu Naa sehen wie die Gruppe verschwindet, die Beiden haben eine ungeheure Wut im Bauch, sie hätten am liebsten die ganze Gruppe ausgelöscht. Jetzt haben sie das Nachsehen und können von vorne anfangen. Moloch sagt: „Dann bekommen wir Euch eben morgen, ihr könnt uns nicht immer entkommen und wir können uns denken, wo ihr Euch hingezaubert habt. Wir werden nachschauen und zu Euch kommen."

Kapitel 27
Schweden

Als sie in Schwedischen Druidendorf ankommen atmen sie erleichtert auf und werden mit großer Herzlichkeit empfangen. Sie werden zu einer deftigen Brotzeit eingeladen. Niklas warnt, alles nicht so locker zu sehen. Er sagt: „Moloch wird nicht aufgeben, er wird kommen, deshalb können wir nicht lange hierbleiben." Jennie hat die Aufregung nicht ertragen: „Denn es haben wehen eingesetzt, Sie will sich zurückziehen und hinlegen. Die bekannten Personen gehen mit und bleiben bei Ihr. Kieran nimmt mit seinem Heimatdorf Kontakt auf und erfährt, als die Dämonen gesehen haben, dass sie verschwunden sind, sind sie umgekehrt und waren weg. Als Niklas das von seinen Druidenfreund erfährt, meint er: „Die sind bestimmt hierhergekommen und beobachten uns. Wir werden bis zur Geburt keine Ruhe haben." Niklas ruft Mirko, Musti und Akgül zu sich, die Werwölfe haben sich etwas erholt. Ruhig, aber ernst spricht er zu ihnen: „Moloch und Hop tu Naa sind bestimmt hier. Mirko redet dazwischen und sagt hart: „Wir laufen sofort mit Igor und prüfen, ob wir schwarze Magie spüren." Niklas nickt. Akgül geht zu Igor und berichtet Ihm alles. Er sieht Ihr in die Augen und geht auf Mirko zu. Niklas ruft streng: „Ihr passt mir doppelt so gut auf und wenn Ihr etwas bemerkt, rennt so schnell Ihr könnt zurück. Jetzt ruht Euch ein wenig aus, Ihr müsst fit sein." Igor meldet sich bei Mirko: „Ich hätte Ihm in den Arsch beißen sollen." Mirko antwortet: „Ich habe mit Ihm noch eine Rechnung offen, ich zerlege Ihn in Einzelteile, er bekommt das, was er verdient hat und ich schicke die Kreatur dorthin, wo er hingehört."

Dann gehen sie essen, was es reichlich gibt und sie legen sich hin, um Kraft zu tanken.

Als die Sonne am Horizont untergeht kommt Igor geschlichen, drängt sich in Mirkos Gehirn und fragt Ihn: „Sollen wir trotz allem eine Runde laufen? Mein Rudel ist bereit." Mirko macht sich fertig. Musti beeilt sich aus dem Bett zu kommen und trifft sich mit den Anderen am Dorfplatz. Igor benachrichtigt seine Herrin, dass Sie jetzt das Dorf verlassen. Akgül nimmt ihren weißen Wolf nochmal in den Arm und sagt: „Pass mir gut, auf mein Lieber." Ihr laufen Tränen über die Wangen, Sie hat Angst um Ihn. Dann läuft er zur Meute und sie schleichen sich langsam hinaus, als wenn sie wüssten, was sie erwartet. Vorsichtig pirschen sie sich vor, halten bald an und untersuchen die Umgebung. Diesmal laufen sie auseinander und jeder einzelne Wolf prüft die Umgebung, Mirko spürt sofort, dass etwas nicht stimmt, die Dämonen sind ihnen gefolgt. Sofort machen Sie eine Kehrtwendung und heulen los.

Schnell springen alle aus dem Bett, treffen sich auf dem Dorfplatz und um sich zu beraten. Niklas schreit: „Wir müssen sofort weg. Kieran gibt seinen Freund ohne zu Überlegen recht. Akgül meint: Wir müssen eiligst weg, wo uns die Kreaturen nicht vermuten. Roland steht daneben und sagt: „Istanbul, eine Großstadt, hier können wir untertauchen, in der Millionenstadt müsste es gelingen." Kieran meint: „Vielleicht ist das nicht schlecht, versuchen wir es." Sofort wird Jennie dahin gezaubert, mit dem gesamten Besitz. Die drei Hexen begleiten Sie wie immer. Die Druiden sind jetzt verärgert, sie haben keine Minute zum Durchatmen, denn es geht immer um Leben und Tod.

Mirko schreit plötzlich: „Was ist denn das? Mit allem haben sie gerechnet, aber nicht mit diesem, vor ihnen sind riesige Schlangen, die angreifen. Die Körper sind aufgerichtet, die Mäuler weit aufgerissen, sie züngeln und ihre Schwänze sind vom Boden abgehoben. Das Rasseln ist nicht zu überhören. Ihre bösen Augen sind auf das Rudel gerichtet. Sie sind zum Angriff bereit.

Sie schlängeln sich auseinander, um eine breitere Angriffsfläche zu haben.
Dann greifen sie an, als wenn sie ein geheimes Kommando bekommen
hätten. Schnell gleiten sie dem Wolfsrudel entgegen und ihre riesigen
Giftzähne sind zusehen.

Wir müssen diese Höllenkreaturen umlaufen, wir lassen uns nicht auf einen
Kampf ein, bestimmt werden wir deren Herrin gleich sehen. Igor hat es
noch nicht ganz ausgesprochen, knallt es hinter den Kobras, eine
Rauchwolke entsteht hinter ihnen. Mirko sagt zu seinem Freund: „Dieses
mal kann meine Frau nicht helfen." Igor antwortet: „Wir helfen uns selbst."
Mirko hört auf einmal Isaks Stimme die fragt: „Wer ist es diesmal?" Mirko
antwortet: „Medusa mit ihren Lieblingen, den gelben Riesen Kobras." Isak
befiehlt: „Haltet voll auf die Dämonin mit ihren Schlangen zu, ich kann sie
für ein paar Sekunden außer Gefecht setzen, so ähnlich wie Jennie." Igor
sagt darauf: „Na, dann los, die werden sich wundern."

Die Riesenkobras hat die Meute fast erreicht und Medusa schmeißt ihre
Schlangen auf sie. Es sind wieder furchtbare Schmerzensschreie der Tiere
zu hören. Medusas siegessichere Lachen ist zu hören. Mirko weicht keinen
Millimeter ab, er rennt direkt auf die Dämonin zu. Schlangen haben sich in
seinen Körper gebissen. Mirko flucht, warum immer ich, diese
Drecksviecher. Schmerzhaft verzieht er sein Maul, er weiß, er muss weiter.
Hoffentlich kommt Isaks Zauber rechtzeitig. Mirko hat die Schlangen
erreicht und muss doch ausweichen. Die Schlange vor Ihm holt zu einem
Biss aus und Ihr Kopf schnellt vor. Kann er Ihn abwenden?

Plötzlich schießt ein unsichtbarer Zauber durch Mirkos Körper, direkt auf
Medusa. Sie wird vom Zauber eingehüllt, Starr steht Sie da, als wären alle
versteinert und die Schlangen ebenso. Igor schreit in alle Gehirne: „Los
schneller, wir müssen weg, wir haben nur ein paar Sekunden Zeit." Die
Schlange verfehlt Mirkos Körper um Zentimeter und er hetzt weiter.

Kaum sind sie ein paar Meter gerannt, hören sie Medusa schreien: „Haben es die blöden Wölfe geschafft, aber Ihr entkommt mir nicht. Sie dreht sich um, greift in ihr Haar und zieht eine Menge kleiner Schlangen aus ihrem Haar. Rasend schnell bewegen sich ihre Arme, als hätte sie Rotoren. Wie ein Maschinengewehr schmeißt sie die Schlangen hinter ihnen her. Als wenn Sie von einem Bogen geschossen, kommen Sie geflogen. Die Riesenkobras haben Ihr Tempo erhöht und kommen immer näher. Igor schreit: „Wir müssen schneller rennen sonst sind wir verloren." Verzweifelt schauen sie sich um. Wird die Dämonin Ihr Ziel doch noch erreichen? Die Schlangen haben viel Gift in ihre Körper gepumpt, können sie damit das Tempo lange durchhalten. Als sich Igor umdreht, sieht er, dass sich einige weiße Schatten auf Medusa und die Kobras zubewegen.

Aber was niemand gerechnet hat, Isak schwebt ihnen entgegen, sein Sohn mit Kieran folgen Ihm. Ihre Zauberstäbe halten sie zum Kampf bereit. Das Wolfsrudel rennt auf die alten Druiden zu und Kieran schreit: „Schneller wir müssen verschwinden." Das Rudel holt nochmal alles aus Ihren geschundenen Körpern heraus. Das hecheln aus ihren Mäulern ist nicht zu überhören, ihre Zungen hängen weit heraus. Sie sind am Ende ihrer Kräfte und ihre Füße bewegen sich nur noch automatisch.

Alle drei schießen sofort ihren Zauber auf die kleinen Schlangen, die sich in einer kleinen Rauchwolke auflösen. Medusa, die alte Dämonin ist verärgert, dass die Druiden jetzt auftauchen und sich Ihr entgegenstellen. Die drei riesigen Kobras schlängeln sich den drei Druiden entgegen. Schnell sind sie, den großen Körpern hätte man dieses Tempo nicht zugetraut. Isak stellt sich vor den Schlangen aufrecht hin, ein altkeltischer Bannspruch kommt über seine Lippen, den Zauberstab richtet er auf die gelben Höllenwesen: „Faria sulma direktiko!" Isak schaut noch einmal nach den Wölfen, die inzwischen das Dorf erreicht haben. So ruft er Kieran und seinem Sohn zu: „Verschwinden wir und lassen uns nicht auf einen langen Kampf ein. Medusa will nicht aufgeben und schießt ihre kleinen Schlangen auf die Druiden, die Niklas kontrolliert mit jedem Strahl zerstört. Kieran beschießt unterdessen die Dämonin. Sie kommen nicht zu einem kontrollierten Rückzug. Ununterbrochen feuert Medusa in Salven ihre kleinen Geschosse auf die drei Druiden ab. Isak hält noch einmal seinen Zauberstab auf Sie und sagt den Spruch auf. Dann ruft er: „Nichts wie weg." Die Dämonin steht wie versteinert da. Schnell schweben die Drei zurück. Aber es folgen die drei Kobras, der Bannspruch hat nicht lange angehalten. Mit schnellen Schlängelbewegungen folgen sie ihnen. Zischend kommen sie ihnen näher. Kieran ruft: „Wir müssen etwas unternehmen, denn Medusa wird bestimmt gleich wieder aktiv sein." Niklas sagt: „Akgül und Asena verschwinden gerade mit den Wölfen nach Istanbul, alle sind schon abgereist." Sein Vater meint daraufhin: „Dann sollten wir, dass auch tun," dreht sich noch einmal um und hält auf die schnell herannahenden Kobras den Zauberstab, er sagt den Bannspruch. Mitten in ihrem Angriff erstarren Sie zur Bewegungslosigkeit. Jetzt müssten wir einen Pflog oder Weihwasser hier haben, um diese Kreaturen in die Hölle zu schicken. Verschwinden wir jetzt und stellen sich eilig zusammen. Aber was sie jetzt nicht beobachtet haben, Medusa ist aktiv geworden und kommt in einem unheimlichen Tempo näher. Hastig sagen sie ihren Zauberspruch auf. Medusa greift sich unterm Flug ins Haar und schickt einige kleine gelbe Schlangen zu Ihnen. Gerade will Isak sagen: „Wir haben es geschafft," schreit Kieran vor Schmerzen laut auf. Eine der kleinen Schlangen hängt am Rücken und hat ihn gebissen. Dem irischen Druiden steht Schweiß auf der Stirn. Sein Körper bebt vor Schmerzen, er kann sich kaum noch auf den Beinen halten. Er jammert ununterbrochen. Schaum kommt Ihm aus dem Mund, was für ein Teufelsgift hat die kleine Schlange in seinen Körper gespitzt. Niklas stützt seinen Freund. Alle beten für den Freund, hoffentlich schaffen sie es nach Istanbul.

Kapitel 28
Die Flucht nach Istanbul

Als sie nach einigen Sekunden am Rande Istanbuls angekommen sind, zieht Niklas den Zauberstab und sagt den Spruch: „supkatiran dematikte." Wie von unsichtbarer Hand, ist das gelbe Ungetüm verschwunden, nur das Gift, das den irischen Druiden plagt, ist noch in seinem Körper. Sofort kommen die Frauen gesprungen, als sie gesehen haben, dass mit Kieran etwas nicht stimmt. Schnell erklärt Niklas, was vorgefallen ist. Olivia und Mikka kommen angerannt und Mirko trägt den schwergeschundenen Druiden mit seinen starken Armen zu einem schnell herbei gezauberten Haus. Er legt Ihn behutsam auf dem Bett ab. Aisling kann sich nicht mehr beruhigen, Hedda versucht ihre Freundin zu trösten. Unterdessen spricht sich die Nachricht von Kieran schnell in der gesamten Gruppe herum. Als es Jennie erfährt, gibt es kein Halten mehr, sie muss zu Kieran, um Ihn zu helfen. Igor lässt es sich nicht nehmen mitzulaufen. Langsam und bedächtig gehen sie zum Haus.

Als sie ins Haus gehen, sehen sie den vor Schmerzen geplagten Mann hier liegen. Schaum läuft Ihm aus dem Mund. Jennie hat mit ihrem Kind Kontakt aufgenommen. Olivia und Mikka versuchen gerade das Gift zu analysieren und etwas dagegen zu mixen. Die Hexen sind aktiv und versuchen etwas zu bekommen, Cremes oder eines ihrer speziellen Salben. Das Kind sagt in diesem Moment, lasst erst Vani Weihwasser holen und es auf seinen Körper spritzen. Sie sehen dabei entsetzt aus, aber Vani sagt: „Die Schlangen sind aus der Hölle und aggressiv, das Weihwasser wird sie vertreiben." „Hoffentlich hilft es, gib acht, dass du meinen Mann dabei nicht umbringst", schreit seine besorgte Frau Aisling. Unbeirrt spritzt Vani sein Weihwasser ein paarmal kräftig auf den Oberkörper des Mannes. Sein

kgül bedankt sich bei ihrem weißen Wolf und fragt, ob er mit den
Verwölfen sicherheitshalber eine kleine Runde um ihre Behausungen
machen will. Sie sollen sich aber nicht, bei den Menschen sehen lassen. Igor
reht sich langsam um und läuft zu Mirko, dieser versteht, verwandelt sich
nd nimmt mit Musti Kontakt auf. Ein paar Minuten später schließt er sich
nen an. Igor sagt: „Wir laufen heute zu Dritt, sonst würden wir hier zu
hr auffallen." So ist es, sie sind nur ein paar Meter gegangen und stoßen
hon auf die ersten Menschen. Mirko meint zu Igor: „Wir verwandeln uns
sser wieder zurück und du läufst bei Fuß." „Soweit kommt's noch, dass
h bei Fuß laufe, wie ein kleines Hündchen, soll ich vielleicht, noch ein
öckchen holen und es dann meinem Herrn zurückbringen", sagt Igor und
inst Mirko an. Dieser lacht: „Ich kann dich an die Leine nehmen und mit
r durch Istanbul laufen, dann kannst du jeden Baum und jede Hausecke
arkieren." „Dann musst du für mich Hundesteuer zahlen," scherzt der
eiße Wolf „Würde ich glatt für dich machen", meint der Werwolf.
orsichtig laufen sie weiter ohne aufzufallen, einige Leute schauen die Drei
tzdem komisch an, aber ignorieren sie dann. Da kommen sie an einen
higen Punkt, sie bleiben stehen und hören in sich hinein. Nichts fällt ihnen
f, kein böses Signal von schwarzer Magie. Igor meldet sich und sagt:
ürs Erste, sind wir hier sicher." Mirko meint ironisch: „Du weißt, das
nn sich schnell ändern." Hoffentlich nicht, aber wir können sowieso nicht
zu lange bleiben."

terdessen stellen alle ihr kleines Dorf auf, natürlich verteidigungssicher.
ch ein paar Tische für eine gemütliche Zusammenkunft stehen schon.
e Wölfe haben sie vorsichtshalber in die Mitte des Dorfes gestellt, damit
niemand sieht, sie haben an alles gedacht. Dann kommen die drei Spione
rück und machen eine gute Meldung. Mirko berichtet Akgül, dass sie Igor
chstes Mal an die Leine nehmen müssen. Sie meint: „Das kannst du nicht
chen." Mirko meint: „So würden wir nicht auffallen." Der weiße Wolf
t daraufhin: „Das mache ich nicht oft." Der Werwolf sagt: „Das gefällt
r auch nicht." Igor sagt grimmig: „Aber nur untertags." „Ist in Ordnung,
r wollen dich nicht überfordern, armer Wolf", meint die weiße Rose

Akgül und streichelt Ihn zärtlich. Dann setzten sich alle und feiern den zweiten Geburtstag des irischen Druiden. Lange bleiben sie entspannt sitzen, nur Jennie hält es nicht lange aus, das Kind macht Ihr immer mehr zu schaffen. Der weiße Wolf mit den Werwölfen läuft noch einmal eine Runde und sie bringen eine gute Nachricht mit, die allen gefällt.

Roland sagt:" Dann können wir morgen in die Innenstadt fahren und einiges besichtigen. Wir sind die Reiseführer, natürlich werden wir ein Taxi nehmen, damit sich Jennie nicht anstrengen muss. Die Hexen sind nicht begeistert und mahnen, dass Jennie sich nicht übernehmen soll. Musti meint: „Wir nehmen ein großes Sammeltaxi und lassen uns direkt zu den Sehenswürdigkeiten bringen, damit Jennie ebenfalls mit kann." Waldtraud sagt: „Wir passen auf, dass es Jennie gut geht." Niklas sagt: „Die Wölfe können wir nicht mitnehmen, was machen wir mit ihnen." Kieran sagt daraufhin: „Wir können es spontan machen, reden wir, wenn Jennie dabei ist, am besten morgen Früh." Kurz nachdem die drei ihre Runde gemacht haben, trinken alle noch ein Bier, dann wird es ruhig im kleinen Dorf.

Kieran bekommt unerwarteten Besuch in seine Gedanken, eine hässliche Frauenstimme meldet sich, eine Stimme, die der irische Druide gut kennt. Er hat sie erst kürzlich gehört, das kann nur die Stimme von Medusa sein, sie sagt zu Ihm: „Kieran, du alter irischer Bock, du hast Glück gehabt, dass dich mein kleiner Liebling nicht getötet hat. Du wirst bald den Tod kennenlernen, ich persönlich werde das übernehmen, was meine Schlange nicht geschafft hat. Alle werden dir folgen, niemand vom magischen Zirkel wird überleben, der Tod wird reiche Ernte haben. Nichts wird sich in eurem Dorf mehr bewegen, nicht einmal ein lausiger Wurm. Die Hölle wird sich über dem Dorf öffnen, dann wird es zu einem Todesacker werden." Kieran fröstelt bei diesen Worten von Medusa, sein Atem geht unregelmäßig, er dreht sich hin und her und stöhnt. Aisling bemerkt das und denkt sofort das Richtige, dass Ihr Mann Dämonenbesuch im Traum hat. Sofort schickt sie ihre Gedanken an ihre Druidenfreunde. Die ein paar Minuten später an

Kierans Bett stehen, aber der Alptraum ist in diesem Moment wieder
vorbei.

Kieran erwacht kurz darauf, als er die Augen öffnet, erschrickt er und
schaut in die Gesichter seiner Freunde, er fragt: „Was macht ihr hier?"
Niklas fragt gleich: „Wer hat dich im Traum besucht." Kieran gibt Antwort:
„Medusa, Sie wünscht uns allen den sicheren Tod." Alle sehen, dass dem
Druiden, bei diesem Gedanken, Schweiß auf der Stirn steht, den er mit
seinem rechten Arm wegwischt. Kieran sieht genervt aus. Seine Frau
versucht Ihn zu beruhigen und sagt: „Wir werden die Bestie in die Hölle
schicken, wir lassen uns von diesem miesen Weibsstück nicht
beeindrucken." Kieran sagt: „Der werden wir es zeigen und gibt seiner Frau
ganz lieb einen Kuss." Hedda sagt: „Das wollen wir hoffen, so gefällt du
uns wieder." Kieran sagt niedergeschlagen: „Ich könnte jetzt einen Krug
Bier vertragen, zum Einschlafen." Hedda sagt: „Das ist genehmigt für die
schwer geschundene Seele, aber nur Eines, was meinst du Aisling?" Aisling
sagt: „Na los, ich will gleich wieder in mein warmes Bett zurück." Die
Frauen holen ein paar Krüge, die sie im Schlafzimmer austrinken und
danach in die Häuser gehen. Der Rest der Nacht ist ruhig.

Igor huscht bei Sonnenaufgang durchs Dorf und kratzt an Mirkos Haustür.
Danach wird Musti aus dem Bett geholt. Vorsichtig schleichen sie durch
den Stadtrand, so dass sie niemand sieht. Ein paar Mal bleiben sie stehen
und prüfen die Umgebung und stellen nichts fest, Igor fragt Mirko: „Wollen
sie uns nicht finden oder können nicht, oder wissen sie, wo wir als nächstes
hingehen, was meinst du?" Mirko sieht seinen türkischen Freund erstaunt an
und sagt: „Ich hoffe auf das Zweite, dass sie uns nicht finden können."
Mirko fragt: „Was hältst du davon, wenn wir heute in die City gehen?" Igor
grinst: „Verschwindet in einer großen Menschenmenge, da befindet ihr
Euch in Sicherheit und wir Wölfe haben vor Euch ein paar Stunden Ruhe."
Mirko fragt: „Was soll das heißen, gehen wir Euch auf den Geist?" „So war
es nicht gemeint, aber uns geht in diesem Tumult einiges auf die Nerven.
Wir werden die Ruhe genießen", meint Igor etwas genervt. Die Drei wollen

sich gerade hinlegen, sind die Ersten schon wieder aufgestanden und fragen, ob sie etwas vernommen haben? Langsam füllt sich das Dorf mit Leuten. Igor sagt leise zu Mirko: „Verstehst du jetzt, was ich meine." Mirko sagt: „Ich verstehe es sehr gut."

Jennie kommt aus ihrem Haus und wird sofort von Roland und dem Druiden mit der Frage überfallen, ob Sie mit in die Innenstadt geht? Jennie ist skeptisch, ob sie die Strapaze gut überstehen wird. Jetzt kommen Waldtraud und Hedda dazu und sprechen auf, wir fahren mit und passen auf dich auf, damit du dich nicht übernimmst.

Akgül spricht mit den Wölfen, erhält aber die gleiche Antwort wie Mirko. Akgül sagt dann zu Niklas: „Stell dir vor, Igor sagt, er will einmal seine Ruhe haben." Daraufhin grinst der Druide nur. Dann ruft Niklas Musti zu sich und meint: „Nach dem Frühstück, kannst du ein Sammeltaxi bestellen."

Ein großes Taxi kommt um sie abzuholen und Musti erklärt dem Fahrer das gemeinsame Ziel. Sie fahren zur Hagia Sophia der wunderschönen Blauen Moschee und danach zur Sultan – Ahmad – Moschee. Jennie mault danach Roland und Musti an: „Die Moscheen waren wunderschön anzusehen und die Aussicht über die Stadt war auch Toll. Aber ich will nicht nur Moscheen sehen, das wäre dasselbe, als wenn wir Zuhause nur Kirchen besichtigen, ich will auch etwas Anderes sehen." Mirko sagt zu Jennie: „Spürst du nichts, ich meine die schwarze Magie. Er sieht sich um, kann aber nichts Verdächtiges erkennen. Daraufhin fahren sie zum Bosphorus hinab, hier kann Jennie ein wenig Ihre Füße vertreten und die Aussicht genießen. Großartige Sehenswürdigkeiten, auch ein großes Militärschiff liegt vor Anker. Mirko schaut alle Leute an, er lässt es sich nicht nehmen, dass er das Böse spürt, in Gedanken sagt er sich: „Wo steckt die Brut, zeigt Euch, damit ich Euch in die Hölle schicken kann."

Was Jennie am besten gefällt, ist ein schönes Lokal, das ist am selben Platz, dort hinsetzen sie sich auf einen Kaffee und Baklava. Mirko schaut sich die

Menschen genau an, die vorbeilaufen. Er sagt zu Kieran: „Ich weiß, dass die Brut hier ist." Kieran meint: „Vielleicht täuscht du dich, es sind viele Fremde Einflüsse hier. Sie bleiben lange sitzen, die Hexen und Druidenfrauen sind sehr zufrieden. Dann bemerken sie, dass ihre junge Hexe richtig entspannt wirkt. Musti fragt Jennie: „Ob sie morgen im großen Bazar etwas einkaufen will." Jennie antwortet etwas skeptisch: „Wollen schon, aber ob ich kann?" Waldtraud die Kampfshopperin sagt daraufhin: „Wenn es nicht mehr geht, dann gehen wir wieder zurück. Sepp lacht: „Das kann ich nicht glauben, dass gerade du das sagst. Ich kenne ein paar Hexen, die nicht genug bekommen, wenn man sie in Geschäfte lässt. Waldtraud verteidigt sich: „In Berlin waren ganz andere Voraussetzungen." Die junge Hexe ist neugierig, was der Bazar zu bieten hat. Da meint Jennie: „Versuchen wir es morgen." Einige Männer schütteln nur den Kopf, sie können nicht glauben, dass die Frauen mit der hochschwangeren Hexe zum Einkaufen auf den Bazar gehen wollen. Bevor sie sich aufmachen, sieht Mirko einen schwarzen Mann mit Kapuze vorbeilaufen, der dreht sich um und sieht Ihn an. Mirko erschrickt und will es Niklas sagen, aber er sieht Ihn nicht mehr. Dann denkt er sich, vielleicht habe ich mich getäuscht. Am Abend fahren sie wieder Heim zu den Wölfen. Akgül kann es nicht erwarten und geht sofort zu ihren Wölfen und begrüßt sie mit einem liebevollen knuddeln und fragt: „Ist alles in Ordnung oder ist etwas vorgefallen." Igor wirkt entspannt und meint: „Nicht, dass ich wüsste, nur, dass jemand gerade unsere Ruhe gestört hat." Akgül erzählt dem weißen Wolf, was sie am nächsten Tag vorhaben. Der meint daraufhin: „Noch ein schöner entspannter Tag für uns, das können wir nicht glauben. Geht nur einkaufen und lasst uns alleine, da haben wir unsere Ruhe, ist das schön."

Sie setzen sich auf ein Bier zusammen und beraten, ob sie nicht doch ihre Feinde ausspionieren sollten. Isak wäre dafür, die schwarzen Kreaturen zu beobachten, vielleicht erfahren sie etwas Neues und könnten sich besser vorbereiten. Bald darauf ziehen sie sich in ihre Häuser zurück. Jennie hat Wehen, die Ärzte sind bei Ihr und meinen: „Ob es für Sie nicht besser wäre, das Haus nicht mehr zu verlassen. Die junge Hexe lehnt dankend ab. Auch in dieser Nacht bei den Rundgängen der Wölfe ist alles ruhig.

In der Früh starten die Hexen, Orakel, Druiden, Magier und Werwölfe in die Innenstadt um auf den Bazar zu bummeln. Das Sammeltaxi hält direkt vor dem Haupteingang, das ein großes Tor hat und der nette Fahrer hilft der attraktiven, aber hochschwangeren Hexe aus dem Taxi. Niklas bezahlt den Fahrer fürstlich, sodass sich der Fahrer anbietet, sie später auch woanders hinzufahren, oder einfach wieder nach Hause. er gibt Ihm seine Handynummer. Der Druide meint: „Ich habe kein Handy, Waldtraud lacht und meint: „Altmodischer Druide, aber ich habe Eines." Dann stürzen sich die Frauen, ins Getümmel, es ist wie im Wunderland. Plötzlich wird es Mirko unheimlich, er spürt, dass er von etwas Bösem beobachtet wird. Er bekommt eine Gänsehaut. Er spürt die Blicke so intensiv, dass er glaubt, sie auf seiner Haut zu spüren. Er sieht sich nervös um, er muss diese Kreatur finden. Aber es sind zu viele Menschen hier. Plötzlich sieht er den Mann mit seinem schwarzen Mantel und seiner Kapuze, in der Menge von Leuten verschwinden. Mirko schreit Niklas zu: „Die Ratte ist da, wir müssen verschwinden." Mirko hat es noch nicht ausgesprochen, dreht sich die Bestie mit einem Ruck um. Mit dem Ellenbogen stößt er ein paar Leute weg und zu Boden. Ein Mann steht wieder auf und will die Ratte zur Rede stellen. Aber die Bestie sieht Ihn nur an, öffnet sein Maul, ein Nebel kommt daraus und weht Ihm ins Gesicht. Der Mann bricht auf der Stelle Tod zusammen. Die Ratte sieht mit seinen Höllenaugen Mirko an, öffnet sein Maul noch einmal und eine gelbe Wolke kommt heraus, sie schwebt direkt auf sie zu. Mirko bekommt Panik und schreit: „Schnell weg, lauft um Euer Leben." Die Hexen sind an einem Stand und Handeln. Als Sie Mirko schreien hören, lassen sie alles fallen und rennen was sie können aus dem Bazar. Das Kind meldet sich im Mutterleib: „Mutti lauf schnell, sonst sind wir verloren, das ist der Atem des Todes." Sie schauen sich um und sehen, dass viele Menschen Tod zusammenbrechen. Ihnen läuft das Blut aus sämtlichen Körperöffnungen. Die nicht Tod sind, schreien vor Schmerzen und fliehen. Die Ratte hat den Bazar in einen Todesacker verwandelt.

Als Jennie endlich aus dem Bazar ist, kann sie sich kaum noch laufen. Sie ist am Ende ihrer Kräfte, die Anstrengung war zu groß. Waldtraud schreit ihre Freunde an: „Wir müssen uns setzen, Jennie braucht unbedingt eine Pause." Niklas schreit die ganze Gruppe an: „Wir müssen weiter, sonst sind wir verloren „Waldtraud schreit zurück: „Ich weiß, aber es geht nicht." Sie sind mit den Nerven am Ende. Fix und fertig setzt sich die junge Hexe mit ihren Freunden in ein Lokal. Niklas ist sehr genervt, dass sie etwas bestellen müssen, das sie wiederum an der Flucht aufhält. Die Gruppe schaut sich um und beobachten die Leute. Sie haben Angst, dass sie erneut angegriffen werden. Sie sehen viele Krankenwägen und Polizei verbeifahren, was sie sehr traurig stimmt, auch viele Leichenwagen.

Plötzlich wird Mirko unruhig und fragt Kieran: „Bemerkst du nichts, ich spüre wieder diese böse Aura, er ist in der Nähe, wir werden beobachtet." Auch das Kind hat seiner Mutter böse Magie gemeldet und Jennie sieht sofort ihren Mann an. Er nickt nur, Jennie sieht es Ihm an, dass er es auch merkt.

Alle sehen sich um, Mirko entdeckt plötzlich einen großen schlanken Mann, dieser hat einen schwarzen langen Mantel mit Kapuze an. Die Kapuze hat er weit ins Gesicht gezogen, sodass man Ihn nicht sofort erkennt. Nach genauerem Hinschauen sieht dieser kurz auf und der Werwolf kann sein Gesicht erkennen. Es ist ein hageres böses Gesicht mit einer spitzen Rattenschnauze, die Ihn direkt anlacht. Mirko erschrickt und Kieran neben Ihm sagt: „Es ist die Ratte, was will Sie hier." Der Werwolf antwortet: „Er will uns beobachten und Angst verbreiten." Die Ratte ist plötzlich in Mirkos Gedanken und er spricht zu ihm: „Ihr entkommt mir nicht." Mirko antwortet: „Das meinst du nicht Ernst, was willst Du hier." Die Ratte antwortet: „Ihr wisst genau, warum ich hier bin. Eure Lebensuhr ist abgelaufen. Genießt eure letzten Stunden, die Euch bleiben." Kieran mischt sich ein und faucht die Ratte an: „Verpiss dich, bevor mir der Kragen platzt und ich dich in die Hölle schicke, wo du hingehörst." Die Ratte lacht unverschämt und macht ein paar Schritte auf sie zu, visiert die keltische Gruppe ganz genau und geht weiter auf sie zu. Er hat sich den irischen Druiden ausgesucht. Alle in der Gruppe beobachten mit Schrecken, was gerade passiert.

Kieran weicht keinen Millimeter vor der Ratte zurück und sieht der Kreatur scharf in die Augen. Die Ratte hat seine Hände in den Hosentaschen und geht die letzten Meter ganz lässig auf den irischen Druiden zu. Direkt neben Ihm bleibt er stehen, beugt sich herab, so dass sich ihre Gesichter fast berühren. Kieran murmelt etwas Unverständliches, dann ist um den Kopf des Druiden ein magisches Feld zu erkennen. Die Ratte macht sein spitzes Maul auf und haucht den Druiden an. Man sieht, dass der Atem des Dämons um den Kopf des Druiden schwebt, aber Ihn nicht berührt. Keirans Kopf schüttelt und verzerrt Ihn. Die Ratte versucht den Verstand von Ihm unter Kontrolle zu bringen. Sie springen alle vom Tisch auf und ziehen ihre Zauberstäbe. Daraufhin schreit die Ratte: „Was wollt ihr Narren, mit euren Stöckchen. Wir haben noch nicht das letzte Wort gesprochen und werden uns sehr bald wiedersehen. Das wird für Euch noch schlimmer werden." Dann tritt er zurück, dreht sich um und verschwindet in der Menge und ist nicht mehr zu sehen. Aisling rennt ein paar Schritte zu ihrem Mann und fragt: „Ist alles in Ordnung, geht es dir gut, dieses Monster hat dich angehaucht?"

Kieran meint: „Er hat nur einen sehr schlechten Atem." Aisling sagt: „So eine Aktion machst du mir nie wieder." Kieran antwortet: „Diesen Monstern darf man keine Angst zeigen, sonst werden Sie stärker." Niklas meint: „Trotzdem verstehe ich das Auftreten der Ratte nicht, er hätte angreifen können." Mirko mischt sich ein: „Vielleicht wollte er nicht gesehen werden und uns nur nachspionieren." Niklas meint: „Das hätte er anders machen können." Hedda sagt: „Vielleicht sollte er uns beobachten und wartet auf eine bessere Gelegenheit zum Angriff.

Die Diskussion, um die Dämonen hört nicht auf, die Angst vor einem Angriff von diesen Kreaturen geht weiter. Niklas wäre am liebsten die Flucht. Kieran meint: „Vielleicht ist es genau das, was der Dämon mit dieser Aktion bezwecken will." Niklas gibt zu bedenken: „Diese Dämonen wissen genau, wo wir uns aufhalten." Auch Roland meint: „Kieran hat vielleicht recht, wenn wir einfach fliehen, verfolgt er uns, wir werden angreifbar. Hier konnte er nicht, darum will er, dass wir woanders hingehen." „Wir sollten uns die Flucht genau überlegen, vielleicht an einen Ort mit vielen Menschen", meint der Druide. Musti sagt dazu: „Das hört sich gut an, aber ich würde sagen, wir gehen nach Kappadokien." Roland fügt hinzu: „Ich würde noch eine Weile hierbleiben, dass diese Kreatur sieht, wir haben keine Angst und würde erst am Abend nach Kappadokien fliehen, um dort kurz zu bleiben."

Hedda fragt auch einmal etwas: „Was machen wir Morgen?" Musti meint: „Istanbul ist riesengroß und es gibt viel zu sehen. Wir können zu der berühmten Brücke fahren, die Asien und Europa verbindet, was meint Ihr" „Gehen wir zurück, denn ich muss mich ausruhen", gibt die junge Hexe zu bedenken. Waldtraud ruft den Taxifahrer an und er ist tatsächlich 10 Minuten später zur Stelle. Wie ein Rennfahrer fährt der Taxifahrer sie zu ihrer Adresse. Die Wölfe kommen angelaufen und begrüßen Jennie und die beiden Werwölfe freudig. Igor und ein Wolf begleiten Jennie zu ihrem Haus, Sie braucht Ruhe. Jennie nimmt mit ihrem Kind Kontakt auf und will sich ein bisschen unterhalten. Sie setzen sich noch einmal zusammen und diskutieren, aber sie können sich nicht einigen.

Ziemlich früh treffen sich alle zum Frühstück und die Diskussionen gehen von vorne los. Roland schreit über den ganzen Tisch, fahren wir zur Brücke und schauen, ob uns die blöde Kreatur wieder beobachtet, dann können wir entscheiden. Waldtraud fragt ihre schwangere Freundin, die nickt und hat eine Frage: „Ist dort auch ein schönes Kaffee, dass sie sich setzten kann?" Roland antwortet: „Da ist bestimmt eines in der Nähe." Waldtraud zückt ihr Handy und ruft den Taxifahrer an. Es dauert eine halbe Ewigkeit bis sie an

der Bosporus-Brücke ankommen. Die Geduld hat sich gelohnt. Langsam
schlendern sie über die Brücke zum Asiatischen Teil von Istanbul. Die
Brücke verbindet zwei Stadtteile der Hauptstadt Besiktas und Üsküdar. Alle
bleiben sie auf der Brücke stehen und genießen die schöne Aussicht über
den Bosporus und weite Teile der Stadt. Sie bleiben stehen und lassen die
Aussicht auf sich wirken. Als sie später im Asiatischen Teil der Stadt
ankommen, spürt Mirko eine unheimliche Magie, geht zu den
Druidenanführern und berichtet Ihnen. Mirko sieht sich um, kann aber
nichts erkennen. Immer wieder schauen sie sich um. Nicht weit entfernt
sehen sie ein Kaffee, auf das sie zulaufen, damit die junge Hexe ausruhen
kann. Jennie setzt sich hin, atmet tief durch und hält ihren
Schwangerschaftsbauch. Ein Ober kommt und sie können ihre Bestellung
aufgeben. Der Ober zeigt ihnen, dass er frisch gebackene Baklava mit
verschiedenen Zutaten anzubieten hat und sie bestellen es.

Sie sitzen und unterhalten sich, Mirko beobachtet jedoch seine Umgebung,
Ihm lässt es keine Ruhe, dass er die unheimliche Magie spürt. Bis er auf der
anderen Straßenseite wieder diese komische Gestalt sieht. Dieser lehnt
lässig an einem Geländer und hat die Kapuze ins Gesicht gezogen, seine
Hände sind in den Hosentaschen versteckt. Mirko sagt aufgeregt: „Da ist
das Miststück, jetzt erkenne ich Ihn. Anscheinend beabsichtigt dieser, dass
man Ihn sieht." Alle folgen Mirkos Blicke und wie aus einem Mund kommt
das Wort „Die Ratte." Der Dämon hat gemerkt, dass er gesehen wird und
schaut zu ihnen hinüber. Sie sehen die spitze Schnauze, ein unheimliches
Grinsen ist in seinem Gesicht und das Höllenfeuer brennt in seinen Augen.
Jetzt öffnet sich die Schnauze, als wenn er seinen tödlichen Atem loslassen
will. Aber er macht es nicht, warum? Kieran hebt seine Hand und grüßt den
Dämon, der darauf auch seine Hand hebt und den Gruß erwidert. Jennie
fragt Ihn: „Was soll das, du grüßt unseren gemeinsamen Feind?" „Ich will
keine Angst diesem Höllenmonster zeigen", meint der irische Druide.
Jennie sagt daraufhin: „Eigentlich habe ich Hunger bekommen, aber beim
Anblick der Ratte, ist er mir vergangen." Sophie, ihre Mutter sagt kess:
„Von diesem Scheusal lasse ich mir den Appetit nicht verderben, Kieran hat

recht, keine Angst zu zeigen, das stinkt dem Dämon." Sie bestellen erstrecht noch ein Efes, das ist Bier und einen Kebab Teller vom Kalb. Sie bleiben noch lange sitzen und trinken noch einen Espresso. Der Dämon bleibt, bis sie sich aus dem Lokal verabschieden, immer in Ihrer Blicknähe stehend und raucht ein paar Zigaretten.

Kieran sagt: „Wir sollten besser nicht über die Brücke zurückgehen, hier könnte er uns angreifen." Niklas glaubt: „Das wird er sich nicht getrauen, er will uns von Istanbul vertreiben. Ihr habt recht, er will kein Aufsehen erregen, er könnte es sich leichter machen, diese Kreaturen sind stinkfaul." Die junge Hexe sagt: „Ich möchte noch einmal die schöne Aussicht genießen. Mitten auf der Brücke können wir das Taxi bestellen, damit rechnet er bestimmt nicht." Waldtraud zückt Ihr Handy, ruft das Taxi an und alle spazieren langsam über die Brücke zum Aussichtspunkt. Wie in Irland kann sie, von dieser Schönheit nicht genug bekommen. Sophie beobachtet ihre Tochter genau, ihr langes rotes Haar weht im Wind und ihre Gedanken scheinen sehr weit weg zu sein, Sie genießt diesen Moment. Ihre Mutter denkt: „Was wird dieses Jahr noch alles bringen, welche Überraschungen werden wir noch erleben?"

Dann sehen sie den Dämonen auf sich zu schweben. Sie denken jetzt wird er angreifen. Sie ziehen ihre Zauberstäbe. Schnell schwebt die Ratte näher, er hat seinen Zauberstab auf Sie gerichtet, gleich wird er Ihn benutzen. Was für eine blöde Situation, hier sind Sie Ihm schutzlos ausgeliefert. Es wird zu einem offenen Kampf kommen. Rasend schnell kommt der Dämon näher, sie können schon sein schmutziges Lachen hören. Er hat seinen Arm mit dem Zauberstab auf Sie gerichtet. Plötzlich hören sie ein grollen am Himmel, eine Röhrenwolke mit einem hässlichen Kopf entsteht und fährt auf sie herunter. Niklas schreit: „Was ist das für ein Scheusal." Kieran schreit: „Krypton oder Moloch, wir sind in der Falle, verdammt." Plötzlich hören Sie eine bekannte Stimme. Ihr Taxi steht neben ihnen mit der offenen Autotür und der Fahrer sagt: „Habe ich Euch gefunden, steigt ein, hier kann ich nicht lange stehenbleiben." Wie recht er hatte, sie wollten nur weg, von

diesen hässlichen Dämonen. Eilig steigen Sie ein. Der Fahrer fährt schnell
an. Kieran dreht sich um, er sieht die Ratte und die Röhrenwolke die sich
rasend schnell nähern. Kieran schreit: „Sie sind direkt hinter uns, verdammt
die geben nicht auf." Der Fahrer fragt: „Wer ist hinter uns, er sagt noch
lässig, die hängen wir ab, als er in den Rückspiegel blickt fragt er: „Wer ist
das?" Die Ratte schießt wütend auf sie, dass Ihr Auto aus der Spur
geworfen wird und wild über die Strasse schleudert. Sie kollidieren mit
anderen Fahrzeugen und werden von einer Strassenseite auf die andere
geschleudert. Panisch schreien Sie. Die Ratte schießt unaufhaltsam weiter,
sie können nichts unternehmen, sie sind in die Falle geraten. Sie suchen
verzweifelt nach einem Ausweg und können keinen finden. Noch einmal
schießt der Dämon auf das Auto und es überschlägt sich. Sie wissen nicht
mehr was mit ihnen passiert. Das Kind schreit im Mutterleib: „Mutter, Ihr
müsst aus dem Auto, Ihr seid in der Falle." Jennie bringt keinen Ton heraus,
sie weiß nicht, wie Ihr geschieht. Sie sind machtlos." Mirko wird beim
Überschlagen, aus dem Auto geschleudert. Sein ganzer Körper schmerzt,
aber er verwandelt sich zu einem Werwolf, er will sofort den Dämon
angreifen. Wild schreien alle durcheinander, sie haben ihre Zauberstäbe
gezogen, aber sie kommen nicht zum Einsatz. Plötzlich wird das Auto
angehoben. Sie befinden sich in der Luft, Krypton trägt das Auto in seinen
Händen weit nach oben. Dabei lacht er mit seiner Höllenstimme und sagt,
als er das Auto in den Bosporus fallen lässt: „Schöne Grüße von Diabolus,
hattet ihr eine schöne Aussicht?" Das Auto stürzt weit weg von der Brücke
ins Meer.

Mirko hört die verzweifelten Schreie, als das Auto ins Meer stürzt, kein
Dämon ist mehr zum Angreifen in seiner Nähe. Beide sind weit weg in der
Luft beim Auto gewesen. Verzweifelt muss er mit ansehen, wie seine Jennie
mit dem Auto ins Meer stürzt. Die Dämonen fliegen über Ihn weg und
lachen Ihn aus. Krypton schreit: „Wir bekommen, was wir wollen." Dann
sind Sie verschwunden, aber das Lachen ist noch lange zu hören.
Verzweifelt und mit Tränen in den Augen geht er ans Geländer und sieht
aufs Meer hinunter, er verwandelt sich wieder zurück. Nichts ist zu sehen,

nur die Wellen, das Meer hat Jennie und seine Freunde verschlungen. Er sucht das Wasser mit den Augen ab, ob er ein Lebenszeichen erkennen kann. Dann ist ein schrecklicher Schrei über den Bosporus zu hören: „Jennie, Jennie, nein das kannst du mir nicht an tun !!!.“ Ein paar Menschen versuchen Mirko zu beruhigen. Aber Ihn kann man nicht beruhigen. Er ist entschlossen, er verwandelt sich noch einmal in einen Werwolf. Die Menschen die Ihn beruhigen wollen, weichen verängstigt zurück. Er lässt sich nicht beirren, klettert übers Geländer und springt.

Als sie ins Meer stürzen, herrscht wildes Chaos im Auto. Überall ist Blut, nichts ist zu erkennen. Nur Isak behält die Ruhe und murmelt seine Sprüche herunter. Der Fahrer des Taxis ist Tod, er ist mit dem Kopf durch die Windschutzscheibe gekracht. Das Auto ist schnell mit Wasser vollgelaufen. Musti hat sich als Werwolf verwandelt und stösst mit seinen Füssen mit brachialer Gewalt die Autotür auf. Dann entsteht um sie herum plötzlich eine große Luftblase. Isak sagt lächelnd: „Habe ich das nicht gut gemacht.“ Waldtraud die neben Jennie ist, schreit: „Jennie, sie rührt sich nicht mehr, sie ist voller Blut.“ Aisling schreit: „Dann schnell hier raus, egal wie, Isak mach was.“ Die Luftblase bringt alle an die Oberfläche, dort kommt schon Mirko angeschwommen und will sofort Jennie sehen, die leblos in der Luftblase liegt. Er will sie sofort ans rettende Ufer bringen. Sie hören auf der Brücke viele Sirenen. Daraufhin sagt Niklas: „Die haben uns gerade noch gefehlt, schnell weg.“ Isak sagt: „Versuchen wir es, im Wasser haben wir unseren Spruch noch nie aufgesagt, schwimmen wir zusammen.“ Mit großer Mühe schaffe sie es, in zwei Gruppen, die Zauberstäbe zusammen zu bringen. Sie sagen Ihren Spruch auf und sind verschwunden. Den toten Taxifahrer lassen sie zurück.

Als sie in Ihrem kleinen Dorf ankommen, ist dort helle Aufregung um Jennie und das Kind. Olivia und Mikka sind sehr bestürzt und kümmern sich sofort, um die bewusstlose Patientin. Auch Igor und seine Wölfe kommen schnell gelaufen. Igor fragt Niklas: „Warum habt ihr uns nicht geholt, wir hätten helfen können.“ Niklas antwortet: „Weil wir glaubten, die greifen nicht an, dann ging alles schnell und wir konnten uns nicht mehr wehren. In Zukunft machen wir nichts ohne Euch. Ich hoffe, Jennie fehlt nichts, dann wäre alles umsonst gewesen und die Dämonen hätten gewonnen." „Ich hoffe, du hältst dein Versprechen und Jennie geht es gleich wieder besser," sagt Igor wissend. Niklas schaut Igor verwundert an, schüttelt den Kopf und sagt vor sich hin: „Was hat dieser Wolf für ein Geheimnis?"

Die Hexen hatten viel zu tun, sie mussten viele kleinere und größere Wunden behandeln. Sie mussten sich auch gegenseitig versorgen. Stundenlang sind sie beim Verarzten. Das kleine Dorf sieht wie ein Lazarett aus. Als endlich von Olivia und Mikka die Nachricht verkündet wird, Jennie geht es wieder gut, bis auf ein paar kleine Blessuren, jubelt das Dorf. Niklas steht abseits und murmelt: „Gott sein Dank, die Dämonen haben nicht gewonnen." Kieran sagt: „Dann wird wieder über uns etwas in den türkischen Zeitungen stehen, zuerst Mirko, dann unsere Hexen, der Bazar und jetzt die Brücke."

Als alle verarztet waren, wollte Niklas noch einmal eine Diskussion anfangen. Aber er hat nicht mit Hexenblut gerechnet. Waldtraud stellt sich breitbeinig und einer Mimik vor Ihn hin, dass Niklas das reden vergeht und Ihre Freundinnen stehen hinter Ihr. Sie sagt: „Du Ekel, brauchst nicht zu Diskutieren. Mit Jennie flüchten wir heute nicht mehr, sie muss erst wieder zu Kräften kommen." Sepp stellt sich neben Niklas, klopft Ihm auf die Schulter und sagt: „Das sind unsere Hexen, jetzt weißt du, wer hier das Sagen hat, du Anführer," und lacht.

Langsam wird es dunkel, in das Dorf will Ruhe einkehren. Akgül und Asena sind bei Igor und wollen gute Nacht zu ihren Lieblingen sagen. Igor ist nervös und sein Rudel auch. Sie laufen unruhig umher, als wenn sie etwas suchen würden. Akgül will gerade fragen: „Igor stimmt etwas nicht." Läuft er ein paar Meter von Ihr weg und fängt an zu heulen, die Anderen stimmen ein. Die Beiden Türkinnen stehen erschrocken da, denn sie wissen, was das zu bedeuten hat. Alle kommen aus Ihren Häusern gerannt und schauen sich um. Dann sehen sie die Ratte, Ihr Todfeind, wie immer steht er an einem Baum und lächelt unheimlich. Kieran sieht Ihn und läuft direkt auf die Bestie zu.

Der Dämon nimmt von Kierans Gedanken Besitz. Die Ratte sagt Ihm bedrohliche Worte die Ihm Angst machen. Er versucht aus seinen Gedanken zu fliehen. Niklas schreit: „Schnell wir müssen fliehen und eilt zu seinem Freund. Auch Igor und seine Freunde werden sofort aktiv, sie rennen zu Kieran. Der irische Anführer sucht nach Hilfe, er kann nicht mehr frei kommen, der Druck Ihn seinem Gehirn wird immer stärker. Die Hexen mit Olivia und Mikka machen Jennie zur Flucht bereit.

Auf der anderen Seite des Dorfes gibt es einen Knall. Alle drehen ihre Köpfe in die Richtung und bekommen einen Schreck. Ach Medusa, mit allem haben sie gerechnet, nur nicht mit dieser Höllenschlange. Panik bricht im Dorf aus. Aisling und Hedda stellen sich ein paar Sekunden zusammen und sind sich einig, sie müssen es schaffen, gemeinsam zu fliehen. Igor teilt seine Meute in zwei Gruppen auf, die einen greifen Medusa an und die Anderen bleiben bei Ihm und bei Kieran. Igor sagt zu Isak: „Geh zu Medusa, wir schaffen das mit der Ratte." Sofort kommen Medusas Schlangen aus dem Boden und greifen an. Waldtraud, Jennie, Olivia, Mikka, Märta, und Kunigunde flüchten sofort. Wie Medusa sieht, dass Jennie geflohen ist, bekommt sie einen Wutanfall und wirft mit ihren Schlangen wild um sich und schreit: „Wir sehen uns bald wieder und ist schnell mit ihren Schlangen verschwunden." Alle Wölfe laufen zu Kieran. Sie haben die Ratte umstellt. Niklas steht bei Ihnen, Akgül und Asena kommen schnell gelaufen. Die Augen der Wölfe werden feuerrot. Sie geben keinen Ton von sich, sie sitzen ganz ruhig da und starren auf den Dämon. Die Ratte wird unruhig, Kieran atmet wieder ruhig und die Ratte hält seinen Zauberstab auf sich und ist umgehend verschwunden. Die Wölfe laufen zu Akgül und Asena, als wenn nichts gewesen wäre. Als Kieran zu sich kommt, fragt Ihn Niklas: „Kannst du mir endlich sagen, was die Wölfe für außergewöhnliche Macht besitzen." Sie haben gemeinsam die Ratte aus meinem Gehirn verdrängt, was sagst du dazu? fragt Kieran. Niklas sagt: „Die Flucht ist noch nicht zu Ende, wir sprechen noch einmal darüber."

Kapitel 29
Kappadokien

Alle sind gut in Kappadokien angekommen. Die Ersten sind in die verlassene Stadt unter der Erde gegangen und haben alles für die Nacht hergerichtet. Isak hat alle Gegenstände wieder groß gezaubert und die Hexen, wie Märta, Kunigunde und Hermine haben die Räume gezaubert, in der sie die Nacht verbringen. Vani und Roland warten auf die letzten Ankömmlinge. Wie sie mit den beiden Druidenpärchen ankommen, geht Sie mit ihnen hinunter zu den Unterkünften. Jennie kann es nicht fassen, wie gut der magische Zirkel jetzt funktioniert. Niklas lässt alle zusammenkommen und fragt seine Freunde: „Wollen wir noch etwas unternehmen? Wir könnten vielleicht auf ein Bier gehen, meint Niklas. Die Freunde stimmen freudig zu. Nur Jennie will nicht mitgehen, für sie ist es zu mühsam geworden, sie will sich hinlegen. Sophie und die Ärzte bleiben bei Ihr. Die Wölfe können sowieso nicht mitgehen. Niklas und Kieran sagen: „Allzulange werden sie nicht ausbleiben."

Als sie in der Kneipe sitzen, öffnet sich die Eingangstür und ein schwarz bekleideter Mann mit einer Kapuze auf dem Kopf tritt herein. Von einer Sekunde auf die Andere wird die Unterhaltung unterbrochen, alle sehen Ihn mit großen erschreckten Augen an. Sie können nicht glauben, dass er sie gefunden hat. Der Kapuzenmann dreht sich zu ihrem Tisch um, das Gesicht ist noch nicht zu erkennen, jeder weiß und spürt, es ist die Ratte, eine unheimliche Atmosphäre ist plötzlich in der Kneipe. Hedda sagt zu ihrem Mann: „Ich muss hinunter zu Jennie." Aisling sagt zu Ihr: „Ich habe mit Ihr Kontakt, bis jetzt ist alles ruhig." Akgül meint besorgt: „Igor ist beunruhigt, er spürt eine böse Aura." Der Schwarz bekleidete Mann setzt sich ausgerechnet an den Nebentisch und bestellt ein Bier. Dann langt er in die Manteltasche, holt eine Schachtel hervor, nimmt eine Zigarette heraus und zündet sie genüsslich an. Den Rauch bläst er zu ihrem Tisch hinüber. Niklas flüstert zornig: „Verdammt, wir sind in der Klemme." Wenn wir jetzt gehen, weiß er, wo unser Quartier ist." Kieran beruhigt Ihn: „Wenn er hier ist, dann wissen es alle Dämonen, das kannst du mir glauben." Mathias sagt: „Ich trinke aus und gehe hinunter zu Jennie." Mirko will unbedingt zu seiner Frau: „Bei Ihr ist etwas nicht in Ordnung, bestimmt ist sie in Gefahr." Musti will unbedingt seinen Freund Mirko helfen und macht sich fertig. Niklas sagt zu Ihnen: „Wir folgen Euch."

Der Mann bekommt gerade sein Getränk, hebt dieser seinen Kopf und schaut direkt zu ihnen hinüber. Seine Kapuze rutscht ein Stück nach hinten und sie sehen das Rattengesicht, der ein verächtliches Grinsen zeigt, in seinen Augen sind die Flammen der Hölle zu sehen. Er nimmt das Glas in seine Knochenhände und prostet Ihnen zu mit den Worten: „Das wird euer letztes Getränk sein, genießt es." Die dunkle Höllenstimme hallt durch die Kneipe, mit einer unnatürlichen Lautstärke. Alle im Raum starren den Dämon an, einige Männer springen auf und gehen rückwärts in den letzten Winkel des Raumes. Die Ratte erhebt sich langsam und schreit so laut, dass alle ihre Ohren zu halten: „Jetzt hat Eure letzte Stunde geschlagen, keiner verlässt lebend den Raum." Seine knochige Hand holt aus dem Mantel seinen Zauberstab und seine Augen fangen an zu glühen. Das Grinsen im Gesicht wird zu einer mörderischen Fratze. Ein unheimlicher Sturm weht durch die Wirtsstube. Tische und Stühle fliegen wie Spielzeug umher. In seinem Gesicht ist der Tod zu sehen! Der Dämon hat Angst und Schrecken in der Gaststube verbreitet.

Mirko sagt zu Musti in Gedanken: „Wir müssen uns sofort verwandeln, damit wir diese Kreatur angreifen können." Alle sehen, was die Beiden vorhaben und ziehen ihre Zauberstäbe. Mathias steht auf und sagt in Gedanken zu Ihnen, verwandelt Euch schnell, ich mache das Licht aus und dann kann es losgehen. Vani flüstert Schorsch zu, ich könnte meine Pfeile gebrauchen. Isak hört es, konzentriert sich und spricht mit zittriger Stimme leise den Zauber. Da liegt das gewünschte vor Ihm auf dem Boden. Vani flüstert: „Die Idee hätte mir auch einfallen können," nimmt den Pfeil und Bogen an sich. Mathias schießt mit seinem Zauberstab das Licht aus. Bei den beiden Werwölfen ist die Verwandlung in vollem Gange. Büschelweise ist bereits das Fell zu sehen. Die gefährlichen Pranken mit den Messerscharfen Krallen sind am wachsen und das riesige Maul bildet sich gerade zu Ende. Ein gefährliches Knurren geht durch den Raum. Die Menschen sehen jetzt auch die riesigen Körper der Wölfe, sie schreien um Hilfe und rennen panisch durcheinander, um sich zu verstecken. Sie können nicht ins Freie, denn die Ratte schwebt inzwischen vor der Eingangstüre und hat seinen Zauberstab in der Hand. Jeder der hinaus will, wird brutal mit einem Hieb getötet. Die Ratte reißt seine Kapuze ganz herunter und schießt wild seinen Zauber durch den Raum. Ihm ist es egal wen er tötet, und schreit dabei Siegessicher hinaus: „Ihr kommt alle nicht mehr lebend heraus und Eure nichtsnutzige junge Hexe bekommt hohen Besuch von uns." Die Kelten schießen mit ihren Zauberstäben um ihr Leben. Der Körper der Ratte wirkt durch die hellen Strahlen in der Dunkelheit noch unheimlicher. Er schwebt vor der Tür, ein paar Tote Menschen liegen Ihm zu Füßen. Wie schaffen es die Kelten, aus der Falle herauszukommen, ohne getötet zu werden. Panik überkommt sie, der übermächtige Feind weicht keinen Millimeter und er kennt keine Gnade.

Die Wölfe laufen unruhig in der riesigen Halle umher, Igor das Alphatier hält seine Nase immer wieder besorgt in die Höhe. Er spürt, dass hier etwas nicht stimmt, er bleibt in Jennies Nähe. Ihre Mutter spürt die unheimliche Atmosphäre, alle haben ihre Zauberstäbe bereit. Jennie zielt damit auf die vorbereiteten Kessel, heizt Sie an und denkt dabei: „Mal sehen, ob sich die ganze Arbeit gelohnt hat." Jennie schickt Ihre Gedanken zu Mirko und sagt Ihm, was in ihrer Unterkunft passiert. Die junge Hexe berichtet ihrer Mutter: „Die Ratte ist bei Mirko, aber er verspricht mir, dass er mit Musti, Mathias und Roland gleich hier sein wird." Sophie meint: „Der Dämon wird sich nicht so einfach geschlagen geben, was machen wir dann." Jennie sagt herablassend: „Vielleicht ist es nur Moloch, den kann ich bestimmt hinhalten, bis die Anderen hier sind" Olivia und Mikka machen sich bereit zum Kampf und sagen: „Die sollen nur kommen." Die Wölfe werden immer unruhiger, sie spüren, dass ein unmittelbarer Angriff aus der Hölle bevorsteht, nur Igor beobachtet neben der jungen Hexe die Umgebung sehr genau.

Jennie sagt: „Ich könnte wetten, dass Moloch auftaucht, das ist sein Markenzeichen." Plötzlich spüren Sie eiskalten Wind und mit einem ohrenbetäubenden Knall entsteht eine riesige Rauchwolke an der Decke, mitten in der Halle. Da entwickelt sich der Dämon zu seiner bekannten ursprünglichen Gestalt, mit einer Schwarzen Kutte und einer glitzernden Kette in der rechten Hand steht er vor ihr. In der linken hält er seinen Zauberstab. Alle Wölfe fangen schaurig an zu heulen, dann knurren sie Moloch an, sie fletschen ihre Zähne, Sapper läuft ihnen aus den Mäulern. Mit einer Pfote scharren sie im steinigen Felsenboden, die Wölfe sind bereit, zum Angriff. Still und leise umlaufen sie den Dämon, langsam, vorsichtig umstellen sie Ihn und beobachten jede Bewegung von diesem. Jennie steht stolz vor Ihm, hat den Zauberstab in der Hand, oder ist es noch Molochs Stab? Sie hebt die Hand mit dem Stab und schreit Ihm zu: „Willst du deinen Zauberstab holen, aber du wirst dazu nicht fähig sein. Du bist viel zu schwach, deine Show wie du hier hereingekommen bist, hat mich nicht beeindruckt," Sie sieht Ihn dabei verächtlich an, ohne Angst. Moloch schreit Sie an: „Ich brauche den Stab nicht, dieser ist viel mächtiger und richtet ihn auf Jennie.

Mirko und Musti haben ihre Verwandlung beendet und sind riesige Kolosse geworden, sie strotzen vor Kraft, ihre Muskeln sind zum Kampf gespannt.

Ein tiefes dunkles Knurren kommt von ihnen, Wut treibt sie an, sie wollen den ungebetenen Gast besiegen. Der türkische Werwolf hört in seinem Kopf nur ein „Jetzt" und die beiden Monster schießen wie Rammböcke zur Türe. Der Zauber der Ratte trifft sie, aber das hält sie nicht auf. Sie prallen auf den Körper der Ratte und schleudern Ihn mit der Türe ins Freie. Alle Leute im Raum hören nur krachen und splittern des Holzes, als sie mit großer Wucht nach draußen fliegt. Die Ratte quickt wie am Spieß, mit so einem massiven Angriff hat er nicht gerechnet. Er kommt nicht dazu, seinen Zauberstab zu benutzen. Sofort drücken sie Ihn zu Boden und verbeißen sich. Aber man sagt ihnen nach, Ratten sind kluge, geschickte und mutige Kämpfer. Niklas schreit hinter ihnen her: „Lauft weiter zu Jennie, wir machen das alleine mit dem Dreckskerl. Die noch lebenden Menschen drängen schreiend ins Freie, um sich von diesem Schrecken zu erholen.

Dann hören Sie das schaurige Heulen der Wölfe, das hier oben noch viel unheimlicher klingt. Die Beiden beißen die Ratte noch einmal kräftig, lassen dann aber schnell los. Sie hetzen zu Mirkos Frau, die in großer Gefahr schwebt, sie wissen nicht, welche der grausamen Kreaturen sich bei Ihr aufhalten. Vani, Schorsch und Roland rennen sofort hinterher, der ehemalige Vampirjäger hat seinen Bogen gespannt, unterm laufen hat er alles vorbereitet, um sofort einen gezielten Schuss abgeben zu können. Vani bleibt plötzlich bei der Ratte stehen und schreit: „Folgt den Werwölfen, sie werden jede Hilfe gebrauchen, wir machen hier weiter. Er steht bei der am Boden liegenden Türe, er zielt auf die Ratte, er will dem Dämon den tödlichen Schuss verpassen. Waldtraud, Sepp, Mathias, Hedda, Aisling, und Kieran folgen den mutigen Kämpfern um ihren zu helfen. Besonders Isak will sich nach draußen drängen, um seinen Bannspruch anzubringen. Sofort hat die Ratte seinen Zauberstab auf sich gerichtet, als Ihn die Werwölfe loslassen. Ein wildes Durcheinander herrscht im Moment, die Ratte muss unbedingt vernichtet werden. vom magischen Zirkel schießen einige, auf die am Boden liegenden Kreatur, aber das macht dem Dämon nichts aus. Vani schießt seinen Weihwasserpfeil mit Silbersplitter auf die Höllenkreatur, aber dieser lacht den Magier nur aus und war im selben

Moment verschwunden. Zornig und fluchend wirft der neue Magier seinen Bogen zu Boden und kann es nicht fassen, dass sein sicherer Pfeil sich nur in den Boden gebohrt hat. Einen Bruchteil von einer Sekunde ist es dieser Höllenbrut gelungen zu verschwinden.

Sofort wechseln alle Verbliebenen die Richtung und rennen was sie können, in die Unterirdische Stadt, sie dürfen keine Minute verlieren, zum Hinabzaubern haben sie keine Zeit. Jede Sekunde zählt, Niklas und der Alte sind nach ein paar Metern außer Atem und schweißgebadet. Isak sagt zu seinem Sohn: „Komm wir schweben hinab." Er sagt: „Ich wollte magische Kräfte sparen für den Kampf mit den Dämonen." Isak sagt das sieht man, sofort schweben die Druiden zum Kampfort. Nur Van Hinten steht noch da und kann es nicht fassen, er hat sich zu lange Zeit gelassen, um einen sicheren Schuss abzugeben. Jetzt macht er sich Vorwürfe. Seine Freundin Kunigunde ist neben ihn getreten und sagt: „Mach dir jetzt keine Vorwürfe, im Kampf kann das passieren. Du bekommst deine Chance wenn du weiterkämpfst, kannst du dieses Monster töten." Vani sagt schnell: „Was ist, wenn er einen von uns tötet, weil ich dieses Scheusal nicht in die Hölle geschickt habe?" Gundi legt Ihm die Hand auf die Schulter und meint: „Dann kannst du auch nichts ändern und jetzt müssen wir zu den Anderen, um zu helfen. Nimm endlich den Bogen in die Hand oder willst du den Dämon schonen, er ist bestimmt schon unten." Schnell nimmt er seine Freundin in den Arm und küsst sie. Dann bückt er sich, hebt seinen Bogen auf und rennt seinen Freunden hinterher, um Ihnen beizustehen. Kunigunde ist etwas bequemer und schwebt ihrem Freund hinterher, sie sagt: „Warum sind starke Männer manchmal so blöd und dann noch das gejammere."

Immer noch steht die rothaarige junge Hexe aufrecht vor diesem Dämon und hält Molochs ehemaligen Zauberstab in der Hand. Die Wölfe stehen mit gesenktem Kopf um den Angreifer herum, sie warten auf den richtigen Moment. Sie haben Ihre Rachen aufgesperrt, so dass ihr messerscharfes Gebiss zu sehen ist. Drohend laufen sie um die mächtige Kreatur. Mit einem Auge sieht Jennie, wie ihre Wölfe ungeduldig warten. Ihre Mutter stellt sich neben Sie, Mikka und Olivia haben sich seitlich aufgestellt. Jennie spürt einen Tropfen und sieht heimlich zur Decke, hier haben sich von den vier dampfenden Kesseln Kondenswasser an der Decke gesammelt, das erinnert Sie an die Tropfsteinhölle in Alanya. Sie konzentriert sich und nimmt Kontakt mit Mikka und Olivia auf, sie sollen die Kessel noch mehr zum Dampfen zu bringen. Schnell zeigen diese mit dem Zauberstab auf die Kessel und vier große Dampfwolken ziehen durch die riesige Höhle. Moloch ist in diesem Moment abgelenkt, sofort schießt Jennie mit ihrem Zauberstab auf Ihn, der ungerührt vor Ihr steht, es hat Ihm nichts ausgemacht. Die Wölfe suchen Ihre Chance und greifen an. Moloch wischt sie mit einem Rundumschlag mit seiner Kette von sich weg. Winselnd bleiben diese am Boden liegen. Zornig schießt Jennie einen weiteren Zauber auf den mächtigen Dämon, Moloch schießt im selben Moment zurück. Die Beiden mächtigen Zauber treffen sich in der Mitte. Sie spürt, das Moloch stärker zurückgekommen ist. Sein Zauber ist stärker wie Ihrer, wie lange kann sie dagegen halten. Jennie will nicht aufgeben, minutenlang kämpfen zwei unterschiedliche Strahlen gegeneinander. Jennie kann kaum noch ihren Stab halten, Ihre Knie werden weich, Schweiß steht ihr auf der Stirn. Sie weiß nicht, wie lange sie dieser Kraft widerstehen kann. Sophie schreit: „Mein Kind halte durch, sonst sind wir verloren. Sophie, Olivia und Mikka schießen auf den Dämon, mit allem was sie haben. Die Wölfe werfen sich auf den Körper des Dämons und reißen Ihm Stücke aus dem Körper. Aber dieser regeneriert sich immer wieder. Ihr Kind meldet sich und schreit: „Halte durch Mutti, Hilfe naht." Sie kann nicht mehr, Ihre Kraft ist zu Ende. Sie hört ein tiefes Knurren, ein hecheln und schnelle Füße von zwei Wölfen. Sie denkt: „Mein Gott er hat es wirklich geschafft, er hat sein Versprechen gehalten."

Dann sieht Sie zwei große Körper hereinrennen, die nur eines kennen, wie Torpedos schießen Sie auf Moloch zu. Er bricht Jennies Zauber ab und schießt auf die Beiden einen gewaltigen Zauber ab. Die Wölfe heulen, als Sie die beiden riesigen Werwölfe hereinstürmen sehen und versuchen den Dämon abzulenken. Die Ereignisse überschlagen sich. Jennie bricht benommen zusammen und versucht sich in Sicherheit zu bringen. Sophie und Olivia rennen zu Ihr und versuchen zu helfen. Mirko wird von Molochs Zauber getroffen und überschlägt sich, aber er kennt nur ein Ziel. Sein Fell raucht, sein Körper schmerzt, aber er reißt sich zusammen und rennt weiter. Die ganze Halle dampft wie in eine Sauna, Mirko denkt, das hält man kaum aus und rennt direkt auf den Dämon zu. Er sieht ein paar Energieblitze an ihm vorbeischießen, die Moloch treffen, er ist nur noch ein paar Meter von dieser Kreatur entfernt. Sophie und Olivia versuchen Jennie wieder auf die Füße zu stellen.

In diesem Moment gibt es einen riesigen Knall neben Moloch und die Ratte fährt aus dem Boden, mit verschränkten Armen und seiner schwarzen Kapuze über dem Kopf gezogen, steht er vor ihnen. Jennie versucht wieder auf die Beine zu kommen, als Sie hört, dass Moloch Hilfe bekommen hat, sammelt sie alle Kräfte und versucht aufzustehen. Immer wieder knicken Ihr die Füße weg, aber nach ein paar versuchen schafft Sie es. Sophie sagt zu Ihr: „Zeig es der Bestie, wer du bist, schick sie endlich in die Hölle, aber pass auf dich auf, ich bin hinter dir." Sie nimmt Ihren Zauberstab auf mit zittrigen Händen. Sie atmet noch einmal tief durch, nimmt ihren ganzen Hexen Mut zusammen und geht auf die beiden Bestien zu und hofft, dass Sie noch lange durchhalten kann. Als Sie die Ratte sieht, hofft die Hexe, dass es ihren Freunden gut geht. Sie weiß noch immer nicht, ob es alle Freunde gut geht. Sie greift sofort wieder Moloch an.

Mirkos und Mustis Muskeln spannen sich zu einem großen Sprung. Der gewaltige muskulöse Körper hebt ab und fliegt direkt auf den Dämon zu und prallt mit voller Wucht auf dessen Körper. In Moloch Augen ist entsetzen und Angst zu sehen. Er kann sich kaum noch in der Luft halten. Schnell krallt sich der Werwolf fest und der erste Biss sitzt. Die Wölfe stürzen sich ebenfalls auf den Dämon und beißen zu, geben alles, er soll bekommen, was er verdient hat. Die Wölfe haben durch die Kreaturen viele ihrer Artgenossen verloren und sind schwer verletzt worden.

Die Wölfe springen, diese Monster von der Seite an und attackieren diese
Kreaturen, mit wilden Bissen und krallen sich an Ihren Körpern fest. Immer
wieder springen sie an ihnen hoch. Sie setzten Ihre ganze Kraft ein die sie
besitzen. Der riesige Körper von Musti prallt kurz darauf auf den Körper
der Ratte und bringt Ihn zum straucheln, wieder quickt das Monster und
wehrt sich mit Händen und Füssen, um nicht auf den Boden zu kommen.
Einige weiße Wölfe fallen durch die Wucht herunter, aber greifen gleich
wieder ein.

Jennie ist auf den Kampf konzentriert, beobachtet wie ihre Freunde mit den
beiden Dämonen kämpfen und überlegt wie Sie ihnen helfen kann. Sie hört
hinter sich einige Stimmen. Sie hat sich so konzentriert, dass sie nicht
bemerkt hat, dass ihre Freunde wieder zurück sind, eilig haben es die
Stimmen hinter Ihr, schnell verteilen sie sich und greifen in das Geschehen
ein. Auf einmal stehen die beiden Druidenpärchen mit Isak neben Ihr und
haben Zauberstäbe in der Hand. Sie sehen Moloch und die Ratte nur noch
von Wolfskörpern eingehüllt.

Moloch hat es geschafft seinen Arm mit dem Zauberstab frei zu bekommen
und kann sich mit einem Zauber Rundumschlag von allen Wölfen befreien.
Mirko und die anderen Wölfe schleudert es einige Meter weg. Mirko ist
Verletzt worden er kommt kaum mehr auf die Beine, sein ganzer Körper
schmerzt, er Flucht vor sich hin. Jetzt dreht sich der Dämon zur Ratte und
befreit Ihn mit einem Zauber von seinen Peinigern, obwohl er selbst
beschossen wird. Dann schweben die beiden Dämonen frei vor den Kelten.
Nichts schränkt sie mehr ein. Nur die Bisse von den Tieren sind zu sehen.
Aber auch diese Wunden werden immer kleiner, die Dämonen machen
Selbstheilung.

Sehr überheblich schweben sie vor ihnen. Moloch sagt zu Jennie: „Egal, wo
du hin geflohen wärst, wir hätten dich immer getötet." Jennie schreit den
Dämonen zu: „Du glaubst doch nicht, dass ich aufgebe" und richtet ihren
Zauberstab auf den Dämon. Sie sieht, wie die Ratte verächtlich grinst und

schreit diese an: „Dir wird das Lachen schon vergehen. Wir Kelten werden niemals aufgeben, im Gegenteil, wir werden keine Ruhe geben, bis es euch Höllenbrut nicht mehr gibt." Die beiden Kreaturen fliegen absichtlich nur einen Meter über dem Boden. Einige der Wölfe haben sich von ihrer Niederlage wieder erholt und wollen sich noch einmal an ihren Widersacher heranschleichen. Mirko und Musti sind wieder am Beobachten, wenn, sie am besten eingreifen können und müssen, auch wenn ihre Körper schmerzen. In Mirkos Fell sind Blutflecken. Wut kocht in Mirko, er kann es nicht verkraften, dass sich diese Kreaturen an seiner Frau und seinem Kind vergreifen wollen. Mirko will die Bestien Tod sehen!!!

Vani betritt im selben Moment mit seiner Freundin als letzter die verlassene unterirdische Stadt, er hört, dass der Kampf im vollen Gange ist. Er sieht, wie die Wölfe von den Körpern der Dämonen weggeschleudert werden. Er zeigt sich den Kreaturen noch nicht, bleibt hinter einem Mauervorsprung stehen und bringt seinen Bogen in Anschlag. Er zielt auf die Brust der Ratte. Vani hört, wie sich Jennie und die Ratte beschimpfen, die beiden Dämonen dann näher herangleiten. Alle haben ihre Zauberstäbe auf die Dämonen gerichtet. Dann beobachtet Vani, wie die Knochenhand der Ratte mit dem Zauberstab nach oben geht, das ist sein Kommando. Den Bogen entspannt er und der Pfeil hat sein Ziel gefunden, leicht surrend fliegt das heilige Geschoß zur bösen Kreatur. Vanis Hände sind flink und holen einen weiteren Pfeil hervor, um den Bogen erneut zu spannen. Seine Augen verfolgen den Pfeil und beobachten den Dämon. Die Ratte hebt den Arm mit dem Zauberstab und schießt einen Energiestrahl auf die junge Hexe ab. Sie sieht den Blitz auf sich zukommen und wird schwer getroffen. Sie spürt die heiße Energie des Strahls durch ihren Körper rasen, wird weit zurückgeworfen und ihr Körper schlägt schwer auf dem Boden auf. Benommen bleibt Sie liegen, Ihr ganzer Körper schmerzt. Sie hat an ihrem rechten Ohr ein surren wahrgenommen und denkt, das ist ein Geschoß und dieses kann nur von Vani sein. Die Ratte sieht, dass etwas auf Ihn zuschießt und lenkt blitzschnell seinen Energiestrahl auf das Geschoß. Mitten im Flug, nur ein paar Meter von sich entfernt, trifft die Ratte den präzise geschossenen Pfeil, der kleine Beutel mit Weihwasser und feinen Silbersplitter gefüllt platzt. Hunderte kleine Tropfen und etliche Splitter des Edelmetalls fliegen direkt auf Ihn zu und treffen Ihn am ganzen Körper. Ein entsetzter Schrei der Höllen Kreatur, viele kleine Rauchwolken entstehen an seinem Körper. Die Ratte taumelt, Sie kann sich kaum in der Luft halten, dieses Monstrum ist angeschlagen, das ist das Zeichen für die Wölfe, die sofort ihre Chance nutzen, um die Kreatur zu Fall zu bringen. Mirko und Musti haben das gesehen und sind mit ein paar Sätzen bei dem Rattendämon. Gemeinsam wollen sie die Kreatur erledigen. Moloch kann es kaum fassen, dass sein Partner wieder um sein schwarzes Leben kämpfen muss und feuert auf die Wölfe. Die, von dem Rattendämon abfallen. Die Ratte nutzt sofort die Gelegenheit zu verschwinden. Das gefällt Moloch nicht, alleine schwebt er nun vor den keltischen Kämpfern. Er sieht, dass Vani erneut einen Pfeil abgeschossen hat. Lässig wehrt er den Pfeil mit einem Energiestrahl ab und ruft allen zu, mich könnt ihr nicht besiegen, aber ich werde Euch besiegen. Er zieht einen zweiten Zauberstab und schießt einen mächtigen Energiestrahl ab, mehrfach geteilt schießt er durch die Höhle. Einige der keltischen Kämpfer können Ihm nicht wiederstehen und es reißt sie von den Füssen und schmeißt sie gegen die nächste Felsenwand. Hier bleiben sie benommen liegen.

Dann entsteht mit einem lauten Grollen ein Loch neben Moloch und Sie haben es schon geahnt, dass diese Bestie erscheinen wird. Es war ein Wunder, dass sie nicht gleich mit Ihm erschienen ist. Erst ist der bekannte schwarze Hut zu sehen und dann schiebt sich Hop tu Naa aus dem Loch. Wie eine Furie erscheint Sie, dann schwebt Sie überheblich vor ihnen, die schielende Dämonin ist immer noch der gleiche hässliche Anblick wie früher. Auch ihre Sprüche sind die gleichen geblieben, die in diesem Kampf keinen mehr interessieren. Sie wollen nur noch Heil an ihr Ziel kommen und das mächtige Kind auf die Welt bringen. Niklas schreit verängstigt Sophie zu: „Du verschwindest jetzt besser mit Jennie, sonst bringst du das Kind in Gefahr, das kann dir nicht helfen. Olivia und Waldtraud sollen Euch begleiten." Jennie hat beobachtet, das immer wieder Tröpfchen von der

Decke fallen, die vom Dampf der vier Kessel sind und wenn sie die Dämonen treffen, ihre Wirkung haben.

Jennie lächelt und meint: „Ein paar Zauberschüsse lasse ich noch los, dann bin ich verschwunden." Jennie reißt sich zusammen und steht mit wackligen Beinen auf und sagt zu sich: „Den Genuss lasse ich mir nicht entgehen." Niklas hat seine Frage nicht beendet: „Was hast du vor?" Sie Schießt mit dem Zauberstab einen heftigen Energiestrahl an die Decke und zerstäubt die Flüssigkeit zu tausend kleiner Tröpfchen, die über den eng zusammenstehenden Dämonen herunterkommen. Fluchend und um sich schlagend, versuchen sich die Dämonen die mit Bannsprüchen und verschiedenen Zaubersprüchen angemachten Flüssigkeit zu erwehren. Bei beiden Dämonen entstehen hässliche Beulen auf deren Haut, die anfangen zu schreien vor lauter Schmerzen. Alle verfügbaren Zauberstäbe sind jetzt gegen die Decke gerichtet, die Flüssigkeiten werden über die Beiden zerstäubt. Moloch schreit seine Partnerin an: „Wir müssen schnell aus der Hölle, wir sind hier in eine Falle geraten." Sekunden später sind sie verschwunden, ihre beiden Stimmen hallen nach: „Ihr habt noch nicht gewonnen, wir sehen uns bald wieder und dann habt ihr nicht so viel Glück und eine Decke aus Stein." Als die Beiden verschwunden sind, senken alle ihre Zauberstäbe und atmen tief durch. Andere setzen sich total erledigt auf den Boden und versuchen sich vom Kampf zu erholen. Dann kommt langsam verhaltener Jubel auf. Sie alle wissen, Hop tu Naa, Moloch und die Ratte werden sie bald wiedersehen, das ist sicher. Jennies Beine knicken wieder ein und sie liegt mit Schmerzen am Boden, sie atmet schwer. Das Kind meldet sich: „Mutter ich helfe dir, du hast es den Bestien richtig gezeigt." Sekunden später, geht es Ihr besser und Sie kann wieder aufstehen.

Niklas und Kieran haben sorgenvolle Gesichter. Sie stehen zusammen und diskutieren. Isak sagt zu den Beiden: „Den ersten Sieg haben wir erreicht. Die Niederlage müssen die Bestien erst verdauen" und klopft ihnen aufmunternd auf die Schultern. „Das war nicht Klug von uns, dass wir

Jennie alleine gelassen haben. Es war ein knapper Sieg, aber wir haben diesmal keine Verluste zu beklagen. Die Dämonen gehen härter und entschlossener vor, es ist nur eine Frage der Zeit, wann wir ernste Verluste haben werden", meint sein Sohn. „Was hast du vor? ", fragt sein Vater. „Gute Frage", kommt es von Niklas zurück. Kieran sagt dazu: „Die Ratte verfolgt uns überall hin, wir haben uns keinen Vorsprung verschafft." Isak meint: „Wir müssen uns, die nächsten Schritte überlegen, hier unten sind wir jetzt vor den Bestien sicher, ich denke, sie werden nicht mehr angreifen." Kieran meint: „Da wäre ich mir nicht so sicher." Hedda kommt dazu und sagt: „Dann müssen wir beraten und uns zusammensetzen." Sie stellen in der Höhle zwei Große Tische auf und setzen sich, um eine lange Diskussion zu beginnen.

Kapitel 30
Das Schachspiel

Die beiden Druidenpärchen eröffnen die Sitzung. Niklas sagt: „Der heutige Angriff hat uns bewiesen, die Dämonen werden verstärkt angreifen. Hauptsache Jennie und das Kind haben es geschafft, wir müssen ein paar Tage Vorsprung verschaffen. Um uns sicher vor den Bestien zu verstecken. Akgül sagt daraufhin: „Spielen wir Schach. Wir machen einen klugen Zug, den die Dämonen nicht durchschauen können." Niklas sagt: „Ich kann nicht Schach spielen und darum verstehe ich nicht, was du damit sagen willst." Mathias mischt sich ein: „Ich kann es, wir täuschen einen Zug vor, um ein Bauernopfer zu bringen." Isak, der alte Druide lächelt und hört zu. Niklas fragt seinen Vater: „Was geht in deinem alten Schädel vor." „Der junge Magier hat eine Idee und so will ich Ihm nicht vorgreifen. Ich lasse Ihn erst einmal ausreden", meint der alte Druide. Mathias redet weiter: „Wir schicken eine kleine Kampftruppe zur Ablenkung in eine andere Stadt, damit die Dämonen glauben wir sind nicht mehr da. Eine andere Gruppe bringt unsere schwangere Hexe heimlich ins Versteck, ein paar Leute bleiben hier. Alle kommen im letzten Moment dort hin, vielleicht täuschen wir die Bestien." Niklas fragt: „Ist das Schach?" Isak mischt sich ein: „Ein kluger Zug, nicht schlecht, er könnte von mir sein."

Roland bestätigt, dass die Idee sehr gut ist: „Dass mit der jungen Hexe gefällt Ihm nicht, er würde springen wie ein Pferd, damit die Brut nicht weiß, wo sich Ihr Versteck befindet. Sepp sagt jetzt: „Einfach Genial, ihr habt die gesamte Flüssigkeit in der Höhle zerschossen. Es ist sehr trocken hier, ich weiß genau, wo ich mein Bier ist, mit einem tiefen Schluck kann ich besser denken." Er holt für alle, mit seiner Frau Waltraud, eine Runde des süffigen Getränkes. Daraufhin wird weiter diskutiert, Kieran fügt hinzu: „Es ist besser, ein paar seiner Kämpfer zu rufen, damit die Gruppen größer werden." Roland meint: „Auch ein paar zusätzliche Leute vom Brocken und aus Schweden zu haben, wäre noch besser." Isak fragt Roland: „Wie willst du das Pferd springen lassen?" Zum Beispiel, in die Stadt in der wir Asena das erste Mal getroffen haben. Später in Akgüls Wald und dann verschwinden wir zum Berg Ararat. Wenn es sein muss machen wir noch einen verwirrenden Zwischenstopp." Akgül lächelt und sagt daraufhin: „Mathias Idee nimmt immer mehr Gestalt an, sie gefällt mir gut, hoffentlich spielen die Dämonen das Spiel mit." Kieran sagt: „Versuchen wir es." Isak meint: „Nehmen wir mal an, sie durchschauen unseren Plan und sie greifen Jennie an, bevor wir zusammen sind." Kieran meint: „Das wollen wir nicht hoffen." Isak sagt: „Das müssen wir aber." Das besprechen wir am besten, wenn die anderen Gruppen hier sind."

Niklas und Kieran nehmen mit ihren Dörfern Kontakt auf. Mathias handelt ebenso und alle Drei berichten, dass ihre Gruppen morgen Früh hier sind. Jennie hat sich hingelegt und ihre Mutter ist bei Ihr. Niklas sagt zu den Wölfen und Werwölfen: „Sie sollen in der Nacht sehr aufmerksam sein und jede Kleinigkeit melden. Niklas macht sich große Sorgen um den magischen Zirkel.

Sie sind gerade Wach geworden, ist schon großer Tumult in der Höhle, die ersten Neuankömmlinge sind da. Die Iren meinen, sie wollten nicht zu spät kommen. Kurz darauf treffen sie von Schweden und dem Brocken ein. Der Druidenanführer hat viel besserer Laune und läuft geradewegs auf seinen Freund Kieran zu und meint: „In dieser Höhle fällt mir auf, dass wir ein rechtansehnliches Heer besitzen." Kieran meint: „Eine große Verantwortung, für jeden Menschen." „Akgül soll uns eine Zeichnung vom Berg Ararat geben, damit wir die Gruppen aufteilen können, falls die Dämonen unseren Plan durchschauen", meint Niklas. Kieran ruft das türkische Orakel zu sich und fragt sie nach einer Karte vom Berg. Sie konzentriert sich und zaubert die Karte einfach an einen glatten Felsen. Niklas, Kieran und Isak mit Mathias rufen ihre wichtigsten Männer zu sich, die ihre Gruppe führen sollen. Sie gehen den Notfallplan noch einmal durch. Sie wollen bei einem Misslingen des Plans gezielt einschreiten und die Dämonen angreifen können. Lange stehen sie vor der Karte und gehen jede Situation durch. Sie sind sich am Schluss einig, wie sie weiter vorgehen werden.

Daraufhin setzen sie sich zusammen, um mit ihrem Schachspiel zu beginnen. Alle sind sich einig, dass die Iren bis zum Schluss hierbleiben werden. Es sind sehr erfahrene Kämpfer, falls sie die Gruppe angreifen. Die Leute vom Brocken und aus Schweden werden Sie zuerst wegzaubern. Daraufhin werden Jennie und mit ihren Freunden nach Rize gezaubert. Lange diskutieren sie und gehen den Plan und das Spiel noch einmal durch. Die Gruppen meinen, der Zeitplan müsste passen. Akgül steht bei der Gruppe und meint, sich nicht direkt auf den Berg zu zaubern. Er darf von Zauberstäben nicht entweiht werden, denn es ist Jennies Schutz. Sie müssen ihn zu Fuß besteigen, so beschwerlich es ist. Es meutern einige Leute und meinen, das kann nicht ihr Ernst sein. Akgül lacht und sagt: „Ihr könnt mir hinterher laufen, voraus werdet ihr es nicht schaffen." „Das wollen wir sehen", rufen einige Leute. Akgül kann sich ein Lachen nicht verkneifen. Niklas steht mit seinen Anführern zusammen und sie beratschlagen wieder. Isak kann nicht zuschauen und muss seinen Sohn ansprechen: „Nur mit reden werden wir den Kampf gegen die mächtigen Dämonen nicht gewinnen." „Isak du hast recht. Wir wollten noch einmal alles besprechen und mit dem ersten Zug beginnen. Wir haben eine Scheißangst, einen Fehler machen," antwortet Niklas. Jennie steht mit ihrer Mutter in der Nähe und hört das, Sie geht die paar Schritte auf Ihn zu und meint: „Aber du hast den Vorteil, dass jeder von uns selbst Kämpfen kann." „Komm her" sagt er zu Jennie. Sie beratschlagen noch eine Zeit und dann ruft er die erste Gruppe zu sich und fragt: „Wo geht Ihr als erstes hin?" Sie antworten anschließend: „Zuerst gehen wir nach Side, dann nach Alanya und nach Rize und dann stoßen wir zu Euch." Niklas holt tief Luft, wohl fühlt er sich bei der Angelegenheit nicht. Dann geben die beiden Anführer das Kommando und sagen: „Jetzt machen wir den ersten Zug." Alle stellen sich zusammen, mehrere Zauberstäbe berühren sich, der bekannte Zauberspruch hallt aus vielen Mündern durch die Halle: „Tu wiftes willau beis buccan geallan mang mio" und damit war die erste Gruppe verschwunden. Niklas sagt vor sich hin: „Hoffentlich geht alles gut."

Die Gruppe ist gut außerhalb von Side angekommen, sie schauen sich erst einmal um und dann laufen sie in die Innenstadt. Dann gehen sie zum Meer hinunter. Sie sehen sich laufend um und hoffen, dass sie vom Rattendämon verfolgt werden. Bis jetzt können sie die Kreatur leider nicht entdecken. Dann setzen sie sich in einem Kaffee zusammen direkt am Meer. Hier haben sie eine sehr schöne Aussicht. Lange bleiben sie sitzen, immer wieder geht der Blick rundum. Plötzlich sehen sie den schwarzen Mann mit einer Zigarette in der Hand. Lässig lehnt der Mann mit seinem typischen Kapuzenmantel an einer Hauswand. Er beobachtet die Gruppe sehr genau. Der Anführer der Gruppe nimmt Kontakt mit Niklas auf und berichtet Ihm, dass die Ratte da ist.

Niklas fällt ein Stein vom Herzen, als er von der Gruppe erfährt, dass die Ratte angebissen hat und ihnen gefolgt ist, aber was ist mit den anderen Dämonen? Kieran sagt daraufhin: „Das werden wir nicht erfahren, aber es wird am besten sein, wenn wir gleich nach Rize verschwinden. Niklas und Kieran rufen ihre Leute, stellen sich zusammen, nehmen Jennie in die Mitte und wieder hallt der Zauberspruch durch die Höhle. Schnell sind sie verschwunden. Wie letztes Mal sind sie etwas außerhalb von Rize angekommen und sie laufen an der Promenade entlang in Richtung Innenstadt. Niklas und Kieran kontrollieren ihre Gruppe, er will wissen, ob alle anwesend sind. Nur die allerengsten Freunde des magischen Zirkels sind hier. Niklas mit Hedda, Kieran und Aisling, Isak, Vani mit Kunigunde, Schorsch mit Märta, Koni mit Herrmine, Roland und Musti, Mirko mit Jennie, Waltraud und Sepp, Sophie mit Freund. Olivia und Mikka, Akgül mit Asena und Mathias dürfen auch nicht fehlen. Es ist eine ganz ansehnliche Gruppe. Niklas meint zu Asena: „Wir setzen uns auf eine Tasse Kaffee und gehen gleich weiter, nicht das die Dämonen merken, dass sie getäuscht wurden. Alle schauen sich immer wieder nervös um, ob sie einen Dämon erblicken. Mirko sagt zu Niklas: „Ich habe noch keine schwarze Magie gespürt." Kieran sagt darauf: „Hoffentlich bleibt es so, wir können die Kreaturen hier nicht gebrauchen."

Die erste Gruppe hat ihren Kaffee getrunken und gehen wieder zurück an den Platz, wo sie angekommen sind. Die Ratte folgt ihnen und beobachtet sie. Sie nehmen mit Niklas noch einmal Kontakt auf und berichten, dass sie nach Alanya weiterziehen und hoffen, dass ihnen der Dämon folgt. Niklas berichtet: „Das sie auch weitergehen werden, in den Pinienwald von Akgül. Alle sind angespannt und Nervös, es kann ihnen nicht schnell genug gehen. Jennie bekommt ausgerechnet jetzt ihre Wehen. Olivia und Mikka kümmern sich, um die hochschwangere Hexe. Olivia geht zum Druidenanführer und berichtet, dass es bis zur Geburt nicht lange dauern wird. Wir dürfen nicht mehr lange warten, Da wir bald zum Berg Ararat müssen. Die Druidenführer sind jetzt genervt. Sie wissen bald nicht mehr, wie sie alles bewältigen sollen. Er weiß auch nicht, wie er die hochschwangere Hexe auf den Berg bringen soll und das noch zu Fuß.

Die Iren mit den Wölfen haben eine verhältnismäßig ruhige Zeit in der Höhle von Kappadokien. Sie verfolgen, was die anderen beiden Gruppen machen und freuen sich, dass bis jetzt alles nach Plan läuft. Aber Jennie macht ihnen Sorgen und sie hoffen, dass die junge Hexe noch bis zum Berg durchhält. Sie bereiten sich zur Abreise vor. Mit Jennie und ihrem Kind geht es nicht gut, sie rufen Ciara und Niall sicherheitshalber zu sich. Auch dieser Gruppe merkt man die Anspannung an, die Nerven liegen bei allen blank.

Die erste Gruppe beobachtet die Ratte, die sehr nervös wirkt. Wahrscheinlich hat er gemerkt, dass die Person, die er sucht nicht, dabei ist. Sie suchen einen Platz, an dem sie sich ungestört weiterzaubern können. Sie laufen durch die Häuser und hoffen, dass sie großen Abstand bekommen, um sich schnell wegzuzaubern. Der Dämon lässt nicht locker. Wie gehetzt läuft die Gruppe vor Ihm davon und kommen an eine Hofeinfahrt. Hier stellen sie sich zusammen, berühren ihre Zauberstäbe und sagen den Zauberspruch auf. Als die Gruppe unsichtbar wird, sehen sie die Ratte um die Ecke fliegen. Sehr böse sieht die Rattenfresse aus und er versucht die Gruppe noch anzugreifen, sein Zauberstab zeigt auf sie. Aber sie sind schon im Verschwinden und im nächsten Moment sind sie in Alanya angekommen. Wie sie am Meer der großen Stadt stehen, atmen sie tief durch. Einer aus der Gruppe sagt: „Wir müssen das unbedingt Niklas und Kieran berichten. Die Ratte wird bestimmt sofort nach unserer schwangeren Hexe suchen."

Als Niklas das hört, sagt er zu den Anderen: „Wir müssen weiter, für die Iren mit den Wölfen ist es auch besser, wenn sie Kappadokien verlassen. Ich berichte ihnen, dass sie zum Berg gehen sollen, alles vorbereiten, denn wir dürfen keine Zeit mehr verlieren." Nervös langt sich Niklas immer wieder an seinen langen Bart. Dann nimmt er Kontakt mit den Iren auf und berichtet ihnen die neue Lage und was sie am besten tun sollten. Auch Kieran wird von seinem Freund mit seiner Nervosität angesteckt und sagt: „Verschwinden wir schnell. Ich halte es hier nicht mehr aus."

Niklas ruft seine Leute zusammen, holen die hochschwangere Hexe, stellen sich zusammen und zaubern sich in die Heimat Akgüls und Asenas. Sie atmen tief durch, als sie in die Heimat zwischen den Pinien stehen und keine Gefahr mehr spüren. Kieran gibt sofort den Werwölfen die Anweisung, die Umgebung auszukundschaften. die Beiden verwandeln sich und schleichen von der Gruppe fort. Ängstlich ruft seine Frau hinterher: „Sie sollen auf sich aufpassen und nicht unnötig in Gefahr bringen." Mirko hört Sorge in den Worten seiner Frau, das macht ihm Hoffnung, dass er seine Ehe und seine Frau vielleicht zurückerobern kann. Das Mirko und Musti ein Stück von der Gruppe entfernt sind, sagt Mirko, zu seinem türkischen Freund: „Ich denke, dass ich noch eine Chance bei meiner Frau habe, sie ist sehr besorgt um mich." „Das habe ich nie bezweifelt, wenn du bei Isak und Akgül die Verwandlung machen lässt und du kein geiler Werwolf mehr bist", antwortet Musti. Sie laufen eine größere Runde und verspüren keine unheimliche Atmosphäre, alles ist ruhig. Mirko fragt seinen Freund: „Ich hoffe, dass es kein schlechtes Omen ist, wenn wir hier von den Dämonen nichts bemerken." „Ich glaube nicht, ich denke, das Glück wird einmal auf unserer Seite sein und unser Plan, auf geht´s ", sagt sein schwuler Freund und fragt: „Freust du dich auf dein Kind?" Mirko antwortet mit einem Lachen in seinem Werwolf Gesicht: „Ich kann es gar nicht erwarten, meinen kleines süßes Baby in meinen Arm zu halten und mich bei meiner Frau für das schönste Geschenk zu bedanken." Langsam trotten die Beiden weiter ohne ihre Umgebung aus den Augen zulassen und sie haben dieses Mal großes Glück. Niklas und Kieran können nicht erwarten, bis die beiden Werwölfe zurück sind. Ganz ungeduldig laufen sie hin und her und können ihre Sorge nicht mehr verstecken. Sepp geht zu den beiden Anführern und sagt: „Wenn die Werwölfe etwas gemerkt hätten, würdet Ihr es schon lange Wissen, macht Euch also keine Sorgen." Inzwischen bekommen die beiden Druidenanführer Nachricht von den Iren, dass sie am Fuß des Berges Ararat sind und mit den Vorbereitungen beginnen. Die Nachricht stimmt die beiden Druidenanführer etwas besser, aber angespannt sehen ihre Gesichter immer noch aus. Noch besser wird ihre Laune, als die beiden Werwölfe zu ihnen laufen und berichten, dass alles in Ordnung ist.

Jennie läuft auf und ab. Sie führt eine intensive Unterhaltung mit ihrem Kind und lächelt dabei. Sophie, Waldtraud, Aisling und Hedda beobachten das, winken Akgül zu sich her und meinen: „So schlecht kann unsere Lage gar nicht sein, wenn Jennie sich ruhig mit ihrem Kind unterhalten kann. Es hätte bestimmt etwas ihrer Mutter gesagt, wenn etwas nicht in Ordnung wäre." Waltraud sagt dies zu Hedda und Aisling: „Das müsst ihr euren Männern sagen, dass die Beiden ruhiger werden, denn sie sind mit ihren Nerven am Ende." Auf jeden Fall läuft Hedda zu ihrem Mann und berichtet, was sie bei Jennie beobachtet hat. Niklas kann es nicht lassen, läuft zu der hochschwangeren Hexe und fragt: „Ist alles in bester Ordnung." Jennie antwortet: „Mein Kind bemerkt bis jetzt keine Gefahr, es ist bis jetzt alles in Ordnung?" Trotzdem geht der Druide mit gesenktem Kopf zurück und man sieht, dass er überlegt. Hedda geht zurück zu ihrer Freundin Waldtraud und sagt: „Sepp soll eine Runde vom beruhigenden Saft bringen, so kann es nicht weitergehen." Waltraud gibt ihrem Mann Sepp ein Zeichen, eine Runde Bier einzuschenken. Sepp hat ein sehr breites Grinsen im Gesicht, man sieht, dass es dem Münchner Magier immer große Freude bereitet, wenn er Bier ausschenken kann. Als Niklas das sieht erhellt sich sein Gesicht zusehends und er sagt: „Das ist eine schöne Entspannung und sie stellen sich zusammen, außer Jennie prosten sich zu, dass alles gut geht.

Nach dem Bier, überlegt Niklas wieder und geht zu Kieran und fragt ihn: „Zum Berg Ararat werden wir heute nicht mehr weiterziehen können?" „Du hast recht, wir kommen bestimmt nicht mehr bis zur Höhle hinauf", meint sein Freund. Niklas und Kieran rufen alle zusammen und Kieran eröffnet, dass sie die Nacht am besten hier verbringen. Olivia fragt: „Warum müssen wir die Nacht hier verbringen? Es wäre besser, wenn wir die Nacht in der

Höhle wären. Mit Jennie wäre es uns wohler, das Kind kann jede Minute kommen." Niklas kann sich vor Nervosität kaum noch ruhig verhalten, er tritt laufend auf der Stelle und streicht sich ständig durch den Bart und er überlegt, dann spricht er Akgül an und fragt das Orakel: „Was schätzt du, wie lange laufen wir zur Höhle?" Sie überlegt lang und meint: „Drei bis vier Stunden." Waltraud sieht auf die Uhr und sagt: „Wir haben 17 Uhr, das müssen wir schaffen, wenn wir uns sofort hinzaubern und zusammen helfen." Waltrauds Energie und Ihr treiben setzen Niklas und Kieran unter Druck, sie stehen zusammen und beraten. Sepp der gemütliche, geht zu den Beiden und sagt: „Hat meine Frau den Plan durchkreuzt, wenn wir es heute noch schaffen, haben wir eine Gefahr weniger und sind an dem Ort angekommen, wo wir hinwollen. Hier sind wir völlig ungeschützt, die Wölfe sind auch nicht hier." „Aber es kann sein, dass wir im Dunkeln mitten im Aufstieg angegriffen werden, dann sind wir ihnen ausgeliefert", meint Niklas. Sepp lacht und meint: „Dann nehmen wir große Fackeln mit." Kunigunde fragt Akgül: „Sind Besen erlaubt?" Sie sieht die Anderen etwas überrascht an, überlegt, sagt dann: „Jetzt bin ich überfragt, es heißt nur, man darf nicht mit einem Zauber hinauf kommen." Kunigunde sieht Niklas, Kieran und Isak an und fragt: „Der Besen ist kein direkter Zauber und wir fliegen hinauf." „Akgül, was hältst du davon?", fragt Niklas. Akgül überlegt und sagt: „Wenn wir gleich weiterziehen, kann ich mich nicht mehr erkundigen." Asena hört zu und spricht ihre Mutter an: „Ich habe es auch gelesen, soviel ich mich erinnern kann steht nur, dass man den Berg mit dem Zauberstab nicht entweihen soll. Das heißt für mich, wir dürfen uns nicht direkt auf den Berg hochzaubern." Niklas und Kieran klatschen sich gegenseitig in die Hände und sagen: „Dann machen wir uns auf den Weg, das ist eine große Erleichterung. Niklas sagt zu Kieran: „Ich gebe den Iren Bescheid, dass wir kommen. Unserer Gruppe in Alanya sage ich, dass sie die Ratte noch ein wenig aufhalten sollen. Nach dem sie die Gruppen verständigt haben, stellen sie sich zusammen und sagen ihren Spruch auf. Die Stäbe berühren sich über ihren Köpfen und Akgül denkt sich den genauen Ort aus, an dem sie wieder sichtbar werden: „Tu wiftes willau beis buccan geallan mang mio" Schnell wird die Gruppe durchsichtig und befinden sich wieder am Fuße des Berges Ararat. Sie sehen sich alle um und die Wölfe kommen mit überschwänglicher Freude gesprungen. Igor tanzt ganz um seine Freundin Jennie die Ihn liebevoll knuddelt. Ein paar Iren nehmen die Neuangekommene in Empfang und erstatten ihnen Bericht. „Ein Großteil ihrer Gruppe ist zu Fuß zur Höhle unterwegs, sie haben alle wichtigen Sachen mitgenommen."

Die erste Gruppe sieht sich nach der Ratte um, die sie bis jetzt nicht mehr zu Gesicht bekommen haben. Sie überlegen sich, haben sie vielleicht diese Kreatur aus den Augen verloren, das nicht gut wäre. Dann beschließt die Gruppe, dass sie endlich zum Essen gehen. An einer großen Straße mit vielen Geschäften gehen sie auf ein Lokal zu und entschließen sich dort einzukehren. Sie setzen sich und machen es sich bequem. Lesen die Speisekarte und bestellen nach Herzenslust. Ihre Blicke lassen die Umgebung nicht aus den Augen. Auf einmal ruft einer aus der Gruppe: „Da ist doch die miese Ratte." Alle sehen in die Richtung der Kreatur. Die schwarze Kuttengestalt hat seine Augen auf sie gerichtet. Sie sehen das teuflische Glühen in den bösen Augen. Das spitze Rattenmaul ist geöffnet, sodass seine scharfen Zähne zu sehen sind. Ein paar Meter entfernt, lehnt diese Kreatur lässig mit einer Zigarette in der Hand an einer Hausmauer und beobachtet sie. „Gott sein Dank ist er nicht unserer Hexe Jennie gefolgt", sagt einer aus der Gruppe. Sie geben sich gelassen, jeder von ihnen weiß, dass sie den Dämon noch eine Zeit hinhalten müssen. Sie essen in aller Ruhe weiter, bestellen nach um Zeit zu gewinnen. Sie bleiben noch sehr lang sitzen. Sehr geduldig lehnt der Dämon an der Hausmauer und raucht eine Zigarette nach der Anderen, sieht der Gruppe aufmerksam zu. Sie nehmen Kontakt mit Niklas auf und berichten Ihm das Neueste von der Ratte. Dieser gibt ihnen die Anweisung, Ihn noch ein wenig hinzuhalten und abzulenken. Die Gruppe muss sich etwas Neues einfallen lassen. Sie fragen sich, wie können wir die Ratte, noch ein wenig beschäftigen. Einer meint: „Tun wir so, als wenn wir etwas zum Übernachten suchen. Sie sind sich schnell einig. Sie stehen auf und laufen etwas schneller durch Alanya. Sie versuchen den Dämon abzuhängen, was ihnen nicht gelinkt. Immer wieder nehmen sie Kontakt mit Kieran und Niklas auf und wollen den neuesten Stand erfahren. Sie bekommen immer wieder das Gleiche zu hören, dass sie ein wenig Geduld haben müssen.

Die beiden Gruppen arbeiten ohne Pause, alle wollen Jennie oben in der Hölle wissen. Die Hexen holen ihre Besen hervor. Auch Sophie, Akgül und Asena haben Ihre dabei, Jennie staunt, dass die Drei einen Besen besitzen. Die hochschwangere Hexe sagt: „Ich habe Euch noch nie mit einem gesehen." Sophie antwortet: „Ich bin zwar ein Orakel, aber auch eine Hexe, warum soll ich keinen Besen haben. Es ist nicht das neueste Model, aber ich habe Einen." Niklas und Kieran sind auch ein wenig überrascht, aber er hat seine Freude daran und sagt: „Damit seid ihr ein wenig stärker im Kampf." Kunigunde muss auch ihren Senf dazu beitragen und meint: „Ich muss Euch wenn alles vorbei ist, einen schnellen Besen besorgen. Ich habe erst ein echtes Highlight bekommen, das ist Turbo pur." Sie stellt ihn vor und sagt: „Das ist doch ein echt geiles Stück, von denen habe ich ein paar Zuhause." Begeistert sind die Drei aber nicht und meinen: „Hauptsache er kann fliegen, mehr muss er nicht können." Niklas amüsiert sich und sagt: „Wir müssen trotzdem schnell nach oben, egal mit welchem Besen."

Alle Hexen stehen mit ihrem fliegenden Transportgerät parat und Kieran und Niklas besprechen noch einmal. Nikas fragt, was meinst du: „Wer von uns soll als erstes dahinauf fliegen." Kieran sagt: „Ich denke, ich fliege mit, ich kenne meine Leute. Unsere Frauen sollen vorausfliegen und uns an der Seite sichern, vor den Dämonen. Jennie, Isak, Vani, Roland, Sepp und Mathias sollten auf jeden Fall als erste oben sein." Niklas nickt nur und sagt: „Du hast recht, so sehe ich es auch, also schnell auf geht's, sie geben Anweisungen und die Männer steigen bei den Frauen auf den Besen. Niklas gibt dann den Wink zum Abflug, Wild und freudig starten die Hexen. Jennie fliegt mit Waltraud, Sie startet vorsichtig, sie will nicht, dass auf den letzten Metern ihrer besten Freundin etwas passiert. Jennie sagt zu Ihr: „Ist das wieder schön, auf dem Besen zu sitzen, ich werde das genießen." Waldtraud sagt daraufhin: „Ich finde das erst schön, wenn du selber wieder fliegen kannst und das über Berlin oder dem Brocken." „Hoffentlich können wir das bald zusammen machen", sagt die hochschwangere Hexe. Sie langt unter dem Flug an ihren Bauch und reibt daran. Waldtraud fragt: „Bekommst du Schmerzen?" „Ja, aber ich denke die Fruchtblase ist noch nicht geplatzt, komm gib ein wenig mehr Gas, sind Olivia und Mikka mit hochgeflogen," fragt Jennie. Waldtraud lacht: „Was glaubst du, sie ist doch selbst geflogen und ihr Mann sitzt hinter Ihr." Waldtraud gibt Olivia ein Zeichen und fliegt mit ihrem Besen etwas schneller.

Niklas geht zu Igor und bückt sich zu Ihm hinab und sagt: „Dass er besser schneller hinauf laufen soll, sei aufmerksam und berichte mir, wenn er etwas wahrnimmt. Direkt sehen die Augen von Igor in die von Niklas, man sieht dem Wolf an, dass er alles versteht. Er scharrt mit seiner Pfote und läuft dann um Niklas herum, sodass sein Fell Ihn berührt. Dann geht er zu den beiden Wölfen, es sind mit Igor nur noch drei davon die unten gewartet haben. Igor gibt den Beiden ein Zeichen und dann hetzten sie wild den Berg hinauf. Niklas sieht den Wölfen etwas traurig und nachdenklich hinterher und atmet tief durch. Welche Gedanken gehen dem Druiden durch den Kopf?

Keine 10 Minuten vergehen, dann hören Sie ein furchtbares, schauriges Geheul von den Wölfen.

Kapitel 31
Diabolus und Co beobachten

Was der magische Zirkel nicht weiß und nicht ahnen kann, der Feind spioniert Sie aus, dass was die Kelten machen, weiß die Teufelsgruppe.

Diabolus erscheint eines Abends im neuen Reich Molochs, der Höllenfürst hält anscheinend noch sehr viel von dem alten Dämon. Moloch war gerade dabei seine Freaks umzugestalten und gefährlicher zu machen. Diesen ekligen Biestern ist der Dämon immer noch treu. Gut, sie sehen ein wenig anders aus, wie schwabblige rote Monster sehen sie aus, sie haben bestimmt wieder eine säurehaltige Haut und wer weiß, was diese Freaks noch alles können. In dieser unheimlichen Welt sieht man, dass die durchsichtige Haut sehr phosphoreszierend ist, sie leuchtet hell in dieser dunklen Welt, wie Leuchtkäfer laufen und hüpfen sie durch das unheimliche Reich des Dämons und geben unheimliche gurgelnde Laute von sich. Der Herr der Freaks steht vor seiner Armee mit seinen beiden Zauberstäben und will gerade seiner Armee ein paar Zaubersprüche aufsagen, als gerade der Höllenfürst aus seinem Loch herauskommt. Moloch steht stolz vor seiner Höllenarmee, seine schwarze Kutte hängt wie immer über seinen Schultern und eine Kapuze verdeckt den hässlichen Totenschädel. Die Zauberstäbe hat er gerade auf seine furchtbaren Freaks gerichtet. Als er hinter sich Diabolus bemerkt, stoppt er sein Vorhaben und dreht sich vorsichtig um und fragt: „Was führt dich mein schwarzer Fürst in mein bescheidenes Reich." Diabolus schreit seinen Dämon an: „Rede bloß nicht so geschwollen daher, ich frage mich, wann wollt ihr endlich etwas unternehmen. Der einzige Dämon der etwas unternimmt ist die Ratte, aber dieser Schwachkopf ist bei der falschen Gruppe. Ich rufe gleich alle zusammen und dann schauen wir, was die Kelten alles unternehmen." „Ich denke, sie bereiten gerade alles für die Geburt des mächtigen Kindes vor, was sonst", meint Moloch. Der Höllenfürst stampft nervös durch das Reich und schreit: „Ich rufe jetzt alle hierher, wir schauen uns das Ganze auf den Bildschirm an, dann werdet ihr endlich angreifen, das ist ein Befehl." So zornig wie der Höllenfürst ist, alle Dämonen müssen Ihn so erleben. Er streckt beide Arme aus und richtet sie gegen die Decke des Felsenreiches. Er murmelt ein paar unverständliche Worte, ein breiter und großartiger Zauber breitet sich an der Decke aus und verschwindet mit einem Knall.

Es erscheinen kurz darauf Medusa und Hop tu Naa, sie fragen: „Was ist
los?" Der Höllenfürst ballt seine Fäuste und brüllt: „Was los ist, das
mächtige Kind kommt demnächst auf die Welt und ihr schiebt eine ruhige
Kugel." Im gleichen Moment erscheint die Ratte und kurz darauf erscheint
Beltane grimmig und meint zum Höllenfürsten: „Du bist wieder
ungeduldig." Das war für den Teufel zu viel, seine Nüstern fangen an zu
rauchen, seine Faust ist geballt und sein Körper zittert vor Wut, Molochs
Reich bebt durch seinen Zorn. Der Teufel atmet tief ein und reißt sein
hässliches Maul weit auf. Sein schwarzes Blut kocht, seine Augen glühen
vor Wut und er sieht Beltane damit fest an und geht auf den sehr alten
Dämon zu und sagt Ihn in einem gefährlichen Unterton: „Auch, wenn du
ein sehr alter Dämon bist und wir uns schon sehr lange kennen, hast du
nicht das Recht, mir etwas zu unterstellen. Du weißt, wie wichtig das
Unternehmen ist und ihr nehmt alles auf die leichte Schulter, ich kann das
einfach hinnehmen." Ganz nah stampft er auf den Dämon zu, bückt sich und
sieht ihm fest und lange in die Augen. Rauchfontänen kommen stoßweise
aus seinen Nüstern, dann bekommt Diabolus ein teuflisches Grinsen, seine
Fratze verzerrt sich hässlich und er lästert: „Du kannst mir nicht
standhalten, du bist ein schwacher Dämon." Beltane atmet auf einmal
schwer und hastig. Nach ein paar Minuten greift er sich mit der Hand an die
Stirn, und nimmt seinen Schädel links und rechts mit beiden Händen fest in
den Griff, und fängt an zu schreien, er zittert am ganzen Körper. Schweiß
läuft Ihm übers Gesicht, dann wirft er den Kopf voller Schmerzen hin und
her. Er muss heftige Schmerzen haben. Diabolus grinsen wird immer
breiter, er will nicht aufhören, er will den aufmüpfigen Dämonen richtig
quälen. Man sieht dem Teufel an, es bereitet Ihm Spaß und er will allen
Anderen zeigen, dass sie es nicht versuchen sollen, Ihm dem Teufel zu
widersprechen.

Medusa schreit den Teufel an: „Hör auf, es reicht, er ist fix und fertig, wir
brauchen Ihn gleich." Diabolus sagt in einen ironischen Ton: „Das hättet ihr
Euch vorher überlegen müssen, hättet ihr vorher etwas gegen die Kelten
unternommen, hätte das nicht sein müssen." Rauch steigt aus Beltanes

Schädel, langsam verformt er sich plastisch, ein endloser Schrei geht durch Molochs Reich. Alle Dämonen sehen den Teufel unverständlich an und können nicht verstehen, was er in dieser Situation mit Ihm macht. Das teuflische ironische Grinsen wechselt zu einem unkontrollierten Lachen, das sich mit dem schmerzvollen Schrei des Drachendämons Beltane vermischt. Der riesige Schädel des Teufels schüttelt sich vor Lachen, aber er lässt Ihn nicht los. Man merkt dem Teufel an, dass es Ihm großen Spaß macht, Anderen große Schmerzen zu bereiten. Der Dämonen bricht zusammen, aber Diabolus löst trotzdem die Verbindung nicht. Auch die Ratte schreit Diabolus an: „Verdammt hör jetzt auf, wir brauchen Ihn zum Kämpfen, an sonst könntest du mit Ihm machen was du willst." Diabolus schreit: „Was wollt ihr, ich höre auf wenn ich will, ihr habt auch nicht gemacht, was ich will, sonst wäre Jennie mit dem Kind schon lange Tod." Dann lacht der Teufel weiter. Eine eiskalte Windböe geht durch Molochs Reich und langsam kommt ein neuer Ankömmling zu den Anderen, es ist Krypton. Er sieht sich um und kann nicht glauben, was er zu sehen bekommt. Diabolus schreit Ihm zu: „Hast du es endlich für notwendig gefunden auch zu kommen oder bist du zu fein, dass du meinen Befehlen gehorchst, soll ich gleich mit dir weitermachen. Krypton will keinen Streit mit dem Höllenfürsten und sagt zu Ihm: „Ich habe mein Heer noch weiter verstärkt." Diabolus Blut kocht erneut auf und sagt: „Ihr hattet genügend Zeit." Dann donnert es durch Molochs Reich, die Erde bebt, ein schwarzer Schatten kommt majestätisch hereingeschwebt und senkt sich langsam und vorsichtig auf den steinigen Boden, es ist Sire Black Shadow der Schwarze Tod. Diabolus schüttelt seinen gehörnten Schädel und schimpft: „Es wird mit Euch immer schlimmer, nicht einmal Pünktlichkeit ist mehr von Euch zu erwarten, ich habe erwartet, dass ihr sofort kommt und nicht nach endlosen Zeit. Beltane ist schon auf den Knien und er ist verstummt. Der Höllenfürst lässt sein schwarzes Gehirn frei und damit bricht der eigentliche mächtige Dämon völlig zusammen. Diabolus sieht Ihn verächtlich an, winkt ab und wendet sich ab. Dann lacht der Teufel teuflisch, dass es bestimmt die ganze Unterwelt hören kann. Dann wendet er sich seinen anderen Dämonen zu.

Er schreit seine mächtigsten Untertanen an, dass die Angst in ihren hässlichen Fratzen zu sehen ist, kalter Schweiß läuft ihnen herunter: „Wenn es Euch nicht gelingt das Kind endlich zu töten dann werdet ihr alle das Reich der armen Seelen kennenlernen, haben wir uns verstanden? Ich baue eine neue Generation von Dämonen auf, mit Euch kann ich nichts mehr anfangen." Nervös stampft Diabolus vor ihnen auf und ab, lässt keinen seiner Untertanen aus den Augen. Er traut keinen seiner Dämonen, ihre Seelen sind so schwarz, dass sie vor Ihm nicht halt machen würden, Ihn zu töten.

Dann lächelt der Teufel und sagt: „Sehen wir uns an, was die Kelten jetzt machen und was sie vorhaben. Er streckt seinen rechten Arm aus und zaubert eine große Leinwand inmitten des Reiches von Moloch. Alle starren auf die Leinwand und sehen was ihr Feind gerade unternimmt. Auch Diabolus schaut sehr interessiert auf die Leinwand und sagt: „Wäre es wohl nicht besser gewesen zu verhindern, dass die Kelten den Berg Ararat erreichen. Aber Ihr faules Dämonenpack habt alles anderes zu tun, als sie aufzuhalten. Wieder ballt der Höllenfürst seine Faust und schlägt dabei mit aller Kraft in den Boden, das in Molochs Welt Risse im Boden zeigen. Moloch brüllt seinen Herrscher an und meint: „Du musst nicht mein Reich zerstören." Diabolus sieht jetzt gefährlich zu dem alten Dämon hin und sagt: „Du brauchst jetzt nicht angeben, du musst froh sein, dass du überhaupt hier sein darfst, ihr seid ein undankbares Volk. Er ist gerade wieder ein paar Minuten ein richtiger Dämon und schon hat er sein freches Maul auf." „Aber trotzdem brauchst du nicht deine Wut an mir auslassen", wehrt sich Moloch. Diabolus antwortet grollend: „Konzentrieren wir uns jetzt auf die Kelten." Sie sehen gerade wie Niklas und Kieran Anweisungen gibt und die Hexen ihre Besen bereitmachen und dann Jennie bei Waltraud aufsteigt. Diabolus schreit: „Wenn die sich in der Höhle verschanzen können, dann tut ihr Euch wesentlich schwerer an die Hexe heranzukommen." Der schwarze Tod steht lässig da und winkt ab und meint: „Die bekommen wir, das ist doch das kleinste Übel." Diabolus sieht seinen Lieblingsdämon groß an und meint: „Ansonsten bin ich dein großes

Übel." Der schwarze Tod lacht jetzt den Höllenfürsten verächtlich an. Diabolus schreit: „Wie wäre es, wenn sich zwei faule Dämonen ein wenig bewegen würden und den Kelten einheizen. Tötet die ehemalige Berliner Schlampe und ihr Kind, das endlich Ruhe in der Unterwelt einkehrt." Moloch meldet sich jetzt: „Ich mit Hop tu Naa werden den Anfang machen und die Hexen daran hindern nach oben zu kommen. Dann werdet ihr nachkommen und alle töten, es soll niemand übrigbleiben. Diabolus soll endlich das bekommen was er will und mit uns zufrieden sein." Der Höllenfürst lacht und sagt: „Das ist endlich ein Wort, das ich gerne höre, ab mit Euch, ich will endlich einen richtigen Kampf sehen. Was bis jetzt geschehen ist, war alles andere als gut." Hop tu Naa die schielende Dämonin meutert, dass sie den Kampf mit Moloch eröffnen soll und sagt: „Immer wir sollen den Kopf hinhalten, sind die Anderen zu fein dazu." Sie zeigt den Stinkefinger den anderen Dämonen und sie verschwinden. Diabolus lacht und sagt zu Ihnen: „Ihr macht Euch bereit einzugreifen, ihr braucht den Beiden nicht zu zuschauen."

Kapitel 32
Der erste Angriff und der Berg Ararat

Als sie das heulen der Wölfe hören, bekommen alle panische Angst. Es läuft Ihnen eiskalt den Rücken herunter, denn sie wissen, was das zu bedeuten hat. Die Wölfe haben eine unheimliche Atmosphäre gespürt. Niklas sieht ängstlich den Berg hinauf und hofft, dass es seine Leute schaffen unversehrt die Höhle zu erreichen. Die Hexen fliegen eng zusammen und sind guter Laune und da hören Sie die Wölfe. Waldtraud bremst sofort ihren Besen und schaut sich um. Jennie hinter ihr sagt: „Was bremst du, gibt lieber Vollgas, dass wir die Höhle erreichen, los schneller!"

Niklas nimmt sofort mit der Gruppe in Alanya Kontakt auf. Sie müssen sofort kommen, der Kampf geht los. Kieran ist mit seinen Gedanken in Irland und fordert Hilfe an. Roland hat Kontakt zum Brocken und Schweden aufgenommen und um Hilfe gebeten, die sie auch schnell bekommen werden.

Es herrscht Panik, in den Gruppen. Kieran schreit Aisling hinter her: „Wenn sie jetzt angreifen, ist es noch zu Früh. Unsere Gruppe ist auf halber Strecke am Berg und die Wölfe sind auch noch nicht oben. Niklas Truppe ist noch in Alanya. Viele Kämpfer sind noch in ihrer Heimat." Seine Frau Aisling antwortet: „Ist unser Schachspiel doch nicht so gut gelaufen, aber wir müssen froh sein, dass die Brut nicht früher angegriffen hat. Ich werde mich mit Hedda darum kümmern, dass die irischen Kämpfer Ihr Ziel erreichen." Kieran sagt ängstlich: „Pass auf dich auf und gehe kein großes Risiko ein, ich will dich nicht verlieren." Kieran dreht sich auf dem Besen zu allen anderen Hexen um und schreit ihnen zu: „Schneller, wir müssen die Höhle erreichen." Alle Hexen beschleunigen ihren Besen und geben alles was sie haben. Nur Akgül und Sophie können nicht sehr gut mithalten, da sie ältere Geräte haben.

Akgül und Asena sind mit ihren Gedanken bei Igor und seiner Meute. Sie fragt Igor: „Wo seid ihr? Er antwortet: „Wir sind bei der ersten Irischen Gruppe und begleiten sie Sie sind stramm gelaufen und schon im oberen Teil des Berges angekommen, noch ca. eine viertel Stunde bis zur Höhle." Akgül sieht erleichtert aus. Dann fragt sie Ihn: „Könnt ihr der Gruppe helfen, dass sie das letzte Stück schneller schaffen." „Was glaubst du wer ich bin, ist schon geschehen, auf uns reiten einige Iren, wir sind kurz vor dem Ziel. Hoffentlich schaffen wir es noch rechtzeitig. Passt auf Euch auf.", meint der weiße Wolf. Er läuft schnell mit einem Irischen Kämpfer auf dem Rücken den Weg hinauf. Dann bleibt er stehen und hebt seine Nase in die Luft. Er sucht etwas und hört in sich hinein. Ein paar Minuten später grinst der weiße Wolf geheimnisvoll. Die Wölfe bleiben einen kurzen Moment stehen, heulen noch einmal laut und durchdringend. Die irischen Kämpfer fragen, was machen die Wölfe jetzt? Das ganze Rudel grinst, was wissen die Tiere geheimnisvolles?

Als die Gruppe in Alanya die Nachricht erhalten hat, dass die Wölfe schwarze Magie gespürt haben, bemerken sie, dass die Ratte verschwunden ist, breitet sich Panik aus. Schnell verlassen sie das Kaffee und suchen einen Ort auf, an dem sie sich zum Berg zaubern können. Sie rennen um ein paar Häuser und suchen nach einem guten Versteck. In einer Hofeinfahrt haben sie Glück, eilig stellen sich zusammen und sagen den Spruch auf: „Tu wiftes willau beis buccan geallan mang mio", obwohl sie hastig sprechen klingt es wie aus einem Ton, sie werden durchsichtig und sind verschwunden. Direkt neben Niklas werden sie sichtbar und merken, wie sich sein Gesicht erhellt, als er die Kämpfer sieht. Vor lauter Freude fallen sich die Anführer um den Hals, die Freude ist nur kurz. Niklas erzählt was vorgefallen ist und sie schauen zum Himmel. Sie sehen die Hexen, wie sie zur Höhle fliegen. Im selben Moment blieb Ihnen das Herz stehen. Sie sehen eine Rauchschwade, die sich rasend schnell nähert, das kann nur Moloch sein. Oft verwendet er diese Verwandlung um Schrecken zu verbreiten. Niklas sagt vor sich hin: „Moloch ist schon da, wo sind denn die Anderen? Hop tu Naa ist bestimmt auch da. Verdammt, hoffentlich schaffen es die Hexen bis zur Höhle." Alle am Rande des Berges sehen mit Entsetzen, was da vor sich geht, sie können nicht eingreifen, nur hoffen, dass es die Hexen hoffentlich schaffen.

Die Hexengruppe glaubt Ihren Augen nicht zu trauen, Sie sehen mit Entsetzen, wie sich plötzlich vor Ihnen eine graue Wolke bildet, mit einem hässlichen Kopf, der sich ihnen schnell nähert. Kieran schreit Waltraud zu: „Fliegt zur Höhle, schnell, wir versuchen Ihn aufzuhalten. Isak schreit dazwischen: „Ich habe eine Idee und halte den Schweinhund auf, falls es nicht klappt, kommt mir zu Hilfe." Isak der hinter Hedda auf dem Besen sitzt, zaubert das irische Kapellenkreuz groß und befiehlt Hedda, direkt auf Moloch zu zufliegen. Hedda kann es nicht glauben, dass er das will. Als Sie sieht, was der Alte in seinen Händen hält, weiß Sie sofort, was der Vater

ihres Mannes vorhat. Sie sagt zu Ihm: „Ich hoffe, du weißt was du tust."
Isak meint: „Ehrlich gesagt nicht? Ich hoffe, auf die Kraft des Kreuzes,
sondern um ein paar Minuten Zeit zu gewinnen, damit Waltraud und Jennie
in die Höhle kommen." Als Kieran und Aisling das Kreuz in den Händen
des Druiden sehen, wissen sie, was der Alte vorhat und schließen sich Ihm
an. Vani und Schorsch sehen auch, was Sie vorhaben und drängen die
Hexen sich Ihnen anzuschließen. Sophie, Akgül und Asena versuchen
verzweifelt Ihnen mit ihren alten Besen zu folgen. Hermine und Koni sind
unentschlossen in welche Richtung sie folgen sollen, da Koni nicht zaubern
kann.

Hedda fliegt mit Isak voraus und Isak hält das Kreuz über den Kopf, dass es
Moloch sehen muss. Dahinter folgen die anderen drei Besen. Moloch fliegt
direkt auf Hedda zu. Immer größer wird die Schwade, bis sie den riesigen
Totenkopfschädel Molochs erkennen können. Dann erkennen Sie einen
Wirbelwind und vor ihnen erscheint eine Gestalt und wie vermutet, es ist
Hop tu Naa. Sofort ist das Erkennungszeichen der Dämonin zu sehen, ihr
hässlicher großer schwarzer Hut, der auf ihrem scheußlichen Schädel mit
Warze zu sehen ist. Schielend schaut Sie die Hexen an. Ihr kreischendes
Lachen ist nicht zu überhören. Sofort hat die schielende Dämonin ihre
beiden Zauberstäbe auf Hedda gerichtet. Isak hält sofort das Kreuz noch
höher und Kieran hat seinen Zauberstab auf die Dämonin gerichtet. Vani
und Schorsch haben ihre Waffen herausgeholt. Hop tu Naa und Moloch
fliegen nebeneinander und sind eine unüberwindbare Macht. Zwei alte,
mächtige Dämonen, die der Teufel wieder neu ausgespukt hat.

Waltraud gibt alles was ihr Besen hergibt, sie achtet nicht mehr darauf, ob
die anderen Ihr folgen. Sie hat nur ein Ziel, Sie muss die Höhle erreichen.
Jennie schreit hinter Ihr: „Schneller, schneller." Die Höhle ist in Sichtweite,
sie fliegen darauf zu und sehen die Wölfe mit den irischen Kämpfern auf
ihrem Rücken, die gerade ankommen. Die Iren steigen ab, ziehen Ihre
Zauberstäbe und winken der Hexe, schnell zu kommen.

Niklas und der Rest Gruppe beobachten das furchtbare Schauspiel am Himmel. Niklas ist momentan unentschlossen, was er tun soll. Die Alanya Gruppe läuft los. Niklas hofft, dass bald weiter Kämpfer eintreffen. Niklas will nicht mit einem Zauber nach oben schweben, um die gute Magie zu zerstören. Der Druide hat Glück, wieder Treffen kampferfahrene Iren ein und damit ein paar Hexen. Niklas sitzt noch nicht richtig, erscheinen seine Freunde aus Schweden, auch hier sind Hexen anwesend. Niklas ist vollkommen überwältigt, dass so viele Kämpfer ihren Aufruf gefolgt sind. Dann kommt noch eine Gruppe und die sind vom Brocken und das sind fast nur Hexen. Jetzt sind sie komplett und Niklas treibt nach oben. Jeder Platz der auf einen Besen frei ist, wird besetzt und sie fliegen eilig los, ein riesiges Heer von Hexen erhebt sich in die Luft. Sie wollen für Jennie und ihrem Kind kämpfen und sich deshalb der Teufelsbrut entgegenstellen.

Diabolus beobachtet das und schreit seine Dämonen an: „Wollt ihr nicht kämpfen und den Beiden nur zuschauen. Diese faule Brut, sie machen überhaupt nichts. Medusa und die Ratte macht Euch fertig und dann raus mit Euch. Ihr bekommt einen Arschtritt von mir, den ihr nie vergesst. Sauer, weil sie zum Kampf ausgesucht wurden, sehen die Beiden den Höllenfürsten an, aber sie trauen sich nicht zu wiedersprechen, machen sich fertig, lösen sich auf und sind verschwunden. Da dreht sich der Teufel um die eigene Achse und sieht die anderen Dämonen an und grollt, ihr braucht nicht zu warten, macht Euch fertig. Muss ich jeden einzeln bitten und in den Arsch treten. Diabolus wendet sich ab, schüttelt seinen riesigen gehörnten Schädel. Er kann es nicht glauben, was er mit seinen Untertanen erlebt.

Hedda, Aisling, Kunigunde und Märta fliegen unerschrocken auf die beiden Dämonen zu und Isak hält krampfhaft das Kreuz fest, dass an der Spitze einen unheimlichen Schein bekommt. Moloch sieht das leuchtende Kreuz und Sie sehen, wie sich sein Knochenschädel zu einer schrecklichen Fratze verzerrt und die Rauchschwabe dreht ab. Auch für Hop tu Naa ist der Anblick des Kreuzes unerträglich. Er muss sich von diesem Anblick abwenden und fliegt kreischend außer Reichweite, in Richtung Höhle.

Die Iren und die Wölfe sehen Waldtraud mit Jennie näherkommen, und auch die Gefahr hinter Ihnen. Moloch und Hop tu Naa haben sich von Isak und seinem Kreuz abgewendet, sie nähern sich Waldtraud und Jennie sehr schnell. Die Dämonen feuern mit Ihren Zauberstäben auf die Hexen. Waldtraud fliegt in Schlangenlinien um nicht so leicht getroffen zu werden. Die Iren haben ihre Zauberstäbe gezogen und feuern zurück. Waltrauds Besen wird getroffen und sie können gerade noch vor der Höhle landen. Moloch und Hop tu Naa feuern zornig auf die Hexen weiterhin ihren Zauber ab. Ein paar Iren holen die beiden Hexen von ihren Besen. Isak und seine Freunde sind den beiden Dämonen gefolgt und bekämpfen sie. Ein unerbittlicher Kampf hat sich entwickelt. Die Iren versuchen Waldtraud und Jennie in Sicherheit zu bringen. Als ob Maschinengewehrsalven in die Erde schlagen, so wütend schießen Moloch und Hop tu Naa Ihren Zauber auf Waldtraud und Jennie ab. Auf Ihren Weg zur Höhle werden sie immer wieder getroffen und von den Füssen geholt. Jennie schreit: Wir schaffen es nicht, wir müssen," weiter kommt sie nicht, Sie wird von Molochs Zauber am Oberkörper getroffen. Moloch lacht Siegessicher, als er, dies sieht. Jennie bricht bewusstlos zusammen, Waldtraud wirft sich über Sie, um sie zu beschützen. Isak hat das Kreuz hoch gehoben und die Anderen feuern was sie können auf die Brut. Es gelingt Isak, die beiden Dämonen ein paar Sekunden von der Höhle abzulenken. Die Iren benutzen die Gelegenheit und tragen die bewusstlose Jennie in die Höhle.

Ein paar Irische Druiden Frauen und Hexen erwarten Jennie, sie haben alles sehr gut vorbereitet. Sie legen die junge bewusstlose Hexe auf das vorbereitete Bett, Jennie schlägt die Augen auf. Waltraud sagt zu Jennie ich muss draußen helfen, dass unsere Freunde es schaffen, hereinzukommen und geht nach hinaus. Die Iren feuern auf die beiden Dämonen was die Zauberstäbe hergeben. Die Wölfe knurren die beiden Dämonen an und ihre Augen fangen unheimlich zu glühen an. In gewissen Abständen, aber doch in einer Reihe sitzen sie da und starren die Dämonen an. Olivia und Mikka haben es geschafft und dicht dahinter kommen Akgül, Asena und Sophie an. Roland und Mathias springen sofort von ihren Besen und machen sich bereit zur Verteidigung der Höhle. Olivia und Mikka stürmen sofort zur Höhle, ohne sich umzudrehen. Akgül und Asena gehen zuerst einmal zu ihren Lieblingen und bringen sich mit ihren Zauberstäben in Stellung. Sophie rennt in die Höhle zu ihrer Tochter, ihr Freund will mit Roland und Mathias Kämpfen.

Mirko und Musti haben sich entschlossen, den Wölfen zu folgen, es sind nicht genügend freie Besen da gewesen. Schnell hetzen sie den Berg hinauf und werden bald die Höhle erreicht haben. Sie beobachten den Himmel und haben die Geschehnisse genau in Ihrem Auge. Sie sehen, dass Moloch und Hop tu Naa auf die Höhle zurasen und dort angreifen. Sie hoffen, dass sie noch rechtzeitig ankommen. Mirko und Musti sind noch ca.10 Minuten von der Höhle entfernt und haben gesehen, dass Moloch sie entdeckt hat. Mit zwei Zauberstäbe in seinen Knochenhänden zielt, er auf sie. Oh nein, er zielt ein paar Meter von ihnen entfernt in den Boden. Ein heller Strahl heizt den Boden auf, sodass flüssiges Lava herausfließt und ein Loch entsteht. Rot phosphoreszierende Freaks steigen aus dem Loch und bewegen sich sofort auf die beiden Werwölfe zu. Moloch hat sich bei den Kreaturen einiges einfallen lassen. Die Beiden rennen aber ohne langsamer zu werden einfach weiter. Auch Molochs Freundin Hop tu Naa hat beobachtet, was er gerade gemacht hat und schießt ein paar hundert Meter weiter unterhalb der Höhle ihr Loch. Aus diesem steigen Freaks, grüne gebückte schleimige Monster. Sie bewegen sich zur Höhle. Jetzt weiß man, dass die beiden Dämonen ihre Vorbereitungen zusammen gemacht haben.

Niklas und seine große Hexenarmee fliegen in rasender Geschwindigkeit den Berg hinauf. Der Druide hat ein Auge auf seine Werwölfe gerichtet und erblickt in welcher Gefahr sich die Freunde befinden. Er schickt einen kleinen Teil der Armee um zu Helfen. Er fliegt weiter hinauf zu den Dämonen und der Höhle. Er sieht seinen Vater mit dem Kreuz in den Händen und dieser jagt Moloch und Hop tu Naa hinterher. Seine Frau Hedda holt alles aus dem Besen heraus, aber kann Moloch nicht schnell

genug folgen. Roland hat eine Weihwasser Rakete hergerichtet und
gezündet, die Splitterbomben kann er nicht schicken, denn Hedda auf ihrem
Besen ist direkt hinter dem Dämon. Rolands Rakete schießt auf Moloch zu
und explodiert direkt vor Ihm. Dieser flucht und schreit vor Schmerz, einige
Stellen seiner Haut rauchen, aber nach kurzer Zeit hat er sich wieder
regeneriert. Hop tu Naa kommt wie eine Furie geflogen und greift in den
Kampf ein. Wie eine wilde Bestie schießt sie auf die Kämpfer vor der
Höhle. Schorsch der mit Märta auf den Besen seiner Freundin mitfliegt hat
einen Bogen mit einem Weihwasserpfeil auf die Dämonin gerichtet, schießt
und trifft. Ein helles Kreischen kommt aus der hässlichen Fratze der
Dämonin. Jetzt drehen die beiden Dämonen ab, sodass Hedda mit Isak die
Höhle erreichen kann. Direkt hinter ihr sind Märta, Kunigunde und Aisling.
Sofort zieht Mathias den alten Druiden Isak vom Besen herunter. Hedda
und Isak beeilen sich in die Höhle zu kommen. Isak steckt das Kreuz am
Höhleneingang in den Boden und läuft weiter in das Innere der Höhle. Ciara
und Niall sind auch schon bei Jennie. Sie waren die Ersten in der Höhle, Sie
sind tiefer hineingelaufen und haben nach frischem Wasser gesucht und
gefunden. Sofort zaubert Isak noch einige Utensilien groß, wie die vier
Kessel. Den Inhalt haben die Hexen mit ihrer unheimlichen alten Magie
zusammengebraut. Er holt dazu noch einige kräftige Männer, sie tragen die
Kessel nach draußen und verteilen sie auf dem Platz vor der Höhle.
Unterdessen haben es die Anderen geschafft auch in die Höhle zu kommen.
Die Männer haben sich davon draußen im Kampf orientiert. Die beiden
Dämonen haben sich wieder zu einem neuen Angriff vorbereitet und
kommen mit neuer Energie und viel Wut geflogen.

Mirko und Musti sehen, dass Niklas eine kleine Gruppe Hexen zu ihnen
schickt, um zu helfen, aber trotzdem rennen die Beiden wie Rammböcke
auf die Freaks zu. Ihr Rachen ist weit geöffnet, ihre Augen glühen rot, ihr
Instinkt als Werwölfe ist geweckt, sie wollen die Teufelskreaturen töten. Sie
werden die schwarzen Seelen der Biester zerstören. Mirko und Musti sind in
Verbindung. Mirko sagt zu Musti, siehst du die Lücke auf deiner Seite, hier
stehen nur 3 der Freaks die packen wir uns, zerreißen sie und dann geht´s

weiter. Musti sagt was heißt weiter? Roland soll uns eine Weihwasser Rakete schicken und wir verschließen das Loch. Super Idee das machen wir. Mirko nimmt mit Roland Kontakt auf, der meint, wie soll ich Euch eine Rakete schicken. Wir können sofort das Loch der Freaks verschließen. Roland rennt zu Kieran und erzählt was Mirko tun will. Kieran überlegt und sagt: „Wir brauchen ein größeres Gefäß und das bringen wir den Beiden." Kieran rennt in die Höhle, berichtet das seiner Frau und Waldtraud hört auch mit. Zur gleichen Zeit sieht er die Vorbereitungen der Geburt, des lange erwarteten Kindes. Fix und fertig liegt Jennie auf dem Bett. Waltraud sagt: „Nehmt Euch einen Plastiksack, befühlt den und überreicht diesen den Werwölfen. Kieran sieht seine Frau an und sagt: „Wo haben wir hier oben einen Plastiksack." Olivia sagt: „Wir haben viel mitgebracht und deswegen haben wir Einen und überreicht diesen Waltraud. Sie rennt zum Kessel, Waldtraud wird von einem Strahl Molochs von den Beinen geholt. Kieran folgt Ihr. Schnell erholt sich Waldtraud wieder und befühlt den Plastiksack und meint: „Ich überbringe das Zauberwasser den Werwölfen persönlich," und macht ihren Besen bereit. Kieran sagt: „Ich komme mit und gebe Dir Feuerschutz," schwingt sich hinten auf ihren Besen. Waltraud gibt Vollgas und fliegt ganz knapp über die Piniengipfel. Moloch schießt einige Energiestrahlen ihnen nach, die Sie nicht treffen. Schnell sind sie am Ziel, fliegen über das Loch und schütten die magische Flüssigkeit in das Loch. Ununterbrochen steigen neue Kreaturen aus dem Loch, eine riesige Armee würde entstehen. Furchtbare schreckliche Schreie sind zu hören, völlig verbrannte und schwer zugerichtete Freaks steigen heraus, brechen zusammen und zerfallen in Staub. Waltraud und Kieran heben Ihre Faust zum Sieg und fliegen davon.

Zur gleichen Zeit rammen die Werwölfe die drei Freaks und beißen sofort zu. Sie bemerken, dass ihr Fleisch säurehaltig ist, furchtbare Schmerzen bekommen sie im Maul. Sie geben nicht auf und zerreißen die Freaks, werfen sie in den Pinienwald. Dann sehen sie Waldtraud und Kieran mit ihrer Tat und jubeln. Schaum läuft Ihnen aus dem Maul. Immer wieder müssen Sie ausspuken, um den brennenden Geschmack heraus zu bekommen. Mirko sagt zu seinem Freund: „Ich habe richtige Brandblasen auf meiner Zunge von den ekelerregenden Viechern. Nächstes Mal darf ich nicht mehr so fest zubeißen, sonst verbrenne ich mir mein ganzes Maul. Immer weiter und schneller rennen sie. Mirko muss immer an seine Frau und das Kind denken. Mirko treibt nur ein Gedanke, er muss es schaffen rechtzeitig bei Jennie zu sein, um Sie und sein Kind in der Not zu verteidigen.

Niklas mit seiner Hexentruppe ist inzwischen oben angekommen und greifen Moloch und Hop tu Naa an, die gerade die Gruppe vor der Höhle beschießen. Die Männer vor der Höhle können sich kaum noch wehren vor der mächtigen Dämonischen Übermacht. Immer größer werden die Angriffe der Beiden. Niklas teilt sein Hexenheer in drei Gruppen, will die Dämonen in die Zange zu nehmen und von mehreren Seiten beschießen. Hop tu Naa und Moloch fliegen auf die Höhle zu und schießen was die Zauberstäbe hergeben. Die weißen Wölfe stehen da und Ihre Augen glühen rot, dann schießen sie mit ihren Augen auf die Dämonen. Niklas und das Hexenheer scharen sich um die beiden Dämonen.

Urplötzlich, mit einem ohrenbetäubenden Knall erscheint die Ratte, ein Stück über der Höhle und sieht verächtlich auf die kämpfende Gruppe ab. Er hat seine Zauberstäbe in den Händen, zündet genüsslich eine Zigarette an und zieht mit seiner spitzen Rattenschnauze daran. Die Lunge kann nicht mehr schwärzer werden, denn die Seele ist schon rabenschwarz. Die Rattenpfoten zeigen mit dem Zauberstab auf den Boden, schießen einen grellen Zauber. Der Boden öffnet sich und schon hüpfen die ersten ekligen Rattenfreaks heraus und rennen auf kleinen flinken Füssen den Berg hinunter, zu den tapferen Kämpfern vor der Höhle. Kieran und seine Kämpfer haben es beobachtet, sie sehen das wahnsinnige Heer auf sich zu laufen. Sie sind sich einig, wie lange können sie dieser Übermacht der Dämonen standhalten.

Die ersten grünen Freaks von Hop tu Naa haben die Höhle erreicht. Sofort wollen sie in die Höhle eindringen aber das im Boden steckende Kreuz erhellt sich, ein gewaltiger greller Energiestrahl trifft die ekligen Freaks und Sie zerplatzen in tausend Teile. Als die beiden Dämonen das sehen, werden sie noch wütender und greifen noch zorniger an. Die Wölfe stehen noch immer in einer Reihe ihre Augen glühen. Sie beobachten die beiden Dämonen, als sie auf die Höhle zu rasen und schießen mächtige Strahlen auf die Gruppe. Sie treffen viele der Kämpfer, dass es sie von den Beinen holt und sie benommen oder tot liegenbleiben. Die Dämonen fliegen nah heran und in diesen Moment schießen aus den Wolfsaugen dünne grelle Energiestrahlen und treffen diese. Wütend ziehen sich die Beiden zurück, es steigt Rauch aus ihrer Haut. Sie müssen sich regenerieren.

Dann sehen sie die Ratte und seine Armee, die schon fast bei ihnen angekommen sind. Noch steht der Dämon arrogant über der Höhle und zieht an seiner Zigarette. Wenn er daran zieht, sieht man nur die rote Glut in der schwarzen Kapuze. Roland legt eine Splitterrakete zurecht und zündet sie an. Die Ratte schnippt seine Zigarette elegant weg und holt einen zweiten Zauberstab aus seinem Mantel. Die Zündschnur ist schon fast abgebrannt. Trotzdem rückt er die Splitterrakete nochmal ein Stück nach. Kaum hat er die Hand zurückgezogen fliegt diese auf den Dämon zu. Die Ratte schießt auf die Gruppe, ein paar Meter weiter und die Freaks haben sie erreicht. Direkt vor der Nase des Dämons explodiert die Rakete und die vielen Silbersplitter und das Weihwasser, zerfetzen seine gesamte Haut und das Weihwasser verbrennt seine Haut. Der Dämon schreit und pfeift wie eine Ratte im Todeskampf, eine Menge seiner Freaks wurden ebenso zerstört, Einige erreichen den Vorplatz der Höhle, die aber sofort von den Kämpfern und Wölfen getötet werden. Inzwischen erreichen die ersten roten Freaks den Vorplatz stürzen sich auf die Kämpfer. Aber die aufmerksamen Wolfsaugen zerstören die Kreaturen, ganz ruhig sitzen sie da und schießen genau auf ihre Ziele und Sie treffen. Schwer verletzt und furchtbar schreiend zieht sich die Ratte zurück. Dann erscheint Medusa, die Schlangen Dämonin. Sofort richtet sie die Zauberstäbe gegen den Boden, um ihre riesige Schlangenarmeen zu holen. Die Biester schlängeln sich hinunter zur Höhle.

Niklas und seine Hexenarmee haben Moloch und Hop tu Naa inzwischen umrundet. Sie schießen mit ihren Zauberstäben auf die beiden Dämonen was sie können, um die Beiden von der Höhle fernzuhalten. Inzwischen kommen weitere Kämpfer am Fuße des Berges an. Sie fangen an, den Berg Ararat hinauf zusteigen, um in den Kampf einzugreifen. Moloch und Hop tu Naa kämpfen verbissen und schießen jeweils mit beiden Zauberstäben auf die Gruppen und bringen viele Hexen zum Absturz. Da sie bis jetzt noch alle doppelt besetzt sind, sind die Verluste damit größer. Niklas schreit: „Bringt eure Partner nach und nach in die Höhle und kommt wieder. Beeilt Euch." Sofort machen sich einige der Hexen auf und fliegen zur Höhle, lassen ihren Partner herunterspringen und fliegen zurück. Niklas ist nicht zufrieden mit dem Verlauf des Kampfes. Immer wieder muss er mitansehen, wie einige seiner Kämpfer verletzt oder getötet werden. Nur eine gute Nachricht hat er bis jetzt bekommen, dass die Ratte mit seiner hässlichen Armee außer Gefecht ist, das freut den Druiden sehr.

Mirko und Musti sind inzwischen auf ein weiteres Hindernis gestoßen. Grüne schmierige Freaks sind vor ihnen. Mit roten glühenden Augen stehen sie vor ihnen, eine ganze Armee von diesen Kreaturen bewegen sich auf die beiden Werwölfe zu. Jetzt wären sie fast an ihrem Ziel, die kleine Gruppe, die ihnen gerade geholfen hat, beschießt die Freaks ununterbrochen. Immer neue Kreaturen schlüpfen aus dem Loch, es scheint kein Ende zu nehmen. Mirko entschließt sich noch einmal Kieran um Hilfe zu bitten. Der Druide weiß, dass er die beiden Werwölfe gut gebrauchen kann. Er beschließt mit seiner Frau, die wichtige Flüssigkeit zu holen und nochmal mit dem Besen zu starten. Auch ein paar Wölfe laufen die kurze Strecke zum Loch. Mirko und Musti haben inzwischen den Kampf aufgenommen und zerreißen einen Freak nach dem anderen. Die Hexen beschießen einen nach dem Anderen, sie zerplatzen dabei, schleimiges Zeug fliegt den Werwölfen um die Köpfe. Aber sie haben den Eindruck, dass dieses Viehzeug nicht weniger wird. Igor ist selbst gekommen mit ein paar Kameraden, ihre Augen glühen, zusammen schießen sie ihre grellen Strahlen auf das Loch. Das sich langsam nach kurzer Zeit verschließt. Die restlichen Freaks vernichten die Wölfe und die Hexen zusammen. Igors Stimme ist in Mirkos und Mustis Gehirn, jetzt aber schnell zur Höhle. Kieran ist erstaunt, dass sie nicht eingreifen müssen und fliegen zurück, um Niklas zu helfen. Kieran schreit seinem Freund zu: „Wechseln wir uns ab, flieg du zur Höhle und schau nach dem Rechten." Niklas nickt und befiehlt seiner Hexe zur Höhle zu fliegen.

Mirko und Musti hetzten das letzte Stück zur Höhle hinauf. Musti sucht seinen Freund Roland, der gerade wieder eine Splitterrakete zurechtlegt und auf Medusa richtet. Mirko ist in die Höhle geeilt zu Ihr. Schnell läuft er zu seiner Frau, verwandelt sich zurück, nimmt ihre Hand und fragt sie: „Wie geht es dir?" Sie antwortet: „Sie hat immer wieder kräftige Wehen, die immer öfter und heftiger kommen. Es ist bald soweit, ich denke, du wirst es spüren, wenn das Kind kommt. Aber noch etwas wichtiges, ich möchte dich um Verzeihung bitten, bevor du hinaus gehst in den furchtbaren Kampf. Isak hat zu mir gesagt, dass du die Umwandlung um jeden Preis machen willst," sie streckt dabei ihre beiden Hände aus, nimmt seinen Kopf, zieht Ihn zu sich und sie küssen sich innig. Dann sagt sie: „Geh hinaus und pass auf dich gut auf, jetzt weißt du wenigstens, dass ich dir verziehen habe. Es ist bald soweit, dann kommt unser Kind." Mirko verwandelt sich zurück, trommelt mit seinen Fäusten auf die Brust, die Nachricht hat Ihm doppelte Kraft gegeben. Mit einer ungeheuren Energie rennt der Werwolf hinaus, sucht sofort seinen ersten Feind und dieser ist, Eine Schlange die von Medusa stammt. Igor, der auch kurz bei Jennie ist, sagt: „Das war sehr schön von dir, dass du das Mirko gesagt hast, wenn er die Zeremonie über sich ergehen lassen will, ist wieder alles gut. Jetzt kann er sich auf den Kampf konzentrieren, er ist eine große Kampfmaschine und die können wir gut gebrauchen.

Als Musti sieht, dass sein Freund Mirko gegen die Schlangen kämpft, schließt er sich Ihm an. Ein unerbittlicher Kampf hat sich entwickelt. Die Dämonen geben alles. Medusa schießt mit den Zauberstäben um sich, wirft ununterbrochen ihre Schlangen herunter. Viele Kämpfer wurden schon von den Biestern gebissen. Roland hat seine Splitterrakete zurechtgelegt und ausgerichtet. Schnell zündet er Sie an und schreit Mirko und Musti zu, in Deckung zu gehen. Sofort rennen sie zu Roland und beobachten die Flugbahn. Medusa sieht die Rakete auf sich zufliegen und kann sie nicht einschätzen, was für eine Auswirkung diese hat. Sie versucht, die Rakete mit dem Zauberstab zu zerstören. Aber vor ihren Augen explodiert Rolands Flugobjekt. Hunderte von Silbersplitter und tausende Weihwassertropfen ergießen sich über die Dämonin und dringen in ihre Haut ein. Medusa schreit fürchterlich und zischt wie eine Schlange, auch sie wendet sich ab und verschwindet kreischend aus diesem Kampf. Mirko hält noch eine Schlange in seinen Pranken und will ihren Kopf abreißen, aber sein Opfer löst sich in nichts auf. Alle haben beobachtet, was mit der Schlangen Dämonin passiert ist. Ein Jubelschrei geht durch die keltischen Kämpfer. Das gibt Ihnen noch mehr Motivation und sie Kämpfen noch verbissener. Auch in der Höhle, ist die Explosion und dann der Jubelschrei zu hören. Jennie fragt Isak: „Haben wir einen Dämon getötet?" Isak sagt daraufhin: „Ich werde nachschauen und berichten." Schnell kommt der alte Druide zurück und berichtet Ihr von der neuen Lage.

Zuerst kommt die Ratte schwerverletzt zurück in die Hölle und dann kommt Medusa auch zurück. Das war für Diabolus zu viel. Er tobt in seinem Reich, dass die Wände beben: „Zwei Dämonen schaffen es nicht bis zur Höhle vorzudringen und das Kind zu vernichten, dafür schaffen es die Kelten meine Dämonen zu verjagen. Sie kommen jammernd und heulend zurück, das nicht wahr sein. Meine Untertanen müssen sich bei mir ihre Wunden lecken. Ich bin nicht eure Mutter, die hilft, ich werde Euch in den Arsch treten und hinausschicken." Der gehörnte Schädel ist tiefrot angelaufen und hört vor Zorn nicht auf zu wackeln, er regt sich so auf, dass sein Schädel zu platzen droht. Eine Blamage für die Hölle, schreit er. Er geht auf seinen

Freund Krypton zu und schreit Ihn an: „Bringe das wieder in Ordnung," und
zeigt nach draußen. Der Dämon lacht unheimlich und löst sich auf und ist
verschwunden. Gespannt sieht der Höllenfürst auf seinem großen
Bildschirm an der Felsenwand und sagt vor sich hin, in einem sehr
gefährlichen Unterton: „Hoffentlich macht er es endlich besser."

Kapitel 33
Krypton greift mit ein

Moloch sieht mit Entsetzen, dass die beiden Mitstreiter schwerverletzt
wurden und nun verschwunden sind. Moloch schreit seiner Freundin Hop tu
Naa zu: „Jetzt müssen wir alleine weitermachen, wie immer." Auf dem
Gipfel des Berges Ararat ist eine riesige Explosion und schwefelhaltiger
Rauch steigt auf. Der Berg bebt, große Gesteinsbrocken schleudert er weit
in den Himmel, so als wenn der Berggipfel gesprengt wird. Mit Mühe
können sich die Kelten auf den Füssen halten. Die großen Felsen fallen auf
sie herab und begraben einige Leute. Die Menschen schreien wild
durcheinander, haben Schmerzen und sind in Panik. Sie schauen mit großer
Angst hinauf und fragen sich, was ist dort passiert? Niklas und Kieran
beobachten das Geschehen und meinen: „Oh, oh, das kann nichts Gutes
bedeuten."

Flimmernd entsteht eine übergroße Gestalt die seine Arme ausgebreitet mit
je einem Zauberstab in den Händen. Ein schwarzer Umhang hängt über
seiner Schulter mit goldenem Sternenzeichen. Niklas und Kieran sagen
voller Furcht: „Das kann nur Krypton sein, um Gottes willen." Niklas
konzentriert sich und gibt es seinem Vater weiter, dessen Gesicht sich
verfinstert. Die Höhle bebt, Steine und Felsen fallen herab. Staub ist in der

Luft, Sie können fast nichts mehr erkennen. Jennies Bett wird durchgeschüttelt. Sie fragt deswegen Isak: „Wer ist es?" Isak sagt daraufhin niedergeschlagen: „Krypton." Jennie sagt: „Ich habe Angst, dass wir sterben, hoffentlich schützen sich die Anderen." Isak nickt und sagt: „Mir ist es nicht wohl mit diesem Dämon, hoffen wir das Beste, wir haben sehr gute Kämpfer. Ich denke, es wird alles gut gehen."

Laut hallt Kryptons Stimme über das Schlachtfeld, als wenn riesige Sirene heulen würde: „Ich werde Euch alle vernichten und die wahre Stärke eines mächtigen Dämons zeigen." Er dreht sich mit ausgebreiteten Armen um und spricht in einem unheimlichen Sing Sang zum Sternenhimmel. Wie aus dem nichts kommt aus dem All ein mächtiger Strahl und bohrt sich mit einem mächtigen Knall in den Berg. Es bebt alles, einige der keltischen Kämpfer können sich kaum noch auf den Beinen halten. Alle sind geschockt, Roland ist wütend, er ruft Musti und Vani zu sich und fragt: „Können wir eine der Splitterraketen diesem arroganten Dämon hinaufschicken. Vani sagt: „Wir sollten Niklas mit einbeziehen." Das bekommt Akgül mit und sagt: „Mich solltet ihr fragen. Ihr müsst näher heran, nehmt am besten ein paar Wölfe mit. Dann sehen sie das Unfassbare. Aus dem riesigen Loch, das der Strahl in den Berg gebohrt hat, klettern lauter kleine Teufelchen heraus. Sie rennen zu Ihnen. Angst ist in Roland Stimme und er fragt Akgül: „Wie kommen wir jetzt den Berg hinauf, was können die kleinen Teufel anstellen?" Dann kommt Niklas, denn er hat die Unterhaltung gehört und fragt: „Gibt es ein Problem, das wir vielleicht lösen können?" Roland antwortet: „Ich will näher an Krypton herankommen." In diesem Moment fängt Igor an zu heulen, die anderen Wölfe folgen Ihm. Igor steht da und horcht. Dann hören es alle, lautes Geheul von vielen Wölfen. Es muss ein riesiges Rudel sein. Dann hören sie Igor in ihren Köpfen und er sagt Ihnen: „Wenn ihr noch einen Moment wartet, dann löst sich vielleicht euer Problem.

Jennies Höhle bekommt von Kryptons Angriffen weitere große Erschütterungen ab, Felsbrocken fallen von der Decke und den Wänden, viel Staub wird aufgewirbelt, sodass man die eigene Hand vor dem Auge nicht erkennt. Jennie schreit: „Um Gottes willen, ist das unser Tod, was passiert da draußen." Olivia, Mikka, Niall und Ciara versuchen Sie zu beruhigen, aber Jennie bekommt alle fünf Minuten ihre Wehen. Sie sind gleicher Meinung, die Geburt wird bald losgehen. Kryptons Sing sang geht weiter und wieder kommt ein gewaltiger Energiestrahl und dieser schlägt direkt am Höhleneingang ein. Viele Kelten werden getroffen, Menschen werden herumgeschleudert und schreien vor Schmerzen. Mathias und Roland können gerade noch Vani und Schorsch in Sicherheit bringen. Der ganze Berg bebt durch den gewaltigen Einschlag. Dann ist es wieder still, Totenstille. Verbrannte Körper liegen auf dem steinigen Boden. Der Kampf hat kein Ende, es geht weiter. Krypton ist sich Siegessicher und lacht mit dunkler teuflischer Stimme: „Ihr kleinen Würmer, ihr wollt Euch gegen die Macht der Hölle stellen, was glaubt ihr, wer ihr seid, jetzt geht es erst richtig los."

Diabolus Teufelsfratze sieht zufrieden aus und gibt Beltane das Zeichen, in den Kampf zu gehen. Beltane sagt jetzt: „Du willst, dass dir dein Sieg sicher ist." Diabolus merkt man an, dass er Nervös ist und er sagt: „Bringe es endlich zu Ende, hilf Krypton, der ist gut, mit deiner Hilfe müsste es schnell vorbei sein. Beltane der Grün erschienen ist und eine schuppige Haut hat, das Feuer eines Drachen lodert in seinen Augen. Rauch steigt aus seinen Poren, das Höllenfeuer ist direkt unter seiner Haut, es wartet darauf, ausbrechen zu können. Was ist das für ein Dämon? Diabolus scheint es zu wissen und schickt den Dämon mit einem wissenden Lächeln hinaus und sagt: „Lösche die Kelten endlich aus." In einer lodernden Stichflamme verschwindet Beltane. Dann wendet sich der Höllenfürst dem schwarzen Tod zu, der ein arrogantes Lächeln aufgesetzt hat. Diabolus sagt: „Dann gehst du hinaus, du brauchst nicht glauben, dass du, Sir Black Shadow nur Zuschauer bist." Er antwortet: „Wenn Krypton und Beltane kämpfen, wird für mich nicht viel übrigbleiben, da bin ich mir sicher." Diabolus lacht: „Das will ich hoffen, dann gibst du ihnen den Rest." Beide gehen zum Bildschirm und beobachten, was Beltane unternimmt. Der Teufel sagt: „Jetzt wird es interessant, was die Kelten dagegenhalten können. Ihr Zwei schwer verletzten nichtsnutzigen Versager, Ihr könnt auch wieder was tun, oder wollt ihr in Rente gehen." Medusa schreit zurück: „Nur ein paar Minuten, dann sind wir wieder in Ordnung und verschwinden." Diabolus schüttelt seinen riesigen Schädel und sagt: „Nichtsnutziges Volk."

Igor wartet ungeduldig auf sein großes Rudel. Dann kommen sie, mit lautem freudigem Wolfsgebell. Hunderte der Tiere strömen auf den Platz vor der Höhle. Igor weist seine Tiere ein, vollkommen lautlos und man sieht, wie er alles beobachtet und lenkt. Um Moloch und Hop tu Naa zu bekämpfen, setzt er einige Tiere ein. Ein größeres Rudel kommt zu Roland, um die kleinen roten Teufelchen zu bekämpfen und an Krypton heran zu kommen. Wild laufen die Wölfe umher, sie stecken voller Energie und Unternehmungsgeist. Akgül rennt zu ihrem Leitwolf und fragt Ihn: „Wo hast du auf einmal die ganzen Tiere her?" Igor setzt wieder sein grinsendes Wolfsgesicht auf und sagt Ihr ins Gehirn: „Das wirst du bald erfahren," mehr erfährt Sie nicht. Akgül sieht dabei ihre Tochter an und meint: „Igor wird immer ein Rätsel bleiben."

Kryptons beschwört das All weiter und ein weiterer Strahl kommt und trifft mitten in den Vorplatz. Einige Kämpfer und Wölfe werden von den Beinen gerissen und weggeschleudert. Wieder gibt es Tote, auch unter den Wölfen. Das war ein vernichtender Treffer, hat sich Krypton vielleicht eingeschossen? Niklas ist entsetzt und schreit: „Sammelt euch, wir müssen Ruhe bewahren und dürfen nicht in Panik geraten." Kieran kommt zu Ihm gelaufen und sagt: „Wir müssen Krypton ausbremsen, ansonsten halten wir nicht mehr lange durch und er tötet uns. Wir haben zu viele Verluste unter unseren Männern. Sie sehen sich um, ob ein Freund dabei ist und dann geht der Blick wieder nach oben zu Krypton, der überheblich herunterruft: „Hat es Euch gefallen?" und lacht dabei. Dann wendet er sich zur nächsten Beschwörung. Den Anführern fällt auf, dass die Teufelchen nicht angreifen, sondern nur aufpassen, dass niemand zu ihrem Herrn durchdringen kann. Niklas schreit: „Verdammt, er schießt wieder auf uns, geht schnell in Deckung."

Kapitel 34
Beltane der Drachendämon

Dann sehen Niklas und Kieran, dass neben Krypton eine Stichflamme herausschießt, in der sich ein unheimliches Wesen bildet. Die beiden Anführer starren auf das Geschehen mit großen Augen, der Angstschweiß steht ihnen auf der Stirn. Mit Ehrfurcht sprechen sie den Namen dieses Dämons aus, „Beltane". Kieran sagt: „Mein Gott, hoffentlich kommt das Kind bald auf die Welt, wir müssen hier schnell verschwinden. Wir können nicht gegen alle sieben Dämonen kämpfen sonst sind wir alle verloren." Ein Drachenmensch kommt aus einer loderten Flamme. Die brennt immer noch auf seiner grünen schuppigen Haut und dann verändert sich seine Gestalt, immer größer und wuchtiger wird Sie, große saurierartige Flügel hat er und ein riesiger Drachenkopf bildet sich. Beltane ist ein Drache und reißt sein großes Maul auf und ein gewaltiger Feuerstrahl kommt aus seinem teuflischen Rachen. In seinen kleinen Händen, die sich an den Flügelenden befinden, hält er einen Zauberstab. Sein Feuer speit der Drache in den Berg, bis Lava herausläuft. Gemächlich bewegt er seine Flügel. Krypton und Beltane haben den Berg zum Vulkan gemacht, Lava läuft in großen Flüssen herunter. Krypton beobachtet seinen Mitstreiter mit großem Interesse, sie haben Spaß, den Kelten Angst zu machen und sie dann zu töten.

Jennie, Sophie, Isak und die vier Ärzte spüren eine Erschütterung nach der Anderen, der Berg bebt ununterbrochen. Sie hören die Todesschreie der Kämpfer und der Wölfe. Sie wissen nicht was auf sie zukommen wird.

Olivia ruft ihrem Mann Mikka zu: „Wie sollen wir hier das Kind auf die Welt bringen." Akgül kommt hereingerannt und setzt sich in eine Ecke. Olivia fragt sie: „Was machst du, betest oder beschwörst du" Sie antwortet: „Ich glaube beides, ich muss etwas versuchen, die Dämonen da draußen werden immer mächtiger, Beltane ist auf dem Gipfel erschienen." Isak schlägt die Hände über dem Kopf zusammen und sagt: „Beltane auch noch, vielleicht noch der schwarze Tod, Medusa und die Ratte kommen sehr wahrscheinlich auch wieder zurück, dann können wir gegen sieben Dämonen kämpfen. Wie sollen wir das schaffen." Jennie bekommt die Wehen und die Ärzte hoffen, dass die Geburt beginnt. Aber das Kind will einfach nicht auf die Welt kommen. Die Wehen hören wieder auf, Jennie entspannt sich, die Ärzte sind enttäuscht und angespannt. Die Angst vor dem Ausgang des Kampfes ist gegenwärtig.

Moloch und Hop tu Naa kämpfen immer noch gegen die Gruppe auf dem Vorplatz. Immer wieder fliegen sie auf die Leute zu und schießen gewaltige Energiestrahlen in die Gruppe der Kämpfer. Sie wollen mit Gewalt in die Höhle eindringen und selbst das Kind töten. Jetzt sind noch mehr Wölfe gekommen und stellen sich auf. Sie schießen mit ihren Augen gewaltige Energiestrahlen zurück und treffen auch die beiden Dämonen empfindlich. Dazu kommen weiße Wolfsschatten auf sie zugeschwebt und verfolgen diese. Die beiden Dämonen sind von den Schatten irritiert und versuchen ihnen zu entkommen. Moloch schreit seiner Freundin zu: „Wir töten die Wölfe und dafür verfolgen uns die unangenehmen Schatten." Deshalb startet Moloch vor Wut einen weiteren Angriff. Er fliegt eng um die Wolfsschatten und kommt einem Schatten zu nah. Dieser legt sich um Ihn, umwickelt den alten Dämon. Er schreit vor Angst, sein Gesicht verzerrt sich zu einer ängstlichen Fratze, jämmerliche Schmerzensschreie vermischen sich mit dem Jubel der Kelten. Entsetzt schaut Molochs Freundin zu Ihm hin und weiß, was das für ihren Freund heißt. Der Wolfsschatten kennt keine Gnade für das Böse. Immer enger wickelt sich der weiße Schatten um Moloch, sein Körper bekommt große Blasen und zerfällt dann zu Staub. Der Todesschrei ist bei allen Kämpfern angekommen und bis in die Höhle zu hören. Dann geht es ganz schnell und Moloch ist für immer verschwunden. Hop tu Naa steht entsetzt in der Luft und kann nicht glauben, was passiert ist, sie wollten Beide die absolute Macht erhalten. Stattdessen kommt der Jubelschrei von den Kelten und der Kampfruf hallt über den Berg hinaus. Isak rennt aus der Halle und sieht noch, als sich Moloch in seine Bestandteile auflöst. Mit gehobener Faust geht er in die Höhle zurück und berichtet es allen. Die Höhle wird erschüttert und es wird unerträglich heiß. Beltane der Drachendämon erhitzt den ganzen Berg. Isak bekommt eine unerträgliche Wut auf die beiden Dämonen. Ein Beben nach dem Anderen erschüttert die Höhle, Staub und Hitze erschweren den Aufenthalt. Jennie bekommt eine Wehe nach der anderen. Aber das Kind lässt weiter auf sich warten, es will einfach nicht auf die Welt kommen. Olivia und Ciara fragen sich, wann geht es endlich los. Das Baby müsste schon längst da sein. Akgül steht wieder auf und geht hinaus.

Hop tu Naa steht noch in der Luft am gleichen Fleck und beobachtet die weißen Schatten. Am Vorplatz der Höhle ist Sie die Einzige die kämpft. Die Hexen greifen Hop tu Naa an. Von allen Seiten wird sie beschossen. Sie ist eingekesselt von Ihnen und den Wolfsschatten. Schnell versucht Sie aus dem Schussfeld der vielen Angreifer zu kommen. Hastig wendet Hop tu Naa und fliegt direkt in einen Schatten, der sich hinter Ihr angeschlichen hat. Auch Sie schreit jämmerlich um Ihr schwarzes Leben, kreischt, zappelt und schlägt um sich. Sie ist in die Falle der Wölfe geraten. Der Wolfsschatten lässt Sie nicht mehr aus seinen Fängen, langsam und gnadenlos legt sich der Schatten um ihren Körper und vernichtet die schwarze Seele bis von der Dämonin nichts mehr zu sehen ist. Dieser Todesschrei bringt Freude unter die Kelten, wieder ist der keltische Kampfruf am Berg Ararat zu hören. Igor sieht das geschehen vom Vorplatz mit einem zufriedenen Lächeln aus an. Dreht sich um, läuft in die Höhle, um nach Jennie zu sehen.

Aber was ist das, auf einmal hören die Kämpfer einen englischen Kampfruf. Niklas schaut sofort in die Richtung und sieht eine große Gruppe von fremden Kämpfern den Berg herunterkommen. Woher kommen sie und wollen wirklich sie mit uns kämpfen? Einige haben sich sofort mit den roten Teufelchen angelegt. Diese giftige kleine Armee verteilt sich, spucken eine ekelerregende Flüssigkeit, wie Säure und sie können heftige Strahlen zaubern. Die Kämpfer waren noch gar nicht richtig da und haben gleich einige Verluste unter ihren Leuten. Akgül springt zu ihnen, umarmt den Anführer und schreit: „Du bist wirklich gekommen und lässt uns nicht im Stich." Der Anführer läuft weiter, direkt auf Niklas zu und sagt laut: „Du bist bestimmt Niklas, wir haben vor ein paar Monaten von dem Kind gehört, dass die Dämonen töten müssen. Akgül unsere Freundin hat uns vor ein paar Minuten berichtet, dass ihr Euch nicht mehr vor den Dämonen verteidigen könnt, deshalb haben wir uns schnell entschlossen, Euch zu helfen. Wir wollen nur eins, wenn wir Siegen, das Kind in den Armen zuhalten." Niklas lacht und sagt: „Natürlich, das wollen wir alle, zwei der Kreaturen haben wir in die Hölle zu Diabolus geschickt, Moloch und Hop tu Naa." Ein Jubel unter den Neuankömmlingen wird laut und sie schreien: „Dann vernichten wir mit Euch den Rest, der furchtbaren Kreaturen." Isak hört in der Höhle, dass etwas Neues draußen vor sich geht und rennt hinaus und sieht, dass eine riesige Armee Kämpfer angekommen sind. Hop tu Naa auch vernichtet ist und wieder reckt er die Siegerfaust. Er kennt den Anführer und schreit zu Ihm: „Persy du scheiß Kerl, dass du kommst und uns hilfst, das ist grandios." Persy meint: „Wir haben uns gleich heraufgezaubert, obwohl wir das nicht sollten, aber wir wollen keine Zeit verlieren. Dafür wurden wir von den roten Teufeln empfangen. Wir wissen, dass es für die Dämonenwelt um sehr viel geht und wie du weißt, sind wir genauso Kelten und wollen diesen Kreaturen das Süppchen versalzen." In diesem Moment schlägt Kryptons Zauber ein und trifft einige Kämpfer und Wölfe. Kaum haben sie sich verstärkt, sind wieder große Verluste zu beklagen. Der Strahl schleudert die Menschen durcheinander und tötet viele Kämpfer. Immer wieder hören sie die Todesschreie Ihrer Leute. Sofort schreit Niklas Anweisungen in die größer gewordene Gruppe und versucht sie neu zu Organisieren. Die Dämonin ist getötet, deshalb kommen Kieran, Waldtraud und die Hexen zurück zum Vorplatz. Roland sieht Kieran auf dem Besen und hat eine Idee. Er rennt zum Anführer und hält eine Splitterrakete in der Hand. Kieran schreit Ihm zu: „Du willst, dass wir sie ein Stück näher heranbringen und dann zünden." Sofort springt Aisling vom Besen und rennt zur Höhle, ruft Roland und Ihrem Mann zu: „Ich will nach Jennie sehen." Roland springt hinter Kieran auf den Besen, mit Raketen in der Hand und ruft auf geht's zu Krypton und Beltane. Sie sehen, dass die Wolfsschatten zu den beiden Dämonen unterwegs sind. Schnell fliegt Kieran los, zu einem mutigen Abenteuer.

Diabolus schreit unterdessen, als er auf den Bildschirm starrt und sehen muss, dass kurz hintereinander zwei seiner besten Dämonen vernichtet wurden. Er schlägt mit der Faust in den Bildschirm, sodass sich das Bild verdunkelt. Der schwarze Tod, der neben Ihm steht, lächelt und sagt: „Sie sind einfach nicht so mächtig, wie die ganz alten Dämonen." Diabolus sagt: „Sie hätten nur konzentriert kämpfen müssen und nicht diese Fehler machen. Ich werde sie gebührend empfangen und da hinbringen, wo sie hingehören und du schickst die beiden Jammerlappen, die Ratte und Medusa zurück in den Kampf. Sir Black Shadow geht dann ebenso in den Kampf, verstehen wir uns." Sie hören die furchtbaren Schreie der beiden Dämonen, als erster schlägt Moloch auf dem Boden auf. Diabolus sieht verächtlich auf den Boden Liegenden und schreit Ihn an: „Das war keine gute Vorstellung, das war Amateurhaft was Ihr gezeigt habt. Jetzt ist Moloch klar, dass Hop tu Naa auch vernichtet wurde. Gleich darauf klatscht Hop tu Naa neben Ihm auf den Boden. Beide zittern vor Angst, denn sie wissen, was ihnen blüht. Sie werden nie mehr ein Dämon sein, Sie müssen weiter in die Hölle. Der Höllenfürst kann sich nicht mehr Beruhigen und schlägt mit der Faust in die Wände, dass sein ganzes Reich bebt. Ein Donnern in der Hölle ist unüberhörbar. Dann schreit er: „Ihr wisst, dass Ihr hier nicht bleiben könnt, ich bringe Euch zu einem dementsprechenden Platz. Er packt die Beiden mit seinen riesigen Pranken und drückt sie so fest, bis sie vor Schmerzen laut schreien.

Zwei plasmaförmige Gestalten sind in der Pranke des Höllenfürsten und er sagt ironisch zu Ihnen: „Ihr wisst, wo die Reise hingeht, mit Euch Versagern ist es jetzt aus." Diabolus läuft los und ist auf einmal verschwunden. Er fährt mit Ihnen in das finsterste Reich der Hölle, furchtbare Schreie hören Sie, durchsichtige Arme versuchen Sie zugreifen. Auf einmal steht Diabolus in einer riesigen bizarren Hölle. Schwefeldämpfe und Hitze, Lavaartige Seen gestalten hier die Landschaft, böse Fantasien haben das Reich geschaffen. Tausende Arme strecken sich aus den Seen und versuchen die Beiden Diabolus zu entreißen. Von überall herkommen flehende Stimmen und flüstern Diabolus zu: „Unser Herr und Gebieter, wen bringst du uns? Ist es Moloch und Hop tu Naa? Gib sie uns, wir holen Sie in das Reich der armen Seelen." Diabolus sieht sehr verärgert aus und wirft die beiden ehemaligen Dämonen einfach in den nächsten See mit felsigen Inseln, darauf sitzen einige der durchsichtigen Gestalten, alle sehen sie gleich aus. Zwischen vielen Armen landen die Beiden geschundenen schwarzen Seelen. Sofort zerren unzählige Hände Sie nach unten und die Beiden sind für immer verschwunden. Noch immer hallen die furchtbaren Schreie durch die Hölle der armen Seelen. Sie können nie mehr zurück, ihre schwarzen Seelen werden für immer gefangen sein. Diabolus schüttelt den Kopf und sagt vor sich hin: „Ich verstehe das nicht, das die Beiden es nicht alleine schaffen konnten und total versagten. Hoffentlich bringen die Anderen es fertig, das Kind muss sterben. Dann ist der Höllenfürst verschwunden.

Der schwarze Tod geht zu den beiden Dämonen, die sich inzwischen regeneriert haben und seine tiefe Höllenstimme sagt: „Los, ihr habt gehört, was Diabolus gesagt hat." Die beiden Dämonen erheben sich und sagen: „Wir haben es gehört" Die Ratte löst sich in diesem Moment auf und Medusa folgt Ihm einen Moment später. Medusas Stimme halt noch hysterisch nach: „Jetzt zeigen wir es den Kelten und vernichten das gesamte Pack. Meine Schlangen freuen sich auf frisches Futter." Kurz darauf erscheint Diabolus wieder und stampft mit schweren Schritten auf seinen mächtigen Freund zu und sagt: „Schauen wir mal, ob die Beiden jetzt besser kämpfen werden."

Kieran fliegt mit Roland los, Vani mit Märta rufen Ihnen hinterher wir begleiten Euch und geben Euch Feuerschutz. Waldtraud und Sepp wollen unbedingt auch dabei sein.

Dann sehen sie etwas Ungeheuerliches, auf dem brodelten Gipfel, den Beltane ununterbrochen erhitzt. Es steigen kleine Drachen heraus, sie heben ab und fliegen Ihnen entgegen. Ein Bild wie in der Urzeit. Kieran schreit: „Wir bekommen ein Problem." Roland sagt, dann müssen wir eben eine Rakete vorher Zünden und den kleinen Drachen Feuer unter dem Hintern machen. Roland macht eilig eine seiner Raketen bereit und holt das Feuerzeug hervor. Geschickt gleiten die weißen Wolfsseelen auf die kleinen Drachen zu und haben einige dieser Urzeittiere vernichtet. Immer neue der kleinen Drachen steigen in die Lüfte. Kieran sagt: „Wir müssen unbedingt das Muttertier vernichten." Schnell kommen Sie den kleinen Drachen näher, Roland zündet seine erste Rakete. Mit einem Feuerschweif fliegt sie auf die kleinen Biester zu. Mit einem Ohrenbetäubenden Knall explodiert die Rakete, das Silber und Weihwasser dringt in Ihre grüne, geschuppte Haut ein. Schrill schreien die kleinen Drachen, als es sie zerfetzt werden. Beltane sieht, dass seine Armee schwer dezimiert wird und schreit fürchterliche Worte. Er breitet seine Flügel aus und speit einen Feuerschweif in ihre Richtung, eine riesige Feuerwand schießt den Magiern entgegen. Hastig sagt Kieran eine Beschwörung und verhindert damit schlimmeres. Er hält die Feuersbrunst kurz vor Ihnen ab. Trotzdem müssen sie eine unerträgliche Hitze ertragen. „Schieß endlich die Rakete in den riesigen Drachenarsch," schreit Kieran Roland zu. Er zündet eine Rakete und schreit Ihr nach: „Baby, schieß Beltane seinen dicken Arsch weg." Alle sehen dem explosiven Flugobjekt nach.

Es kommen viele kleine Drachen auf Sie zu und greifen die kleine Gruppe auf ihren Besen an. Sie können sich fast nicht mehr wehren. Sie kommen angeflogen und speien Feuer auf sie. Sie haben mit Verbrennungen zu kämpfen. Nur mit großen Schmerzen können sie sich auf den Besen halten. Wie eine Schar Fledermäuse kommen sie angeflogen. Ein heftiger Kampf hat sich am Himmel entwickelt. Sie schießen wild mit ihren Zauberstäben in das Drachengeschwader. Die Besen sind angesenkt, wie lange werden Ihre Flugobjekte noch funktionieren? Wie lange können sie den heftigen Angriffen der Drachen wiederstehen?

Zur gleichen Zeit entstehen oberhalb der Höhle die beiden Dämonen, es sind Ratte und Medusa. Die Dämonin schreit hysterisch nach unten: „Jetzt ist die Zeit gekommen, um das Keltenpack zu vernichten. Schnell sorgen die beiden Dämonen dafür, dass die hässliche Rattenarmee an die Oberfläche kommt und die Schlangen auf die keltischen Kämpfer losgelassen werden. Die ersten Rattenfreaks rennen den Berg hinunter und stürzen sich auf die Kämpfer, gefolgt von unzähligen Schlangen. Mit großem Entsetzen verfolgen die beiden Anführer Persy und Niklas was soeben passiert. Zwei schreckliche Dämonen sind zurückgekehrt, eine gewaltige Übermacht entsteht, was können sie da noch dagegenhalten. Die Wölfe orientieren sich an den neuen Gegnern und versuchen, so viele Schlangen und Rattenfreaks zu vernichten wie möglich. Die Augen der Wölfe sind auf die Biester gerichtet, schießen Strahlen auf die Freaks die mit einem schrillen Geschrei ekelig zerplatzen. Die beiden Werwölfe haben gesehen, dass zwei neue Gegner angekommen sind und Sie nehmen miteinander Kontakt auf. Mirko meint zu seinem Freund: „Wir müssen es schaffen, dass wir Sie in die Hölle schicken." Musti meint: „Igor kämpft gegen die Beiden, dann können wir näher heran und vernichten Sie."

Die keltischen Kämpfer haben es mit den neuen Kreaturen aufgenommen und schießen sich mit ihren Zauberstäben auf Sie ein. Die Ratte und Medusa scheinen jetzt unverwundbar zu sein, nichts kann Sie verwunden. Musti und Mirko kämpfen wieder gegen die Schlangen, eine nach der Anderen zerreißen Sie, Sie wüten unter den Höllenkreaturen. Die großen Schlangen schlängeln sich durch die Kämpfer und verbreiten Schmerz und

Tod, einen nach dem Anderen beißen Sie und spritzen den Tod Ihrer Körper. Mirko und Musti bewegen sich auf die großen Schlangen zu, Sie wollen die drei riesigen Kobras vernichten. Sie packen die Schlangen am Kopf und reißen Ihn ab. Dann richten sich ihre Augen auf die Ratte und Medusa. Igor hat sich zurückgezogen, sitzt vor der Höhle und scheint mit seinen Gedanken weit weg zu sein. Er spürt, dass die Dämonen immer besser kämpfen, der magische Zirkel hat schon große Verluste hinnehmen müssen. Wie lange können sie der Übermacht noch standhalten, es ist nur noch eine Frage der Zeit, wenn nicht etwas Entscheidendes passiert. Es sieht so aus, als würde die Hölle siegen. Niklas holt sich Mathias und Schorsch mit den Weihwasserpfeilen, Sie sollen die beiden Dämonen mit einem gezielten Schuss vernichten. Aber die Armee der beiden Dämonen setzt den Kämpfern immer mehr zu. Sie können kaum dagegenhalten, Sie kommen nicht an die beiden Dämonen heran, zu groß sind ihre Armeen geworden. Niklas nimmt mit Roland Kontakt auf, er soll schnell zurückkommen mit seinen Raketen. Dieser meldet sich: „Er kommt gleich wieder, er hat nur noch eine Rechnung mit Beltane zu begleichen." Sofort schaut Niklas den Berg hinauf und beobachtet, wie die drei Paare kämpfen und eine Rakete Rolands auf den Drachen zufliegt. Gespannt beobachtet der Druide das geschehen und hofft, dass dieses Flugobjekt die erhoffte Wirkung bringt und nichts verfehlt.

Im nächsten Moment rennt Akgül zu Igor und spricht mit ihm: „Igor, was können wir tun, gegen diese gewaltigen Dämonen und ihren riesigen Armeen." Igor spricht in Gedanken zurück und sagt niedergeschlagen: „Momentan können wir nur beten und hoffen, eine Chance haben wir noch, aber die hat einen sehr weiten Weg." Igor hat wieder ein geheimnisvolles Grinsen in seinem Wolfsgesicht. Die weiße Rose Akgül sieht Igor fragend an und sagt: „Wie meinst du das, was kommt von weit her?" „Das darf ich dir nicht sagen, denn ich weiß nicht, ob wir die Hilfe bekommen," meint Igor. Hinter Akgül kommt ein Rattenfreak gerannt. Igor richtet seine scharfen Augen auf das Biest und schießt direkt an seiner Herrin vorbei und trifft dahinter das Biest, das schreiend zerplatzt. Erschrocken dreht sich

Akgül um, bedankt sich bei ihrem treuen Freund, sieht Ihm noch einmal Lieb in die Augen zärtlich streicht ihre Hand durch sein weißes Fell.

Alle sehen Sie vom Besen aus auf die Splitterrakete, die sich Beltane schnell nähert. Hat Roland richtig gezielt? Auch Niklas, vom Berg aus beobachtet er das geschehen und hofft, dass alles gut geht. Direkt vor dem riesigen Drachen explodiert die Rakete mit einem ohrenbetäubenden Knall, Weihwasser und Silbersplitter fliegen Ihm um seinen hässlichen Kopf. Krypton bekommt ebenfalls einiges von der Rakete ab. Grüne Schuppige Hautfetzen fliegen durch die Luft, ohrenbetäubend laut brüllt der Drache vor Schmerzen. Wild schlägt er mit seinen Flügeln, er verwandelt sich für ein paar Sekunden zu einem Drachenmenschen, um dann wieder Drache zu werden, wütend speit er eine Feuerfontäne hinaus.

Krypton schreit fürchterlich vor Schmerzen. Dann schreit Krypton: „Kelten, das werdet Ihr bitter bereuen. Die drei Besen drehen sofort ab, Sie wollen das Spektakel aus einer sicheren Entfernung beobachten. Als sich der Rauch der Bombe verzogen hat, sehen sie es. Im Körper des Drachen steigt Rauch aus seiner Haut auf und große Hautfetzen hängen an Ihm herunter, aber die Kreatur lebt noch. Auch Krypton zeigt gleiche Erscheinungen. Roland will noch einmal schießen, bevor sich der Drache erholt und gibt Kieran ein Zeichen, näher heran zu fliegen. Kieran fliegt zusammen mit Roland ein Stück näher und zündet noch einmal eine Rakete. Wieder schießt das Objekt dem Drachen entgegen, der voller Zorn abhebt und feuerschnaubend den drei Besen entgegenfliegt. Kieran schreit: „Schnell weg, sonst werden wir geröstet." Immer näher kommt der Drachendämon. Die Rakete prallt direkt auf Beltanes Körper und explodiert. Alle jubeln über den Volltreffer, auch am Vorplatz der Höhle ist dasselbe. Schmerzensschreie des Drachen sind zu hören, der Drache taumelt in der Luft und hat Mühe sich dort zu halten. Beltane kämpft, regeneriert sich langsam wieder und nähert sich wütend den drei Besen. Sie müssen alles aus Ihren Flugobjekten herausholen, um zu flüchten. Sie werden noch immer von den kleinen Drachen attackiert. Beltane fliegt mit großer Mühe feuerspeiend den keltischen Magiern hinterher. Roland schreit Kieran zu: „Wir müssen Niklas helfen, Medusa und die Ratte bekämpfen, wir werden eine Splitterbombe auf die Beiden schießen." Kieran fragt: „Hast du noch eine dabei, um sie hinabzuwerfen?" Roland antwortet: „Natürlich, habe ich ein paar Raketen bei mir, ich fliege einfach über die Beiden hinweg. Sonst zündet Beltane die ganzen Bomben, die ich noch habe." Kieran holt alles aus dem Besen heraus, schneller geht es nicht. Er holt die Anderen ein, auf Waldtrauds und Märtas Besen. Dann sehen es die beiden Dämonen, sie greifen mit den Freaks den Vorplatz der Höhle an und bringen die Kämpfer in große Bedrängnis. Viele tote Kelten liegen auf dem Vorplatz und sie müssen sich immer weiter zurückziehen in die Höhle. Sie schauen auf die Kessel hinab, aus ihnen schlängeln sich viele durchsichtige Arme. Diese greifen nach den Freaks, einen nach dem Anderen lassen sie im Kessel verschwinden. Trotzdem wird das teuflische Heer immer größer und das Keltische immer kleiner.

Niklas sieht die drei Besen in voller Geschwindigkeit auf sich zurasen, der riesige Drachen ist direkt hinter Ihnen. Hinter Beltane fliegen seine kleinen Drachen. Krypton schickt noch immer seine Strahlen aus dem All, verheerend ist die Wirkung unter den Kämpfern. Niklas schreit seinen Kämpfern zu: „Bringt Euch in Sicherheit, Beltane der riesige Drache kommt." Es wird dunkel auf dem Vorplatz, als der riesige Drache näher kommt. Niklas kann es noch nicht glauben, dass die mächtigsten Dämonen sie angreifen und sie viele Verluste haben, jede Minute, sterben einige seiner besten Magier und Hexen.

Kieran traut sich einen kleinen Umweg zu fliegen, über die Ratte und Medusa hinweg. Roland zündet eine einfache Splitterbombe und lässt sie einfach über die Beiden fallen. Genau zwischen den Beiden schlägt sie auf den Boden und explodiert. Roland kann jetzt ein wenig lachen, obwohl die Situation sehr ernst ist. Kieran muss alles aus seinem Turbobesen herausholen, um nicht von Beltane geröstet zu werden. Es wird sehr Heiß im Rücken durch das Drachenfeuer. Sie riechen schon den stinkenden Atem von Beltane, aber der Vorplatz ist bereits in Sicht. Sie sehen, wie sich alle

Kämpfer in Sicherheit bringen. Ohne zu bremsen fliegt der Ire auf den Vorplatz und setzt auf. Die Beiden tapferen Kämpfer überschlagen sich und landen hart auf der Erde, springen schnell wieder auf und rennen in die Höhle, hier haben sich die meisten Kämpfer versteckt. Die beiden Besen haben es ein paar Sekunden vor ihnen geschafft.

Medusa sieht die Bombe noch auf den Boden aufschlagen, schaut dann nach oben und sieht die Beiden davonfliegen. Sie will schnell in das Haar greifen, in diesem Moment explodiert die Bombe, wieder machen die Splitter und Weihwasser ganze Arbeit. Die beiden Dämonen schleudert es weit durch die Luft und sie bleiben benommen liegen. Die gesamte Haut ist zerfetzt und verbrannt. Viele Ratten und Schlangen wurden vernichtet, genauso hat es die roten Teufelchen getroffen. Die beiden Dämonen schreien vor Schmerzen, sie können nicht aufstehen, sie sind schwer verletzt und das wurden Sie ausgerechnet von den Kelten. Fluchend versuchen Sie, sich wieder zu regenerieren. Medusa sagt: „Das werden die Kelten noch bitter bereuen, das lasse ich mir nicht gefallen, das zahle ich ihnen doppelt zurück."

Kieran und Roland rennen mit letzter Kraft zur Höhle, sie hören hinter sich das dunkle schnauben des Drachen und ein ohrenbetäubendes Gebrüll. In der Höhle werfen Sie sich auf den Boden. Da schießt eine riesige Stichflamme durch den Höhleneingang in das Innere der Höhle. Alle sind außer Reichweite der Flamme. Das ohrenbetäubende Brüllen des Drachen erschüttert die Höhle. Niklas und Isak zerren Roland und Kieran weiter in die Höhle hinein. Der enge Kreis des magischen Zirkels ist wieder zusammen, Sie setzen sich hin und beratschlagen. Niklas fragt: „Jetzt sind wir in der Höhle gefangen und sitzen in der Falle? Isak meint, das Kreuz und die Kessel am Höhleneingang halten den Drachen ab. Ich denke, dass wir hier sicher sind, vor hohen dämonischen Besuch. Niklas sagt: „Bei den vielen mächtigen Dämonen, ist das eine Frage der Zeit." Isak meint: „Das Kommt auf die Magie an, die uns Schutz gibt." Akgül sagt daraufhin: „Isak hat Recht, die Magie des Kreuzes stark ist und ein guter Spruch, eine

Beschwörung, uns großen Schutz geben kann." Der Drache wütet vor dem Höhleneingang. Die Höhle bebt von den wütenden Angriffen. Das Drachenfeuer schießt immer weiter in die Höhle und Sie haben eine stickig heiße Luft, Sie können es kaum noch aushalten. Schweiß läuft Ihnen in Bächen herunter, die Kleidung klebt Ihnen am Körper. Im Hintergrund hören Sie Jennie jammern, die Wehen haben eingesetzt. Endlich, ruft die ganze Gruppe, vielleicht schaffen wir es doch noch.

Dann schreit plötzlich Waltraud: „Wo sind Hermine und Koni?" Vani fragt: „Ja wo sind die Beiden, um Gottes willen, hoffentlich ist ihnen nichts passiert." Schorsch sagt ruhig: „Sie haben bestimmt ein sicheres Versteck gefunden." Kieran sagt: „Alleine da draußen, da gibt es kein sicheres Versteck." Niklas meint: „Wir müssen mit allem rechnen, wir werden immer wieder große Schicksale erleiden." Kunigunde meint: „Es wäre sehr schlimm für mich, Sie war mir immer eine gute Freundin." Vani sagt: „Koni war auch ein guter Freund für mich, ich habe mich mit Ihm sehr gut verstanden. Wir haben viele Vampire und Werwölfe mit ihm gejagt." Es wird immer unerträglicher in der Höhle, durch die stetigen Angriffe des Drachendämons. Isak sagt zu seinem Sohn: „Ich denke wir müssen Beltane unbedingt vom Höhleneingang vertreiben. Isak geht zu den Irischen Ärzten Ciara und Niall, die schon länger hier sind und die Höhle nach sauberem Wasser durchsucht haben. Niklas fragt Sie: „Gibt es einen zweiten Ausgang." Er bekommt die Antwort, dass es keinen weiteren Ausgang gibt. Enttäuscht kommt der alte Druide zurück und meint: „Wir sitzen tatsächlich in der Falle und können nur an diesem scheiß Drachen vorbei ins Freie." Isak setzt sich hin und überlegt, Akgül sitzt an der Felswand angelehnt und ist mit ihren Gedanken weit weg. Niklas sieht zum Höhleneingang und schreit allen zu. Die Ratten Freaks und Schlangen versuchen durchzukommen, aber sie zerplatzen, wenn sie am Kreuz vorbei wollen. Isak lächelt und überlegt weiter. Sein Sohn fragt Ihn: „Vater, was denkst du, du hast doch etwas vor." Isak antwortet lächelnd: „Das Kreuz ist sehr stark, mit Ihm können wir den Drachen verjagen und aus der Höhle flüchten." Niklas sagt: „Das ist ein guter Plan, aber sehr gefährlich und du willst es mit alter Magie versuchen." „Es gibt keine andere Möglichkeit, wir haben keine andere Wahl," meint sein Vater. Das macht seinem Sohn große Sorgen, denn er weiß, das wird er machen.

Vom hinteren Teil der Höhle kommt ein freudiger Ruf und sie jubeln. Olivia ruft: „Es ist so weit, das Kind wird jeden Moment auf die Welt kommen, denn die Fruchtblase ist geplatzt und die Wehen haben eingesetzt. Sofort sind Ciara und Niall an Jennies Bett. Sophie sitzt neben ihrer Tochter und hält Ihr die Hand. Dann laufen Mirko und Waldtraud zu Jennie. Musti ruft Mirko hinterher: „Du musst jetzt stark sein, unterstütze deine Frau." Mirko ist nervös, dann sieht er seine Frau auf der Liege und ihre Beine sind gespreizt, Sie hat starke Wehen und ist Schweißgebadet. Mirko geht auf die andere Seite und hält ihre Hand. Sophie lächelt Mirko zu und sagt stolz: „Es ist gleich soweit und du bist Vater." Mirko weiß nicht, ob er lachen kann, er versucht ein lächeln. Ungeduldig warten alle bis der Kopf des Babys sichtbar wird.

Am Höhleneingang haben die Kämpfer große Sorgen, denn der Drache kämpft immer heftiger gegen das heilige keltische Kreuz. Mit Feuer und Zauber versucht er in die Höhle zu kommen. Kieran spricht Niklas an: „Ich habe unsere Gruppen angesehen. Uns fehlen sehr viele Leute, es fehlen einige meiner Leute, fast die gesamte Englische Truppe." Niklas sagt: „Auch viele meiner Mitstreiter fehlen. Wo sind Koni und Hermine, ich traue mich nicht, mit ihnen Kontakt aufzunehmen, denn die Dämonen könnten es vielleicht abhören." Kieran sagt: „Es gibt da jemand, diese kann es vielleicht ohne, dass er es bemerkt und das ist Akgül." Wie von einer Tarantel gestochen läuft der Druide zu Ihr und fragt sie: „Ob sie Kontakt aufnehmen kann, ohne dass es der Dämon mitbekommt." Sie lacht und sagt: „Da gibt es noch einen besseren der das kann, Igor." Akgül steht auf, läuft zu ihrem Liebling, knuddelt Ihn. Sie schaut in seine Augen und hat Kontakt zu Ihm aufgenommen und fragt Ihn. Der Wolf antwortet: „Ich weiß es schon lange, die Meisten sind am Leben." Akgül lacht und sagt zu den beiden Druiden: „fast alle Leben noch." Niklas fragt: „Auch Hermine und

Koni." Akgül sagt nach ein paar Sekunden: „Ja, auch sie Leben." Sofort ruft Niklas laut in die Höhle: „Hermine und Koni leben." Große Freude herrscht in der Höhle.

Schnell verklingen die Freudenschreie, denn das Freak und Schlangenheer ist noch viel größer geworden. Sie drücken mit großer Gewalt herein, sodass es immer mehr schaffen durchzukommen. Ein Entsetzensschrei geht durch die Höhle, sofort stehen ein paar Kämpfer und Wölfe da, zerstören die Freaks und Schlangen, auch ein paar Teufelchen haben es geschafft. Sie zerplatzen, ein eklige Schleim von Ihnen klebt an den Wänden, dieser stinkt ekelerregend. Sie werden zur Plage und die Flammen von Beltane schlagen immer weiter durch und es wird heißer in der Höhle. Es wird unerträglich in der Höhle, es ist kaum noch aushalten, allen läuft der Schweiß in Bächen herunter. Isak bekommt Panik, er weiß nicht mehr, was er tun soll. Er rennt zu seinem Sohn und sagt zu Ihm, ich muss es tun, wir können nicht mehr warten. Niklas antwortet: „Du kannst nicht einfach mit dem Kreuz nach draußen rennen." Isak antwortet: „Denk mit, ich habe auch Igor eingeplant und unsere Leute, die noch draußen sind, kommst du mit?" Niklas sagt daraufhin: „Das machen wir." Sie schauen zu Igor, der hat ein grinsendes Gesicht und sie hören im Kopf: „Es geht gleich los, auch bei Jennie." Sie hören im Hintergrund wie Jennie laut anfängt zu Schreien. Olivia und Mikka rufen: „Es kommt, endlich ist es soweit."

Diabolus schaut das an und kann nicht fassen, was er zu sehen bekommt. Der magische Zirkel ist noch am Leben und das Kind wird gerade geboren. Für den Höllenfürsten bricht seine Höllenwelt zusammen, er verliert die Kontrolle über sich. Er wendet sich an Sire Black Shadow und schreit: „Bring es endlich zu Ende und töte das Kind, auch wenn es schon auf der Welt ist. Ich halte, das nicht mehr aus. Habe ich nur Versager unter meinen Dämonen. Der schwarze Tod sieht seinen Herrn verständnisvoll an und sagt: „Du hast auf die falschen Dämonen gesetzt und jetzt musst du mit dem Scheiß leben. Beruhige dich, das habe ich gleich." Der mächtige Dämon klopft dabei noch kräftig auf die breite Schulter des Höllenfürsten und sagt:

„Es wird schnell vorbei sein und du kannst beruhigt in unsere Zukunft schauen." Diabolus sieht dem schwarzen Tod ungläubig an und sagt: „Bist du dir ganz sicher?" „Absolut," meint Sire Black Shadow und wird dabei durchsichtig und seine Totenkopffresse lacht dabei.

Isak ruft Mirko und Musti zu sich und sagt: „Wir wollen Beltane vom Eingang wegjagen, ich nehme das Kreuz und halte es dem Drachen direkt vor die Schnauze, das wird die schwarze Seele bestimmt nicht ertragen und dann flüchten." Mirko fragt: „Was machen wir mit den Freaks und Schlangen?" „Das müssen die Wölfe erledigen," meint Niklas. Mirko ruft Kunigunde und Vani zu sich und fragt die Beiden: „Ihr Hexen habt doch einen Sud im alten keltischen Kessel gebraut? Den kippen wir so, dass die Brühe rausläuft und damit viele Kreaturen vernichtet werden." Isak lächelt und meint: „Mirko das ist eine gute Idee, das machen wir, dann kann ich ungehindert an das Kreuz." Sein Sohn ruft ein paar starke Männer zu sich, die den schweren Kessel zurechtrücken. Mirko und Musti die beiden superstarken Werwölfe helfen mit und kippen den gesamten Inhalt, so, dass alles hinausläuft. Dann hören sie die furchtbaren Todesschreie der Freaks, die von der magischen Flüssigkeit zerstört werden. Die Flammen des Drachen haben aufgehört, aber sie hören Kampfgeräusche und Schreie ihrer Kämpfer. Sie haben Beltane angegriffen und vom Eingang weggelockt. Isak lacht und nimmt das Kreuz in beide Hände. Mirko und Musti sind bereit zum Angriff. Alle Hexen und Magier sind bereit für den Kampf. Vani und Schorsch halten ihre Weihwasserpfeile bereit. Roland hat seine Splitterbomben in der Hand. Sie atmen noch einmal tief durch, Schweiß steht ihnen im Gesicht. Sie sind bereit, für das mächtige Kind zu sterben.

Ein paar Minuten vorher, hören Hermine und Koni und die restliche Armee von Igor, sie sollen Beltane angreifen und vom Höhleneingang weglocken. Sie müssen aus der Höhle heraus, damit sie Beltane angreifen können. Hermine, Koni und die anderen Kämpfer sind vor dem Drachen bergabwärts geflüchtet, hier sind keine Freaks gegen die sie kämpfen müssen. Die Freaks von Hop tu Naa und Moloch sind zerstört und vernichten. Sie sehen den riesigen Drachen vor dem Höhleneingang und er speit seine Flamme direkt in die Höhle. Sie beraten und sind sich einig, dass sie den Dämon von verschiedenen Seiten angreifen müssen. Eine Gruppe schleicht sich vorsichtig hinter den Drachen. Aber dann passiert das Missgeschick, sie übersehen ein paar Freaks und werden getötet, der Todesschrei der armen Kämpfer lenkt sofort den Drachen auf die Anderen. Beltane greift sofort an, darum müssen die anderen Kämpfer sofort eingreifen und schießen mit ihren Zauberstäben ununterbrochen auf den mächtigen Dämon. Krypton schießt vom Gipfel des Berges die gefährlichen Strahlen herab. Beltane stampft mit seinen riesigen Drachenfüßen auf die Kämpfer zu und speit ein Flammenmeer auf Sie. Schmerzensschreie sind auf dem Berg zu hören. Dann sehen sie, dass Flüssigkeit aus der Höhle läuft und viele Freaks und Schlangen vernichtet werden. Dann sehen sie noch etwas, das was sie nicht sehen wollen. Medusa und die Ratte schweben auf die Verteidiger zu, mit ihren Zauberstäben in der Hand, sie schießen auf die Kelten. Medusa schleudert jetzt wild ihre Schlangen in die Menge, viele Schmerzens und Todesschreie kommen aus vielen Mündern. Wird es ein wildes Gemetzel der Dämonen? Ein irres Grinsen zeigt Medusas Fratze, sie hat großes Vergnügen zu Töten. Die Ratte sieht eher lässig aus. Er hat einen Zigarettenstummel im Mundwinkel und schießt aus zwei Zauberstäben, Schmerz, Leid und Tod. Es sind die Gesichter des Todes.

Isak hält das Kreuz fest in seinen Händen, zieht es noch einmal zu sich und küsst es und sagt einen kurzen Spruch auf: „Magnum sirikandamon dilikar hanifax." Der alte Druide sieht das Kreuz mit großer Freude an. Es hat sich ein heller Schein um das Kreuz gelegt, es strahlt außergewöhnlich. Alle Kämpfer des keltischen magischen Zirkels sehen den Druiden mit seinem Kreuz an. Isak fragt daraufhin seinen Sohn: „Sind wir bereit für den Kampf?" Niklas sieht trotzdem besorgt aus und sagt: „Wie ich sehe, sind wir das, na dann los, die draußen brauchen dringend unsere Hilfe."

Dann hält der alte Druide das Kreuz über seinen Kopf und schwebt nach draußen. Entsetzt sehen alle, dass viele Tote und Verletzte auf dem Vorplatz liegen. Ein wildes Gemetzel ist im Gange, die Kämpfer können sich kaum noch der Dämonen erwehren. Beltane sieht den Druiden mit dem Kreuz, dreht sich sofort zu Ihm um und stampft mit seinem riesigen Gewicht auf Isak zu, Er schießt riesige Feuerfontänen auf den Druiden mit dem Kreuz zu. Sofort drängen sich die keltischen Kämpfer durch den Höhleneingang, um sich den Dämonen zu stellen. Schnell fliegen die Hexen nach draußen, um in den Kampf einzugreifen. Ein erbitterter Kampf hat sich entwickelt. Niklas und die Werwölfe haben sich den beiden Dämonen Medusa und der Ratte mit ihren vielen Freaks und Schlangen gestellt. Aber der Druide beobachtet immer mit einem Auge den entscheidenden Kampf seines Vaters.

Schnur gerade fliegt der Druide dem Drachen entgegen und spricht unentwegt seine alten keltischen Formeln, das Kreuz erhellt sich noch einmal. Der Drache hebt ab und fliegt direkt auf den alten Kelten zu. Aber der alte Druide weicht keinen Millimeter von der Stelle. Immer wieder schießt der Drache seinen Flammen auf den Alten. Das Kreuz baut ein Schild vor dem Druiden auf, und dann schießt, das Kreuz einen breiten Zauber auf den Dämon. Immer näher kommen sich die Kontrahenten, wütend schnaubt der Drache und reißt seinen riesigen Rachen auf, Rauch steigt aus Ihm heraus, der Geruch der Hölle kommt Isak entgegen. Der Strahl des Kreuzes trifft den Drachen mit voller Wucht. Der Drache reißt seinen Rachen noch weiter auf, zu einem furchtbaren Schrei. Immer weiter schießt das Kreuz den heiligen Zauber. Der Drache taumelt, aber fliegt trotzdem weiter auf den Druiden zu. Alle Kämpfer beobachten das, was sich in der Luft abspielt. Die Beiden sind nicht mehr weit auseinander, nur ein paar Meter trennen sie. Spannung liegt in der Luft. Der Drache sperrt seinen Rachen auf und eine riesige Flamme schießt auf Isak zu, die Ihn komplett einhüllt. Das Kreuz schießt kräftig auf den Drachen zurück, der Zauber hüllt Ihn komplett ein.

Zwei gewaltige magische Energien prallen aufeinander und bekämpfen sich. Elektrische Blitze knistern um die Beiden herum, ein riesiger Knall mit einem Feuerball beendet den Kampf. Plump und mit einem Schmerzensschrei fällt der riesige Drachen zu Boden. Isaks Schrei ist noch lange in den Keltischen Ohren zu hören. Alle Kämpfer sehen zum Himmel, Isak ist verschwunden, nur sein Kreuz fällt alleine vom Himmel. Vom Druiden ist keine Spur zu sehen. Die kleinen kämpfenden Drachen schreien, als sie sehen, dass Beltane schwer verletzt am Boden liegt. Niklas sieht entsetzt zum Himmel und kann nicht glauben, dass sein Vater verschwunden ist. Wo ist er? Ein Ruf des Entsetzens hallt über den Vorplatz: „Vater, das kann nicht sein, wo bist du?" Er rennt zum Kreuz, hebt es auf, schaut sich um und ruft immer wieder: „Vater, wo bist du?" Niklas schaut zum verletzten Dämon und sagt: „Das wirst du mir Büßen, wo ist mein Vater?" Schwer schnaubend atmet der Drache und antwortet: „Ich weiß es wirklich nicht." Niklas richtet das Kreuz erneut auf den Drachen, um Ihn zu töten. Vor Wut zittern seine Hände er will, das zu Ende bringen, was sein Vater angefangen hat. Verzweiflung und Wut beherrschen seine Gefühle. Er will diesen Dämon Tod sehen, der seinem Vater etwas angetan hat, vielleicht sogar getötet. Alle Kelten rufen Niklas zu, töte Ihn!

Kapitel 35
Der schwarze Tod greift ein

Ein ohrenbetäubendes Pfeifen ist zu hören und mit einem Knall steht er in der Luft. Sire Black Shadow der mächtigste Dämon mit seiner schwarzen Kutte und seinem Totenkopfgesicht lacht sehr böse. In seiner rechten Hand hält er seine Sense. Leise und ehrfürchtig hört man seinen Namen flüstern. Todesangst ist in den Gesichtern der Kämpfer. Auch Niklas hat nicht damit gerechnet, dass der Fürst der Finsternis persönlich erscheint. Der schwarze Tod schreit Niklas an: „Das würde ich nicht machen" und hält den Zauberstab auf Ihn. Wut kocht im Druiden hoch, ein paar Sekunden später und Beltane hätte sein schwarzes Leben ausgehaucht. Niklas Gedanken kreisen, er weiß nicht, wie er sich verhalten soll. Die Dämonen und die Kelten halten im Moment den Atem an. Lauernd stehen sich die mächtigsten magischen Feinde gegenüber. Noch immer liegt der Drachendämon schwer schnaubend am Boden. Niklas weiß nicht, was er tun soll. Kieran und die beiden Druidenfrauen laufen zu Niklas, haben ihre Zauberstäbe in der Hand und richten sie auf den schwarzen Tod. Dann kommt Persy dazu und sagt: „Das machen wir gemeinsam." Die Wölfe schleichen sich langsam mit gesenkten Köpfen heran und knurren den mächtigen Dämon an. Der schwarze Tod lacht gemein und sagt: „Was wollt Ihr windigen Würmer, Ihr wollt Euch gegen mich stellen, was glaubt Ihr wer Ihr seid." Angst steht in den Gesichtern der keltischen Kämpfer. Drohend stehen die Dämonen, der schwarze Tod, die Ratte, Medusa und Krypton in mächtiger Pose in der Luft. Auch die Freaks versammeln sich zu einem letzten Angriff. Sie sind von Teufelskreaturen eingekesselt. Wie kommen sie da lebend heraus, wie können sie sich der Übermacht des Bösen verteidigen. Niklas Gedanken kreisen, totales Chaos herrscht in seinem Kopf, er weiß nicht mehr, was falsch und richtig ist. Soll er zuerst Beltane vernichten oder soll er den Schwarzen Tod angreifen. Kieran sagt zu Ihm leise: „Richte dein Kreuz auf den Schwarzen Tod." Niklas macht es zögernd: „Schweiß steht Ihm auf der Stirn, obwohl es hier oben sehr kühl ist." Wieder lacht Ihn der Dämon aus und meint: „Mit dem alten Kreuz willst du mir entgegentreten, hast du nichts Besseres zu bieten." Wieder erhellt sich das Kreuz, es hat die schwarze Aura gespürt. Niklas bemerkt ein leichtes zittern in der Hand, will sich das keltische Kreuz selbstständig machen? Er lässt den schwarzen Tod keine Sekunde aus den Augen.

In der Höhle hören sie die verzweifelten Schreie der Kämpfer und dann eine laute teuflische Stimme, die sie kennen. Es ist die Stimme vom schwarzen Tod. Sophie wird weiß im Gesicht, Sie sitzt neben ihrer Tochter. Jennie hat

Wehen und fängt an zu pressen. Sophie hat keine Ruhe mehr, sie muss die Höhle verlassen und nachschauen gehen. Sie rennt nach draußen und Ihr stockt der Atem, als sie die aussichtslose Situation erkennt, in der Sie sich befinden. Sie ruft Akgül zu sich, sie ziehen sich zurück und beraten kurz. Dann sprechen sie gemeinsam eine Beschwörung, die nur Sie kennen. Langsam und deutlich sprechen Sie die Sätze und hoffen, dass Sie das gewünschte erreichen.

Jennie hat große Schmerzen und presst, Olivia, Mikka, Ciara und Niall sind bereit für das Kind, langsam schiebt sich ein kleiner Kopf mit pechschwarzen Haaren heraus, sofort sind die Hände von Ciara und Olivia beim Baby. Olivia nimmt den Kleinen, Ciara hat die Ehre, die Nabelschnur zu durchtrennen. Olivia gibt dem Kleinen einen Klaps auf den Hintern, sofort schreit das Baby. Die junge Mutter fragt, ist es Gesund und was für ein Geschlecht ist es. Olivia sagt liebevoll: „Es ist ein Mädchen völlig gesund und kräftig. Es wird eine mächtige Hexe werden. Dass die Dämonenwelt vor einem kleinen Baby, große Angst hat, ist unglaublich. Ciara sieht sich die Baby Hexe an und sagt: „Meine Süße, du hast schon vor deiner Geburt, für großen Wirbel gesorgt." Dann lässt sie den Säugling ihrer Mutter sehen. Sie wäscht es mit frischem Wasser, wickelt es in eine warme Decke und legt das Baby zu seiner Mutter in den Arm.

Jennies wehen setzten noch einmal ein. Die junge Mutter fragt entsetzt: „Ich darf doch keine Wehen mehr bekommen, was ist los mit mir?". Olivia sagt: „Wir haben dir gesagt: „Es gibt eine schöne Überraschung, besser gesagt, dein Kind hat es dir prophezeit. Jennie jammert, jetzt muss ich noch einmal alles durchmachen, das darf nicht wahr sein. Ciara nimmt den Säugling in ihre Arme und redet mit Ihm. Olivia und Mikka machen sich bereit, für das zweite Kind. Jennie ist fix und fertig, Schweißnass ist Ihr Körper, wieder fängt sie an zu pressen und langsam schiebt sich ein kleiner Kopf heraus. Dieses Köpfchen hat rote Haare. Olivia nimmt den Säugling in Empfang und Mikka schneidet mit großer Freude die Nabelschnur durch. Die zweifache Mutter legt sich erschöpf zurück und Mikka sagt zu Ihr: „Meine

Gute, jetzt hast du es geschafft. Du hast zwei gesunde kleine Hexen bekommen." Jennie sagt enttäuscht: „Zwei Mädchen, ich hätte gerne einen Jungen gehabt, egal, Hauptsache Sie sind gesund." Dann kommt Sophie, ihre Stiefmutter gesprungen und ruft von weitem: „Du hast Zwillinge bekommen." Ihr Gesicht strahlt und Sie sagt: „Ich muss die Kleinen sofort auf den Arm nehmen." „Mutter ich habe zwei prächtige Kinder, das habe ich mir immer gewünscht," flüstert Jennie Sophie zu. Ciara nimmt das Baby, wäscht es und wickelt es in eine Decke. Dann bekommt Jennie die zweite Hexe, das Erste hat die Oma auf dem Arm. Sie sagt: „Es ist schön, einen Enkel zu haben und Oma zu sein." Dann geht Sophie in sich, Sie ist mit ihren Gedanken weit weg, sie sucht nach etwas oder versucht etwas zu erreichen. Jennie fragt: „Mutter ist irgendetwas?" Akgül steht in der Nähe und hat Sie beobachtet und nickt Sophie zu. Die Oma lacht und sagt: „Kommt sie wirklich, Gott sei Dank, dann wird alles gut." Jennie fragt: „Wer kommt, was ist eigentlich los? Ich bekomme überhaupt nichts mit." Sophie sagt beruhigend: „Mach dir keine Sorgen, Akgül und ich haben alles im Griff."

Roland hat eine Splitterbombe in der Hand und weitere sind einsatzbereit. Vani und Schorsch stehen mit Pfeil und Bogen da. Märta hat mit einer Gruppe Kämpfern und Hexen Beltane im Visier. Mirko und Musti sind sprungbereit, den Drachendämon endlich in die Hölle zu schicken. Niklas hat sein Kreuz auf den schwarzen Tod gerichtet. Die Kontrahenten beobachten sich genau, sie blicken sich starr in die Augen. Werden die Kelten den Kampf gewinnen? Totenstille herrscht auf dem Platz vor der Höhle, nichts bewegt sich, es ist die Ruhe vor dem Sturm. Auf einmal feuert das Kreuz einen gewaltigen Strahl auf den Dämon und schleudert Ihn ein paar Meter zurück, sofort greifen alle anderen ein, mit Gebrüll stürzen sich die Kelten in den Kampf, gegen das Böse. Märta die neben ihren Freund Koni steht schießt sofort auf Beltane, der sich wieder erholt hat. Der Drachendämon springt auf und schießt eine verheerende Flamme in die nächste Gruppe, ein riesiges Feuerschwert trifft die Kämpfer. Ein furchtbarer mehrstimmiger Schmerzensschrei geht über den Vorplatz. Viele der Kämpfer die direkt getroffen wurden, sind sofort Tod oder Schwerverletzt, einige rennen noch mit brennender Kleidung über den Platz und wälzen sich vor Schmerzen schreiend auf der Erde. Mirko und Musti sind schwer verletzt, das Fell ist verkohlt und sie liegen Bewegungslos am Boden. Sofort erhebt sich der Drache und will seinen Rachen öffnen zu einem weiteren Feuerangriff. Roland hat die Bombe geworfen und sehr genau gezielt. Die Bombe schlägt auf der Brust des Dämons auf, dann fällt sie herunter. In diesem Moment explodiert die selbstgebaute Bombe und schleudert die Silbersplitter und Weihwasser auf den Dämon. Mit schwerem Schnauben und vor Schmerzen fällt der schwere Koloss auf den Boden. Gerade sind die kleinen Drachen aktiv geworden, sie müssen mit anschauen, wie ihr Meister getroffen zu Boden fällt.

Ein furchtbarer Kampf hat sich entwickelt, die Kelten geben alles. In Niklas hat sich große Wut angestaut, er will seinen Vater rächen, er will Sire Black Shadow erledigen und endlich in die Hölle schicken, zu Diabolus. Kaum hat das Kreuz seinen Strahl eingestellt, steht der Dämon aufrecht in der Luft und kommt wütend auf den Druiden zugeflogen. Kieran, Hedda und Aisling haben sich dem Kampf angeschlossen und schießen mit ihren Zauberstäben auf Ihn, nichts kann Ihm anhaben, ist er unverletzbar? Zwei Schützen behalten die Nerven und Zielen genau, zwei Pfeile surren durch die Luft und treffen den schwarzen Tod in die Brust, Weihwasser und Silbersplitter ergießen sich über den Dämon. Rauch entsteht auf seinem Körper, aber der Dämon schüttelt alles ab. Dafür ist das Kreuz wieder aktiv und schießt noch einmal auf Ihn. Der schwarze Tod schießt trotz allem zurück, obwohl sein Körper raucht. Ist der mächtige Dämon nicht zu verletzen? Schnell laden die beiden Schützen nach. Die Anderen schießen mit ihren Zauberstäben weiter auf Ihn.

Der Strahl des Kreuzes und der Zauber des schwarzen Todes prallen aufeinander, es entsteht ein magischer Machtkampf, den der Druide verliert. Niklas wirft es weit zurück und er kann nicht mehr in den Kampf eingreifen, es besteht die Gefahr, dass Ihn die Freaks verletzen. Sofort springen einige der hässlichen Kreaturen zu ihm hin. Hedda hilft ihrem Mann und zielt auf die Kreaturen, die sich ihrem Mann nähern. Sie läuft zu Ihm hin und ruft verzweifelt: „Niklas, um Gottes willen Niklas." Jetzt will Sire Black Shadow das Druiden Paar töten und schießt einen mächtigen Zauber, der Sie trifft und weit wegschleudert. Die Beiden bleiben bewegungslos liegen. Daraufhin lacht schwarze Tod erbarmungslos und ruft über das ganze Schlachtfeld: „Ihr windigen Würmer, was wollt Ihr gegen mich machen. Der Dämon scheint jetzt einen Blutrausch zu haben und wütet furchtbar unter den Kämpfern. Aber was er nicht sieht, es sind zwei Pfeile unterwegs, die Ihn treffen. Der Dämon taumelt, aber er steht wieder gerade in der Luft. Er sucht seine Widersacher, die nachladen und Ihn anpeilen. Er schießt auf Vani und Schorsch, sie werden schwer getroffen. Als die Beiden bewegungslos daliegen, geht ein zufriedenes Lachen über das Gesicht der teuflischen Kreatur. Ebenso versuchen die Wölfe alles, Ihn zu bekämpfen, aber es scheint an Ihm abzuprallen. Viele Wölfe müssen bei diesem Kampf ihr Leben lassen. Den weißen Schatten weicht der Dämon geschickt aus. Igor zieht sich zurück und nimmt mit irgendetwas Kontakt auf. Dann bemerkt der Leitwolf die Kinder, die geboren sind. Die Angriffe der Dämonen werden immer intensiver, sie wollen unbedingt die Babys töten. Wenn der Kampf noch länger dauert, ist bestimmt niemand mehr am Leben.

Die Ratte und Medusa geben alles, ihre Schlangen und Rattenfreaks kämpfen, um das Heer der Kelten zu vernichten und in die Höhle zu kommen. Die übriggebliebenen Kämpfer versuchen die Dämonen von dieser fernzuhalten. Aber mit den Freaks, Schlangen und Teufelchen sind die Angreifer in der Überzahl. Nun wüten die beiden Dämonen mit ihren Helfern unter den Kämpfern, wie es ihnen beliebt. Fleißig zieht Medusa eine Schlange nach der Anderen und wirft sie unter die keltischen Kämpfer. Ununterbrochen sind Schmerzensschreie zu hören. Es ist zum Verzweifeln, was auf den heiligen Berg passiert, wie lange hält der magische Zirkel noch durch? Mit dem Mut der Verzweiflung schießen die keltischen Kämpfer wild auf die Dämonen. Kraftlos wirken die Angriffe, der Kampf dauert zu lange. Große Opfer haben sie gebracht, viele haben den Kampf mit ihrem Leben bezahlt, aber der Erfolg ist in weiter Ferne. Aufgeben wollen sie gegen die Mächte des Bösen auf keinen Fall, sie werden weiterkämpfen bis zum bitteren Ende.

Jetzt hat der schwarze Tod freie Bahn, sich weiter zur Höhle vorzuarbeiten. Niklas mit seinem Kreuz liegt benommen am Boden. Vani und Schorsch haben sich erholt und sind bereit für neue Taten und greifen nach Ihrem Pfeil und Bogen. Roland kommt dazu gerannt und wirft mit letzter Kraft eine Bombe auf den mächtigen Dämon. Direkt vor Ihm explodiert die Splitterbombe. Die Hölle hat sich geöffnet, mit Blitzen und Feuer an seinem Körper schleudert es den schwarzen Tod durch die Luft und er landet schließlich hart auf dem Boden. Ist der schwarze Tod doch einmal angeschlagen? Alle schauen ungläubig auf das schreckliche Schauspiel. Sofort reagieren Vani und Schorsch, sie schießen mit ihren Waffen auf den am Boden liegenden Dämon und treffen Ihn. Sein Körper raucht und zittert, der Dämon flucht, wütend sieht er aus. Dann schreit er: „Wenn ihr blöden Kelten glaubt, ihr habt mich besiegt, dann habt ihr Euch gewaltig getäuscht, jetzt lernt Ihr mich richtig kennen, so war ich der Höllenfürst Sire Black Shadow bin. Ich bringe Euch den Tod.

Deprimiert sind alle, Sie müssen erleben, dass der Erfolg den sie glaubten, ausgeblieben ist. Blitze durchziehen seinen Körper, dann verformt er sich, schnell regeneriert sich der schwarze Tod. Er schießt mit einem hässlichen Lachen, wie eine Rakete in die Luft und greift wie eine Furie an. Niklas hat sich wieder erholt und steht auf, er hat sein Kreuz fest in der Hand, sofort bekommt es einen hellen Schein. Niklas geht mit schweren Schritten dem Dämon entgegen, seine Frau Hedda stellt sich neben Ihn. Sie wollen es wissen, ob der Dämon zu besiegen ist. Ihre Freunde kommen dazu, laden ihre Waffen nach, fast alle Zauberstäbe sind auf den schwarzen Tod gerichtet. Hedda ruft: „Jetzt zeigen wir es Ihm, wir schicken die Bestie in die Hölle." Der schwarze Tod lacht sie nur aus.

Dann hören sie ein dunkles Grollen, eigenartig ziehen sich die Wolken zusammen. Sie bilden eigenartige Formen, grelle Blitze durchfahren die Wolken. Dann ist totenstille, plötzlich hören sie eine eigenartige Musik, als wenn Fanfaren geblasen werden. Was spielt sich über Ihnen ab? Plötzlich bildet sich ein Loch in den Wolken, ein grelles Licht scheint bis zum Boden. Eine eigenartige Stimmung entsteht unter den Kämpfern. Alle Kelten befürchten, dass noch ein weiterer Dämon erscheint, aber welcher könnte das sein? Kommt Diabolus persönlich? Die Dämonen schauen genauso auf das Loch in den Wolken, sie wissen auch nicht was da vor sich geht.

Der schwarze Tod greift Niklas an, er hat seinen Zauberstab auf den Druiden gerichtet. Plötzlich hören sie aus dem Nichts eine befehlende Frauenstimme: „Black Shadow, dass würde ich jetzt an deiner Stelle nicht machen, mit dir habe ich noch ein Hühnchen zu rupfen. Langsam gleitet eine Gestalt aus den Wolken und diese trägt ein schneeweißes Kleid. Der Sensenstab des schwarzen Todes glüht. Mit einem gewaltigen Donner schießt ein Blitz vom Himmel, er schlägt im schwarzen Tod ein. Grausame Schmerzen muss er erleiden, er schreit fürchterlich, es wirbelt Ihn durch die Luft, dann landet er mit großer Wucht auf dem Boden, sein kompletter Körper ist verbrannt. Trotzdem steht der Dämon vorsichtig mit großer Mühe auf. Eine höllische Wut kocht in Ihm, kleine Flammen brennen aus seinen Augen, seine Fäuste sind geballt.

Mit diesem Gegner hat der Höllenfürst nicht gerechnet. Was für eine Macht hat die Frau, die sich gegen den schwarzen Tod stellen kann? Wer den schwarzen Tod kennt, weiß er gibt nicht auf, er zeigt mit seinem Zauberstab auf die weiße Frau. Ein greller Strahl schießt aus den Wolken und Beltane der aufsteigen will wird getroffen. Sire Black Shadow zieht seinen Zauberstab im gleichen Augenblick zurück. Beltane verbrennt im Strahl, bis er nur noch Asche ist. Keiner der Dämonen traut sich einen Finger zu rühren. Alle Freaks und Schlangen sind verschwunden. Die Gestalt senkt sich aus den Wolken herab und dann sehen sie, die Gestalt ist ein weißer

Engel, von großer Schönheit. Anmutig gleitet sie aus den Wolken. Riesige weiße Flügel zieren den graziösen Körper. Schnell und leise ging die Vernichtung des mächtigen Dämons Beltane zu Ende. Alle kleinen Drachen verpuffen nacheinander. Ehrfürchtig sehen sich die Kelten dieses Schauspiel an, die Dämonen können nur Ihre Wut zeigen. Alle sehen ihren hübschen Körper, lange rote Haare bescheren dem Engel ein übernatürliches aussehen, sowie das große keltische Kreuz, dass sie in ihrer rechten Hand hochhält. Sie ist von einem hellen Schein umgeben. Eine unglaubliche Energie geht von Ihr aus. Ein herzliches Lachen ist in ihrem Gesicht. Alle Kelten glauben, diesen Engel hat uns der Himmel geschickt, sie knien sich nieder und bekreuzigen sich. Niklas kann nicht glauben, was er zu sehen und hören bekommt, dieses anmutige Geschöpf hat alle Dämonen im Griff. Akgül und Sophie bekreuzigen sich und Jennies Stiefmutter sagt: „Endlich ist sie da, es ist wirklich Jennies leibliche Mutter und meine Schwester. Igor der weiße Wolf hat sein geheimnisvolles Grinsen aufgesetzt, er weiß alles.

Der Engel ruft über den Platz, wo ist das geheimnisvolle Kind, das diese hässlichen Geschöpfe vernichten wollten und zeigt auf den schwarzen Tod. Medusa will in diesem Moment eine Schlange aus den Haaren holen. Der Engel zeigt mit der Hand auf die Dämonin, ein Strahl schießt auf Sie. Er trifft die Kreatur, dass sie schreiend zusammenbricht und bewusstlos liegen bleibt. Der Engel sagt mit fester Stimme: „Ich warne euch, fordert mich nicht heraus.

Sophie und Akgül rennen in die Höhle, nach ein paar Minuten kommen alle heraus. Ciara, Niall, Olivia und Mikka. Dann folgen Akgül mit Sophie die einen der Säuglinge trägt. Jennie die Hexe trägt den Anderen, sie kommt langsam und vorsichtig. Jennie kann nicht glauben, was hier vor sich geht. Sophie und der Engel sehen sich herzlich lachend an, vor lauter Freude kann es Sophie nicht verheimlichen und ruft voller Freude: „Franziska meine Schwester, du bist es wirklich und du bist gekommen um uns zu helfen." Der Engel sagt lieb lächelnd und sieht dabei ihre Tochter an und schaut auf die Säuglinge herab: „Ich muss mein Kind wiedersehen und vor allem meine Enkelkinder, ich will es vor diesen Höllenkreaturen beschützen." Als der schwarze Tod die Säuglinge sieht wird er unruhig und überlegt, wie er die Babys vernichten kann. Er sieht, dass der Engel momentan abgelenkt ist und will seine Chance nutzen. Seine Sense fängt an zu leuchten, seine ganze Energie ist in der Spitze. Aber es sind drei Beobachter da, Igor und zwei seiner Weibchen, dieser hat Kontakt mit Franziska. Sofort dreht sich der Engel um und ihre Hand schießt auf den Dämon. Ein Schrei löst sich aus dem weit aufgesperrten Knochenmund und er löst sich innerhalb einer Sekunde auf. Die anderen drei Dämonen schauen sich an. Krypton schreit bevor er verschwindet: „Wir haben noch nicht das letzte Wort gesprochen, ich bekomme was ich will." Der Engel ruft hinterher: „Du bist nur ein Großmaul." Medusa ruft Ihr zu: „Meine Schlangen werden Babys bekommen und mit vergnügen zu beißen." Franziska antwortet: „Geh mit deinen kleinen Würmchen und lass dich hier nicht mehr sehen." Nur die Ratte sagt nichts, er raucht seine Kippe, zieht genüsslich daran, schnippt sie weit von sich und löst sich von einer Minute auf die Andere auf. Alle Höllenkreaturen sind verschwunden.

Der weiße Engel lächelt und schaut auf die Neugeborenen herab und sagt: „Sabine deine Kinder sind sehr schön, was für ein Glück, zwei kräftige und gesunde Mädchen zu bekommen." Ihre Tochter sagt: „Mutter, du bist es wirklich, wie du bestimmt weißt, ich bin eine Hexe geworden und heiße jetzt Jennie." Ich weiß, du hast auch einen guten starken Mann, viele gute Freunde und auch meinen Igor als Freund gewonnen," sagt der Engel. Alle beobachten in diesem Augenblick ein neues Schauspiel, das ganze Wolfsrudel schwebt nacheinander wie von einer Geisterhand gehoben in die Wolke und verschwindet dort. Jennie sieht das und sagt daraufhin: „Mutter, du hast alles gewusst und uns die weißen Wölfe geschickt." „Ich lasse meine Tochter nicht ohne Hilfe gegen Diabolus Gefolge kämpfen, meine Hilfe ist aber auch begrenzt," sagt ihre Mutter. Jennie laufen die Tränen herunter, sie ist überwältigt und gerührt.

Dann schaut sich Jennie mit großer Sorge um und sucht ihren Mann. Sie sieht Ihn mit Musti am Boden liegen, genau dort wo Beltane vernichtet wurde. Sie läuft zu Ihm und stellt fest, dass er sich nicht mehr rührt, sein Fell und Körper sind total verkohlt. Jennie schreit verzweifelt mit ihrem Säugling auf den Arm, Mirko zu: „Du kannst mich nicht alleine lassen, mit unseren Kindern, ich brauche dich jetzt sehr dringend." Dann hört Jennie, die Stimme ihrer Mutter und Sie sagt: „Jennie geh ein bisschen auf die Seite, dass ich deinen Mann und seinen Freund sehen kann." Ein eigenartiges Licht kommt aus den Wolken, es hüllt die schwerverletzten Werwölfe ein. Franziska lächelt ihre Tochter an und sagt: „Ich möchte gerne die Babys in den Arm nehmen." Sie schwebt über den beiden Werwölfen, nimmt Sophie und Jennie die Kinder aus den Händen. Sie schwebt mit den beiden Säuglingen auf den Arm über den Platz und ruft: „Ich werde immer ein wachsames Auge auf Euch haben, denn die böse Brut wird Euch immer beobachten. Franziska will sich von ihren Enkelinnen nicht mehr trennen.

Dann schwebt sie vor ihrer Tochter auf den Boden und übergibt Ihr die beiden Kinder. Tränen sind in Ihren Augen. Jennie kann nicht glauben, was sich gerade abspielt. Sie gibt ihre Kinder Sophie und Sie umarmen sich fest. Tränen fließen ununterbrochen. Jennie sagt: „Dass ich jemals meine richtige Mutter sehen werde, hätte ich nie geglaubt." „Ich war immer bei dir Kind, ich weiß alles, ich weiß auch von deinem Mann alles, Jennie," sagt Franziska. Jennie schaut daraufhin zu ihrem Mann, in Mirko und Musti kehrt langsam wieder Leben ein, mühsam bewegen sie sich. Jennie stürzt zu ihrem Mann und ist überglücklich, dass er am Leben ist. Um sie herum ist großes Leid, viele Tote und Schwerverletzte. In diesem Moment schaut Jennie herum, sieht ihre Mutter fragend an. Sie sagt: „Schau Mutti, ich habe zwei gesunde Mädchen geboren, das ist großes Glück. Schau dich um, was für ein Leid überall ist, der Tod hat viele Freunde und Familien getroffen." Ihre Mutter sagt daraufhin: „Leider sind mir die Hände gebunden, allen zu helfen, das würde ich Gerne, wenn ich könnte."

Inzwischen hat Jennie wieder beide Kinder auf dem Arm. Daraufhin geht
Sophie auf ihre Schwester zu und sagt: „Schön, dass du wirklich gekommen
bist und uns geholfen hast." Sie antwortet: „Das hätte ich immer gemacht."
Jennie sagt entsetzt zu ihrer Stiefmutter: „Du hast gewusst, dass meine
Mutter uns helfen wird." Sophie antwortet: „Gerade du müsstest inzwischen
wissen, dass man vieles Geheimhalten muss vor den Dämonen, auch in den
eigenen Gedanken." Jennie sagt daraufhin nichts mehr. Dann umarmen sich
die beiden Schwestern innig und die Tränen fließen in Bächen herunter. Als
sich die Beiden trennen sagt Franziska: „Ich hoffe, dass Sie schön klingende
Namen bekommen werden."

In diesem Augenblick stehen die beiden Werwölfe auf, Jennie springt zu
ihrem Mann und sagt: „Schön, dass ich dich wiederhabe und küsst Ihn
innig." Musti wird von seinem Freund Roland überfallen und innig umarmt.
Dann will Franziska noch einmal ihre Enkel im Arm halten. Sie kann von
den Kleinen nicht genug bekommen, ihre Schwester nimmt sie auch
nochmals in den Arm. Zuletzt umarmt Sie ihren Schwiegersohn und sagt zu
Ihm: „Du bist ein großer starker Mann und Werwolf, ich werde versuchen
dir zu helfen, mit deinem Problem." Franziska schaut sich um und sieht,
dass die letzten Wölfe die Wolken erreicht haben, nur Igor und zwei seiner
Weibchen sitzen noch da und beobachten alles. Jennies Mutter sagt sehr
traurig: „Leider ist jetzt der Moment gekommen, Euch Lieben zu verlassen.
Es fällt mir schwer, es muss sein, ich werde über Euch wachen," dann sieht
sie ihre Schwester an und sagt: „Du musst eine gute Mutter zu Jennie sein."
Es laufen dem Engel Tränen über die Wangen. Sie umarmen sich noch
einmal und dann sagt Sie zu Jennie: „Das erwarte ich auch von dir." Niklas
ruft Franziska zu: „Weißt du wo mein Vater ist?" Sie antwortet: „Leider
nein, aber ich denke, er wird im Zwischenreich sein."

Es kommt ein sehr helles gelbes Licht aus den Wolken und Franziska
schwebt langsam in die Wolken. Sie winkt allen noch einmal zu und
verschwindet. War es das letzte Mal, dass Sie ihre Mutter gesehen hat?
Jennie weint und steht mit ihren beiden Säuglingen im Arm da. Sie schaut

traurig der Wolke nach die langsam davonzieht und sich auflöst. Dann hört Sie die Stimme ihres Mannes und er fragt: „Darf ich auch meine Kinder sehen und Sie in meinen Armen halten." Jennie lacht Ihn an und sagt: „Es sind zwei Mädchen, aber gesund." Mirko nimmt Beide in seine starken Arme und sagt lästernd: „Um Gottes willen, jetzt habe ich drei Weiber im Hause, das kann nicht gut gehen." Eine Stimme aus dem Himmel meldet sich noch einmal: „Mirko, das will ich nicht hören, sonst komme ich zurück und dann kannst du was erleben." Mirko sagt daraufhin: „Vier Weiber." Die Stimme noch lauter: „Mirko!" „Ich sag schon nichts mehr," meint Mirko. Es rumort, die Erde bebt, alle sehen sich an. Sophie sagt lachend: „Ich denke, da haben ein paar schwarze Seelen ein großes Problem, sie haben ihren Boss verärgert.

Kapitel 36
Diabolus kann es nicht fassen

Diabolus stampft ungehalten durch seine Hölle, er kann nicht zuschauen wie schlecht seine Kreaturen die Aufgabe ausführen. Er mault vor sich hin und denkt, was habe ich für ein nichtsnutziges Dämonenvolk, sie machen einfach nicht, was man Ihnen befiehlt. Als das gehörnte Monster den Engel sieht, schaut er ungläubig in seinen Bildschirm und schreit: „Franziska, wie kommt die hierher, dieses Weibsstück hat doch der schwarze Tod vernichtet." Dann muss er zuschauen, wie sein Drachendämon von dem Engel vernichtet wird. Zorn steigt in Ihm hoch, sein schwarzes Blut kocht. Er schreit fürchterlich in sein dunkles Reich: „Wo kommt der weiße Engel plötzlich her, kann Sie nicht bleiben, wo sie hingeschickt worden ist, muss Sie sich überall einmischen. Ansonsten hätten meine Dämonen es geschafft, das Kind zu vernichten. Dieses Miststück und Ihre weißen Wölfe müssen vernichtet werden."

Dann hört Diabolus ein Geräusch und Beltane fällt auf den heißen Höllenboden. Sofort dreht sich der Teufel um, er wird vor Zorn noch größer, packt mit seinen Riesenpranken den Dämon am Kragen, der vor Angst zittert. Er schleudert ihn mit ungeheurer Wucht an die nächste Wand und schreit: „Kann man sich auf Euch nicht mehr verlassen, ihr bringt nichts mehr zu Ende, Ihr habt total versagt." Am Boden liegend und mit ehrfürchtigem Blick sagt der Dämon: „Der Engel hat uns alles versaut, wir hatten die Kelten im Griff und hätten Sie komplett ausgelöscht." Immer wieder sieht Diabolus auf den Bildschirm und sieht, dass der Engel zwei Säuglinge im Arm hält und seine Mannschaft verschwunden ist. Der Teufel schnaubt und aus seinen Nüstern bläst Rauch. Der Höllenboss ist kurz vor dem explodieren. Er schreit weiter durch sein Höllenreich und donnert seine Faust an die nächste Höllenwand: „Sollen Sie nur kommen ich werde ihnen was erzählen." Ungeduldig stampft der riesige Koloss durch sein Reich und wartet auf die Versager. Immer wieder wirft er einen Blick auf den Bildschirm und schüttelt ununterbrochen seinen gehörnten riesigen Schädel und flucht: „Zwei mächtige Kinder sind auf der Welt, das kann nicht sein. Verarschen mich alle, ich werde Ihnen die Leviten lesen."

Dann kommen die vier Dämonen in die Hölle und erwarten nicht, dass ihr Chef gut gelaunt ist, sie wissen genau was sie erwartet. Nebeneinander stehen die vier mächtigen Dämonen und schauen Diabolus ängstlich an. Dieser beruhigt sich nicht. Er sieht seine übriggebliebenen schwarzen Kreaturen an und sagt: „Ihr traut Euch nach diesem schlechten Ergebnis zu mir zukommen," schnauft tief durch, hebt seinen Arm, Feuer schießt aus seiner Hand und hüllt die vier Dämonen ein. Wie ein Wirbelwind dreht sich das Höllenfeuer um die Kreaturen. Beltane schleudert er zu den Anderen, in das schnelldrehende Feuer. Er schreit weiter: „Ich werde Euch zeigen, was ich mit Versagern mache. Immer schneller dreht sich das Höllenfeuer, dass man die einzelnen Gestalten nicht mehr auseinanderhalten kann. Diabolus sieht gelangweilt zu und sagt: „Ich werde Euch hierbehalten, damit ihr endlich versteht, dass man meinen Befehlen gehorchen muss." Dann schleudert er die fünf Dämonen durch sein Reich und schreit dabei alte Beschwörungen. Benommen bleiben die schwarzen Seelen auf den heißen Höllenboden liegen. Sofort will der schwarze Tod seine Sense aktivieren. Diabolus lacht und kreischt den schwarzen Tod an: „Ich habe Eure gesamten Kräfte genommen und Ihr könnt nicht fliehen. Ihr Versager seid gefangen in meiner Hölle, sagt bloß, Euch gefällt es nicht in meinem Heim. Ich werde dafür sorgen, dass Ihr jeden Zentimeter meines Reiches kennenlernt." Der schwarze Tod steht arrogant auf, streift seine Kutte zurecht und sagt: „Hier können wir nichts gegen das Kind und dem magischen Zirkel unternehmen." Diabolus sieht den schwarzen Tod an, lächelt und spricht zornig den Dämon an: „Was Ihr jetzt unternehmt, werde ich Euch sagen und nichts anderes wird gemacht, weil Ihr jämmerliche Versager seid. Ich werde mich um ein paar andere Dämonen bemühen und auswählen. Ungläubig sehen die 5 Dämonen ihren Boss an. Mein Höllenreich ist jetzt Euer Reich und Zuhause. Der Höllenfürst stampft noch einmal auf die 5 Kreaturen zu und hüllt sie mit dem wirbelnden Höllenfeuer ein, schleudert Sie dabei durch sein gesamtes Reich und schreit: „Ihr glaubt immer noch nicht, dass ich es ernst meine." Nun wütet der Höllenfürst vor Zorn und schleudert Feuerfontänen durch sein Reich und schlägt mit den Fäusten auf den Boden und gegen die Wände, dass alles bebt und kracht. Er lässt ihnen keine Ruhe mehr, er schreit wieder einige unheimliche Beschwörungen und die 5 schwarzen Kreaturen fallen als eklige Kröten auf den Boden. Quakend fliehen Sie vor dem Höllenfürsten.

Diabolus Reich brennt lichterloh, er hat das Höllenfeuer entfacht, furchtbare Schreie, ekelhafte Töne sind zu hören. Der Teufel lacht und meint: „Eigentlich sollte ich alle Kröten zertreten und sie dann zu den armen Seelen werfen, die hätten ihre Freude." Diabolus spielt mit seinen Kröten Fußball und schießt sie kräftig gegen die Wände. Er zerbricht sich dabei den Kopf, wie können Jennies Kinder getötet werden. Die Keltenbagage muss vernichtet werden. Immer wieder kreischt er vor Wut durch: „Ist keiner dazu fähig, ein paar Kinder und eine Hexe zu vernichten kann." Nervös läuft er durch sein Reich, tritt dabei immer wieder auf die Kröten, die vor Schmerzen grausam schreien. Diabolus lässt seiner Wut freien Lauf, er schlägt mit seinen Fäusten um sich, spricht wilde Beschwörungen, er lässt die Lava überkochen, er drangsaliert seine Untertanen. Die Hölle bebt und brennt.

Nach langen wütenden Tagen, entschließt sich Diabolus doch noch, einer seiner Kröten zurück zu verwandeln. Es ist die Ratte. Warum gerade die Ratte? Diabolus erklärt der Bestie seinen Plan, lange unterhalten sie sich und diskutieren. Dabei muss die Ratte immer wieder geheimnisvoll lachen. Ein unheimliches Paar unterhält sich. Dann steht die Ratte mit zwei Zauberstäben da und verschwindet. Diabolus schreit hinterher: „Du weißt, was dir blüht, wenn du nicht tust, was wir besprochen haben."

Kapitel 37
Das große Aufräumen und verarzten

Die Babys und Jennie stehen bei den Kelten im Mittelpunkt. Jennie fühlt sich nach wie vor als Hexe und will ihren Freundinnen wie immer helfen. Alle wollen ihre Kinder einmal sehen, aber Sie möchten, dass Sie bei ihren Kindern bleibt und Sie gut versorgt. Jennie will behilflich sein, denn die Not ist groß, es gibt zu viele Verletzte und Tote. Überall liegen vor Schmerzen schreiende Magier, Druiden und Hexen die dringende Hilfe brauchen. Kaum einer ist unverletzt, viele sind Bewusstlos, es muss Ihnen dringend geholfen werden. Viele Hexen und Magier versuchen zu helfen, obwohl sie selbst verletzt sind. Hedda und Jennie senden Hilferufe an ihre Dörfer um Helfer anzufordern. Hedda fragt Jennie: „Hast du Kieran und Aisling gesehen?" Jennie kann nur den Kopf schütteln und meint: „Ich werde sie mit den Kindern suchen." Sie schlafen in ihren Arm, ihre Stiefmutter kommt gerannt und schreit Jennie an, bist du von allen Geistern verlassen. Du kümmerst dich um deine Kinder, wir kümmern uns um die Verletzten. Jennie sagt kleinlaut, ich will nur Kieran und Aisling suchen. Sophie sagt daraufhin: „Dich kann man nicht abhalten, dann suchen wir sie wenigstens gemeinsam, gib mir eine Baby Hexe." Jennie überreicht eines ihrer Säuglinge mit Freude ihrer Stiefmutter. Dann laufen sie gemeinsam los und suchen das irische Anführer Paar. Sophie meint: „Es liegen zu viele Verletzte herum, die versorgt werden müssen, wo sollen wir die Beiden finden."

Ein paar Meter entfernt, wo sie Musti und ihren Mann gefunden hat, finden Sie das irische Druidenpaar und daneben Hermine und Koni. Es hat lange gedauert, bis Sie die vielen Personen angesehen haben. Sie liegen bewegungslos da, sofort kümmern sich Jennie und Sophie um das irische Paar. Sie haben einige Brandwunden, sofort nimmt Jennie mit Kunigunde und Märta Kontakt auf, die kurz darauf mit dem Besen und ein paar Salben und Cremes angeflogen kommen. Die Hexen kümmern sich um das Druidenpärchen. Kunigunde und Märta fragen vorsichtig, dass sie einen Kessel mit ihrer geheimnisvollen Salbe benötigen. Jennie ist begeistert und sagt: „Das mache ich sofort, das ist meine Aufgabe. Ihre Stiefmutter sagt: „Ich helfe dir, keine Widerrede, den Sud machen wir zusammen. Kunigunde meint: „Wir brauchen jede helfende Hand." Aisling wacht langsam auf und tastet ihren Kopf ab und fragt: „Haben wir alles überstanden" und dann sieht Sie das Kind im Arm von Sophie, dann wandern die Augen zu Jennie und sie sieht das Schwesterchen. Sie flüstert daraufhin. „Haben wir gesiegt, die Dämonen zum Teufel geschickt. Du hast zwei hübsche Hexen?" In diesem Moment wacht Kieran auf und wird kurzerhand in die Neuigkeit eingeweiht. Kieran sieht sich um und fragt: „Ob er Weinen oder sich Freuen soll." Auf der einen Seite, die zwei hübschen kleinen Hexen, auf der anderen Seite die große Anzahl der Toten und Verletzten. Kieran will aufspringen und helfen. Aber Jennie und Sophie

halten Ihn fest und meinen: „Deine Frau ist versorgt, eingecremt und gesalbt
und jetzt hilft Sie mit: „Zuerst wirst du versorgt, dann musst du uns auch
helfen." Dann sehen sie sich weiter um, gehen zu den Beiden verkohlten
Leichen von Hermine und Koni. Den Beiden kann nicht mehr geholfen
werden, sie müssen sofort Tod gewesen sein. Weitere Helfer treffen ein, sie
bringen weitere Cremes und Salben mit." Sie nehmen auch einige Verletzte
mit, um sie besser versorgen zu können.

Laufe der Zeit treffen immer mehr Helfer ein, die ihre Verletzten
mitnehmen. Sehr viele Tote liegen herum, um die sich noch keiner
kümmert. Verhältnismäßig schnell gehen die Transporte der Verletzten
voran. Kunigunde und Märta gehen zu Jennie und Sophie und berichten,
dass sie keinen Kessel mehr anzuheizen brauchen, denn die Verletzten
werden abtransportiert. Niklas und Hedda laufen über den Platz vor der
Höhle und einige Wege entlang, Sie schauen sich die Toten an, ob sie einen
davon kennen. Niklas sucht seinen Vater, er weiß nicht, wo er sich befindet.
Der enge Kreis des magischen Zirkels übernachtet noch einmal in der
Höhle, im Berg Ararats. Sie haben auf einfachen Tischen und Bänken Platz
genommen, nach feiern ist ihnen nicht zumute. Zu viele Tote haben sie zu
beklagen, Niklas Vater bleibt spurlos verschwunden. Hermine und Koni
sind gestorben und viele sind verletzt. Niklas will nicht viel reden, er ist in
sich gekehrt. Akgül und Asena sind bei Igor und fragen Ihn, wo Isak ist.
Akgül berichtet Niklas, dass Igor alles versuchen wird, Isak zu finden. Igor
meint, nach diesem großen Kampf, ist die gesamte Unterwelt und Oberwelt
in großem Aufruhr. Es ist nichts bekannt, wo sich der alte Druide Isak
aufhält, oder verschwunden ist. Eines ist sicher, in der Hölle ist er nicht.
Niklas beruhigt die Tatsache, dass sein Vater nicht in der Hölle bei den
Dämonen ist. Aber freuen kann er sich trotzdem nicht. Kieran und Aisling
sprechen Waldtraud und Sepp an, dass sie trotz allem ein oder zwei Bier
trinken könnten. Niklas ist gleicher Meinung und seine Frau sagt:
„Vielleicht tut es den geschundenen Seelen gut. Niklas ruft Kieran zu: „Als
erstes trinken wir auf unsere kleinen Kelten und Hexen. Dann trinken wir
auf den Sieg und dann für unsere gefallenen Freunde." Als das Bier auf den

Tischen steht, stellt sich Kieran hin, hebt den Krug hoch, sie prosten sich zu. Es dauert nicht lange und es kommt bessere Stimmung auf. Die beiden Druidenfrauen und die Hexen verbringen die meiste Zeit bei den Säuglingen und die Männer beim Bier. Niklas sagt in die Runde: „Glaubt ihr wirklich, dass die Dämonen eine längere Ruhepause machen werden." Am Tisch kommt großes Gelächter auf und einer aus der Runde ruft und das ist Vani: „Wenn die Kreaturen aufgeben, dann lasse ich mich als Hexe ausbilden und lerne das Fliegen auf einem Besen." Schorsch ruft daraufhin, das möchte ich sehen." Kunigunde hört das und ruft Ihm zu: „Das fliegen lerne ich dir dann persönlich."

„Morgen früh werden die letzten Toten abgeholt, wir nehmen Koni und Hermine mit," meint Niklas. Dann kommt er auf das nächste Thema und fragt: „Wir haben es geschafft, dass die Kinder auf der Welt sind, keiner von uns glaubt daran, dass die Dämonen uns in Ruhe lassen werden. Sie müssen die Kinder töten. Wie gehen wir weiter vor?" Kieran meint: „Sie werden nicht schnell angreifen, sie müssen sich neu aufstellen. Sie brauchen neue starke Dämonen, die erst gewählt werden müssen. Tarantula, Samhain und Beltane sind tot, die müssen ersetzt werden. Gut, Beltane kann Diabolus eventuell einsetzten. Lassen wir es uns auf uns zukommen, wie sich Diabolus entscheidet." Niklas antwortet daraufhin: „Egal wie sich Diabolus entscheidet, ob Beltane wiedererscheint oder nicht, irgendeiner wird sich bestimmt aufmachen um uns das Leben schwer zu machen." Waldtraud wird die Diskussion zu blöd und Sie schreit in die Runde: „Egal wer sich aufmacht und uns angreifen wird. Wir haben es geschafft, dass die Kinder bei uns Gesund sind und mit jedem Tag der vorübergeht, werden die Babys wachsen und lernen, stärker und mächtiger zu werden. Sie werden mit jedem Tag gefährlicher für die Dämonen. Wir müssen unbedingt Zeit gewinnen."

Kieran sagt: „Sehr gut geschrien, aber wie machen wir es und wie stehen wir das alles durch." Niklas meint: „Wir haben noch das Kreuz von der alten irischen Kapelle, vor diesem Kreuz haben die Dämonen großen

Respekt und Franziska dürfen wir auch nicht vergessen. Ich denke, dass Sie auf ihre Enkel noch lange ein Auge werfen wird und Sie beschützt." Akgül sagt bedenklich: „Ich glaube, dass Franziskas Hilfe begrenzt ist, ob sie uns noch einmal helfen kann, ist ungewiss, wir dürfen uns darauf nicht verlassen." Niklas lacht und sagt daraufhin: „Das wissen unsere Feinde nicht," und hebt seinen Krug noch einmal. Vani will auch etwas sagen: „Wir haben bis jetzt durchgehalten und ihnen eine herbe Niederlage beigebracht, wir werden es schaffen, die Kinder groß zubekommen. Ich denke, dass Irland der beste und älteste magische Ort sein wird. Hier werden die Kinder ihre magischen Kräfte am besten kennenlernen." Niklas grübelt und meint: „Das glaube ich auch, aber das werden die Feinde auch wissen, vielleicht sollten wir hier bleiben an diesem heiligen Ort." Akgül und Asena nicken und sagen dazu: „Das könnte nicht schlecht sein, vielleicht gibt es noch einen heiligeren Ort, den müssten wir finden und uns dort verstecken." Schorsch sagt: „Dieser Ort könnte überall sein, machen wir uns einen. Wir haben die alte irische Kapelle und das Kreuz und verschiedene Bannsprüche, da könnten wir für die Kinder eine perfekte Unterkunft zaubern." Niklas lächelt und sagt: „Für die Kinder kann eine Unterkunft nicht perfekt genug sein, ihr habt doch gesehen, dass die Kreaturen nichts unversucht lassen." Kunigunde lacht und sagt: „Wir haben uns verbessert, das haben die Dämonen zu spüren bekommen, wir müssen uns weiterbilden. Wir müssen das alte keltische Buch deines Vaters weiterlesen und nicht aufgeben. Wir werden am besten morgen damit anfangen." „Ich werde auf jeden Fall dabei sein," meint Niklas.

Märta ruft in die Runde: „Wir diskutieren die ganze Zeit, wie wir die niedlichen Babys beschützen können, aber wir haben noch keine Namen für die Beiden." Alle sehen sich an und es ist ein paar lange Sekunden Ruhe in der Höhle, dann lachen Sie. Niklas haut die Faust auf den Tisch und sagt: „Sie hat recht, wir brauchen zwei hübsche Hexennamen." Hedda meint lachend: „Das machen wir mit einem Fest." Jetzt ist die trübe Stimmung vorbei und endlich sehen alle wieder fröhlich aus. Jennie die junge Mutter ruft: „Das Feiern wir in Berlin auf dem verlassenen Flughafengelände, mit

allen Keltenstämmen zusammen ganz groß." Waldtraud ruft daraufhin:
„Dann können wir endlich alle wieder über das Gelände mit unseren Besen
brausen." Kunigunde lacht: „Da bin ich auf jeden Fall dabei." Akgül fragt:
„Macht das wirklich so viel Spaß, dann sind wir auch dabei." Mirko lacht
und sagt: „Wie das Spaß macht, ich und Musti spielen wieder, fang das
Höschen!" Akgül sieht Mirko von der Seite an und meint, das kannst du mit
deiner Frau machen. Mein kleines Höschen bleibt bei mir, anscheinend hast
du dieses Spiel schon gemacht und bekommen, was du wolltest. Kann es
sein, dass die Babys damit echte Berliner sind." Alle lachen und Jennie
bekommt einen leicht roten Kopf. Sepp witzelt: „Tja, Werwölfe soll man
nicht unterschätzen, sie haben eine enorme Sprungkraft, ich bevorzuge eine
einfachere Methode, an das Höschen zu kommen." Waldtraud kontert: „Du
hast keine Fantasy mehr, du könntest dir auch was anderes einfallen lassen."
Wieder lacht die ganze Runde und lästern gemein über den Münchner
Magier. Vielleicht solltest du Ihr etwas vorjodeln" sie lachen alle. Sepp
lacht und sagt daraufhin: „Ich werde mit euch Schuapladdeln und dann fällt
der Watschnbaum um." Schorsch muss lachen und Vani sagt: „Was redet er
denn, was ist das für eine Sprache." Niklas lacht und sagt: „Chinesisch
Rückwärts." Mirko fragt Jennie: „Wenn wir in Berlin sind, dann geht ihr
bestimmt Reizwäsche kaufen?" Jennie fragt: „Für wenn sollte ich das
kaufen, die Ärzte haben mir verboten 6 Wochen Sex zu haben." Olivia sagt
lachend: „Jennie du hast dich verhört, 8 Wochen mindestens." Mirkos
Gesicht wird immer länger und ist ganz ruhig geworden und Musti kann
sein lachen kaum noch unterdrücken. Sophie flüstert Ihr zu: „Lass Ihn noch
ein wenig schmoren." Jennie sagt zu Mirko: „Du bleibst besser solange von
meinem Bett fern.

Hedda fängt ein neues Thema an und fragt ihren Mann: „Wie können wir
deinen Vater finden?" Niklas sagt darauf: „Gute Frage, das beschäftigt mich
und ich weiß mir absolut keinen Rat." Akgül meint: „Vielleicht kann ich als
Orakel mit Sophie die Kugel befragen." Sophie antwortet: „Das ist eine gute
Idee, das machen wir, vielleicht finden wir zusammen eine kleine Spur, er
kann nicht Spurlos verschwunden sein. Irgendeinen Hinweis muss es

geben." Aisling sagt: „Vielleicht hat Ihn das Kreuz, zu seiner Sicherheit in eine Zwischenwelt katapultiert und jetzt muss er sich einen Weg suchen, um diese zu verlassen." Niklas befragt die Orakel: „Könnt Ihr überhaupt in die Zwischenwelt sehen." Akgül sagt etwas beleidigt über eine solche Frage: „Wenn wir in die Unterwelt sehen können, warum sollen wir damit nicht in die Zwischenwelt sehen können, wir haben nur eine Schwierigkeit, wir wissen nicht, wo wir suchen müssen. Die Zwischenwelt ist natürlich ebenso Groß und gefährlich." Niklas sagt: „Das ist nicht aufbauend, aber ehrlich, dass sollten wir ändern." Hedda meint: „So wie ich deinen Vater kenne, weiß er bestimmt sich zu helfen." Kieran will seinen Freund aufmuntern: „Er weiß bestimmt eine Lösung, da bin ich mir sicher, plötzlich wird der Alte dastehen, als wenn nichts geschehen wäre."

Niklas sagt: „Morgen früh werden wir auf alle Fälle nach Schweden aufbrechen und unsere Toten Freunde mitnehmen. Niklas lässt noch eine Runde Bier bringen. Er möchte noch einmal auf die beiden Babys und den Sieg über die Dämonen anstoßen, dass die Krüge krachen. Ein keltischer Siegesruf hallt laut durch die Höhle. Dieses Mal hat Jennie einen vollen Bierkrug in den Händen. Sie trinkt mit echtem Genuss den edlen Stoff, mit großen Zügen den Krug aus und bestellt sich den nächsten, dass Sepp viel Freude bereitet. Waldtraud mahnt zur Vorsicht, dass sie nicht viel trinkt. Jennie genießt den Abend in vollen Zügen. Kieran sagt: „Dass es besser wäre, schnell Schluss zu machen, damit sie morgen in aller Früh nach Schweden in ihr Dorf zurückkehren können. Aber Sepp besteht noch auf eine Runde vor dem Zubettgehen. Sepp sagt laut, dass sie das heute verdient hätten. Noch einmal stoßen sie die Krüge zusammen. Dann gehen sie alle in ihre Betten.

In aller Frühe und mit Kopfschmerzen wird Jennie von Igor geweckt, immer wieder stößt er mit seiner Schnauze Sie an, bis die junge Mutter aufwacht und sich streckt. Sie steht mit einem kleinen Kater auf. Die Anderen des magischen Zirkels warten auf die junge Mutter, die Babys haben Sophie und Waldtraud versorgt. Sophie ihre Stiefmutter reicht Jennie die Säuglinge und sagt streng: „Du musst deine Babys stillen, sie haben Hunger. Jennie gibt den Babys die Brust. Bald darauf, ruft Niklas alle zusammen und sie machen sich auf die Reise nach Schweden. In Sekundenschnelle sind sie in ihre Heimat verschwunden.

Kapitel 38
Wieder zurück in Schweden

Mit großer Freude werden sie empfangen, das ganze Dorf steht Kopf. Jennie und Mirko können nicht verstehen, dass sie so gefeiert werden, obwohl das Dorf viele Tote zu beklagen hat. Alle Frauen wollen die Kinder sehen und am liebsten in ihrem Arm halten. Sie wollen sehen, für wenn die Angehörigen oder Freunde gestorben oder schwer verletzt wurden. Die Bewohner des Dorfes wollen Hermine und Koni einbalsamieren und für die Beerdigung waschen. Aber Waldtraud und Märta erhaben Einspruch, dass Hermine eine vom Brocken ist und am Hexenberg begraben wird. Niklas überlegt und sagt: „Wir sind da und machen hier die Totenfeier und danach am Brocken. Anschließend müssen wir nach Irland und England. Jennie sieht Niklas entsetzt an und sagt: „Wir sind die ganze Zeit geflohen, jetzt sollen wir wieder von einem Ort zum Anderen ziehen." Die vielen Menschen sind für deine Kinder gestorben, du bist Ihnen verpflichtet den Verstorbenen die letzte Ehre zu erweisen, sagt Niklas streng. Jennie schämt sich, entschuldigt sich und sagt daraufhin: „Daran habe ich nicht gedacht, ja das sollten wir wirklich tun, auch wenn es mir schwerfällt, ich schäme mich." Jennie fragt Niklas: „Was machen wir mit Koni, er ist ein Waschechter Berliner, sollen wir Ihn in Berlin begraben? Niklas sieht die junge Hexe an und man merkt, dass er nicht weiß was er antworten soll. Plötzlich sagt er, fragen wir seine Freunde, Vani und Schorsch, Sie gehen eilig zu Ihnen. Niklas fragt die Beiden und bekommt zur Antwort, dass Sie keine Angehörigen von Ihm kennen, dass er in Hermine sehr verliebt war und bestimmt mit Ihr am Brocken beerdigt werden will. Ihre Freunde haben schnell die Beerdigungen der vielen Freunde und Kämpfer des tiefen Nordens in Schweden vorbereitet. Lange dauert alles. Jennie ist flau im Magen, Ihre Beine sind wie Gummi, als sie sieht, wie viele keltischen Kämpfer und Kämpferinnen ihr Leben, für ihre Babys gelassen haben. Lange Reihen mit Bahren mit Toten sind aufgestellt. Die junge Hexe kann den Anblick nicht ertragen, aber sie muss sich zusammenreißen. Sie hält eine Ansprache für die mutigen verstorbenen Kämpfer. Sie hat einen Kloss im Hals, Sie weiß nicht, was Sie zu den tapferen Seelen sagen soll. Sie spricht ein paar Sätze, dann sprudelt es aus Ihr heraus. Es ist eine schöne Rede des Dankes, für ihre beiden Kinder. Sie hält Ihre Kinder einzeln hoch über Ihren Kopf, damit Sie alle sehen können. Diese jubeln den Kindern zu, als Sie den Dorfbewohnern zuschreit: „Die Kinder werden jeden einzelnen Toten rächen und den Dämonen gewaltig in den Arsch treten." Jennie stehen Tränen in den Augen, Sie kann nicht verstehen, was Sie in diesem Moment erlebt. Sie ist sprachlos. Sie bringt vor Rührung keinen Ton mehr heraus. Viele treue Anhänger, die für ihre Kinder da sind.

Dann zaubern Sie sich zum Brocken, hier werden sie mit tosendem Beifall empfangen. Alle wollen sofort die Babys sehen. Eine riesige Menschenmenge von Hexen drängen sich um die Kleinen und wollen Sie knuddeln. Die Totenfeier ist schnell vorbereitet und Hermine mit Koni werden mit vielen anderen Verstorbenen beerdigt. Auch hier muss Jennie eine Rede halten, Tränen stehen der jungen Hexe in den Augen. Besonders schlimm ist es, als Sie den letzten Stein auf das Grab ihrer Freunde Koni und Hermine legt. Sie sagt am Grab: „Koni und Hermine, Ihr seid nicht umsonst gestorben, meine beiden Kinder sind hier, Sie werden mächtige Hexen. Sie werden Euch rächen, das verspreche ich. Jennies Tränen laufen über die Steine aufs Grab. Sie kann sich nicht beruhigen. Dann hört Sie die Stimme der Kinder in ihrem Kopf, die sagt: „Die Beiden sind im keltischen Himmelreich, Sie sind sehr glücklich, sehen zu uns herab und sind stolz auf dich. Jennie steht auf und sieht mit einem betrübtem lächeln zum Himmel. Die Frühlingssonne scheint Ihr dabei ins Gesicht. Dann nimmt Sie die Säuglinge und hebt Sie einzeln über dem Grab zum Himmel. Jennie spürt in sich die Freude ihrer Freunde und ist glücklich mit Ihnen. Jetzt weiß Sie, Hermine und Koni haben Ihre kleinen Mädchen gesehen.

Dann passiert etwas Unheimliches, Sie hört Hermines Stimme: „Wir werden voneinander hören." Jennie denkt: „Sie ist bestimmt bei meiner Mutter und Beide beobachten mich." Jennie bedankt sich bei ihren Kindern und ist nicht mehr traurig, denn sie weiß, dass es ihnen gut geht. Niklas beobachtet die junge Hexe und spürt, dass in Ihr etwas vorgeht. Der Druide fragt Jennie: „Hast du Kontakt mit deiner Freundin Hermine gehabt?" Jennie fragt zu Ihm: „Woher weißt du, dass ich mit meiner lieben Hermine Kontakt habe." Niklas sagt: „Das war nicht schwer zu erraten, ich weiß, dass wir untereinander Kontakt haben können und ich hatte das Strahlen im Gesicht gesehen." Niklas du siehst in mir alles, das ist mir immer ein Rätsel, aber du hast einen sehr guten Meister," sagt die junge Mutter. Niklas antwortet lächelnd: „Wir müssen nur unsere alte keltische Kraft nutzen, dann können wir Berge versetzen, das haben wir bewiesen." Dann passiert etwas, was nicht einmal seine Frau Hedda geglaubt hätte. Der alte Druide nimmt eines der Säuglinge in seinen Arm und läuft neben Jennie her, über den Hexenberg. Alle vom Dorf, die Niklas gut kennen und seine Freunde sind, sehen ungläubig in ihre Richtung. Auch seine Frau muss zweimal hinschauen und fragt ihre Freundin Aisling: „Sehe ich gerade richtig, zwick mich bitte kräftig, ich kann es nicht glauben, hat wirklich mein Mann ein Baby auf den Arm?" Aisling sagt: „Ich kann es auch nicht glauben, aber es ist wahr." Niklas erzählt Jennie, dass Sie Morgen zur Beerdigung nach Irland und England müssen. Dazu müssen Sie wieder früh auf den Beinen sein, er wird eine kleine Sitzung halten und es allen sagen." Jennie gefällt es nicht, dass sie weiterreisen muss, aber sie versteht es, dass sie den vielen Gefallenen die letzte Ehre erweisen muss. Sie haben für Sie und die Kinder gekämpft und ihr Leben gelassen. Niklas und Kieran rufen ihren kleinen Zirkel zusammen und erklären, dass sie Morgen nach Irland und später nach

England weiter Reisen müssen, zu weiteren Beerdigungen. Sie bleiben eine längere Zeit sitzen, Sepp und Waldtraud schenken Ihr Bier aus, Bald darauf gehen Sie in ihre Quartiere.

Sehr früh weckt Sophie und Igor Jennie, denn die Babys sind unruhig und haben Hunger. Schnell steht Jennie auf und legt einen Säugling nach dem anderen an die Brust. Danach schlafen die Kleinen weiter. Igor läuft aus dem Haus und verschwindet im Wald, er will die Umgebung ausspionieren, er glaubt nicht, dass die Dämonen noch einmal angreifen. Jennie erzählt es später Niklas und der meint dazu: „Sie haben ihr Ziel nicht erreicht. Es könnte tatsächlich sein, dass sie unterwegs sind und uns ausspionieren, es wird besser sein, wenn Mirko und Musti mit Ihm die Runde drehen." Wir werden dann nach Irland weiterreisen. Er hört wie Aisling und Kieran ihre Gruppe zur Eile ruft, damit sie schnell zusammenkommen. Dann stellen sie sich zusammen und auch die Wölfe kommen mit. Schnell löst sich die Gruppe nach ihrem bekannten Spruch auf und werden momentan unsichtbar.

Ein gigantischer Jubel mit keltischen Kampfrufen empfängt die kleine Gruppe. Das ganze Dorf kommt auf den kleinen Zirkel zugelaufen, um die niedlichen Zwillinge zu sehen. Die Säuglinge sind schon kleine Stars, mancher Prominente wäre vor Neid erblasst, wenn sie sehen würden, wie begehrt die Kleinen sind. Dann ruft der irische Anführer seine Leute zusammen um zur Beerdigung zu gehen. Das wird für Jennie der schlimmere Teil der Reise. Eine lange Reihe der Holzbahren mit den Toten ist aufgestellt. Unzählige Menschen sind für ihre Kinder gestorben. Fast in jeder Familie ist großes Leid und Trauer, viele der irischen Personen sind schwer verletzt und kommen mit Krücken oder Stöcken zur Beerdigung. Einige der Kämpfer haben Verbände, durch Verbrennungen und Verätzungen der Freaks. Die junge Mutter ist geschockt, was die Iren für große Opfer gebracht haben. Sie kann es nicht verstehen, dass die irischen Druiden und Hexen ihr Leben geopfert haben, für Sie und Ihre Kinder. Lange dauert die Zeremonie, die Jennie sehr viel Kraft kostet.

Ein paar Freunde des Dorfes trinken mit Ihnen einen Kaffee. Niklas will nach England um bei der nächsten Beerdigung zu sein. Die junge Mutter will mit ihren Kindern und ihrem Mann noch einmal zu den Klippen laufen. Sie will es sich nicht nehmen lassen ihren Kindern das wilde Meer zu zeigen. Niklas meint dazu: „Dann nehmen wir das Kreuz mit und hängen es in der kleinen Kapelle auf. Vielleicht weiß die Kapelle wo sich mein Vater befindet." Mirko fragt daraufhin: „Wie soll die Kapelle wissen, wo sich Isak befindet?" Der Druide sagt wissend: „Man soll nie die die alte keltische Magie unterschätzen. Machen wir uns gleich auf den Weg."

Jennie ruft freudig in die Gruppe: „Juhu, wir gehen an das Meer und zur Kapelle, wollen alle noch einmal mitgehen?" Alle wollen mitgehen und Jennie begleiten. Musti hat die Ehre das alte keltische Kreuz zu tragen. Sein inniger Freund Roland begleitet Ihn und hält seine Hand. Jennie gibt ihren Mann eines der Säuglinge zu tragen und nimmt seine Hand und sagt: „Gehen wir zusammen zum stürmischen Meer, du hast es dir verdient, dass wir wieder eine Familie sind." Das lässt Mirko alle Schmerzen vergessen die er bekommen hat, kann er jetzt in eine rosige Zukunft blicken? Er ist glücklich, dass er Händchen halten kann, die warme Hand seiner Frau spürt und in das kleine Gesicht seiner kleinen Tochter blicken kann. Sie schläft in seinen starken Armen und schaut glücklich aus. Igor weicht keine Minute von Jennies Seite und läuft eng neben Sie her.

Nach kurzer Zeit stehen sie zusammen wieder an den Klippen und sehen auf das wilde Meer hinaus, die junge Hexe sagt zu ihrem Mann: „Jetzt zeigen wir unseren Säuglingen das schöne Meer." Die Zwillinge wachen auf und sie zeigen den Babys diesen schönen Anblick. Mirko sagt zu seiner Frau: „Ich habe das Gefühl, hier werden wir öfter stehen, auch mit unseren großen Kindern und im hohen Alter." Seine Frau antwortet zärtlich: „Ich hoffe du hast recht, ich würde es mir wünschen." Dann ruft Aisling: „Wir müssen weiter, wir können auf dem Rückweg noch einmal kurz stehen bleiben."

Die Gruppe macht sich auf den Weg zur Kapelle. Gute zehn Minuten später erreichen sie die Kapelle und gehen in das Innere. Wieder überkommt der Gruppe ein Stille und Ruhe. Nichts ist in der Kapelle zu hören, totale Stille. Niklas befiehlt Musti und Roland das Kreuz an die selbe Stelle zu hängen, wo es sich befunden hat. Niklas schließt die Augen und fängt an, eine Beschwörung zu murmeln. Mirko fragt Hedda was macht Niklas. Hedda antwortet vorsichtig: „Ich denke es sind sehr alte Beschwörungsformeln und er ruft bestimmt sehr alte Geister und fragt sie, wo sein Vater ist, er versucht mit Hilfe des Kreuzes, dass herauszufinden." Dann öffnet Niklas die Augen, Hedda fragt ihren Mann: „Hast du etwas erreicht." Sie sieht ihn dabei sehr besorgt an. Niklas sagt etwas resigniert: „Nicht wirklich, sie meinen sie haben ihn gesehen, aber sie haben mir versichert, dass sie ihn suchen und die Geister werden es mir dann berichten, ich muss aber hierherkommen." Jennie lacht und sagt: „Kommen wir hierher zurück, ich habe nie den schönen irischen Frühling erlebt." Aisling lacht und sagt: „Es gibt keinen schöneren Frühling, als den Irischen! Machen wir uns auf den Rückweg, dass wir zu den Engländern kommen und bald zurückkehren," meint Niklas. Eilig verabschieden sie sich von den Iren und stellen sich zusammen und sprechen den bekannten Spruch.

Die englischen Kelten wissen, dass Sie in diesem Moment kommen. Sie stehen um den Ort, an dem sie sichtbar werden. Ein riesiger Jubel empfängt Sie, die Engländer drängen sich zu Jennie und Mirko um die Zwillinge zu sehen. Aber die Freude währt nur kurz, denn sie müssen zur Beerdigung. Auch hier sind sehr lange Reihen von Toten aufgebahrt. Jennie ging es nach der Beerdigungen nicht gut, die vielen Toten gehen Ihr sehr nahe.

Nach der Beerdigung kommt der Anführer Persy zu der kleinen Gruppe und nimmt Sie alle in den Arm und freut sich, sie alle Gesund zu sehen und fragt: „Ob sie nicht ein paar Tage bleiben wollen. Die kleine Gruppe sieht sich an und die beiden Anführer Pärchen ziehen sich ein paar Schritte zurück. Hedda meint: „Warum eigentlich nicht." Niklas sagt: „Ich will in ein paar Tagen bei der Kapelle sein und das Zwischenreich befragen."

„Solange bleiben wir nicht, wir wollen in Berlin eine große Feier machen mit allen Gruppen," sagt seine Frau Hedda. Dann gehen Sie zu Persy und der fragt: „Na bleibt Ihr." Kieran sagt lächelnd: „Ja, zwei Tage können wir bleiben, wenn Ihr alle nach Berlin zur Siegesfeier kommt." Natürlich sagt Persy und freut sich darauf mit allen Gruppen zu feiern, statt zu kämpfen. Er bringt Sie zu ihren Quartieren und fragt, ob sie morgen Lust hätten Stonehenge zu besuchen, wir brauchen nur ein paar Minuten um dort hinzulaufen. Jennie ist begeistert und meint: „Diese alte magische Stätte müssen sie zu besuchen." Sie sind sich einig, dass sie das machen.

Dem englischen Anführer ist das nicht genug. Er will unbedingt, dass Sie sich auf ein paar Bier zusammensitzen. Sofort hackt Sepp auf das Stichwort Bier ein und überreicht Ihm eine seiner selbergebrauten Flaschen. Persy sieht den Münchner an und meint: „Du braust Bier selber, das genieße ich." Wie sich die Gruppe in ihre Gemächer eingerichtet haben, gehen sie zu dem kleinen Fest, das hergerichtet ist. Einige englische Freunde sitzen und trinken. Sie begrüßen diese freundlich. Sofort nehmen Persy und seine Frau Sie in Empfang und begleiten Sie zu ihren Plätzen und setzen sich dazu. Persy winkt eine englische Hexe zu ihnen, die Sie bedient und eine Runde Bier bringt. Persy probiert Sepps Bier und ist sehr begeistert. Sepp fragt lachend seinen englischen Freund: „Klingt das nach mehr." Persy überreicht seiner Frau die Flasche und sie trinkt genüsslich daraus." Rülpst kurz und sagt: „The Great Bier." Sepp sagt: „More" und zeigt in die Runde." Sepp steht auf und zaubert einen Teil seines Vorrates hierher. Prersy befiehlt seinen Bedienungen nur noch das Bier auszuschenken. Sepp ist darauf der Mann des Abends und wird mehrmals am Abend hochgelebt. Das Bier fließt an diesem Abend mehr als in Strömen. Die englischen Hexen kommen mit dem Einschenken nicht nach. Sepp und Waldtraud amüsieren sich köstlich über einige Engländer, die sein Bier wie Wasser hinunterschütten. Sepp meint: „Merken die nicht das mein Bier fast eine Stammwürze und Stärke von einem Bockbier hat. Es dauert nicht lange, einer nach dem Anderen hat Mühe, sich auf den Beinen zu halten. Persy sagt zu seinen bayrischen Freund und lacht: „Was hast du in dein Bier getan, meine Männer haut es reihenweise um." Mein Bier hat Stammwürze sieh es dir an, da kannst du nicht durchschauen und genauso stark ist das Bier, eben für echte Männer und Frauen," meint Sepp und muss lachen. Persy sagt: „Ich habe es gemerkt und mich beim Trinken zurückgehalten.

Ein paar Hexen die bedient haben hören Sepp zu und sagen: „Unsere Männer liegen schon im Bett und schnarchen, dann setzen wir uns dazu und wollen Sepps Wundergetränk probieren." Sie holen einige Krüge und die englischen Frauen schauen sich das Bier an und sagen: „Das sieht man doch, dass es viel stärker ist." Dann trinken sie und sagen: „Das ist ein gutes Bier. Sie bleiben noch lange sitzen und unterhalten sich.

Mirko und Jennie gehen zu ihren Quartieren. Jennie sagt zärtlich und leise etwas zu ihrem Mann und hält seine Hand: „Wenn du dich ruhig verhältst, dann lasse ich dich wieder bei mir schlafen." Mirko ist glücklich, dass Jennie ihm verzeiht und er mit Ihr ins Bett darf. Große Freude überkommt Mirko, aber er weiß, dass er noch ein Versprechen einlösen muss. Mirko sagt zu Jennie: „Mit meinem Versprechen haben wir ein Problem bekommen: „Isak bleibt verschwunden, ich hätte es ihm zugetraut, dass er einen Zauber findet, dass ich ein normaler Magier werde." Jennie lacht und sagt: „Wir haben noch Niklas, Kieran und besonders Akgül." Mirko lacht: „Aber zu Isak habe ich besonderes vertrauen, dass er es schafft." „Er wird zurückkommen, ich glaube fest daran," sagt Jennie.

Sie sind im Schlafzimmer und Jennie zieht sich aus und will sich ins Bett legen. Mirko kann sich nicht fertig fürs Bett machen, er ist wie gefesselt, er will nur seine Frau ansehen, er denkt sich: „Man war ich blöd, wie schön meine Frau ist." Jennie sagt: „Nein, nicht was du denkst, schön ruhig bleiben, sonst schmeiß ich dich sofort hinaus." Sie gibt den Kindern die Brust und legt Sie vorsichtig in ihr Bett. Jennie sagt: „Sophie schläft heute Nacht bei ihrem Freund, so wie es sich eigentlich gehört. Wir werden sehr wahrscheinlich von den Kindern, ein paar Mal geweckt werden. Kuscheln möchte ich schon ein wenig." Mirko bleibt die ganze Nacht ruhig, Jennie muss tatsächlich ein paar Mal aufstehen und die Babys füttern. Mirko steht mit auf und will behilflich sein. Er versucht ein guter Vater zu sein und wechselt die Windeln, das Jennie amüsiert. Mirko bleibt die Luft weg und geht ein paar Schritte zurück. Aber der starke Mann überwindet sich und macht weiter. Die junge Mutter kommt dazu, hilft und zeigt Ihm, wie es richtig gemacht wird. Sie schätzt an Mirko, dass er es versucht, beim nächsten Mal wird es bestimmt besser werden. Dann legen sie die Zwillinge vorsichtig in ihr Bettchen. Sie kuscheln ein bisschen zusammen. Als die Beiden die Augen öffnen, hören sie, dass draußen viel Betrieb ist.

Jennie und Mirko stehen auf und Sie nimmt mit ihrer Stiefmutter Kontakt auf. Sophie und ihr Freund sind schon lange auf und sie kommen zu ihnen. Ihre Mutter berichtet, dass die englischen Hexen ein reichliches Frühstück im Saal hergerichtet haben. Aber die Männer schlafen noch Ihren Rausch aus. Als das junge Paar aus ihrem Quartier geht, sehen Sie einen Zwillingskinderwagen vor ihrer Tür stehen. Jennie ist aus dem Häuschen und total begeistert. Sophie erklärt Ihr: „Den hat gestern Waldtraud besorgt: „Denn Ihr könnt die Kinder nicht nur herumtragen. Ihr könnt Sie in den Wagen legen und darin gemütlich spazieren fahren." Sie legen die Babys in den Kinderwagen und gehen mit ihnen zum Frühstücken. Es sind tatsächlich fast nur Frauen anwesend und diese empfangen die Gäste herzlich. Persy setzt sich mit seiner Frau zu ihnen und Sie Frühstücken. Vereinzelt kommen die Männer und ihnen sieht man an, dass es ihnen nicht gut geht. Sepp und Waldtraud amüsieren sich, über Sie, die einen Kater haben. Persy und seine Frau fragen ihre Gäste: „Ob Sie bereit sind, nach Stonehenge hinzulaufen." Alle bejahen es.

Die Hexen räumen die Frühstückstische ab und schließen sich der Gruppe an und sie laufen los. Ganz gelöst sind alle und immer wieder wird in den Kinderwagen geschaut, ob es den Zwillingen gut geht. Immer wieder legen Sie eine Rast ein. Die englischen Hexen haben für Lounge Pakete gesorgt. Die Hexen verteilen Kaffee. Sepp will Bier ausschenken, aber selbst Niklas meint: „Sepp, das ist noch zu früh, ich will jetzt kein Bier." Waldtraud nimmt Ihm das Bier weg und sagt: „Jetzt ist Schluss." Dann laufen sie weiter und sind guter Dinge.

Bald sehen sie die seltsamen Steine von Stonehenge und sie laufen direkt auf Sie zu. Als Sie davorstehen, schauen sie Ehrfürchtig auf die seltsamen Gebilde, die sehr, sehr alt sind. Jennie fragt Persy: „Weißt du, wie alt die Steine sind und wer hat Sie so gebaut? Ich bin mir nicht sicher wie alt sie sind, aber gebaut haben sie bestimmt die Kelten, wer denn sonst" und lacht herzlich. Sepp sieht die Steine gelangweilt an und meint: „Was soll an den Steinen toll sein?" Kieran meint: „Der Sage nach, sollen Sie starke und magische Kräfte besitzen. Es ist eine mystische Umgebung, es gibt fürchterliche Geschichten, vermutlich war es ein Opferplatz, der keltischen Sage nach war es ein Opferplatz." Denn Anwesenden wird es Unheimlich, sie fühlen sich hier nicht wohl. Sie spüren, dass die Steine eine besondere mystische Aura ausstrahlen. Kieran sagt: „Aber meines Wissens weiß niemand, wie diese Kraft der Steine aktiviert wird." Niklas sagt: „Wenn es einer weiß, das wäre mein Vater. Aber wenn ich in seinen alten keltischem Bücher lese, kann es durch aus sein, dass wir es herausfinden könnten. Wäre ganz interessant?" und sieht dabei seine Frau Hedda an. Die antwortet prompt: „Wann willst du lesen, du hast doch keine Zeit dafür, immer ist etwas los, die letzten Monate waren wir nur auf der Flucht vor den Dämonen, glaubst du, dass sich da etwas ändert? Ich würde es dir gönnen, dass du ein Buch liest, egal wie es heißt." Niklas antwortet resigniert: „Ich werde die Hoffnung nicht aufgeben." Akgül die zufällig in der Nähe steht, sagt: „Das wäre schön, wenn wir Beide, die alten Wälzer von Isak studieren könnten." Wir nehmen uns das vor.

Niklas lässt die angebliche Kraft von Stonehenge keine Ruhe und sagt zu seiner Frau: „Ich muss es unbedingt herausfinden, was es mit den alten Steinen auf sich hat, vielleicht können wir es im Kampf gegen unsere Feinde nutzen." Hedda meint daraufhin: „Wirklich, eine gute Idee, aber wie schon gesagt, wann kannst du dich darauf konzentrieren." Kieran, das müssen wir zusammen hinbekommen, ebenso, wie ihr Hexen nach dem alten Kesselsud Rezept gesucht habt."

Dann sagt Persy: „Wenn wir alle die Steine gesehen haben, dann gehen wir nach Hause." Dann stehen Sie auf und laufen zurück in das kleine englische Dorf. Plötzlich wird Jennie bleich im Gesicht, sie muss sich hinsetzen. Schweiß bildet sich im Ihrem Gesicht und doch friert Sie. Sie bekommt eine Gänsehaut. Mirko spricht seine Frau an, aber sie reagiert nicht. Mirko ruft sofort nach Hilfe. Alle kommen zur jungen Hexe gerannt um zu Helfen. Niklas zieht den Zauberstab und sagt Beschwörungssprüche auf, die keine Wirkung zeigen.

Plötzlich unterm laufen, hört Jennie im Kopf, die Stimmen Ihrer Kinder schreien: „Mutter, starke schwarze Magie nähert sich uns." Dann wird Ihr heiß und zugleich kalt. Sie hört die Außenwelt nicht mehr, sie ist plötzlich sehr weit weg, was ist mit Ihr los? Wie in einem Traum, öffnet sich ein Film, sie sieht Bilder die Sie nicht sehen will. Eine brutale Stimme hämmert in Ihrem Kopf los, die Sie kennt, es ist der schwarze Tod. Jennie möchte am liebsten wegrennen, aber sie kann nicht. Sie ist den Bildern willenlos ausgeliefert. Der schwarze Tod schreit sie an: „Sieh genau hin mein Schätzchen, das wird dein Schicksal sein und lacht sie gnadenlos aus."

Sie sieht eine grüne Wiese, auf dieser spielen ihre beiden Kinder, sie spielen ausgelassen mit einem Ball. Nichts deutet daraufhin, das etwas Böses passieren könnte. Warum muss sie das anschauen, was will der schwarze Tod von Ihr. Dann verdunkelt sich der Himmel, eine schwarze Röhre bildet sich und fliegt auf Ihre Kinder zu. Der Knochenschädel und die Sense des Dämons, ist zu erkennen. Je näher der Dämon den Kindern kommt umso weiter fährt die Sense heraus. Ein schmutziges Lachen sieht Jennie im seinen Gesicht. Er schwingt die Sense genüsslich und fliegt direkt auf die Kinder zu. Die junge Mutter will zu ihren Kindern rennen, um Ihnen zu helfen, aber keinen Meter kommt sie von der Stelle. Sie muss die schrecklichen Bilder ansehen und hört das furchtbare Lachen des schwarzen

Todes. Sie sieht, das Glitzern der Sense über den Köpfen der Kinder, die dem Tod in die Augen sehen und anfangen, vor Angst zu kreischen. Dann schlägt der Dämon zu und schlägt den Kindern die Köpfe ab. Blut spritzt in die grüne Wiese. Jennie will schreien, aber sie bringt keinen Ton heraus. Sie glaubt wahnsinnig zu werden. Warum macht der Dämon das? Dann fliegt er weiter, von seiner Sense tropft das Blut Ihrer Kinder herab. Er fliegt direkt auf Sie zu, in Jennie bricht Panik aus und sie glaubt Wahnsinnig zu werden. Sie denkt, jetzt ist es mit mir vorbei, jetzt muss auch ich sterben. Der fürchterliche schwarze Tod schreit sie an, hast du alles gesehen? Das wird deine Zukunft sein, so war ich der schwarze Tod bin, die Ratte hat auch noch ein paar Überraschungen für dich und er lacht weiter. Dann erlischt das Bild und Sie steht vor ihren Freunden. Ihre Beine knicken weg, aber Mirko fängt sie mit seinen starken Armen auf und legt sie behutsam ins Gras. Plötzlich springt Jennie auf und läuft zum Kinderwagen, schaut nach ihren Kindern. Jennie sagt zu Ihnen, Gott sei Dank Ihr lebt. Die Freunde sehen sich verwundert an und fragen: „Jennie was hast du gerade erlebt, erzähle es uns. Jennie erzählt ihnen jede Einzelheit. Daraufhin sagt Hedda: „Das ist es, was ich vorhin gemeint habe zu meinem Mann, wir werden nie Ruhe bekommen, wir haben einen sehr mächtigen Feind, der uns töten will. Sie laufen dann weiter, Jennie mit weichen Knien, jedoch Ihr Mann stützt Sie.

Die paar Tage verlaufen sehr ruhig und friedlich. Jennie geht mit Mirko in der Frühlingsnatur mit ihrem neuen Kinderwagen spazieren. Ihre treuen Begleiter die Wölfe, sind immer dabei und sie können ausgelassen tollen, in den Wiesen wird sie niemand beobachten.

Dann fällt Jennie plötzlich ein, dass Igor ein trächtiges Weibchen hat. Total außer Atem und durchgeschwitzt kommen die drei Wölfe freudig zu Jennie gelaufen. Die junge Mutter fragt nach dem schwangeren Weibchen. Igor hebt den Kopf zum Himmel und sie hört in ihren Gedanken: „Vielleicht werde ich Sie bald sehen, meine Kleinen." Meine Kleinen betont er sehr. Jennie fragt: „Willst du sie nicht sehen." „Wenn es soweit ist, dass ich Sie sehen kann und darf, dann ruft mich deine Mutter. Ich weiß, dass es Ihnen gut geht," hört Sie von Igor. Jennie sieht ihrem treuen Wolf an, dass er etwas betrübt neben Ihr herläuft und mit seinen Gedanken weit weg ist. Sie kann ihn gut verstehen und versucht ihre Mutter zu erreichen. Auf einmal hört Sie im innersten ihrer Gedanken, die liebliche Stimme Ihrer Mutter und Sie sagt zu Ihr: „Schön, dass du dich um deinen treuen Freund sorgst, aber du kannst mir glauben, er darf seine Welpen bald besuchen. Es wird niemand mitbekommen, wenn er Sie besucht." Igor strahlt plötzlich und hebt seinen Kopf zum Himmel und fängt an zu heulen. Jennie weiß sofort, dass Igor das Gleiche gehört hat wie Sie. Der mächtige Körper des Wolfes drückt sich an das junge Paar und Jennie und Mirko knuddeln den weißen Wolf vor Freude. Als sie zusammen in das Dorf zurück kommen bemerkt Akgül, was mit ihren weißen Wolf los ist, er ist wie aufgezogen. Jennie berichtet Ihr alles und Akgül rennt zu ihrer Tochter, die sofort zu Ihm kommt und Ihm gratuliert und mit dem Wolfsvater schmust. Heute ist der Tag von Igor, nur wann kann er zu seinem Nachwuchs? Können wir den auch sehen?

Später reden alle nur noch vom großen Fest, das Jennie in Berlin machen möchte. Niklas, Persy und Kieran beraten darüber und sind gleicher Meinung, sie wollen ein paar Wochen vergehen lassen, bis ihre Verletzten wieder auf den Beinen sind. Kieran sagt dazu: „Wir sollten aber nicht zu lange warten, nicht, dass die Dämonen versuchen werden wieder anzugreifen. Es wäre zum jetzigen Zeitpunkt tödlich. Ihre Frauen kommen dazu und sagen: „Kieran hat auf jeden Fall Recht, die werden niemals aufgeben, die beobachten uns schon längst, vielleicht ist einer schon wieder in der Nähe." Persy sagt: „Setzten wir uns am Abend zusammen und bereiten das Fest vor."

Sie kommen zusammen und reden darüber, wann das Fest stattfinden soll. Persy fragt Niklas: „Ihr geht morgen wieder nach Irland?" Dieser antwortet: „Ja, ich will es wenigstens Versuchen, meinen Vater zu finden." Dann meint er: „Länger als 14 Tage würde er nicht warten mit dem Fest." Alle anwesenden sind gleicher Meinung und Stimmen zu. Jennie ruft: „Wir suchen ein schönes Frühlingswochenende heraus und machen das große Fest." Persy und seine Frau sind noch nicht zufrieden und mahnen: „Es ist ein gemeinsamer Sieg, ist es auch ein gemeinsames Fest. Wir machen darum gemeinsam die Vorbereitungen, wir sind dabei. Jennie lacht und meint: „Ihr habt alle für meine Babys Euer Leben riskiert, darum will ich mit Euch feiern. Kieran sagt zu Jennie: „Es ist unser gemeinsamer Sieg, Persy hat recht." Aisling meint: „Wir sind alle bei den Vorbereitungen, das ist doch schön." Jennie lacht: „Was soll ich dazu sagen, dann machen wir es so." Hedda ruft: Wir gehen schlafen, in aller Frühe geht es nach Irland."

Sie verabschieden sich innigst auf das baldige Wiedersehen. Daraufhin stellt sich die Gruppe zusammen und sind im Moment verschwunden.

Kapitel 39
Irland und das Zwischenreich

Wie immer werden sie herzlich empfangen, setzen sich zu einem ausgiebigen Frühstück zusammen um allen zu berichten. Auch das Thema Isak wird angesprochen, Sie möchten, dass der alte Druide wieder bei Ihnen ist. Er weiß immer Rat und kennt sich in der keltischen Magie aus. Sophie, Akgül und Asena möchten einen Versuch starten, mit ihrer magischen Kugel ins Zwischenreich zu sehen.

Dies wird heute Abend im Gesellschaftsraum stattfinden. Niklas ist Nervös, er kann es nicht erwarten, bis die drei Frauen die magische Kugel gestartet haben. Niklas denkt, hoffentlich wird nichts Ungewöhnliches passieren. Ich möchte keine Freunde mehr verlieren. Alle des engen magischen Zirkels treffen sich. Der Druide geht auf die drei Orakel zu und fragt: „Wie wollt ihr die verlorenen Seelen, die ziellos durch das Zwischenreich wandern befragen? Wir haben es noch nie probiert, wir versuchen mit ihnen in Kontakt zu kommen. Wir haben Angst, dass die Dämonen auch dieses Reich benutzen und damit in eine Falle gehen würden." Akgül muss zugeben, dass diese Möglichkeit sehr wahrscheinlich sein wird. Die Dämonen werden überall zu finden sein. Das beunruhigt Niklas sehr. Kieran meint: „Wir machen es und versuchen, Ihnen immer einen Schritt voraus zu sein. Dies ist schwierig, aber machbar. Niklas geht auf die magische Kugel zu und zaubert einen großen Bildschirm. Der Druide denkt wie immer dabei an seinen Vater. Er hat Tränen in den Augen und er wünscht sich in diesem Moment, dass er den bösen Mächten weiterhin die Suppe versalzen kann. Diabolus soll sich vor Zorn in der Hölle seine Hörner abstoßen.

Die drei Orakel beratschlagen, dann geht Akgül an die magische Kugel und deckt Sie ab. Die beiden Anderen stehen neben Ihr. Dann spricht Sie die bekannte Formel mit einem Schutz und augenblicklich öffnet sich Ihnen die magische Welt. Sie schauen erstaunt, denn Sie sind nicht in der Welt, in der Sie suchen möchten. Akgül sicht ihre Tochter und Sophie an und fragt: „Wie sollen wir weiter vorgehen. Das Zwischenreich öffnet sich nicht." Asena sagt: „Dann müssen wir es eben anders öffnen." Igor schleicht sich zu ihnen und sieht Sophie an, dann die Kugel und plötzlich öffnet sich das Zwischenreich." Ein riesiger Nebel ist zu sehen, unzählige Sterne funkeln und unheimliche Gefühle kommen auf. In ein riesiges schwarzes Loch zieht es Sie in das Zwischenreich. Plötzlich befinden sie sich in einem verlorenen leeren kahlen Reich. Aber sie sehen niemanden, den sie befragen könnten. Wo befinden Sie sich, sind Sie auf einem Raumschiff und fliegen durch ferne Galaxien? Sind hier die verlorenen Seelen? Wo befindet sich Isak? Asena fragt: „Wir sind in einem leeren Reich, was machen wir hier?" Akgül sieht ihren Lieblings Wolf an und fragt: „Was können wir noch tun, hast du eine Idee?" Anscheinend weiß der weiße Wolf auch keinen Rat. Sie fliegen durch fremde sternenreiche Galaxien, aber nichts tut sich, es sieht aus, als wenn sie in Kryptons Reich wären. Auch von Ihm ist nichts zu sehen. Hedda sagt: „Schließt die Kugel, bevor Ihr Euch in Gefahr bringt und etwas passiert. Wir schauen in Niklas alten Büchern nach, hier finden wir bestimmt etwas, was wir für die Suche benötigen." Kieran meint daraufhin: „Wenn wir Isak finden, wissen wir nicht, wie wir Ihn zurückbringen können." Akgül ist überredet und schließt sicherheitshalber die Kugel. Ratlosigkeit herrscht im magischen Zirkel. Aisling sagt: „Morgen werden wir in Isaks Haus gehen und seine Bücher studieren, vielleicht haben wir Glück und finden die richtige Beschwörung oder Zauber." Niklas sagt resignierend: „Ich soll ein großer Anführer sein, wenn ich keinen Rat weiß." Kieran sagt: „Darum haben wir einen großen Zirkel gebildet, weil keiner von uns perfekt ist. Aber zusammen sind wir stark und morgen finden wir das Richtige." Die Laune von Niklas wird dadurch auch nicht besser.

Am nächsten Morgen beim Frühstück, gibt es wieder nur ein Thema, das Zwischenreich und Isak. Akgül und ihre Tochter treibt es nach dem Frühstück zu Isaks Büchern. Schnell verschwinden die beiden Anführer Pärchen, sowie Sophie und die Türkinnen in Isaks Haus, um in den Büchern zu stöbern. Stundenlang sind Sie verschwunden.

So vergehen Tage, nichts finden Sie in den Büchern, zu viele dicke Wälzer hat Isak in seinem Haus gelagert. Das Zwischenreich bleibt ein Rätzel für die Druiden und Orakeln, aber sie können nicht aufgeben. Jeden Abend machen Sie eine Sitzung und schauen in die Kugel, leider ergebnislos. Niklas wird immer frustrierter, seine Frau weiß nicht mehr, wie sie ihren Mann trösten kann.

Immer näher kommt der Tag, fürs große Fest in Berlin. Die Babys bekommen Ihre Namen. Jennie und Mirko, sowie ihre Mutter, mit ihrer Freundin Waldtraud spielen stundenlang Namen durch, die für die zukünftigen Hexen passen könnten. Immer wieder müssen sie lachen, über die witzigen Namen die Ihnen einfallen, wie z. B. Walburga. Waldtraud gefällt der Name Walburga so gut, dass sie Ihn immer wieder vor sich hin sagt und meint: „Mir würde er für die Rothaarige sehr gut gefallen. Jennie schreit: „Der Name kommt überhaupt nicht in Frage, dieser Altmodische Name, so nennt man heute keine Kinder mehr."

Sophie und Jennie nehmen Kontakt mit sämtlichen befreundeten Gruppen auf, um mit den Vorbereitungen zu beginnen und sich pünktlich zu Treffen. Es wird vereinbart, dass Sie sich am nächsten Morgen im verlassenen neugebauten Flughafen treffen. In allen Gruppen ist große Vorfreude, dass sie es nicht kaum erwarten können, mit der Siegesfeier zu beginnen. Der Münchner Magier und Braumeister ist ununterbrochen beschäftigt, sein gutes Getränk zu fertigen, es muss etwas ganz Besonderes werden. Kieran mahnt die Kelten, trotzdem wachsam zu sein, unsere Feinde werden nicht aufgeben, die kommen bestimmt wieder. Igor mit seinen beiden Damen läuft nach wie vor, seine Runden ums Dorf, Musti und Mirko sind auch dabei. Kieran findet es ist die Ruhe vor dem Sturm. Wenn er nur wüsste, was sich in der Hölle grausames zusammenbraut? Was plant Diabolus? Kieran sagt: „Verdammt, ich spüre, dass etwas vor sich geht, die Brut heckt etwas aus, die beobachten uns, da bin ich mir sicher."

Kapitel 40
Das große Fest

Die Hexen bereiten sich für die große Feier vor. Sie nehmen noch einmal mit allen Gruppen Kontakt auf. Sie treffen sich einen Tag vorher in Berlin.

Jennie und ihre Freunde freuen sich riesig und können es nicht erwarten, in Berlin anzukommen.

Jennie, Waldtraud, Sophie, Hedda und Niklas sind die Vorhut. Sie schauen sich um, ob alles auf dem Flughafen ruhig ist. Dann geben Sie den anderen Bescheid, dass sie kommen können. Schnell sind alle hier und Leben kommt in die leere Halle. Eifrig werden die Vorbereitungen getroffen. Die Männer geben sich große Mühe, lange Tafeln mit Tischen und Bierbänken aufzustellen. Die Frauen putzen und dekorieren. Ein paar Männer stellen einen großen Grill auf, denn es wird ein Ochse gegrillt. Die Frauen haben große Portionen von Beilagen vorbereitet. Nun kann das Fest beginnen. Die Männer stehen beim Münchner Magier. Sie prüfen, ob Sie vielleicht ein Bier bekommen könnten. Sepp bleibt hart und sagt: „O zapft wird, wend Feier beginnt." Niklas sieht, dass alles fertig ist und der Ochse sich auf dem Spieß dreht. Niklas spricht sich mit seiner Frau und dem irischen Druiden Pärchen ab und sie meinen, dass der Münchner eine Runde, nach der Arbeit ausschenken kann. Er macht es, da kommt Freude auf!

Früh stehen alle auf und setzen sich zum Frühstück. Es geht lustig zu. Jennie und Mirko sind bei ihren Babys und kümmern sich um Sie. Sophie und Waldtraud bieten sich immer wieder an, auf Sie aufzupassen. Essen wird nun aufgetischt, der Ochse wird schnell kleiner. Reger Betrieb ist in den Hallen und eine ausgelassene Stimmung herrscht. Alle warten darauf, den kleinen Hexen endlich Namen zu geben.

Aber die meisten Hexen haben eine Idee. Alle Gruppen sind dabei, ob Iren, Türken, Brocken oder Schweden, sie möchten eine Runde um den verlassenen Flughafen fliegen. Sie schwingen sich auf ihre Besen. Mirko und Musti möchten auch dabei sein, Sie hatten, dass schon einmal vor langer Zeit gespielt, das Spiel fang das kleine Höschen. Alle schreien den Werwölfen zu, ihr bekommt keines von unseren Höschen. Mirko und Musti rufen zurück, wetten, dass wir eines bekommen. Die Hexen lachen und kreischen, Sie lachen die Werwölfe aus. Aber gerade das macht den

Jagdtrieb der Wölfe stärker. Die Hexen starten zu ihrem Rundflug, die Wölfe starten den Hexen hinterher, schnell haben sie die Frauen eingeholt und warten auf die Gelegenheit, mit einem guten Sprung, an das Kleine gewisse etwas zu kommen. Scharf sind ihre Augen auf die Frauen gerichtet und warten darauf, dass die Frauen Leichtsinnig werden. Kichernd fliegen die Hexen immer wieder über Sie weg. Mirko denkt sich, ich bekomme meine Gelegenheit. Aber die Hexen schreien zu den Werwölfen, wir fliegen heute Nacht bestimmt noch einmal, vielleicht erhascht Ihr da noch eines. Dann fliegen Sie zurück, um weiter zu Feiern.

Lustig geht es weiter, Niklas kann nicht richtig mitfeiern, Ihm geht sein Vater nicht aus dem Kopf. Die Freunde versuchen Ihn aufzumuntern und mit Ihnen ein Bier zu trinken. Hedda, seine Frau versucht zu verhindern, dass er sich aus Frust, einen Rausch ansäuft. Sie wendet sich an Aisling und Kieran, die auf Ihn aufpassen sollen, damit Ihr Mann nicht zu viel trinkt. Kieran verspricht, dass er helfen wird seinen Vater zu finden, aber das kann den alten Druiden auch nicht aufmuntern, egal was die Freunde versuchen.

Nach dem gemütlichen Abendessen verteilen die Hexen Zettel, die Anwesenden dürfen zwei schöne Namen aufschreiben. Es wird alles hergerichtet für den Abend. Jennie geht zum Rednerpult und verkündet, dass nach dem Abendessen die Wahl der Namen für die Zwillinge stattfinden wird. Ein Jubel geht durch die Halle. Keiner kann es erwarten, den Babys einen Namen zu geben und jeder hofft, dass ihre Namen die Richtigen sind. Alle prosten auf die bevorstehende Aktion. Was jetzt eintritt, hätte keiner der Anwesenden geglaubt. Als Niklas hört, dass die Wahl der Namen der Babys bevorsteht, ändert sich schlagartig die Laune des Druiden und er wird lustig. Kieran fragt seinen Freund: „Hast du einen schönen Namen für die kleinen Hexen?" „Die Besten und Schönsten", meint der Druide und lächelt. Jennie mahnt: „Bitte keine hässlichen und altmodischen Namen. Niklas antwortet: „Nur die besten Namen, Rapunzel und Walburga." Jennie reißt es herum und Sie schreit: „Das meinst du doch nicht im Ernst." Niklas muss lachen, als er die junge Mutter entsetzt sieht. Jennie sagt: „Ich hätte dich umgebracht."

Eine Box wird aufgestellt in die jeder seinen Zettel einwerfen kann. Die Spannung steigt und die junge Mutter, Mirko, Sophie und Waldtraud werden Nervös. Jennie küsst ihre Zwillinge und sagt, jetzt bekommt Ihr einen Namen. Plötzlich hört sie ihre Babys im Kopf: „Bitte, nicht einen blöden alten Namen." Alle Hexen haben es wichtig, es wird getuschelt, gelacht und gekreischt. Das Fest kommt zum Höhepunkt. Auch Sepp der Münchner Magier und Braumeister fühlt sich in seiner Rolle gut und bestätigt: „Ohne die Hilfe der Hexen, würde er es nicht schaffen, diese große Menge Bier auszuschenken. Seine Frau Waldtraud hilft Ihm fleißig dabei.

Alle Anwesenden haben Ihre Wunschnamen aufgeschrieben und werfen sie in die Urne. Jennie, Mirko und Sophie und Waldtraud unterbrechen Ihre Arbeit und holen den Kasten. Sie beginnen mit der Auswertung der Namen. Hedda, Aisling, Märta, Akgül und Asena kommen dazu. Sie haben großen Spaß beim Auswerten der vielen Namen. Gespannt schauen alle zu, wie die Zettel auf einen großen Tisch ausgelehrt werden. Dann wird gelesen und notiert. Sie müssen oft Lachen, denn Niklas und Kieran ziehen Jennie mit manchen komischen Namen auf. Jennie sieht oft sehr Zornig aus und schimpft vor sich hin. Altmodische Namen wie: Walburga, Rebecka, dann auch Interresante, wie Iona, Scota, Torra, Roisin, Lorna, Echna, Ciola, Coira. Jennie weiß nicht mehr, wo Ihr der Kopf steht, so viele Namen hat sie inzwischen gehört und gelesen. Die junge Mutter hat einen roten Kopf bekommen. Mirko und sein Freund Musti kommen dazu und Mirko nimmt seine Frau von hinten in den Arm und fragt: „Sind einige Namen in engerer Wahl?" Die junge Hexe antwortet: „Du wirst es nicht glauben, diese sind Torra, Roisin, Lorna und Ciora, die finde ich selber schön, was meinst du?" Mirko lächelt und sagt daraufhin: „Du hast recht, das sind echte Hexennamen und hören sich gut an, die Kelten haben eben Geschmack. Nachdem Ihr Mann sie in den Arm genommen hat und Ihr einen lieben

Kuss auf die Wange gehaucht hat, wird die Laune viel besser. Sie freut sich, ihren Babys einen Namen zu geben. Sie dreht sich um, schaut in den Kinderwagen, wo die Zwillinge unbeteiligt liegen und schlafen. Jennie sagt zu ihrem Mann, unsere Babys interessiert der ganze Rummel um ihre Namen überhaupt nicht. Dann hört Sie in ihrem Kopf die Stimme ihrer Kinder: „Täuscht Euch nicht, wir wollen wissen, was Ihr für Namen ausgesucht habt." Jennie muss daraufhin lachen und antwortet: „Ihr wisst wahrscheinlich was für Namen zur Wahl sind." „Haben es mitbekommen, Torra und Roisin würden uns gut gefallen", meinen die Babys. „Gefallen mir und Eurem Papa auch gut", antwortet Sie. Dann wird es ruhig in ihrem Kopf. Es ist so weit, sie haben alle vorgeschlagenen Namen ausgewertet und es bleibt bei den vier Namen, die am meisten vorgeschlagen wurden.

Die beiden Druiden stehen auf und gehen zum Rednerpult und verkünden die Namen, laut rufen Sie die vier Namen in die Halle. Bei jedem Namen den Sie hinausrufen, jubeln alle, die Halle bebt. Aber eine endgültige Entscheidung ist noch nicht gefallen. Niklas fragt dann seinen Freund Kieran: „Was machen wir jetzt, wir können nicht noch einmal allen einen Zettel verteilen." Kieran schüttelt nur den Kopf.

Eine Frauenstimme meldet sich in diesem Moment aus dem Jenseits. Franziska, ist die Stimme aus dem Zwischenreich: „Ich habe auch noch ein Wörtchen mitzureden, wie meine Enkel heißen sollen. Torra und Roisin!!! Laut hat Sie die Namen in die Halle gerufen. Es ist ganz ruhig geworden. Sie ist nicht zu sehen, man könnte glauben, dass sie überall ist. Darauf meldet sich eine andere Stimme, die ist von Hermine, Sie ruft: „Ich wähle genauso Torra und Roisin, das sind wirklich schöne Namen für die Zwillinge." Dann meldet sich noch einmal Franziska: „Passt gut auf Sie auf, ich habe gehört, dass eines der Babys sehr böse wird, es wird zur bösen Magie tendieren." Dann wird es wieder ruhig in der Halle. Jennie und Mirko sind erschrocken, weil ihre Mutter etwas gesagt hat, was Sie über ihre Kinder nicht hören will und nicht glauben möchte.

Niklas schreit Franziska und Hermine zu: „Wisst ihr wo sich mein Vater befindet, ihr könnt mir bestimmt helfen." Aber es kommt keine Antwort, es ist absolute Stille. Dann ergreift Aisling und Hedda die Initiative und gehen zum Pult. Hedda ruft in die Menge, seid ihr mit dem Namen Torra einverstanden, tosender Beifall ist die Antwort. Dann ruft Aisling in die jubelnde Menge: „Seid ihr mit dem Namen Roisin einverstanden." Der Jubel wird größer, Sie rufen immer wieder die beiden Namen der Zwillinge." Dann mischt sich Sepp ein und geht mit fünf Krügen zum Pult und meint: „Darf ich auch mal was sagen, nimmt seinen alten Freund Kieran in den Arm und überreicht dabei den beiden Druidenpärchen einen Krug. Dann ruft er in die Menge: „Jetzt trinken wir auf die Zwillinge und die schönen Namen und dass sie ihnen alle Ehre machen und in aller Munde sein werden. Ein dreimaliges Prosit." Die Menge tobt vor Freude, jetzt ist das Fest im vollen Gange, immer wieder werden die Namen gerufen und gesungen. Das Bier und andere Getränke fließen in großen Mengen. Alle Hexen trinken fleißig mit und wollen mit den Besen und Fackeln einen Ausritt machen. Die Werwölfe machen sich ebenfalls bereit. Jennie ist guter Dinge und will natürlich mitfliegen mit ihrer Freundin Waldtraud. Sophie will bei den Kindern bleiben und auf sie aufpassen. Die junge Hexe sagt lachend zu ihrem Werwolf: „Heute Nacht bekommst du von mir kein Höschen." Mirko antwortet: „Bestimmt schnappe ich es mir, aber irgendeines bekommen wir, da sind wir uns sicher."

Eine große Zahl von Hexen haben sich vor der Halle versammelt und die Fackeln brennen bereits. Jennie und Waldtraud sind die Anführer der Meute. Die junge Hexe hebt ihre Fackel hoch und schreit: „Hexen, wir wollen jetzt Spaß, der Flughafen soll heute Nacht leuchten, von unseren Fackeln, mir nach!" Mit großer Geschwindigkeit steigen die Hexen in den Nachthimmel Berlins und erhellen mit ihrem Fackelschein den Flughafen in einem zarten Licht. Hunderte Lichtpunkte rasen über Berlin, wie kleine Glühwürmchen sehen Sie am Himmel aus, dass Gekreische der Hexen ist zu hören. Die beiden Werwölfe beobachten, dass treiben der Hexen mit einer Seelenruhe, viele Gäste des Festes stehen vor der Halle und schauen in den

Nachthimmel. Die beiden Druidenpaare stehen neben den Werwölfen und meinen: „Das hat bestimmt einer von der Presse beobachtet, Morgen lesen wir dies als Schlagzeile in der Zeitung, Hexen mit Fackeln über dem Berliner Flughafen gesichtet." Schnell kommen einige helle Punkte zurück, das ist das Startzeichen für die Werwölfe. Die Augen auf die schnell näherkommenden hellen Punkte gerichtet, sprinten sie los. Bald sehen sie den Fackelschein, der im rasanten Flug einen langen Feuerschweif hinterherzieht. Die Hexen sehen die Werwölfe und fliegen in einen sicheren Abstand über Sie hinweg. Es wird sehr viel gelacht dabei. Die angetrunkenen Hexen werden immer frecher, die Flughöhe reduziert sich bei jedem Anflug. Mirko und Musti bekommen ein listiges Grinsen in ihr Gesicht. In ihrem Gesicht spiegelt sich, kommt nur noch ein bisschen näher, dann haben wir Euch. Auch Jennie und Waldtraud gehören zu den Hexen, die Ihr Spiel mit den Werwölfen machen und haben großen Spaß daran. Sie hatten lange keinen Spaß mehr und genießen dies in vollen Zügen, den wilden Ausritt. Immer wieder machen die ausgelassenen Hexen das Anfliegen. Dann kommen zwei Hexen tiefer angeflogen und die Muskeln der Werwölfe spannen sich zu einem kräftigen Sprung. Direkt vor den beiden Hexen schnellen sie in die Höhe und wollen sich das kleine Ding schnappen. Aber die Beiden ziehen schnell ihre Fackeln hinunter. Mirko und Musti spüren das Feuer in ihrem Fell und heulen vor Schmerzen auf. Es riecht nach verbranntem Fell. Wut über das Verhalten der Hexen kommt in Ihnen hoch, als Sie mit ihren Pfoten auf der Erde stehen. Dann hören Sie einen heftigen Streit. Mirko sieht, wie Jennie und Waldtraud auf die beiden Hexen losgehen, böse Beschimpfungen fallen. Sie ziehen den Zauberstab und bedrohen sich. Mirko und Musti rennen zu Ihnen hin und schreien, sie sollen aufhören, es ist alles nicht so schlimm.

Die kräftigen Wolfskörper sind direkt unter den streitenden Frauen und bemerken, das ist genau ihre Sprungweite, nur ein kurzes Zeichen untereinander und die beiden Kolosse schießen in die Höhe. Sie krallen sich die Höschen der Hexen, die Ihr Fell versenkten. Kaum haben Sie die Erde berührt, schnellen Sie noch einmal in die Höhe. Mirko hat seine wichtigste

Trophäe, die seiner Frau und Musti, die von Waldtraud. Ein erstaunter Schrei der Hexen, aber da lachen Jennie und Waldtraud, als Sie in die verdutzten Gesichter der Kontrahentinnen sehen. Sie sagen: „Die geilen Wölfe darf man keine Sekunde aus den Augen lassen. Dann haben Sie das, was sie wollen, unsere Höschen. Waldtraud sagt: „Mir wird ein wenig kalt untenherum, ich fliege zurück. Jennie schließt sich ihrer Freundin an. Die Werwölfe sind stolz. Mit strahlenden Gesichtern laufen Sie zurück zur Halle, die Beute im Maul. Als Jennie und Waldtraud über die beiden hinwegfliegen rufen sie: „Ihr seid zwei gewiefte Schlitzohren." Mirko ruft zurück: „Oh, wie gut die Höschen duften, die geben wir nicht mehr her." Waldtraud antwortet daraufhin: „Das wollen wir doch mal sehen," und muss selber lachen.

Nacheinander kommen die kreischenden Hexen wieder zurück und die Hallen füllen sich. Stolz laufen die schweren Wolfskörper mit ihrer Beute in die Halle und legen die erbeuteten Höschen auf das Pult, um sie allen zu Präsentieren.

Zornig keifen die fremden Hexen: „Ihr hattet nur Glück, dass ihr unsere Höschen bekommen habt." Mirko stellt seinen gewaltigen Körper vor den Weibern auf und schreit Sie an: „Wenn Ihr die Fackel nicht nach unten gezogen hättet, wäre das Höschen da schon weggewesen," er zeigt auf sein verbranntes Fell. Ganz ruhig und blass wird die Hexe, als Sie auf das versenkte Fell schaut. Niklas und Kieran gehen dazwischen, bevor der Streit eskaliert. Persy nimmt seine beiden Weiber zur Seite und belehrt sie eindringlich. Daraufhin verschwinden die Beiden für den Rest des Abends. Jennie und Waldtraud laufen schnell zum Pult, schnappen sich ihr Eigentum und ziehen es schnell wieder an. Mirko ruft: „Das ist unsere Beute." Jennie lacht und sagt: „Willst du, dass ich mich verkühle." Musti meint daraufhin: „Als wenn das kleine Teil wärmen würde." Waldtraud antwortet: „Und ob." Die herumstehenden Leute amüsieren sich über das Gespräch.

Niklas und Kieran holen die Freunde an ihren Tisch und feiern zusammen weiter. Kieran geht zu Sepp, holt Ihn vom Zapfhahn weg und weißt ein paar Hexen ein, weiter zu machen. Persy möchte mit seiner Frau auch dabei sein, er schimpft noch einmal über seine blöden Hexen und kann es nicht verstehen, dass sie sich so verhalten haben. Mirko beruhigt den Engländer, nur das Fell ist versenkt. Jennie schaut es sich an und meint: „Da ist die Haut ein wenig verbrannt, das müssen wir sofort verarzten. Das gleiche kommt von Roland herüber, der seinen intimen Freund betrachtet hat. Kunigunde hört es, beschafft eine Salbe und die Werwölfe werden am Tisch nach Hexen Art behandelt. Persy und seine Frau lästern noch einmal über die beiden Weiber. Kieran beruhigt die Engländer und hebt seinen Krug und sagt: „Wir haben etwas zu Feiern und das machen wir heute Nacht richtig. Zum Wohle auf Torra und Roisin." Alle heben die Krüge, stoßen an, und nehmen einen tiefen Zug vom kühlen Bier." Immer wieder sieht Sophie nach den Babys, die schon lange tief und fest schlafen. Laute Tanzmusik wird gespielt, es wird geschunkelt, getanzt und viel getrunken. Wenn Hexen und Magier feiern, aber dann richtig.

Plötzlich meldet sich das Kind in Jennies Kopf: „Mutter, Gefahr droht, es ist schwarze Magie anwesend." Jennie schreit sofort durch die laute Musik Niklas zu: „Schwarze Magie ist hier, alle am Tisch erschrecken und werden blass an der großen Tafel. Sie drehen sich um und schauen in die Runde, Sie sehen keine verdächtige Person. Sie merken, dass die Atmosphäre unheimlich geworden ist. Wer hat sich in ihre Feier geschlichen, wer will stören oder angreifen? Alle in ihrer Runde, haben die Hand am Zauberstab. Roland und Vani fluchen vor sich hin. Roland sagt: „Verdammt ich habe nicht eine Bombe bei mir, ich dachte, wir brauchen sie hier nicht, das darf nicht wieder vorkommen." Vani, der gegenüber sitzt fügt hinzu: „Glaubst du, ich habe meinen Bogen mit Weihwasserpfeilen dabei, das ist leichtsinnig." Niklas sieht die Beiden an und sagt: „Man merkt immer wieder, dass mein Vater fehlt, dann hätten wir bestimmt unser Material wenigstens als Miniaturen dabei." Die Spannung wird unerträglich, auch die letzten Anwesenden merken, was im Moment passiert. Von einer Sekunde auf die Andere ist die Musik weg, totale Stille herrscht in der Halle. Nichts ist mehr zu hören, die Unterhaltungen sind verstummt. Eine unerträgliche Stille ist in der riesigen Halle. Zum großen Unglück schaltet sich das Licht aus. Niklas und Kieran versuchen mit ihren Zauberstäben das Licht wieder einzuschalten, aber es funktioniert nicht. Sie bekommen Angst, welcher Dämon ist hier? Was passiert jetzt? An den Wänden und Decken entsteht ein blaues Phosphoreszierendes Licht. In den Wänden und in der Decke kracht es, fällt die Halle ein und Sie werden begraben? Die Luft wird immer heißer, unerträglicher könnte die Lage für die Kelten nicht sein. Was will der Eindringling von Ihnen? Alle bekommen es mit der Angst zu tun. Niklas steht mit gezogenem Zauberstab auf und schreit in die unheimliche Stille: „Zeige dich, was willst du und wer bist du?"

Dann schreit eine höllische Stimme: „Vergesst das feiern, der Kampf ist noch nicht zu Ende, wir werden die Kinder töten und Euch Kelten ebenfalls. Ihr werdet alle einen grausamen Tod sterben und für alle Zeiten in meiner Hölle schmoren. Die armen Seelen werden sich über jeden freuen, der zu Ihnen kommt, so war wie ich Diabolus heiße." Kieran steht auf und schreit: „Muss der Fürst der Finsternis selber kommen, um uns das zu sagen, hat er keine würdigen Dämonen oder Helfer mehr?" Dann lacht Diabolus laut, dass Sie Ihre Ohren zuhalten müssen, denn die Stimme kommt direkt aus der Hölle. Er sagt dazu: „Ihr braucht Euch nicht sicher fühlen, Ihr werdet nicht mehr siegen. Das gesamte Dämonenreich wird Euch jagen. Ich werde Euch persönlich mit meinen Teufelsaugen beobachten. Keiner Eurer Schritte wird mir entgehen. Der Teufel persönlich, wird immer an eurer Seite sein. Er brüllt, einen schönen Gruß aus der Hölle. Eine Feuerfontäne schießt aus dem Boden und ergießt sich über alle Anwesenden. Die Wände und Decke krachen, Steine brechen heraus und krachen zu Boden. Staub ist in der Luft, es ist dunkel, panisch rennen die Leute in der Halle umher und suchen verzweifelt den Ausgang. Die Halle scheint einzustürzen. Diabolus grausames Lachen ist nicht zu überhören. Laute grausame Schmerzensschreie sind zu hören, die Ereignisse überschlagen sich. Keiner kann glauben was hier vor sich geht. Jennie beugt sich mit ihrem Körper über den Kinderwagen, sodass die Zwillinge geschützt sind. Plötzlich ist der Spuk wieder vorbei, nur Diabolus lachen hallt noch lange nach. Gerade haben sie gefeiert, jetzt müssen sie wieder Schmerz und Leid ertragen.

Wie erstarrt stehen sie da, nur das Wimmern der verletzten Leute ist zu hören, die vom Höllenfeuer getroffen wurden. Die Halle ist wenigstens ganz geblieben und Niklas hat mit dem Zauberstab das Licht angemacht. Die Feier war von einer Minute auf die Andere zu Ende, keiner denkt mehr daran weiter zumachen. Jennie Flucht vor sich hin und sagt zu ihrem Mann: „Hört die Brut nie auf uns zu verfolgen, wir können nicht einmal in Ruhe feiern. Müssen diese verfluchten Kreaturen immer wieder stören." Ihr Mann antwortet ruhig: „So ist es, wir sind verflucht diesen Kreaturen die Stirn zu bieten, damit die Menschen in Ruhe Leben können. Dies wird immer unsere Aufgabe bleiben, solange wir Leben." Jennies Kopf sinkt resigniert nach unten und Sie schaut auf den Boden und sagt: „Werden wir es wenigstens schaffen, dass sie Respekt vor uns bekommen?" „Ich denke, das haben wir schon geschafft, deshalb müssen Sie unsere Kinder töten", meint Mirko. Jennie sagt: „Sie müssen panische Angst vor uns haben, unseren Namen mit großer Ehrfurcht aussprechen, bevor Sie mit uns in den Kampf ziehen." Das werden Sie, wenn unsere Kinder die Magie gelernt haben, denn wenn Ihre Namen ausgesprochen werden, wird die Hölle vor Angst beben", wettert Mirko. Jennie sagt zornig: „Das will ich hoffen, daran werden wir arbeiten. Der Fürst der Finsternis soll vor unseren Kindern in die Knie gehen, furcht soll bei ihren Namen aus dem Mund kommen." Mirko denkt sich: „Meine Frau ist eine richtige Hexe. Diabolus hat ihre Feier gestört, das wird Sie Ihn nie verzeihen. Wenn Sie könnte, würde sie Ihn sofort töten." Mirko lacht vor sich hin.

Wieder müssen die Hexen Wunden versorgen, obwohl sie noch nicht nüchtern sind. Schnell haben sie sich im Griff. Olivia und Mikka, Ciara und Niall sind ebenfalls zur Stelle und werden großartig Unterstützt. Ein großes Durcheinander ist in der Halle, die Brandwunden werden schnellstens versorgt. Der enge magische Zirkel steht beieinander und Sepp sagt als

Erster: „Das fängt gut an, kaum sind die Kleinen auf der Welt, meldet sich bereits wieder die Unterwelt. Sie wollen schon wieder den Kampf mit uns. Sollten wir deshalb wieder fliehen?" Niklas meldet sich daraufhin: „So schnell geht es nicht, „Wir meinen, dass wir ein sicheres Zuhause für die Beiden bauen sollten? Was meint Ihr dazu?

Jennie sagt: „Ich will, wenn es geht, Morgen noch einen Einkaufsbummel machen." Waldtraud hört das und ist sofort Feuer und Flamme. Alle sind begeistert. Niklas wird von den Hexen umringt, mit der Bitte um Zustimmung, wenn es die Zeit erlaubt. Niklas lächelt und sagt daraufhin: „Ich bin nicht gewillt, den Dämonen klein beizugeben. Ein paar Magier werden Euch zu Eurem Schutz begleiten." Da war eine Freude unter den Hexen. Niklas wird mit ein paar Bussis dafür belohnt.

Sepp geht sofort hinter seine Theke, um ein paar Biere auszugeben. Alle kommen am Zapfhahn zusammen und lassen sich das Feiern nicht vermiesen. Es wird noch einmal richtig lustig. Das ist die Art zu Leben der Kelten. Der harte Kern des Zirkels blieb bis weit nach Mitternacht und ließen es sich gut gehen.

Was die kleine Gruppe schockierte ist die Tatsache, dass Akgül und Asena sich verabschieden wollen. Sie will ihre Tiere holen und mit Ihnen zurück in ihre Heimat gehen. Niklas und Kieran warnen die Türkin eindringlich vor den Dämonen. Sie haben Angst davor, dass Sie angegriffen werden. Sie will sich eine Zeit zurückziehen, um neue Kräfte zu sammeln. Sie hofft, dass Niklas, Mirko und Musti Sie besuchen werden. Zur Verwandlung von Mirko zu einem Magier wird es kommen. Alles braucht seine Zeit. Sie verabschieden sich mit Tränen in den Augen, alle sind sehr traurig. Igor, Ihr geliebter Wolf, mit seinen Partnerinnen heulen ganz fürchterlich. Die Beiden lösen sich auf und sind im diesem Moment verschwunden. Niklas sagt dann: „Wir werden sie bestimmt wiedersehen und vielleicht bleiben sie für immer bei uns. Gönnen wir ihnen die Auszeit."

Kapitel 41
Der Einkaufsbummel

Vormittags macht sich die Gruppe bereit, Sie zaubern sich in die Innenstadt. Sie erscheinen in der Fußgängerzone und die Frauen suchen sofort die nächsten Geschäfte auf. Die Männer sind auch dabei, etwas lustlos trotten Sie hinterher. Niklas sagt zu seinen Freunden: „Lassen wir den Frauen Ihren Spaß, da kommen sie endlich auf andere Gedanken und wir passen auf, damit Ihnen nichts passiert." Kieran sagt warnend: „Wir können uns nicht sicher fühlen." Jennie schiebt den Kinderwagen durch die Gänge der Kaufhäuser in Begleitung von Mirko und Sophie. Waldtraud hält die Augen offen. Schnell haben die Frauen einige Kleidungsstücke für sich gefunden. Die Frauen kommen an der Kinderabteilung nicht vorbei und hier wird viel für Torra und Roisin eingekauft. Mirko verhält sich ruhig und schüttelt nur den Kopf. Seine Freunde lachen und sagen zu ihm: „So sind Sie halt unsere Frauen." Mirko antwortet: „Ich habe es kapiert, trotzdem ist es unglaublich, wie besessen Sie auf Klamotten sind." Dann setzen Sie sich in ein Kaffee und beobachten, wie immer ihre Umgebung. Es fällt Ihnen nichts Ungewöhnliches auf.

Sollten sie wirklich in Ruhe gelassen werden? Keiner will an diesem Tag etwas zu diesem Thema sagen. Dann gehen Sie weiter und besuchen andere Geschäfte. Später setzten sie sich in ein schönes Restaurant, essen und trinken gemütlich. Plötzlich ruft Waldtraud Jennie zu, verdammt ich hätte doch das süße rote Kleid mitnehmen sollen, das stinkt mir richtig. Sepp sagt daraufhin: „Dann hole es dir, das ist kein Problem, wir bleiben hier sitzen und trinken noch eine Kleinigkeit." Waldtraud sagt: „Das Geschäft ist von hier weit entfernt, es wird länger dauern. Das hole ich mir morgen Früh."

Kieran und Niklas sehen sich an und Niklas sagt zu seinem Freund: „Eigentlich wäre es besser, wenn wir heute Berlin verlassen würden." Kieran nickt und sagt: „Das ist zu Riskant, eine weitere Nacht hierzubleiben." Waldtraud bettelt und sagt: „Nur eine Nacht noch, dann können wir sofort uns nach Irland zaubern." Niklas und Kieran haben gerade Ihre gute Laune und sind einverstanden. Jennie sagt zu ihrer Stiefmutter: „Da will ich auch mit."

Nach dem Frühstück macht sich Waldtraud bereit in die Innenstadt zu fahren. Jennie will mit und fragt ihre Freundin: „Zaubern wir uns hinein?" Waldtraud sagt geheimnisvoll: „Wir machen es wie in alten Zeiten" und zeigt auf ein rotes Porsche Cabrio. Jennie bekommt große Augen und ruft: „Das ist Geil!" Waldtraud und Jennie haben ein Minikleid an und steigen sofort in den edlen Sportwagen. Kieran ruft den Beiden zu: „Bitte, passt gut auf Euch auf!" Dann läuft er zu seinem Freund Niklas und meint: „Ich habe kein gutes Gefühl, wenn die Beiden alleine losfahren." Sepp sagt daraufhin: „Sie sind ja in der Innenstadt, dort wird Ihnen nichts passieren." Niklas nickt nur.

Waldtraud fährt rasant in die Innenstadt und stellt in der Nähe des Kaufhauses den schönen Sportwagen ab. Die Beiden genießen die Blicke der Männer, die sich nach Ihnen umdrehen. Sie haben ein freches Lächeln auf ihren Lippen. Gezielt laufen Sie auf das Kaufhaus zu und Jennie meint: „Vielleicht nehme ich mir noch ein kleines Wäschestück mit." Ihre Freundin antwortet: „Du wirst doch nicht, ja ich glaube es nicht, na sowas, machst du das vielleicht für Mirko. Gut er macht alles für dich und er hat Reue gezeigt. Lass Ihn noch ein bisschen zappeln." Jennie antwortet: „Ich kaufe mir einen raffiniert geschnittenen Schlüpfer, er hilft bestimmt beim Flirten, wenn wir schon hier sind." Waldtraud muss laut lachen.

Schnell haben die beiden Hexen ihre Wäsche gekauft, auch Waldtraud konnte nicht widerstehen und hat etwas Erotisches, wie Jennie gekauft. Als Sie fertig sind, machen Sie sich auf den Weg zu ihrem Auto. Kurz bevor sie einsteigen, gehen ihre Blicke zu einer bestimmten Person die Ihnen aufgefallen ist. Es ist eine große schlanke Gestalt, mit einer dunklen Kapuzenjacke. Er hat eine Zigarette in der Hand, zieht daran und bläst den Rauch genüsslich aus. Sein Blick trifft auf die beiden Hexen. Waldtraud und Jennie erstarren vor Schreck beim Anblick des Mannes und können nicht glauben was Sie sehen. Die Kapuze ist ins Gesicht gezogen, die Visage ist nicht zu erkennen, die Person kommt Ihnen bekannt vor. Sie kennen Ihn. Dann zieht er die Kapuze etwas nach hinten, dass Sie seinen hässlichen Schädel sehen können. Er zündet sich lässig noch einmal eine Zigarette an. Es ist ein hageres Gesicht mit einer spitzen Schnauze. Diese öffnet er langsam und sein Blick ist starr auf die Hexen gerichtet. Wie versteinert stehen Sie auf der anderen Straßenseite und starren zurück. Sie sehen die beiden größeren Schneidezähne. Ein gemeines Lächeln ist im Rattengesicht, tief Atmet er ein, er öffnet sein Rattenmaul weit und atmet mit einem Zug aus. Nebel kommt aus seinem Rachen. Dann nimmt er wieder seine Zigarette in den Mund, zieht kräftig daran und lächelt Ihnen zu und schnipst Sie weg.

Jennie und Waldtraud springen ohne Ihn aus den Augen zulassen in Ihr Auto und fahren mit quietschenden Reifen davon, in Ihre Welt.

Es ist die Ratte der Dämon